Jenny-Mai Nuyen • Nocturna

cbt

Foto: © Jan Frommel

DIE AUTORIN

Jenny-Mai Nuyen wurde 1988 als Tochter deutsch-vietnamesischer Eltern in München geboren. Geschichten schreibt sie, seit sie fünf ist, und mit dreizehn verfasste sie ihren ersten Roman. Als großer Fantasy-Fan hat Jenny-Mai Nuyen alles verschlungen, was es an literarischen Vorbildern gab: von Lloyd Alexander über Michael Ende bis zu Jonathan Stroud und Christopher Paolini. Seit ihrem literarischen Debüt »Nijura – Das Erbe der Elfenkrone« wird sie als eine der aufregendsten Entdeckungen der letzten Jahre gefeiert. Nach einem Filmstudium an der New York University lebt Jenny-Mai Nuyen heute in Berlin und widmet sich ganz dem Schreiben.

Weitere lieferbare Titel im cbt-Taschenbuch von Jenny-Mai Nuyen:

Das Drachentor (30597)
Nijura (30589)
Rabenmond (30670)

Jenny-Mai Nuyen

Nocturna

Die Nacht der gestohlenen Schatten

cbt

cbt ist der Jugendbuchverlag
in der Verlagsgruppe Random House

Verlagsgruppe Random House FSC-DEU-0100
Das FSC®-zertifizierte Papier *München Super Extra*
für dieses Buch liefert Arctic Paper Mochenwangen GmbH.

1. Auflage
Erstmals als cbt Taschenbuch Juli 2011
Gesetzt nach den Regeln der Rechtschreibreform

Vignetten im Innenteil: Jenny-Mai Nuyen
Umschlaggestaltung: Hauptmann & Kompanie,
Werbeagentur, München – Zürich
KK · Herstellung: AnG
Satz: Uhl + Massopust, Aalen
Druck: GGP Media GmbH, Pößneck
ISBN: 978-3-570-30751-9
Printed in Germany

www.cbt-jugendbuch.de

Auf Erden wandeln alle blind,
Geeint durchs Wort – welch loser Bund!
Verschweigt es doch, wer Menschen sind –
Hätte ich nur ein Licht im Mund!

Prolog

Am Abend traf sich Jorel mit dem Mädchen. Draußen waren die Straßen in rotes Dämmerlicht getaucht, doch in *Eck Jargo* herrschte allgegenwärtig Nacht. Am dunklen Ausschank, über den sich die Wurzeln der Wiegenden Windeiche breiteten, stand sie und nippte an ihrem Getränk.

»Bonni.« Sie drehte sich um, als er ihren Namen direkt hinter ihr raunte. Sein Herz machte, wie schon einmal, einen kleinen Sprung, als er ihr Gesicht erblickte: Es sah aus wie von einer Porzellanpuppe, blass und fein, und stellte einen verblüffenden Kontrast zu ihrem grauweißen Haar dar.

»Hallo«, sagte sie.

»Hast du's wem verraten?«, fragte er ohne Umschweife.

Sie schüttelte den Kopf.

Er verzog den Mund zu einer Seite und spitzte die Lippen, so wie immer, wenn er nervös war oder nachdachte. »Ich hätte ja auch so rausgefunden, ob du mein Geheimnis verrätst. Früher oder später.«

Bonni nickte gelassen. »Deine Frage. Du bist wegen deiner Frage hier …«

Er lehnte sich näher vor. In den Schatten des Raumes hörte er Stimmen tuscheln, dunkle Mäntel rauschen und Messer aufklappen – keine ungewöhnlichen Geräusche in *Eck Jargo*.

»Du hast gesagt, du weißt, wer mir Antwort geben kann.« Erneut verzog er den Mund, dann beugte er sich an ihr Ohr und flüsterte: »Ich will es unbedingt – ich will es *endlich* wissen! Wieso können wir es? Warum haben wir es, diese Sache?«

»Die Gabe«, korrigierte Bonni ihn mit einem Lächeln.

»Nenn es, wie du willst«, gab er unwirsch zurück. Kurz fürchtete er, Bonni sei beleidigt. Aber ihr Blick verschleierte sich und ein seltsamer Ausdruck versteinerte ihre Züge. Sie schlug einen gleichgültigen, hellen Ton an, bei dem Jorel schauderte:

»Deine sehnlichste Frage wird beantwortet, wenn du ein Mädchen findest. Nur eine bringt dir die Antwort. Eine, die Ratten tanzen lässt, Schnürsenkel nicht binden kann und ein Herz besitzt, so scharf wie ihr Verstand.«

Jorel zog die Augenbrauen zusammen. »Was? Also – *hä*?«

Bonni, die mit den Augen blinzelte, als hätte sie zu lange in die Sonne geblickt, zuckte die Schultern. »Mehr kann ich dir nicht sagen, Jorel.«

Er ließ sich mit dem Rücken gegen die Theke sinken und starrte ungläubig vor sich hin. »Meine sehnlichste Frage … Ich muss also ein Mädchen finden. Eine, die Ratten tanzen lässt, Schnürsenkel nicht binden kann … ein Herz hat, so scharf wie ihr Verstand …« Plötzlich lächelte er, nahm Bonni das Glas aus der Hand und kippte das Malzbier in einem Zug runter. Der bittere Geschmack minderte seine Heiterkeit keineswegs. »Na, ein Mädchen ist immerhin besser als ein haariger Fettsack oder Fischverkäufer oder wen es sonst noch so hätte treffen können, nicht wahr?«

»Wer hat gesagt, dass ein Mädchen kein haariger Fettsack sein kann?«

»Oh – warte mal. Was weißt du? Was hast du noch gesehen? Ist sie – he, warte!«

Während Jorel deutlich blasser um die Nasenspitze wurde, glitt Bonni von der Theke weg, und einen Augenblick später hatten die flüsternden Schatten von *Eck Jargo* sie verschluckt.

Das Erste Buch

Die Bibliothek

Er sah Bücher. Hunderte davon. Der Mondschein, der durch die hohen Fenster fiel, überzog die unzähligen Buchrücken und die Wandregale mit einem silbernen Schleier. Bord um Bord türmten sich in Kalbsleder gebundene Folianten, schlanke Poesiebände und schwarze, mit goldenen Ranken verzierte Bibeln. Der Junge suchte die Titel der Bücher ab, die Worte schwirrten ihm durch den Kopf wie Schatten und zerfielen, sobald er den Blick abwandte. Lautlos formten seine Lippen mit: *Dantes Inferno – Grimms Märchen – Goethes Gesammelte Werke …* Dann erspähte der Junge ein rotes Buch in der obersten Regalreihe. Es war tief zurückgeschoben und verschwand beinahe zwischen den anderen Büchern.

Leder, rotes Leder.

Sein Rücken kribbelte. Er streckte die Hände aus und kletterte an den Regalen empor, bis er das Buch hervorziehen konnte. Es hatte keine Aufschrift, war schwer und schlicht. Ihm wurde ganz schwindelig vor Hoffnung. So einfach war er an das Buch gekommen! Und wenn es das richtige war …

Er schob sich das Buch in den Hosenbund und wollte sich wieder auf den Boden hangeln. Jetzt nur noch denselben Weg nach draußen wie vorher rein, schnell und leise, ganz unbemerkt, und dann war er –

Am fernen Ende der Bibliothek knarrte eine Tür. Schritte klapperten über die Marmorfliesen. Der matte Schein einer Öllampe irrte durch die Regalreihen.

Der Schreck lähmte ihn nur kurz, schnell und geräuschlos wie eine Spinne zog er sich wieder hoch und kletterte weiter in Richtung Fenster. Seine Finger gruben sich in die dünne Staubschicht des obersten Regals und hinterließen feuchte Abdrücke. Einer der Fensterbogen war gekippt, gerade weit genug, dass ein schlanker Jugendlicher hindurchpasste.

Der Fremde war unter ihm angekommen. Der Junge hielt sofort inne, dicht an die staubigen Bücher gedrückt, und hörte auf zu atmen.

Ein Mann in einem roten Morgenmantel und Samtpantoffeln war im Lichtkreis zu sehen. Langsam führte er die Lampe am Regal entlang, als suche er nach einer Lücke in der makellosen Reihe. Staub tanzte im goldenen Schein der Flamme. Dann schien das Licht sich lang zu machen, griff Reihe um Reihe in die Höhe, glitt über die Bücher hinweg … und erfasste einen alten Schuh. Der Junge stand mit den Zehenspitzen auf dem Regal, zwei Meter über dem Mann.

Der Mann riss den Mund auf. »Einbrecher! Hilfe – stehen bleiben!«

Irgendwo bellten Hunde. Aufgeregt deutete der Mann in die Höhe, Bücher flogen aus dem Regal und schlugen mit flatternden Seiten rings um ihn zu Boden. Ein Schatten glitt zum Fenster – dann war er durch den Spalt geschlüpft und sprang an das Regenrohr.

Der Mann stürzte ans Fenster, riss es auf und lehnte sich hinaus. Kühle Nachtluft strömte ihm entgegen. Zwischen seidigen Wolken schwamm der Vollmond am Himmel, sonst war alles wie mit Tinte übergossen.

Hinter ihm scharrten Krallen über den Fußboden, dann waren drei Doggen am Fenster und bellten hinaus.

»Herr Professor! Was ist passiert, Professor Ferol?« Zwei Dienstmädchen eilten herbei.

»Da – da hängt der Einbrecher! Magda, ruf die Polizei, schnell!«, rief Professor Ferol. Das Dienstmädchen lief los.

Der Junge hing mit einer Hand am Regenrohr und schob den Hosenträger über seine Beute, um sie zu befestigen. Professor Ferol erbleichte, als er das Buch erkannte. »Gib das zurück, du – du Rotzbengel! Hier kommst du nicht weg!«

Der Junge blickte in die Tiefe. Unter ihm lag ein Innenhof – Fenster starrten ihn ringsum wie leere Augenhöhlen an – gegenüber schimmerte ein Eisentor unter der einzigen Laterne im Hof – und dahinter lag eine Straße.

»Gib her!« Ferol hatte sein Bein zu fassen bekommen. Dem Jungen entfuhr ein gedämpfter Schrei, er riss sich los und glitt ab – gerade noch konnte er sich festhalten. Seine Handflächen brannten, als er ein Stück hinunterrutschte. Die Bibliothek befand sich im fünften Stock.

Ohne Ferol zu beachten, kletterte er das Regenrohr hoch. Professor und Dienstmädchen staunten, so flink zog er sich empor. Dann war er am Dach angekommen, stemmte sich hoch, begann, über die lockeren Ziegel zu sprinten, bis er die Dachspitze erreichte. Sirenen heulten. Unten hielten zwei nachtschwarze Polizeiwagen. Männer liefen auf das Haus zu.

»Da oben!« Ein Polizist deutete zu ihm herauf. Bald sahen auch die anderen die Silhouette auf dem Dach. Der Junge taumelte zurück und duckte sich. Aus dem Bibliotheksfenster drangen schwere Schritte, dann Stimmen. Lichter glommen in den Fenstern auf und füllten sie mit Leben.

»Er ist da oben!« Es war Ferols Stimme. »Da oben sitzt er in der Falle!«

Ein Polizist verrenkte sich fast den Hals, um zu ihm hinaufzuspähen, und fingerte eine Pistole aus seinem Gürtel. »Bleib stehen, Junge! Du bist festgenommen!«

Sein Arm schwenkte durch die Luft, um die Balance zu halten. Seine Schuhe ragten über den Abgrund.

»Wirf mein Buch runter!«, brüllte Ferol so aufgebracht, dass ihm die Schnurrbartspitzen zitterten. »Da, er hat mein Buch! Ich will mein Buch!«

Der Junge richtete sich auf. Der Nachtwind bauschte seine Jacke auf und strich ihm das Haar ins Gesicht. Seine Faust schloss sich um den Ledereinband.

»Was – was macht er da –«

Jetzt.

Er breitete die Arme aus und sprang.

Der Schrei des Dienstmädchens, das Hundegebell, die verblüfften Rufe der Polizisten, alles verzerrte sich und verschwamm zu einem fernen Echo. Die Tiefe riss vor ihm auf wie ein schwarzer Schlund.

Aus dem Fenster der Bibliothek sah man nur das dunkle Knäuel, zu dem er sich zusammengerollt hatte, und die Buchseiten, die gegen den Wind flatterten.

Dann ein dumpfer Aufprall. Es klang wie splitternde Steinfliesen, wie brechende Knochen.

Professor Ferol keuchte. »Er ist tot!«

Der Polizist wischte sich mit dem Ärmel über die Stirn. Die Stille sirrte ihnen lähmend und schwer in den Ohren. »Also … dann werden wir einen Leichenwagen her–«

Das Dienstmädchen kreischte auf und wies aus dem Fenster.

Alle beugten sich wieder hinaus. Der Innenhof lag menschenleer wie der Grund des Ozeans unter ihnen. Aber am Tor – huschte eine Gestalt in den fahlen Lichtschein der Laterne. Die Doggen begannen zu winseln.

»Das ist … unmöglich …« Professor Ferol kniff die Augen zweimal zu. Aber es bestand kein Zweifel. Der Junge, der gefallen war, der Junge, der tot sein musste, kletterte leichtfüßig an den Eisenstangen empor, stand einen Augenblick lang geduckt auf den Torspitzen und sprang auf die Straße. Er landete auf Händen und Knien und rannte davon.

Vampa hinkte. Beim Aufprall waren die Bodenplatten zersplittert und ein spitzes Steinstück hatte sich in sein Knie gebohrt. Seine Rippen waren zerschmettert. Sein linkes Schlüsselbein, sein Oberarm, das rechte Schienbein und die meisten seiner Finger waren gebrochen. Doch jeder Schritt entfernte ihn weiter vom Schmerz.

Das Buch war fast unversehrt, lediglich ein paar Seiten in der Mitte waren zerknittert und Blutflecken verdunkelten den Einband.

Die Straßen waren wie ausgestorben. Manchmal hörte er das Rollen einer Kutsche und klappernde Pferdehufe auf dem Kopfsteinpflaster und ab und zu das laute Brummen eines Automobils. Dann änderte er die Richtung und lief fort, bis die Geräusche verebbten. Die Straßenlaternen setzten dottergelbes Licht in die Nacht und Vampa machte einen weiten Bogen um sie. Als er den Fluss erreichte und ein Stück am Park vorbeikam, schien alles noch viel einsamer. Nur die sanften Wellen murmelten, und die Falter umschwirrten die Gaslampen, dass ein feines Knistern und Surren in der Luft hing. Manche von ihnen kamen zu nahe an die Flammen heran, sodass hier einer, da einer mit zuckenden Fühlern und rauchenden Flügeln zu Boden schwebte.

Vampa schleppte sich über eine breite Brücke. Am liebsten wäre er zusammengesunken und hätte das Buch aufgeschlagen – oder wenigstens stehen geblieben, um das Buch anzusehen –, aber das ging nicht. Nicht solange er hier draußen war.

Anstatt dem Gassenlabyrinth vor ihm zu folgen, stieg er das steinige Ufer hinab zum Fluss, den der Mond wie ein fließendes Seidenband durch die Stadt ziehen ließ.

Eine Weile folgte er dem Wasser. Bald mischte sich ein fauliger Gestank in die Luft, denn in der Nähe waren Abflussrohre. Vampa war den Geruch gewöhnt und empfand ihn fast wie eine Begrüßung. Er kam zu einem Kanalschacht, der neben den Rohren in die Mauer eingelassen war; Ratten tummelten sich im Dunkel und flohen, als er näher kam. Er musste sich an den Rohren vorbeizwängen und durch einen Vorhang herabtröpfelnden Wassers treten, dann war er in einem niedrigen Betonviereck angekommen und hörte lautes Rauschen. An der hintersten Wand war eine Leiter, die durch ein Loch in die Tiefe führte. Trotz der Dunkelheit fand Vampa sie problemlos und stieg hinab, das Buch an die Brust gedrückt.

Hier war alles rabenschwarz. Er ließ die Leiter los und tastete sich um eine Ecke. Das Brausen der Abflussrohre klang nun gedämpft. Auch der Gestank war halbwegs verflogen, es roch nur noch feucht und ein bisschen schimmelig.

Endlich fand Vampa die Streichhölzer und zündete eins an. Der Schacht füllte sich mit hüpfenden Schatten. Dann entfachte er eine Petroleumlampe und pustete das Hölzchen aus. Die Schatten beruhigten sich und gleichmäßiges, traniges Gelb ließ sich auf allem nieder.

Der Raum – wenn man diesen Unterschlupf so nennen konnte – wurde von einer zerfledderten Matratze eingenommen, einem Haufen brauner Armeedecken, einer Obstkiste, die als Tischchen diente, und Büchern.

Es waren unzählige Bücher. Sie lagen überall, bepflasterten den schmuddeligen Boden, türmten sich an den Wänden auf, dass man die fleckigen Wasserschatten dahinter nicht mehr sehen konnte, stapelten sich auf der Matratze und der Holzkiste und waren über die Decken verstreut. Es waren Taschenbücher, deren roter Umschlag abgewetzt und feucht geworden war, aber auch schwere Folianten, gebunden in rotes Leinen oder in Leder mit geheimnisvollen Prägungen, deren Seiten so vergilbt waren, dass sie aussahen wie aus einem längst vergangenen Jahrhundert. Wasser, das von der Decke herabtröpfelte und Adern auf die Wände malte, durchnässte die Bücher, weichte das Papier auf und machte die Einbände morsch. Auch der Schimmel hatte vor Tinte und Dichtkunst keinen Halt gemacht.

Nur über der Matratze war ein kleiner Fleck buchfrei geblieben: Hier war ein Spiegel an die Wand gelehnt, durch dessen Mitte ein langer Riss ging.

Vampa trat ein paar Bücher weg und ließ sich vorsichtig auf die Matratze sinken, um seinem Spiegelbild einen Blick zuzuwerfen. Seine Lippe war aufgesprungen. Er versuchte, den Mund so schmerzfrei wie möglich aufzumachen, und sah, dass sein oberer Vorderzahn abgesplittert war. An seinem Kinn prangte eine dunkelblaue, fast schwarze Prellung mit einer blutigen Platzwunde in der Mitte. Mit ein wenig Fantasie hätte man meinen können, er habe sich mit Ruß einen Ziegenbart malen wollen.

Vampa wandte sich vom Spiegel ab. Der Schmerz war vollkommen nebensächlich; statt seiner blutigen Fingerknöchel starrte er das große, schwere Buch auf seinem Schoß an.

Oder ob er doch erst warten sollte, bis es ihm besser ging? In diesem Zustand wollte er schließlich nicht bleiben, sollte das Buch *tatsächlich*…

»Ach was«, murmelte er. Die Ungeduld war viel stärker als alles andere.

Er klappte behutsam den Deckel auf. Die erste Buchseite war leer. Die zweite auch. Auf der dritten standen ein Titel und der Name des Schriftstellers. Bevor er die Buchstaben las, durchströmte ihn eine jähe Hoffnung. Die Schrift, die dunkelrote Tinte – das alles war richtig! Ein Volltreffer! Eins von den Blutbüchern… Während der ganzen, furchtbaren Jahre hatte er nur zwei gefunden. Zwei falsche. Dies war das dritte.

Seine Finger begannen zu zittern. Langsam las er, Wort um Wort …

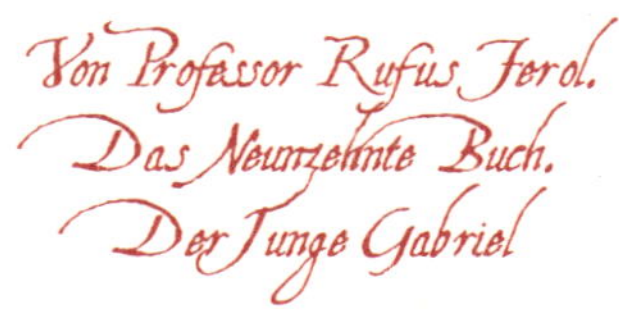

Er konnte nicht atmen. Nicht denken. Die Enttäuschung wälzte so schwer über ihn hinweg, dass er die Zähne zusammenbiss und jeden Muskel verkrampfte.

Ein richtiges Buch und doch nicht *sein* richtiges, das neunzehnte konnte es schließlich nicht sein. Und die ganze Nacht, der Sprung, die Schmerzen, alles – umsonst.

Er hätte geweint, wenn er es noch gekonnt hätte. Aber seine Tränen waren längst aufgebraucht, vergossen in den unzähligen Nächten vor dieser.

Er legte sich auf die Matratze und deckte sich zu. Ihm war kalt geworden. Er machte sich so klein er konnte, wischte sich mit dem Ärmel die Nase, die gerade zu bluten begann, und zog das Buch zu sich heran. Von der niedrigen Decke des Kanalschachts tropfte es auf die Seiten herab, aber das war egal. Das Buch war für ihn wertlos – so wertlos wie Papier mit aufgeschmierter Tinte.

Und trotzdem … Er konnte nicht widerstehen, mit dem Lesen anzufangen. Wenn er schon nichts anderes haben konnte, dann wenigstens das: die Geschichte eines anderen. Das machte die Leere ein bisschen erträglicher. Aber das Leben eines Fremden bleibt fremd und ist, selbst wenn man es liebt, niemals das eigene.

Vampa las, bis sein Ärmel vom Nasenbluten durchtränkt war. Dann schwanden ihm die Sinne und er versank in weicher, tiefer Dunkelheit.

Das war die einzige Erinnerung, die man ihm gelassen hatte. Sie war noch da wie eine ausgerupfte Pflanze, nachdem man einen Garten zerstört hatte:

Vampa ging durch die heruntergekommenen Viertel der Stadt. Die Gassen waren schmal, die Häuser über Jahre hinweg durch wackelige Zubauten immer höher gewachsen. In der Nähe hatten Fabriken aufgemacht und der Geruch von Blei, Schwefel und Schweiß entzündete die Luft. Das dumpfbrummige Grollen der Industrietürme war fortwährend zu hören, wie das Schnarchen von Drachen, die gleich erwachen konnten. Rauchschwaden, die zu jeder Tageszeit aus den mächtigen Schornsteinen quollen, verbargen den Himmel hinter rotfleckigem Dunst.

Vampa wusste noch, dass er sich in den engen Gassen verloren gefühlt hatte, aber das Gefühl selbst kannte er nicht mehr. Er kam an einem düster aussehenden Haus vorbei. In den Schatten der Mauern bewegte sich jemand. Er erinnerte sich an glänzende schwarze Schuhe, die aus dem Dunkel in eine ölige Pfütze traten. Und er erinnerte sich an einen glänzenden schwarzen Zylinder, nur das Gesicht darunter blieb ihm verborgen.

»Hallo, Junge«, sagte eine Stimme, aber er konnte sich nicht an ihren Klang erinnern. Oft hatte er überlegt, dass man ihm diesen Klang mit Absicht genommen hatte, ebenso wie das Gesicht unter dem Zylinder. »Was bist du für ein feiner junger Kavalier. Ich bin sicher, du verdrehst den Mädchen den Kopf, nicht wahr?«

Unsicher trat er einen Schritt zurück, aber der Mann in den Schatten machte keinerlei Anstalten, ihn am Weglaufen zu hindern. Vielleicht war das der Grund, warum er blieb.

»Oder hast du sehr liebe Eltern, die dich gut erzogen haben?«

Was er darauf antwortete, wusste er nicht mehr.

»Willst du dir ein bisschen Geld verdienen? Sagen wir … drei Münzen echtes Piratengold?«

Er schnappte vor Staunen nach Luft – der Mann zog drei alte Goldmünzen aus seiner Manteltasche! Aber Vampa zögerte. »Wofür?«

Der Mann trat zur Seite und öffnete eine kleine Tür, die zuvor hinter ihm verborgen gewesen war. Fünf Kinder, schmutzig und mit großen, erwartungsvollen Augen, kamen zum Vorschein.

»Ich will euch ein Buch vorlesen. Ein neues Buch, das wahrlich wunderschön wird. Es muss der ganzen Welt gefallen und dafür brauche ich eure Meinung. Die Meinung von unschuldigen, lieben Kindern wie euch.«

Alles, was dann geschah, war verblasst und zerfallen wie ein wirrer Albtraum, aber niemals vergaß Vampa, was der Mann mit dem Zylinder gesagt hatte.

Ein neues Buch, das wahrlich wunderschön wird. Es muss der ganzen Welt gefallen.

Vampa erwachte mit einem bitteren Geschmack im Mund. Er richtete sich auf und fuhr sich mit dem Handrücken über die spröden Lippen. War es Nacht oder schon Tag oder wieder Abend? Aus Gewohnheit blickte er zuallererst in den zerbrochenen Spiegel.

Noch bevor er sein Gesicht sah, hatte er es gewusst.

Die schwarze Prellung am Kinn war verschwunden. Das abgesplitterte Zahnstück war wieder da. Seine Finger waren nicht mehr gebrochen, auch seine Schulter, sein Schlüsselbein und seine Rippen waren wieder heil. Er starrte den bleichen Jungen im Spiegel an, betrachtete das unveränderte Gesicht mit den scharf geschnittenen Zügen und den Augen, die leer und lichtlos zurückstarrten. Mit den Fingern strich er sich über die Haare. Sie waren so lang und zerfranst wie immer.

Seine Hände waren schmal, die Hände eines Vierzehnjährigen. Das gleiche Gesicht wie jeden Morgen. Seit neun Jahren.

Hasenjagd

Apolonia Magdalena Spiegelgold hatte eine exzellente Handschrift, wenn sie wollte. Die Feder führte sie so elegant wie ein Fechter seinen Degen. Was Apolonia trotz der schönen Schrift jedoch gänzlich fehlte, war Geduld, und nach kaum fünf Zeilen verwandelten sich ihre fein geschwungenen Lettern in ein hastiges Gekrakel. Da sie aber gerade erst zu schreiben begann, war ihre Schrift noch so ordentlich wie in einem gedruckten Buch. In der oberen rechten Ecke des rosenparfümierten Tagebuchs notierte sie: *Eintrag Nummer 1, der 5. November.*

»Da meine Mutter«, schrieb sie, »Magdalena Johanna Spiegelgold (möge sie in Frieden ruhen), nun in keinem gesunden Gedächtnis außer dem meinen mehr existiert, fühle ich mich verpflichtet, ihre Person oder das, was ich während meiner Kindheit von ihrer Person erfasst habe, in diesem Buch festzuhalten, damit die Erinnerung an sie nicht ganz entschwindet.«

Etwa an dieser Stelle begannen sich die ersten N und A unschön zu verformen. Apolonia tauchte ihre Feder erneut in das Tintenfässchen und schrieb weiter. Rings um sie herum lagen Gegenstände auf ihrem Schreibtisch, die sie oft zur Hand nahm: ein silberner Kamm, ein Poesiebuch, eine Bibel – die berührte sie allerdings herzlich selten, weshalb das Buchleder inzwischen eine Staubschicht überzog –, eine goldene Schnörkelbrosche, die sie geerbt hatte, ihr Geigenkoffer und eine Gießkanne aus glänzendem Messing. Die Gießkanne warf das Gesicht einer Fünfzehnjährigen zurück, die mit konzentrierter Miene schrieb. Ihre Haare waren fast schwarz, so wie die ihres Vaters früher, während sie die Augen ihrer Mutter hatte: Blau wie Saphire saßen sie in den Schatten, die die spitzen Brauen warfen. Die Nase war etwas lang, ihr Mund klein und mit vollen Lippen, was sie schnell pikiert wirken ließ. Ihre Ohren standen ein bisschen ab, weshalb Trude ihr meist einen Haarkranz flocht, der sie verdeckte. »Schön wie Ihre Mutter sind Sie«, pflegte die dicke alte Kinderfrau jeden Morgen zu sagen, wenn Apolonia fertig frisiert und angekleidet war. Aber sie log. Ihre Mutter hatte Elfenbeinhaut gehabt, Apolonia besaß den Teint einer Leiche. Die Augen ihrer Mutter hatten gestrahlt, Apolonias blitzten vor Kühle. Sie war ein kränkliches, nörgelndes Kind mit dünnem Haar gewesen und daran hatte sich nicht viel geändert. Als sich vor zwei Jahren eine Biene in ihr Zimmer verirrt und Apolonia eine dicke Backe beschert hatte, war ihr erstmals aufgefallen, dass sie, wäre sie ein bisschen fülliger gewesen, recht hübsch ausgesehen hätte. Allerdings wirkte sie mit Pausbäckchen auch kindlicher, was überhaupt nicht in ihrem Interesse lag.

»Meine Mutter wurde als erste Tochter von Aramis und Viola Saat geboren. Ihre Kindheit verlief meines Wissens friedlich und unspektakulär. Sie zeichnete gerne und lernte außerdem bei ihrer Mutter Klavierspielen. Im Alter von achtzehn Jahren heiratete sie Alois Spiegelgold, den ältesten Sohn der berühmten Buchhändlerfamilie Spiegelgold. Man wollte ihn enterben für die Frechheit, unter seinem Stand zu heiraten. Doch bevor Alois Spiegelgold senior sein Testament ändern konnte, starb er an einem Herzinfarkt, und zwar gerade in dem Augenblick, da die Heirat bekannt gegeben wurde.

Wenig später kam ihre erste und einzige Tochter, Apolonia Magdalena Spiegelgold, zu–« Das Wort endete in einem abrupten Tintenstrich. Die Zimmertür schlug auf.

»AP-PO-LO-NI-A!« Ein Mann galoppierte herein.

Mit einem schmerzhaften Ziepen in der Brust erkannte Apolonia, dass ihr Vater seine Hose wie einen Turban auf dem Kopf trug und sich die Schuhe mit den Schnürsenkeln an die Ohren gebunden hatte. Mit jedem Hüpfer schlenkerten sie ihm um den Hals.

»AP-PO-LO-NI-AAA!«, trällerte er weiter.

Sie stand auf, schloss das Tagebuch und hatte sicherheitshalber sofort den Korken in das Tintenfässchen gesteckt. »Hallo, Vater. Und, bist du gerade … viel beschäftigt?«

Er ging langsam in die Knie, bis sein Gesicht in der Höhe von ihrem war. »Ich bin ein roter Hase!«

Apolonia blickte blinzelnd zu Boden, als er die Nasenflügel vor Erwartung blähte. »Oh. Das ist ja wirklich schön. Ähm …« Sie klopfte ihm beschwichtigend auf den Arm, über den er einen alten Strumpf von Trude gestreift hatte. »Wir sollten in dein Zimmer gehen und dann spielen wir Schach, in Ordnung?«

Alois Spiegelgold quiekte. »Nein! Ich bin ein grün gestreiftes Käääälblein! Du – musst – mich – KRIEGEN!« Er sprang zurück und huschte hinter ihren Schreibtisch. »Hasenjagd!«

»In Ordnung.« Apolonia kam vorsichtig näher. Ihr Vater glitt um den Tisch. Sie machte einen schnellen Satz auf ihn zu. Alois Spiegelgold johlte vor Aufregung, hechtete aus ihrer Reichweite und rannte mit wild schlotternden Schuhen aus dem Zimmer.

»Dann zieh dir wenigstens die Hose an!«, brüllte Apolonia ihm nach. Fluchend raffte sie den Rock und rannte hinterher. Wenn ihr Onkel das erfuhr … Sie trug schließlich die Verantwortung für ihren Vater.

Gleich vor ihrer Zimmertür blieb sie allerdings stehen. Alois Spiegelgold hatte sich im Flur versteckt. Mit einem Wassereimer.

Apolonia stieß einen schrillen Schrei aus, als ihr die kalte Flut über den Kopf stürzte.

Da stand sie dann, tropfend auf dem persischen Teppichläufer, während ihr Vater davonhoppelte.

Wenigstens war er heute gut gelaunt. Es kam auch vor, dass er Apolonia für ein herumschnüffelndes Dienstmädchen hielt und sie mit Fächerschlägen und Wattebäuschen traktierte. Verdrießlich blinzelte Apolonia sich Wasser aus den Augen. Alois Spiegelgold hatte sich sehr verändert.

Drei Monate waren verstrichen, seit sie ihn in den Trümmern der Buchhandlung gefunden hatte, über und über mit Ruß bedeckt und an die verkohlten Gardinenfetzen geklammert. Seit dem Brand war ihr Vater nicht mehr derselbe… Apolonia seufzte. Um es klar auszusprechen: Er war seitdem geisteskrank, verrückt, irr – absolut durch den Wind.

Nichts war seitdem wie früher. Das Geld, die schöne, große Buchhandlung, in der es nach dunklen Holzregalen und Papier und frischer Druckerschwärze gerochen hatte, der angesehene Name – es war alles verloren. Apolonia zog zu ihrem Onkel und ihrer Tante und wurde von der katholischen Nonnenschule genommen, die sie seit ihrem sechsten Lebensjahr besucht hatte. Doch welcher Onkel zahlte schon so viel Geld, nur damit seine Nichte religiös wurde? Elias Spiegelgold gewiss nicht.

Anfangs war Apolonia nicht bewusst gewesen, was es bedeutete, die Schule zu verlassen. In den Nonnen hatte sie stets verbissene alte Jungfern gesehen, ihre Klassenkameradinnen waren nichts als dumme Gänse und während der meisten Messen hatte sie vor sich hin gedöst. Überhaupt war sie überzeugt, dass sich die Bildung, die man auf einer katholischen

Mädchenschule erhielt, im Großen und Ganzen auf Stricken und Beten beschränkte; Apolonia nährte ihren Intellekt, seit sie lesen konnte, durch Bücher und bevorzugte es, ihre wissenschaftlichen Studien sonntagmorgens allein in ihrem Laboratorium zu betreiben. Nur dass sie jetzt kein Laboratorium mehr besaß. Ihr Haus war versteigert worden.

Trude war völlig aufgelöst gewesen, als Apolonia von der Schule genommen wurde. Seitdem schlug ihr Kindermädchen bei jeder Gelegenheit ein Kreuz, summte Kirchenlieder, wenn sie Apolonia anzog und das Badewasser vorbereitete, und fragte sie allwöchentlich, ob sie die Sonntagsmesse besuchen wolle.

»Nein«, war Apolonias Antwort darauf. Gott brauchte sie nicht. Sie hätte ihn gebraucht, als ihre Existenz in Rauch aufging. Sie hätte ihn gebraucht, als ihr Vater seine Geisteskraft verlor. Sie hätte ihn gebraucht, als ihre Mutter ermordet wurde. Für Gottes Hilfe war es jetzt ein bisschen spät.

Apolonia kam auf eine öffentliche Schule mit Jungen und Mädchen, die sich laut und rüpelhaft benahmen. Sie fühlte sich wie in einem Gefängnis voller Verbrecher: In den Pausen spielten die Kinder mit lebendigen Fröschen und Grashüpfern, rauchten Zigaretten und prügelten sich – nie im Leben hätte sie gedacht, einmal solcher Barbarei ausgeliefert zu sein. Apolonia weigerte sich beharrlich, neben einem Jungen zu sitzen, der sich während des Unterrichts die Fußnägel schnitt.

»Das ist eine Zumutung«, erklärte sie der Lehrerin, einer spitznasigen Frau, in deren Gesicht sich durch den jahrelangen Umgang mit Kindern Verächtlichkeit gegraben hatte. »Ich verlange einen Einzeltisch, oder ich sehe mich gezwungen, eine Beschwerde gegen Sie einzureichen.«

Ohne Vorwarnung gab die Lehrerin ihr eine Ohrfeige. Und noch ehe jemand ein Wort hätte sagen können, ohrfeigte Apolonia sie zurück. Das Toben im Klassenzimmer war so unbeschreiblich, dass Apolonia sich wie die Heldin in einer griechischen Tragödie vorkam.

Ihrem Onkel erzählte Apolonia, ihre herausragende Intelligenz sei der Grund gewesen, weshalb man sie der Schule verwies. Unter Grummeln und Knurren erklärte Elias Spiegelgold sich bereit, einen Hauslehrer für sie anzustellen. Seitdem verbrachte Apolonia friedliche Stunden zu Hause, in denen sie Herrn Klöppels facettenreichen Schnarchgeräuschen lauschte. Der Lehrer musste vor mehr als zwanzig Jahren offiziell pensioniert worden sein. Apolonia vermutete allerdings, dass er selbst zu Zeiten seiner geistigen Blüte kaum fähig gewesen wäre, ihr etwas beizubringen.

Und das alles musste Apolonia wegen jenes verhängnisvollen Tages ertragen, an dem das Feuer ihr Glück verschlungen hatte! Sie war gedemütigt und vernachlässigt worden. Und noch dazu war sie vollkommen alleine. Sogar ihr Vater hatte sich davongemacht und ihr an seiner statt ein dreijähriges Kind im Körper eines Vierzigjährigen hinterlassen. Immer mehr spürte Apolonia, wie sie ihn zu hassen begann. Wie konnte er so verantwortungslos sein, einfach verrückt zu werden – schließlich hatte er eine Tochter! Was war mit *ihr*? Wer kümmerte sich darum, dass *sie* glücklich war?

Aber Apolonia wusste, dass ihn nicht nur der Schock in den Wahnsinn getrieben hatte. Nein. Hier waren noch andere Mächte im Spiel.

Sie wischte sich mürrisch eine nasse Haarsträhne aus dem Gesicht und begann, nach ihrem Vater zu suchen. Das Haus ihres Onkels war groß, es gab vier Stockwerke und mehr als zwanzig Zimmer. Bittere Tränen stiegen in ihre Augen, als sie in die Richtung aufbrach, in die ihr Vater gehüpft war.

»Vater«, rief sie streng. »Vater! Komm raus!«

Sie ballte die Hand zur Faust. Die, die ihr das alles angetan hatten, würden bezahlen.

Inspektor Bassar

Möchten Sie noch ein Stück Zucker in Ihren Tee, Herr Inspektor?« Das dunkelhaarige Mädchen nahm eine goldene Zuckerzange, hob einen Würfel aus der Porzellandose und ließ ihn in Bassars Tasse fallen. Der Zucker schlug mit einem zarten Klirren gegen den Boden der zierlichen Tasse und es war für einen Moment das einzige Geräusch. Dann war eine weitere Minute verstrichen und die große Wanduhr gab ein Ticken von sich.

»Danke«, sagte Bassar und führte die dampfende Tasse an die Lippen. Er fühlte sich, als würde er aus Puppengeschirr trinken.

»Verflucht.« Heißer Tee tröpfelte ihm auf den Schoß. Hastig stellte er die Tasse ab. »Ich meine, Verzeihung.«

Das Mädchen zeigte keine Regung. Ihr Vater hingegen lachte quietschend auf. Bassar war nicht sicher, wer von beiden ihn mehr beunruhigte.

»Wir … mein Vater und ich, wir freuen uns sehr über Ihren Besuch, Herr Inspektor«, begann das Mädchen. Trotz ihres sachlichen Tons bot sie einen kummervollen Anblick, wie sie so in ihrem schwarzen Trauerkleid dasaß, die Hände gefaltet und die schmalen Schultern gestrafft. Gleichzeitig zeugten ihre Augen von kühler Autorität. »Ich vermute, dass Neugikeiten über den Brand Sie veranlasst haben, uns zu besuchen. Was können Sie uns also sagen? Haben Sie den Täter, den Brandstifter?«

Bassars Blick irrte zu Alois Spiegelgold hinüber, der ein imaginäres Wesen auf seiner Schulter streichelte. Nach kurzer Überlegung richtete der Inspektor sich an das Mädchen. Was er jetzt sagen musste, würde schwierig werden. »Fräulein Spiegelgold, es gab keinen Brandstifter. Jedenfalls … keinen von außerhalb.«

Das Mädchen schwieg. Bassar fiel auf, wie sie die Finger in die Handflächen grub, doch ihr Gesichtsausdruck veränderte sich nicht.

Verflucht. Bassar hasste es, den Überbringer schlechter Nachrichten zu spielen. Hätte er früher, als junger Mann, gewusst, dass die Aufgabe eines Inspektors zum Großteil aus solchen Botengängen bestand! Vielleicht hätte er eine andere Laufbahn eingeschlagen.

Er zog ein Protokoll aus seiner Manteltasche, damit das Mädchen sehen konnte, dass er nur das sagte, was er sagen musste. »Der Brand ist im Lagerraum ausgebrochen. Die neuen Buchlieferungen, nach Ihren Angaben am Vorabend eingetroffen, fingen zuerst Feuer. Danach …« Er tat, als suche er im Protokoll, obwohl er die Geschichte auswendig kannte. »Danach breiteten sich die Flammen in die Regale aus, erreichten den ersten Stock und bald darauf den zweiten. Noch ungeklärt ist, wie das Feuer entstand. Aber Sie haben ausgesagt, dass sich nur Ihr Vater in den Lagerräumen aufhielt.«

»Es war zwei Uhr morgens«, sagte das Mädchen. »Ich weiß nicht, wer sonst im Geschäft hätte sein können. Sie haben gesagt, dass die Türen nicht aufgebrochen worden sind. Also ist jemand mit einem Schlüssel hineingekommen.«

»Sie haben Ihren Vater am nächsten Morgen in den Trümmern gefunden, richtig?«

Das Mädchen nickte. Bassar nickte ebenfalls. Merkte sie denn nicht, worauf er hinauswollte?

Er atmete tief ein und räusperte sich, um seiner Stimme einen geprüfteren Ton zu verleihen. »Fräulein Spiegelgold, Sie müssen verstehen, dass ich auf der Suche nach Antworten bin. Ist Ihnen eventuell … schon früher aufgefallen, dass Ihr Vater Anzeichen von seinem jetzigen … Gemütszustand zeigte?«

Die Augen des Mädchens wurden schmal. »Wie darf ich Sie verstehen, Herr Inspektor?«

Himmel, die Kleine wollte doch sonst immer so schnell begreifen. »Bei der Suche nach dem Täter können wir Ihren Vater nicht außer Acht lassen. Wenn er der Einzige im Geschäft war, als das Feuer ausbrach, müssen wir davon ausgehen, dass … Womöglich war er schon damals, das heißt, vor …«

»Mein Vater war bei gesundem Verstand, bevor *es* passiert ist!«

»Was meinen Sie?«, fragte Bassar vorsichtig.

Das Mädchen schwieg eine Weile verbissen. Dann machte sie den Mund auf und schnappte: »Ich weiß, wer dahintersteckt! Ich weiß, wer uns das angetan hat, den Brand gelegt, das Geschäft zerstört hat! Die gleichen Leute, die meine Mutter ermordet haben.«

»Ihre – aber Ihr Onkel sagte, Ihre Mutter sei an Herzversagen …«

»Es war Mord.«

»Mord … Augenblick, das muss ich notieren. Einen Augenblick, bitte.«

Eilig zog Bassar einen Schreibblock und seinen Füllfederhalter hervor. Es steckte also doch mehr hinter dem Fall, als er gedacht hatte. Mord, Grundgütiger! »Also gut. Fangen Sie an, wenn Sie so weit sind.«

Das Mädchen nahm einen Schluck Tee und ließ den Blick

eine Weile durch den schmucken Salon schweifen. Die Wände waren mit dunklem Holz und Seidentapete verkleidet, und der Kamin sah so geleckt aus, als hätte nie ein Feuer darin gebrannt. Gegenüber von ihnen hing das Portrait eines alten Mannes mit einer Hakennase, der griesgrämig auf Bassar herabstarrte.

»Die Leute, die meine Mutter ermordet und das Geschäft meines Vaters in Schutt und Asche gelegt haben, sind keine gewöhnlichen Verbrecher. Es ist eine geheime Organisation von Menschen, die man nicht als Menschen betrachten darf – sonst würde man sie unterschätzen. Ich als Mitglied der privilegierten Gesellschaftsklasse nenne sie Revolutionäre der schlimmsten Art. Revolutionäre gegen Moral, Anstand, Sittlichkeit und vor allem jegliche Rationalität, wie sie unserem neuen Zeitalter entspricht. Dem niedrigen Volk sind sie jedoch auch bekannt als Motten.«

Bassar hielt inne und blickte auf. Das Mädchen schien vollkommen ernst. »Was für – *Motten*?«

»Es gibt nur eine Sorte von menschlichen Motten.«

»Sie meinen …« Allein es auszusprechen, war absurd. Bassar runzelte die Stirn. »Sie sprechen von *Zauberern*?«

»Sie sind keine Zauberer. Sie sind gefährliche Terroristen und – eine Bedrohung für das Reich.«

Was sollte er davon halten? Die Schauermärchen der alten Bettelweiber auf den Marktplätzen trugen also Schuld am Brand bei Buchhandel Spiegelgold! Einen Moment beäugte Bassar das Mädchen eingehend und fragte sich, ob es vielleicht auch wie der Vater … Aber nein. Sie war ein Kind. Kinder konnten eine unglaubliche Fantasie entwickeln, wenn es darum ging, die Ehre ihrer Eltern zu wahren. Ob es bei Alois Spiegelgold noch eine Ehre zu wahren gab, darüber ließ sich natürlich streiten.

Und zwar ein anderes Mal. Bassar beschloss, den Besuch

zu beenden, bevor ihm noch mehr Verrücktheiten aufgetischt wurden. »Fräulein Spiegelgold, ich denke, das reicht vorerst.« Er nahm seine Melone vom Sofa und streckte ihr die Hand entgegen. »Ich danke Ihnen für den herzlichen Empfang. Sie werden von mir hören.«

Das Mädchen sah ihn nicht an. Ihr Gesicht war versteinert, und die Hand, die sie ihm zum Abschied reichte, fühlte sich schlaff an.

»Herr Spiegelgold.« Er beschränkte sich darauf, dem Vater nur zuzunicken, da er das imaginäre Wesen auf seiner Schulter eingehend kraulte. Das Mädchen blickte noch immer zu Boden. Aber Bassar glaubte, Tränen in ihren Augen zu sehen. Er räusperte sich nochmals und setzte den Hut auf. »Kopf hoch. Alles wird wieder gut. Die Polizei ist Ihr Freund.« Das war mit Abstand das Dümmste, was er seit Langem gesagt hatte. Dasselbe schien das Mädchen zu denken.

»Wenn Sie mich entschuldigen – ich finde schon alleine hinaus.« Bassar schritt auf die Tür zu, als das Mädchen ihn noch einmal zurückhielt.

»Herr Inspektor.« Sie hatte sich ihm zugedreht und schob trotzig das Kinn vor. »Ich beschäftige mich seit mehr als vier Jahren mit Parapsychologie und übernatürlichen Phänomenen, die kontinuierlich und in jeder Kultur auftreten. Unter anderem habe ich einen Artikel in einer renommierten Zeitschrift für Wissenschaft und Technik über dieses Thema publiziert, Sie können ihn gerne lesen, mein Pseudonym lautet Albert Aurelius A. Fatassou. Ich darf behaupten, dass meine Kenntnisse über Möglichkeiten und Ausmaß übersinnlicher Phänomene sowie über jene, die paranormale Fähigkeiten besitzen, die der meisten Menschen übersteigen. Unterschätzen Sie also nicht mein Urteilsvermögen. Es gibt Motten. Und ich werde sie finden und auf Gerechtigkeit bestehen, so wahr ich Apolonia Spiegelgold heiße.«

Bassar schwieg verdutzt. Diese Wirkung hatte Apolonias Sprachgewandtheit üblicherweise.

»Gewiss«, murmelte Bassar, deutete ein Kopfnicken an und zog leise die Tür hinter sich zu. Dann eilte er die Wendeltreppe hinab, durch das Foyer und ließ sich von einem Dienstmädchen die Haustür öffnen. Als er auf der Straße stand, umgeben von stuckverzierten Hausfassaden und Ahornbäumen, atmete er tief und erleichtert aus.

Es war ein sonniger, warmer Herbsttag, und Inspektor Cornelius Bassar entschied sich, auf dem Weg zum Polizeipräsidium einen Spaziergang durch den Park zu machen. Er war nicht in Eile.

Als er die Kieswege entlangschritt und die zarten Schatten der Bäume über ihn hinwegschwebten, war ihm schon viel leichter ums Herz. Kinder tollten umher und ließen Drachen steigen, Hunde hetzten Stöcken hinterher und Picknickdecken betupften die Wiesen mit bunten Flecken. Hinter Sonnenschirmen wurden verstohlene Küsse getauscht und sehnliche Worte gemurmelt. Bassar verlangsamte seinen sonst so raschen Schritt und atmete den Duft der welken Blätter ein. Manchmal vergaß er, wie schön das Leben doch war!

Diesem Gedanken folgten automatisch seine Arbeitssorgen. Bassar steckte die Hände in die Manteltaschen. Hier im Park mochte die Welt vollkommen friedlich erscheinen, doch er wusste, dass es in Wirklichkeit nicht so war. Wie ein Schiff hatte die Stadt Risse im Bauch: Von überall sickerte das Verbrechen herein und überschwemmte die Unterwelt. Bassar rannte von einer undichten Stelle zur nächsten und verhinderte, dass alles im Chaos versank. Doch ein ganz besonderes Loch, durch das schon seit Jahren stinkendes Abwasser quoll, war einfach unauffindbar … *Eck Jargo*, natürlich. Das Wirtshaus *Eck Jargo*. Königreich der Diebe, Palast der Verbrecher, Welt der Schatten. Und noch eine Menge mehr, was nicht von den Räubern besungen wurde.

Es hieß, der große Bandit Paolo Jargo habe sich dort vor mehr als dreißig Jahren versteckt und die legendäre Spelunke gegründet. *Versteck des Jargo* hatte man es genannt – aber da die, die seinen Namen nannten, meist in Eile waren, und um der wohnlichen Atmosphäre des Etablissements Rechnung zu tragen, hieß es heute nur noch *Eck Jargo*.

Und jeder kannte *Eck Jargo* – hier waren mehr Räuber, Banditen, Betrüger und Mörder ein- und ausgegangen als im Gefängnis. Nicht jeder wusste allerdings, wo das berühmte Wirtshaus war. Und an dieser Stelle biss Bassar schon seit Jahren auf Granit.

Die Adresse von *Eck Jargo* kannten nur die, die dort verkehrten. Niemand, der nicht den wachsamen Augen seiner Hüter vertraut war, würde das versunkene Reich der Kriminalität betreten, in dem den Gesuchten und Gehetzten das vergönnt war, was die Welt jenseits ihnen verwehrte: ein ruhiger Atemzug.

Ein kleines Mädchen begann bei Bassars grimmigem Anblick zu weinen und rannte davon. »Der Beelzebub!« Das Mädchen verkroch sich im Kleid seiner Mutter.

Dummes Kind, dachte Bassar und holte weit mit den Schritten aus, um dem Blick der verärgerten Mutter zu entkommen. Kinder! Solche wie die kleine Spiegelgold raubten ihm den letzten Nerv. Wie viele Briefe hatte sie ihm in der letzten Woche wohl geschrieben? Geradezu bombardiert hatte sie das Polizeipräsidium mit Fragen nach einem gefassten Täter. Dachte sie denn, er habe nichts Wichtigeres im Kopf als einen Brand, den noch dazu der verrückte Besitzer selbst gelegt hatte?

Zugegeben, der Brand war eine recht heikle Sache, denn

immerhin war *Buchhandel Spiegelgold* mit vier Etagen die größte und älteste Buchhandlung der Stadt gewesen. Trotzdem, es gab größere Verbrechen als ein Feuer. Schon seit einigen Jahren ging beispielsweise ein Einbrecher um, der wertvolle Bücher stahl. Und erst gestern, nachdem der Dieb bei einem Kunstprofessor eingebrochen war, hatte sich herausgestellt, dass es sich um einen Jungen handelte. Ein Kind! Das bedeutete, dass es eine Bande sein musste, die seit Jahren Bücher klaute. Wer steckte dahinter? Wer bildete die Kinder aus? Denn angeblich hatte der junge Dieb bei seiner Flucht letzte Nacht ein erstaunliches Geschick bewiesen. Wer so leicht in die wohlhabendsten Häuser der Stadt einbrechen konnte, würde irgendwann bestimmt mehr als Bücher mitnehmen. Unter anderen Umständen hätte Bassar sich voll und ganz den Kinderdieben gewidmet, wäre da nicht ein noch viel dunkleres Rätsel … Und, verflixt noch mal, schon wieder ging es um Kinder.

Denn in der ganzen Stadt verschwanden welche. Vor knapp neun Jahren waren drei Kinder, ein Junge und zwei Mädchen, aus den ärmeren Vierteln spurlos verschwunden. Das erste Mädchen hatte in einem Waisenhaus gelebt, deshalb fiel ihre Entführung vorerst nicht auf und niemand meldete sich bei der Polizei – schließlich brachen Kinder oft genug aus Waisenhäusern aus. Das zweite Mädchen hatte mit sieben Geschwistern bei einer Ziehmutter gelebt. Als das Mädchen verschwand, freute sich die Mutter über ein Maul weniger, das es zu stopfen galt. Auch sie meldete den Fall nicht. Dann wurde der Sohn eines Hufschmieds entführt. Die Eltern gingen zur Polizei. Aber selbst da nahm niemand große Mühen auf sich – Kinder gingen hin und wieder verloren, meistens tauchten sie auch wieder auf. Auch als zwei, dann vier weitere Kinder verschwanden, schenkte man den Fällen keine besondere Beachtung. Zudem kamen drei der vermissten Jungen und

Mädchen wieder, ohne sich erinnern zu können, wo sie gewesen waren. Wenig später wurde die Leiche eines Zeitungsjungen ans Flussufer geschwemmt. Auch das konnte passieren – der Tote hatte einen trinkenden Vater gehabt und der Mann wurde vorerst festgenommen.

Das Geheimnis um die Kinder wurde auf anderem Weg bekannt. Eines Tages meldete sich der Leiter einer Irrenanstalt bei der Polizei. In den vergangenen zwölf Monaten waren neun Kinder von der Straße eingewiesen worden. Sie alle hatten ihr Gedächtnis verloren. Nur einer der Jungen und Mädchen konnte identifiziert werden: Er war der Sohn eines Bankdirektors, den man eine Woche zuvor vermisst gemeldet hatte. Alle Zeitungen berichteten über den Fall und die einflussreichen Eltern des Jungen übten großen Druck auf die Polizei aus.

Die Sache kam ins Rollen. Bassar vermutete von Anfang an, dass die Kinder mit dem Gedächtnisverlust etwas mit den Entführungen zu tun hatten. Er besuchte die Eltern, deren Sprösslinge zurückgekehrt waren. Acht von dreizehn Kindern hatten ihre Erinnerung größtenteils verloren, die restlichen fünf hatten zumindest vergessen, dass sie je fort gewesen waren.

Die Polizei stand vor einem Rätsel. Was geschah mit den Kindern? Und wieso kehrten die meisten von ihnen mit Gedächtnislücken zurück? Bassar hatte nicht den Hauch einer Spur. Und mit jedem Tag verschwanden mehr.

Bassar verließ den Park. Allmählich zog die Dämmerung auf, es war kühler geworden. Am seidenblauen Himmel glänzte der Vollmond rund und glatt wie eine Goldmünze. Bassar stieg in eine Pferdebahn und fuhr zum Polizeipräsidium. Geschäfte und Gasthöfe zogen an ihm vorbei, Frauen, Männer, Kinder. Er beobachtete eine Gruppe Jugendlicher, die im Schatten einer Seitengasse Murmeln spielten und rauchten. Rufe, Gelächter und der Frieden eines lauen Herbstabends umschwebten sie.

Bassar strich sich erschöpft über die Wangen und schloss die Augen. Er war müde und fühlte sich plötzlich alt. Schon siebenundzwanzig galten als vermisst.

Der tote Junge

Vampa wollte sein geheimes Zimmer nicht verlassen, denn so war es immer, wenn man ein Blutbuch anfing: Es hielt einen fest. Man konnte sich von den Worten nicht mehr trennen, so wie man sich nicht von sich selbst, seinen Gedanken und Erinnerungen, seiner Identität trennen kann.

Aber er musste gehen, schließlich wartete man auf ihn. Er hatte ja seine kleine sinnlose Arbeit, um weiterhin essen zu können … Widerwillig trennte er sich von *Der Junge Gabriel*, klappte das Buch zu und legte es zwischen zwei Bücher, damit es nicht feucht wurde. Früher oder später würde es zerfallen wie alle anderen Bücher auch, aber jetzt brachte Vampa es noch nicht über sich, das zuzulassen. Wenn man etwas liebt, und sei es auch nur für die Dauer einer Romanerzählung, sorgt man sich darum. Und im Moment wollte er nicht, dass *Der Junge Gabriel* zu schimmeln begann.

Er zog sich die Hosenträger über die Schultern und seine geflickte schwarze Jacke darüber. Er hatte auch einen dunkelgrünen Anzug mit einer Weste, der vor langer Zeit einmal fein gewesen war, aber aus zweierlei Gründen bevorzugte er die einfachen Sachen: Erstens erregten sie an den Orten, wo er sich herumtrieb, weniger Aufmerksamkeit, zweitens hatte er die Hose und das Hemd vor zwei Jahren gestohlen, der Anzug aber war über neun Jahre alt, und alles Neue war ihm willkommen.

Dann schnitt er sich die schulterlangen Haare mit einem Klappmesser ab. Die Strähnen fielen rings um ihn auf Matratze und Bücher, bis seine dichten, strubbeligen Locken ihm nur noch bis zu den Ohrläppchen reichten. Am Hinterkopf hatte er sich sogar noch mehr abgesäbelt, sodass die Haare wirr in alle Richtungen abstanden. Er klappte das Messer wieder zu, steckte es in die Hosentasche und zog sich die Mütze tief in die Stirn. Dann verließ er sein Zuhause, kletterte die Leiter hoch, zwängte sich an den rauschenden Abflussrohren vorbei und kam ins Freie.

Es war früher Abend. Er hatte so gut wie den ganzen Tag verschlafen. Vampa vergrub die Hände in den Hosentaschen und ging los.

Der Weg bis zur Arbeit gefiel ihm. Er war zwar ein bisschen lang, er musste fast dreißig Minuten stramm gehen, aber das machte ihm nichts aus. Zuerst durchquerte er die wohlhabenden Stadtviertel und kam an Puppengeschäften, Parfümerien und Hutmachern mit klangvollen Namen vorbei. Kleine Kinder in roten Mänteln mit dazu passenden Mützen liefen an den Händen ihrer Kindermädchen und schleckten große Spirallutscher; elegante Herren führten noch viel elegantere Windhunde spazieren; geschäftige Bankangestellte eilten durch die Menge, um die Pferdebahn nicht zu verpassen. Es roch nach gebrannten Mandeln, nach frischem Brot, und die Schaufenster der Konditoreien schmückten schon jetzt festliche Schneehügel, Engel, Sterne und Christkinder aus Marzipan. Glänzende Automobile brausten hupend an den Kutschen vorbei. Ein schmutziger Zeitungsjunge hüpfte gerade noch rechtzeitig auf den Bürgersteig, bevor eines der neumodischen Gefährte ihn überrollen konnte.

Vampa bog bald nach links auf einen Markt. Kutschen ratterten an ihm vorbei. Bäuerinnen und Kartoffelverkäufer hatten ihre Stände noch nicht abgebaut und eine Metzgerei nach der anderen säumte die Straße. Es wurde gefeilscht, gerufen, gekauft und gestohlen. Ein Grüppchen feiner Damen kam Vampa entgegen, die Hüte mit mehr Federn trugen, als eine Gans am Leib hatte. Die jungen Frauen scherzten ausgelassen und schoben sich mit behandschuhten Fingern Anisbonbons in den Mund. Vampa wich ihnen aus, und die Damen zogen an ihm vorüber, ohne ihn zu bemerken.

Ich wäre so alt wie sie.

Vampa wandte sich ab und ging schneller. Er hielt den Kopf gesenkt. Wenn ihm die Leute direkt ins Gesicht blickten, erschraken sie vor etwas, das sie sich nicht erklären konnten; als würden sie für Sekunden ein schreckliches Licht in seinen Augen sehen, ehe es ebenso schnell erlosch, wie es gekommen war, und sie vergaßen, dass es je existiert hatte.

Er bemühte sich meistens darum, unbemerkt durch die Menge zu schlüpfen. Auch heute nahm kaum einer den Jungen wahr, der durch die vom Abendlicht durchtränkten Straßen huschte, schnell und lautlos, einer von vielen Lumpenjungen, die in den Dämmerstunden die Stadt bevölkerten.

Als der Marktlärm hinter ihm zurückblieb, bog er in eine Seitengasse und erreichte ein wahres Labyrinth kleiner Straßen und Hinterhöfe. Schänken, die der Geruch von Bier umwölkte, und Wirtshäuser zweifelhaften Rufes drängten sich in den engen Gassen zusammen, dazu unzählige kleine Geschäfte, schmuddelige Barbiere und Antiquitätenhändler, Pfandhäuser und Nähereien. In den Höfen zwischen dunklen Hausfassaden riefen Kinder aus Leibeskräften: »Wer hat Angst vorm schwarzen Mann?« Hundekläffen hallte durch das Viertel, Ratten huschten durch die Abfälle und ein Gewirr fremder Sprachen drang aus den Fenstern. Manche Prediger sagten, Viertel wie diese seien die Brutstätte allen Übels, aber in Wirklichkeit waren sie die Quelle des Lebens. Was hier kochte und brodelte, wimmelte und wuselte, das war die Natur und was die Menschen aus ihr machten.

Vampa nahm bei jeder Weggabelung die dunkelste und schmalste Straße. Hier drang kaum Licht hinab; was die Backsteinhäuser nicht hinter sich verbargen, wurde von den Leintüchern verschluckt, die über die Gassen gespannt waren. Er erreichte eine Sackgasse. Hinter der bröckeligen Mauer an ihrem Ende türmte sich Abfall und ihm atmete dunstiger, saurer Gestank entgegen. Links und rechts waren die Häuser scheinbar unbewohnt. Und doch wusste er, dass er aus den Fenstern beobachtet wurde: Gewehrläufe und Pistolen zielten aus der Finsternis auf seinen Kopf.

Ein einziges Geschäft befand sich in der Gasse. Die rote Farbe der Tür blätterte bereits ab, und der runde Messinggriff, einst golden lackiert, hatte längst zu rosten angefangen. Die Aufschrift auf dem Schaufenster war nur noch schwer zu lesen: *Fräulein Friechens Teestube. Teesorten aus aller Herren Länder.*

An der Tür hingen ein schweres Eisenschloss und ein Schild, auf dem stand: *Geschlossen*.

Vampa drückte die Türangeln nach oben. Sie ließen sich problemlos schieben, nicht das leiseste Quietschen erklang. Dann schwang die Tür mit einem lautlosen Luftzug nach innen auf, Schloss und Türgriff noch immer fest verriegelt.

Ein süßlicher, modriger Teeduft umhauchte Vampa. So stellte er sich den Geruch einer alten Frau vor, die einmal wunderschön gewesen war – wie das schwelende Aroma einer welken Blume.

»Wer ist da?«, fragte eine zittrige Stimme. Aus dem Halbdunkel schlurfte eine Frau, die sich schwer auf ihren Gehstock stützte. Ihr weißes Haar umflammte das ausgezehrte Gesicht wie flatternde Spinnweben.

»Hallo, Fräulein Friechen«, sagte Vampa leise. Die Alte hob blitzschnell ihren Gehstock und hielt ihn an Vampas Kehle. Eine messerscharfe Eisenspitze kitzelte ihm den Hals.

»Bist du alleine, Vampa?«, fragte die Alte freundlich.

»Wie immer.«

Ein Lächeln glitt über das Runzelgesicht der Alten. »Du kennst ja den Weg.«

Vampa setzte sich in Bewegung. Der Gehstock glitt von seinem Hals hinunter zu seinem Rücken. Fräulein Friechen folgte ihm mit humpelnden Schritten durch das dunkle Geschäft. Die Möbel und die Blechdosen in den Regalen überzog längst eine dicke Staubschicht. Als Vampa einen dunklen Vorhang am Ende des Raumes erreichte, verschwand der sanfte Druck an seinem Rücken.

»Eure Angelegenheit, Jungs«, sagte die Alte friedlich, und Vampa hörte das dumpfe Klopfen ihres Gehstocks, als sie sich entfernte. Er drehte sich um, als sie verschwunden war, und schob den Vorhang hinter sich auf, den Blick zum Schaufenster hinaus gerichtet. Zwei Hände griffen ihn von hinten an den Schultern und zogen ihn am Vorhang vorbei. Erst jetzt, da der schwarze Stoff vor ihm zufiel, durfte Vampa sich umdrehen.

Er stand unter einer nackten Glühbirne, die von der niedrigen Decke baumelte, und konnte nur Schemen von den Männern erkennen, die rings um ihn an der Wand saßen. Aber die Gewehrläufe glänzten hell im Lichtschein.

»Vampa. Sei gegrüßt«, knurrte eine Stimme.

»Seid gegrüßt«, erwiderte Vampa. Vor ihm führte eine schmale Treppe in die Tiefe. Er setzte sich in Bewegung und schritt die Stufen hinab. Als die Treppe eine Wendung machte, drückte ihm flüchtig ein Gewehrlauf gegen die Schläfe, der durch eine Öffnung in der Wand ragte – die Wände waren hier voller Löcher, und man wusste nie, aus welchen die Wächter von *Eck Jargo* gerade auf einen zielten.

Am Ende der Treppe leuchtete Vampa Licht entgegen. Er trat in einen Raum mit schwarzen Wänden. Die acht Türöffnungen ringsum waren wie aufgesperrte Rachen, in denen Treppen gleich roten Zungen schimmerten. Ein massiver Schreibtisch aus Kirschbaumholz stand in der Mitte des Zimmers und darauf ein großer goldener Kerzenständer, der über und über mit Kerzen beklebt war. Ihr Licht bestrahlte das Gesicht einer stark geschminkten, rundlichen Dame.

»Grüß dich, Vampa«, sagte Dotti. »Wie immer alleine?«

»Wie immer«, sagte Vampa leise. Es kam nicht oft vor, dass Dotti höchstpersönlich der Anmeldung vorsaß. Für gewöhnlich war sie im *Mauseloch* oder in der *Roten Stube* bei den Tänzerinnen beschäftigt. Sie war die Einzige, die Kontakt zu jenen geheimnisvollen Leuten zu haben schien, die das Wirtshaus führten. Jeder wusste, dass sie das schlagende Herz von *Eck Jargo* war.

»Du kommst gerade rechtzeitig«, fuhr Dotti in geschäftsmäßigem Ton fort. »Dein Kampf findet in drei Minuten statt.« Dabei blickte sie auf eine Taschenuhr und wies mit einem Kopfnicken auf eine der Türöffnungen. »Vielleicht schaue ich später noch vorbei.«

Vampa trat durch die Türöffnung von *Bluthundgrube*. Die schmalen Holzstufen führten ihn zu einer Tür, von der er in der Dunkelheit nur die schweren Eisenschrauben schimmern sah. Gedämpfter Lärm drang zu ihm. Vampa klopfte an, ein Schiebefenster öffnete sich und zwei Augen richteten sich auf ihn.

»Was willst du hier in *Bluthundgrube*?«, fragte der Wächter unwirsch, dabei kannte er Vampa gut – er musste jedem diese Frage stellen.

»Ich bin ein Bluthund«, sagte Vampa.

Der Wächter schob das Fenster wieder zu. Einen Moment später öffnete er die Tür und Vampa trat in *Bluthundgrube* ein.

Wenn man darüber nachdachte, war es nichts als ein muffiger Keller, in den die unzähligen Männer allnächtlich strömten. Die Decke war niedrig und feucht, die Luft brannte vor Rauch und Schnaps in den Augen. Der Boden aus festgestampfter Erde und Holzbrettern war längst von Wasser, Bier und Blut durchtränkt. Es herrschte ein ohrenbetäubender Lärm. Männer grölten, Gläser wurden zerschlagen, Zähne flogen – das finstere Erdloch vibrierte vor Krach und Gewalt. Aber genau deshalb füllte sich *Bluthundgrube* auch Nacht um Nacht mit den aufgebrachten Scharen: Sie wollten sich vom Anblick der Kämpfe entsetzen lassen. Und wenn sie bei den Wetten auch noch ein paar Münzen gewannen, schwelgte der ganze Keller in Gier und Euphorie.

Vampa drängte sich durch die Menge, atmete den Schweiß und Moder und Schnaps, bis er den Boxring erreichte. Eine grell geschminkte Tänzerin aus der *Roten Stube* nahm ihm Mütze, Jacke und Hemd ab. Eine zweite umwickelte seine Fingerknöchel und Handgelenke mit Bandagen. Das Stimmengewirr schwoll an. Die Menge drückte sich enger an den Ring. Der Schiedsrichter, ein bulliger Boxer in früheren Tagen, der jetzt hinkte, trat in den Ring und schwang eine Klingel über seinem Kopf. Jubel brach aus und Wettzettel wurden geschwenkt.

»Zur Linken«, schrie der Schiedsrichter, wobei er auf Vampa wies, »der unzerstörbare, der unsterbliche, höllische Vampirjunge!«

Aus der Menge wogte ein zugeknöpftes »Huh-huh-huhu!«

»Und zur Rechten der Herausforderer, der große, der kolossale, der furchtlose Metzger!«

»Ja! Ja! Ja …«

Der pickelige Mann wälzte die Schultern. Sein Gesicht sah aus wie ein geschwollenes Fleischstück, auf dem der Schimmel weiß blühte. Vampa tänzelte auf der Stelle. Im bröseligen Licht der Glühbirne, die einsam über dem Boxring hing, verschwammen die Zuschauer zu zuckenden Schatten. Allein der Metzger blieb erkennbar, der massige Körper vom schummrigen Licht wie in Senf getaucht.

Die Klingel schrillte. Gejohle erklang. Mit einem Schrei stürzte der Metzger auf Vampa zu.

Vampa erinnerte sich gut an seinen ersten Kampf. Er lag fast sieben Jahre zurück.

»Dotti«, hatte er gesagt, »du musst mir helfen.«

Die Tänzerin hatte ihn mit ihren klugen Augen angesehen, ohne eine Miene zu verziehen. Und doch standen ihr die Ängste sichtbar ins Gesicht geschrieben: Vampa klang nicht, als bräuchte er Hilfe. Er klang nie nach *irgendwas*. Es war, als gehöre seine Stimme nicht ihm; als habe ein Geist von ihm Besitz ergriffen, der weder wusste, wie man den Worten einen Klang verlieh, noch einen menschlichen Gesichtsausdruck hervorbringen konnte. Vampa hatte kein Anzeichen von Menschlichkeit. Er hatte keine Gefühle.

»Wie soll ich dir helfen?«, erwiderte Dotti mit der Gelassenheit einer Frau, die diese Bitte oft hört.

»Ich brauche Arbeit. Irgendwas. Ich ... ich brauche Essen.«

»Hol dir die Abfälle vom *Mauseloch*, da gibt es doch genug.« Als Dotti ihn fortwinken wollte, sagte er fest: »Ich brauche kein Essen nur für heute Abend. Ich dachte, ich komme ohne aus. Aber ... ich lag falsch.«

»Wie meinst du das, du dachtest, du kommst ohne aus? Ohne was?«

»Ohne Essen.«

»Seit wann?«

Er dachte nach. Irgendetwas regte sich hinter der Maske seines bleichen Gesichts. »Seit wir Tee getrunken haben.«

Dottis Augen wurden groß. Sie wagte nicht, sich zu bewegen, obwohl sie gerne die Hände vor den Mund geschlagen hätte.

Genau drei Monate zuvor war Dotti in der Stadt unterwegs gewesen. Sie hatte Geschäftspartner besucht und war in einigen der einflussreichsten Häuser der Stadt zum Tee gewesen, um Gäste von *Eck Jargo* zu treffen. Danach hatte sie ihrem Schneider einen Besuch abgestattet, der ihr ein neues Cape aus Hermelinfell machen sollte, wie Dotti es sich schon so lange wünschte.

Als sie auf dem Weg zu Fräulein Friechens Teestube war, entdeckte sie etwas am Straßenrand, zusammengekauert zwischen Schutt und Abfall. Sie blieb stehen. Es sah aus wie eine Leiche. Ein Paar alter, abgetragener Schuhe ragte hervor.

Dotti blickte nervös zu allen Seiten. Es kam hin und wieder vor, dass sich solche *Überreste* in der Nähe von Fräulein Friechens Teestube fanden ... Die Wächter kümmerten sich meistens um ihre rasche Entsorgung, denn eine derartige Spur konnte geradewegs an die Pforten von *Eck Jargo* führen, vor allem jetzt, da die Polizei aufmerksamer war denn je und ihre Spitzel schon den kleinsten Blutstropfen witterten. Als Dotti näher trat, um zu prüfen, ob sie den Toten gekannt hatte, erschrak sie: Der Tote war gar nicht tot, sondern blinzelte träge mit den Augen.

»Jesus Maria im Himmel!« Dotti war in wohl jeder Hinsicht unchristlich, aber was das Fluchen anging, war sie religiös geblieben. »Geht es dir gut, Junge?«

Er starrte sie aus seinen toten Augen an, und als er die weißen Lippen öffnete, schimmerte seine Mundhöhle blutrot.

»Ich habe Durst«, sagte er, aber es schien keine Bedeutung zu haben, und Dotti fiel es schwer, ihn zu verstehen, obwohl er klar sprach. Seine Worte waren auf eine merkwürdige und unerklärliche Weise tot. Sie hätten nicht gesprochen werden dürfen, sie waren nicht real – wie eine Erinnerung, die man noch zu hören glaubt, obwohl sie längst vergangen ist.

»Durst?«, wiederholte Dotti. Dann erkannte sie es, es fiel ihr wie Schuppen von den Augen: Der Junge im Dreck war ein Vampir.

Vor Schreck war sie wie gelähmt. Hundert Geschichten bestürmten sie auf einmal. Dotti war in einem Zigeunerzirkus aufgewachsen und sie hatte die Warnungen der alten Wahrsagerinnen nie vergessen. Vampire und Motten hatten die Albträume ihrer Kindheit besiedelt und ein Großteil ihres Aberglaubens war ihr über die Jahre des Erwachsenseins erhalten geblieben. Nun da der bleiche Junge zu ihr aufstarrte, zweifelte sie keine Sekunde daran, dass er ein Vampir war oder zumindest etwas ähnlich Unmenschliches.

»Wer bist du?« Ihre Stimme schwankte. In der rechten Hand hielt sie bereits die kleine Pistole aus ihrer Handtasche, aber sie wusste, dass gewöhnliche Waffen Dämonen keinen Schaden zufügten.

»Du musst mir helfen«, sagte der Junge monoton. Es war keine Bitte, kein Befehl. Sein Gesicht spiegelte nichts wider. Er erhob sich aus dem Dreck und blieb geduckt an der Mauer stehen. »Hilf mir.«

Schreckensbleich erkannte Dotti, dass ihm Tränen aus den Augen strömten. Silbrige Rinnsale zogen sich über seine schmutzigen Wangen, Tropfen sammelten sich an seinem Kinn und perlten auf seine zerknitterten Kleider.

»Es sind schon zwei Jahre vergangen. Sieh mich an. Wie alt bin ich?«

»Bist du ein Vampir?«, hauchte Dotti.

»Was?« Der Junge hatte sie nicht gehört. Noch immer strömte das Wasser aus seinen Augen.

»Vamp… Vampi…«

»Kennst du mich? Kennst du mich? Ist das mein Name?« Er machte drei Schritte auf sie zu. »Heiße ich so? *Vampa*?«

»Bist du ein Mensch?«, flüsterte Dotti.

Nur die Tränen bewegten sich auf seinem Gesicht. »Ich weiß nicht. Du musst mir helfen, es herauszufinden.«

Sie nickte zerstreut. Man durfte Geister nicht verärgern. »Ja«, hörte sie sich flüstern. »Ja, ist gut. Ich helfe dir. Ich tue, was du willst.«

Eine halbe Stunde später saß sie mit dem Vampir in einem Hinterzimmer von Fräulein Friechens Teestube und zündete eine Petroleumlampe an. Seine Haut schimmerte im Licht wie Wachs.

»Welchen Tee magst du?«, fragte Dotti. Sie hatte sich einigermaßen gefasst. Wenn man so lange wie sie unter Dieben, Verbrechern und anderem gefährlichen Gesindel lebte, gewöhnte man sich an die schlimmsten Situationen – und auch das Gespräch mit einem toten Jungen verlor schnell an Schrecklichkeit.

»Ich weiß es nicht«, sagte Vampa.

»Was schmeckt dir am besten?«

»Ich weiß nicht.«

»Na… dann probier mal Pfefferminz.«

»Was bedeutet das, schmecken?« Er sah sie an, und Dotti war nicht sicher, ob er eine Antwort erwartete. »Ich weiß nicht, was schmeckt, was nicht schmeckt, was schön ist, was hässlich ist. Ich habe keine Meinung. Alles ist einfach da. *Ich* bin einfach da.«

Dotti ließ sich langsam auf den Stuhl ihm gegenüber sinken.

»Ist etwas, das nicht schön ist, nicht hässlich, nicht groß und nicht klein, nicht laut und nicht leise – ist das etwas Echtes?« Wie Trugbilder zerfielen seine klanglosen Worte.

»Also, etwas, was nicht irgendwie *ist*, das gibt es nicht, würde ich sagen«, murmelte Dotti.

Der Junge sah sie an. Seine Augen füllten sich erneut mit Tränen, die nichts mit ihm zu tun zu haben schienen. »Dann gibt es mich nicht. Ich bin nichts ... Ich, ich glaube, irgendwo da draußen existiert etwas, das einen Schatten wirft. Und der bin ich.«

»Ein Schatten?«, wiederholte Dotti verwirrt.

»Ich brauche Hilfe«, sagte Vampa. »Ich muss ... lesen lernen.«

»Lesen?«

»Ich muss ein Buch lesen, das ich noch nicht gefunden habe. Kennst du jemanden, der mir hilft, lesen zu lernen?«

Dotti schluckte schwer. »Ich brauch jetzt erst mal einen Schnaps«, murmelte sie, änderte ihre Meinung jedoch und holte eine Pralinendose hervor, die sie zwischen sich und den Vampirjungen stellte.

»Noch besser. Nimm dir hier was.« Wenn sie eines von ihren Eltern gelernt hatte, dann, dass Schokolade einen weitaus größeren Beruhigungseffekt besaß als Alkohol. Sie öffnete die Dose und steckte sich gleich vier Nougattrüffeln auf einmal in den Mund.

»Vampa, hast du gesagt, heißt du?«, nuschelte sie und schob sich die klebrige Schokolade in beide Backen. »Passt ja. Also, gibt es eigentlich ein Leben nach dem Tod?«

Der Junge nahm sich eine Nougattrüffel und nagte ein winziges Stück ab. »Die Frage«, sagte er tonlos, »ist, ob es einen Tod gibt ohne Leben.«

Dotti begriff nicht. Erst in den nächsten Wochen würde sie anfangen zu verstehen.

Sie suchte einen Mann, der in ihrer Schuld stand, als Lehrer für Vampa aus. Der Junge lernte eifrig. Dotti sah ihn niemals schlafen, niemals essen, mit keiner Menschenseele sprechen. Pausenlos las er und lernte die Buchstaben und ihre Klänge auswendig. Als er versuchte, selbst zu schreiben, führte er die Feder wie ein Gelehrter und brachte ein wunderschönes M zu Papier.

Sein Lehrer fürchtete sich vor ihm. Immer wieder wollte er von Dotti wissen, wer der Junge war, bis sie ihm endlich sagte, er sei der Sohn eines verstorbenen Freundes.

»Nein«, antwortete der Mann plötzlich. »Dieser Junge … ist kein Junge! Er ist nicht menschlich!«

»Das sagt der Richtige, ein Mörder, der sich für jeden neuen Kopf einen Strich in den Arm ritzt!«

Darauf schwieg der Mann. Nach einer Weile brauchte Vampa ihn nicht mehr. Er lernte das Lesen innerhalb von wenigen Wochen, als würde er lediglich etwas wiederentdecken, das er einst verlernt hatte.

Dotti verlor ihre Angst vor dem Jungen nicht: Nie würde sie wagen, ihn fortzuschicken oder ihm einen Wunsch abzuschlagen. Sie nahm ihn hin, wie man einen Geist hinnimmt, der in einem Haus spukt. Allerdings verwarf Dotti den Verdacht, er sei ein Vampir; denn er bewegte sich im Sonnenlicht und wich den Menschen eher aus, als dass er sie anfiel. Auch auf die Knoblauchzehen, die Dotti überall versteckte, reagierte er nicht. Und doch, er war kein Mensch, das war gewiss. Dotti fand sich mit der Erklärung ab, dass er ein Dämon war, gefangen im Körper eines Jungen. Sie stellte keine Fragen, als er zu essen aufhörte, sagte nichts, als er nach jedem Boxkampf, in dem sie ihn kämpfen ließ, halb tot ging und am nächsten Morgen unversehrt zurückkam; sie wollte nicht wissen, welchem geheimnisvollen Ziel er nachhetzte und aus welchem Schlupfwinkel der Hölle er stammte. Sie blickte blind an allem vorbei, als er sich über die Jahre hinweg nie veränderte und nach sieben Jahren noch der unheimliche

Vierzehnjährige war, den sie an jenem unglückseligen Herbsttag im Dreck gefunden hatte. Dotti führte ihr Leben fort, als wäre nie etwas geschehen.

Nur ihr Schokoladenkonsum erhöhte sich.

Drei Monate lang hatte Vampa keinen Bissen zu sich genommen. Zuletzt hatte er sogar aufgehört zu trinken.

Das war vor sieben Jahren gewesen, als er das erste Mal versucht hatte zu sterben. Es waren bereits zwei Jahre vergangen, seit er am Straßenrand erwacht war, ohne Erinnerung und Identität. Zwei Jahre lang hatte er sich nicht verändert … Jede Nacht geschah es: Sein Haar wuchs zu seiner alten Länge zurück, egal wie kurz er es abgesäbelt hatte. Alle Verletzungen heilten, alles wurde rückgängig gemacht, es war wie eine unheilvolle Ebbe, die das Meer nach jeder Flut wieder zurückzieht. Vampa hatte keine Macht über seinen Körper. Doch er konnte entscheiden, ob er aß.

Es fiel ihm anfangs schwer, aufs Essen zu verzichten. Nach einer Woche spürte er den Hunger nur noch als steten, pochenden Schmerz, der seine Existenz überschattete. Nach einem Monat wurde ihm häufig schwindelig, er fiel in Ohnmacht oder wurde kurzfristig blind. Andere Male bekam er Bauchkrämpfe, ihm wurde eiskalt, während sein Magen heiß brannte, und ihm fielen die Haare aus – aber jeden Morgen waren sie wieder da, nur um aufs Neue auszufallen. Er konnte nicht einmal verhungern.

Schließlich ging er zu Dotti nach *Eck Jargo* und bat sie um Arbeit, damit er wieder essen konnte. Er brauchte das Essen nicht – nach jeder Nacht war er ja wieder so wohlgenährt wie am Morgen davor –, und doch musste er essen, damit die Schwindelanfälle und Krämpfe vergingen.

Eine Weile putzte er Gläser in der *Wiegenden Windeiche*, aber dabei verlor er ganze Nächte, obwohl er doch nach dem

Buch suchen musste … Er brauchte eine andere Arbeit. Als er Dotti bat, ihn boxen zu lassen, willigte sie ein. Sie erlaubte ihm alles, verwehrte ihm nichts.

Ob er ihr dankbar war? Vampa wusste es nicht. Er fühlte nichts für Dotti, so wie er für einen Stein, einen Stock, ein Blatt nichts gefühlt hätte. Ebenso wenig empfand Vampa, als er das erste Mal in *Bluthundgrube* antrat.

Die Zuschauer grölten vor Erregung, und Vampas Gegner, ein Mann wie ein Stier, glühte ihn an, bereit, ihn zwischen den Fäusten zu zermalmen.

»Nimm ihn auseinander!«, schrien die Zuschauer in roher Begeisterung und flatterten mit ihren Wettzetteln. »Brech den Burschen *entzwei*!«

Der Boxring war nur durch Seile vom Publikum getrennt. Die Klingel schrillte. Schon traf Vampa die Faust seines Gegners am Kopf. Die Wucht ging ihm durch die Knochen wie der Einschlag einer Bombe. Er fiel gegen die Seile und wurde von hundert heißen, begierigen Händen zurück in den Ring gestoßen. Vampa stolperte gegen den Boxer. Er spürte nicht mehr, wo ihn der nächste Schlag traf, er wusste nur noch von den Wellen des Schmerzes, die ihm durch den Körper rollten und in tausend dröhnende Lärmsplitter zerschellten. Der Schmerz war fern, mehr so wie das unangenehme Gefühl, das man hat, wenn man von intensiven Schmerzen liest.

Als Vampa zu sich kam, kümmerten sich die Tänzerinnen aus der *Roten Stube* um ihn. Langsam schlug er die geschwollenen Augen auf, und manche Tänzerin stieß Schreie aus, denn sie hatten ihn für tot gehalten. Kein Zahn war ihm geblieben und sein Rückgrat war gebrochen.

Am nächsten Abend trat er gegen denselben Boxer wie am Vortag an. Es war das erste Mal, dass er *Bluthundgrube* vollkommen geräuschlos erlebte. Keiner gab einen Mucks von sich. Die Gäste starrten den Jungen an wie einen Geist. Aufrecht stand er im Ring mit seinem Rücken, der nicht mehr gebrochen war, und seiner Nase, gerade und scharf geschnitten ohne die blutigen Risse.

Da begann der Boxer vor ihm zu schluchzen. Er stolperte zurück, seine Augen wurden irr. Vampa versetzte ihm einen Kinnschlag, und der Mann ließ sich auf den Boden fallen, wo er wimmernd im Nassen liegen blieb. Dabei fühlte Vampa nichts für ihn. Keine Befriedigung und kein Mitleid. Nichts für die stummen Zuschauer. Nichts für sich selbst.

Vampa wurde eine Legende in *Eck Jargo*. Manche kamen allein, um zu sehen, wie der Vampirjunge totgeprügelt wurde und am nächsten Tag unversehrt weiterkämpfte. Bald kursierten die verrücktesten Gerüchte über ihn – einige behaupteten sogar, dass in ihm der Geist des Paolo Jargo lebte. Das alles wurde hinter seinem Rücken geflüstert. Denn den merkwürdigen Jungen anzusprechen, traute sich niemand. Inmitten der Diebe und Verbrecher, der Geheimbünde und Verschwörer blieb Vampa allein. Er wandelte durch das Leben und war nicht mehr als ein Gerücht; eine flüchtig erzählte Geschichte.

Vampa scherte es nicht. Nichts war von Bedeutung. Und obwohl es Vampas einziges Ziel war, daran etwas zu ändern, konnte er nicht einmal seine Gleichgültigkeit hassen. Er kannte keinen Hass, keine Furcht, keine Liebe. Wie ein Bild, das er nicht schön und nicht hässlich fand, betrachtete er das Leben und Sterben der Männer, die in *Eck Jargo* ihre letzte Zuflucht suchten.

Eck Jargo bestand aus acht verschiedenen Abteilen, den Acht Ecken: dem *Mauseloch*, der *Wiegenden Windeiche*, *Himmelszelt*, der *Roten Stube*, dem *Glückspalast*, *Bluthundgrube*, dem *Laternenreich* und *Labyrinth*. Jede Ecke war ein neuer, auf Entdeckung wartender Kontinent in der Welt *Eck Jargo*.

Die *Wiegende Windeiche* glich einer muffigen Kapelle, in der man die Stimme aus Ehrfurcht vor den unsichtbaren und doch stets allgegenwärtigen Mächten nicht lauter als nötig zu erheben wagte. Unter den Wurzeln, die sich durch die gesamte Decke zogen, herrschte ewige Dunkelheit. Wer ein heimliches Treffen abhalten wollte, war hier richtig. *Himmelszelt* bestand aus einem langen Korridor und unzähligen Zimmern zum Vermieten, denn das war es, was die meisten in *Eck Jargo* suchten: den traumlosen Schlaf des Friedens. Auch das *Laternenreich* bot den Schutz einer ungestörten Nacht. Auf Diwanen im schummrigen Schein der Öllampen betörte der Zauber des Fernen Ostens die Sinne … der Zauber hieß Opium. Schmerz, Sorgen, Zeit, alles versprach das süße Gift zu tilgen, und wer einmal von seiner himmlischen Lähmung gekostet hatte, verließ das *Laternenreich* entweder bankrott oder tot. Wer sich nach irdischem Spaß sehnte, der war am besten aufgehoben im *Mauseloch*, dem berühmten Ausschank, oder in der *Roten Stube* bei den Tänzerinnen, im *Glückspalast*, wo ununterbrochen Poker gespielt wurde und das Geld schneller durch die Hände ging als die Karten, oder in *Bluthundgrube*, wo man alles finden konnte, was mit Schmerz und Gewalt zu tun hatte. Und dann gab es noch *Labyrinth*. Es war die berüchtigte Ecke von *Eck Jargo*, die am tiefsten unter der Erde lag, legendenumrankt und gefürchtet. *Labyrinth* war Treffpunkt zahlreicher verbotener politischer Parteien, Verschwörer gegen die Regierung, Räuberbanden und religiöser Sekten – manchmal auch alles auf einmal. Niemand musste hier Angst vor Spionen haben, denn *Labyrinth* war tatsächlich so groß, dass man sich ohne die tauben Wächter verirrt hätte, die pausenlos ihre Runden machten. Gerüchte, dass es in *Labyrinth* einen geheimen zweiten Eingang zu *Eck Jargo* gab, hielten sich hartnäckig unter den Leuten. Es hieß, verlassene Kanalschächte erstreckten sich unter der gesamten Stadt, die den Behörden nicht mehr bekannt waren. Irrwege, die frühere Schmuggler in die Erde gegraben hatten – davon waren manche überzeugt –, lägen unter den Fundamenten der Häuser, Kathedralen und Gardeplätze: Irrwege, in denen Leute wandelten, die selbst für *Eck Jargo* zu finster waren, wenn das überhaupt möglich war.

Vampa lebte an alldem vorbei, ohne sich dafür zu interessieren. Sein ganzes weniges, kostbares Interesse galt dem Buch. Dem roten Buch mit der dunkelroten Tinte.

»... Blut! Blut! Blut! Blut!« Die einstimmigen Rufe der Zuschauer dröhnten im ganzen Keller. Und dann, ein lang gezogenes »Aaaaahhhhh ...«

Vampa richtete sich auf. Der Metzger zu seinen Füßen regte sich nicht. Noch wankend strich sich Vampa die schweißnassen Haare aus der Stirn und wandte sich um. Der Schiedsrichter riss seine Faust in die Höhe und kürte ihn unter tosendem Beifall zum Sieger. Das Publikum bejubelte ihn so ohrenbetäubend, als hätte er ihnen allen das Leben gerettet.

Inzwischen verlor er kaum noch – nach sieben Jahren Boxen hatte er Übung. Er ließ sich von den Tänzerinnen mit einem Handtuch abtupfen und trank das Glas aus, das man ihm reichte. An der Wetttafel wartete bereits sein Gewinn auf ihn.

Vampa wischte sich mit seinem Hemd über den Nacken, dann zog er es sich über den Kopf und schlüpfte in seine Jacke. Als er sich durch die aufgeregte Menge drängte, beachtete er weder die argwöhnischen und ängstlichen Blicke noch das leise Gemurmel, das er wie einen rauschenden Umhang hinter sich herzog.

»He, Kumpel! Kamerad!« Ein Junge, kaum älter als er selbst, umwuselte ihn und legte eine Hand auf seine Schulter. Vampa sah ihn nur flüchtig an, obwohl er über die ungewohnte Nähe erschrocken war. Wann hatte ihn das letzte Mal jemand so berührt?

»Hast echt klasse gekämpft, Mann. Zeigst du mir ein paar Tricks? Nur du und ich, ja? Draußen, hinter der Mauer? Na, nun warte doch ...!«

Vampa schüttelte den Jungen ab. Das Geld hielt er fest in seiner Faust. Er würde sich zuerst etwas zu essen kaufen und dann ... Nun, die Nacht war jung. Er hatte noch eine Adresse, zu der er musste. Bald würde er auch noch mal zu Professor Ferol gehen und in seiner Bibliothek weitersuchen. Es war gut möglich, dass er noch mehr Blutbücher besaß.

Man öffnete ihm die Tür und *Bluthundgrube* verstummte hinter Holz und Eisen.

Vampa lief die Treppe hinauf. Dotti saß nicht mehr am Empfang, statt ihr brütete ein finster dreinblickender Wächter am Schreibtisch und unterbrach sich nur kurz dabei, mit einem Messer zwischen seinen Zähnen zu pulen, um Vampa zuzunicken. Als Vampa die Treppe zu Fräulein Friechens Teestube hinauflief, hörte er von unten, wie der Wächter mit jemandem sprach. Ein Gewehrlauf streifte Vampa flüchtig, als er an den durchlöcherten Wänden vorbeikam. Die Wächter vor dem dunklen Vorhang blieben ungesehen, als er ging. Es war sehr viel schwerer, in *Eck Jargo* hineinzukommen als hinaus.

Vampa tastete sich durch die dunkle Teestube, denn mittlerweile war es draußen Nacht geworden, und die nächste Straßenlaterne stand so weit weg, dass kein Licht durch die Schaufenster fiel. Fräulein Friechen ließ sich nicht blicken. Aber Vampa wusste, dass die Alte nur den Eingang bewachte.

Am Fenster bog er links ab, ging an der rot gestrichenen Ladentür vorbei und ertastete eine schmale Öffnung in der Wand. Er schlüpfte hindurch und schob eine aus Brettern zusammengenagelte Tür auf. Dann war er endlich an der frischen Luft.

Obwohl die Bezeichnung »frisch« nicht ganz passend war. Der Ausgang von *Eck Jargo* führte hinter die Mauer am Ende der Sackgasse und der Abfall von Jahrzehnten türmte sich rings um Vampa auf. Es war bereits kühl geworden, Frost lag auf der Mauer und aus den Dreckhaufen stieg bestialisch stinkender Dampf.

Vampa schlug den Kragen hoch und vergrub die Hände in den Taschen. Es war unmöglich, über die Mauer zu klettern, da sie ein zwei Meter breiter Graben voller Scherben und Stacheldraht säumte. Um *Eck Jargo* zu verlassen, musste man den kleinen Innenhof umrunden und auf der anderen Seite durch ein Loch im Holzzaun schlüpfen. Vampa war auf halbem Weg durch die Abfälle, als er die Brettertür hinter sich knarren hörte. Dabei hätte doch der Nächste, der *Eck Jargo* verlassen wollte, eine Minute warten müssen, ehe er gehen konnte – und der Wächter an der Rezeption hatte Vampa schließlich gesehen. Er hätte den Gast nach ihm zurückhalten müssen. So schnell konnte niemand nachgekommen sein, es sei denn, er war gerannt.

»Wo ist er?«, flüsterte jemand in der Dunkelheit.

Vampa beeilte sich. Bis zum Loch im Zaun war es nicht mehr weit.

»Ich hab ihn doch gerade noch gesehen.« Das war die Stimme des Jungen, der Vampa vorher in *Bluthundgrube* angesprochen hatte. Vampa warf einen Blick über die Schulter zurück, doch er sah nichts in der Finsternis.

Plötzlich packte ihn eine Hand an der Kehle. Vampa würgte vor Schreck. Ein Gesicht schälte sich direkt vor ihm aus der Dunkelheit, dahinter erkannte er eine ganze Gruppe schemenhafter Gestalten.

»So, Missgeburt.« Ein leises Klickgeräusch, dann blitzte ein Taschenmesser auf. »Du verpatzt uns keine Wette mehr.«

Alles geschah so schnell … Vampa spürte die kalte Klinge

am Hals, dann einen Druck. Die Kälte des Metalls durchdrang ihn, er fühlte, wie seine Haut und sein Fleisch durchtrennt wurden wie Butter. Warm ergoss es sich auf sein Hemd. Die Münzen fielen ihm aus der zitternden Faust.

»Na also ...«

Der Mann ließ von ihm ab. Vampa ächzte und schnappte nach Luft, doch kein Atemzug drang ihm in die Lungen. Mit ringenden Händen betastete er seinen Hals. Der Schnitt ging ihm quer über die Kehle und das Blut floss in Bächen.

Die Gestalten warteten. Doch das zufriedene Gemurmel erstarb, als Vampa nicht zu Boden fiel. Keuchend stand er da. Der Mann mit dem Messer verlor die Fassung. Er stürmte auf Vampa zu und rammte ihm die Klinge in die Brust. Vampa krümmte sich. Lichtfunken hüpften vor seinen Augen. Er fiel in einen Tunnel, rasend schnell ...

»Das, das ist –« Der Mann wimmerte, als Vampa sich das Messer aus der Brust zog. Einen Augenblick stand er vor ihm und stützte sich auf den Arm des Mannes. Dann ließ er das Messer fallen.

»Nichts wie weg!«, schrie der Junge, den Vampa vorher abgeschüttelt hatte. Die Gestalten ergriffen die Flucht. Auch der Mann suchte das Weite, ohne sein Messer aufzuheben.

Schwerfällig schleppte Vampa sich durch den Dreck und kroch durch das Loch im Zaun. In der Ferne schwamm das Licht einer Straßenlaterne in der Nacht.

Er schlich an den Hauswänden vorbei. Kein Geräusch erreichte seine Ohren. Die Stadt schwieg allein für ihn.

Wärme durchwogte seinen Körper. Das Blut klebte an ihm wie ein Anzug aus Wasser, heißem, mildem Badewasser. Tot ... Er war tot. Vampa lächelte. Ihm ging der Mund auf und die roten Zähne blühten zwischen seinen Lippen. Tot war er! Tausendmal würde er tot sein und niemals sterben. Lachend schleppte er sich durch die nächtlichen Straßen und keine Menschenseele kreuzte seinen Weg. Als die Kirchtürme in der Ferne ein Uhr schlugen, blieb er unter dem Mondlicht stehen und breitete dem Himmel die Arme aus.

»Rettet mich«, sagte er in die Finsternis, die sich über ihm erstreckte. Wie kalte Augen starrten die Sterne ihn an. Ihr ewiges Licht spiegelte sich in seinen Tränen. Mit ausgestreckten Armen wartete er, bis das Blut über Brust und Kinn in seine Kehle zurückgeronnen war. Die Krusten schmolzen. Kein Tropfen blieb auf den Kleidern zurück. Das Herz in seiner Brust begann mit einem flammenden Stich wieder zu schlagen. Dann schloss sich der schwarze Schnitt an seinem Hals, er verschwand, als sei er nie da gewesen, verschwand wie ein ausradierter Bleistiftstrich.

»Rettet mich endlich …«

Mottentochter

Im Hause Spiegelgold waren fast alle Lichter erloschen. In der Küche hatte die Köchin die Glühbirne ausgeknipst, sobald sie mit dem Abwasch fertig geworden war, Trude schnarchte friedlich in ihrem Zimmer, Stricknadeln und Wolle noch in greifbarer Nähe neben der gelöschten Nachttischlampe, Frau Nevera Spiegelgold schlief seit drei Uhr nachmittags, denn sie hatte Migräne, und ihr Ehemann war aus seinem Büro getreten, als die Taschenuhr in seiner Weste Punkt elf Uhr gezeigt hatte. Die Fenster des Hauses blickten finster zum Park hinüber, der auf der anderen Straßenseite lag.

Nur ein Licht, eine kleine Kerze, glomm noch. Das Wachs tropfte auf Apolonias Nachtschränkchen, aber sie bemerkte es nicht. Die Decke um die Schultern gelegt wie ein Daunenzelt und die Beine gekreuzt, kauerte sie neben dem hüpfenden Lichtchen und las.

Tränen kullerten ihr über die Wangen, seit sie das Buch angefangen hatte. Als der Inspektor am Nachmittag gegangen war, hatte sie es vom Tisch genommen und aufgeschlagen.

Inspektor Bassar hatte es mitgebracht; es war eines der wenigen Bücher, die das Feuer überstanden hatten. Apolonia hatte noch einmal über die Seiten eines Buches streichen wollen, das nie zuvor aufgeklappt worden war, hatte noch einmal die Druckerschwärze riechen wollen, den Geruch ihrer Kindheit – dann hatten ihre Augen die erste Zeile gestreift, das erste Wort, den ersten Buchstaben, und alle Wehmut war verblasst: Nur noch das Buch zählte.

Apolonia hatte ihren Vater im Salon sitzen gelassen, war lesend in ihr Zimmer gegangen und hatte Trude mit einem Wink fortgeschickt. Sie hatte sich in ihr Bett gesetzt und gelesen.

Nun war es fast vier Uhr morgens. Stille herrschte im ganzen Haus, auch draußen schwieg die Stadt. Nur das Umblättern der Seiten war zu hören und, hin und wieder, ein leises Seufzen, wenn Apolonia sich die Tränen von den Wimpern wischte.

Nie hatte sie so etwas gelesen – und durch ihre Hände waren wahrscheinlich mehr Bücher gegangen als durch die eines durchschnittlichen Bibliothekars. Was sie nun las, war unvergleichbar mit allem, was es sonst auf der Welt gab. Apolonia *fühlte* das Mädchen im Buch. Sie war lebendig. Sie war *Apolonia.*

Mit zitternden Fingern strich sie die letzte Seite um. Ihre Augen schmerzten und die Müdigkeit lähmte jede Zelle ihres Körpers, doch sie konnte nicht aufhören. Es war unmöglich, sich loszureißen. Wäre ein Räuber in ihr Zimmer gestürmt, hätte Apolonia weitergelesen.

Ihre Lippen formten die letzten Worte mit. Dann war das Buch zu Ende.

Apolonia musste lächeln. Was für ein Buch! Ganz schummrig war ihr vor Glück, vor Bauchkribbeln. Dabei konnte sie gar nicht darüber nachdenken, was ihr an der Geschichte gefallen hatte – über die Geschichte selbst konnte sie nicht nachdenken. Das Buch war in ihrem Inneren aufgebläht wie ein riesiger, ungreifbarer Gefühlsballon. Sie blätterte noch einmal an den Anfang und fuhr mit den Fingern über den Titel. *Das Mädchen Johanna. Von Jonathan Morbus.*

Apolonia biss sich auf die Lippe. Das Buch behutsam in die Hände geschlossen, verweilte sie mehrere Augenblicke und fühlte sich so glücklich wie lange nicht mehr.

Wie konnte es so etwas geben? Das hier war mehr als nur ein Buch. Viel mehr als eine Geschichte. Es war wie … wie ein echter Mensch, dachte sie, aber auch das traf es nicht richtig.

Plötzlich klopfte es an ihrem Fenster. Apolonia drehte sich um. Ein schmaler, geschmeidiger Schatten war hinter der Glasscheibe erschienen.

Sie schob das Buch unter ihr Kopfkissen und nahm die Kerze vom Nachtschränkchen. Das Licht vorgestreckt, ging sie zum Fenster. Krallen klackerten gegen das Glas. Apolonia leuchtete hinaus und ein dunkles Augenpaar glühte auf. Es war ein Marder.

Rasch öffnete sie das Fenster und der Marder flitzte ins Zimmer. Er sprang aufs Bett, über Decke und Kissen, schlug einen Haken und landete auf dem Schreibtisch. Ein Bild drängte sich in Apolonias Bewusstsein, ein Bild von laut rufenden Menschen.

»Hallo, Knebel.« Weil der Marder das natürlich nicht verstand, konzentrierte sie sich auf das Bild eines Mädchens, das die Kleider einer Königin trug und auf einem riesigen Globus stand. Der Marder quiekte zur Begrüßung, als er das Bild empfing.

Zugegeben, bei der Wahl ihres Namens war Apolonia nicht bescheiden gewesen. Bei den Tieren war sie als Königin bekannt, die auf der Welt tanzte. Knebel hingegen hatte sich, als sie ihn das erste Mal traf, mit dem Bild einer lärmenden Menge vorgestellt. Er hasste nämlich den Lärm der Menschen und wollte ihnen allen am liebsten das Maul stopfen, vor allem den neuen, riesigen Glanzkäfern, den Automobilen. Also hatte Apolonia ihm den Namen Knebel gegeben. Doch im Grunde genommen gab es keine Klangnamen bei den Tieren, sie stellten sich in Bildern vor.

Du kommst spät, sagte Apolonia. Dabei dachte sie an den finsteren Himmel draußen, die nächtliche Stille (die sie noch mit einem sanften Grillenzirpen unterlegte) und dann den Schatten an der Fensterscheibe. Demonstrativ gähnte sie und ging zurück ins Bett. Knebel blickte ihr mit großen Augen nach und hüpfte schließlich zu ihr aufs Kissen, als sie sich die Decke bis zum Kinn hochzog. Apolonia war fast zu müde, um sich noch mit Knebel zu unterhalten. Hartnäckig sandte er ihr seine Bilder, aber immer wieder zerfielen sie in ihrer Vorstellung, bevor sie ihren Sinn begreifen konnte.

Ein Bild von der Nacht. Der Mondschein ist besonders hell – er wird von den Augen eines Marders wahrgenommen. Überall in den Straßen huschen Marder umher. Manche sind feindlich, andere freundlich gesinnt. Es ist ein Revierkampf im Gang. Knebel will sich drücken, er hat Angst, aber die Anführerin lässt ihn nicht aus den Augen. Er ist eines der jungen Männchen in seinem Clan und muss sich beweisen… Es ist spät, als er schließlich doch verschwinden kann. Schleunigst stiehlt er sich davon, lässt die Kämpfenden hinter sich zurück und klettert zu Apolonias Fenster empor…

Du Feigling, dachte Apolonia lächelnd. *Ein rennender Marder, der seinen Clan hinter sich zurücklässt.*

Knebel quiekte empört, dann kraulte Apolonia ihm den Nacken. Dicht an sie gekuschelt, rollte der Marder sich ein.

Kann nix dafür, murmelte Knebel und schickte ihr ein blasses Bild: *Die Königin, die auf der Welt tanzt, und lärmende Leute. Auf der anderen Seite ein buschiger, fauchender Marder. Wofür soll man sich da entscheiden?*

»Ja, ja«, murmelte Apolonia. Knebel schleckte ihr noch einmal über die Stirn, dann war er eingeschlummert; auch

Apolonia fiel bald in einen tiefen Schlaf, in den sie die Geschichte aus dem Buch begleitete …

Als Apolonia das erste Mal mit einem Tier gesprochen hatte, war sie so klein gewesen, dass sie sich nicht mehr daran erinnern konnte. Eine lange Zeit hatte sie mit Katzen und Hunden, die ihr auf der Straße zuliefen, und Eichhörnchen und Mardern aus den Parks Bilder ausgetauscht und geglaubt, jeder Mensch könne dasselbe. Erst als sie fünf war, beobachtete ihre Mutter sie beim Streicheln einer Krähe, die ihr aus den Bäumen zugeflogen war.

»Ist das dein Freund?«, hatte ihre Mutter ihr zugeflüstert, den Blick auf den schönen schwarzen Vogel gerichtet.

»Das ist Apfelschale. Sie isst am liebsten Apfelschalen.«

»Dann hast du also auch eine Gabe«, murmelte Magdalena Spiegelgold, und ein Lächeln spielte um ihre Lippen. »Was du kannst, kann fast niemand sonst auf der Welt. Nicht einmal ich kann mit Tieren sprechen.«

Apolonia hatte sich sehr besonders gefühlt. So besonders wie ihre Mutter.

Denn Magdalena Spiegelgold war keine gewöhnliche Frau – das hatte Apolonia schon gewusst, bevor Trude ihr erklärte, wie die Dienstmädchen ihre Mutter hinter vorgehaltener Hand nannten. Wenn Apolonias Vater bei der Arbeit in der Buchhandlung war, besuchten sie merkwürdige Gäste. Sie rochen nach Kerzenwachs, Weihrauch und gelber Wüstenerde. Sobald sie kamen, musste Apolonia den Salon verlassen und wurde zu Trude geschickt. Doch manchmal, wenn das Kindermädchen beim Stricken eingedöst war, schlich Apolonia die wuchtige Wendeltreppe hinab und spähte durch das Schlüsselloch. Einmal sah sie ihre Mutter mit dem Rücken auf dem Boden liegen. Die Fremden saßen rings um sie herum, hatten die Augen wie sie geschlossen und murmelten leise Worte. Da begann der Körper ihrer Mutter zu beben, ganz sacht nur, als ginge ein leichter Stromschlag durch sie hindurch. Ihr hellbraunes Haar löste sich aus dem eleganten Knoten und breitete sich auf dem Boden aus. Wie Schlangen ringelten sich die Strähnen um ihr regloses Gesicht und ihr Körper hob von der Erde ab. Einen Fingerbreit schwebte sie über dem dunklen Holzparkett, steif und reglos. Die Fremden murmelten unablässig ihre Worte. Apolonia wich erschrocken von der Tür weg. Sie rannte zur Treppe zurück, erklomm mit ihren kleinen Beinen die großen Stufen, bis sie wieder im Kinderzimmer angekommen war und die Tür leise hinter sich schloss.

Ein anderes Mal hörte Apolonia ihre Eltern streiten, obwohl sie nie lauter sprachen als nötig. Apolonia wusste, worum es ging. Sie merkte es am Klang ihrer Stimmen, am merkwürdigen Verstummen mitten im Satz. Es ging um die Gäste, die wie Geister ins Haus glitten, sobald Alois Spiegelgold nicht da war. Apolonias Vater war nicht dumm. Er wusste über die Freunde seiner Frau Bescheid, und er wusste von den geheimnisvollen Spielen, die sie im Salon trieben, dem Flüstern und Murmeln und den heraufbeschworenen Mächten, die Magdalenas Haar in Schlangen verwandelten und ihren Körper schweben ließen. Aber er unternahm nichts dagegen, denn er liebte seine Frau, und all die seltsamen Dinge, die sich hinter ihren hellblauen Augen verbargen, waren ein Teil von ihr. Bloß von ihren Gästen wollte er nichts wissen.

Hin und wieder hatte Apolonia das Gefühl, dass gar nicht die Fremden warteten, bis ihr Vater das Haus verließ – vielmehr flüchtete ihr Vater, bevor sie kamen. Dann schien es ihr, als besäßen in Wahrheit sie das Haus und nicht Alois Spiegelgold, und auch Magdalena gehörte ihnen mehr als ihrer Familie.

Einmal fragte Apolonia ihre Mutter, was sie im Salon tat,

wenn ihre Gäste da waren und sie fortgeschickt wurde. Magdalena lächelte, sehr fern und verschleiert wirkte ihr Gesicht, und ihr Blick schien an einen Ort zu reichen, den niemand außer ihr sehen konnte.

»Ich wandere. Es gibt viele Arten, um zu wandern, und viele Orte zu bereisen, die man nicht immer auf einer Landkarte findet. Nicht nur mit den Füßen kann man laufen, verstehst du?«

Apolonia verstand nicht. Erst viel später begriff sie, dass ihre Mutter eine Motte war.

»Fräulein Apolonia … Wachen Sie auf, Fräulein Apolonia. Es ist Morgen!«

Apolonia kniff die Augen zu, als die Vorhänge aufgezogen wurden und helles Tageslicht in ihr Zimmer flutete. Die Herbstsonne malte einen goldenen Rand um Trudes dicken, kleinen Körper, als das Kindermädchen aufs Bett zuwackelte und vorsichtig die Decke aufschlug. Apolonia zog die Knie an den Körper.

»Ich bin müde!«, knurrte sie in ihr Kissen.

»Es ist aber schon zwölf Uhr, und die gnädige Frau Spiegelgold besteht darauf, dass Sie noch zur selben Stunde in ihrem Salon erscheinen, wo doch der Schneider gekommen ist!«, brabbelte Trude und zog Apolonia, die sich noch immer an ihr Kissen klammerte, mit sanfter Bestimmtheit hoch. Seit Apolonia sie kannte, war Trude immer unverändert rund und gemütlich gewesen. Das kleine Krötengesicht, aus dem sie die grauen Haare peinlich genau zurücksteckte, war voller Fröhlichkeit. Ihre piepsige Stimme klang mehr wie die eines Kindes, und sie lispelte ein bisschen; nur wenn sie sang, dann wurde ihre Stimme klar und tief, als sei sie plötzlich weise geworden, auch wenn der Eindruck nur für die Dauer eines Liedes hielt.

Als Apolonia halbwegs aufrecht im Bett saß, strich Trude ihr die zerzausten Haare aus dem Gesicht und klopfte ihr auf die Wangen. Dann entdeckte Trude das Buch, das vorher unter dem Kissen gelegen hatte, und trug es mit Daumen und Zeigefinger zum Schreibtisch, als könnten die Buchseiten plötzlich aufschnappen und beißen.

»Das Fräulein sollte nicht so spät in die Nacht hinein lesen«, lispelte Trude mit leiser Missbilligung. »Schon gar nicht, wenn ein so wichtiger Tag bevorsteht.«

»Wichtiger Tag!« Apolonia schnaubte. »Es ist eine Frechheit, so kurz nach Vaters Unglück ein Fest zu veranstalten.«

Trude stand einen Moment schweigend vor ihr und sagte nichts. Dann eilte sie um das Bett herum in den Ankleideraum.

»Ihre Frau Tante und Ihr Herr Onkel haben aber nun einmal achten Hochzeitstag. Das kommt nicht alle Tage vor, dass man acht Jahre verheiratet ist, nein, nein… acht Jahre sind eine lange Zeit, und wenn sie schön war, dann blickt man auf sie zurück wie auf einen kurzen Sommer!«

Trude kam mit Apolonias Kleidern zurück und lächelte, dass ihre roten Backen leuchteten. »Schön waren die fünfzehn Jahre mit Ihnen, Apolonia! Kann mich so gut ans kleine Baby erinnern, das Sie damals waren, so winzig und schmal wie ein Püppchen war das Fräulein!«

Apolonia stand auf und streckte die Arme aus. Trude machte ihr die Knöpfe des Nachthemdes auf.

»So schnell verfliegt die Zeit und das Fräulein ist fast erwachsen! Eine junge Dame sind Sie geworden, schön wie Ihre Mutter. Und das werden Sie heute auch beweisen, beim Fest Ihrer Frau Tante und Ihres Herrn Onkels, nicht wahr, denn die ganze hohe Gesellschaft wird da sein, und man wird Sie nicht mehr als Kind ansehen. Das ist vorbei…« Trude seufzte schwermütig.

»Vieles ist jetzt vorbei«, sagte Apolonia, stieg aus ihrem Nachthemd und steckte die Zehen in den Strumpf, den Trude ihr hinhielt. »Ich bin kein Kind mehr, du hast recht. Aber das muss ich nicht mit einem schönen Kleid beweisen, sondern mit meiner geistigen Überleg... – Beeil dich doch, ich stehe bloß auf einem Bein!«

Trude ächzte, während sie Apolonia den zweiten Strumpf überzog. Dann drehte Apolonia sich um und schlüpfte mit den Armen durch das Mieder, das Trude ihr hinhielt. Während die Kinderfrau die Schnüre am Rücken festzog, ließ Apolonia den Blick aus dem Fenster schweifen. Die Kupferdächer der Stadt glänzten in der Sonne und streckten ihre rauchenden Kamine weit hinauf ins Himmelblau. Links am Fensterrand konnte Apolonia sogar die Pappeln des Parks erspähen. Dabei fiel ihr ein – sie hatte ja Besuch. Wenn Trude erfuhr, dass ein Marder in ihrem Bett gelegen hatte... Sie erschrak ja schon vor einem Buch! Bestimmt würde sie Apolonia mit Weihwasser waschen wollen. Niemand wusste von den Tieren, mit denen sie befreundet war. Und sie gedachte, es so zu belassen.

Aus den Augenwinkeln schielte sie zum Bett. Zwischen den dunkelblauen Deckenrüschen und dem Teppich erschien eine schnuppernde Marderschnute.

Das Bild vom Fenster und eine singende Marzipanfigur, schickte ihr Knebel. Die Marzipanfigur – das war Trude.

Apolonia antwortete: *Das Zimmer ist leer. Die singende Marzipanfigur singt irgendwo anders.*

Daraufhin schickte Knebel ihr ein Bild, das niemand gerne gesehen hätte, schon gar nicht, wenn er gerade erst aufgewacht war.

»Bäh!« Apolonia kniff die Augen zu, obwohl sie das Bild damit natürlich nicht verdrängen konnte.

»Oh, zu eng?« Trude lockerte die Schnüre sofort.

»Nein, nichts. Ich meine, nicht zu eng.«

Kannst du mir nicht anders zeigen, dass du aufs Klo musst?

Klo?, echote es zurück.

Apolonia seufzte. Mit Tieren zu sprechen, konnte ziemlich anstrengend sein. Fast so sehr wie mit Menschen.

Also gut. Wenn ich »jetzt« sage, flitzt du raus. Ich muss nur erst das Fenster öffnen.

Ich muss aber dringend!

»Verdammt.« Apolonia schloss die Augen. *Hör auf, mir dieses Bild zu schicken! Das ist ja ekelhaft.*

»Verzeihung!«, sagte Trude.

»Nein, nicht zu eng. Mir ist nur – heiß.« Apolonia winkte zum Fenster hin. »Oh, ich ersticke gleich! Trude, schnell, mach das Fenster auf.«

Trude wuselte zum Fenster und riss es auf. »Fühlen Sie sich nicht gut, mein Fräulein?«

Ganz dringend muss ich raus! Oder ich könnte auch hier unten …

»Nein!« Apolonia warf einen glühenden Blick zum Bett.

Untersteh dich! Das Bild von der Königin, die nicht auf einer Weltkugel tanzt, sondern auf einem Marder trampelt.

»Nein?« Trudes Augen wurden immer größer. »Aber was haben Sie denn bloß?«

»Äh … das will ich nicht anziehen!« Apolonia wies auf das Kleid auf ihrem Bett, das Trude geholt hatte. Es gefiel ihr tatsächlich nicht: Hellrosa mit weißer Spitze traf nun wirklich nicht ihren Geschmack. »Hol mir ein Kleid in Schwarz.«

»Aber ich dachte, heute ist doch ein besonderer Anlass, und das Fräulein könnte wenigstens einmal …«

»Was, wie ein Spanferkel aussehen?«

Trude ließ die Schultern sinken. »Immer schwarz, schwarz, schwarz. Warum muss das Fräulein immerzu trauern? Keine

Witwe auf der Welt hat je so oft Schwarz getragen. Dabei passt Rosa so gut zu Ihren Haaren …«

»Und Schwarz passt gut zu meiner Stimmung, wenn ich diese Gardine noch länger auf meinem Bett liegen sehe. Hol mir jetzt ein Kleid, in dem ich einigermaßen vernünftig aussehe!«

Trude kniff die Lippen zusammen, doch dann hob sie das rosafarbene Kleid mit äußerster Behutsamkeit vom Bett und verschwand im Ankleideraum. Kaum einen Moment später flitzte der Marder unter dem Bett hervor und war aus dem Fenster. Die Vorhänge wehten ihm hinterher, und Apolonia empfing zum Abschied ein schönes Bild von einem Sonnenuntergang, den Knebel irgendwann im Sommer beobachtet haben musste; dann war er fort.

»Bis dann also«, murmelte Apolonia und verschränkte fröstelnd die Arme vor der Brust. Obwohl keine Wolke am Himmel hing, war es kühl. Sicher würde es bald den ersten Schnee geben. Apolonia hörte Trudes Schritte hinter sich.

»Trude, kannst du bitte sofort das Fenster schließen? Bei der Kälte bekomme ich ja einen Schnupfen.«

Die Gesellschaft

Der gesamte westliche Hausflügel gehörte Nevera Spiegelgold. Sie besaß drei Salons, ein Schlafzimmer, zwei Bäder und eine Bibliothek. Diesen Morgen hielt sie sich in einem ihrer Salons auf, der durch mehrere Fenster dem Park entgegenblickte. Schon als Apolonia in den Korridor einbog, hörte sie die durchdringende Stimme ihrer Tante und Klaviermusik, denn die Türflügel des Salons standen offen. Apolonia trat ins Zimmer und wartete, bis ihre Tante sie bemerkte. Nevera stand auf einem Hocker, in der einen Hand eine Zigarettenspitze, in der anderen eine Seidenschärpe, die sich um ihre Schulter und ihre Hüfte schlang und am Saum ihres Kleides von einem Schneider festgesteckt wurde.

»Apolonia!«, rief sie aus, als sie Apolonia entdeckte, und setzte die Lippen an ihren Zigarettenhalter. Ihre Wangen wurden hohl, als sie inhalierte. »Schätzchen, komm herein!«

»Guten Morgen, Tante.« Apolonia trat näher. Nevera war eine große, schlanke Frau mit einem langen Hals und langen Fingern; ihre Nase war dafür umso kürzer, sodass die Nasenlöcher stets sichtbar waren, und ihr kleiner Mund konnte sich zu einem erstaunlich breiten Lächeln verziehen.

Der Schneider hatte sich inzwischen aufgerichtet und schob sich die Brille zurecht. »Fräulein Spiegelgold, nehme ich an?«

Apolonia nickte und reichte ihm die Hand.

»Du kommst reichlich spät, Liebes.« Nevera inhalierte noch einmal, dann winkte sie ein Dienstmädchen heran und gab ihr den Zigarettenhalter. Der graue Rauch umwaberte Neveras Gesicht, dann richtete sich der Blick ihrer hellen Augen auf Apolonia. »Ich habe Trude vor mehr als einer Dreiviertelstunde geschickt, um dich zu wecken. Aber nun gut, die Liebe ist schon alt. Und früher war sie gewiss auch nicht die Schnellste. Jedenfalls musst du dich jetzt gedulden, bis mein Kleid so weit ist. – Sie da unten, wann sind Sie fertig?«

»Bald, Frau Spiegelgold!« Der Schneider beeilte sich, ging in die Knie und nahm den Kleidersaum in Augenschein. Flink tanzte seine Nadel auf und ab.

»Hast du schon gefrühstückt, Apolonia?«, fragte Nevera und fuhr noch im selben Atemzug, an das Dienstmädchen gewandt, fort: »Hol uns Tee, Croissants und Konfitüre. Aber trödel nicht wieder, letztes Mal war der Tee schon kalt, als du ihn gebracht hast!«

»Ja, Frau Spiegelgold.«

»Ach, halt!« Nevera schnippte mit den Fingern und wies auf den Kamin. Das Dienstmädchen holte den Zigarettenhalter vom Kaminsims, steckte eine neue Zigarette hinein und zündete Nevera ein Streichhölzchen an.

»Madame?«

»Danke, du kannst gehen. – Pedro, los!«

Der Diener nickte und begann, dem Flügel eine fröhliche Melodie zu entlocken. Nevera summte leise mit und blies den Rauch zur Seite. Dann lächelte sie.

»Das bleibt unter uns, Liebes. Dein Onkel sieht es nicht gerne, wenn ich rauche, das weißt du ja. Er findet es unschicklich.« Nevera zuckte die Schultern. Der Schneider stieß einen leisen Schrei aus, als sich der Stoff verzog und ihm die Nadel in den Finger stach, aber Nevera bemerkte es nicht. »Unschicklich, Grundgütiger, die ganze Welt benimmt sich unschicklich! Das bisschen Rauch, das geht ihm zu weit. Dabei pafft er dreimal so viele Zigarren wie ich Zigaretten. Und fragt er sich, ob *ich* das für schicklich halte? Pah, Männer!« Sie lachte und blickte der Asche nach, die dem Schneider aufs ergraute Haupt rieselte. Glucksend sah sie Apolonia an. »Gott sei Dank ist beides grau, da merkt man nichts!«

Apolonia räusperte sich. »Sie tragen ein eindrucksvolles Kleid, Tante.«

Von oben bis unten blitzte Nevera vor Perlen, Strass und himmelblauer Seide. Man hätte meinen können, sie habe sich ihren ganzen Reichtum an die Haut kleben wollen – im Grunde war auch genau das ihre Absicht gewesen.

»Oh, danke, Liebes«, sagte Nevera und drehte sich leicht hierhin und dorthin, um die Pose zu finden, in der ihr Kleid am meisten Licht reflektierte. Der Schneider versuchte verzweifelt, ihr mit der Nadel zu folgen. »Ich habe mir eben gedacht, man hat nur einmal achten Hochzeitstag. Mein Kleid im letzten Jahr war gegen dies hier ein Fetzen, falls du dich erinnern kannst, ganz zu schweigen von dem armseligen Bettelkleid, das ich an meinem Geburtstag getragen habe, oder dem Silvesterkleid letzten Winter. Apropos Silvester: Was hältst du davon, wenn wir das Gleiche tragen? Ich dachte an etwas …«, Nevera blickte zur Zimmerdecke hoch und öffnete die Hände in Erwartung einer göttlichen Eingebung, »… etwas *Champagnerfarbenes*. Mit einem spitzen Ausschnitt vorne und hinten. Ärmellos für mich, aufgebauschte Taftärmel für dich. Was sagst du?«

Apolonia atmete tief ein. »Darüber wollte ich mit Ihnen sprechen. Ich fühle mich geehrt, dass Sie sich so um mich kümmern, aber ich fürchte, Mode ist an mich verschwendet. Und bevor Sie sich weiter bemühen, bitte ich Sie um die Erlaubnis, in einem der Kleider zu erscheinen, die ich schon besitze. Etwas Neues wäre unnötig.«

Nevera starrte sie an, als hätte Apolonia ihr offenbart, sie wolle Bergarbeiter werden. Erst als der Schneider auffuhr und sich glühende Funken aus den Haaren schlug, senkte Nevera ihren Zigarettenhalter und fand ihre Stimme wieder.

»Und … was hast du zum Anziehen?«

»Was ich trage, reicht mir aus.«

»Das?«, entfuhr es Nevera. Eine Weile rangen verschiedene Gefühlsregungen in ihrem Gesicht, dann setzte sich Mitleid gegen Verblüffung und Verständnislosigkeit durch.

»Oh … mein *Liebes*!« Sie stieg vom Hocker, um Apolonia in die Arme zu schließen. »Mein hübsches, kleines *Ding*! Du denkst, dass du nichts Besseres verdienst als das. Aber glaube mir«, sagte Nevera mit süßer, eindringlicher Stimme, »es ist dein Recht, mehr als eine kleine Krähe zu sein. Du wirst sehen, was sich aus dir machen lässt.«

»Danke«, knirschte Apolonia.

»Na, na, nichts zu danken. Natürlich sorge ich dafür, dass aus der einzigen Tochter meiner lieben Schwester eine Dame wird, das ist doch selbstverständlich!« Nevera legte beide Hände um Apolonias Gesicht und musterte es wie einen fremdartigen Stoff, bei dem sie sich noch nicht sicher war, ob er zu einem schönen Kleid taugte.

»Deine Mutter!«, seufzte Nevera, als sie offenbar vergeblich in ihrem Gesicht nach ihr gesucht hatte. »Viel zu früh hat sie diese Welt verlassen müssen, nicht wahr? Und du armes Ding bist ganz ohne Mutter aufgewachsen … Woher solltest du auch wissen, wie man sich benimmt? Du *musstest* ja aufwachsen wie ein wildes Unkraut, ganz ohne jemanden, der diese widerspenstigen Zweige und Blätter stutzt.« Dabei zupfte sie an Apolonias Haaren und strich ihr vorne einen Mittelscheitel, so wie Apolonia es hasste.

»Nun ja, ich hatte schließlich noch Vater. Und Trude«, erwiderte sie. Nevera runzelte die Stirn, als sei allein die Erwähnung einer Angestellten ungeheuerlich, doch sie schwieg.

Das Dienstmädchen kehrte mit einem Tablett zurück. »Madame, Ihr Frühstück.«

»Oh!« Nevera strahlte. »Stell es auf den Tisch dort. Apolonia, du darfst schon anfangen. Und Sie da, brauchen Sie mich noch lange?«

»Nein«, murmelte der Schneider, der instinktiv den verbrannten Kopf einzog. »Ich kann das Kleid auch so fertig nähen, denke ich.«

»Fein. Anna, hilf mir beim Umziehen.« Nevera und das Dienstmädchen verschwanden hinter einem Paravent, und wenig später trat Nevera, in einen karamellfarbenen Morgenrock gehüllt, wieder hervor. Mit einem wohligen Seufzen ließ sie sich auf den Stuhl sinken und nippte an dem Tee, den das Dienstmädchen ihr eingeschenkt hatte.

»Also.« Behutsam stellte sie ihre Tasse wieder ab, legte die Serviette auf ihren Schoß und nahm sich ein Croissant. »Wir müssen noch überlegen, was wir dir schneidern lassen. Ich dachte an ein Kleid in … *Rosenrosa*.«

Apolonia gelang nur ein Mundzucken. »Eigentlich wollte ich Trauer tragen.«

»Um wen?«

»Meine Mutter.« Und meinen Vater, dachte sie. Sein jetziger Zustand war schlimmer als tot.

»Apolonia, das ist fast neun Jahre her! Ich kann nicht zulassen, dass du herumläufst wie ein Leichenbestatter. Und keine Widerrede!«

Apolonia musste fest die Zähne zusammenbeißen, um ihre Wut zu verbergen. Nie, nie hätte früher jemand gewagt, ihr den Mund zu verbieten. Aber jetzt war alles anders und sie musste ihrer Tante und ihrem Onkel dankbar sein und brav zu allem nicken. Sie fühlte sich so erniedrigt, dass sie unter dem Tisch ihre Fingernägel tief in die Handflächen grub.

»Liebes, du bist jetzt siebzehn und in Gedenken an deine Mutter und meine liebe Schwester: Sie war nur ein Jahr älter, als sie deinen Vater heiratete.«

»Ich bin fünfzehn«, erwiderte Apolonia.

Nevera hielt im Kauen inne und lächelte mit verschlossenen Lippen. »Natürlich, Gott sei Dank. Dann haben wir ja noch ein paar Jahre, um aus dir eine kleine Schönheit zu machen. Apropos Schönheit: Beug dich zu mir vor, Liebes.«

Apolonia zögerte, als Nevera die langen Finger nach ihr ausstreckte, doch dann gehorchte sie und beugte sich vor. Zu ihrer Überraschung kniff Nevera ihr fest in beide Wangen.

»Aua! Was –«

Nevera lehnte sich zurück und musterte Apolonia, die sich die Backen rieb. »Hm. Du bist ein bisschen blass, Apolonia. Aber wusstest du, dass ein Mädchen gleich ganz anders aussieht, wenn es ein bisschen Farbe im Gesicht hat?«

»Ich kann es mir vorstellen«, knurrte Apolonia. Wer sah *nicht* anders aus mit zwei großen blauen Flecken auf den Backen!

»Du wirkst auch etwas verschlafen. Vielleicht solltest du früher ins Bett gehen, damit du nicht mehr diese grässlichen dunklen Ringe unter den Augen hast. Wie heißt es so schön? Ringe sollte eine Dame nur an den Fingern tragen!« Dabei betrachtete Nevera liebevoll die goldenen Schmuckstücke an ihren Händen. Apolonia nahm einen Schluck von ihrem Tee.

»Ich habe in der Tat nicht viel geschlafen«, erwiderte sie knapp, und Nevera blickte von ihren Ringen auf.

»Warum? Nein – lass mich raten. Natürlich warst du aufgeregt wegen des heutigen Tages. Aber du brauchst überhaupt keine Angst zu haben. Du wirst fantastisch aussehen, und ich werde mich darum kümmern, dass du auf dem Fest der Creme de la Creme vorgestellt wirst, versprochen.«

»Um ehrlich zu sein«, sagte Apolonia trocken, »habe ich ein Buch gelesen.«

»So?« Neveras Gesicht verschwand hinter ihrer Teetasse. »Ich hoffe, es war deine Augenringe wert ...«

»Es war ein außergewöhnliches Buch, nein, viel mehr. Es war ...« Apolonia verstummte. Zum ersten Mal, seit sie sich erinnern konnte, fehlten ihr die Worte, und sie wusste nicht, wie sie ihr Inneres zum Ausdruck bringen sollte. Eine Weile schwieg sie verdutzt über diese Erkenntnis.

»Und welches Buch war so fesselnd?«

»Es hieß *Das Mädchen Johanna* von Jonathan Morbus.«

»Jonathan!« Ein Leuchten erschien in Neveras Augen. »Wie erfreulich. Er ist heute Abend einer unserer Gäste.«

»Tatsächlich?« Apolonia konnte sich plötzlich nicht vorstellen, dass der Verfasser des Buches ein Mensch aus Fleisch und Blut war – und dass sie ihn kennenlernen würde! Ihr Herz machte einen kleinen Sprung. Vielleicht würde die Feier doch nicht so langweilig, wie sie befürchtet hatte.

»Nun.« Nevera wandte sich zu dem Schneider um, der gerade die letzten Perlen an ihr Kleid nähte. »Ich würde sagen, bei meiner Nichte wird jetzt Maß genommen. Die Zeit läuft, und in acht Stunden muss das schönste rosenrosa Kleid geschneidert sein, das die Welt je erblickt hat!«

Der Schneider schob sich die Brille zurecht. »Ich lasse wohl besser meinen Assistenten holen.«

Die Vorbereitungen im Hause Spiegelgold liefen auf Hochtouren. Seit den frühen Morgenstunden schwirrten die Dienstmädchen wie fleißige Bienen zwischen Küche, Flur, Festsaal und den anliegenden Salons umher, schrubbten die Bodenfliesen, bis Marmor und Parkett wie Spiegel glänzten, wischten

Regale, Statuen und Vasen ab und trugen rosafarbene und milchweiße Blumengestecke vom Hinterausgang in alle Zimmer, bis der Duft der Orchideen jeden Winkel des Hauses beherrschte. Der hauseigenen Köchin war eine ganze Mannschaft von Konditoren zu Hilfe gekommen und die Küche hatte sich in ein rauch- und dampfgefülltes Schlachtfeld verwandelt. Befehle und Flüche übertönten fast das Zischen der Töpfe: Irgendjemand hatte dreiundfünfzig Hummer gemopst.

»Das kann nicht sein!«, zeterte die Köchin und schlug mit jedem Wort ihren Löffel gegen den Herd. »Drei-und-fünfzig Hummer! Verschwunden!«

»Jesus und Maria im Himmel!« Der Oberkonditor rang die Hände. »Halten Sie den Schnabel! Bei diesem Lärm kann ich nicht arbeiten!«

Der glühende Blick der Köchin richtete sich erst auf den Konditor, dann auf die unvollendete Torte auf dem Tisch. Aus Angst, sie könne ihre verschwundenen Hummer im Gebäck vermuten, stellte sich der Konditor vor sein Werk. »Sprechen Sie mit Frau Spiegelgold. Jetzt ist es noch nicht zu spät, den Speiseplan zu ändern.«

Zur selben Zeit waren drei Dienstmädchen damit beschäftigt, die Salons, in denen Herr Spiegelgold später mit seinen Anwalts- und Richterkollegen plaudern wollte, mit genügend Rum und Zigarren auszustatten. Im Saal wurden die Kronleuchter poliert, die Tische zurechtgeschoben, sodass in ihrer Mitte Platz zum Tanzen war, und ein Podest für das Streichquartett errichtet. Ein Stockwerk über all dieser Geschäftigkeit schlüpfte Apolonia noch einmal in ihr neues Kleid, damit der Schneider und sein Gehilfe die letzten Änderungen vornehmen konnten. Sie warf einen kurzen Blick in den Spiegel und kam zu dem wohlüberlegten Entschluss, dass sie das Kleid hasste. Dann konnte sie vorerst wieder ihre alten Kleider anlegen. Da ihre Tante gerade damit beschäftigt war, die

Dienstmädchen im Saal anzuherrschen, musste sie sich keine Ausrede ausdenken, um zum Dienstbotenausgang zu eilen.

Vor der Tür wartete bereits ein bibbernder Konditorgehilfe mit einer großen Holzkiste. Apolonia kam auf ihn zu und befahl: »Aufmachen!«

Der junge Mann öffnete die Holzkiste und zeigte ihr, dass sie leer war. »Auf mich ist Verlass, hab ich doch gesagt.«

»Und du hast sie alle zum See gebracht? Lüge mich nicht an, ich erfahre die Wahrheit so oder so!«

Der Konditorgehilfe hob die Schultern. »Alle dreiundfünfzig krebsen in den Seen und Flüssen vom Park rum. Schwör ich dir.«

Apolonia maß ihn mit einem abschätzenden Blick, dann zog sie drei Münzen aus ihrer Rocktasche und ließ sie in die ausgestreckte Hand des Konditorgehilfen fallen. »Deinen Schwur brauche ich nicht. Aber dein Schweigen.«

Der junge Mann lächelte. Selbst wenn er diese Verrücktheit erzählte, würde ihm niemand glauben.

Zufrieden wandte Apolonia sich um und schritt ins Haus zurück. Später würde sie nachsehen, ob es den Hummern da draußen auch wirklich gut ging.

Als die Herbstsonne hinter den Hausdächern versank, verwandelte die Stadt sich in ein Fleckenfeld aus gelbem Licht und roten Schatten. Innerhalb weniger Augenblicke wurde es dunkel; auf den großen Hauptstraßen im Stadtzentrum erwachten die Straßenlampen mit einem Mal zu knisterndem Leben. In den weniger eleganten Vierteln dauerte es eine Weile, bis die Lichtfrauen und Lampenmänner alle Laternen entzündet hatten. Bald leuchtete die Stadt aus tausend glühenden Augen und erwiderte frech den Blick der Sterne, als wolle sie ihren Glanz übertreffen. In einem Stadtteil, wo die Straßenbeleuchtung bereits modernisiert war, zogen Kutschenkarawanen durch die Straßen. Hin und wieder überholte ein Automobil die Pferde und drängte sich in einem aufreißerischen Kurvenmanöver vor die Tiere. Rings um das Haus Spiegelgold fanden sich vornehme Gestalten zusammen und stiegen in lachenden und plaudernden Trauben die steinernen Treppen zur Haustür empor. Bald hielt das Klingeln inne: Die Türen wurden gar nicht mehr geschlossen.

Dienstmädchen mit blütenweißen Schürzen und gestärkten Hauben nahmen so viele Pelzmäntel, Stolen, Mäntel und Jacketts in Empfang, dass man damit Geschäfte hätte eröffnen können. Sobald sich die Gäste ihrer wärmenden Hüllen entledigt hatten, strömten sie glitzernd und schillernd wie geschlüpfte Schmetterlinge weiter Richtung Festsaal. Im Schein der Kronleuchter war das Gefunkel der Kleider, Krönchen, Kolliers und Ketten so blendend, dass Apolonia, die am oberen Absatz der Wendeltreppe stand, die Augen verengte. Offenbar dachten all die eitlen Gänse wirklich, dass sie als wandelnde Glühbirnen attraktiver waren. Doch sosehr sie sich auch anstrengten – Nevera Spiegelgold hatte dafür gesorgt, dass sie zumindest in dieser Hinsicht keine übertreffen konnte. Um ihre Arme schlossen sich breite Silberarmbänder mit eingehängten Perlen, und ein Kollier aus Weißgold mit mehreren dunkelblauen Saphiren machte sie um mindestens zwei Kilo schwerer. In ihren Haaren, die zu einer kunstvollen Hochfrisur aufgesteckt waren, funkelte ein Weißgolddiadem, das ihr mit Perlen in die Stirn hing und auf der Spitze einen daumengroßen Saphir präsentierte. Mit überschwänglicher Freude und den Gebärden einer Königin nahm sie die Geschenke ihrer Gäste entgegen und übergab sie nach zahlreichen Dankesworten einem Dienstmädchen, das die Gaben zu einem Turm aufbaute.

Elias Spiegelgold stand neben ihr und begrüßte wesentlich zurückhaltender. Sein spärliches hellbraunes Haar war glatt zurückgekämmt und sein Gesicht mit den spitzen Augenbrauen und dem breiten Kinn war zu einem steifen Lächeln verzerrt. Mit Händeschütteln begrüßte er seine Gäste, einige der bedeutendsten Persönlichkeiten aus Politik und Gesellschaft.

Obwohl Elias Spiegelgold als Sohn der Spiegelgold'schen Buchhandelsdynastie bereits in höhere Kreise geboren worden war, hatte er sich seinen Status und sein Vermögen hauptsächlich selbst erarbeitet. Alois Spiegelgold, der Erstgeborene, hatte das Familienunternehmen geerbt, und wie es für jüngere Söhne aus gutem Hause nicht unüblich war, schlug Elias die Laufbahn eines Juristen ein. Sein großer Erfolg war vor acht Jahren eingetreten, zeitgleich mit der Tragödie seines älteren Bruders.

Damals hatte eine hochgefährliche Terroristenvereinigung namens TBK – der Treue Bund der Kräfte – das Parlamentsgebäude samt allen anwesenden Regierungsmitgliedern in ihre Gewalt gebracht und versucht, die Macht an sich zu reißen. Als der größenwahnsinnige Plan scheiterte, hatten trotzdem nur drei TBK-Mitglieder gefasst werden können. Elias Spiegelgold, der mittels seiner vorzüglichen Kontakte gerade Staatsanwalt geworden war, forderte für die drei Terroristen die Todesstrafe. In jenen Tagen wurde die Frage, ob eine solche Art der Bestrafung einem modernen und humanen Zeitalter entspreche, gerade heftig debattiert, und Elias Spiegelgold wurde über Nacht zur glorreichen Verkörperung eines altehrwürdigen Rechtsempfindens. Seiner Forderung nach der Höchststrafe wurde stattgegeben. Die drei Terroristen waren bis heute die letzten Sträflinge in der Geschichte der Republik geblieben, die den Tod durch den Strang fanden. Elias Spiegelgold aber hatte sich damit zum meistgefürchteten Gesetzeshüter und engen Freund allerlei konservativer Politiker emporgeschwungen. Im gleichen Jahr hatte er Nevera, die Schwester seiner verstorbenen

Schwägerin, geheiratet – sie lernten sich auf Magdalenas Beerdigung kennen.

»Apolonia ... Pst!«

Apolonia drehte sich um und entdeckte Trude, die im Korridor stand und in den Saal hinabspähte.

»Was tun Sie hier?«, flüsterte das Kindermädchen. »Nun gehen Sie schon, mein Fräulein, na los!«

Apolonia war ganz verdattert darüber, dass Trude ihr Befehle erteilte, doch ausnahmsweise folgte sie der Aufforderung. Nach kurzer Überwindung schritt sie die geschwungenen Treppenstufen hinab, sich ihres Aufzugs peinlich bewusst. Sie hatte sich bis dato nie öffentlich in einem bonbonfarbenen Kleid sehen lassen, und zwar aus gutem Grund. Die knallige Farbe machte aus ihr eine bleiche Bohnenstange, die hübsch aussehen wollte und kläglich gescheitert war. Schon rief jemand ihren Namen. Aus der Menge schälte sich ein bekanntes Gesicht.

»Nein, was für ein Zufall.« Das Mädchen verzog die Lippen zu einem lahmen Lächeln. Sie war so alt wie Apolonia und trug das goldene Kreuz um den Hals, das jede Schülerin der katholischen Nonnenschule erhielt und das Apolonia schon mit sieben Jahren geschmacklos gefunden hatte.

»Einen Zufall kann man es nicht unbedingt nennen, dass ich zu Hause bin«, erwiderte sie.

»Zu Hause, ach ja! Ich hatte fast vergessen, dass du jetzt hier wohnst.«

Apolonia ballte die Fäuste beim genüsslichen Klang dieser Worte. »Guten Abend, Muriella.«

»Apolonia.« Sie küssten sich zweimal auf die Wange und musterten sich danach wieder mit kühlen Blicken.

»*Oh* – was trägst du nur für ein schönes Kleid«, bemerkte Muriella und nutzte die Gelegenheit, sie von oben bis unten zu mustern. »Du hast dich tatsächlich von deinen geliebten ...

wie soll ich sie nennen – Erdfarben? – getrennt. Man erkennt dich kaum wieder.«

Apolonia lächelte süß. »Nun, *dein* Erscheinen ist unabänderlich, egal was du trägst.«

Muriellas Lippen wurden spitz. »Ich habe gehört, dass du nun eine öffentliche Schule besuchst.« Ihre kleinen schwarzen Augen blitzten – sie wusste genau, dass Apolonia von der Schule geworfen worden war.

»Offenbar bist du falsch informiert. Ich genieße inzwischen exzellenten Privatunterricht.«

Träge hob Muriella ihre Augenbrauen. »So? Dann kannst du ja gar nicht mehr anderen ins Wort fallen und sie verbessern, wie du es doch früher so gerne getan hast.«

»Gott sei Dank bleibt mir das nun erspart, in der Tat. *Professor* Doktor Klöppel ist ein ausgezeichneter Lehrer von internationalem Rang.« Sie räusperte sich. Es war höchste Zeit für einen Gegenangriff, und zwar an einem Ort, der Apolonia bessere Möglichkeiten bot, Muriella bloßzustellen. »Wollen wir nicht hinüber zum Büfett? Meine Tante hat Delikatessen anrichten lassen, die du bestimmt noch nie gekostet hast …«

Gemeinsam schritten sie durch die Menge, begrüßten hier und da jemanden, tauschten flüchtige Wangenküsse und leere Worte. Inzwischen hatte sich das Tanzparkett mit Paaren gefüllt. Das Orchester auf der kleinen Empore spielte einen schnellen Walzer, zu dem sich mehrere Dutzend lackierte und diamantbesetzte Schuhe bewegten. Einige Gäste hatten sich bereits an den langen Tischen niedergelassen, in Erwartung des Abendessens, doch die meisten standen in großen Gruppen beisammen und nippten an den Champagnergläsern, die die Diener unaufhörlich nachfüllten. Auf dem Büfettisch waren Kaviar-, Lachs und Schinkenhäppchen sowie Eclairs und Pralinen auf einem Meer von Kristallschalen und Silbertabletts angerichtet, in dessen Mitte die Festtagstorte thronte, achtstöckig, mit faustgroßen Sahnehauben, Karamellkirschen und einem Hochzeitspaar aus Marzipan. Die Braut trug eine winzige Nachbildung von Neveras Kleid.

Apolonia nahm sich ein Häppchen mit Preiselbeercreme und wandte sich zu Muriella um. Ihre ehemalige Klassenkameradin inspizierte die Speisen wie eine Leiche auf einem Seziertisch. Dann entschied sie sich für ein Schokoladeneclair und biss hinein.

»Hm. Oh. Schmeckt … alt.«

»Wir haben die Eclairs von einer Pariser Bäckerei liefern lassen. Was du gerade kostest, ist eine Spezialität mit besonders hohem Kakaogehalt. Wundere dich also nicht über die herbe Bitterkeit.« Apolonia nahm zufrieden einen kleinen Bissen von ihrem Preiselbeerhäppchen. »Übrigens wollte ich dich fragen, was die Ausbildung macht. Hat sich etwas bei den Nonnen geändert? Oder dreht sich immer noch alles um lateinische Kriegsberichte?«

Ohne auf Apolonias Stichelei einzugehen, blickte Muriella in die Menge und setzte ein Lächeln auf, das, wie Apolonia bemerkte, ausnahmsweise nicht unecht war: Es entblößte Muriellas Zahnfleisch.

»Valentin!« Sie streckte den Arm aus und schlang ihn um den Arm eines jungen Mannes, der dasselbe Pferdegesicht hatte wie sie. »Apolonia, du erinnerst dich bestimmt an meinen Bruder Valentin?«

Der Ausdruck des jungen Mannes übertraf sogar Muriellas an Leblosigkeit und Langeweile.

»Wie könnte ich dieses Gesicht vergessen?« Apolonia reichte ihm die Hand.

»Valentin, das ist Apolonia Spiegelgold«, erklärte Muriella.

»Erfreut«, näselte er und hob ihre Hand flüchtig an die Lippen. Dann reckte er sich wieder und spähte in alle Richtungen.

»Valentin macht in drei Monaten sein Staatsexamen. Danach wird er Anwalt in der Kanzlei meines Vaters«, sagte Muriella. »Vater würde gerne sehen, dass er als verheirateter Mann in den Beruf eingeht, darum ist Valentin gerade auf der Suche. Aber es kommen nur die infrage, die Mutter und ich auswählen, nicht wahr, Valentin?«

»Wenn es so leicht wäre«, erwiderte er. »In unseren Rängen der Gesellschaft findet sich heute keine ehrbare Dame mehr. Und die, die noch nicht moralisch verdorben sind, sind prüde und langweilig oder abstoßend ... Ich frage mich inzwischen, ob das Heiraten in unserer Zeit der Dekadenz und Heuchelei überhaupt noch sinnvoll ist.«

Muriella tätschelte ihrem Bruder beschwichtigend den Arm. Dann tauchten zwei Männer neben ihnen auf, deren blasierte Blicke Valentins verblüffend ähnlich waren. Sie stellten sich als Studenten und Freunde Valentins vor.

»Bildung!«, schwärmte Muriella mit einem leuchtenden Seitenblick auf einen der beiden Neuankömmlinge. »Wie *hochinteressant*! Soeben haben Apolonia und ich davon gesprochen, nicht wahr? Was hast du mich noch gefragt? War es nicht irgendwas Lateinisches?«

Apolonia machte gerade den Mund auf, als ihr Valentin ins Wort fiel.

»Numquam patietur, mihi credite. Novi violentiam, novi inpudentiam, novi audaciam. Das ist von Cicero und bedeutet: *Niemals wird er das zulassen, glaubt mir! Ich kenne seine Gewalt, seine Unverschämtheit, seine Kühnheit.* Dieser Spruch bezieht sich natürlich auf mich und Vaters Wunsch, dass ich heirate.«

Valentins Freunde klatschten leise in die Hände und schenkten ihm ein anerkennendes Lächeln.

»Hm«, machte Apolonia. »*Seine Unverschämtheit.* Amüsant.«

»Latein ist zweitausend Jahre die Sprache der Könige und Gelehrten gewesen«, fuhr Valentin fort und betrachtete seine Fingernägel.

»Und nun ist Latein die Sprache der Toten.« Apolonia lächelte.

»Valentin, du musst verstehen«, schaltete sich schnell Muriella ein, »Apolonia war nie besonders herausragend in Latein. Sprachen sind wohl einfach nicht ihre Stärke ...«

»Nun«, sagte Apolonia ungehalten, »Myeddra senviel arth vera sena.«

»Wie bitte?« Valentin und seine Freunde runzelten die Stirn. Muriella neigte leicht den Kopf nach vorne und stierte Apolonia mit dem Verständnis eines Wildschweins an.

»Irvena senja noviel arth; mora nevra evell turo madva, sevell misuro ectera vera nivio mac renyo seva dina reh.« Sie holte tief Luft. »Das ist alles, was ich dazu zu sagen habe.«

»Und welche Sprache soll das gewesen sein?«, fragte einer von Valentins Freunden.

»Natürlich kann ich nicht erwarten, dass Sie das wissen. Soeben sind Sie in den Genuss gekommen, Morveda zu hören, eine südamerikanische Sprache, die vor allem im tropischen Raum weit verbreitet ist, ihre Wurzeln aber weiter im Norden hat und mit zahlreichen weiteren Ursprachen verwandt ist.«

»Und wollen Sie uns auch verraten, was Sie soeben gesagt haben?« Valentin nahm einen Schluck Champagner.

»Ich nannte Sie einen Fanfaron, der, verglichen mit vergleichsweise ähnlich fadisierenden Verwandten, viel vermögender und infolgedessen befähigt ist, frevelhaftes Fehlverhalten im großen Format an den Tag zu legen«, rasselte Apolonia in einem Atemzug runter.

Mehrere Augenblicke lang schwiegen alle.

»Ah. Beeindruckend.« Ein Lächeln kroch über Valentins Pferdegesicht. »Sie können also, nach langen Studien, wie ich vermute, primitive Barbaren verstehen, die am anderen Ende der Welt im Dschungel leben.«

»Glauben Sie mir, ich kann auch primitive Barbaren in meiner unmittelbaren Nähe verstehen, und ein Verständnis für das Primitive ist fürwahr eine Kunst. Vielen Dank. Entschuldigen Sie mich nun, meine Tante wartet.« Damit drehte Apolonia sich um und ging beschwingten Schrittes davon.

Es war ein Armutszeugnis, wenn man eine aus dem Stegreif erfundene Sprache für echt hielt, die »Morveda« hieß, aber wenn man nicht mal merkte, dass man in seiner eigenen Sprache ein langweiliger Prahlhans genannt wurde, war das mehr als bedauernswert.

Das muss ich in meine Memoiren aufnehmen, dachte Apolonia amüsiert. Kein Wissen der Welt nützt etwas ohne den Mut zum Bluffen!

Lieferung in der Nacht

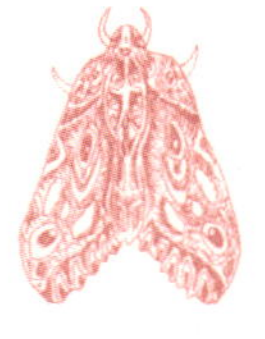

Nevera Spiegelgold stand, umringt von ihren Gästen, unter den glitzernden Kronleuchtern und unterhielt sich blendend. Hin und wieder tanzte sie mit Elias Spiegelgold und die restlichen Tanzpaare bildeten einen ehrerbietigen Kreis um sie; dann ließ Nevera sich wieder von den schmeichelnden Worten ihrer Freunde einlullen. Als sie Apolonia in der Menge entdeckte, winkte sie sie zu sich heran.

»Gerade eben haben wir von dir gesprochen, Liebes«, sagte sie, nachdem alle Anwesenden ihre Bewunderung für Apolonias Kleid ausgedrückt hatten.

»Es ist wirklich *so* großzügig«, sagte eine spitznasige Frau mit dunklen Haaren, die, soweit Apolonia sich entsann, mit dem Herzog von Helmskolm verheiratet war. »Das Mädchen und den Vater aufzunehmen, nachdem diese *grässliche* Tragödie passiert ist … Nevera, du hast ein *zu* gütiges Herz.«

Nevera vollführte eine bezaubernde Handbewegung. »Gott sei Dank verfügen wir über die finanziellen Mittel, um meiner Nichte die beste Bildung zu ermöglichen. Um ihren gesellschaftlichen Schliff und die Entwicklung ihres Charakters kümmere ich mich selbstverständlich persönlich.«

Die Blicke der Anwesenden hingen an Apolonia wie an einem besonders interessanten Schmuckstück.

»Und wie geht es Alois?«, fragte ein Mann im schwarzen Frack. Da Nevera ausnahmsweise in Schweigen verfiel und an ihrem Champagner nippte, antwortete Apolonia: »Es geht ihm ausgezeichnet. Momentan lebt er sehr zurückgezogen und hat sich den Studien gewidmet, die ihn schon immer interessiert haben: Literatur, Philosophie und natürlich Physik, eine seiner verborgenen Leidenschaften.«

Der Mann im Frack nickte langsam.

»Wann wird er sich wieder in der Öffentlichkeit zeigen?«, erkundigte sich eine Frau, die über und über mit Pfauenfedern besteckt war.

»Das vermag ich nicht zu beantworten«, erwiderte Apolonia, nachdem sie sich vom Anblick des Federkostüms losgerissen hatte. »Er trauert noch um meine Mutter.«

Ein zustimmendes Gemurmel folgte. »Magdalena!«, seufzten manche. »Sie war viel zu jung zum Sterben.«

»Wir werden sie niemals vergessen.«

Apolonia drehte sich um, um zu sehen, wer das gesagt hatte, und blickte in das Gesicht eines hochgewachsenen Mannes. Seine dunklen Haare waren glatt zurückgekämmt und reichten ihm bis zu den Schultern; die Augen hatten etwas an sich, das Apolonia einen Schauder über den Rücken jagte. Sie waren tief unter den Augenbrauen versunken und blitzten dunkelgrün aus den schattigen Höhlen hervor. Erst nach mehreren Sekunden wurde ihr klar, wieso sie so starr wirkten: Der Mann blinzelte kaum, seine Lider hingen schwer über den Augen und gaben ihm einen schläfrigen, geheimnisvollen Ausdruck.

»Nevera. Sie haben die machtvolle Ausstrahlung einer Königin und das liebliche Leuchten einer Nymphe.« Der Mann nahm Neveras ausgestreckte Hand entgegen und küsste sie vornehm.

»Die Worte eines Dichters«, gluckste Nevera verzückt. »Schön, dass Sie gekommen sind.«

Der Mann wandte sich Apolonia zu. »Und du bist also die Tochter der schönen Magdalena Spiegelgold. Die Ähnlichkeit ist kaum zu übersehen. Sie hatte dieselben Augen wie du.«

»Apolonia, das ist Jonathan Morbus«, stellte Nevera den Mann vor. Etwas in Apolonia gefror innerhalb von Sekundenbruchteilen zu Eis. Wie sich herausstellte, war es ihr Sprachvermögen.

»Ich habe … nun, ich … ich bin erfreut.« Tausend, tausend Dinge wollte sie sagen; Dinge über das Buch, die in ihrem Inneren pochten wie ihr Herz. Aber nichts kam ihr über die Lippen.

»Dein Vater ist mir nicht weniger bekannt als deine Mutter«, fuhr Morbus fort und verschränkte die Hände hinter dem Rücken. »Ihm und Buchhandel Spiegelgold habe ich zu großen Teilen mein bescheidenes Vermögen zu verdanken. Daher freue ich mich, dass es ihm gut geht, und ich hoffe, ihn bald wiederzusehen.«

»Gestern Nacht habe ich eines Ihrer Bücher gelesen«, sagte Apolonia endlich. »Es war eines der wenigen, die aus den Trümmern geborgen werden konnten.«

In den Augen des Schriftstellers blitzte es. »So? Welches denn? Ich habe inzwischen vier Veröffentlichungen.«

»Es hieß *Das Mädchen Johanna*. Es war … beeindruckend. Nie habe ich etwas Derartiges gelesen«, gestand Apolonia. Auch die Umstehenden, deren Zahl seit Morbus' Erscheinen entschieden gewachsen war, verkündeten nun ihre Bewunderung.

»Wie haben Sie das gemacht?«, fragte Apolonia. »Wie haben Sie es geschafft, dass Ihr Buch so viel mehr ist als … ein Buch?«

Jonathan Morbus erwiderte mehrere Momente lang ihren Blick. Das Grün seiner Augen hatte etwas … etwas Merkwürdiges. Etwas Angsteinflößendes. Apolonia fühlte sich plötzlich seltsam entblößt und trat einen kleinen Schritt zurück. Wieder glitt ein Glänzen durch seine Augen.

»Meine Bücher finden so viel Gefallen, weil sie wahr sind«, erklärte er. »Menschen erspüren die Wirklichkeit, und nur was wahr ist, können sie lieben.«

»Wahrheit ist Schönheit, Schönheit Wahrheit, das hat John Keats gesagt«, fiel Apolonia ein. Dieser Aussage hatte sie bis jetzt nie große Bedeutung beigemessen, aber immerhin schenkten ihr die Anwesenden anerkennende Blicke. Jonathan Morbus runzelte kaum merklich die Stirn. »Verzeihung, darf ich fragen, wie alt du bist?«

»Einundzwanzig«, erwiderte Apolonia. »In fünf Jahren. Das erste Lebensjahr im Mutterleib mitgezählt.«

Einige lachten. Auch Morbus verzog die Lippen zu einem Lächeln. »In der Tat, du bist Magdalenas Tochter. Offenbar hast du nicht nur ihre Augen, sondern auch ihren Charme.«

Charme – sie? Fast hätte Apolonia gelächelt. Dabei machte ihr Herz einen Hüpfer.

»Ist das nicht verrückt?«, schaltete sich Nevera wieder ein und machte einen Schmollmund, um die Aufmerksamkeit endlich wieder auf sich zu ziehen. »So vieles ist vor genau acht Jahren geschehen, Glücksfälle wie unsägliche Katastrophen. Es war in der Tat ein schicksalhaftes Jahr. Meine arme Schwester Magdalena wurde in der Blüte ihres Lebens aus dem Kreis ihrer Lieben gerissen. Dann gab es den Putschversuch des TBK, der uns fast die gelobte Demokratie gekostet hätte. Glücklicherweise waren diese düsteren Tage aber auch nicht ohne Sonnenstrahlen, wie den Aufstieg meines lieben Elias, wohl verdient, weil er dafür gesorgt hat, dass diese furchtbaren Terroristen ihre rechtmäßige Strafe erhalten, und unsere bescheidene Hochzeit. Nicht zu vergessen das Debüt von Ihnen, Jonathan: vor acht Jahren hatten Sie Ihre erste Romanveröffentlichung, nicht wahr?«

Morbus lächelte wie geölt. »Angesichts der anderen Ereignisse, die dieses Jahr geprägt haben, ist das wohl kaum erwähnenswert.«

»Die Bescheidenheit steht Ihnen gut, Herr Morbus«, schaltete sich eine rundliche junge Dame ein, die nervös mit ihrem Fächer wedelte und Morbus schmachtend ansah. »Doch ich erlaube mir zu behaupten, dass Sie falschliegen. Ihr Debüt war ein Ereignis, das sich mit allen Putschversuchen, Revolutionen und Schicksalsschlägen in der Geschichte messen kann. Das Erscheinen Ihres ersten Romans, *Der Junge Marinus*, markiert den Beginn einer neuen Ära in der Literatur! Ich habe *Der Junge Marinus* wieder und wieder gelesen, und jedes Mal hat es mich erneut in seinen Bann gezogen und zu Tränen gerührt. Sie – Sie sind ein Genie …«

Der Schriftsteller ergriff sachte die Hand der jungen Dame. »Sie bringen mich in Verlegenheit, Agnes.«

Agnes schien auf dem Fleck zu einer Pfütze heißer Butter zu schmelzen und starrte Morbus aus glitzernden Augen an, bis Apolonia beschloss, ihren magischen Moment zu beenden: »Um was geht es in *Der Junge Marinus*, wenn ich fragen darf?«

Morbus ließ die Hand der jungen Dame wie einen leblosen Fisch aus seiner gleiten und lächelte Apolonia freundlich an. »Nichts würde ich dir lieber erzählen, doch ein Buch in wenige Worte zu fassen, ist so, als müsste man die gesamte Anatomie eines Menschen von den Zehenknochen bis zu den Gehirnwindungen in einem Satz erklären. Aber ich schicke dir gerne ein Exemplar vom *Jungen Marinus*, wenn du die Geschichte lesen möchtest.«

»Oh – schon neun Uhr!«, rief Nevera in einem neuerlichen Versuch, das Interesse der Anwesenden auf sich zu lenken. »Das Abendessen müsste bald aufgetragen werden. Wollen wir uns setzen?«

Morbus bot ihr seinen Arm, dann nickte er Apolonia noch einmal zu und lächelte. Apolonia spürte merkwürdigerweise nicht, mit welchem Gesichtsausdruck sie seinen erwiderte, doch sie hatte das fahle Gefühl, einen ziemlich belämmerten Eindruck zu machen. Dann hatte Morbus sich abgewandt und Nevera schritt wie eine schnurrende Katze mit ihm zu Tisch.

Apolonia hatte selten so üppig gegessen. Nach sieben Gängen und einem Tortenstück hatte sie das Gefühl, aus ihrem Kleid zu quellen wie ein Schinken. Dass sie den Tod der dreiundfünfzig Hummer vereitelt hatte, schien niemanden zu stören: Es gab genug Speisen, um eine Armee satt zu bekommen. Als die ersten unermüdlichen Tänzer sich wieder erhoben und die Tanzfläche füllten, beschloss Apolonia, das Weite zu suchen. Sie blickte noch einmal zu den Tischen zurück, bevor sie die Wendeltreppe emporstieg. Ihre Tante saß mit Jonathan Morbus und drei weiteren Männern zusammen und scherzte ausgelassen. Ihr Onkel war nirgends zu sehen. Wahrscheinlich hatte er sich bereits in einen der Salons zurückgezogen, um mit seinen Partnern und Kollegen zu plaudern.

Apolonia stieg die Stufen hinauf und bog rechts in den Korridor ein. Der fröhliche Lärm des Festes wurde von Schritt zu Schritt verschwommener. Sie ging eine zweite Treppe am Ende des Korridors hinauf und brachte einen weiteren Flur hinter sich. Vor ihr lag ein dunkler Korridor. Vorsichtig drückte sie die Klinke der letzten Tür hinunter und trat ein.

Ihr Vater lag schlafend und vollständig angezogen in seinem Himmelbett. Apolonia setzte sich neben ihn. Mondlicht fiel durch die Fenster. Die Schatten der Bäume schwebten geisterhaft über die Zimmerwände und über das sorgenvolle Gesicht von Alois Spiegelgold. Er sah ganz normal aus. So wie früher. Fast glaubte Apolonia, wenn er nun aufwachte, sei er wieder der alte Alois. Er würde sie so ansehen wie früher und die Zornesfalte zwischen seinen Brauen würde bei ihrem Anblick schwächer und der eiserne Blick seiner Augen milder werden, er würde sie wieder in die Arme schließen und ihr auf die Schultern klopfen und »meine Apolonia« sagen. »Meine Apolonia. Bei deinem Köpfchen wird dir mal die ganze Welt gehören. Nutze deine Gaben.«

Apolonia atmete flach aus. Er würde nicht aufwachen. Auf dem Nachttisch neben seinem Bett stand die leere Teetasse. Er hatte das Schlafmittel ausgetrunken und würde bis morgen Nachmittag durchschlummern wie ein Baby. Dass er den Hochzeitstag seines Bruders und der Schwester seiner Frau verpasst hatte, würde er nie erfahren. Er würde nie erfahren, dass seine Tochter dafür gesorgt hatte.

Apolonia wischte sich verstohlen eine Träne aus den Augenwinkeln. Verflucht. Tränen nutzten gar nichts.

»Auf Wiedersehen, Papa«, flüsterte sie. Und blieb doch noch eine Weile reglos sitzen, während die Schatten der Bäume über das Gesicht ihres Vaters schwebten.

Ziellos spazierte Apolonia durchs Haus. Manchmal schwoll der Lärm des Festes an und Apolonia wechselte die Richtung; dann wieder war es rings um sie so ruhig, als sei niemand mehr außer ihr da.

Im Gehen löste sie ihren Haarkranz, denn Trude hatte ihn zu straff gebunden und mittlerweile ziepte ihre Kopfhaut. Nachdenklich zwirbelte sie die Spitzen und musste an früher denken, als ihr Vater noch gesund gewesen war … Der etwas knochige Mann, der am dunklen Arbeitstisch saß, duftend nach frisch bestellten, ungelesenen Büchern, umstrahlt vom sanften Licht der Tischlampe und der Ruhe eines versunkenen Lesers … Und ihr kamen Bilder von ganz früher, als ihre Mutter noch gelebt hatte. Nur wenige Erinnerungen an sie waren ihr geblieben. Manchmal vergaß sie sogar diese wenigen und schämte sich, wenn sie ihre eigene Vergesslichkeit bemerkte. Dabei fiel ihr ein, dass sie unbedingt an ihren Memoiren weiterschreiben musste. Niedergeschriebene Schrift vergisst nicht, Menschen schon.

Apolonias Gedanken schweiften zu Jonathan Morbus.

Morbus. Eine geheimnisvolle Anziehung war von ihm ausgegangen. Etwas, was ein halb zerfallenes Bild aus der Vergangenheit in ihr wachrief – oder vielleicht eine vage Zukunftsahnung? Sie schüttelte den Kopf. Unsinn. Gewiss kam er ihr so merkwürdig vertraut vor, weil er ein herausragendes Talent war und Apolonia dementsprechend an sich selbst erinnerte.

Plötzlich hörte sie etwas. Leise Stimmen. Apolonia sah sich um – wo war sie überhaupt? An den dunklen Holzvertäfelungen der Wände erkannte sie, dass hier die Arbeitszimmer ihres Onkels lagen.

Wieder hörte sie Stimmen, ganz schwach. So weit ins Haus hätten sich doch keine Gäste verirren können. Oder waren da Dienstmädchen, die sich vor der Arbeit drückten?

Apolonia schlich den Stimmen nach. Sie bog in einen kleinen Seitenflur mit einem Erkerfenster. Zwei Zimmer lagen sich gegenüber. Die Tür des einen war einen Spaltbreit offen. Matter Lampenschein fiel in den Flur. Apolonia spähte hinein.

Elias Spiegelgold stand an seinem Schreibtisch und hielt ein braunes, zugeschnürtes Paket in den Händen. Vor ihm stand eine zweite, schmalere Gestalt: ein Junge mit blonden Haaren in einem zerschlissenen dunkelgrünen Jackett. Seinem dürftigen Erscheinungsbild nach zu urteilen, gehörte er nicht zu den Gästen. Apolonia hatte ihn noch nie gesehen.

»Dein Auftraggeber arbeitet schnell«, sagte Elias Spiegelgold. Er nahm einen silbernen Brieföffner vom Tisch und zerschnitt die Paketschnüre. Der Junge deutete eine Verneigung an, dann ließ er den Blick durchs Zimmer wandern. Apolonia beugte sich rasch zurück; einen Moment später lugte sie wieder durch den Türspalt. Inzwischen hing der Blick des Jungen an den vergoldeten Kerzenständern über dem Kamin.

»Mone Flamm ist für Schnelligkeit bekannt und bei der Arbeit gewandt. Steht auf seiner Visitenkarte«, sagte der Junge.

Apolonia durchsuchte sämtliche ihrer Erinnerungen nach dem Namen Mone Flamm, doch sie hatte ihn noch nie gehört.

Elias Spiegelgold hatte inzwischen das Paket geöffnet und zog eine Mappe aus schwarzem Leder hervor, die er eilig aufschlug. Soweit Apolonia es erkennen konnte, befanden sich mehrere Dokumente darin. Elias Spiegelgold überflog sie und machte die Lippen schmal. Als er fertig war, klappte er die Mappe wieder zu. »Und du bist dir ganz sicher, dass das stimmt?«

Der Junge legte eine Hand aufs Herz und neigte abermals den Kopf. »Ich bin bloß der bescheidene Überbringer des Berichts. Aber aus Erfahrung kann ich sagen, dass Meister Flamm sich nie irrt. Übrigens haben Sie wirklich ein sehr schönes Haus.«

»Ja, danke.« Elias Spiegelgold schwieg mehrere Augenblicke. Dann straffte er den Rücken und zog sein Portemonnaie aus der Westentasche. Er übergab dem Jungen drei Scheine und nach kurzem Nachdenken einen vierten.

»Ich danke Ihnen, Herr Spiegelgold.« Als Elias Spiegelgold ihn scharf ansah, lächelte der Botenjunge. »Verzeihen Sie, mein Herr. Ich habe Ihren Namen bereits vergessen. Das Geld in meiner Hand habe ich auf der Straße gefunden.«

»Schön. Versuche, kein Aufsehen zu erregen, wenn du gehst. In drei Minuten komme ich noch mal zurück, dann erwarte ich, dass du fort bist.«

Wieder neigte der Junge den Kopf. Elias Spiegelgold drückte die Mappe an sich und verließ das Zimmer durch den anliegenden Salon. Der Junge blieb stehen.

Irgendwo schloss sich eine Tür; dann war Elias Spiegelgold verschwunden. Der Botenjunge steckte sich das Geld ins Jackett und schritt um den Schreibtisch herum. Sein Blick glitt über die ordentlichen Papierstapel, den silbernen Füllfederhalter, den Siegelstempel. Er strich zum Kamin, fuhr mit dem Finger über den Kaminsims und betrachtete verwundert seine Fingerspitze, an der kein Staubkorn hing. Lange sah er die goldenen Kerzenständer an.

Apolonia spürte Ärger in sich aufsteigen. Dieser Landstreicher konnte doch nicht einfach so im Büro ihres Onkels herumspazieren!

Plötzlich wandte er sich um und blickte zur Tür, als könne er direkt hindurchsehen. Apolonia trat mehrere Schritte zurück – und stieß gegen eine kleine Kommode. Die Blumenvase, die darauf stand, gab ein dumpfes Poltern von sich, als sie gegen die Wand fiel; dann kippte sie um, kaltes Wasser ergoss sich auf den Teppich und die Vase plumpste zwischen Apolonias Händen hindurch zu Boden.

»Fräulein Spiegelgold!« Ein Dienstmädchen blieb ein Stück entfernt im Flur stehen und starrte verwundert auf die Vase, die ihr vor die Füße rollte.

Die Zimmertür schwang langsam auf und aus den Augenwinkeln sah Apolonia den Jungen im Türrahmen stehen.

»Sieh, was du angerichtet hast!«, rief Apolonia und wies barsch auf das verdutzte Dienstmädchen. »Bring das sofort wieder in Ordnung, du tollpatschiges Ding, hast du gehört?«

Ohne die Reaktion des Dienstmädchens abzuwarten, fuhr Apolonia zu dem Jungen herum.

»Nun?«, fragte sie unwirsch. »Was gibt es hier zu sehen?«

»Das habe ich mich auch gerade gefragt«, erwiderte der Junge und beobachtete, wie das Dienstmädchen die Blumen aufklaubte.

Apolonia strich sich in einer, wie sie hoffte, gebieterischen

Geste das Kleid glatt. »Also. Der Dienstbotenausgang befindet sich in dieser Richtung.« Sie wies dem Jungen mit ausgestrecktem Zeigefinger den Weg.

Er hob spöttisch die Augenbrauen. »Danke.« Und er schenkte dem Dienstmädchen – zu Apolonias Empörung – ein Augenzwinkern. »Dann weiß ich ja jetzt, wo ich deinem hübschen Dienstmädchen noch mal begegnen kann.«

Apolonia öffnete entrüstet den Mund; doch da war der Junge schon ans Erkerfenster getreten. Er warf ihr einen letzten Blick zu und grinste, dass sie seine schiefen Eckzähne glänzen sah. Dann flog das Fenster auf und er sprang hinaus. Das Dienstmädchen stieß einen erschrockenen Laut aus. Ein kalter Luftzug brauste ihnen entgegen und blähte die Gardinen auf.

Apolonia stockte. Wie war das Fenster plötzlich aufgegangen? Nach kurzem Zögern lief sie hin und beugte sich hinaus. Zwei Meter tiefer sprang der Junge von der stuckverzierten Außenwand. Apolonia sah ihn durch den Schein einer Straßenlampe huschen. Dann war er in der Nacht verschwunden.

»Hast du das gesehen?«, fragte sie das Dienstmädchen stotternd.

Die junge Frau umklammerte die Blumenvase. »Ich, ich weiß nicht, Fräulein Spiegelgold. Wer war das?«

Apolonia musterte das Dienstmädchen einen Moment lang, dann lief sie an ihm vorbei. Ihre Gedanken überschlugen sich. Als sie in ihrem Zimmer ankam, schloss sie die Tür und lehnte sich dagegen. Ihre Hände zitterten.

Das Fenster – es war plötzlich offen gewesen. Der Junge … Konnte das sein? Hatte sie sich nicht getäuscht? Aber was hatte das alles zu bedeuten – und was hatte ihr Onkel damit zu tun?

Zusammenhänge … sie brauchte Zusammenhänge.

Rot

So fing es an.

Im rieselnden Schnee hatte ein Junge gelegen. Vielleicht lag er schon lange so da. Die Eiskrusten auf seinen Kleidern verrieten, dass es mindestens eine Nacht gewesen sein musste – die blau angelaufenen Fingernägel ließen auf mehrere Tage schließen. Raureif überzog seine Augenbrauen und Wimpern. Doch obwohl es sich zweifellos um eine Leiche handelte, trug das Gesicht des Jungen nicht die harte Maske des Todes. Die Lippen und Wangen schimmerten in bläulichem, sanftem Weiß. Es war ein Licht überirdischer Unschuld, das diesen toten Körper umhauchte.

Der Junge lag so im Schnee, eine Hand neben der Hüfte, die andere neben dem Gesicht, die Beine leicht angewinkelt wie in einem verzauberten Schlummer. Niemand kam vorbei und fand ihn. Während der Schnee aus dem Himmel auf ihn niederschwebte und dabei doch seinen engelhaften Glanz nicht verringern konnte, blieb er den Menschen vollkommen verborgen wie so viele Wunder der Welt.

Er fiel durch einen weißen Tunnel, der weder Anfang noch Ende hatte. Blendendes Licht umstrahlte ihn, kam von überall und nirgendwo. Dann wurde ihm klar, dass das Licht gar kein Licht war; alles um ihn war schlichter weißer Raum. Er befand sich in keinem Tunnel. Er befand sich in sich selbst.

Er erwachte mitten im Schnee, öffnete die Augen, verzog das vor Kälte starre Gesicht und spürte zum ersten Mal, was er danach nie wieder loswerden würde: die Leere. Der Gedanke traf Vampa wie ein Blitz, ein jähes Aufleuchten in seinem Verstand, der weiß und flimmernd war wie der Schnee rings um ihn – er wusste nicht, wer er war. Er wusste gar nichts.

Mehrere Augenblicke, vielleicht waren es auch Minuten, tastete Vampa blind in seinem Gedächtnis. Aber da war nichts. Dann kam ihm der zweite Gedanke: Er fühlte nichts.

Keine Panik, keine Angst, keine Verzweiflung. Nur ein dumpfes Grauen vor sich selbst. Wer war er? *Was* war er? In welchem Körper war die Stimme gefangen, die sich diese Fragen stellte? Denn mehr als dieses Stimmchen im weiten weißen Nichts seines Verstandes war er nicht.

Erst im Verlauf der nächsten Wochen kamen ihm bruchstückhafte Erinnerungsfetzen, wie Papierschnipsel flatterten sie ihm zu. Und das rote Buch sah er das erste Mal in einem Traum.

Es war alles finster, als befände er sich in einem Ozean aus Tinte. Dann schwebte etwas aus der wolkigen Dunkelheit – etwas Rotes. Ein Buch. Jemand tauchte seine Feder in ein Fläschchen voll dunkler, dicker Flüssigkeit. Es war Blut, gemischt mit Tinte. Die Feder setzte auf die aufgestrichene Buchseite. Vampa hörte das Kratzen der Feder auf dem Papier. *Das Dritte Buch.* Mehr von dem, was aufgeschrieben wurde, sah er nicht. Wieder verschwand das Buch in Schwärze und Vampa träumte in Dunkelheit weiter. Aber das Geräusch der kratzenden Feder war noch da, Vampa spürte, wie es alles aus ihm herauslockte, und seine Erinnerungen wurden aufgesaugt, eingefangen. Nichts blieb, nur das Kratzen.

Vampa erwachte mit Tränen und dem Geschmack eines fernen Gefühls. Plötzlich wurde ihm klar, dass er, seine Vergangenheit, seine Seele in dem roten Buch mit der roten Bluttinte steckten. Im *Dritten Buch.* Alles würde er tun, nur um dieses Buch zu finden.

Die Suche nach dem Blutbuch wurde zum Sinn seiner Existenz. Vielleicht richtete er aber auch bloß all seine Kräfte auf die Suche, um sich abzulenken – davon abzulenken, dass er in sich selbst gefangen war und die Sinnlosigkeit seines Daseins niemals ein Ende finden würde, nicht einmal im Tod. Aber das merkte er erst später. Viel später, nach fast einem Jahr, fiel ihm auf, dass er nicht sterben konnte.

Manchmal glaubte er auch, verrückt zu sein. Was, wenn er sich nur einbildete, sein Haar wachse jede Nacht nach, seine Schrammen verheilten wieder, sein kindliches Gesicht werde nie älter? War er ein Wirrkopf, der zwischen Traum und Wirklichkeit nicht unterscheiden konnte? Aber wenn dem so war, hätte er doch nicht darüber nachdenken können, oder?

Außerdem war Vampa ganz anders als alle Menschen, die er beobachtete, ob verrückt oder gesund. Wie leicht freuten sie sich über wertlose Dinge! Die verliebten Mädchen, die auf der Straße kicherten, und die Jungen auf den Schulhöfen, die sich über eine gewonnene Prügelei freuten, sie alle kamen Vampa so simpel vor. Fühlten sie dies, waren sie glücklich, fühlten sie das, waren sie betrübt, so wie ein Kind, das beim Schokoladeessen lacht und beim Grünkohl weint, nicht aber entscheiden kann, was ihm vorgesetzt wird.

Vampa beobachtete das Leben der Menschen und verachtete sie. Er verachtete ihr kümmerliches Glück, ihren zerbrechlichen Stolz, ihre aufgeblähte Liebe. Wie waren sie alle schmutzig und jämmerlich und wie bedeutungslos war all ihr Tun und Fühlen! Vampa sah die Männer in *Eck Jargo* kommen und gehen, feiern und flüchten, leben und sterben. Wie Barbaren ermordeten und erschlugen sie sich oder wurden von der Polizei geschnappt. Früher oder später waren sie alle verloren.

Nur Vampa nicht. Er kam und ging und kam wieder, und während alle rings um ihn dem Tod entgegenrannten, tanzend, torkelnd oder schleichend – während alles voranströmte wie ein Fluss auf sicherem Weg zur Klippe, war Vampa stehen geblieben. Er war ein Stein im Flussbett, zu tot, um sich zu bewegen, und dabei würde er nie über die Klippen des Todes schreiten. Man konnte nicht sterben, ohne am Leben zu sein – die Ironie war so grausam! Und obwohl Vampa in jeder Minute Ekel vor dem bedeutungslosen Vorantaumeln der Menschen empfand, sehnte er sich nur danach, wie sie zu sein.

Könnte er doch so einfach lieben, wie sie es taten! Könnte er doch so leicht fürchten wie die Kinder den Schatten, die Erwachsenen die Geldnot! Könnte er doch traurig sein, seine Traurigkeit mit Opium betäuben, aus den schläfrigen Träumen des Giftes erwachen und als friedliches, ruhiges Wrack dem Tod entgegengleiten!

Aber Vampa war nicht wie sie. Alle Menschlichkeit war aus ihm herausgerissen worden und allein die Hülle seines Körpers zurück ins Leben geworfen – und nicht einmal die war mehr wirklich und menschlich genug, um zu welken. Vampa, der wirkliche Vampa, schlief nicht unter den Kanalrohren am Fluss. Er boxte nicht in *Eck Jargo* und schlich nicht mit durchschnittener Kehle durch die Stadt. Er war in einem Buch gefangen und alles andere von ihm war nichts als der Schatten einer Buchfigur.

Was Vampa in den vergangenen neun Jahren erlebt hatte, war nicht wenig gewesen, doch nichts davon war von Bedeutung oder konnte sein Herz berühren.

Nur an einen Tag dachte er oft zurück. Vor drei Jahren hatte er beschlossen, die beiden Blutbücher, die er gefunden hatte, zu verbrennen. Der Trost, den sie ihm beim Lesen spendeten, schien ihn zu verhöhnen; sie gaukelten ihm eine Identität und Gefühle vor, die zerfielen, sobald er seine Augen von der Schrift löste. Kurzerhand warf er die Bücher ans Flussufer und zündete sie an. Der kühle Novemberwind wirbelte die Ascheflocken in alle Richtungen, und während Vampa dort stand und den Rauch einatmete, fragte er sich, ob er die Menschen in den Blutbüchern umgebracht hatte.

Als nicht mehr als verkohlte Papier- und Lederfetzen übrig geblieben waren, vergrub er die Hände in den Taschen und strich ziellos durch die Stadt, vorbei an den Kutschen und Passanten. Dann kam er zu einer kleinen Kirche. Eine Weile betrachtete er die bunten Glasfenster und die hohe Holztür mit den Eisenbeschlägen. Aus irgendeinem Grund kam die Kirche ihm bekannt vor. Als hätte er schon einmal von ihr gelesen. Schließlich trat er ein.

Es war dunkel und kalt. Mattes Licht fiel durch die Fenster und malte bunte Mosaike auf die Gebetsbänke. Am Altar brannten Kerzen. Eine Jesusfigur aus Wachs hing an einem Kreuz. Seine Augen waren unendlich traurig auf Vampa gerichtet. Vampa hatte plötzlich das erschreckend starke Gefühl, dass dieser Jesus genau dasselbe Schicksal hatte wie er. Vampa setzte sich in die erste Reihe und erwiderte den Blick der Wachsfigur. Sein Atem gefror in der kalten Luft zu Nebelwölkchen.

Der Jesus am Kreuz beobachtete ihn wissend. Verständnisvoll. Erging es ihm nicht wie Vampa? Hing nicht auch er an dem Kreuz, um zu sterben, und konnte es doch nicht? Er würde in alle Ewigkeit an Kreuzen hängen, solange die Menschen seiner gedachten. Er würde in ihren Erinnerungen nie ganz tot sein.

Vampa zog die Nase hoch. Wüsste er doch mehr über Religion! Vielleicht lag dort die Antwort auf seine Fragen? Er sprang beinahe auf die Füße, gepackt von einer Idee, und lief die Stufen zum Altar hinauf. Eine Bibel lag aufgeschlagen neben der Wachsfigur.

Vampa begann zu lesen. Aber die Worte ergaben für ihn keinen Sinn; sie hatten nichts mit ihm zu tun. Vampa blätterte die Bibel durch. Vielleicht musste er genauer suchen. Er war so vertieft, dass er gar nicht hörte, wie jemand in die Kirche kam. Eine Frau trat vor den Altar. Erst als Vampa ein leises Wimmern hörte, blickte er auf.

Die Frau starrte ihn an. Ihr dunkles Haar war an den Schläfen ergraut und tiefe Kummerfalten zogen sich um ihre feuchten Augen.

»Wer bist du?«, hauchte sie.

Erkannte sie ihn etwa? Wusste sie von seinem Fluch? Die Frau zeichnete ein Kreuz in die Luft. »Großer Gott im Himmel! Du siehst aus … du bist … das ist unmöglich! So viele Jahre!«

Starr beobachtete Vampa, wie die Frau vor dem Altar auf die Knie sank.

»Ein Engel«, wimmerte sie. »Du bist ein Engel! Ich habe einen Engel gesehen … Oh, Marinus. Mein Marinus!« Die Frau streckte die Hände nach ihm aus, dann griff sie sich mit einem Ächzen ans Herz und verlor das Bewusstsein.

»Was ist hier los?« Vampa fuhr herum, als ein Priester auf ihn zugeeilt kam. »Was machst du da, du Rotzbengel?«

Vampa wich erschrocken zurück und stieß gegen die Kerzen. Heißes Wachs tropfte ihm auf die Hand.

Dann entdeckte der Priester die Frau. »Grundgütiger! Was hast du getan?«

Vampa stolperte über seine eigenen Füße und rannte hinaus.

Mit den Fingern strich Vampa über die Buchseite. Er hatte *Der Junge Gabriel* fast fertig gelesen. Gierig, sehnsüchtig saugte er die Buchstaben in sich auf; die Worte nährten sein Inneres wie Papier ein Feuer, das gleich wieder erlischt.

Es war eine wunderschöne Geschichte. Über hundert glückliche Tage waren im Blutbuch festgehalten. Einmal lief der Junge Gabriel durch die sommerliche Stadt, es duftete nach frisch geschnittenen Blumen und ein Mädchen lächelte ihn an und steckte ihm eine kleine Lilie ins Knopfloch seines Jacketts. Ein anderes Mal beobachtete er den Sonnenuntergang. Die Wolken glühten unglaublich rot im Licht der schwindenden Sonne, und der ganze Himmel war von Farben erfüllt, die aufglommen und erloschen und immer neue Gesichter zeigten. Und einmal brach er nachts in die Küche des Waisenhauses ein und fand den Schrank, in dem die Nonnen ihre Kekse aufbewahrten. Er nahm alles mit und verschenkte die Kekse an die Kinder, mit denen er seine Schlafhalle teilte. Was am nächsten Tag geschah, erfuhr Vampa nicht. Im Buch waren nur glückliche Augenblicke gesammelt.

Er seufzte tief. Wie schön wäre es, der Junge Gabriel zu sein! Vampa schloss die Augen und drehte sich auf den Rücken. Das Rauschen der Kanäle schwand dahin, der feuchte Modergeruch verblasste; Vampa tauchte tief in die gelesene Geschichte ein, umhüllte sich damit wie mit einer warmen Decke aus Sonnenlicht und Blüten. In seiner Vorstellung war er der Junge Gabriel und lief durch die Straßen. Immer wieder sog er den Duft der Blumen ein. Immer wieder ließ er sich von dem lächelnden Mädchen die Lilie anstecken. Er versuchte, sich ihr Gesicht genau einzuprägen, aber es war von Licht umstrahlt, so als stünde die Sonne direkt hinter ihr, und er bekam nie mehr von ihr zu sehen als das kurze, alles erhellende Lächeln. Wenn es doch nur seine Erinnerung wäre! Sein Mädchen … Seine Lilie.

Der Einbrecher

In den folgenden Tagen war Nevera Spiegelgold damit beschäftigt, ihre Geschenke auszupacken, Karten zu lesen und Dankschreiben zu verschicken. Hin und wieder kam ihr Elias Spiegelgold zu Hilfe und setzte unter ihre Briefe eine Unterschrift. Da Nevera abgelenkt war, genoss die gesamte Dienerschaft eine friedliche Zeit. Nur die Köchin musste mit ihrem Lohn für die verschwundenen Hummer aufkommen und schluchzte und zeterte abwechselnd vor sich hin.

Apolonia hatte sich seit dem Hochzeitstag zurückgezogen; sie verließ kaum ihr Zimmer, und wenn Trude hereinkam, um ihr das Mittagessen zu bringen, fand sie sie umgeben von hohen Bücherstapeln am Schreibtisch sitzen. Zwar war das kein seltenes Bild, doch als Apolonia eines Tages auf ihrer Fensterbank brütete und abwesend in den Park hinausstarrte, kamen Trude Bedenken.

»Haben Sie Sorgen?«, fragte Trude mit ihrer lieben Piepsstimme und faltete die Hände vor der Brust.

»Nein«, erwiderte Apolonia matt. »Sei so gut, bring mir einen schwarzen Tee mit Honig, drei Esslöffel Milch. Und stell mir die Lampe hierher. Ich will später lesen.«

Trude lächelte erleichtert. Das war wieder die Apolonia, die sie kannte. Sie eilte los, und als sie wiederkam und das

Silbertablett neben die Fensterbank stellte, entdeckte Apolonia neben ihrem Tee drei Nussplätzchen.

Fast pausenlos musste Apolonia an den Lieferjungen denken. Mehr, als dass er für jemanden namens Mone Flamm arbeitete, wusste sie nicht. Aber wer war überhaupt Mone Flamm? Höchstwahrscheinlich hatte er ihrem Onkel etwas gebracht, das er für einen Gerichtsprozess brauchte – das Paket hätte Apolonia nur mittelmäßig interessiert, wäre da nicht das Fenster gewesen.

Das Fenster. Es war verschlossen gewesen, bevor der Junge hinausgesprungen war, darauf hätte Apolonia ihre rechte Hirnhälfte verwettet. Wie war es also aufgegangen? Es gab nur eine Erklärung, aber die war unwahrscheinlich, fast unmöglich … Wenn es wirklich so war, verstand Apolonia nicht, was ihr Onkel damit zu tun hatte. War es Zufall? Oder wusste Elias Spiegelgold, mit welchen Leuten er heimliche Geschäfte machte?

Apolonia grübelte und grübelte, verdächtigte Elias sogar und verwarf all ihre Ideen wieder. Was sie in ihren Büchern nachlesen konnte, lieferte keine konkreten Antworten, sondern wies nur auf noch mehr Möglichkeiten hin. Als sie nach zwei Tagen keine Ruhe fand, beschloss sie, die Sache vorerst ruhen zu lassen und sich abzulenken.

Eintrag Nummer 15. Der 12. November.

Mutter hatte mir endlich von ihren Gaben erzählt. »Ich bin jemand, den die einfachen Leute eine Motte nennen würden«, hatte sie gesagt. »Und zwar, weil ich wandern kann.«

Natürlich wusste ich sofort, was sie damit meinte. Magdalena konnte ihren Körper verlassen und als Geist wandeln. Das war eine der Fähigkeiten, die man als Motte besitzen konnte.

»Wieso glauben die Leute nicht, dass es solche Phänomene gibt?«, fragte ich sie, mit der charmanten Naivität einer Siebenjährigen. Ich erinnere mich, wie ihr Gesicht strahlte, obwohl sie nur ein wenig lächelte. Sie hatte ein Gesicht, das wie aus Mondlicht geformt schien. Es veränderte sich ständig und war dabei doch immer gleich wie ein gemaltes Bild; in ihren Augen tanzte das Wasser eines hellen Flusses.

»Wir Motten haben unsere Gaben immer geheim gehalten. Denn die Menschen waren lange eifersüchtig und misstrauten jenen, die anders waren als sie, vor allem wenn sie etwas besaßen, das sie nicht hatten. Früher wurden Motten und solche, die man für Motten hielt, sogar gefoltert und verbrannt.«

»Du meinst die Inquisition, Mutter?«

Meine Mutter nickte. »Zum Beispiel.«

»Bist du dann in Gefahr?«

»Nein. Vieles hat sich seitdem geändert. Ich glaube, heute sind die Menschen eher bereit, Anderssein zu akzeptieren. Eine neue Zeit der Wissenschaft, der Entdeckung und Aufklärung steht uns bevor. Wir sollten uns nicht vor der Wahrheit fürchten. Wir sollten uns darüber freuen und versuchen, sie zu verstehen.«

Ich nickte. Hätte ich damals gewusst, in welcher Gefahr meine Mutter schwebte, und dass der Verrat von ihresgleichen kommen würde, hätte ich sie davon abgehalten, ihr Können preiszugeben.

Eintrag Nummer 16. Der 14. November.

Bevor Mutter ermordet wurde, hörte ich sie mit der Verräterin streiten. Es war eine Nacht im Februar. Die Regentropfen prasselten so laut gegen die Fenster, dass ich nicht schlafen konnte. Aber noch etwas anderes hielt mich in jener Nacht wach. Ich wage zu sagen, dass es ein Gefühl war. Eine merkwürdige Befürchtung, höchstwahrscheinlich heraufbeschworen durch frühere Überlegungen und Erlebnisse. Das menschliche Hirn kann die erstaunlichsten Zusammenhänge im Unterbewusstsein herstellen.

Ich hörte den Streit durch die Schlafzimmertür meiner Mutter. Vielleicht sollte ich es nicht Streit nennen – denn weder meine Mutter noch die Unbekannte sprach lauter als flüsternd. Die exakte Wortwahl der beiden habe ich nur noch lückenhaft in Erinnerung, nichtsdestotrotz werde ich versuchen, ihr Gespräch so wahrheitsgetreu wie möglich wiederzugeben.

»Die Welt ist für uns bereit!«, flüsterte meine Mutter. Eine Dringlichkeit und Unruhe lagen in ihrer Stimme, die ich zuvor nie bei ihr erlebt hatte und danach nie mehr erleben sollte. »Die Menschen haben sich geändert. Sie sind tolerant! Unsere Gaben werden ihnen allen helfen, wieso sollten sie sie ablehnen? Es ist selbstsüchtig, unsere Kräfte und unser Wissen für uns zu behalten!«

»Schweig!«, zischte die andere Stimme. Das Blut rauschte in meinen Ohren, so erschrocken war ich über die Strenge und Kälte der Fremden. »Menschen ändern sich nicht! Hast du vergessen, was die Eltern derer getan haben, die du so tolerant nennst? Glaubst du, die ganze Menschheit erneuert ihre Natur innerhalb von ein paar Jahrzehnten? Sei nicht so dumm!«

»Du kannst doch nicht alle Menschen bevormunden. Sie haben das Recht auf unsere Ehrlichkeit!«

»Das Recht? Das Recht?! Niemand hat auf dieser Welt irgendein Recht außer dem Recht auf seine Selbstsucht. Ich sage dir, was sie mit deiner Ehrlichkeit machen werden, schöne, einfältige Magdalena! Sie werden dich verspotten! In ihre Irrenhäuser werden sie dich schicken, und wenn du deine herrliche Ehrlichkeit beweist, dann wird man dich ausstellen und studieren wie ein wildes Tier! Was für eine Entdeckung wirst du sein! Eine Besessene! Eine Hexe! Du wirst von Zirkus zu Zirkus gereicht und landest auf dem Untersuchungstisch von Ärzten, die dir Elektrizität durch den Körper jagen. Das ist das Recht, das die Menschen sich nehmen werden.«

»Ich habe Vertrauen in das Gute. An diesem Vertrauen kannst du nicht rütteln.«

»Nun verstehe ich. Du verlogenes Ding! Es geht dir nicht um die Wahrheit und Ehrlichkeit, so dumm bist nicht einmal du. Ich hätte es wissen müssen – du sehnst dich nur nach noch mehr Bewunderung und Ruhm und – und Macht! Dein blasses Elfenlächeln, das ist dir nicht genug, nicht wahr? Du willst, dass alle dir zu Füßen liegen! Aber das werde ich verhindern, Magdalena. Ich verhindere es.«

»Du bist von Hass und Neid zerfressen. Aber anstecken kannst du mich mit deinem Übel nicht! Ich habe meine Entscheidung getroffen.«

»Und ich die meine, darauf kannst du dich verlassen …«

Ich versteckte mich hinter den Fenstergardinen, als die Unbekannte das Schlafzimmer meiner Mutter verließ. Sie trug einen langen, dunklen Mantel, und ich sah weder ihr Gesicht noch ihre Haare oder ein anderes Merkmal, an dem ich sie hätte wiedererkennen können.

Als die Haustür ins Schloss fiel, schlich ich ins Zimmer meiner Mutter. Sie saß auf der Bettkante. Als sie mich bemerkte, lächelte sie müde und streckte sich auf dem Bett aus.

»Wer war das?«, fragte ich.

Magdalena schloss die Augen. »Unwichtig.« Sie klang erschöpft. Ich legte mich neben sie. Bald ging ihr Atem tief und sehr langsam. Ich versuchte, ihn zu imitieren, aber sie atmete wirklich viel zu langsam.

»Wanderst du wieder?«, flüsterte ich.

Meine Mutter nickte schwach. »Nur einen Augenblick …

ich muss es nur kurz… ich muss nur sehen, wo sich meine Feinde treffen…«

Ich lag still und reglos neben ihr, bis ich einschlief.

Am Morgen war der Regen versiegt. Grau und leer füllte der Himmel alle Fenster aus. Meine Mutter lag noch genauso neben mir wie in der Nacht. Ihre Hände waren kalt, und über ihrem Gesicht hing ein merkwürdiger Schein, wie ein Tuch aus Nebel, das ihre Züge bleicher wirken ließ. Nur ihr Atem ging noch so tief, so langsam, so versunken.

Ich versuchte, sie zu wecken. Sie wachte nicht auf.

Mein Vater kam, als ich ihn rief. Er ergriff sie an den Armen, aber als er sie hob, war ihr Körper steif. Sie wachte nicht auf. Sie würde nie wieder erwachen. Vater und ich wussten es.

Zwei Wochen lang schlief meine Mutter einen Schlaf, der tiefer ist und unergründlicher als jeder Traum. Ihr Körper lebte noch, aber ihr Geist fand keinen Weg mehr in ihn zurück. Jemand hielt sie gefangen und Vater und ich waren hilflos. Wir konnten nichts tun, wir konnten nur neben ihrem leeren Körper sitzen und warten, dass er seinen letzten Atemzug tat. Kein Arzt konnte ihr helfen. Wir hatten es auch nicht erwartet.

Nach zwei Wochen war der letzte Lebensfunke in Magdalenas Körper erloschen.

Vater veränderte sich sehr. Wir sprachen nie über Mutters Tod, aber wir wussten beide, wieso sie gestorben war. Für was. Wer schuld daran war.

Vater zerstörte alles, was ihr gehört hatte: die Silberpfeifen, die schwebenden Teppiche, die Runenkarten, die magischen Steine, die Amulette. Er verschloss die Salons, in denen meine Mutter einst wandelte, entließ all ihre Dienstmädchen, und er zog sich zurück; zurück von der Welt, zurück von mir.

Apolonia klappte das Tagebuch zu. Eine Weile blieb sie reglos sitzen. Draußen dämmerte es. Leise prasselte der Regen gegen die Fensterscheiben, wie zarte Marderkrallen klang es, die gegen das Glas klackerten. Apolonia stand auf und nahm ihre Geige zur Hand. Wenn sie früher eine Pause während ihrer Lehrstunden gemacht hatte, war sie Geige spielen gegangen. Es hatte etwas Beruhigendes an sich.

Auch als Apolonia nun ans Fenster trat und zu spielen begann, breitete sich ein Gefühl des Friedens in ihr aus. Nichts zählte mehr, nur noch die Noten, die Melodie ... Sie musste an nichts denken außer an die klingende Schönheit, die ihr aus den Fingern schlüpfte.

Eine Weile funktionierte es. Dann brach sie in einem schiefen Ton ab und ließ das teure Instrument einfach fallen. Missmutig blickte sie ins schwimmende Grau, das die Stadt überflutete. Apolonia spürte, wie ein tiefer Groll gegen alles, was es auf der Welt gab, in ihrem Inneren Form gewann. Sie hasste *alles*! Den Regen und dieses Zimmer, sie hasste ihre Haare, die ihr auf der Haut kitzelten und kratzten, hasste diese Pute von einer Tante und ihren Onkel, hasste sogar Trude für ihre Einfältigkeit, hasste die Stadt und hasste ihren Vater.

Mit einem wütenden Wimmern ließ sie sich aufs Bett fallen und drückte ein paar Tränen in ihre Kissen. Danach fühlte sie sich ein bisschen leichter.

Sie blieb so im Bett liegen, während das Grau von draußen in ihr Zimmer hereinkroch, sich immer dichter um die Möbel hüllte und den Boden und die Wände überzog. Erst als Apolonia ein leises Trappeln auf dem Teppich hörte, richtete sie sich auf. Aus einem Loch in der stuckverzierten Wand waren drei Ratten geschlüpft und hoppelten auf sie zu. Vor dem Bett blieben sie stehen, stellten sich auf die Hinterbeine und quiekten zu ihr empor. Sie grüßten sie mit dem Bild der Königin, die auf der Weltkugel tanzt.

Apolonia lächelte matt, als sie die Bitte der Ratten verstand. »Also gut«, murmelte sie, stand auf und hob ihre Geige auf. Die drei Ratten tummelten sich aufgeregt um ihre Füße. Apolonia begann zu spielen. Sie spielte eine schnelle, lustige Melodie, die sie eigentlich nicht besonders mochte – aber die Ratten liebten sie.

Eine Weile lauschten sie ihr mit zitternden Schnuten. Dann, wie auf ein unsichtbares Zeichen hin, begannen sie durcheinanderzuspringen. Sie tanzten.

Apolonia lächelte breiter. Schneller ließ sie den Bogen über die Saiten gleiten, entlockte dem Instrument seine schönsten Klänge. Angezogen von der Musik, kletterten erst zwei, dann vier weitere Ratten durch das Loch in der Wand. Andächtig lauschten sie Apolonias Melodie, sprangen um ihre Füße und quiekten; wie Lachen klang es, wie Kichern. Die Ratten umtanzten Apolonia, und sie drehte sich in ihrer Mitte, getragen von der Musik, getragen von der kleinen, großen Freude rings um sie …

Apolonia drehte sich und ihr Blick streifte das Fenster. Draußen, auf ihrem Fensterbrett, saß jemand. Ein Mensch.

Vor Schreck ließ Apolonia den Bogen fallen. Die Gestalt war augenblicklich verschwunden. Nur der Regen kroch über die Glasscheibe.

Die Ratten fiepten erschrocken auf, als der Geigenbogen einer von ihnen auf den Schwanz fiel. Apolonia schaute verwirrt zu ihnen hinab, da erklang draußen ein lang gezogenes Jaulen und die Ratten ergriffen alarmiert die Flucht. Wenn es etwas gab, wovor sie sich fürchteten, dann war es der schwarze Bernhardinermischling, der hin und wieder bei Apolonia schlief. Apolonia sah ihnen einen Moment lang nach, wie sie eine nach der anderen durchs Loch in der Wand schlüpften. Dann lief sie ans Fenster und blickte hinaus.

Unten auf der Straße saß ein braunscheckiger Hund im Regen. Die Bäume des Parks glänzten eisengrau und blattlos und von der nächsten Straßenlaterne troff ein Wasserstrahl. Keine Gestalt. Die Straßen waren menschenleer.

Hatte sie sich den Schatten vor dem Fenster eingebildet? Dabei hätte sie schwören können, etwas gesehen zu haben … Ein neuerliches Jaulen riss sie aus ihren Gedanken. Der Hund auf der Straße schüttelte sich, dass silberne Wassertropfen aus seinem Fell spritzten.

Apolonia warf sich einen breiten Schal um die Schultern, dann lief sie aus ihrem Zimmer Richtung Dienstbotenausgang, um Hunger hineinzuholen. Bestimmt hatte er wieder ein Dutzend Zecken. Und – wie immer – Hunger.

Der braunscheckige Hunger machte es sich in Apolonias Bett gemütlich, nachdem er eine doppelte Portion Gulasch verdrückt hatte. Trude war überaus erfreut gewesen, als Apolonia sie um das Gulasch gebeten hatte, denn normalerweise wollte Apolonia kein Fleisch essen. Sie aß auch gar keins – jedes Mal wenn sie Trude ein Fleischgericht bringen ließ, war es für einen ihrer tierischen Gäste gedacht.

Hunger streckte genüsslich alle vier Pfoten von sich und vergrub die Schnauze in den Kissen. Apolonia hatte ihm bereits alle Zecken entfernt und das Fell gekämmt und er fühlte sich so erfrischt und wohl wie lange nicht mehr.

Rutsch mal, sagte Apolonia. Hunger machte ihr Platz und legte anschließend den Kopf auf ihren Arm. Draußen hatte es aufgehört zu regnen. Es war eine stockfinstere Nacht und so kalt, dass Frost die Straßenlaternen überzog. Hund und Mädchen kuschelten sich tief in die Decken. Es war ganz dunkel, nur die Glut, die im Kamin glühte, tauchte das Zimmer in sanftes Licht. Apolonia döste ein …

Sie träumte, dass sie wieder klein war. Sie strich durch die langen Flure der Buchhandlung, umgeben von Wandregalen, und fand ihren Vater bei den Klassikern stehen, mit der Lesebrille in der Hand, die ersten und letzten Seiten der Bücher überfliegend. Er legte einen Arm um sie, mehr stolz als liebevoll.

»Geschichten sind die Essenz des Lebens, Apolonia«, sagte er, so ernst wie immer, und sie hatte das Gefühl, dass es auf der ganzen Welt keinen gescheiteren Menschen gab. »Menschen kommen und gehen. Aber Geschichten überdauern die Zeit, denn sie sind hier in den Büchern, sie sind wie Schätze eingeschlossen und leben ewig. Du, Apolonia, wirst all das hier erben und nach mir die Bücher kaufen, verkaufen und lieben, die die ganze Schönheit der Welt in sich tragen.«

»Ja«, sagte Apolonia. »Das will ich tun, Vater.«

Die Königin, die auf der Welt tanzt!

Das Bild kam immer wieder, grell und leuchtend. Apolonia fuhr aus dem Schlaf, als hätte jemand ihren Namen geschrien. Hunger saß aufrecht im Bett und winselte leise.

»Was ist denn?«, flüsterte sie müde.

Das Haus. Es ist dunkel und still. Tauben und Kutschenrattern in den verlassenen Korridoren.

»Was?« Apolonia blinzelte.

Wer ist Tauben und Kutschenrattern? Ein Hund?

Hunger wackelte ungeduldig mit den Ohren.

Das Bild von einem Menschenjungen. Er steht an der Straßenecke im Regen und sieht Hunger an. Er stellt sich vor als Tauben und Kutschenrattern.

»Was?« Apolonia war plötzlich hellwach. Sie richtete sich auf und starrte Hunger an.

Ein Menschenjunge? Wie konnte er sich vorstellen?

Wie du.

»Wie … ich?« Das war unmöglich! Niemand konnte wie sie mit Tieren …

Er hat sich vorgestellt mit den Bildern von Tauben und Kutschenrädern?

Nein … mit den Geräuschen.

»Den Geräuschen … er hat versucht, seinen Namen zu erklären. Seinen menschlichen Namen.« Apolonia schlug die Decke zurück, stand auf und fasste sich an den Kopf. Tausend Gedanken bestürmten sie auf einmal.

Jemand hatte mit Hunger gesprochen. Ein Junge. Er war fähig gewesen, Hunger seinen Namen mitzuteilen, wenn auch ungeschickt – schließlich gab es bei Tieren keine Klangnamen, nur Bilder. Und dieser Junge war im Haus.

Apolonia fuhr zu Hunger herum. *Der Junge ist hier?*

Hunger witterte die Luft. *Ja.*

Ein Einbrecher! Ob es etwas mit ihrem Onkel zu tun hatte? Oder – ihrem Vater? Apolonia wurde ganz flau zumute.

Zeig mir, wo!

Apolonia schlüpfte in einen Morgenmantel und Pantoffeln, zündete die Öllampe auf ihrem Nachtschrank an und verließ mit dem Licht das Zimmer. Hunger lief ihr hinterher.

Die Korridore lagen in tiefer Dunkelheit. Die Lampe malte einen matten Lichtkreis um sie, doch alles, was eine Armeslänge von ihr entfernt war, blieb ihrem Blick verborgen. Hunger schnupperte über den Teppich.

Der Lampenschein glitt über die Gemälde hinweg, die die Wände schmückten. Ein Dutzend gemalter Augen folgten Apolonia, als sie an ihnen vorbeilief. Sie glaubte, in jedem Zimmer, an dem sie vorbeikam, unheimliche Schatten wahrzunehmen, aber das Haus schwieg wie ein Grab.

Jemand war hier. Ein Einbrecher, hier.

Und doch lag Apolonia nichts ferner, als Hilfe zu holen. Wer auch immer ins Haus eingedrungen war, hatte sich Hunger vorstellen können. Er war nicht mit den Absichten eines gewöhnlichen Diebes gekommen.

Hunger blieb unschlüssig stehen. *Sein Geruch ist hier zu schwach … vielleicht ist er schon weg.*

Streng dich an!, flehte sie. *Weißt du, wie er hereingekommen ist?*

Warte … er war gerade ganz nah!

Apolonia fuhr erschrocken herum. Da, gedämpft durch die Wände, hörte sie Schritte. Ihr Puls raste.

Hier!

Hunger lief auf die nächste Tür zu, Apolonia folgte ihm. Sie rannten durch den dunklen Raum bis zur gegenüberliegenden Tür, Apolonia schob sie auf und sie durchhasteten den langen Flur. Am Ende des Flurs huschte ein Schatten vorbei. Ihr wurde schlecht vor Aufregung. Sie hob ihr Nachthemd an, um nicht zu stolpern, und rannte, so schnell sie konnte.

Sie bogen um die Ecke, liefen an Fenstern und Treppen vorbei, liefen durch das finstere Haus.

Wo ist er hin?, rief sie Hunger zu. Ein Schauder glitt ihr über den Rücken, als sie erkannte, dass sie zu ihrem Zimmer zurückliefen. In der Ferne knarrte etwas.

Im tanzenden Lampenschein tauchte endlich die Tür zu ihrem Zimmer auf. Sie war weit aufgerissen.

Apolonia blieb wie versteinert stehen. Eisiger Nachtwind blies ins Zimmer und ließ die Bettvorhänge tanzen. Das Licht ihrer Lampe glitt über einen Jungen, der am Fenster stand. Er hatte sich tief hinausgebeugt und drehte sich hastig um, als er das Licht bemerkte. Er trug ein dunkelgrünes, etwas zu großes Jackett.

Der Lieferjunge.

»Stehen bleiben!«, rief Apolonia.

Hunger rannte auf den Jungen zu. Der Junge öffnete den Mund. Plötzlich flog die Bettdecke hoch. Der Stoff schoss durchs Zimmer, blähte sich auf wie ein Fallschirm und fiel über Hunger. Ein klägliches Jaulen drang durch die Decke, als sich der Hund darin verfing; der Junge war inzwischen aus dem Fenster geklettert.

Apolonia sprintete los. Sie warf die Lampe mehr oder weniger auf ihren Tisch und packte die nächstbeste Waffe, die sie finden konnte: eine lange Pinzette, mit der sie Hunger von seinen Zecken befreit hatte. Dann war sie am Fenster angekommen und beugte sich hinaus. Zu ihrem Erstaunen war ein langes schwarzes Seil am Fenster befestigt, das bis hinunter zur Straße hing. Dort stand der Junge im Schein der Straßenlaterne. Er blickte zu ihr auf. Dann lief er davon.

Ich kann hier nicht runter, sagte Hunger hinter Apolonia, der sich endlich aus der Decke befreit hatte.

Lauf durch den Hinterausgang, dann folge meiner Spur, so schnell du kannst!

Apolonia holte tief Luft. Dann schwang sie die Beine aus dem Fenster, packte das Seil und hangelte sich hinab.

Der Wind drang durch ihre Kleider und ließ sie frösteln – dabei zitterte sie schon vor Schwindel und Angst. Ihr Zimmer befand sich im dritten Stock.

Ihre Füße rutschten und sie glitt die letzten zwei Meter am Seil hinab. Ihre Handflächen brannten. Dann stieß sie mit dem Rücken gegen die Wand und landete auf den Füßen.

Einen Moment lang war sie unfähig, sich zu bewegen. Dann verebbte allmählich das weiche Beben in ihren Gliedern und Apolonia taumelte los.

Am Ende der Straße stand der Junge. Als er sie sah, lief er davon.

»Bleib stehen!« Ihre Stimme hallte unheimlich durch die Nacht.

Schritte auf dem Kopfsteinpflaster. Apolonia bog in die nächste Straße und sah, wie der Einbrecher in einem Hauseingang verschwand. Er saß in der Falle!

Apolonia keuchte. Die Pinzette in ihrer Hand fühlte sich

rutschig und heiß an. Vor dem Hauseingang blieb sie stehen, dann hob sie die Pinzette wie ein Messer und stieß die Tür auf. Sie war nur angelehnt. Mit einem sanften Luftzug glitt sie nach innen auf.

Apolonia trat ein. Finsternis empfing sie, nur durch die Glasscheiben in der Tür drang Licht und umhauchte die Treppen, die nach oben und unten führten. Ihr Atem leuchtete in der Kälte.

Plötzlich packte sie jemand von hinten.

»Dieb–«

Eine Hand presste sich auf ihren Mund und erstickte den Schrei. Der Junge riss ihr die Pinzette aus der Faust. Er lächelte, ganz nah an ihrem Ohr. »Ist es wirklich Diebstahl, wenn die Beute einem freiwillig folgt?«

Eine Nacht im Treppenhaus

Die Pinzette fiel klirrend zu Boden.

»Nicht schreien«, mahnte der Junge hinter ihr. »Nicht schreien ... Ich will dir nichts tun. Verstanden?«

Vorsichtig löste sich die Hand von ihrem Mund und glitt zu ihrem Hals hinab. Apolonia rang nach Atem.

»Ich weiß es«, japste sie. »Ich weiß, wer du bist! Du bist nicht nur Mone Flamms Lieferbote.«

»Flamm – woher ...« Der Junge hielt lächelnd inne. »Und du bist nicht nur Spiegelgolds Nichte, sondern auch eine neugierige Schnüfflerin, die anderer Leute Gespräche belauscht.«

»Lass mich los!« Als sie mit dem Fuß ausholte, um nach ihm zu treten, wich er geschmeidig zur Seite und ließ von ihr ab. Einen Moment konnte Apolonia ihn in der Dunkelheit nicht sehen. Dann tauchte sein Gesicht im blassen Mondlicht auf. Ein Grinsen malte ihm zarte Grübchen.

Apolonia ballte die Fäuste. »Jetzt hast du verloren. Du hast dich gleich zweimal verraten, erst mit dem Fenster und jetzt mit der Decke. Motte! Oder sollte ich dich besser Tauben und Kutschenrattern nennen?«

Die Augen des Jungen flackerten. »Das weißt du von dem Hund, nicht wahr? Du kannst wirklich mit Tieren sprechen!«

Seine Worte trafen Apolonia wie ein Schwall Eiswasser. Sie blinzelte, dann stampfte sie fest mit dem Fuß auf. »Schweig! Du bist festgenommen!«

Der Junge kratzte sich am Nacken. »So, und weshalb? Hausfriedensbruch? Ich würde wetten, dass dein Onkel lieber geheim hält, wer alles in seinem Haus rumspaziert.«

»Du bist festgenommen wegen Mitgliedschaft in einem verschwörerischen Geheimbund, dem organisiertes Verbrechen, Brandstiftung und Mord zur Last gelegt werden!«

Der Junge lächelte. »Das musst du mir aufschreiben, so viel kann ich mir nicht merken.«

Apolonia spürte, wie Zorn in ihr aufflammte. Blitzschnell schnappte sie die Pinzette vom Boden.

»Was, willst du mir vielleicht die Augenbrauen zupfen?« Der Junge kam lässig auf sie zu – als plötzlich die Tür aufschwang und ihn von den Füßen fegte. Mit einem schmerzerfüllten Laut fiel er, landete auf den Stufen der Treppe und kugelte in die Dunkelheit. Apolonia schnappte nach Luft.

Komm ich zu spät? Verdutzt lauschte Hunger dem Poltern des stürzenden Jungen.

Benommen öffnete er die Augen. Noch bevor er Apolonia und ihre Begleiter erkennen konnte, erklang das tiefe, grollende Knurren eines Hundes.

»Vorsicht. Eine falsche Bewegung und Buttermaus beißt dir den Kopf ab.« Apolonia saß mit gekreuzten Beinen vor ihm. Umgeben von einem Dutzend Tiere.

Blinzelnd blickte der Junge sich um. Neben dem großen Bernhardinermischling hockten Hunger und drei zerzauste Straßenkatzen; auf Apolonias anderer Seite schmiegten sich vier Marder aneinander. Zwei stattliche pechschwarze Krähen saßen auf ihren Schultern und beäugten den erwachenden Jungen aus scharfen Murmelaugen. Stöhnend rieb er sich die schmerzende Schulter, woraufhin der Bernhardiner erneut markerschütternd knurrte.

»Ich habe dir bereits gesagt, dass du aufpassen sollst. Buttermaus kann schnelle Bewegungen nicht leiden«, sagte Apolonia. Wie zur Bestätigung legten beide Krähen die Köpfe schief.

»Buttermaus, hm?«, murmelte der Junge. Langsam setzte er sich auf und fuhr sich so beiläufig wie möglich durch die dunkelblonden Haare. »Treffender Name für so 'n süßen Fratz.«

Apolonia machte ein verkniffenes Gesicht. »Jemand, der Tauben und Kutschenrattern heißt, ist wohl kaum berechtigt, darüber zu urteilen.«

Der Junge lächelte, bis Apolonia ihn barsch unterbrach: »Wer hat gesagt, dass du Grinsepeter spielen darfst? Dies ist weder der richtige Ort noch der richtige Zeitpunkt, um zu kichern, Tigwid!«

»Tigwid?«

»So heißt du doch. Wie soll Tauben und Kutschenrattern denn sonst klingen? Oder heißt du vielleicht Gurr-Ratter?«

Der Junge grinste verwundert. »O Gott. Das ist … Also, ja, nenn mich Tigwid, ich heiße Tigwid, in Ordnung?« Er hob beschwichtigend die Hände, als Apolonia ihn anfunkelte.

»Ich finde es nicht lustig, sondern bemitleidenswert, wie schlecht du deinen Namen für die Tiere übersetzt hast.«

»Du hast ihn nur falsch ausgesprochen. Wenn ich mich vorstellen darf: *TIG-wid,* nicht Tig-WÜDD. Aber scheu dich nicht, mich Tig zu nennen.«

»Ich scheue mich nicht, dich irgendwie zu nennen.«

Der Junge runzelte eine Augenbraue. Er hatte sehr bewegliche, dunkle Augenbrauen, die sich in allen Varianten verziehen konnten. »Ich glaube, wir haben falsch angefangen. Tut mir leid, dass ich dich vorher so erschreckt habe – aber ich musste dich hierherlocken, um zu testen, ob du es wirklich kannst. Und du kannst es wirklich. Du kannst mit ihnen sprechen, ich wusste –«

»Hör auf mit dem Geplapper! Du verstehst wohl nicht ganz, in welcher Situation du dich befindest!«

Tigwid rieb sich den Hinterkopf. »Man könnte meinen, nicht ich, sondern du wärst mit dem Schädel gegen sämtliche Stufen geknallt, so stinkig wie du bist. Ich wollte mich ja bloß vorstell–«

»Hör mir genau zu, denn ich wiederhole es nicht noch einmal, auch wenn du anscheinend für gewöhnlich einen Trottelbonus genießt: Du bist festgenommen! Aber ich schlage dir ein Tauschgeschäft vor, von dem wir beide profitieren können – vor allem du. Ich werde dich nicht der Polizei ausliefern, denn an Kleinganoven bin ich nicht interessiert. Allerdings tue ich das aus reiner Großzügigkeit. Und als Gegenleistung verrätst du mir, wo der Treffpunkt der Motten ist.«

Tigwid sah sie eine Weile an, als würde er kein Wort verstehen. Ein ungeduldiges Schnabelschnappen von einer der Krähen reichte allerdings, um ihn zum Sprechen zu bewegen.

»Apolonia – so heißt du doch –, fragst du dich eigentlich gar nicht, was ich überhaupt im Haus deines Onkels wollte?«

Apolonia war ganz perplex über diese irrelevante Frage. »Ich weiß natürlich, dass du mich ausspionieren wolltest, um zu prüfen, ob ich für dich und deine Mottenfreunde gefährlich bin und aus dem Weg geräumt werden muss!«

»Was?« Der Junge wurde sofort wieder leiser, als der Bernhardiner die Lefzen hochzog. »Ich wollte niemanden ausspionieren, schon gar nicht für irgendwelche Motten. Ich … habe nur nach dir gesucht.«

Apolonia rieb sich die Schläfe. Dieses Gespräch lief in eine vollkommen verkehrte Richtung.

»Mir ist egal, wen oder was du gesucht hast oder warum du

in unserem Haus warst – deine Antworten sind unwichtig, denn ich kenne die Wahrheit so oder so! Und wenn du nicht willst, dass ich die Polizei rufe, tust du, was ich verlange!«

»Was willst du der Polizei denn erzählen?«, erwiderte er und stützte die Arme auf die Knie. »Dein Onkel wird gar nicht erfreut sein, wenn rauskommt, dass ich in seinem Haus war. Und abgesehen davon: Ich arbeite für Mone Flamm. Er hat Kontakte zur Polizei, wenn du verstehst … Keiner von Flamms Männern wird eingelocht.«

»Ich glaube aber«, sagte Apolonia finster, »meinen Freunden hier ist ziemlich gleichgültig, für wen du arbeitest, und dieser Mone Flamm interessiert sie kein Fünkchen.«

Tigwid ließ seinen Blick über die Reihe der Tiere gleiten. Alle Augenpaare waren auf ihn gerichtet. Schluckend beobachtete er, wie eine der Katzen ihre Krallen ein- und ausfuhr.

»Du siehst also, du hast keine andere Wahl. Du weißt, wo die Motten sich treffen und wo man sie findet. Also bring mich zu ihnen, wenn dir dein Leben lieb ist.«

»Woher zum Henker soll ich denn wissen, wo die sich treffen?«

»Weil du eine Motte bist!«, rief Apolonia wütend.

»Du auch.«

»Wie kannst du es wagen, mich so dreist zu beschuldigen!« Sie ballte die Fäuste. »Ich hasse Motten! Und ich werde sie enttarnen, damit die ganze Welt erfährt, wer sie sind!«

Der Junge schien nicht zu begreifen. »Aber du kannst mit Tieren sprechen. Du *bist* –«

»Schluss jetzt!« Apolonia sprang auf. Die beiden Krähen flatterten erschrocken mit den Flügeln und verhedderten sich in ihren Haaren; dann hatten sie sich einigermaßen beruhigt, und Apolonia zupfte sich mit funkelndem Blick eine Feder aus dem Nasenloch, um ihre Autorität wiederherzustellen. »Entweder du gehst auf mein Angebot ein oder …«

Der Junge stand ebenfalls auf. Stolz zog er sich die Ärmel zurecht und ignorierte dabei das drohende Keifen der Marder.

»Das ist irgendwie überhaupt nicht, wie ich es mir vorgestellt habe«, murmelte er. »Also. Eigentlich sollte es so laufen: Ich erzähle dir, warum ich noch mal zurückgekommen bin. Na gut, zugegeben gehe ich hin und wieder in Häuser zurück, in die ich eine Lieferung gebracht habe, um … ein paar Souvenirs mitzunehmen. Aber heute Nacht war das anders. Ich wollte eigentlich nachsehen, ob du wirklich mit dem Hund sprechen kannst, und dann wollte ich mit dir gemütlich in deinem Zimmer über einige Dinge plaudern. Dann bist du mir schon im Flur über den Weg gelaufen, bevor ich überhaupt dein Zimmer gefunden hatte. Ich dachte, du wärst irgendein Dienstmädchen, und bin weggelaufen – und dann habe ich gesehen, dass dein Zimmer leer war und du mich durchs halbe Haus gehetzt hast. Weil du so wütend warst und mich fälschlicherweise für einen Einbrecher gehalten hast, dachte ich, es wäre das Beste, wenn wir unser Pläuschchen an die frische Luft verlegen. Und plötzlich kommst du mir mit Drohungen und der Polizei.«

»Ich sagte dir schon, es interessiert mich nicht, was du vorhattest, mich interessiert nur, wo die anderen Motten sind …«

»… genau wegen der Motten hab ich dich ja gesucht!« Er hatte rufen müssen, um Apolonia zu übertönen. »Du hast recht, ich habe diese Sache – diese Gabe, ja! Wenn du willst, kannst du mich eine Motte nennen, aber bitte nur, wenn wir alleine sind. Du bist die Einzige, die es weiß, verstehst du? Du und noch eine Person, die es sozusagen zufällig herausgefunden hat. Gezeigt habe ich es aber nur dir.« Er holte tief Luft. »Und der Grund, weshalb ich es dir gezeigt habe – warum ich das Fenster aufgerissen und die Decke über deinen Hund geworfen habe –, der Grund ist, dass ich glaube, du … Ich suche etwas. Jemanden.«

Apolonia trommelte ungeduldig mit den Fingerspitzen auf ihren Arm. »Hast du schon erwähnt, falls es dir entfallen ist.«

»Du hast mich ja nicht ausreden lassen.« Er richtete sich feierlich auf und versuchte, eine gelassene, vertrauenswürdige Miene aufzusetzen, was angesichts mehrerer Dutzend Krallen, Reißzähne und spitzer Schnäbel nicht gerade leicht war. »Ich glaube, wir beide haben dasselbe Ziel. Unsere Verständigung stimmt bloß nicht ganz. Was durchaus an deiner Drohung liegen könnte, mich zerfleischen zu lassen.«

»Oder daran, dass du in mein Haus eingebrochen bist!«

Tigwid nickte. »Ich bin aber bloß deinetwegen eingebrochen.« Er setzte sich wieder und kreuzte die Beine. Nach kurzem Zögern ließ Apolonia sich ebenfalls nieder. Fröstelnd verschränkte sie die Arme vor der Brust.

»Oh, ist dir kalt?« Der Junge lupfte fragend an seinem Jackett, doch die beiden Krähen hüpften bereits von ihrer Schulter und ein Marder schmiegte sich um ihren Nacken. Es sah aus, als würde sie eine üppige Pelzstola mit zwei Augen und Zähnen tragen. Hunger ließ sich auf ihren Schoß sinken und sie legte ihre Hände auf seinen Rücken.

»Ähm … jedenfalls bin ich eingebrochen, weil ich sehen wollte, ob du es wirklich kannst – mit Tieren sprechen, meine ich. Mir wurde nämlich eine Prophezeiung gemacht.«

»Du glaubst also an Prophezeiungen.«

Der Junge lächelte bemüht. »Nur wenn sie von einer Motte kommen.«

Ein eisiges Glitzern erschien in Apolonias Augen. Also hatte der Junge doch Kontakt zu anderen Motten, sie hatte es doch gewusst! »Erzähl weiter.«

»Die Prophezeiung besagt, dass ich ein Mädchen finden

muss, das *Ratten tanzen lässt* und – jedenfalls wird mich dieses Mädchen zu der Antwort auf meine sehnlichste Frage führen.«

»Und die wäre?«

Tigwid beugte sich näher zu ihr vor, als könne sie jemand belauschen. »Ich kann einfach nicht aufhören, darüber nachzudenken: Woher kommen unsere Gaben? Ich meine – wieso können wir diese Dinge und andere nicht? Was bedeuten sie? Und vor allem, wie funktionieren sie? Einen Gegenstand bewegen, ohne ihn zu berühren, müsste doch unmöglich sein – schließlich braucht es doch irgendeine Kraft, eine physische, reale Kraft!«, flüsterte er, und seine Augen leuchteten. »Hast du nie darüber nachgedacht?«

Apolonia zog betont gelangweilt die Nase hoch. »Das ist das Dümmste, was ich seit Langem gehört habe. Stellst du dir vielleicht auch häufiger die Frage, warum du blond bist?«

»Nein«, erwiderte er trocken. »Darauf gibt es eine Antwort. Meine Mutter oder mein Vater muss blond gewesen sein. Aber was ist mit den Mottengaben? Erben wir die auch von unseren Eltern?«

Apolonia sagte nichts, weil sie für einen Augenblick wirklich darüber nachdachte. Schließlich schüttelte sie ungeduldig den Kopf. »Das ist doch wirklich egal! Mich interessiert nicht, woher diese verfluchten Motten ihre Gaben haben!«

»Meinst du nicht, dass es teuflische Gaben sein könnten, wenn du die Motten so hasst?« Ein nachdenkliches Lächeln erschien auf seinem Gesicht. »Wer weiß. Vielleicht sind diese Fähigkeiten wirklich etwas Böses. Ich habe nämlich noch nie von jemandem gehört, der solche Fähigkeiten gut fand. Mit Tieren sprechen, Gegenstände bewegen, die Gedanken anderer hören, von der Zukunft träumen – das macht den meisten Menschen doch Angst. Darüber erzählen die Bettelweiber in der Stadt ihre Schauermärchen. Vielleicht ist wirklich etwas

Schlechtes, etwas Unmenschliches in uns… Wieso hasst du die Motten überhaupt – doch nicht nur wegen ihrer Gaben…«

»Sie sind kaltblütige Mörder«, presste sie hervor. »Und mir ist egal, warum sie ihre Gaben haben und ob die Gaben gut sind oder nicht. Die Menschen mit diesen Gaben sind schlecht.«

Tigwid blickte die Treppe hinauf. Dünnes Morgenlicht schimmerte auf den Stufen. »Nein. Das stimmt nicht. Ich habe Mottengaben – zugegeben bin ich ziemlich talentlos, aber immerhin hab ich sie – und ich bin trotzdem kein schlechter Mensch. Na gut, hin und wieder lass ich mal was mitgehen, aber hier eine Golduhr, da eine Kette, das entscheidet doch nicht über meine Menschlichkeit, oder? Glaub mir, verglichen mit vielen Leuten, die ich kenne, bin ich wirklich harmlos. Na schön, ich bin nicht unbedingt ein Held. Mut und Frömmigkeit und so was ist nicht mein Ding, ehrlich gesagt hau ich immer ab, wenn's wirklich brenzlig wird, aber…«

Apolonia massierte sich die Stirn. »Herrgott, muss ich jetzt der Beichtvater von einem dahergelaufenen Dieb sein!«

»Ich sag ja bloß, dass diese Gaben, woher sie auch kommen, was sie auch bedeuten mögen, niemanden zu einem schlechten Menschen machen. Ich verstehe nicht, wieso du sie hasst.«

»Ich hasse eine bestimmte Gemeinschaft von Motten. Eine Vereinigung von Terroristen! Und soviel ich weiß, gehören alle Motten dieser Vereinigung an.«

»Also, ich hab noch nie was davon gehört. Und du bist ja auch nicht in dieser Vereinigung, oder?«

»Ich bin ja auch keine – du weißt schon!«

»Doch. Genau das bist du.« Tigwid lehnte sich vor. »Und deshalb sitze ich hier vor dir und erzähle dir von meiner Prophezeiung.«

»Nein. Du sitzt hier, weil du in meiner Gewalt bist, Motte.«

Zum ersten Mal erwiderte er ihren Blick fest und ernst. »Ich bin in niemandes Gewalt. Ich bin ein Bote Mone Flamms. Kein Schloss, keine Tür, kein Riegel kann mich aufhalten. Und du auch nicht. Und du musst es auch nicht versuchen. Du sollst mit mir kommen, Apolonia! Es gibt … ein Buch. Ein Buch der Antworten. Alles, was man über Motten und ihre Gaben wissen kann, steht darin. Weißt du, was das bedeutet? Nicht nur ich finde die Lösung, sondern auch du! Überlege es dir – alle Geheimnisse der Motten stehen in diesem Buch. Wer sie sind, warum sie ihre Gaben haben, wo sie sich aufhalten … Alles in einem einzigen Buch. Und ich weiß, wo es ist.«

Apolonia betrachtete ihn unbewegt. »Wozu brauchst du dann mich?«

Tigwid zuckte mit den Schultern. »Ich kann nicht lesen, hab's nie gelernt. Außerdem kann nicht jeder dieses Buch lesen – nur bestimmte Leute. Mir wurde prophezeit, dass ein Mädchen mir die Antworten liefern wird, nach denen ich suche. Ein Mädchen wie du.«

»Und wo soll dieses Buch sein?«, fragte Apolonia misstrauisch.

»Es ist am sichersten Ort der Stadt. *Eck Jargo.*«

»Eck Jargo!« Sie riss die Augen auf. Natürlich hatte sie von der berühmten Räuberhöhle gehört. Seit Jahren suchte die Polizei schon vergebens nach dem Versteck. Und nicht nur Verbrecher waren da, sondern auch Verschwörer und … und terroristische Geheimbünde. Wenn es wirklich ein Buch der Antworten gab, wie der Junge sagte … dann war es doch gewiss im Besitz der Motten selbst …

»Woher weißt du, wo *Eck Jargo* ist?« Apolonia bemühte sich, unbeeindruckt zu klingen, doch es glückte ihr nicht.

Der Junge stand auf und strich sich sein Jackett glatt. Dann reichte er Apolonia eine Hand, aber sie erhob sich, ohne seine Hilfe anzunehmen, und Tigwid zog die Hand unauffällig zurück.

»Ich sagte doch, dass ich ein Lieferjunge von Mone Flamm bin. Ich habe meine Kontakte. Also, kommst du mit? Ich bitte dich.« Tigwid lächelte betont liebenswürdig, doch das konnte nicht über das flehentliche Flackern in seinen Augen hinwegtäuschen. Oder war das auch beabsichtigt?

Apolonia starrte ihn eine Weile an. *Eck Jargo*, Grundgütiger! Sollte sie diejenige sein, die das unauffindbare, das unsichtbare Wirtshaus *Eck Jargo* endlich …

»Na schön. Ich komme mit.« Und mühevoll fügte sie hinzu: »Aus purer Hilfsbereitschaft, verstanden?«

Der Weg

Das Dienstmädchen staunte nicht schlecht, als um fünf Uhr morgens die Klingel schrillte. Verdutzt öffnete sie die Haustür. Vor ihr stand niemand anders als die Nichte des Hausherrn. In Unterwäsche.

Das Dienstmädchen stieß ein erschrockenes Quieken aus. »Fräulein Spiegelgold! Was –«

Apolonia zog sich würdevoll ihren Morgenmantel zurecht und drängte sich am Dienstmädchen vorbei. »Nur ein Morgenspaziergang. Und kein Wort darüber an meine Tante.«

Sie lief die lange Wendeltreppe hinauf in ihr Zimmer. Die Tür stand noch offen. Sie dachte daran, wie wohl Trude reagieren würde, wenn sie am Morgen in ihr Zimmer kam und es leer vorfand. Fast tat die alte Amme ihr leid.

Als Apolonia eintrat, war der Junge bereits im Zimmer. Gerade rollte er sein Seil ein und machte das Fenster zu.

»Trägst du das eigentlich immer mit dir rum?«, fragte Apolonia unfreundlich und schloss die Tür.

»Man kann nie wissen, wer einem nachts aus Fenstern folgen will.« Er verstaute das Seil in der Innentasche seines Jacketts. Dann standen sie sich schweigend gegenüber, jeder am anderen Ende des Zimmers, und blickten sich an. Apolonia wurde bewusst, wie sie aussah. Aus irgendeinem Grund musste sie daran denken, was Trude einmal gesagt hatte, als sie aus der Nonnenschule heimgekommen war: »Um Gottes willen, wo sind Ihre Handschuhe? Man kann ja Ihre bloßen Hände sehen!«

Sie räusperte sich. »Also schön. Das Bett. Ich meine, unter das Bett. Mit dir.«

»Was?« Der Junge lächelte nervös.

»Du sollst unter das Bett. Jetzt.«

Tigwids Gesicht schien rosafarbener als sonst. »Ach so, da bewahrst du normalerweise deine Gäste auf.«

»Ich werde mich umziehen, deshalb.«

Tigwid warf einen Blick zum Ankleideraum. »Kann ich nicht einfach da reingehen?«

Apolonia musterte ihn eisig. »Ich lasse dich nicht allein in mein Ankleidezimmer. Du sagtest mir bereits, dass du ein Dieb bist, schon vergessen?«

»Ah, ja. Was für ein Jammer!« Er ließ sich, so würdevoll es ging, auf alle viere sinken und kroch unter ihr Bett. »Weißt du, ich wollte schon immer mal ein Kleid klauen. So ein schönes … äh … mit Rüschen und Spitze und … mit dazu passenden Strümpfen. Hab gehört, die sind höchst angenehm zu tragen. Und dazu noch eins von diesen Korsetts, damit auch ich endlich mal so ’ne richtig schlanke Taille hab.«

Apolonia musste gegen ihren Willen grinsen. Dieser Schwachkopf!

»Ah, richtig bequem hier unten! Wo hast du bloß diesen Teppich her? Der ist flauschiger als alle Bettdecken, die ich je hatte!«

»Soviel ich weiß, wurde er in Dänemark hergestellt«, bemerkte Apolonia, während sie in das nächstbeste Kleid schlüpfte, das vorne zugeknöpft werden konnte. Trotzdem fiel es ihr schwer, sich anzuziehen.

»Verdammte Dinger!«, murmelte sie, während der Junge

unter dem Bett fröhlich weiterplapperte. Die Knöpfe waren ja kaum in die Löcher zu bekommen! Und wieso gab es plötzlich mehr Knöpfe als Knopflöcher …? An ihre Haare wagte Apolonia sich gar nicht erst ran – sie konnte sie kaum richtig kämmen, ohne sie sich büschelweise auszureißen, geschweige denn einen Zopf flechten. Nach kurzer Überwindung spuckte sie in ihre Hand und strich sich die widerspenstigsten Strähnen platt an den Kopf.

Tigwid faselte noch immer irgendetwas über die exzellente Nachgiebigkeit der Bettspiralen. Apolonia schlich an ihren Schreibtisch, zog ein Papier hervor, öffnete ihr Tintenfass und verfasste eine Nachricht. Dann schob sie das Blatt in einen Umschlag und schrieb den Empfänger darauf. Trude würde schon verstehen.

Als sie das Tintenfässchen zurückstellte, stieß sie versehentlich einen Bücherstapel um. Sie verfluchte sich innerlich, als die Bücher polternd zu Boden fielen.

»Probleme mit dem Korsett?«, erkundigte sich Tigwid.

Apolonia verdrehte die Augen. »Ich habe doch keine vier Hände, um mir ein Korsett allein anzuziehen.«

»Ist das etwa – eine versteckte Bitte um Hilfe?«

»Nein!«

»Gott sei Dank. Für einen Augenblick habe ich schon um die feinen Manieren des Fräuleins gefürchtet.«

»Sehr witzig. Und jetzt komm raus, ich bin fertig.«

Er brauchte so lange, dass Apolonia noch Zeit hatte, in ihre Stiefel zu schlüpfen.

»Verdammt«, knurrte sie. Welcher komplizierte Mensch hatte eigentlich Schnürsenkel erfunden? Sie gab das Gewurstel der Schnüre auf, als der Junge aufstand. Als er sie sah, brach er in Gelächter aus.

»Wie du ausschaust, könnte man meinen, dass du nicht mal zwei Hände hast!«

Unmutig blickte Apolonia an sich hinab. Ihr Kleid schlug merkwürdige Wellen, wo die Knöpfe in falschen Löchern steckten.

»Das ist nicht so leicht, wie es aussieht«, fauchte sie. Langsam reichte es ihr. »Ich habe das noch nie gemacht!«

»Offensichtlich. Schau mal – es ist ganz leicht. Das Loch liegt dem Knopf genau gegenüber.« Er beruhigte sich und zeigte ihr das Zuknöpfen an seinem Jackett. »Da, du hast den obersten Knopf am Kragen mit dem darunter vertauscht. Und da …« Er kicherte. »Hast du dein Nachthemd noch drunter? Ich kann es nämlich sehen, da, am Bauch. Warte, ich helfe dir. Darf ich?« Er kam näher und berührte ihren Kragen. Vorsichtig machte er die Knöpfe wieder auf und richtig zu.

Nie hatte Apolonia sich so erniedrigt gefühlt. Sie blickte ihm in die Augen, fand aber nicht den erwarteten Spott. Nur ein amüsiertes Blitzen. Er hatte eine kleine Sommersprosse direkt unter den Wimpern.

»So.«

»Ja. Danke.« Sie drehte sich um und nahm ihren dunkelroten Mantel von der Stuhllehne. Den Schal schlang sie sich um den Hals. Plötzlich merkte sie, wie sich ihr Rock bewegte. Sie blickte hinab und sah, dass der Stoff wie verzaubert um ihre Knie schwebte. Entsetzt fuhr sie herum.

Tigwid duckte sich gerade noch vor ihrer Ohrfeige. Strahlend sprang er wieder auf. »Du kannst deine Schnürsenkel nicht binden!«

In diesem Augenblick traf ihn eine zweite Ohrfeige von links.

»Das nächste Mal benutze ich die Faust, klar?« Apolonia ballte wütend die Hände.

Tigwid rang sich trotz seiner geröteten Wange zu einem Lächeln durch. »Dann benutze ich nächstes Mal auch meine Hände, einverstanden?«

Er legte die Fingerspitzen auf ihren Rock. Als Apolonia zu einem Tritt ausholte, wich er flink zur Seite aus. Ihr ungeschnürter Stiefel rutschte ihr vom Fuß und machte ein paar elegante Überschläge, ehe er auf dem Boden landete. Tigwid lachte.

»Weißt du eigentlich, dass du wie ein asthmatisches Rebhuhn klingst?«

»Soll ich dir vielleicht auch bei deinen Schnürsenkeln helfen?«

»Wenn ich dich als Fußabtreter benutze, vielleicht!« Apolonia stieg zornig wieder in ihren Stiefel und schlug sich den Mantel vor der Brust zu. »Wir gehen.«

Als er ihr folgte, fuhr sie herum. »*Ich* gehe durch die Haustür. *Du* gehst aus dem Fenster.«

Ob es nun an Apolonias überschwänglicher Freundlichkeit lag oder seiner unerträglich guten Laune, jedenfalls sah der Junge sie fröhlich an.

»Ich bin doch ein Dieb. Vielleicht klaue ich dir ein paar Rüschenhauben, wenn du weg bist.«

»Stimmt. Du gehst zuerst.«

Als Tigwid auf der Straße aufkam, verschloss Apolonia sorgfältig das Fenster und verließ ihr Zimmer. Im Vorübergehen warf sie einen letzten Blick auf ihren Brief. »Trude ... enttäusche mich nicht.«

An diesem Morgen fiel der erste Schnee. Wie Puderzucker rieselte er auf die Stadt herab und innerhalb kurzer Zeit trugen die Hausdächer und Straßenlaternen weiße Hüte. Die Flocken ließen sich auch auf Tigwid und Apolonia nieder, als sie durch die schlummernden Straßen schritten. Hier, in den vornehmen Vierteln, war zu dieser Stunde noch niemand wach. Nur einmal kam ein Dienstmädchen vor die Tür, um drei Pudel spazieren zu führen. Sonst war alles in dämmrige

Stille versunken. Apolonia kam es vor, als befänden sie sich in einer groß gewordenen Zuckerlandschaft: Die mit ockergelbem, lindgrünem und rosafarbenem Stuck verzierten Fassaden sahen aus wie riesiges Marzipankonfekt. Beinahe hatte sie Freude daran, ihre Fußspuren in den Schnee zu setzen, wissend, dass sie die Erste war … aber sie zwang das kindliche Empfinden zurück. Sie musste sich voll und ganz konzentrieren.

Tigwid, der bis jetzt wortlos neben ihr hergegangen war, musterte sie aus den Augenwinkeln. »Weißt du, ich bin richtig froh, dass du so ein Sauertopf bist.«

»Was?« Sie erwachte aus ihren Gedanken.

Tigwid winkte ab. »Nichts. Weißt du, warum ich so glücklich bin, dass du dir die Schuhe nicht binden kannst?«

»Weil du offenbar über jede beknackte Sache auf dieser Welt glücklich bist.«

»Nein«, sagte er ernst. »Ehrlich gesagt bin ich nicht oft glücklich. Ich bin bloß froh, dass du dir die Schnürsenkel nicht binden kannst. Die Prophezeiung besagt nämlich, dass das Mädchen, das ich suche, so ein unglaubliches Trampeltier ist wie du.«

Apolonia hielt inne und schaute zur nächsten Straßenlaterne hoch. Tigwid folgte ihrem Blick. Eine graue Stadttaube war auf der Laterne gelandet und plusterte ihr Gefieder. Mehrere Momente lang schwieg Apolonia, dann flog die Taube davon und verschwand hinter den Dächern. Apolonia setzte sich wieder in Bewegung.

»Was hast du zu ihr gesagt?«, fragte Tigwid aufgeregt.

»Wie kommst du darauf, dass ich etwas zu ihr gesagt habe?«

Er sah sie mit einem schiefen Lächeln an. »Ich habe euch verstanden.«

Apolonia schnaubte. »Du hast wirklich gar keine Ahnung.

Allein dass du Hunger deinen Klangnamen genannt hast, spricht schon Bände.«

Tigwid blickte eine Weile in den tanzenden Schnee. In der Ferne rollte eine Kutsche vorbei. »Ist das der Grund, warum du auf Tauben und Kutschenrattern gekommen bist?«

»Nicht ich, Hunger hat es so verstanden.«

Tigwid dachte nach. Dann schmunzelte er. »Tigwid … Meine Mutter müsste einen Hang zu exotischen Namen gehabt haben, meinst du nicht?«

»Weißt du das selbst nicht am besten?« Apolonia sah über die Schulter zurück. Im Schneefall erkannte sie nur undeutlich einen grauen Fleck, der ihnen in stetem Abstand folgte. Sie atmete tief durch.

»Ich kenne meine Mutter nicht. Ich bin aus dem Waisenhaus.«

»Aha.« Sie drehte sich wieder nach vorne und rieb sich die kalten Hände. Schweigend gingen sie nebeneinanderher. Ihre Schritte klangen gedämpft. Bald erreichten sie eine Kreuzung. Tigwid bog nach links.

»Fragen sich deine Erzieher nicht, wo du bist, wenn du in den Nächten so rumstrolchst?«

»Ich bin vor zwei Jahren abgehauen.«

Apolonia zog überrascht die Augenbrauen hoch. »Wer passt auf dich auf?«

»Ich selbst. Nicht jeder hat eine ganze Dienerschaft, die ihm die Schuhe bindet.«

Apolonia warf ihm einen geringschätzigen Blick zu. »Du weißt gar nichts. Ich trage nicht nur die Verantwortung für mich, sondern auch für …«

»Wen? Deine Tierfreunde?«

»Das verstehst du nicht. Du hattest nie Eltern.«

»Oh, entschuldige bitte! Es muss wirklich verdammt hart sein, reiche Eltern zu haben.«

»Sie sind tot und verrückt.«

Tigwid blieb stehen.

»Was ist?«, fragte Apolonia scharf.

»Das wusste ich nicht. Ich wusste nicht, dass ein Elternteil von dir tot …«

»Das *verrückt* hast du vergessen.«

Sie setzten sich wieder in Bewegung.

»Meinst du so richtig verrückt?«

»Ist nackt durchs Haus tanzen und deiner schlafenden Tochter Watte in die Haare knoten verrückt genug?«

Tigwid lächelte mitfühlend. »Ich kenne auch ein paar Verrückte. Einer zum Beispiel, Krese heißt er, dreht durch, wenn man sagt: *Ist es wieder so weit?* Muss irgendwas mit seiner Kindheit zu tun haben. Er hat mal jemandem beide Arme gebrochen, der es gesagt hat. Und dieser Schrank Gibb Molk, der für Menson arbeitet – das ist ein Hehler –, dieser Molk soll angeblich jeden erschießen, der dreimal im Poker gegen ihn gewinnt. Allerdings habe ich das nur gehört, ich vermeide nämlich den Kontakt zu solchen Leuten. Auch wenn ich in ihren Kreisen verkehre, bin ich ganz anders als sie, musst du wissen. Ich bin weder verrückt noch gewalttätig und ich präpariere auch keine toten Ratten.«

Sie kamen über belebte Hauptstraßen. Kutschen ratterten vorbei. Im Schnee dampften Pferdeäpfel und Apolonia stieg mit gerümpfter Nase darüber hinweg. Ein kleiner Weihnachtsmarkt wurde gerade aufgebaut. Es roch nach Punsch und Lebkuchen, nach gebrannten Mandeln und Würstchen. Kisten wurden abgeladen und große Säcke voll Kartoffeln vor die Stände der Bauern gebracht. Rufe hallten in der Luft, vermengten sich mit dem Rumpeln und Glockenrasseln der Kutschen, dem Hufgeklapper, dem Gesang eines Straßenmusikanten:

O wäre ich ein reicher Mann, reicher Mann,
hätt ich feine Kleider an, Kleider an,
dann würd ich meiner Liebsten reichen,
Sie würd nie mehr aus meinem Arme weichen …

»… Brot! Frisches, ofenwarmes Brot …«

»… Porzellanpuppen von feinster Qualität, Holzschwerter für die kleinen Söhne! Der Preis ist gering …«

»… Pistazien! Gebrannte Mandeln! Junger Herr, willst du deiner schönen Begleiterin nicht eine Tüte heiße Maronen schenken …?«

»… Jorel! JOREL!«

Tigwid packte Apolonia, die noch immer nach den Maronen sah, fest am Arm. »Lauf!«

»Was?«, erwiderte sie verdutzt. Er zerrte sie voran. »Au, nimm deine Griffel da weg!«

Sein Blick irrte durch die Menschenmenge. Apolonia sah zurück und erkannte in der Ferne eine Gruppe von Männern, die sich mit finsteren Gesichtern durch das Gedränge schoben.

»Jorel! Na warte, mieser Feigling!«

»Wer ist … meinen die dich?«, fragte Apolonia.

»Ähm, kannst du dich erinnern, was ich dir über diese Verrückten erzählt habe, diesen Gibb Molk, der Leute erschießt, wenn sie gewinnen?«, stammelte er. »Also, wenn ich vorstellen darf – das sind sie.«

»Komm her!«, brüllte einer der Männer. Er stieß eine alte Frau auf Krücken zur Seite und begann zu rennen.

»Schnell!« Tigwid zog Apolonia am Ärmel. Ehe sie sichs versah, flohen sie quer durch den belebten Markt. Schreie schwollen hinter ihnen an.

»Haltet ihn! Haltet den Jungen, er ist ein Betrüger!«

Apolonia stieß einen Schrei aus, als sie fast in einen Metzgerstand rannten. Der Metzger hatte sich gerade umgedreht, um ein halbes Schwein zu zerlegen. Tigwid breitete die Arme aus und lud sich alle Würstchen auf, die auf dem Verkaufstisch lagen.

»Was zum –« Apolonia fuhr herum und sah, dass die Männergruppe nur noch fünfzehn Meter entfernt war. War das zu fassen? Der faustschwingende Tod saß ihnen im Nacken und der irrsinnige Kerl dachte ans Essen! Der Metzger drehte sich um. Tigwid flitzte los, Apolonia hinterher.

»He! Diebe! Diebe …« Die Rufe des Metzgers verebbten nicht etwa, wie Apolonia erwartet hatte. Als sie im Rennen zurücksah, erkannte sie, dass er ihnen hinter Gibb Molk mit blitzenden Fleischerbeilen folgte. Großartig! Jetzt hatten sie gleich zwei verschiedene Verfolger auf den Fersen.

Tigwid huschte um einen Stand und blieb an der hölzernen Hinterseite stehen. Eine Wurstkette baumelte bis zum Boden.

»Was … zum Teufel … ist mit dir los?«, fauchte Apolonia. »Auch wenn du gerade im Wachstum steckst und offenbar nicht über die finanziellen Mittel verfügst, um dich anständig zu ernähren, ist das kaum der richtige Zeitpunkt für *Wiener Würstchen*!«

»Aus dem Weg.«

Apolonia wich erschrocken zurück, als die Männer um die Ecke bogen. Tigwid warf ihrem Anführer die Würstchen direkt ins Gesicht. Gibb Molk verfing sich nur kurz in den Ketten, aber doch lange genug …

»Was soll das sein, ein dummer Scherz?«, brüllte er. Tigwid riss Apolonia fort. Gerade als die Männer ihnen nachsetzen wollten, erschien der Metzger.

»Diebe!«, donnerte er. Eine dichte Menschenmenge sammelte sich, vom Ruf alarmiert, um die Männer und den Metzger. »Meine guten Würste! Dafür werdet ihr bezahlen …«

Tigwid und Apolonia hatten das Ende des Weihnachtsmarktes erreicht, als die ersten Wachmänner beim Metzger und seinen Wurstdieben ankamen. Keuchend flüchteten sie über die Straße und lehnten sich in einer dunklen Seitengasse gegen eine Hauswand. Mehrere Augenblicke rangen sie nach Atem. Dann stützte Tigwid die Hand in seine Seite und wies mit einem ungnädigen Wink zum Markt zurück. »Das ... ist mein täglicher Morgensport.«

»Bist du übergeschnappt?« Apolonia stampfte mit dem Fuß auf, obwohl sie sich noch ganz schwach auf den Beinen fühlte. »Ich dachte, ich werde gleich aufgeschlitzt! Was hast du den Kerlen getan?«

»Nichts, gar nichts!«, verteidigte sich Tigwid. »Manchmal gerät man einfach an Leute, die überreagieren, wenn man sich mal was ausborgt oder beim Poker zu ein paar Hilfsmitteln greift.«

Apolonia verdrehte die Augen. »Und du willst auf dich selbst aufpassen können!«

Tigwid strich sich manierlich die Haare zurück. »Ich bevorzuge eben einen ereignisreichen Lebensstil. Also, wollen wir weiter?«

»Wo sind wir hier überhaupt?«, fragte sie, als Tigwid die dunkle Gasse hinaufdeutete. Aus einem Fenster schüttete jemand Abfälle auf die Straße. Ein fauliger Fischkopf rollte direkt vor Apolonia.

»Keine Angst, ich beschütze dich«, erklärte Tigwid.

»Ach, hast du noch ein paar Würstchen parat?«

Er grinste. Beschwingten Schrittes lief er durch die finsteren Gassen, Apolonia stapfte hinterher. Die Schnürsenkel schlenkerten ihr bei jedem Schritt um die Füße und waren schon ganz nass.

»Wieso haben die dich Jorel genannt?«

»So heiße ich. Unter anderem.« Tigwid schielte zu ihr herüber. »In Wirklichkeit magst du mich.«

Apolonia starrte ihn an. »Du meinst wohl, wie ich in Wirklichkeit auch Mumps und Molke mag.«

Er grinste.

Vogelschau für Bassar

Im Polizeipräsidium begann der Tag wie jeder andere: nämlich hektisch. Der erste Schneefall tat sein Übriges, und schon früh am Morgen tummelten sich in den langen Gängen und auf den breiten Treppen die ersten Streithähne, die in einen Straßenunfall verwickelt waren. In den unteren Stockwerken hatten sich bereits lange Schlangen vor den Büros gebildet; zerlumpte Trunkenbolde, die kaum aufrecht stehen konnten, fein gekleidete Herren mit blutenden Nasen und grell geschminkte Damen drängten sich in kleinen Wartezimmern und engen Korridoren zusammen, und wann immer ein Beamter vorbeikam, donnerte es: »Rauchen ist im Gebäude nicht gestattet!«

Weiter oben, im fünften Stock, war es wesentlich ruhiger. Der Lärm hing verzerrt in der kühlen Luft, dafür hallten die Schritte umso lauter in den Gängen wider, denn die Decken waren hoch. Hier hatte der Inspektor sein Büro.

Bassar steckte sich eine Zigarette in den Mund und blies den Rauch gegen die Glasscheibe. Es war ein großes Fenster, durch das zu jeder Tageszeit Licht fiel. Das Büro des Inspektors war geräumig, aber kahl. Die Mitte des Raumes wurde von einem wuchtigen Schreibtisch eingenommen, dahinter zog sich ein langes Regal hoch. An der gegenüberliegenden

Wand standen zwei Stühle – mehr Möbel gab es nicht. Dafür lagerten überall Akten, Briefe, Berichte, Ordner und Gerichtsbücher. Unter anderem ließ sich auch hier und dort ein Beweisstück finden: Über einer Stuhllehne hing ein uraltes Toupet, das sich im Gerichtsprozess als unwichtig erwiesen hatte. Seitdem staubte es unbeachtet vor sich hin.

Bassar nahm einen zweiten Zug. Eigentlich mochte er Zigaretten nicht, sie kamen ihm unfein vor, auch wenn er das so nie zugegeben hätte. Aber im langen Umgang mit Halunken und Verbrechern, während endloser Beschattungen in kalten Nächten und Aufenthalten in schummrigen Tavernen hatte Bassar ganz instinktiv mit der Qualmerei angefangen.

Draußen versank die Stadt in einem flimmernden Schneegestöber. Kirchtürme, Hausdächer, alles war längst weiß; auch das protzige Parlamentsgebäude weiter entfernt, das ihn mit den breiten Marmorsäulen wie ein Maul angrinste, trug bereits einen dicken Schneepelz.

Bassar sah auch sein eigenes Spiegelbild in der Fensterscheibe. Er sah älter aus, als ihm lieb war. Sein Mund war schmaler geworden, die Tränensäcke schwerer, und seine Nase kam ihm knubbeliger vor. Er blies den Rauch gegen das Glas und sein Gesicht verschwand. Schon besser.

Ein zaghaftes Klopfen kam von der Tür. Bassar drehte sich um, die Zigarette im Mundwinkel. »Ja, herein.«

Eine pummelige alte Frau trat ein. Sie hielt das runde Krötengesicht ängstlich gesenkt und blickte Bassar aus großen Augen an. »Herr Inspektor? Cornelius Bassar?«

Er runzelte leicht die Stirn. Es kam nicht oft vor, dass jemand seinen Vornamen nannte. »Ja, der bin ich. Kommen Sie herein. Was gibt es?«

»Mein Name ist Trude Gremchen«, lispelte die Frau. Vorsichtig schloss sie die Tür, blieb aber auf der Schwelle stehen. »Man schickt mich wegen …« Sie drehte sich halb um sich selbst, um in ihre Rocktasche greifen zu können, und zog einen Brief hervor. »Das ist für Sie, Herr Inspektor.«

Bassar kam auf sie zu und nahm den Brief entgegen. »Von wem?«

Die Frau faltete die Hände vor der Brust. »Ich glaube, das darf ich nicht sagen.«

Bassar warf ihr einen argwöhnischen Blick zu. Da der Umschlag weder zugeklebt noch versiegelt war, öffnete er ihn gleich und entnahm ihm ein gefaltetes Papier. Er überflog die Zeilen und erstarrte. Er las den Brief ein zweites Mal.

»Wer hat das geschrieben?«

Die Frau ließ ein unruhiges Quieken vernehmen, dann wuselte sie herum und öffnete die Tür. »Ich weiß nichts von dem Inhalt, Herr Inspektor, aber es ist sehr wichtig, das weiß ich – sehr dringend, gewiss! Wer mich schickt, wird nur wahre Worte sprechen, das versichere ich Ihnen und jedem anderen!«

Bevor Bassar noch etwas erwidern konnte, zog die Frau die Tür hinter sich zu und war verschwunden. Draußen im Flur hörte er das eilige Klappern ihrer Schritte. Dann verhallte es und verschwamm mit dem gedämpften Lärm der tieferen Stockwerke.

Wieder las Bassar den Brief durch. Ein anonymer Absender… und am Ende ein Satz: *Zweifeln Sie nicht an meinem Urteilsvermögen. Mit Hochachtung.*

Er faltete das Papier wieder zusammen und trommelte eine Weile mit den Fingern darauf. Was sollte er tun? Die kleine Spiegelgold konnte das doch nicht ernst meinen!

Andererseits… Wenn er nicht jede Möglichkeit nutzte, würde er sich das nie verzeihen. Er konnte es sich nicht leisten, Hinweise unbeachtet zu lassen – nicht in diesem Fall. Nach kurzer Überlegung lief er zu seinem Schreibtisch, griff nach dem Telefon und rief unten in der Zentrale an.

»Sondereinsatz. Ich brauche vierzig Mann. Den ganzen Vormittag. Vielleicht länger.«

»Wer kommt auf so eine Idee? Mal wirklich – wer kommt auf so einen Blödsinn? Das ist doch Irrsinn, eine Taube finden in diesem Schneefall! Ist das vielleicht irgendein riesengroßer Scherz? Nee, nicht mit mir!« Fiz Soligo zog geräuschvoll die Nase hoch und spuckte in den Schnee. Das war typisch für den Kommissar. Er hielt, schon seit sie das Polizeipräsidium verlassen hatten, nicht die Klappe. Nur musste Bassar ihm diesmal leider recht geben: Es war Irrsinn.

Er und Soligo und einige weitere Kommissare standen mitten auf dem Apollo-Platz und schauten in den weißen Himmel; an der nächsten Straßenecke parkten mehrere Dutzend Polizeiwagen.

Der Apollo-Platz war im Brief als Treffpunkt genannt worden. Offenbar, dachte Bassar mit einem leisen Schnauben, hatte die kleine Spiegelgold einen exzellenten Sinn für Humor. Sieben Meter hoch stand die Statue ihres göttlichen Namensverwandten vor ihnen und blickte aus steinernen Augen auf sie herab. Der Platz war gesäumt von Nachbildungen griechischer Tempel; an der Südseite stand das Museum für Völkerkunde, an der Nordseite das Museum für antike Kunst und an der Westseite thronte eine Pagode mit vergoldeten Turmspitzen. Nur zum Osten hin öffnete sich der Platz einer breiten Pflasterstraße.

»Ich kann nichts sehen. Nichts! Es gibt Millionen Stadttauben hier, woher sollen wir wissen, welche die richtige ist?«, schnatterte Fiz Soligo und drehte sich um sich selbst. Er besaß so ungefähr alles, was Bassar nicht ausstehen konnte: Arroganz, Ungeduld, Aggressivität und schmierige blonde Locken. Und das alles wurde noch überboten von Soligos unerträglicher, unerschöpflicher Sprücheklopferei. Selbst wenn die Welt unterginge, würde ihm noch irgendeine Abenteuerroman-Bemerkung einfallen. *Ums Brötchenverdienen muss sich jetzt keiner mehr Sorgen machen.* Bassar brummte. Dass er Soligo nachahmen konnte, war eindeutig ein Zeichen, dass er zu viel Zeit mit ihm verbrachte.

Ruhelos tigerte er auf und ab. Was, wenn die kleine Spiegelgold tatsächlich Unfug geschrieben hatte? Das wäre eine Blamage. Und ein totaler Reinfall, ein vergeudeter Vormittag – was ihn beinahe noch wütender machte als die persönliche Niederlage.

»Mir ist kalt«, quäkte Soligo und begann, mit seinen langen Beinen hinter Bassar herzustaksen. »Wir bräuchten auch mal bessere Uniformen. Wenn ich Zivil trage, weiß ja niemand, dass ich von der Polizei bin.«

»Und das ist auch gut so«, schnauzte Bassar. Weil du eine verdammte Schande für uns bist, du Würstchen. Aber er unterließ es, diesen Gedanken auszusprechen, steckte sich stattdessen eine Zigarette in den Mund und nahm seine Wanderung wieder auf. Soligo schwieg für den Augenblick.

»Ich frage mich, wer uns den Tipp geliefert hat«, schaltete sich eine Kommissarin namens Betty Mebb ein. Sie trug einen schlichten schwarzen Wollmantel über dem nachtblauen Polizeirock und hatte die Hände in den Taschen vergraben. Sie war eine von den wenigen Frauen, die ihre Haare kurz trugen: Glatt und grau wie Blei reichten sie ihr zum Kinn und schmiegten sich um ihr spitznasiges Gesicht wie ein Helm. »Womöglich will uns wirklich jemand zum Narren halten.« Es klang nicht vorwurfsvoll oder tadelsüchtig – Mebb hatte einen monotonen Tonfall und bewegte kaum ihr Gesicht, was ihr die Autorität verlieh, die man in Soligos Gegenwart benötigte.

»Er ist ein anonymer Brief und wir müssen uns für alles bereithalten, das stimmt«, sagte Bassar ruhig. Er hatte niemandem erzählt, dass er den Absender an Schrift und Sprache sehr wohl erkannt hatte. »Allerdings bleibt uns nichts übrig, als dem Hinweis nachzugehen. Es zu finden… Es wirklich zu finden, wäre der Preis für fast zwanzig Jahre harte Polizeiarbeit.«

Betty Mebb nickte und ein Lächeln zog über ihre Lippen. »Mit *Eck Jargo* würde das Herz der Unterwelt zu schlagen aufhören.«

»Und gleich hört mein Herz auf zu schlagen, wenn wir weiter in der Kälte stehen!« Soligo starrte Mebb an, auf der Suche nach Anerkennung für seine geistreiche Bemerkung.

»Vielleicht wollen Sie lieber in einem Automobil warten, wenn Sie kalte Füße haben«, schlug Mebb vor.

»Und den großen Augenblick verpassen, wenn unsere Taube auftaucht? Aber wer würde Sie denn im Falle eines Hinterhalts decken, Betty?«

»Bitte unterlassen Sie es, mich während Einsätzen bei meinem Vornamen zu nennen.«

»Was, wo er doch so schön ist…«

Sie warf ihm einen blinzelnden Blick zu. »Hier geht es um Diskretion, Kommissar Soligo. Davon haben Sie gewiss schon mal gehört.«

»Wissen Sie«, erwiderte Soligo, »ich bin kein Mann der Diskretion, sondern der Tat. Ich entscheide schnell, ich entscheide hart, ich entscheide richtig. Bum! Und alles lotet sich aus. So was liegt im Blut, das kann man nicht lernen. Ich sag's ja immer, man wird als Jäger geboren oder nicht…«

Mebbs dünne Nasenflügel blähten sich. »Erfreulich, dass Sie diese Erkenntnis hatten.«

»Tja, wissen Sie, ich hab noch einiges mehr als das…«

»Soligo!« Wütend paffte Bassar ein paar Rauchwölkchen. »Das hier ist kein verdammter Ausflug und schon gar nicht der Zeitpunkt für lauschige Gespräche. Reißen Sie sich zusammen.«

Soligo blökte. »*Hallo?* Viel gibt es hier nicht, worauf ich mich konzentrieren könnte, oder soll ich die verdächtigen Schneeflöckchen im Auge behalten?«

»Das reicht. Gehen Sie zum Automobil zurück.«

»Aber –«

»Gehen Sie.«

»Ich –«

»Gehen Sie einfach.«

»Moment, ich –«

»Gehen Sie, verdammt, gehen Sie mir aus den Augen!«

»Das ist Wahnsinn!« Hoheitsvoll riss Soligo sich seinen Mantel zurecht und streckte Bassar zwei Finger entgegen. »Zwei Worte: WAHN-SINN.«

»Das ist *ein* Wort«, bemerkte Mebb, glitt mit einer behandschuhten Hand in ihren Mantel und zog eine silberne Taschenuhr hervor. »Zwölf Uhr sechzehn. Wo bleibt die Taube?«

Bassar warf seinen Zigarettenstummel in den Schnee und trat fester und öfter drauf, als nötig gewesen wäre. »Soligo, verschwinden Sie.«

»He – ich HAB'S verstanden. Keine Sorge. Hab's kapiert!«

»Schön«, knurrte Bassar. Er hasste ihn. Am liebsten hätte er ihn sofort auf die Straße gesetzt. Aber aus irgendeinem unerklärlichen Grund war Soligo tatsächlich erfolgreich und hatte schon viele Übeltäter gefasst. Nur leider sich selbst noch nicht.

Gerade wandte Fiz Soligo sich grummelnd um, da erschien ein gräulicher Fleck über der Statue Apollos.

»Da!« Ein untersetzter Kommissar deutete in den Himmel. »Eine Taube!«

Soligo fuhr herum. Er hatte seine Pistole schon gezogen und zielte auf den Vogel, der sich gurrend auf Apollos Arm niederließ und aufplusterte.

»Gut. Alles im Griff«, murmelte Soligo. Die Taube legte den Kopf schief und musterte den Menschenhaufen unter ihr eine Weile interessiert; dann spreizte sie die Flügel, segelte elegant über ihre Köpfe hinweg … und ließ etwas fallen. Auf Soligos ehrenwertes Haupt.

»Verfluchte –« Die Pistole in seiner Hand ging los, als er erschrocken zur Seite sprang. Die Kugel zischte durch die Luft und bohrte sich mit einem Knall ins Knie des steinernen Gottes.

»SOLIGO!« Bassar sprintete auf dem Weg zu den Polizeiwagen an ihm vorbei. »Das werden Sie teuer bezahlen. Das kommt in Ihre Akte!«

»Diese – *Taube*!« Puterrot im Gesicht blickte Soligo zu seinen Haarwellen auf, von denen es weiß herabtröpfelte. Seine Unterlippe begann, angewidert zu zittern.

»Kopf hoch, Herr Kollege. Obwohl, wenn ich es mir recht überlege, lieber Kopf runter.« Mebb lächelte und folgte eilig Bassar und den Kommissaren. Die Taube flog bereits die Straße hinauf.

Zum Teeladen

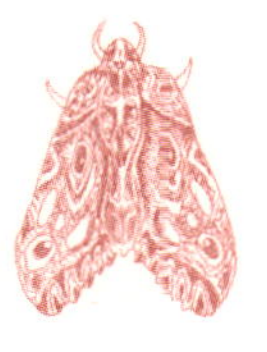

»Wo sind wir hier … ist das überhaupt noch ein Teil der Stadt?«

»Das hier ist die *wahre* Stadt.«

Apolonia blickte sich mit gerümpfter Nase um. Die Häuser standen so eng, dass man mit einer ordentlichen Kutsche kaum hindurchgepasst hätte. Wäscheleinen spannten sich über ihren Köpfen von Wand zu Wand. Manche Hauseingänge hatten keine Türen mehr, Fenster waren mit Brettern vernagelt und überall türmte sich der Dreck auf.

Apolonia hielt sich den Schal vor Mund und Nase; nicht nur wegen des Gestanks, sondern auch aus Angst vor ansteckenden Krankheiten. Man wusste ja nie – vielleicht hatte die Pest das Mittelalter in dieser Gegend überdauert. Sie stieß einen erschrockenen Laut aus, als sich plötzlich etwas im Abfall bewegte. Ein Mann, über und über in Lumpen gehüllt, richtete sich träge auf und entblößte den fast zahnlosen Mund in einem Grinsen. »He, he, Jorel!«, schnaufte er.

»Mart! Wie geht's? Was machst du so?« Tigwid lief auf den Dreckmann zu und schüttelte ihm ausgiebig die Hand. Apolonia hätte lieber in eine rohe Leber gebissen.

»Och, man tut, was man kann. Guck mal, ich hab meine Knopfsammlung fast vervollständigt.« Er kramte in seinem

Deckenlager und zog einen langen Lederlappen hervor, auf den Knöpfe genäht waren.

»Oah«, machte Tigwid und beugte sich vor. »Wo hast du denn das Exemplar da aufgegabelt?« Er wies auf einen zerkratzten Goldknopf. Der alte Mart nickte verlegen wie ein Schulmädchen. »Man hält die Augen eben offen, nich wahr?«

»Hm-hm.« Beiläufig fügte Tigwid hinzu: »Übrigens, das ist Poli, 'ne Freundin von mir.«

Marts Blick wanderte zu Apolonia. »'n feines Fräulein hast du da im Schlepptau, Jorel. Woher kennt ihr euch denn?«

»Man hält die Augen eben offen, nicht wahr?«

Ungeduldig trommelte Apolonia mit den Fingern auf ihre Arme. Sie hatten keine Zeit für Witzchen mit einem Bettler! Sie räusperte sich laut. »Entschuldigung – ich unterbreche euer Gespräch wirklich ungern. Aber wir müssen weiter.«

Mart runzelte die Stirn. »Is das so?«

Tigwid zuckte die Schultern. »Tja, ist wahr. Aber wir reden wann anders darüber – du wirst die Knöpfe lieben, die ich dann mitbringe, versprochen.«

»Freu mich schon drauf. Mach's gut, Jorel!«

»Du auch, Mart!«

Sie gingen weiter. Erst als sie um die nächste Straßenecke gebogen waren, brach Apolonia ihr Schweigen. Ruhig fasste sie zusammen: »Wir sind hier auf dem Weg zu *Eck Jargo*, dem berüchtigtsten Räuberversteck aller Zeiten, um in einem Buch der Antworten zu lesen, und du hältst an, um gemütlich mit einem Penner zu plaudern!«

»Mart ist kein Penner! Nur ein *bisschen*. Aber zufällig ist er ziemlich wohlhabend und kauft mir mehr Knöpfe ab als jede Näherei. Kunden sind nun mal Kunden.«

»Egal«, seufzte Apolonia.

»Was ist los? Nervös?«

»Nicht im Geringsten.«

»Aber du hast Angst.«

»Wovor sollte ich Angst haben?«

»Gleich wirst du inmitten einer wilden Diebesmeute stehen, umgeben von den finstersten Gestalten der Stadt«, raunte er.

Apolonia erwiderte nichts. Offenbar überraschte Tigwid das mehr als jede Antwort. Er räusperte sich und wurde ernst. »Du brauchst keine Angst zu haben, ich habe doch gesagt, ich pass auf dich auf.«

»Da bin ich doch erleichtert.« Es klang nur halb so spöttisch, wie sie es sich vorgenommen hatte. Denn im Grunde war sie tatsächlich froh, dass er da war. Natürlich nur, weil sie sich hier sonst nicht ausgekannt hätte. Sie strich sich die vom Schnee feuchten Haare glatt und zog die Nase hoch. »Wohnst du eigentlich auch hier?«, fragte sie beiläufig.

»Ich wohne mal hier und mal da …«

»Das heißt, du hast kein Zuhause.«

Er legte den Kopf in den Nacken und öffnete den Mund. Kleine Schneeflocken rieselten ihm auf die Zunge. »Die Welt ist mein Zuhause. Was braucht man mehr?«

Bald wichen die Straßen noch schmaleren, dunkleren Gassen. Der Himmel war nicht mehr als ein weißer Schlitz zwischen den Hausdächern. Dann blieb Tigwid stehen. Vor ihnen lag eine Sackgasse. »Und jetzt bleib ganz ruhig.«

»Warum?«

»Wir werden beobachtet.«

Mit großen Augen sah sich Apolonia um. Links und rechts ragten Häuser mit schimmelig grünen Wänden und dunklen Fenstern auf. Nichts bewegte sich dahinter, nur der Schnee rieselte friedlich. Kein einziger Fußstapfen war auf der Straße. Die Sackgasse lag einsam und verlassen da.

»Los, gehen wir«, murmelte Tigwid ihr zu. Nebeneinander schritten sie los. Ein einziges Geschäft befand sich in der

Sackgasse. Als Apolonia die Aufschrift auf dem Fenster lesen wollte, kam aus der gegenüberliegenden Tür eine alte Frau geschlurft. Sie blickte nur kurz zu Apolonia und Tigwid hinüber – und stieß ein knappes, hicksendes Kichern aus. Apolonia erschrak beinahe. Die Alte hatte einen Besen dabei, mit dem sie den Schnee glatt zu streichen begann. Leise summte sie vor sich hin, dann blickte sie wieder auf, stützte eine Hand ins Kreuz und sagte lächelnd: »Seid ihr so gut und helft mir die Treppe hoch in meine Wohnung? Ich schaffe es allein nicht, Kinderchen.«

Apolonia starrte sie an. »Ist das noch eine verrückte Kundin von dir?«

Tigwid schien allerdings zu keiner witzigen Antwort aufgelegt und erwiderte: »Hier sollte man besser tun, was von einem verlangt wird.«

Er kam auf die Alte zu, hielt ihr die Haustür auf und trat nach ihr und Apolonia ein.

Dunkelheit umfing sie. Die Haustür fiel knarzend ins Schloss. Plötzlich erklang ein Klickgeräusch und jemand knipste eine Glühbirne an.

Direkt neben der Haustür hockten vier Jungen an einem Tisch. Sie hatten offensichtlich Karten gespielt. Bis jetzt. Jetzt hielten sie Gewehre in den Händen.

Die Alte hörte auf zu schlurfen, warf ihren Besen in eine Ecke und nahm die Rumflasche vom Tisch. Ihr dünner Hals wippte, als sie in großen Schlucken trank. Dann rülpste sie und knallte die Flasche wieder auf den Tisch.

»Schweinekälte! Peppo, gib mir deinen Schal! Wozu stopfst du dich wie eine Gans aus?«

Der angesprochene Wächter zog sich gehorsam den Schal vom Hals, ohne dass sich sein Gewehrlauf von Apolonias Stirn wandte. Die Alte riss den Schal mit einem rasselnden Husten an sich und spuckte auf den Boden.

»Adios«, knurrte sie, stieß den Besen mit dem Fuß in die Luft, wo sie ihn flink mit der Hand auffing, und humpelte wieder hinaus.

»Also.« Einer der Jungen strich Apolonia mit dem Gewehrlauf über die Wange. Sie war zu schockiert, um ihm einen wütenden Blick zuzuwerfen. »Heute is wohl Tag der feinen Gesellschaft, wie? Habt ihr euch auf 'm Schulausflug verlaufen?«

Tigwid lächelte gelassen, was Apolonia angesichts der Situation schier unglaublich fand. »Ich bin Stammgast. Nur meine Begleiterin ist zum ersten Mal bei Fräulein Friechen zum Tee eingeladen.«

»Und dein Name is wie, Schätzchen?«

»Poli«, antwortete Tigwid für sie. »Meine Cousine.«

»Ja, ja, das sind sie immer«, murmelte der Junge und ließ sein Gewehr sinken. Jedoch nur, um stattdessen ein Messer aus dem Gürtel zu ziehen. Der Wächter erhob sich, kam um den Tisch herum und stellte sich dicht vor Apolonia. Sie blinzelte, als er ihr in die Augen starrte.

»Was willst du bei meiner Tante, Poli?«

»Deiner … Tante?«

Der Blick des Jungen irrte kurz zu Tigwid und wieder zurück zu Apolonia. »Fräulein Friechen heißt sie.«

»Ähm.« Apolonia räusperte sich leise. Offenbar erwartete man von ihr, dass sie in irgendwelchen Passwörtern sprach. Eilig rief sie sich ins Gedächtnis, was Tigwid soeben gesagt hatte. »Äh, ich will … Tee trinken.«

»Na«, sagte der Wächter. »Dann woll'n wir mal sehen, was du ihr mitbringst.«

Er tastete ihre Arme und Beine ab und klopfte ihr mit dem Messer gegen die Schuhe. Als er die ungeschnürten Schnürsenkel bemerkte, grinste er. »Grad eben geklaut, wie?«

Apolonia wollte schon zu einer heftigen Antwort ansetzen,

als sie begriff, dass die Bemerkung durchaus anerkennend gemeint war. Ihr verdutztes Schweigen griff der Junge offenbar als »Ja« auf.

Er kam federnd wieder auf die Beine und wippte vor Apolonia und Tigwid auf und ab. »Einlass macht dann sechs Mäuse pro Kopf.«

Tigwid begann zu lachen. »Ich war schon Gast in der *Roten Stube*, da hast du noch Taschentücher gemopst! Eintrittsgeld gab's noch nie, Schätzchen.«

Der Junge grunzte und machte eine nachlässige Bewegung mit seinem Messer. Die Klinge schwang grässlich nah an Apolonias Nasenspitze vorbei. »Los, haut ab. Viel Spaß.«

Tigwid legte dankend eine Hand aufs Herz und schob die Haustür wieder auf. Apolonia folgte ihm verdattert. Die Alte schlich am fernen Ende der Sackgasse durch den Schnee und fegte gerade die Spuren weg, die Tigwid und Apolonia hinterlassen hatten.

»Da rüber.« Tigwid wies auf das Geschäft. Er vergrub die Hände in den Hosentaschen und seufzte, als sie die Straße überquerten. »Hat ja einwandfrei geklappt. Bei Mädchen sind die Wächter immer nachsichtiger. Eigentlich eine ziemliche Schweinerei für uns Männer, wenn man drüber nachdenkt.«

Apolonia war noch nicht so weit, um über irgendetwas nachzudenken. Nie hätte sie sich träumen lassen, dass eine Waffe so viel Furcht auslösen konnte … innerlich ärgerte sie sich, dass sie so verängstigt war.

Die Tür des Geschäfts war geschlossen. Durch die staubige Fensterscheibe erspähte Apolonia einen dämmrigen Laden mit hohen Regalen voller Dosen und Gefäße.

Tigwid kümmerte sich nicht um das feste Eisenschloss am Türgriff; zielsicher schob er beide Türangeln nach oben. Sie ließen sich problemlos bewegen und mit einem leisen Luftzug schwang die Tür nach innen auf.

»Also.« Tigwid wandte sich Apolonia zu. »Man darf immer nur alleine eintreten, einer nach dem anderen. Du hast den Vortritt. Gleich wenn du drinnen bist, wirst du Fräulein Friechen treffen, sie wird dir ihren Gehstock in den Rücken halten, aber wegen der Klinge musst du dir keine Sorgen machen. Das sind alles nur Sicherheitsvorkehrungen. Wenn du tust, was man dir sagt, und dich nicht hastig bewegst, stößt dir auch nichts zu.«

»Ach so…« Dann erklärte ihr Tigwid genau, was sie tun sollte. Oder, was sie *nicht* tun sollte. Und davon gab es eine Menge.

Dotti zählte ihr Geld. In dicken Bündeln legte sie es in den grünen Stahlsafe, der in einem Geheimfach in der Wand versteckt war. Das Kleingeld schüttete sie in eine Porzellanvase auf ihrem Schreibtisch. Ihr Büro war wie das Zimmer einer Königin eingerichtet, voll goldener Kerzenleuchter und kostbarer Teppiche aus Usbekistan und der Türkei. Die Wände waren dunkelrot gestrichen und ein paar altertümliche Apparaturen verliehen dem Raum eine geheimnisumwitterte Atmosphäre. Es waren Schätze des großen Paolo Jargo, die er während seiner Glanzjahre erbeutet hatte – das behauptete Dotti jedenfalls, wenn man sie fragte, woher sie kämen. In Wirklichkeit war weder der versilberte Affenschädel noch der antike Bronzeglobus von Paolo Jargo. Dotti hatte die Sachen bei verschiedenen Hehlern ersteigert oder aus Gefälligkeit geschenkt bekommen, und das Einzige, was Dotti von Jargos Schätzen noch besaß, war sein Name. Sein Name war Gold wert.

Mit einem zufriedenen Seufzen legte Dotti ihre Geldbündel zusammen, stapelte sie aufeinander und schloss den Tresor. Die fünfstellige Zahlenkombination kannte niemand außer ihr. Dann schloss sie auch die Wandnische und blickte in den Spiegel, der vor dem geheimen Safe hing. Er war von vergoldeten, ineinandergreifenden Händen eingefasst – eine besondere Ersteigerung, für die Dotti ein kleines Vermögen gelassen hatte. Im matten Schein der Kerzen betrachtete Dotti ihr Gesicht. Es war nicht mehr das des jungen Mädchens … nicht das von Jargos großer Liebe. Es war das Gesicht einer gealterten Tänzerin, die einmal schön gewesen war. In ihren Augen lebten die Schatten der Menschen, die sie geliebt und verloren hatte.

»Paolo …« Sie berührte ihre geschminkten Wangen und schob sie nach oben. Endlich fand sie wieder die Ähnlichkeit zu jenem Mädchen, das den Spiegel schon vor so vielen Jahren verlassen hatte. Sie betrachtete sich ausgiebig. Niemand würde sich an dieses Gesicht erinnern. Niemand würde ihren Namen kennen, wenn sie starb. An Paolo wird man sich noch lange erinnern, dachte sie. Deshalb war er früh gestorben. Sie seufzte und ließ die Arme fallen.

Berühmtheit war gefährlich. Jeder hatte Paolo Jargo gekannt, seine Abenteuer waren von Mund zu Mund gegangen wie die Volksmärchen. Letzten Endes hatte ihm all der Ruhm doch nichts gebracht, denn er war von der Polizei gejagt und noch auf seiner Flucht von feindlichen Banditen ermordet worden.

Dotti hingegen war der Polizei gar nicht bekannt. Den Banditen, die sie täglich in *Eck Jargo* sahen, war sie vollkommen egal. Schließlich war sie keine Machthaberin, niemand Wichtiges, auf dessen Ruhm und Reichtum man neidisch sein konnte. Sie war nur eine alte Tänzerin, die die Befehle der Männer ausführte, die sich hinter dem legendären Namen Paolo Jargo verbargen. Mehr nicht.

Dotti schob sich ihr Kleid zurecht und zupfte an der Rüschenspitze, die ihren Ausschnitt säumte. Dann setzte sie sich an ihren Schreibtisch, öffnete die Kasse von *Bluthundgrube* und begann, die neuen Scheine zu bündeln.

Sollte die Welt doch denken, was sie wollte. Gedanken der Ehre waren nichts wert; die Bewunderung, die in den Köpfen der Menschen lebte, machte nicht satt. Dotti brauchte nicht die Ehrerbietung, die ihr in Wahrheit zustand. Ihr reichte es, wie die rechtmäßige Besitzerin von *Eck Jargo* zu verdienen.

»Grüß dich, Schätzchen.« Es war der erste Mann in *Eck Jargo*, der Apolonia angrinste. Alle anderen hatten ihr einen Gewehrlauf auf die Brust gedrückt. »Na, in welche Ecke willst du?«

Apolonia stand vor dem wuchtigen Schreibtisch und ließ den Blick über die acht Türöffnungen schweifen, die sich wie aufgesperrte Mäuler in den dunklen Raum öffneten.

»Was für Ecken gibt es?«, fragte sie. Ihre Stimme hatte einen schrillen, hastigen Ton angenommen. Das kam von den Todesgedanken, die sie angesichts mehrerer Dutzend Waffen gehabt hatte.

Der Mann an der Rezeption grinste noch immer. »Nun, da gibt es *Himmelszelt*, wenn du Erholung brauchst, die *Rote Stube*, wenn du ein paar hübsche, junge ... – na ja, dann gibt es noch das *Mauseloch*, 'ne hübsche Schänke, die *Wiegende Windeiche* oder ... ich glaube, *Bluthundgrube* is nich so was für Mädels wie dich, und das *Laternenreich* würd ich dir auch nich empfehlen, denn da kommst du als Wrack wieder raus, wenn überhaupt ...«

Der Wächter blickte auf, als Schritte erklangen. Tigwid erschien auf der Treppe, hüpfte die letzten Stufen hinab und legte einen Arm um Apolonia.

»Tag.«

»Name!«, blaffte der Wächter und schloss einen Bleistift in die Faust.

»Ich bin Jorel«, leierte Tigwid herunter, »und meine Begleiterin ist Poli, Neuankömmling, unter einundzwanzig, weiblich, berufslos in unseren Branchen.«

Es dauerte eine Weile, bis der Wächter alles in ein schwarzes Buch notiert hatte. Während er dem Papier die Buchstaben aufdrückte, machte er ein angestrengtes, wütendes Gesicht, und als er endlich fertig war, ließ er erleichtert den Stift sinken und lehnte sich zurück.

»In welche Ecke wollt ihr?«

»Wir wollen eine Rundschau machen, aber zuerst gehen wir in *Himmelszelt*.«

Der Wächter grinste kurz, dann überschattete wieder Anstrengung sein Gesicht und er notierte mit konzentrierter Miene *H. Z.* ins Buch. »Gut. Dann viel Spaß.«

Tigwid führte Apolonia auf eine Türöffnung zu. Sie schritten eine enge Treppe hinab, bis sie eine Tür mit Stahlbeschlägen erreichten. Tigwid klopfte an. Kurz darauf öffnete sich ein Schiebefenster in der Tür und ein Augenpaar richtete sich auf die beiden.

»Was wollt ihr in *Himmelszelt*?«

»Ich bewohne hier ein Zimmer«, sagte Tigwid. »Mein Name ist Jorel, unter einundzwanzig, männlich, beruflich angestellt in unseren Branchen, Arbeitgeber Mone Flamm, Zimmer hundertzwei.«

Das Schiebefenster schloss sich. Einen Moment später schwang die Tür auf und der Wächter ließ sie eintreten. Neben einer langen Rezeption, die von gewehrtragenden Wächtern geführt wurde, zweigten fünf Korridore ab. Tigwid steuerte auf einen zu. An der Decke hingen flackernde Petroleumlampen. Rot bemalte Türen reihten sich links und rechts auf. Die Wände waren dunkel gestrichen, ihre Schritte wurden von einem alten dunkelblauen Teppich gedämpft. Endlich blieb Tigwid vor einer Tür stehen, auf die mit weißer Farbe 102 gepinselt stand. Er zog einen Schlüssel aus seinem Schuh und sperrte auf.

»Immer hereinspaziert.« Er hielt Apolonia die Tür auf,

holte ein Streichholz aus seinem Jackett und entfachte eine Lampe.

»Also hast du doch ein Zuhause.« Apolonia musterte den niedrigen Raum, während Tigwid die Tür mit dem Fuß zustieß und auch die anderen beiden Lampen entzündete, die auf einem schmalen Tisch und neben einem noch schmaleren Bett standen.

»Sieht das hier wie ein Zuhause aus?« Über einem Stuhl hingen ein paar Kleidungsstücke, die warf er unauffällig unter den Tisch und lächelte. »Hier schlafe ich bloß, wenn ich mal schlafen muss.«

»Verstehe.« Apolonia verschränkte die Arme. »Und wieso bringst du mich her?«

Tigwid zog die Tischschublade auf und stopfte sich einen Haufen Kleingeld in beide Hosentaschen. »Du willst doch bestimmt, dass ich dich später auf ein Malzbier und Kartoffelkekse einlade.«

»Eigentlich nicht. Wir haben ein paar Dinge zu besprechen, Tigwid.«

Er ließ sich auf das Bett sinken, seufzte und krempelte sich die Hose hoch. Von dem Treppensturz letzte Nacht war sein Knie aufgeschürft und er pulte an der kleinen blutigen Kruste. »Schieß los, Poli.«

»Erstens: Nenn mich noch einmal Poli, und ich erzähle der Polizei, wer du bist.«

»Poli klingt doch hübsch.« Er hob beschwichtigend die Arme, als sie einen Schritt auf ihn zumachte. »Merkst du denn nicht – hier verrät niemand seinen echten Namen! Hättest du lieber, dass ich jedem beliebigen Banditen sage, dass du Apolonia Spiegelgold heißt, Nichte des berühmten Staatsanwalts? Innerhalb einer halben Minute wärst du entführt und das wäre noch das Harmloseste. Was glaubst du, wie viele Brüder, Söhne, Cousins und Freunde dein Onkel schon eingelocht hat? O Mann.« Er schüttelte den Kopf. »Ehrlich gesagt, mich juckt es auch in den Fingerspitzen, dich zu kidnappen ... Aber ich verdiene zu gut, um mich für so einen Job herzugeben.«

Apolonia musterte ihn mit gerunzelter Stirn, wie er so auf seinem Klappbett saß, das aufgeschürfte Knie in den Armen. »Du könntest mich nicht mal kidnappen, wenn du alle Mottengaben der Welt besitzen würdest. Und das bringt mich gleich zum Zweiten: Wo sind die ... wo ist dieses Buch der Antworten?«

Er nahm sein Knie schärfer in Augenschein. »Wie lange war ich eigentlich bewusstlos? Eine Gehirnerschütterung kann verheerende Folgen haben, damit ist nicht zu spaßen. So wie Nasenbluten. Vielleicht sollte ich lieber zu einem Arzt gehen, ich kenne einen, der arbeitet hier hinter der Bar ...«

»Tigwid! Wo ist das Buch?«

»Ich mach mir ja bloß Sorgen. Ein solcher Sturz, das kann tödlich sein.«

»Das einzig Tödliche an dir ist dein Geplapper! Zeig mir das Buch oder ich gehe!« Sie stampfte mit dem Fuß auf.

Tigwid erhob sich und schüttelte sich das Hosenbein wieder gerade. »Das machst du aber oft, das mit dem Aufstampfen. Man könnte meinen, du wärst verzogen.« Er grinste liebenswürdig.

»Ich bin durchsetzungsfähig«, korrigierte Apolonia. »Außerdem bin ich ... Was rede ich, ich bin nicht gekommen, um mir deine Frechheiten anzuhören!«

»Ja, ja.« Er klopfte sich auf die Hosentaschen, dass die Münzen leise klimperten. »Ich musste ja auch nur Geld holen. Wir können jetzt gehen.«

»Wo genau ist das Buch? Wer hütet es?«, hakte sie nach.

Tigwid war inzwischen an die Tür getreten. »Komm her!«, raunte er. Apolonia ging zu ihm. Einen Moment lang erwiderte er bloß ihren Blick, und als Apolonia sich schon fragte, ob er vielleicht mit offenen Augen eingeschlafen war, beugte er sich zu ihr vor. Seine Wange berührte fast die ihre, und er neigte leicht den Kopf, um sie anzusehen. Apolonia wich irritiert zurück und machte ein Doppelkinn – da erst wurde ihr klar, dass er ihr etwas ins Ohr flüstern wollte.

»*Eck Jargo* ist vielleicht der sicherste Ort vor der Polizei. Aber hier laufen jede Menge Mörder und Verbrecher rum, deshalb sollten wir nicht über das Buch reden, sobald wir dieses Zimmer verlassen haben. Verstanden?«, flüsterte Tigwid.

Sie nickte ungeduldig und trat einen Schritt zurück.

»Gut.« Er drückte die Türklinke hinunter. Dann holte er tief Luft. »Das Buch … ist irgendwo hier und wir müssen es irgendwie finden.« Er riss die Tür auf und ging eiligen Schritts den Korridor hinunter.

»Irgend–, was?! Tigwid!«

Er winkte zu ihr zurück. »Beeil dich, Poli. Und mach die Tür zu!«

Zwei Stunden und fünf Ecken später saß Apolonia an einem engen Holztisch. Mit schmalen Lippen nippte sie an ihrem Wasser. Tigwid saß neben ihr, ein Malzbier in den Händen, und starrte trübe vor sich hin. Auch die spärlich bekleidete Tänzerin, die ihr Hinterteil unermüdlich vor Apolonia schwenkte, schien ihn nicht aufzumuntern, im Gegenteil. Je zorniger Apolonias Blick dem gemächlich dahinschwebenden Rüschenrock folgte, desto unangenehmer schien ihm die Situation zu werden. Er hob sein Glas, als die Männer in der *Roten Stube* zu pfeifen begannen, und schluckte hörbar. Dann besah er Apolonia mit einem beunruhigten Seitenblick. Sie wirkte seltsam apathisch.

»Geduld«, sagte er. »Ich weiß, dass wir es finden. Wir müssen bloß Geduld haben. Mir wurde ja prophezeit, dass du mich hinbringen wirst.« Er verstummte, als sie nicht auf ihn reagierte. Er räusperte sich. »Bist du müde? Du könntest dich bei mir schlafen legen. Willst du? Ist kein Problem, ich warte solange draußen.«

»Halte einfach den Mund.«

Tigwid beschloss, der Bitte Folge zu leisten. Apolonia schob das Kinn vor. »Ich bin dir hierher gefolgt, habe mich von einem muffigen Dreckloch zum nächsten schleppen lassen, ich habe mehr Tätowierungen, mehr Blut, mehr – mehr Bier und Besoffene und mehr Gewehre und Hintern gesehen, als ich in meinem Leben vorhatte! Wo ist dein Buch? Wo ist es?« Er öffnete den Mund, um zu antworten, aber sie schnitt ihm mit einer herrischen Geste das Wort ab. »Na fein, du willst hier warten, bis eine bescheuerte Prophezeiung eintritt? Dann warte! Ich zerfalle inzwischen zu Staub, wenn es dir recht ist.« Wütend verschränkte sie die Arme und stierte zu den Tänzerinnen auf. Ihr Gemurmel von Lustmolchen ging im allgemeinen Gepfeife und den anzüglichen Rufen der Zuschauer unter.

Tigwid wusste nicht, was er erwidern sollte. Eine Weile beobachteten sie stumm die Tänzerinnen.

»Also, ich habe Vertrauen ins Schicksal«, sagte er leise. »Es wird alles so kommen, wie es kommen soll. Mit nur ein bisschen Geduld.«

»Mir *reißt* gleich die Geduld!«

»O Gott.«

»Ja, du sagst es. Endlich sagst du –«

»Duck dich.« Er zog sie auf den Tisch runter. Verwirrt folgte sie seinem Blick – und erstarrte. Am Eingang neben den Tresen war eine Gruppe von Männern erschienen. Ohne die Würstchen und Handschellen sahen sie erheblich bedrohlicher aus.

»Alles in Ordnung«, keuchte Tigwid. »Du musst mir jetzt einfach vertrauen.«

Apolonia warf ihm einen scheelen Blick zu. »Die sind hinter dir her, nicht mir.«

»Du bist meine Freundin, das reicht denen, um dich zu jagen.«

Apolonia stockte einen Augenblick. *»Freundin?«*

»Jemand, der mich zur Antwort meiner sehnlichsten Frage bringt, ist nun mal eine Freundin«, sagte Tigwid ungeduldig. »Tut mir leid, dass nicht jeder so ein Einsiedlerkrebs ist wie du.«

Aus irgendeinem Grund kränkte es sie plötzlich, dass Tigwid sie für einen Einsiedlerkrebs hielt. Für Pikiertheit blieb aber keine Zeit. Tigwid erhob sich, und Apolonia schlich hinterher, während die Männer in entgegengesetzter Richtung an den Tresen entlanggingen. Glücklicherweise galt ihre Aufmerksamkeit hauptsächlich den Tänzerinnen, die ihre Beine nun im Takt durch die Luft schwangen.

Tigwid ging nicht zum Ausgang, sondern zu den Bühnenvorhängen.

»Meinst du wirklich, dass das klug ist?«, raunte Apolonia, als er hinter den roten Fransenvorhang schlüpfen wollte.

»In so was hab ich Erfahrung.« Damit war er verschwunden. Apolonia knirschte mit den Zähnen, folgte ihm aber eilig.

Sie traten in einen engen Gang, der links zur Bühne führte und rechts an mehrere Zimmertüren grenzte. Leise schlichen sie an den Türen vorbei.

»Hier irgendwo muss doch ein Notausgang sein«, murmelte er. Vor der letzten Tür blieb Tigwid stehen, legte die Hand auf die Türklinke und machte auf.

Ein Dutzend halb bekleideter Tänzerinnen fuhr herum. Hinter einem Sammelsurium von Kleidern, Federboas und Spiegeln war eine offen stehende Tür, hinter der eine Treppe nach unten führte.

Tigwid strahlte. »Volltreffer!«

Die Tänzerinnen stießen schrille Schreie aus, während sie ihre Blöße damenhaft zu verbergen versuchten, und ließen einen Hagel rüpelhafter Schimpfwörter auf Tigwid niederprasseln. Das Geschrei und Gezeter mischte sich bald mit Gepolter von der Bühne. Ein Messer bohrte sich vibrierend in den Türrahmen, einen Zentimeter an Apolonias Hals vorbei. Im Gang standen die vermeintlichen Wurstdiebe.

»DA!«

»Los!« Apolonia stürzte hinter Tigwid her, sie kämpften sich an Tänzerinnen und Puderquasten vorbei, schlüpften durch die Tür und rannten die Treppe hinab. Wogen von hellem Gekreische ertönten hinter ihnen, dann trommelten Schritte auf den Stufen.

»Beeil dich!«, schrie Apolonia und schlug und drückte gegen Tigwid, der vor ihr rannte. Es war so dunkel, dass sie kaum die Stufen erkannten. Apolonia stieß hart gegen Tigwids Rücken, als die Treppe vor einer Tür endete. Mit rutschigen Fingern riss Tigwid die Tür auf.

Rotes Licht strömte ihnen entgegen. Die beiden stürzten voran, und kaum dass die Tür hinter ihnen zufiel, bohrten sich ein Dutzend Wurfmesser ins Holz.

Apolonia und Tigwid rannten durch stickig warme, dämmrige Zimmer, vorbei an Betten und Liegen voll dösender Gestalten. Eine Chinesin wich erschrocken vor ihnen zur Seite, sodass ihr fast die große Wasserpfeife aus den Händen fiel. Apolonia wurde klar, dass sie in einer Opiumhöhle gelandet waren. *Laternenreich*.

Irgendwo hinter ihnen erklangen laute Stimmen. Glas klirrte. Eine Zitterspielerin hielt mitten im Lied inne. Tigwid und Apolonia waren in einem Zimmer angekommen, aus dem keine Tür führte. Nur ein holzverziertes Fenster in der Wand.

Tigwid sprang auf das feine Seidenbett und schlüpfte durchs

Wandfenster. Der Mann, der unter der Decke lag, stöhnte auf. Apolonia raffte Kleid und Mantel und folgte Tigwid in zwei Sätzen. Sie landete auf einem zweiten Bett, stolperte über die aufjaulende Person darin und fiel gegen merkwürdige Gerätschaften auf dem Boden.

Tigwid half ihr auf und sie durchquerten den großen, dunklen Raum. Am anderen Ende war ein Flur mit mehreren Zimmeröffnungen. Der Lärm ihrer Verfolger schien plötzlich näher. Schweiß glänzte auf Tigwids Stirn. Er drehte sich in jede Richtung, lauschte; die Stimmen und Schritte kamen von irgendwo ganz nah. Hinter den Wänden aus geschnitztem Holz schienen jedes Licht und jede Gestalt in Bewegung zu sein.

»Hier rein!« Tigwid lief in ein Zimmer – und stieß gegen jemanden.

Vor ihnen stand ein weißhaariger Mann mit einem Schnauzer, einer runden Goldrandbrille und wässrig grauen Augen. Sein Hemdkragen stand offen und in der Hand hielt er eine längliche Pfeife.

»Jorel. Du bist Jorel, richtig?«, sagte er leise. Sein Blick glitt zu Apolonia und seine trüben Augen glitzerten. Dann hörte auch er die wüsten Rufe. »Kommt, ich bringe euch hier weg.« Die Pfeife glitt ihm einfach aus der Hand und fiel auf den Boden. Der Mann drehte sich um und durchquerte das kostbar eingerichtete Zimmer, das ihm offensichtlich gehörte.

»Wer sind Sie?«, fragte Tigwid verblüfft.

Der Mann schob eine Schiebetür aus Seidenpapier auf und wies in einen dunklen Gang. »Für Fragen ist später Zeit. Jetzt müssen wir euch erst einmal von euren Verfolgern befreien.«

Apolonia spürte, wie Tigwid instinktiv zurückwich. »Erst Ihr Name.«

Der Mann schob seine Goldrandbrille zurecht und besah Apolonia mit einem langen, eingehenden Blick. »Mein Name ist Ferol. Professor Rufus Ferol.«

Die Dichter

Sie tasteten sich durch undurchdringliche Finsternis. Hin und wieder fasste Apolonia in Wasser, wo Rinnsale über das unebene Gestein liefen und der Gestank ihr fast den Atem raubte.

»Wo bringen Sie uns hin?«, fragte sie in die Dunkelheit. Sie merkte, dass der Mann immer wieder stockte und nur langsam lief, weil Tigwid vor ihr oft innehielt.

»*Labyrinth*, Kinder. Das hier ist ein privater Geheimgang. Eure Verfolger werden ihn nicht finden.«

»Wieso helfen Sie uns?«, wollte Tigwid wissen. Für mehrere Augenblicke waren nur ihre Schritte auf dem rauen Steinboden zu hören.

»Ich helfe eben, wo ich kann.«

»Und woher kennen Sie meinen Namen?«

Apolonia lief Tigwid in den Rücken, als sie abermals stehen blieben. Ihre Hand glitt über die Wand – und über eine Klinge. Tigwid hielt ein Messer in der Faust.

»Aber –«

»Schschsch!« Sie spürte seinen Atem an der Stirn. »Zur Sicherheit«, flüsterte er.

Sie gingen weiter. Apolonia stolperte benommen voran.

»Wir sind gleich da. Seid ihr beide noch zusammen?«

»Ja«, antwortete Tigwid nach einem Moment. Apolonia spürte, wie er anhielt, obwohl ihr geheimnisvoller Führer weiterging. Nach einigen Augenblicken setzte auch er sich wieder in Bewegung. Nun waren sie nicht mehr unmittelbar hinter dem Professor.

Apolonia fragte sich, ob Tigwid wirklich mit einem Messer umgehen konnte. Irgendwie war es schwer vorstellbar, dass er mit Waffen kämpfen konnte – schließlich war er doch kaum älter als sie selbst. Andererseits hätte sie auch nie gedacht, dass sie einmal durch eine Opiumhöhle sprinten würde, eine mordlustige Verbrecherbande auf den Fersen. Die Welt war voller Überraschungen.

Irgendwann erschien ein schummriger Lichtfleck vor ihnen.

»Da ist es schon, Kinder. *Labyrinth.*« Der Professor deutete nach vorne. Das matte Licht zeichnete ihre Umrisse nach, und Apolonia sah, dass der Mann torkelte. Er stand ganz offensichtlich unter dem Einfluss von Rauschgift.

Vor ihnen tauchte eine Türöffnung auf. Der Professor trat ins körnige gelbe Licht und strich langsam seinen Kragen glatt. Dann wandte er sich zu Tigwid und Apolonia um. Zögernd kamen sie aus dem schmalen Gang. Sie befanden sich in einem Zimmer voller Schatten, sodass man seine Größe nicht einschätzen konnte. Aus den Augenwinkeln sah Apolonia, dass sie nicht alleine waren. Ein Kreis aus dunklen Holztischen stand zu ihrer Linken, an denen sechs Männer saßen. Und lasen.

Sie lasen aus dicken, großen Büchern, hatten sich tief über die Seiten gebeugt, und die Öllampen auf den Tischen ließen Schatten über ihre Rücken hüpfen.

»Meister«, hauchte der Professor und fuhr sich über seine zerknitterte Weste. Die sechs Männer regten sich. Träge hoben sie die Köpfe, das schwankende Licht erhellte ihre Gesichter. Apolonia hatte das Gefühl, zu einem Eiszapfen zu gefrieren, als sich zwei flackernde dunkelgrüne Augen auf sie richteten.

Professor Ferol neigte den Kopf und fuhr nervös mit den Händen durch die Luft.

»Ich habe ganz zufällig den Jungen getroffen, Meister, er ist mir sozusagen in die Arme gerannt, und mit ihm das Mädchen!«

Apolonia konnte sich nicht bewegen, als ein Lächeln über das bleiche Gesicht des Mannes kroch. »Na so was. Es ist also Magdalenas Tochter. Das Ambiente lässt zwar sehr zu wünschen übrig, aber es freut mich, dich wiederzusehen.«

Sie schluckte trocken, um ihre Stimme zu finden. »Was tun Sie hier, Herr Morbus?«

Jonathan Morbus strich mit dünnen Fingern über die aufgeschlagene Seite seines Buches, dann klappte er den schweren Folianten zu und erhob sich. Er war längst nicht so gepflegt und vornehm wie am Hochzeitstag von Apolonias Tante – fettige Strähnen hingen ihm ins Gesicht und sein Schlips saß locker – und doch schien die Nachlässigkeit seine natürliche Eleganz nur zu unterstreichen. Die Schatten unter den Augen und Wangenknochen schmeichelten ihm beinahe. Apolonia merkte, wie Tigwid sich neben ihr anspannte, als Morbus um den Tisch herum auf sie zukam.

»Wer sind Sie?«, fragte er. Der träge Blick des Schriftstellers hing einen Moment an ihm; dann wandte er sich an Professor Ferol und machte einen kleinen, müden Wink mit der Hand. Der Professor stammelte: »Ja, Meister«, und fuhr zu Tigwid herum. »Du stehst den Dichtern gegenüber, Junge! Die Dichter, die Sammler und Schöpfer der größten und schönsten Geschichten der Erde! Das ist eine Ehre, eine *Ehre*, dem Meister und seinen Lehrlingen gegenüberzustehen!«

Tigwid betrachtete den alten Professor mit gerunzelter Stirn. »Aha. Und wieso hast du uns hergeführt, Rufus?«

Professor Ferol schien entrüstet, dass Tigwid ihn mit seinem Vornamen angesprochen hatte. Aber bevor er etwas sagen konnte, fiel ihm Morbus ins Wort.

»Ich bin dir zu Dank verpflichtet«, sagte er und verschränkte die Hände hinter dem Rücken. »Vielen Dank, Junge, dass du uns das Mädchen gebracht hast.«

»Was?«, sagten Apolonia und Tigwid gleichzeitig. Sie sahen sich an.

»Ich hab nicht –«, stotterte er.

»*Eck Jargo* ist voller lauschender Ohren.« Morbus' Gesicht tat sich zu einem dünnen Lächeln auf. Seine Zähne schimmerten blank wie aus einem Totenkopf. »Wir Dichter mögen nicht die Gabe des Hellsehens besitzen, aber wir wissen doch unser Gehör einzusetzen. Wir haben dich belauscht, Jorel, als du mit einer Mottenseherin in der *Wiegenden Windeiche* gesprochen hast. Wie hieß das Mädchen doch gleich? Ah ja, Bonni.«

Apolonias Augen weiteten sich. Ihr Hals fühlte sich plötzlich sehr trocken an, als sie zu begreifen versuchte, was offensichtlich war. »Motten.«

Die Blicke der Dichter richteten sich auf sie.

»Sie – Sie sind eine Motte, Herr Morbus! Das war Tigwids Prophezeiung … Ich bringe ihn zum Buch der Antworten, und das ist im Besitz der Motten …«

Tigwid schob sich kaum merklich vor Apolonia. »Das Buch der Antworten, ihr habt es! Darf Apolonia es sich mal ansehen, bitte?«

Plötzlich brach Morbus in Gelächter aus. Die anderen Dichter stimmten ein, leise und keuchend wie Hyänen.

»Das Buch der Antworten!«, kicherte Morbus. »Hast du wirklich gedacht, es gibt so was? Der alte Collonta war erfolgreicher, als ich dachte!« Er beugte sich zu Tigwid vor. »Das Buch war nur eine Falle von dem alten Fuchs Collonta, um an das Mädchen zu kommen.«

Tigwid schluckte. Dann wies er auf die Bücher, die die Dichter am Tisch in ihren Armen hielten. »Wenn es kein Buch der Antworten gibt, was sollen dann diese Dinger da sein?«

Morbus grinste. »Diese *Dinger* sind unsere Werke, die größten Schätze der Welt.«

»Das glaube ich erst, wenn Apolonia es bezeugt. Die Prophezeiung besagt, dass sie mir die Antwort auf meine sehnlichste Frage bringen wird, und ich glaube daran.«

»Dummkopf!« Morbus schüttelte den Kopf. »Es gibt nur eine Prophezeiung: dass du Rotzbengel das Mädchen finden wirst. Und das hast du.«

Apolonia trat einen kleinen Schritt zurück, als Morbus sie anstarrte. Seine Augen schienen sich in sie hineinzufressen ... »Was wollen Sie von mir?«

»Oh, wir wollen nichts *von* dir. Wir wollen *dich*, Apolonia.« Morbus lächelte nachdenklich, dann strich er um Professor Ferol herum und kam noch näher. »Weißt du, du bist von großer Wichtigkeit für uns. Hätte ich früher geahnt, dass du es bist, wäre ich natürlich viel höflicher vorgegangen und hätte dir erspart, in Kontakt mit solchem Abschaum zu kommen.«

»Der Abschaum bist du, Fettkopf«, knurrte Tigwid und hob sein Messer. Einige Dichter am Tisch sprangen auf angesichts der Waffe. Aber Morbus schien unbeeindruckt.

»Vorsicht, wie du mich nennst. Du hast bei so vornehmer Gesellschaft wohl vergessen, zu welcher Klasse du gehörst.«

Tigwid richtete sein Messer auf den Schriftsteller. »Wenn du näher kommst, lernst du meine Klasse schon kennen. – Geh zurück in den Gang, Poli.«

»Keine Bange, Apolonia.« Morbus hob beschwichtigend

die Hände. »Wir werden dich gleich von diesem Pöbeljungen befreien. Hol mir mein Buch, Ferol.«

Der Professor eilte zum Tisch, nahm den schweren Folianten und brachte ihn Morbus. Der Schriftsteller nahm ihn entgegen und begann zu blättern. »Du hast also eine kleine Metallklinge, wie rührend. Nun, ich wähle mir in diesem Duell die Sprache zur Waffe. Wir wollen sehen, was stärker ist!«

Plötzlich drehte Morbus sein Buch um und streckte es Tigwid entgegen. Verwirrt starrte Tigwid die dunkelroten Buchstaben an. Die Dichter hielten gespannt den Atem an. Morbus lächelte triumphierend. Als Tigwid weiterhin fragend auf die Seite starrte, zerlief sein Lächeln zu einer Grimasse.

»Was ist?«, rief Morbus und streckte das Buch noch weiter vor. »Nun lies! *Lies!*«

Tigwid presste die Lippen aufeinander.

Morbus stierte ihn an. »Du kannst nicht lesen … Das hätte ich mir denken müssen.« Verächtlich ließ er das Buch sinken und richtete sich auf. »Schnappt ihn.«

Die Männer an den Tischen standen auf und stürzten sich auf Tigwid.

»Lauf, Apolonia!« Er fuhr herum und zog sie zum Gang – aber zu spät. Schon hatte ihn Professor Ferol am Arm gepackt. Tigwid drehte sich um und das Messer blitzte über ihnen auf. Der Professor ließ ihn schreiend los und hielt sich den Arm. Blut tropfte zu Boden. Zwei weitere Dichter ergriffen Tigwid und rangen ihn nieder. Einem trat Tigwid ins Gesicht, dem anderen zwischen die Beine, ein Dritter fiel über ihn und versuchte, ihm das Messer aus der Hand zu winden. Apolonia hatte sich einen Schuh ausgezogen und wollte mit ihm bewaffnet in die Schlägerei einschreiten, da schloss sich ein eiserner Griff um ihr Handgelenk.

»Keine Sorge, das dauert nicht mehr lange«, sagte Morbus kalt.

»Lassen Sie mich los!« Apolonia holte mit ihrem Schuh aus.

Plötzlich erklang ein Knall. Ein paar Dichter stießen erschrockene Schreie aus, Apolonia zuckte zusammen, und Morbus hob schützend einen Arm über den Kopf, als Staub von der Decke rieselte. Wieder knallte es, zweimal, dreimal. Es waren Pistolenschüsse.

»STEHEN BLEIBEN! ALLE SIND FESTGENOMMEN!«

Aus den Schatten des Zimmers tauchten vier Polizisten auf. Innerhalb von Sekunden hatten sie die Dichter, Apolonia und Tigwid umzingelt. Pistolen richteten sich auf ihre Köpfe. Erst jetzt hörte Apolonia Schreie und wildes Schießgetrommel in der Ferne. *Eck Jargo* wurde gestürmt!

Ein Lächeln entfaltete sich auf ihrem Gesicht, erst zögerlich, dann immer breiter. Die staubigen Haarsträhnen wehten in ihrem Atem, als sie sich an die Dichter wandte, die über Tigwid erstarrt waren. »Ganz recht, ihr seid festgenommen, alle zusammen! Jetzt wird die ganze Welt erfahren, dass es Motten gibt, und *ich* habe euch gefasst. Legt die Männer in Handschellen!«, befahl sie den Polizisten triumphierend.

Tigwid sprang auf.

»Keine Bewegung!«, rief ein Polizist.

»Du hast *Eck Jargo* verraten!«

Apolonia sagte nichts. Was hatte er denn gedacht? Dass sie wirklich an einem blöden Buch interessiert war?

»Meine Herren, hier liegt ein Missverständnis vor.« Morbus senkte langsam die Hände. »Ich möchte Sie bitten, hier einen Blick hineinzuwerfen. Es wird erklären und rechtfertigen, weshalb ich mich an diesem Ort aufhalte.« Gelassen öffnete er sein Buch und hielt es den Polizisten vor. Für Sekundenbruchteile glitten die Augen der Blauröcke über die Seiten. Damit besiegelten sie ihr Ende.

Schreckensbleich beobachtete Apolonia, wie ein Polizist nach dem anderen seine Waffe fallen ließ. Starr kamen sie auf das Buch zu. Ihre Augen zuckten, so schnell lasen sie die Worte ab. Der Erste begann zu wimmern. Tränen liefen einem anderen übers Gesicht. Dann stießen sie gellende Schreie aus, zerrten an ihren Haaren und Kleidern und sanken zu Boden. Ihre Arme und Beine zuckten wie elektrisiert, dann bewegten sich die vier Männer nicht mehr. Ihre aufgerissenen Augen starrten ins Leere. Stille. Sie waren tot.

Morbus klappte laut das Buch zu. Langsam drehte er sich zu Apolonia um. Nie in ihrem Leben hatte sie so viel Grauen verspürt wie in diesem Moment. Sie starrte Morbus an, der das Buch unter den Arm klemmte und schwarze Lederhandschuhe aus seinem Umhang zog. In der Ferne schwoll Kampflärm an, Schüsse fielen und Schreie hingen in der modrigen Luft.

»Nanu. Unser kleiner Gossenbengel ist ja schon verschwunden«, bemerkte Morbus. Die Dichter richteten sich ächzend wieder auf und kamen auf sie zu. Apolonia wagte einen Blick hinter sich. Tigwid war tatsächlich nicht mehr da. Sie war ganz alleine …

»Meine Herren, ich denke, es ist Zeit zu gehen.« Morbus klopfte sich den Staub vom Umhang, während die Dichter einen Kreis um Apolonia schlossen.

Vampas Bücher

Tigwid hatte oft denselben Albtraum gehabt. Er hatte geträumt, dass er irgendwo einschlief und von der Polizei gefunden wurde. Er hatte geträumt, dass er eingesperrt wurde und Handschellen trug, zu denen es keinen Schlüssel mehr gab. Aber dass *Eck Jargo* gestürmt werden könnte, das hätte er sich in seinen kühnsten Träumen nicht ausgemalt. Als er den dunklen Geheimgang hinter sich gelassen hatte, durch das Zimmer des Professors rannte und in *Laternenreich* ankam, herrschte rings um ihn Panik. Kreischende Serviermädchen kamen ihm entgegen, Schüsse sprangen durch die Luft und rissen Löcher in die kunstvollen Holz- und Papierwände. Tigwid stolperte an Opiumträumern vorbei, die stöhnend aus ihren Betten krochen, er duckte sich unter dem Knüppelschlag eines Polizisten hinweg, drängte sich durch den dichten Strom flüchtender Menschen, die eine geheime Treppe nach oben nahmen, und konnte an nichts denken, als dass dies der Untergang war. Es war aus mit *Eck Jargo*. Für immer. Vielleicht auch mit seinem Leben.

Hinter ihm knallte es. Ein Schrei erklang direkt neben Tigwid, ihm gefror das Blut in den Adern – ein Mann versank mit einem Kopfschuss in der Menge. Tigwid rang nach Luft. Schon drängten ihn die aufgebrachten Massen voran.

Die Treppe führte an die eisenbeschlagene Tür von *Laternenreich*. Sie war aufgebrochen. Drei Polizisten standen auf der Schwelle und feuerten in die Menschenmenge. Warme Flüssigkeit spritzte Tigwid auf Stirn und Haare, er duckte sich erschrocken und spürte, wie er nach hinten gedrängt wurde, als die vordersten Männer erschossen zurücksanken. Fremde Füße stiegen auf seine, Ellbogen stießen ihm in die Rippen. Dann waren die drei Polizisten mit Schlägen und Tritten überwältigt und die Flüchtlinge rannten einfach über sie hinweg.

Keuchend taumelte Tigwid mit und fand sich in *Bluthundgrube* wieder. Die Bilder, die sich ihm boten, waren viel zu grotesk, als dass er sie hätte begreifen können. Ein Boxer hing mit mehreren Kugeln in der Brust in den Seilen. Die Gläser und Flaschen an der Theke waren zerbrochen, die Tische umgeworfen. Eine Tänzerin schrie, als ein Polizist sie an den Haaren festhielt. Dann schlug eine zweite Tänzerin den Mann mit einem Stuhl nieder. Die beiden Frauen rannten blindlings in eine Richtung und wurden von einer ganzen Polizeitruppe aufgefangen.

Tigwid torkelte wie benommen durch die Zerstörung.

Ein Blaurock packte ihn grob am Arm, schwenkte ihn herum und zog ohne langes Zögern Handschellen aus seinem Gürtel. Tigwid holte mit dem Fuß aus, als wollte er ihm einen Tritt verpassen; der Polizist wich mit dem Unterkörper zurück. Darauf hatte Tigwid nur gewartet. Blitzschnell holte er mit der freien Hand aus und gab dem Mann links und rechts vier flinke Ohrfeigen. Ein klassischer Zug. Schmerzvoller, als es aussah, und höchst verwirrend für das Opfer.

Doch der Polizist erholte sich erstaunlich schnell, schnappte nach Tigwids Kehle und begann, unter wilden Flüchen zu würgen. Tigwid zerrte an den Wurstfingern, doch sie hielten ihn fest wie Schraubstöcke. Er bekam keine Luft mehr. Funken tanzten vor seinen Augen … Da sah er seine Rettung: Eine große Wetttafel stand genau vor ihnen. Tigwid konzentrierte sich mit aller Macht … Plötzlich erbebte die Tafel. Ein Zittern durchlief die Holzständer, dann krachte die Tafel vornüber und begrub den Polizisten unter sich. Tigwid war gerade rechtzeitig zur Seite gesprungen. Die Handschellen klapperten auf den Boden.

Zitternd befühlte er seinen Hals. Normalerweise hätte er seine Mottengabe nicht so öffentlich eingesetzt, doch angesichts des Chaos war es gewiss niemandem aufgefallen.

Er ging ein paar Schritte rückwärts, dann drehte er sich um und lief über den scherbenübersäten Boden. Vor ihm lag die Tür, die geradewegs aus *Bluthundgrube* und hinauf zur Rezeption führte. Wenn er Glück hatte, schaffte er es bis in Fräulein Friechens Teestube, dann durch den Ausgang und den Hinterhof, durch das Loch im Zaun … Er sah die Straße vor sich, die ihn in das Gassenlabyrinth des Armenviertels entlassen würde, direkt hinein in die Freiheit. Er klammerte sich an dieses Bild. Gleich. Gleich war er dort.

Schüsse trafen den großen Thekenspiegel rechts von ihm und Tigwid hob schützend die Arme. Tausend glänzende Splitter flimmerten in der Luft.

Plötzlich taumelte ein Junge vor ihn. Er trug Bandagen um die Fäuste und kein Hemd. Schwarze, zerfranste Haare hingen ihm in die Stirn. Er sah Tigwid an. Ein merkwürdiges Entsetzen loderte in seinen dunklen Augen auf, und auch Tigwid erschrak – aber noch im gleichen Moment vergaß er, wovor. Er wich dem Jungen aus und lief an ihm vorbei. Endlich hatte er die Tür erreicht. Vor ihm lag ein Wächter auf dem Boden und rührte sich nicht.

»Gabriel.«

Der Name traf ihn wie eine Kugel. Tigwid drehte sich um.

Vor ihm stand der Junge mit den schwarzen Haaren. Er

starrte ihn an, als höre er weder die Schüsse noch das Schreien und Brüllen rings um sie.

Aber Tigwid hatte jetzt keine Zeit, um sich verwirren zu lassen. Er drehte sich um, ließ den merkwürdigen Jungen stehen und stieg über den toten Wächter hinweg.

»Du kannst nicht da hoch«, hörte er den Jungen hinter sich sagen. Obwohl er klar sprach, fiel es Tigwid schwer, ihn zu verstehen. Es war, als ergaben seine Worte keinen Sinn.

»Da oben sind mehr als zweihundert Polizisten. Und von Minute zu Minute werden es mehr.«

Tigwid trat einen Schritt zurück und stellte sich dicht vor den Jungen. »Ach ja?«

»Ja.«

»Und warum tust du so, als würdest du nicht mit in der Kacke stecken?«

Der Junge musterte einen Augenblick lang Tigwids Gesicht, auf dem sich Schweiß und Blut, Wut und Angst und Verzweiflung mischten.

»Wenn es noch einen Ausweg gibt, dann durch *Labyrinth* und den Untergrund.«

Tigwid zog den Kopf ein, als ein Schuss über ihn hinwegpfiff. Der Junge bewegte sich keinen Zentimeter.

»Und ich geh mal davon aus, dass du mir den Weg zeigen willst, oder?«, keuchte er.

»Ja.«

»Du gehörst nicht zufällig zu diesen Dichtern?«

Der Junge schwieg einen Moment, obwohl es nicht so aussah, als würde er darüber nachdenken. Sein Gesicht sah nach gar nichts aus. »Nein, ich glaube nicht, dass ich *zu diesen Dichtern* gehöre.«

»Klar.« Tigwid starrte ihn an, und ihm wurde bewusst, was er hier tat: plaudern mit einem Verrückten, während seine Überlebenschance von Sekunde zu Sekunde geringer wurde.

Er warf dem Jungen einen zornigen Blick zu, sprang wieder über den toten Wächter und wollte die Treppe hinaufspringen, da – erschien über ihm in Reih und Glied eine zwanzigköpfige Eliteeinheit der Polizei, Blauröcke mit Helmen und Gewehren.

»Verdammte –« Er hechtete wieder zurück, als Kugeln die Treppe durchprasselten, landete auf Händen und Knien, und eine Scherbe ritzte ihm die Handfläche auf.

Trapp-Trapp, Trapp-Trapp. Hinter ihm schwoll das dumpfe Trommeln der Schritte an, ein unaufhaltsamer Takt des Todes.

»Ich kann dir den Weg nach draußen zeigen«, sagte der merkwürdige Junge, der noch so dastand, wie Tigwid ihn verlassen hatte. Die näher kommende Eliteeinheit schien ihn nicht im Geringsten aus der Fassung zu bringen.

Tigwid knurrte, als er sich aufrichtete. »Wie viele Irre wollen mir heute noch helfen?«

Der Junge riss sich die Boxerbandagen von den Händen. »Komm.«

Sie rannten los. Der Junge steuerte die Tür an, aus der Tigwid vorher gekommen war. Ein Polizist stellte sich ihnen in den Weg und richtete seine Pistole auf ihn. Doch der Junge versetzte ihm im Rennen einen so zielgerichteten Kinnhaken, dass er glatt von den Füßen gerissen wurde. Tigwid war baff. So einen Schlag hätte er selbst nie zustande gebracht, schon gar nicht mit der Selbstverständlichkeit und Leichtigkeit, die der Junge bewiesen hatte. Umso mehr musste er sich vor ihm in Acht nehmen.

Aber das später. Im Moment war er wegen der Polizisten mehr in Sorge, die in *Bluthundgrube* strömten wie Wasser in ein undichtes Schiff.

»ALLE STEHEN BLEIBEN!«, donnerten Stimmen. »WER VERSUCHT ZU FLIEHEN, WIRD ERSCHOSSEN!«

Die Kugeln peitschten rings um Tigwid durch die Luft, bohrten sich in den Boden, die Wände, in rennende Männer. Endlich schlitterte er um die eingebrochene Türöffnung und stieß gegen den Jungen. Der Junge keuchte. Tigwid erkannte, dass ihm Blut am Arm entlangrann. »Du bist getroffen!«

»Ja«, sagte der Junge, »beeil dich.«

Vor Staunen vergaß Tigwid zu sagen, dass er schon hier gewesen war und die Treppe nur hinunter zu *Laternenreich* führte. Aber der Junge machte keine Anstalten, die Treppe zu nehmen. Stattdessen betastete er die rechte Wand und schlüpfte durch einen Spalt, der gerade breit genug war, dass ein Mensch seitlich hindurchpasste. Tigwid folgte ihm und das spärliche Licht war mit einem Mal verschluckt.

»Bist du da, Gabriel«, fragte der Junge tonlos.

»Äh, ja, hier.« Tigwid zwängte sich voran. Es war so eng, dass die Wand vor ihm und die Wand hinter ihm seine Brust und seinen Rücken berührten. Er musste den Kopf schief halten.

»Wo führt der Weg hin?«

»Vorbei an *Labyrinth*, dann in den Untergrund der Diebe, der noch tiefer liegt als *Eck Jargo*. Von dort aus kommen wir wieder an die Oberfläche und dann an den Fluss.«

Tigwid schwieg eine Weile, während sie sich weiter durch die Dunkelheit schoben, Schritt um Schritt, und der tobende Kampflärm zu einem verzerrten Echo gerann. Tigwid schloss die Augen und versuchte, nicht daran zu denken, was hinter den feuchten Mauern geschah.

»Woher kennst du den Weg?«, flüsterte er.

»Wenn man sieben Jahre in *Eck Jargo* boxt, findet man so was raus.«

Tigwid überlegte, in welchem Alter der Junge mit dem Boxen angefangen haben musste, wenn er heute nicht älter war als er selbst.

Unter normalen Umständen wäre er aus dem Staunen nicht mehr herausgekommen, so unglaublich wäre es gewesen, den berüchtigten Untergrund zu betreten – oder nur zu erfahren, dass das meilenweite Netzwerk unterirdischer Gänge kein Ammenmärchen war. Aber jetzt trug ihre Flucht durch die dunklen Irrwege nur zu seinem allgemeinen Schock bei. Wie betäubt hastete er an den aufgeregten Gestalten vorbei, die entweder wie sie aus *Eck Jargo* geflohen waren oder von dem Polizeiüberfall gehört hatten. Er nahm kaum etwas wahr, während er dem Jungen folgte; erst durch schmale Stollen mit Lehmwänden und niedrigen, von Holzbalken gestützten Decken, dann durch weit verzweigte Kanalschächte, durch breite Steinflure mit hohen Gewölben und durch riesige Rohre, in denen die Echos weit entfernter Geräusche umherirrten wie Gespenster. Irgendwann erreichten sie erdige Treppenstufen, liefen sie empor und kletterten an verrosteten Feuerleitern hinauf, die an Deckenöffnungen befestigt waren. Nach Stunden, so schien es, stiegen sie endlich aus einem kleinen Abflussschacht und standen in einer engen, muffigen Gasse. Tigwid hustete und musste sich gegen eine Hauswand lehnen. Die kalte Winterluft schnitt ihm in die Lungen, nachdem er so lange Staub und Moder geatmet hatte. Mit zittrigen Händen strich er sich über das Gesicht. Spinnweben und Blut klebten daran.

»Geht es dir gut?«, fragte eine monotone Stimme hinter ihm. Er drehte sich um und sah den Jungen an. Im schummrigen Tageslicht war er noch bleicher; bleich wie der Schnee war er, seine Augen zwei Hohlräume in bläulichen Schatten. Er war angeschossen. Tigwid hatte geglaubt, der Schuss hätte nur seinen Arm gestreift, doch die Kugel hatte ein tiefes Loch in seine Schulter gegraben.

»Grundgütiger«, hauchte er. Der Junge trug nur eine Hose und Schuhe, aber er schien nicht zu frieren. Sein Gesicht gab kein Gefühl und keinen Gedanken preis. Er sah aus wie eine Leiche, die mit offenen Augen erstarrt war.

»Geht es dir gut?«, fragte Tigwid, obwohl er das nicht für die angemessene Frage hielt. *Lebst du noch?*, wäre passender gewesen.

Ein merkwürdiges Schimmern wanderte durch die Augen des Jungen. »Dasselbe habe ich dich gerade gefragt… dasselbe. Du und ich.«

»Hä?«

»Ich habe etwas von dir, das du bestimmt wiederhaben willst… Gabriel.«

»Woher kennst du den Namen?«, fragte Tigwid leise.

Der Junge ging bereits die Gasse hinunter. Mit dem Fuß schob er ein Brett zur Seite, damit er vorbeikam. »Ich habe ihn gelesen, den Namen, Gabriel.«

Tigwid atmete schwer ein. »Dann gehörst du doch zu ihnen – du bist auch einer von diesen Dichtern!«

»Nein«, sagte der Junge, ohne sich umzudrehen oder stehen zu bleiben. Und mehr sagte er nicht.

Nach einem Augenblick beschloss Tigwid, ihm zu folgen.

Es dämmerte. Noch immer hatte der Schneefall nicht aufgehört, unaufhörlich tanzten die Flocken aus dem samtigen Blau des Himmels und machten keinen Unterschied, ob sie sich auf Häusern, Straßen oder zwei flüchtenden Jungen niederließen. Irgendwo läuteten die Glocken einer Kathedrale. Sonst war die Stadt in ihrem dichten Schneepelz verstummt.

Der Junge führte Tigwid zum Fluss, vorbei an den eisgrauen Wellen, zu breiten Kanalrohren und in einen feuchten Unterschlupf. Tigwid wusste gar nicht, wo er seine Füße hinsetzen sollte, so vollgestopft war der kleine Kanalschacht mit Büchern. Der Junge stieß sie nachlässig zur Seite, damit sie sich auf einer zerfledderten Matratze niederlassen konnten.

Dann riss er ein Büschel Seiten aus einem mitgenommen aussehenden Taschenbuch und wischte sich das Blut von der Schusswunde.

»Willst du das nicht untersuchen lassen?«, gab Tigwid zu bedenken.

Der Junge sah ihn eine Weile wortlos an und zuckte die Schultern. »Du kannst mich Vampa nennen.«

»Gut, Vampa. *Vampa*?« Tigwid riss die Augen auf. »*Der* Vampa? Du bist der Vampirjunge aus *Bluthundgrube*? Der unsterbliche …« Er verstummte. Bis jetzt hatte er den Vampirboxer von *Bluthundgrube* für einen Mythos gehalten. Der Junge nickte gleichgültig.

Tigwid fand seine Fassung wieder. »Also, danke, dass du mir geholfen hast. Ich weiß nicht, wieso du das getan hast, aber ich bin dir wirklich –«

»Deshalb habe ich es getan.« Der Junge drehte sich um und zog ein dunkelrotes Lederbuch aus einem Stapel. Mit behutsamen Händen legte er es Tigwid auf den Schoß. Tigwid sah es an, klappte den Deckel auf und strich durch die Seiten. Es war alles handgeschrieben, mit dunkelroter Tinte, ähnlich wie das Buch, das Morbus ihm heute vorgehalten hatte … Tigwid warf Vampa einen argwöhnischen Blick zu. Dann klappte er das Buch zu und stieß es ihm unsanft in die Arme.

»Den Trick hat heute schon mal jemand versucht!« Blitzschnell zog er sein Messer und hielt es Vampa an die Kehle. »So. Jetzt sagst du mir ganz genau, wer du bist und wieso du mich hergebracht hast. Was hat es mit diesen Büchern auf sich? Wieso wollt ihr alle, dass ich sie lese?«

Der Junge sah ihn vollkommen gelassen an. Dann huschte ein wölfisches Lächeln über sein Gesicht. »Angesichts meiner Schusswunde – und sie ist tödlich, in einer Stunde werde ich verblutet sein –, angesichts dessen solltest du wissen, dass dein Messer mich nicht besonders einschüchtert.«

»Wer bist du?«

Vampa senkte den Blick und schloss beide Hände um das Lederbuch. Eine Weile tat er nichts, als es zu betrachten und zu halten. »Es fühlt sich so fest, so echt an. Man kann leicht sagen, was das Buch ist. Ein magisches Gedächtnis, in dem das Leben mit Worten gefangen ist. Wenn ich doch ebenso leicht erklären könnte, was ich bin … Weißt du, wer du bist, Gabriel?«

»Was geht dich das an?«

»Du hast recht. Ich weiß ja schon längst, wer du bist.« Vampa legte ihm wieder das Buch auf den Schoß, ungeachtet der Klinge, die ihm gegen den Hals drückte. »Lies es. Lies meinetwegen nur die erste Seite. Lies, wie das Buch heißt.«

Ein Zucken ging um Tigwids Mundwinkel. »Ich kann nicht lesen, in Ordnung? Soll ich das noch von irgendeiner Brücke aus schreien oder muss ich es jedem Einzelnen in dieser gottverdammten Stadt persönlich sagen?«

»Es heißt *Der Junge Gabriel*.«

Tigwid starrte ihn an. Dann ließ er das Messer sinken, schlug das Buch auf und hielt es sich direkt vors Gesicht. Wütend starrte er die Buchstaben an, die er nicht verstand. Er entzifferte ein G. G wie Gabriel. Vielleicht. Er blätterte nervös durch die ersten Seiten und erstarrte. Da war ein Bild, eine Tuschezeichnung. Von ihm.

Mit offenem Mund glotzte er sich selbst an. Das Portrait blickte aus seinen Augen zurück. Ganz unverkennbar, er war es, sein Gesicht, seine Haare, sogar der zerschlissene Kragen seines Jacketts. Darunter saß eine kleine rote Motte, offenbar das Kennzeichen des Künstlers.

»Aber was … was hat das zu bedeuten?« Betroffen und verwirrt ließ er das Buch sinken. »Ich habe nie Portrait gesessen …«

Vampa rutschte näher. Er lächelte, doch es schien nichts mit ihm zu tun zu haben. »Du und ich, Gabriel, wir teilen dasselbe

Schicksal. Ich habe auf der Suche nach meinem Buch deines gefunden. Ich habe es gelesen, deshalb kenne ich dich. Ich kenne deine Vergangenheit. Sie steht in diesem Buch. Als ich dich heute gesehen habe, habe ich dich sofort erkannt. *Du* bist der Junge aus dem Buch. Du bist die Hauptfigur! Ich habe deine Geschichte gelesen und nun bin ich ein Teil von ihr …«

»Was?« Tigwid wich zurück und stieß gegen einen Bücherhaufen. »Ich bin doch keine Figur in einem Buch, ich bin echt!« Wie zum Beweis schlug er sich auf die Brust.

»Ja, du bist echt«, sagte Vampa langsam. »Aber auch in diesem Buch bist du echt. Wir beide teilen uns jetzt deine Vergangenheit. Ich weiß Dinge von dir, die man dir gestohlen hat. Und du kannst sie dir nicht zurückholen. Du kannst ja nicht lesen.«

Tigwid schauderte. »Was hast du von mir?«

Der Junge neigte den Kopf nach rechts und links und beobachtete Tigwid durch seine wirren Haare hindurch. »Ich habe dein Glück.« Seine Hand legte sich auf den Buchdeckel, ehrfürchtig wie auf einen unermesslichen Schatz. »Ich habe alle glücklichen Augenblicke deines Lebens bis zu deinem fünfzehnten Lebensjahr. Bis zu einem Tag im Juni, ein warmer Tag, in der Früh hat es aber noch geregnet, Dampf hing in den Gassen, und Pfützen schillerten im Sonnenlicht, du bist zu *Eck Jargo* gegangen, hast dort einen Mann getroffen, an den du dich nicht mehr erinnern kannst, einen Mann, der dir Geld angeboten hat, nicht viel, um ehrlich zu sein, er hat dir Geld gegeben, damit er dir etwas vorlesen darf, er hat gesagt, es sei ein Brief an einen Mann namens Mone Flamm, für den du arbeitest, und du solltest den Brief hören und sagen, ob er angemessen sei. Aber der Mann hat dir nichts vorgelesen, er hat dir an diesem Tag deine glücklichsten Erinnerungen gestohlen, und auch die Erinnerung an eure Begegnung hat er weggenommen und in dieses Buch geschrieben, damit du es nie erfährst.«

Stille trat ein. Tigwid wusste nicht, was er sagen sollte. Nicht, was er denken sollte. Sein Glück – *gestohlen*? Eingeschlossen in dieses seltsame Buch? Aber wie sollte jemand etwas aus seinem Kopf stehlen können – oder gar aus seinem Herzen? Nein, nein, das war unmöglich!

Aber wenn es doch stimmte … War das der Grund für seine schlaflosen Nächte? Für die namenlose Leere in ihm, das Heimweh nach etwas, das er nicht kannte … vielleicht nicht *mehr* kannte.

»Du lügst«, sagte er schwer. »Das kann nicht sein, du lügst!«

»Wieso sollte ich. Schau doch ins Buch, da drinnen ist dein Bild.«

»Wer hat das gemalt?«

»Es muss der Verfasser des Buches sein. Rufus Ferol.«

»Ruf– dieser Professor?!« Tigwid sprang auf. »Was *genau* hat er mir gestohlen?«

Vampa nahm das Buch in die Arme. »Hunderte von Erinnerungen. Sie füllen ganze Tage, ganze Wochen aus. Deine schönsten Erlebnisse.«

Hilflos senkte Tigwid die Fäuste. Erst nach einer Weile merkte er, dass er am ganzen Leib zitterte. »In diesem Buch sind all meine glücklichen Erinnerungen.«

Vampa nickte. »Ja.«

Ein bitteres Lächeln grub sich in Tigwids Gesicht. »Das glaub ich nicht! Verdammte Kacke. Und ich dachte … ich hab gedacht, ich hätte immer ein Drecksleben gehabt. Dieses Schwein Ferol, ich werd ihn finden und – und –«

»Siehst du jetzt? Dir hat man das Glück genommen. Mir alles.«

»Welcher – kranke – kranke Irre macht so was?«

»Ich glaube, das sind die Dichter, von denen du vorher gesprochen hast.«

Tigwid ließ sich auf die Knie fallen und nahm Vampa das Buch aus den Händen. Hastig durchblätterte er es, zerrte an den Seiten und ließ den Blick über die winzigen Schriftmuster irren. »Wie geht das? Das da – das bin ich? In der *Schrift*?«

»Die Schriftsteller müssen Motten sein. Anders ist es nicht zu erklären. Irgendwie sperren sie Menschen in ihre Wörter. Hier, alles ist mit Blut und Tinte geschrieben. Deinem Blut.«

»Mein …? Aber …«

Vampa nahm vorsichtig Tigwids Arm und strich Jackett und Hemd zurück. An der Innenseite seines Oberarms war die Narbe eines Messerschnitts. Alt konnte sie nicht sein, höchstens ein halbes Jahr.

Tigwid öffnete den Mund, brachte aber kein Wort hervor. Bis jetzt hatte er geglaubt, sich den Schnitt bei einem Krawall in der *Roten Stube* geholt zu haben, als er ein Bier zu viel getrunken hatte. Vampa ließ seinen Arm los, strich sein eigenes Hemd hoch und hielt einen fast identischen Schnitt an der Innenseite seines Oberarms neben Tigwids.

»Siehst du.« Vampa hielt nun seinen anderen Arm daneben. Auch hier war eine Schnittwunde, dick und buckelig. »Wir beide, wir teilen dieselbe Vergangenheit, Gabriel.«

Es war, als hätte er sein ganzes Leben geschlafen und erfahre erst jetzt, was er während der langen Zeit geträumt hatte. Tigwid saß ganz klein auf der zerfledderten Matratze, die Beine an die Brust gezogen und das Kinn auf die Knie gestützt. »Lies mir vor«, bat er Vampa mit erstickter Stimme. »Ich … bitte. Lies mir vor, was da drinnen steht.«

Vampa beobachtete ihn nachdenklich. »Was willst du hören?«

»Etwas … aus meiner Kindheit. Vielleicht war meine Zeit im Waisenhaus ja nicht so furchtbar, wie ich sie in Erinnerung hab.« Er lächelte gequält über die Wahrheit in diesem Gedanken.

»Du warst glücklich, als du mal einer Erzieherin, klein und dick war sie, die Strümpfe zerschnitten hast. Sie hat nie rausgefunden, dass du es warst. Die anderen Kinder haben dich als Held gefeiert. Eine Kleine mit braunen Haaren hat dich angelächelt. Sie hatte Sommersprossen und nur einen Vorderzahn und du hast sie oft auf dem Rücken getragen. An sie konntest du dich besonders gut erinnern.«

Tigwid lächelte, während ihm Tränen in die Augen stiegen. »Lissi. Das war Lissi. Ist mit acht gestorben.« Er vergrub das Gesicht in den Armen und es blieb sehr lange still. »Ich kann mich noch dran erinnern, wie traurig ich war«, nuschelte er irgendwann. »Aber ihr Lächeln … das kenne ich nicht mehr.«

Vampa wusste nicht, ob er weitersprechen sollte. Aber schließlich war der Drang zu stark. Es war, als könne er Tigwid eine Erinnerung erzählen, die *ihm*, Vampa, gehörte. Und gleichzeitig waren sie beide eine Person, mit einer Vergangenheit … alles, was sie trennte, waren die Worte, mit denen Vampa ihm seine Erinnerungen erzählen musste.

»Da war auch ein Mädchen«, begann Vampa, »das dir eine Blume geschenkt hat. Irgendwann im Sommer. Sie hat dir die Blume ins oberste Knopfloch deines Jacketts gesteckt. Wie hieß die?«

»Keine Ahnung«, murmelte Tigwid. »Wahrscheinlich hab ich keine traurigen Erinnerungen an sie. Du weißt also mehr als ich. War sie denn nett?«

»Nun, sie hat nicht viel gesagt.«

»Und hübsch?«, fragte er bitter.

Vampa fühlte etwas Seltsames in seinem Inneren, wie eine heiße, drückende Übelkeit, doch sie war so schnell verschwunden, wie sie gekommen war. »Ich, ich habe sie ja nur durch deine Erinnerung gesehen. Und da war sie … ja, also, ja. Das war sie.«

Tigwid vergrub wieder das halbe Gesicht hinter den Armen und blickte abwesend an die schimmelige Wand gegenüber. »Ein Teil meines Lebens, noch dazu der schönste … einfach weg. Und ich hab mich immer gefragt, wieso ich nie glücklich war. Das ist ein Albtraum! Mein ganzes Leben ist ein Albtraum! Ich lebe das, was für dieses Buch nicht gut genug war, ich lebe die – die Reste, die zu langweilig oder hässlich oder traurig waren, um aufgeschrieben zu werden!« Er zog geräuschvoll die Nase hoch. »Ich klau Geld und Schmuck, aber *die* klauen Menschen. Die klauen Glück. Mein Glück!«

»Weißt du«, begann Vampa leise, »ich wünschte, ich hätte wenigstens die schlechten Erinnerungen. Menschen sind wie Gärten, weißt du, mit Blumen und Knospen und Unkraut. Bei dir hat man alle schönen Blumen gepflückt, aber … du hast noch Erde und Pflanzen, und die werden neue Blüten haben. Ich habe nichts. Ich kenne weder schöne Blumen noch hässliches Unkraut. Keine Erde, aus der Neues wachsen kann.«

Tigwid sah ihn an und richtete sich erschrocken auf: Schweiß glänzte auf Vampas Gesicht. Seine Augen leuchteten fiebrig. Das Blut von der Schusswunde überzog seinen ganzen Oberkörper mit geronnenen Rinnsalen.

»Vampa!« Tigwid stürzte neben ihn, als er sich auf den Rücken sinken ließ.

»Ist schon in Ordnung.« Vampa tätschelte ihm den Arm. »Ich kann nicht sterben.«

Tigwid starrte ihn an. Aber mittlerweile verblüffte ihn das gar nicht mehr; im Grunde hätte er sich etwas ähnlich Unheimliches bei Vampa denken können. Langsam setzte er sich zurück und beobachtete, wie Vampa die Augen schloss.

»Ich sterbe nicht«, wiederholte er tonlos. »Ich verändere mich nicht. Weißt du, wie alt ich bin, Gabriel? Dreiundzwanzig. Ich bin dreiundzwanzig… gefangen in diesem Vierzehnjährigen! Bist du auch unverwundbar?«

Tigwid schüttelte den Kopf. »Nicht dass ich wüsste, nein.«

»Gut. Gut… Ich habe nur geglaubt, dass alle, die in den Blutbüchern gefangen stehen, so sind wie ich. Aber du … bist ja ganz normal.«

»Ganz normal, wer ist das schon?«, murmelte Tigwid. Gleichzeitig überlegte er, ob seine Mottengabe etwas damit zu tun hatte, dass er nicht wie Vampa ein lebender Toter war. Hatten seine Fähigkeiten womöglich verhindert, dass die Dichter ihm alles rauben konnten? Plötzlich erstarrte Tigwid: seine Mottengaben! Wusste Vampa durch das Buch, dass er eine Motte war? Mit pochendem Herzen schielte er zu ihm hinab, aber Vampas Gesicht verriet nichts, wie immer.

»Wieso kannst du sterben, Gabriel? Und … und du kannst fühlen. Du bist wütend auf Ferol, weil er dir deine Erinnerungen gestohlen hat. Wut. Wie ist das?«

Tigwid konnte es nicht erklären und war auch viel zu beschäftigt mit der Frage, ob noch jemand außer Apolonia und Bonni sein größtes Geheimnis kennen könnte.

»Keine Ahnung, es ist so wie ein Knoten und dein Kopf fühlt sich irgendwie schummrig vor – vor Wut eben. Kannst du denn wirklich gar nichts fühlen?« Tigwid sah ihn beklommen an. »Das muss man doch irgendwie rückgängig machen können. Irgendwie muss ich meine Erinnerungen zurückbekommen können, und du dein Leben.«

»Das hatte ich vor. Ich wollte sehen, ob man seine Erinnerungen wieder aufsaugen kann, wenn man sein Buch findet. Aber du kannst ja nicht lesen.«

Tigwid stützte grimmig das Gesicht in die Hände. Dann merkte er, dass Vampas Kopf zur Seite genickt war und er die Augen geschlossen hatte.

»Vampa – he, Vampa! Bist du dir wirklich sicher mit der Unsterblichkeitssache?« Er klopfte ihm auf die Wangen. Sie waren nicht nur so grau wie die einer Leiche, sondern auch so kalt. Ein leises Keuchen kam aus seinem Mund.

»Gleich«, hauchte er. »Ist gleich … vorbei.«

Tigwid wischte sich über die Stirn. »Das ist viel zu verrückt. Wie ist es eigentlich, zu sterben?«

»Weiß ich nicht, bin nur tot.«

»Oh … und wie ist das so?«

Vampa atmete langsam und tief. Bald war die Nacht vorüber. Höchstens eine Stunde noch, dann war alles wieder wie immer.

»Verbluten, das ist bisschen wie erfrieren«, flüsterte er. »Du spürst, wie es aus dir rausläuft, die Kraft … Wärme. Und ersticken ist so grässlich wie verbrennen, glaub ich. Bin aber nie richtig verbrannt. Ersticken is furchtbar.«

Tigwid erwiderte nichts. So saßen sie eine lange Zeit schweigend nebeneinander, während Vampas Kräfte schwanden und Tigwid sich verschiedene Todesarten durch den Kopf gehen ließ. Dann schweiften seine Gedanken wieder zu seinem geraubten Glück, zu den Dichtern, zu den Mottengaben, die sie benutzten … zu seiner eigenen Gabe … und zu Apolonia. Hatte sie recht gehabt? War etwas Teuflisches, Böses an den Motten und ihren Gaben? Wie sonst konnte jemand so grausame Dinge tun?

Er hatte sich einfach gefragt, wie und weshalb die Mottengaben funktionierten, und nun war er auf einen ganzen Haufen Geheimnisse und Rätsel gestoßen. Er seufzte. Vielleicht hätte er gar nicht erst über seine Gabe nachdenken sollen, vielleicht hätte er einfach hinnehmen sollen, wie das Leben war. Dann hätte er nie erfahren, dass seine stille Trostlosigkeit einen Grund hatte. Dann hätte er Apolonia nie überredet, mit zu *Eck Jargo* zu kommen. Bei diesem Gedanken spannten sich seine Muskeln. Er hätte sie nie hinbringen dürfen. Was hatte er sich nur gedacht? Dass einem Mädchen aus der Oberschicht zu trauen war? Hatte er wirklich geglaubt, dass so eine *ihm* helfen würde? Die Reichen scherten sich doch keinen Pfifferling um die Sorgen der einfachen Leute! Und er war auf Apolonia reingefallen, er hatte sie zu *Eck Jargo* gebracht, und es war nicht nur ihre, sondern auch seine Schuld, dass die letzte Zuflucht vor der kalten, rauen Wirklichkeit, die letzte Traumwelt für immer verloren war.

Tigwid unterbrach sich in seinen Vorwürfen, als er ein leises Wimmern vernahm: Vampas Wunde war verschwunden. Ihm klappte der Mund auf.

»Wo ist die Kugel hin?«

»Alles kehrt dahin zurück, wo es hergekommen ist.« Schwerfällig richtete Vampa sich auf, fuhr sich über die unverletzte Schulter und wandte sich dem zerbrochenen Spiegel an der Wand zu. Nachdenklich berührte er die Spitzen seiner zotteligen Locken, die plötzlich viel länger waren als noch vor wenigen Augenblicken. Dann zog er ein Taschenmesser hervor und schnitt sich die Strähnen ab, bis sie so kurz waren wie Tigwids. Tigwid hatte das merkwürdige Gefühl, dass er mit Absicht versuchte, sich denselben Schnitt zu verpassen.

»Das ist unglaublich. Du kannst wirklich nicht sterben. Nur weil jemand deine Erinnerungen in ein Buch geschrieben hat.«

Vampa strich sich einen Seitenscheitel, der einfach nicht halten wollte, und steckte sein Messer wieder ein. »Zwischen einem normalen Buch und einem Blutbuch ist ein so großer Unterschied wie zwischen einem gemalten Bild und einem echten Menschen.«

Tigwid stützte sich mit den Armen auf die Knie. »Ich werde Ferol finden. Sobald er rückgängig gemacht hat, was er mir angetan hat, werde ich ihn – ich werd ihn … ich werde ihm schlimme Dinge antun!«

Plötzlich glitt ein Glänzen durch Vampas Augen. Er ließ von seinen Haaren ab und drehte sich zu Tigwid um. »Du hast doch die Dichter gesehen. Du, du weißt, wo sie sind! Wir können hingehen und bestimmt sind bei ihnen auch die Bücher …«

»Wenn es den Ort noch gäbe – aber du hast ja gesehen, was mit *Eck Jargo* passiert ist. Und das alles wegen Apolonia!«

»Apolonia?«

»Sie hat die Polizei zu *Eck Jargo* geführt. Und ich habe sie hingebracht.« Tigwid blickte in seine Handfläche. Der Schnitt von der Scherbe, auf die er gefallen war, hatte eine dunkle Kruste gebildet.

»Wo ist sie jetzt?«

»Keine Ahnung. Wahrscheinlich bei den Dichtern.«

Gleichzeitig rissen Tigwid und Vampa die Augen auf. »Sie ist …«, rief Tigwid.

»… bei den Büchern! Wenn du sie findest, wissen wir, wo die Dichter und die Blutbücher sind!«

Tigwid schüttelte hastig den Kopf. »Was redest du? Wir müssen uns beeilen! *Sie ist bei den Dichtern!*« Er sprang auf und stieß sich fast den Kopf an der Decke an. »Wer weiß, was die ihr antun – sie stehlen bestimmt ihre Erinnerungen, so wie dir und mir!«

»Ich dachte, sie ist eine Verräterin.«

Tigwid wich Vampas Blick aus. »Sie ist in Gefahr. Der schlimmsten, die man sich nur vorstellen kann.«

Vampa starrte ihn an. Dann erhob er sich, wie hypnotisiert von der Niedergeschlagenheit, die sich in Tigwids Gesicht spiegelte.

»Ja«, flüsterte er und fasste ihn am Arm. »Ich komme mit dir. Wir müssen Apolonia retten.«

Apolonia erwachte mit Kopfschmerzen, als würde ihr eine Herde Wildpferde durch den Schädel galoppieren. Sie stöhnte leise. Dann versuchte sie, die Beule zu betasten, die unter ihren Haaren pochte, und merkte, dass sie die Hände nicht bewegen konnte. Überrascht öffnete sie die Augen. Irgendwo links von ihr schwamm ein blasses Licht, eine Petroleumlampe, die auf einem grob gezimmerten Brettertisch stand. Sie selbst saß auf einem Holzstuhl – und ihre Hände waren an die Armlehnen gebunden. Hilflos schwenkte sie mit den Füßen durch die Luft. Sie trug nur noch einen Schuh.

Wo war sie?

Apolonia drehte den Kopf in jede Richtung. Sie befand sich in irgendeiner Lagerhalle. Überall stapelten sich Holzbretter, lahmgelegte Maschinen staubten vor sich hin. In einer Ecke waren Pakete aufgehäuft, in denen Stapel von vergilbten Papierbogen steckten.

Aus den Augenwinkeln sah sie, dass jemand hinter ihr war. Sie wandte den Kopf so weit herum, wie es ging, und spähte zurück.

Am anderen Ende der Lagerhalle standen Morbus und die Dichter. Im matten Licht trat ein junger Mann vor seinen Meister und schob den Ärmel hoch. Morbus schnitt ihm mit einem Skalpell in den Arm. Ein zweiter Dichter hielt eine kleine Schale darunter, um das Blut aufzufangen. Nun nahmen Morbus und der junge Dichter an einem Tisch Platz, während der andere Dichter Tinte in die Schale mit dem Blut goss. Morbus zog eine lange Schreibfeder aus dem Mantel und begann, auf ein Papier zu schreiben. Dabei wandte er den Blick nicht von seinem Gegenüber. Der junge Mann begann zu zittern. Er warf den Kopf zurück, öffnete die Lippen und zeigte zusammengebissene Zähne. Die anderen Dichter hielten ihn fest, als er von seinem Stuhl zu kippen drohte. Dann sank er mit einem Seufzen auf die Tischplatte. Morbus erhob sich und blies vorsichtig die Bluttinte auf dem Papier trocken. Während sich die anderen Dichter um den Bewusstlosen kümmerten, wandte Morbus sich um und kam mit schleichenden Schritten auf Apolonia zu.

»Guten Morgen, Fräulein Spiegelgold.« Er blieb so hinter dem Stuhl stehen, dass sie ihn nicht sehen konnte. Sie hörte ein leises Klicken. Schweiß trat ihr in den Nacken.

Morbus öffnete eine Taschenuhr. »Obwohl – Gute Nacht kann man durchaus noch sagen. Es ist drei Uhr dreiundfünfzig.«

Er beugte sich zu ihr vor. Sie fühlte seinen Atem auf der Kopfhaut. »Ich mag die Nacht lieber als den Tag. Für mich ist die Nacht erst vorüber, wenn das Tageslicht die ersten Schatten zeichnet. Womöglich liegt das daran, dass ich eine Motte bin. Uns sagt man die Vorliebe für künstliches Licht nach.«

»Wo bin ich?«, fragte Apolonia so beherrscht, wie sie konnte.

Morbus legte eine Hand an ihre Wange. »Keine Sorge, Fräulein Spiegelgold. Du bist unter Artgenossen.« Sein Lachen hätte von einer Klapperschlange stammen können. Als Apolonia das Gesicht abwandte, gruben sich kühle Finger unter ihr Kinn. »Würdest du mir einen Gefallen tun, meine

Liebe? Lies doch bitte diesen Satz und sage mir, was du davon hältst.« Er drehte ihren Kopf nach vorne und hielt ihr mit der anderen Hand das Papier vor.

Sie kniff die Augen zu. »Auf den Trick falle ich nicht rein!«

Die Finger gruben sich so fest unter ihren Kiefer, dass ein jäher Schmerz durch ihre Schläfen schoss. »Öffne deine Äuglein ...« Sein Singsang schlug in einen barschen Ruf um: »Kastor, Jacobar!«

Apolonia hörte, wie zwei Dichter herbeieilten. Grobe Finger drückten ihr auf die Augenbrauen und zogen ihre zusammengekniffenen Lider auf. Sie drehte den Kopf, versuchte, die Hände abzuschütteln, aber jeder Widerstand war zwecklos. Das Papier wurde ihr vor die Nase gedrückt. Ihr Blick streifte die Schrift, und obwohl sie es nicht wollte, schlüpften die Buchstaben durch ihre Augen, durchwanderten ihr Hirn, fügten sich zusammen. Jetzt bewegte sie sich nicht mehr.

Die Hände ließen von ihr ab, nur Morbus beugte sich tiefer und war Wange an Wange mit ihr. »Lies es dir gut durch ...«

Apolonia hörte ihn nicht.

Du liebst die Dichter. Du bist ein Dichter. Du hasst Erasmus Collonta.

Tausend Bilder und Worte durchzuckten sie wie in wirren Träumen, die sich alle zu einem einzigen Traum verdichteten.

Trude, die ihr die Strümpfe anzieht. »Das junge Fräulein ist nun eine Dame ...« Sie blickt zu ihr auf und ein grünes Blitzen durchwandert ihre Augen. »Du bist ein Dichter!«

Ihr Vater, der ihr auf die Schulter klopft. »Wissen ist Macht, Apolonia. Sammle so viel Wissen wie du kannst und du wirst viel erreichen ...« Seine Hand an ihrer Schulter wird fremd und die Finger bohren sich in ihre Haut. »Du liebst die Dichter, Apolonia. Du hasst Erasmus Collonta!«

Ihre Mutter, die lächelt, kühl und hell wie der Frühlingshimmel. »Du bist ein besonderer Mensch, Apolonia.« Dann verwandeln sich ihre Augen in die von Morbus, bohren sich gleißend in sie hinein. »Du bist ein Dichter, Apolonia. Du liebst sie. Du liebst sie! Du liebst sie!«

Sie selbst, wie sie vor dem Spiegel steht und ihr Gesicht betrachtet. Sie flüstert: »Wer muss schon klug sein, wenn er schön und reizend ist?« Sie neigt den Kopf. »Wer muss schön und reizend sein, wenn er klug ist!« Ihr stilles Lächeln verzerrt sich kaum wahrnehmbar. »Ich liebe die Dichter. Ich hasse Erasmus Collonta. Ich hasse Erasmus Collonta!«

Morbus lächelte. »Jetzt sind wir einer Meinung, nicht wahr? Saug die Wahrheit auf. Du liebst die Dichter. Du bist ein Dichter. Du hasst Erasmus Collonta.« Er senkte langsam das Blatt und drehte Apolonias Kopf, sodass er ihr in die Augen sehen konnte.

Mehrere Momente lang starrte sie ihn an wie eine Leiche. Dann blinzelte sie träge. »Ich … die Dichter … *nicht*.« Sie schluckte trocken, denn ihre Stimme war nicht mehr als ein Atemringen. »… liebe sie … nicht.«

Morbus ließ sie los und trat zurück, als hätte er sich verbrannt. »Was? Was hast du gesagt?«

Apolonia keuchte. Sie fühlte sich matschig wie Brei. Als hätte sie fünf Stunden lang versucht, eine schwierige Mathematikaufgabe zu lösen, zu der es keine Antwort gab. Ihr Inneres war aufgewühlt, Vergangenheit und Gegenwart und Zukunftsvisionen strömten durcheinander, Erinnerungen zerflossen mit Träumen und wahllosen Zusammenfügungen von Gedanken. Und überall und immer wieder die drei Sätze! *Du liebst die Dichter … Du bist ein Dichter … Du hasst Erasmus Collonta!* Aus jedem Winkel ihres Hirns schlüpften die Worte. Sie konnte kaum unterscheiden, was wahr war und was nicht; was ihre echten Erinnerungen waren und welche

Worte Trude, ihr Vater, ihre Mutter, ihr Hauslehrer, Tigwid – nie gesagt hatten …

»Wieso hat es nicht gewirkt?«, murmelte ein großer blonder Mann und warf einen Blick zu den anderen zurück. Noch immer lag der junge Dichter bewusstlos auf dem Tisch. »Es war Manthans echter Glaube!«

»Vielleicht war es nicht genug Blut«, überlegte Jacobar, ein kleinerer Dichter mit einem Schnauzer.

»Es war verdammt noch mal genug Blut!«, fauchte Morbus. Mit zuckenden Mundwinkeln strich er sich eine Haarsträhne aus dem Gesicht. »Das Mädchen ist eine Motte. Sie ist resistent.«

Jacobar und Kastor blickten auf Apolonia, die sich vor Übelkeit kaum aufrecht halten konnte. Morbus zerknüllte das Papier in der Faust.

»Wie … machen … Sie das?«

»Wie bitte, meine Liebe?« Morbus zog Apolonias Stuhl herum und ignorierte ihr kränkliches Augenrollen. »Du willst wissen, was soeben geschehen ist? Willst du wissen, was sich gerade in dein Köpfchen gebrannt hat, ja? Ich will es dir erklären, schließlich bist du eine Kameradin, eine Gleichgesinnte, eine Mitstreiterin, wenn du so willst. Hinter uns liegt, wie du zweifelsohne bereits erkannt hast, der ohnmächtige Dichter Michaelis Manthan. Er hat das Bewusstsein verloren, wie es für gewöhnliche Menschen nach den psychischen Strapazen, die er erleiden musste, nicht ungewöhnlich ist, aber für eine Motte ist er zugegeben eine richtige Flasche. Ein absolutes Weichei!« Sein rasselndes Lachen umwehte ihr Gesicht. »Ich habe ihm ein Stück seines Glaubens, seines Wissens, seiner Überzeugung aus dem Hirn geschrieben – aus dem Hirn oder dem Herz, woraus, überlasse ich deiner Vorstellung. Denn er liebt die Dichter. Er ist ein Dichter. Und er hasst Erasmus Collonta. Diese drei Wahrheiten seiner Person habe ich mir ausgeliehen, mit seinem Einverständnis natürlich, und mit Blut und Tinte auf das Blatt geschrieben. Gewiss wird Manthan bald wieder wohlauf sein. Schließlich ist das Wissen, das ihm genommen wurde, leicht wiederherzustellen. Was hast du mir doch am Hochzeitstag deiner Tante gesagt? Ja, richtig: Wahrheit ist Schönheit, Schönheit Wahrheit. Nur wolltest du mit deinem kleinen Mottenkopf diese Schönheit nicht aufnehmen, nicht wahr? Apolonia? Hörst du mich noch, meine Liebe?«

Langsam hob sie den Blick. Das Schwindelgefühl in ihr ebbte zurück, Stück für Stück, ganz langsam, und der Wirbel der Worte verstreute sich zu flirrenden Strudeln. Sie sah Morbus an. In diesem Augenblick war sie sich sicher, ihren Mörder anzusehen. Gewiss. Er würde sie umbringen, früher oder später. Nichts hinderte ihn und die Dichter daran, sie ihre schrecklichen Wahrheiten lesen zu lassen. Selbst wenn es stimmte, was Morbus gesagt hatte, dass sie resistent war, würde sie unter der Last längerer Texte zusammenbrechen. Oder verrückt werden. Deshalb waren seine Bücher so schön – sie manipulierten ihre Leser! Abscheu keimte in ihr auf, weil etwas so Schönes von so boshaften Menschen kommen konnte. Sie sammelte ihren Mut und ihre Kraft, um ihm ins Gesicht zu sagen: »Ich wusste, dass an ihnen was faul ist!«

»Faul!« Morbus wandte sich mit einem lautlosen Lachen an Kastor und Jacobar. Dann schnellte seine Hand vor und umschloss eine Haarsträhne von ihr, die er heftig hin- und herschwenkte. »Es sind Meisterwerke!«

Apolonia rang nach Luft, so stechend wurde der Schmerz in ihrem Hinterkopf. Dann ließ Morbus sie los und klopfte ihr auf die Backe. »Nichts für ungut, Fräulein Spiegelgold. Ich nehme deine Bemerkung als Kompliment und deute die Erwähnung meiner Bücher als Interesse daran, wie die Meisterwerke entstehen. Das erkläre ich dir gerne.« Er verschränkte die Arme auf dem Rücken und blickte zu den anderen Dichtern am Tisch zurück. Manthan war aus der Bewusstlosigkeit erwacht. Leise beschworen ihn die anderen Dichter, dass er einer von ihnen war, sie liebte und Erasmus Collonta hasste. Mit geringschätziger Miene wandte sich Morbus ab.

»Die Bücher, die ich veröffentliche, sind keine reinen Wahrheiten. Wie du soeben am eigenen Leib erfahren konntest, sind diese nämlich nicht sehr leicht zu verkraften. Man muss sie erst filtern, um sie einem breiten Publikum ohne Mottenresistenz vorsetzen zu können. In meinen publizierten Werken sind nur Auszüge der Wahren Worte, des Grundtextes. Ich träufle die Wahren Worte in das Buch hinein wie die Stimmen von Sirenen in ein sterbliches Lied. Was glaubst du, was geschähe, würde man ein Lied komponieren mit dem puren Gesang der Sirenen? Kein gewöhnlicher Mensch würde es ertragen! Und so verträgt auch kein gewöhnlicher Mensch die echten Bücher mit dem wahren Text. Alle Leser würden davon verrückt, weil sie die Geschichte nicht mehr von ihren eigenen Erinnerungen unterscheiden könnten. So mächtig sind Geschichten! So wahr können sie werden, wahrer als die Wirklichkeit... Wer von meinen Figuren liest, nimmt sie in sich auf und besitzt mit einem Mal zwei Persönlichkeiten. Du hast ja gesehen, was mit den armen Polizisten in *Eck Jargo* geschehen ist. Sie haben einen einzigen Satz gelesen, nur einen winzig kleinen, aber er war wahr: *Du bist tot.*« Morbus lächelte. »Ist das nicht wundervoll? Endlich haben wir die Wahrheit gefunden! Und wir haben sie gefangen, mit den Regeln unserer primitiven Sprache. Wir können die Wirklichkeit festhalten, eine Wirklichkeit, an die jeder, jeder Mensch in der Welt, glaubt. Nur Motten, die von Geburt an fähig sind, in die Geister anderer einzudringen, die von Geburt an fähig sind, neben ihrer eigenen Persönlichkeit beliebig viele weitere in sich zu beherbergen, können die pure Wahrheit ertragen, ohne schizophren zu werden. Deshalb, Apolonia, hat sich die kleine Wahrheit von Manthan nicht in deinen Verstand eingefügt, sondern blieb ein Fremdkörper im Wortstrom deines Bewusstseins.«

Apolonia dachte an die Polizisten und ihren schrecklichen Tod. Waren sie wirklich nur wegen eines Satzes gestorben? Jetzt, da sie selbst die drei Blutsätze hatte lesen müssen, schien es ihr absolut vorstellbar.

»Woher hatten Sie den Satz?«

»Oh, eine interessante Frage. In der Tat war es äußerst schwierig, ihn zu gewinnen. Um nicht zu sagen, es war eine kleine Meisterleistung meinerseits. Ich musste ihn gerade in dem Augenblick aufschreiben, in dem der Junge mit den aufgeschlitzten Pulsadern erkannt hat, dass er starb.«

Apolonias Gedanken befanden sich in einem fieberhaften Taumel. Mein Gott, dachte sie. Das kann nicht sein … Eine Gänsehaut zog ihr wie eine Eiskruste über den Rücken. »Sie schließen echte Menschen in Ihre Bücher. Deshalb sind sie wahr! Die Bücher sind echt, weil in ihnen echte Menschen gefangen sind …«

Morbus musterte sie geduldig. Dann ging er vor ihr in die Knie. Er wischte ihr eine Träne von der Wange, von der sie gar nicht gemerkt hatte, dass sie da war, und zerrieb das Wasser nachdenklich zwischen Daumen und Zeigefinger. »Menschen … was sind Menschen? Findest du es schlecht, Menschen *in Bücher zu schließen*, wie du es nennst?«

»Ja«, hauchte Apolonia. Sie schluckte. »Ja, natürlich, Sie Wahnsinniger!« Sie hatte es gewusst. Die Motten hatten keine Seele. Sie waren boshaft, durch und durch.

Morbus senkte den Kopf. »Weißt du, was ich wirklich schlecht finde? Wirklich böse? Selbstsucht. Und das Schlimme ist, dass wir alle ausnahmslos selbstsüchtig sind. In unseren Herzen lieben wir nur uns, und alles, was wir tun, wird von dieser Selbstliebe gelenkt – jedes noch so noble Opfer. Es mag aussehen, als wären wir den Menschen nahe, die wir lieben, aber im Augenblick der Wahrheit, im Angesicht des Todes stehen wir einsam in der Weite einer Nacht, in der uns kein Licht schimmert. Wir lieben nur uns, weil wir nur uns spüren können und nur unsere eigenen Gedanken wirklich begreifen.« Er streckte die Hand nach ihr aus. Sie fühlte seine Finger über ihre Haare streichen, sachte wie ein Luftzug. »Was verbindet uns schon mit anderen Menschen? Die flüchtige Berührung zweier Körper! Die leere Hülle der Wörter, abgehackter Laute, die das Namenlose, Ungreifbare in Form zu drücken versuchen, das in unserem Verstand und unserem Herzen verborgen liegt … Was wäre die Welt, wenn es keine Sprache gäbe, sondern nur Wahrheit! Reine, klare, unverschlüsselte Wahrheit! Wenn wir fühlen könnten – nicht hören –, was andere fühlen. Wenn wir die Liebe fühlen könnten – nicht erklärt bekämen –, die andere in sich tragen! Dann würden wir wahrlich lieben, die Liebe würde die Fesseln sprengen, mit denen das Herz in seine eigene Brust gekettet ist. Du fühlst nicht meine Traurigkeit, wenn ich dir sage, dass ich traurig bin. Trauer, Hass, Liebe, Glück, all die komplexen, faszinierenden Wirbelstürme aus Licht und Schatten, die im Wesen unserer Seelen fließen, sind nicht zu beschreiben, man kann sie nur fühlen. Könntest du fühlen, Apolonia, was ich gerade empfinde, könnte ich dir meine Gedanken schenken. Und genau das will ich. Ich will den Menschen wahres Verständnis geben! Ich will der Heuchelei ein Ende setzen, dass Worte ausreichen könnten, um jemanden zu lieben. Ich schenke den Menschen ein zweites Herz! Sie lesen meine Bücher und spüren die Seele hinter der Sprache wie ihre eigene! Sie lernen das erste Mal im Leben jemanden wirklich lieben! Sie lernen, wie ein anderer Mensch zu denken. Sie lernen, aus ihrem eigenen Ich zu schlüpfen. Welches Buch hast du von mir gelesen, Apolonia?«

Sie schluckte schwer. Am liebsten hätte sie nicht geantwortet, doch ein Teil von ihr wollte, dass Morbus weitersprach – eine morbide Neugier, die sich nicht darum scherte, wie sie später mit der Wahrheit umgehen musste. *»Das Mädchen Johanna.«*

»Ah, das Mädchen Johanna. Sag, hast du sie verstanden wie dich selbst? War es dieselbe süße, bittere Selbstliebe, die dein Herz für sie hat schlagen lassen, als du ihre Geschichte gelesen hast, die du bis dahin nur für dich empfinden konntest?«

Apolonia presste die Lippen zusammen, damit er nicht sah, wie sehr sie zitterten. Doch Morbus nickte zufrieden. »Meine Mottengabe ist der Segen der Menschheit. Ich stehe in der Finsternis der blinden Masse und um mich will jeder mit Worten beschreiben, wie sein Gesicht aussieht. Ich stehe dort, im Dunkeln, und trage eine Laterne mit mir. Ich bringe der Menschheit das Licht, auf dass kein Wort mehr gebrüllt, kein Laut mehr geächzt werden muss, um das zu erklären, was man nicht beschreiben, nur erleben kann! Gefühle! Gefühle, die sich in keine Worte zwingen lassen!

Menschen verlieren ihre Vergangenheit für meine Bücher, ja. Das stimmt. Aber werden sie nicht tausendfach entlohnt? Ihre Geschichten sind eingesperrt im Dunkel ihrer Schädel, wo niemand sie je erleben kann, bis ich sie hervorbringe! Bis ich sie herausschreibe … Und was geschieht dann! Ihre Geschichten zerspringen in Millionen Funken und lassen sich in jedem Herzen nieder, das auf dieser Erde schlägt! Auch du, Apolonia, trägst einen Funken von dem Mädchen Johanna in dir. Kein Mensch war dir je so nahe wie sie, eine Buchfigur! Sie wurde geopfert, damit das Ich von Hunderten, von Tausenden wächst! Und auch dein Herz ist durch ihre Opferung größer geworden, denn du hast das erste Mal in deinem Leben einen anderen Menschen wahrhaftig geliebt.« Eine Ader pochte an seiner Stirn. Er lächelte und seine erschreckenden Augen schimmerten vor Tränen.

»Sie sind verrückt«, flüsterte Apolonia.

Er blinzelte. »*Ich* bin verrückt? Das wagst du zu sagen, zu mir, dem Einzigen, der unter all den selbstsüchtigen Menschen nicht selbstsüchtig ist?«

»Sie tun es nicht aus Nächstenliebe! Sie tun es, weil Sie aus tiefstem Herzen böse sind, und Ihre Bosheit gebietet Ihnen, andere Menschen in Ihre Bücher zu schließen! Mehr – mehr ist es nicht.«

»Einzelne müssen geopfert werden, damit die Masse profitiert. Im Leben ist nichts umsonst. Aber manchmal wiegt das Ergebnis mehr als die Entbehrung. Ich will nur die Welt gerechter machen. Tausende Menschen können sich dank meiner an den Erinnerungen erfreuen, die ohne meine Bücher nur einem Einzigen gehört hätten. Das ist die Mission der Dichter. Der Menschheit, die in der Finsternis durcheinanderbrüllt und sich doch nie versteht, das Licht zu bringen. Den Menschen die Gesichter der anderen zu zeigen. Wir geben ihnen eine Laterne in die Hand.«

Apolonia schüttelte verwirrt den Kopf. Alles, was er sagte, war so verwirrend. Sie wusste nicht mehr, ob er böse oder gut oder beides und verrückt war. »Wozu brauchen Sie dann mich?«

Morbus sah sie an. Das Grün seiner Augen durchdrang sie, schlüpfte durch jeden Gedanken, jedes Geheimnis ihres Verstandes. Sosehr sie auch versuchte, es zu verhindern, sie schaffte es nicht. Er hatte eine Verbindung zu ihr erzwungen, die keiner Worte bedurfte.

»Du, Apolonia, musst begreifen, dass die Wahrheit wichtiger ist als jeder Einzelne von uns. Du musst einsehen, dass du eine Gabe hast, die du nicht leugnen kannst. Du musst eine von uns werden.«

Hilfe

Ich muss verrückt sein, dass ich das hier tue, dachte Tigwid, während er ein Stückchen von dem Brot abzupfte und der Taube hinhielt. Die Taube plusterte sich auf und legte den grauen Kopf schief. Dann schnellte sie vor und schnappte sich das Brot aus Tigwids Fingern. Mit einem zufriedenen Flügelflattern hüpfte sie ein paar Schritte von ihm weg. Tigwid näherte sich ihr in der Hocke und riss noch ein Brotstück ab.

Das Brot hatten sie mit dem Geld gekauft, das in der Tasche des Mantels gewesen war, den Vampa geklaut hatte. Tigwid war nie ein Dieb wie Vampa untergekommen. Er war schnurstracks auf einen Mann zugegangen und hatte ihm einen Kinnhaken verpasst, ohne seine beiden erschrockenen Begleiterinnen auch nur anzusehen. Während eine von ihnen in Ohnmacht fiel und die Zweite sie auffing, hatte Vampa den bewusstlosen Mann aus seinem Mantel gepellt und war mit der Beute davongestapft. Nun stand er hinter Tigwid, halb versunken in dem zu großen Kleidungsstück, unter dem er nur eine Hose trug, und beobachtete die Taube so gebannt, als erläutere sie ihnen den Sinn des Lebens. Tatsächlich pickte sie bloß Läuse aus ihren Brustfedern.

»Komm schon …« Tigwid streckte ihr das Brot hin. Die Taube fuhr unbeirrt mit ihrer Körperpflege fort, beäugte Tigwid – oder das Brot – aber mit vergnügter Gefälligkeit. Tigwid konzentrierte sich, so gut er konnte, auf den Geist der Taube. Er ertastete ihre Scheu und Neugier. Die Scheu galt ihm – die Neugier dem Brot.

Apolonia. Er sandte ihr ein Bild von ihrem Gesicht. Es war nicht besonders gut gelungen, viel zu durchsichtig und ohne viele Details. Den Klang ihres Namens versuchte er diesmal nicht mitzuschicken, er wusste ja jetzt, was dabei rauskam. Wenn ein Hund *Gabriel* für Taubengurren und Kutschenrattern hielt, was würde die Taube dann aus *Apolonia* machen? Tigwid kam noch ein bisschen näher. Wenn er die Taube doch berühren könnte … Gedankensprechen gelang ihm fast nur, wenn er Körperkontakt hielt. Er war nun mal viel schlechter darin als Apolonia.

Die Taube blinzelte. Mit vorsichtigen Schrittchen kam sie auf Tigwid zu. Dann schnappte sie das Brot aus seiner Hand und flatterte wieder ein Stück zurück.

»Mistvieh«, murmelte Tigwid und verkrampfte die Hand. Dann streckte er ihr aber erneut einen Brotkrumen hin, damit sie nicht das Interesse verlor. »Apolonia. Du kennst sie doch! Alle Tiere kennen sie … Apolonia, das sprechende Mädchen! So alt wie ich, dunkle Haare, blaue Augen, fieser Charakter.« Er biss sich auf die Unterlippe. Bloß keine negativen Gedanken! Womöglich empfing die Taube etwas davon und erschrak. Oder griff an. Das hatten bis jetzt schon vier Marder und eine Amsel getan, mit denen Tigwid zu sprechen versucht hatte. Er war jedes Mal nur mit Mühe davongekommen und hatte einmal verhindern müssen, dass Vampa einem Marder den Hals umdrehte.

»Du hasst den Marder doch«, hatte Vampa gesagt, als Tigwid eingeschritten war.

»Nein«, hatte er verblüfft erwidert. »Das ist ein Tier. Ich kann nicht mal richtig mit ihm sprechen, wie soll ich es da hassen?« Daraufhin hatte Vampa den Marder behutsam abgesetzt und gewartet, bis der Marder von selbst beschloss, sich nicht mehr in seinen Arm zu verbeißen.

»Bitte …« Tigwid öffnete die Hand und zerbröselte das Brot in immer kleinere Krümel. Die Taube guckte ihn jetzt mitleidvoll an. Dann trippelte sie langsam auf ihn zu und pickte die Krümel aus seiner Hand. Ihr Fuß berührte Tigwids Daumen. Endlich! Schnell sammelte er seine Kräfte, konzentrierte sich auf seine Bilder, Gefühle und Gedanken.

Apolonias Gesicht. Ihr Kinn, wie es beleidigt vorgeschoben ist. Nein, ihr Kinn, wenn sie lächelt, mit den Grübchen. Die Nase. Mit der kleinen samtigen Rille in der Spitze. Die Augen mit den Schatten ringsum. Die dunklen Wimpern, nass im Schnee … Der kleine volle Mund, der geschwungene Bogen der Oberlippe, die flüchtig sichtbaren Zähne … Wo ist sie? Wo?

Die Taube hatte den letzten Brotkrumen verschlungen und flatterte auf den Ast eines Ahornbaums, der an der Straße stand. Mit knirschenden Zähnen stand Tigwid auf.

»Was ist? Hat es funktioniert?«, fragte Vampa.

»Nein.« Tigwid drehte sich um und drückte mehrere Momente lang das Brot, als wolle er es zerquetschen. Dann entschied er sich hineinzubeißen. Er kaute mit vollen Backen. Das Brot war noch warm. Wieso hatte die Taube sich nicht damit bestechen lassen? Wieso hatte sie sich trotzdem bloß verhalten wie eine *Taube*?

Aber Tigwid wusste, dass es nicht an ihr lag, sondern an ihm. Er hatte zwar Mottengaben, konnte ein bisschen hier wirken, ein bisschen da – aber gut war er in nichts. Im Sprechen mit Tieren schon gar nicht. Dass er damals dem Hund Knebel seinen Namen hatte sagen können, war reines Glück gewesen. Er schluckte hinunter.

»Und du bist sicher, dass in dem Blutbuch gar nichts von meinen Mottengaben stand?«, fragte er leise.

Vampa sah ihn ausdruckslos an. »Gar nichts. Sonst müsste ich deine Gaben ja haben wie deine Erinnerungen und auch eine Motte sein.«

Tigwid warf ihm einen unbehaglichen Blick zu, dann sah er zur Taube auf, die noch immer auf dem Ahornbaum saß und sich den Dreck aus den Krallen knabberte. Erneut nahm er einen Bissen Brot. Er war wütend und verzweifelt und fühlte sich hilflos und das alles machte ihn noch hungriger als ohnehin schon.

Seine ganze Welt war innerhalb der letzten Stunden zusammengebrochen. Erst hatte Apolonia ihn so schändlich ausgenutzt, dann war *Eck Jargo*, seine einzige Heimat, untergegangen, er hatte herausgefunden, dass man ihm sein Glück gestohlen hatte, und jetzt war er nicht mal imstande, Apolonia vor demselben Schicksal zu bewahren. Noch dazu gab es jemanden, der all seine Geheimnisse kannte, das Geheimnis seiner Mottengaben zum Beispiel, und zu allem Überfluss nicht sterben konnte ... Das war eine Katastrophe für jeden Banditen.

»Überleg noch mal genau«, sagte Tigwid, obwohl er erleichtert war, dass in dem Buch nichts über seine Gabe stand und Vampa ihm die nicht auch noch hatte ablesen können. »Gab es keinen einzigen Hinweis darauf, dass ich eine Motte bin? Vielleicht hab ich ja schon mal mit einem Tier gesprochen. Vielleicht gibt es dafür einen Trick, den ich vergessen habe.« *Vergessen musste*, korrigierte er sich in Gedanken.

Vampa zuckte bloß die Schultern unter den viel zu langen Ärmeln. »Offenbar hattest du keine glücklichen Erinnerungen, die mit deiner Gabe zu tun hatten.«

»Komisch. Ich hab doch immer den größten Spaß, wenn ich meine Gabe einsetze.« Er musste aus irgendeinem Grund daran denken, wie er per Mottenkraft Apolonias Rock gehoben hatte, um ihre Schnürsenkel zu sehen. Nicht unbedingt einer der schönsten Augenblicke mit seiner Gabe angesichts der eingeheimsten Ohrfeige … Ja, Apolonia hatte ihn geohrfeigt! Er schnaubte. Eigentlich sollte sie ihm piepegal sein. Wieso war er so besorgt um sie? Wieso durchforstete er die ganze Stadt nach Tieren, um sie zu füttern und sich kratzen und beißen zu lassen? Apolonias Problem war doch nicht seines! Er hatte selbst genug am Hals!

Er stopfte sich beide Backen voller Brot und schluckte es mitsamt seinen Zweifeln hinunter. Hör auf, so viel nachzudenken, schalt er sich selbst. Er hatte nun mal beschlossen, den Dichtern das Handwerk zu legen. Ja! Er würde nicht zulassen, dass dieser vergilbte Professor oder dieser schmierige Morbus oder sonst einer ihrer Spinner noch jemandem antat, was sie ihm und Vampa angetan hatten. Dass ausgerechnet Apolonia ganz oben auf ihrer Opferliste stand, spielte dabei überhaupt keine Rolle – für jeden anderen hätte Tigwid dasselbe getan. Diesen Gedanken wiederholte er immer wieder und fühlte sich dabei fast wie ein Held.

»Was tu ich hier bloß«, murmelte Tigwid und war ernsthaft ratlos. Er und ein Held? Vor zwei Tagen hätte er noch die Heilige Jungfrau mit Rum abgefüllt und bestohlen.

»Gabriel«, sagte Vampa leise.

»Nicht jetzt.« Er musste weiteressen und darüber nachdenken, wer er war. Und was zum Teufel er hier bloß tat.

»Gabriel –«

»Also, wir müssen was klären. Nenn mich nicht Gabriel, ja? Banditen halten ihre Namen geheim, und ich arbeite für Mone Flamm, den kennst du doch? Gut. Du verstehst also, dass ich aufpassen muss, jede Information über meine Identität kann der Polizei geflüstert werden.«

»Wie soll ich dich denn …?«

»Nenn mich Jorel, nenn mich Graf Warzenhintern, wenn du willst, ist mir egal.«

»Also gut, ähm … die Taube.«

»Wieso die Ta–«

Vampa wies mit dem Finger in den Baum. Die Taube hatte den Kopf gereckt und die Flügel gespreizt. So saß sie auf dem Ast und erzitterte im kalten Morgenwind. Die kleinen schwarzen Augen, die bis jetzt die beiden Jungen unter ihr beobachtet hatten, starrten ins Leere.

»Was ist mit der?«, flüsterte Vampa.

Ein Lächeln stieg in Tigwids Gesicht. »Ich glaube, jetzt hat es funktioniert, sie hat mich gehört!«

Fieberhaft konzentrierte er sich, öffnete seinen Geist und versuchte, die Gefühle der Taube aufzufangen. Und ja, ganz blass, ganz verschwommen kam … ein Bild.

Die Königin, die auf der Weltkugel tanzt.

»Was?« Tigwid runzelte die Stirn. Dann strahlte er. Ganz klar, nur Apolonia konnte so größenwahnsinnig sein, sich so bei den Tieren vorzustellen! Sie war es bestimmt!

Die Taube breitete die Flügel aus und stieß sich vom Ast ab. In einem steilen Segelflug überquerte sie die zugeschneite Straße.

»Hinterher!«, rief Tigwid, fand für das Brot in aller Hast keinen anderen Platz als im hinteren Hosenbund und rannte los. Vampa folgte ihm mit wehendem Mantel.

Morbus legte seinen Mantel ab. Seelenruhig strich er sich einen Fussel von der Seidenweste und setzte sich mit überschlagenen Beinen auf den Stuhl, den Jacobar ihm gebracht hatte. Dann lächelte er Apolonia an. Kastor, der blonde Dichter, erhob sich ächzend und trat zur Seite, als er ihr den fehlenden Schuh angezogen hatte.

»Ist deinen Füßen jetzt wärmer?«, erkundigte Morbus sich und lächelte unbewegt. »Wir haben dir eine Decke über die Schultern gelegt, ein Glas Wasser gebracht, Jacobar hat dir sogar die Schulter gekratzt, und hier hast du deinen Schuh wieder. Ich erwarte eine Antwort, Apolonia.«

Apolonia versuchte, trotz der aussichtslosen Situation ein beherrschtes Gesicht aufzusetzen. Ihr war klar, dass die Dichter sie in ihrer Gewalt hatten und sie zu allem zwingen konnten – aber solange sie die Chance hatte, würde Apolonia es ihnen so schwer machen wie möglich. »Vielleicht würde mir das Nachdenken leichter fallen, wenn ich bequemer sitzen würde. Ich bin Holzmöbel nicht gewohnt, aber ein ganz alltägliches Kissen würde mir genügen.« Sie rutschte auf ihrem Stuhl hin und her und beschloss, damit aufzuhören, als Morbus' Lächeln festfror.

»Reizende Apolonia … ich werde das Gefühl nicht los, dass du mich nicht leiden kannst. Und absichtlich meine kostbare Zeit vergeudest! Ein kleines Wort, meine Liebe: Schließt du dich uns Dichtern an, ja oder nein?«

Apolonia sagte nichts. Diese Genugtuung wollte sie ihm nicht verschaffen – noch nicht. Früher oder später würde er sowieso kriegen, was er wollte. Sie machte sich keine falschen Hoffnungen: Sie war an einen Stuhl gefesselt, hatte mehr als vierundzwanzig Stunden nichts mehr gegessen und eine Gehirnerschütterung und den Schock der Blutsätze erlitten. Außerdem wusste niemand, wo sie war oder dass die Dichter überhaupt existierten – abgesehen von Tigwid natürlich. Der saß wahrscheinlich gerade in einer Gefängniszelle und heckte einen Mordplan gegen sie aus. Niemand würde ihr helfen. Apolonia wusste das genauso gut wie Morbus.

»Du bist doch so wissbegierig«, fuhr er leise fort. »Bedenke, dass wir dir alle Geheimnisse verraten können, alles, was du schon immer über die Motten wissen wolltest. Ganz zu schweigen von den Geheimnissen all der anderen Menschen … Du könntest dir das Innere von jedem aneignen, ganz wie es dir beliebt. Was sagst du dazu?«

»Es ist verlockend«, sagte Apolonia langsam. »Ich weiß allerdings immer noch nicht, wieso Sie ausgerechnet mir dieses großzügige Angebot machen – und dabei die Hände fesseln!«

»Tu nicht so, als wärst du dir deiner Talente nicht bewusst. Ich habe dich am Hochzeitstag deiner Tante erlebt und deine – ich möchte fast sagen, an Hochmut grenzende – Selbstsicherheit war nicht zu übersehen. Nimm es mir nicht übel – wenn es jemanden gibt, der eine gute Portion Selbstbewusstsein zu schätzen weiß, bin das gewiss ich.« Er lächelte. »Hast du nicht immer schon deine Überlegenheit gespürt? War es nicht ebendieses Wissen, aus dem sich dein bemerkenswerter Stolz speist? Du weißt es, Apolonia, du weißt, dass du anders bist, besser, strahlender … weil du eine Motte bist.«

»Ich bin keine Motte!«, erwiderte sie energisch. Dann kniff sie die Lippen zusammen und schnappte: »Stellen Sie sich vor, auch ohne übersinnliche Gaben ist ein ausgeprägter Intellekt möglich.« Sie spürte, dass Morbus dabei war, die Beherrschung zu verlieren. Die Ader an seiner Stirn pochte bedrohlich.

»Wie recht du hast. Aber ich muss dich enttäuschen: In *deinem* Fall liegt jegliche Genialität allein an deiner Mottengabe.«

An diesem Punkt entschied Apolonia, sich nicht mehr verwirren zu lassen – jemand, der so etwas behauptete, konnte nur ihr Feind sein. »Wie kommen Sie zu dieser ungeheuerlichen Unterstellung! Ich habe keine verdammten Gaben, ich bin keine Motte, ich hasse Motten, ich hasse alle Motten!« Sie zitterte. Nach dieser kurzen Explosion durchsickerten sie Verzweiflung und Angst und das jähe Bedürfnis zu weinen. Aber sie hielt die Tränen eisern zurück, weil Morbus nur darauf zu warten schien, dass sie vor Furcht zusammenbrach.

»Interessant«, sagte er. »Die Leidenschaft hast du nicht von Magdalena.«

Apolonia biss sich beim Namen ihrer Mutter auf die Lippe. »Wie wagen Sie es, ihren Namen auszusprechen. Wie wagen Sie es, Sie – Sie Mörder –« Er hatte damals Magdalenas Geist zurückgehalten, sodass sie nicht mehr zurückkehren konnte … er war der Mörder ihrer Mutter. Und sie war ihm hilflos ausgeliefert.

»O nein, Magdalena ist in keinem Buch gefangen. Apolonia. Sieh mich an. Würde ich dich bitten, mein Lehrling zu werden, wenn ich deine Mutter auf dem Gewissen hätte?«

Apolonia schniefte. »Es waren Motten, die meine Mutter getötet haben!«

»Hasst du die Motten deshalb? Aber deine Mutter war selbst eine Motte. Magdalena war eine Motte und sie war eine Anhängerin der Dichter.«

Apolonia starrte ihn an.

»Deine Mutter hätte gewollt, dass du in ihre Fußstapfen trittst. Schließe dich uns an. Und du wirst Dinge lernen und erfahren, von denen du nicht zu träumen gewagt hättest. Wir brauchen dich, Apolonia … im Namen deiner Mutter, vollende das Werk, das Magdalena begonnen hat: Schreibe mit uns die Wahrheit in Bücher. Werde mein Lehrling, und ich zeige dir eine Welt voll Schönheit, wie du sie nirgendwo sonst finden wirst, in keiner anderen Kunst und keiner noch so großen Liebe!«

Sie wusste nicht mehr, was sie denken und fühlen sollte. Wer war Morbus nur? In einem Augenblick schien er vollkommen verrückt und boshaft und dann wieder so … ehrlich. Was, wenn er recht hatte? Wenn ihre Mutter wirklich eine Dichterin gewesen war? Aber wer, wenn nicht die Dichter, hatte sie dann umgebracht?

Nein, nein, Morbus war wahnsinnig, und als ihre Mutter das Geheimnis seiner Bücher aufdecken wollte, hatte er sie beseitigt!

»Ich glaube Ihnen nicht.«

Morbus presste seine Hand gegen die Nasenwurzel. »Du lässt mir keine andere Wahl! Jacobar … hole mein Werkzeug.«

Der Dichter lief los, während Morbus sich bedächtig die Ärmel hochkrempelte. »Weißt du … wir können es uns leider nicht leisten, dich wegen persönlicher Schicksalsschläge aufzugeben. Ein Jammer, dass ausgerechnet die Erinnerung an deine Mutter dich Motten hassen lässt. Wir brauchen dich und deine Gabe. Mit oder ohne die Erinnerung an Magdalena.«

Apolonia wandte erschrocken den Kopf, als sie hörte, wie die Dichter sich hinter ihr aufstellten. Jacobar reichte Morbus ein Skalpell. Ein anderer schob ihr den Ärmel hoch.

»Was tun Sie?!« Sie versuchte, den Dichter abzuschütteln, aber sie bewirkte bloß, dass ihr die vergilbte Decke von den Schultern glitt. Morbus setzte das Skalpell an ihren Oberarm.

»Keine Angst, Apolonia. Es tut nur ganz kurz weh. Und später«, die Klinge grub sich in ihre Haut, »wirst du dich an keinen Schmerz erinnern.«

Sie schrie. Die Dichter hielten sie fest, das kalte Metall drang durch ihre Haut. Warm lief es ihr den Arm hinab. Tränen flossen ihr übers Gesicht, als ein Dichter ein Schälchen unter den Schnitt hielt und das Blut auffing. Vor Grauen zitterten ihre Knie. Ihre Mutter, die Erinnerungen an ihre Mutter – die konnten sie ihr nicht nehmen, das war unmöglich! Tausend Bilder schossen ihr in den Sinn, Magdalenas Lächeln, die Riten im Salon, der weiße, reglose Körper, den der Geist für immer verlassen hatte …

Morbus nahm ihr Blut und mischte es mit Tinte.

»Das könnt ihr nicht machen! Ich vergesse sie nicht, das könnt ihr nicht tun!«

Die Dichter schoben den Brettertisch zwischen sie und

Morbus und legten ihm einen Stapel Papier vor. Er zückte seine Feder. »Sieh mich an, Apolonia.«

Sie kniff die Augen zu. Ein Ausweg … irgendein Ausweg! Sie brauchte Hilfe!

Polizei …

Tigwid! O Gott, Tigwid …

Lieber Gott …

Hilfe. Helft mir!

»Apolonia, öffne die Augen. Es wird nicht wehtun.«

Wer auch immer mich hört, ich brauche Hilfe! Aus allen Laubhöhlen, aus allen Bäumen …

»Du wirst deine Mutter nicht vermissen, wenn du sie nicht mehr kennst. Schau mich an! Los, öffnet ihr die Augen!«

… aus jedem Flug und jedem Schlaf, aus allen Kanälen und jeder Gasse, aus allen Höhlen und Häusern und Gärten! Helft mir …

Hände drückten auf ihr Gesicht. Ihr wurden die Augen aufgerissen. Morbus tauchte vor ihr auf, das kalte, schreckliche Grün der Augen bannte sie, strömte in sie hinein. Er tauchte die Feder in die Bluttinte und setzte zum Schreiben an. Fremde Finger durchtasteten ihr Gedächtnis nach Erinnerungen an ihre Mutter. Sie versuchte, sich zu verschließen. Aber die Finger durchdrangen jede Sperre, sickerten wie Fäden aus Rauch durch alle Mauern, die sie setzte … Sie spürte, wie das Gesicht ihrer Mutter fortgerissen wurde, dem Sog von Morbus' Augen folgend, und von Sekunde zu Sekunde verblasste.

Sie schluchzte auf. Ihre Hände und Füße begannen zu zucken. Die Dichter brachen in erstauntes Gemurmel aus, als Morbus nicht zu schreiben begann. Sein Kiefer spannte sich, und Tropfen von Bluttinte fielen auf das Blatt, während er tiefer in Apolonias Erinnerungen eindrang. Pochende Hitze durchspülte ihren Kopf, als er ihre Vergangenheit durchwühlte. Sie kämpfte gegen die wilden Wellen von Bildern an, die über ihr zusammenschlagen wollten.

Von überall, von überall, helft mir jetzt!

Morbus riss erschrocken seinen Blick von ihren Augen los, als ihm etwas ins Bein biss. Er sprang hoch und stieß einen Schrei aus: An seiner Hose hing eine Ratte.

Als die Sonne aufging, geschahen in der Stadt mehrere höchst merkwürdige Dinge. Das junge Tageslicht tastete sich über den Horizont und umrahmte die Domspitzen und Staatsgebäude, die klotzigen Fabriktürme und Industrieschornsteine mit glühendem Rot. Die Bäcker holten gerade ihre ersten Brötchen aus den Öfen, und die Arbeiterinnen huschten durch die Gassen, wegen der Kälte fest in ihre geflickten Umhänge gehüllt. Die Pferdebahnfahrer fütterten ihre Tiere und fegten den Schnee von den Rädern. Die Dienstmädchen kamen aus den vornehmen Villen, um die Zeitungen hereinzuholen, die die Zeitungsjungen schon seit Einbruch der Dämmerung austrugen. Die Straßenhunde schlichen von den warmen Küchenfenstern weg, als die Menschen erwachten. Die Marder flitzten über die Straßen, um in den Parks unterzutauchen. Sattgelb wie Eidotter stieg die Wintersonne über der Stadt auf.

Die Hunde blieben witternd stehen. Die Marder erstarrten auf den Straßen, die Vorderpfoten erhoben. Die Ratten in den Kanälen paddelten ans Trockene und spitzten die Ohren. Die Krähen besetzten die Bäume in schweigenden Kolonien und hatten die Flügel gespreizt. Sekunden verstrichen. Ein junger Messdiener wechselte verblüfft die Straßenseite, als vor ihm eine pechschwarze Katze buckelte und erstarrte. Sonst bemerkte kein Mensch das merkwürdige Verhalten der Tiere. Zwei, drei, vier Sekunden. Die Gaslaternen erloschen.

Wie auf ein unsichtbares Zeichen hin erhoben sich die Krähen. Schwarze Schatten überzogen den Himmel. Aus allen Richtungen schlossen sich ihnen Tauben an, bis die Luft vor flatternden und segelnden Flügeln vibrierte. Die Hunderudel rannten lautlos durch die Gassen, ihnen folgten Katzen, Ratten, Marder. Für Augenblicke scharrten unzählige Krallen über die leer gefegten Gardeplätze und die frische Schneedecke über den Marktstraßen wirbelte auf. Unter der Stadt, in den Kanälen, dröhnten die Rohre und Schächte von trappelnden Füßen.

Das Ziel war klar. Der Ruf eindeutig.

Die Tierscharen näherten sich einem verlassenen Lagerhaus.

Als Morbus aufsprang, kippte er das Schälchen mit der Bluttinte um, und die dunkelrote Flüssigkeit tränkte den Papierstapel. Mit Zähnen und Krallen hangelte die Ratte sich an Morbus' Bein hoch. Eine zweite sprang wie aus dem Nichts dazu, klammerte sich fest und biss ihm in den Arm. Morbus schlug wild um sich und trat in alle Richtungen aus. Die erste Ratte flog im hohen Bogen durch die Luft und landete auf dem Tisch. Sie rollte sich aber sofort wieder auf die Füße, hüpfte durch die Bluttinte und hinterließ nasse Fußspuren auf dem Holz, als sie zu einem neuen Angriff ausholte.

Die Dichter waren vollkommen perplex. Aus den Schatten der Lagerhalle strömten Ratten wie Bäche einer einsickernden Flut. Quietschend stürzten sie sich auf die Dichter und Apolonia. Sie kletterten an ihrem Stuhl hoch und durchnagten die Fesseln. Dann hüpften sie ihr auf die Schultern, strichen ihr ums Kinn und sandten ihr die Bilder ihrer Namen.

Inzwischen hatten Morbus und seine Lehrlinge sich in einem Kreis zusammengedrängt. Apolonia strich sich die zertrennten Stricke von den Händen und schnellte hoch. »Da habt ihr meine Antwort!«

In der Ferne splitterten Holztüren. Lautes Hundegebell hallte herein. Die schmalen Fenster über ihnen barsten unter hundert hackenden Schnäbeln. Ein plötzlicher Wind ließ die Papiere flattern, als Krähen und Tauben durch die Halle segelten und sich wie eine flirrende Gewitterwolke über Apolonia und die Dichter legten. Hunderte von Begrüßungsbildern durchströmten Apolonia und sie legte den Kopf in den Nacken und streckte den Vogelschwärmen die Hände entgegen.

»Es stimmt! Es stimmt!«, kreischte Morbus durch den Lärm. »Du bist eine Motte!«

Apolonia fühlte sich wie in einem Rausch. Morbus und seine Worte waren nicht mehr von Bedeutung. In diesem Moment spürte sie die Gefühle und Gedanken von Hunderten von Lebewesen, von jeder Ratte, von jeder Taube und Krähe, von allen Tieren, von allen. Sie waren lebendig in Apolonia. Nie hatte sie so viele Tiere auf einmal gespürt. *In sich getragen.* Und jetzt war es ihr egal, was Morbus sagte und ob es stimmte: Vielleicht war sie eine Motte, so wie ihre Mutter. Vielleicht konnte sie es nicht länger abstreiten, doch das spielte jetzt keine Rolle.

Katzen und Hunde stürmten herbei, geradewegs auf die Dichter zu.

Haltet die Dichter in Schach, flüsterte Apolonia. *Bewacht sie und lasst keinen entkommen, bis ich die Polizei gerufen habe.*

Ein plötzliches Aufjaulen erklang. Apolonia erstarrte: Ein Hund, der sich gerade auf Morbus hatte stürzen wollen, blieb wie verhext stehen. Er zog den Schwanz ein und machte einen weiten Bogen um die Dichter.

»Ha!« Morbus' Gesicht war zu einer schrecklichen Fratze verzerrt. Die fettigen Haare wirbelten um seinen Kopf, als er zu den Vogelschwärmen aufblickte, die über ihm kreisten und nicht angriffen. »Glaubst du, du kannst mich besiegen,

Apolonia, in meiner eigenen Kunst?!« Seine verkrampften Hände richteten sich auf die Tiere, die knurrend und fiepend und keifend um ihn herumschlichen und nicht näher kamen. »Gedankenlesen und -lenken sind *meine* Gaben! Das sind die Gaben der Dichter, und du glaubst, der Geist der Tiere bleibt uns verschlossen?!«

Apolonia horchte in die Tiere hinein: *Haltet die Dichter in Schach. Bewacht sie und lasst keinen entkommen, bis ich die Polizei gerufen habe.*

Dann spürte sie einen zweiten Befehl. Wie an einer Klinge schnitt sie sich an Morbus' Wort, das durch die Gedanken der Tiere hallte: *Verschwindet.*

Apolonia ballte die Fäuste. *Hört nicht auf ihn! Hört nicht darauf! Werft den Mann zu Boden!*

Die Hunde winselten. Die Ratten, vorher noch so angriffslustig, tanzten durcheinander und ergriffen scharenweise die Flucht.

Bleibt da! Bleibt da!

Nein…, kam es aus den Horden der Ratten. *Er bittet uns zu gehen.*

Apolonia schossen Tränen in die Augen. Wieso verstanden die Tiere Morbus?! Die Dichter verdienten es nicht, verstanden zu werden!

Morbus kam auf Apolonia zu. »Jetzt hast du es bewiesen: Du bist eine Motte mit herausragenden Gaben. Du musst eine Dichterin werden, Apolonia. Du musst!« Ein Lächeln flackerte auf seinen Zügen. Apolonia stolperte einen Schritt zurück. Ihr Herz hämmerte schmerzhaft schnell.

Tut doch was! Greift ihn an! Ihr seid auf meiner Seite!

Morbus' Augen zuckten, als er sie hörte, und sein Grinsen wurde breiter. »Ich habe nie jemanden wie dich in Gedanken sprechen gehört. So klar und laut. Und das alles in abstrakten Bildern. Unglaublich.«

»Kommen Sie nicht näher!« Apolonia stieß gegen einen großen Hund. Es war Buttermaus, der Bernhardinermischling.

Lass diesen Mann nicht in meine Nähe!, beschwor sie ihn. Buttermaus sah sie aus dunklen, großen Augen an.

Verschwindet, erscholl es aus seinen Gedanken. Übelkeit überkam sie, als ihr klar wurde, dass Morbus' Wort in Buttermaus war und der Hund es nicht einmal zu verhindern versuchte. Zitternd sank sie auf die Knie und umschlang den großen Hund mit beiden Armen.

Buttermaus, höre mich! Greife diesen Mann an! Buttermaus winselte leise. Rings um sie wichen die Tiere vor Morbus und den näher kommenden Dichtern zurück.

»Du kannst uns nicht entkommen«, sagte Morbus sanft, aber Apolonia hörte an seiner Stimme, wie viel Anstrengung es ihn kostete, die Tiere vom Angriff abzuhalten. Schweiß glänzte auf seiner Stirn. »Deine Tierfreunde können uns nicht aufhalten. Sie können nicht dein Schicksal aufhalten!«

Buttermaus stellte sich vor Apolonia. *Komm mit. Wir verschwinden zusammen.* Mit bebenden Knien stand Apolonia auf und hielt sich an Buttermaus fest.

»Sie liegen falsch, Morbus ... *Sie* können *mir* nicht entkommen. Ich werde Sie anzeigen. Ich werde Sie ruinieren.«

Die Adern traten an seinem Hals hervor, als er sich mit aller Macht auf die Tiere konzentrierte. Offenbar wollte er noch etwas zu Apolonia sagen, doch er fand nicht die Kraft.

Ein letztes Mal schickte Apolonia den Tieren ihre Nachricht: *Haltet die Dichter in Schach. Bewacht sie und lasst keinen entkommen, bis ich die Polizei gerufen habe.*

Noch immer kreisten die Krähen und Tauben unschlüssig über den Dichtern, wagten sich aber nicht näher als auf Armeslänge heran. Apolonia ging rückwärts, eine Hand an Buttermaus' Rücken, bis sie zwanzig Meter von Morbus trennten.

Sie warf einen Blick über die Schulter. Hinter ihr führte eine rostige Treppe aus der Halle.

Haltet durch, sagte sie den Tieren. *Lasst sie nicht entkommen, bis ich wieder da bin.*

Morbus ballte die Fäuste, als er sie hörte. »Du kannst deinem Schicksal nicht entrinnen! Du bist eine Dichterin!«

Seine Konzentration hatte nachgelassen und eine Krähe schoss auf ihn herab und fuhr ihm mit den Krallen übers Gesicht. Morbus krümmte sich. Apolonia sah, dass ihm Blut über die Wange lief, dann drehte sie sich um und rannte. Sie erreichte die Treppe und stürmte hinab. Hinter ihr verblasste die Gedankenstimme von Morbus. *Verschwindet! Verschwindet… Verschwindet…*

Buttermaus hetzte neben ihr her, sie schlitterten über die letzten Stufen, Apolonia stieß gegen eine aufgebrochene Tür und stolperte auf die Straße. Blasses Morgenlicht fiel über sie. Apolonia rang nach Luft.

Geht es dir gut? Buttermaus legte den Kopf schief. Hier unten waren die Gedanken der Dichter verhallt, und Apolonia war sich nicht sicher, ob Buttermaus sich bewusst war, was er getan hatte. Vielleicht begriff er nicht, dass er soeben auf Apolonias Feinde gehört hatte, dass er ihr beinahe in den Rücken gefallen wäre. Vielleicht gab es bei Tieren nur Verstehen oder Nichtverstehen. Und sie machten zwischen denen, die sie verstanden, keinen Unterschied.

Ja, sagte Apolonia endlich, *ja, mir geht es gut.* Sie drängte ihre Tränen zurück und atmete zitternd aus. Sie konnte nicht auf Buttermaus böse sein. Schließlich war er kein Mensch. Kein Freund. Er war nur … ein Hund. Vor Einsamkeit hätte sie schluchzen können.

Als sie sich endlich gefasst hatte und losging, trottete er friedlich neben ihr her, an den Straßenecken schnuppernd, als hätte nie etwas seinen Frieden erschüttert.

Ein Hinweis

Es war zum Haareausreißen. Tigwid hatte sich eine Zeit lang als Privatspitzel versucht, bevor er neben seiner Kuriertätigkeit bei Mone Flamm zu Gelegenheitsdiebstählen übergegangen war. Meistens hatte er Ehefrauen eifersüchtiger reicher Männer beschatten müssen, und auch wenn das zugegeben keine große Herausforderung gewesen war – schlecht hatte Tigwid sich dabei nie angestellt. Er war gut im Verfolgen.

Umso härter traf ihn, dass sie jetzt die Taube verloren hatten.

Irgendwie war sie in den zugeschneiten Straßen verschwunden … die ganze Stadt war schließlich grau und weiß, die beste Tarnung für eine Taube. Und jetzt war nichts Fliegendes mehr in Sicht.

»Verdammtes Vieh«, knurrte Tigwid, während er neben Vampa durch die Straßen stapfte. »Ich könnte … ich könnte mich selbst erwürgen!«

Vampa starrte ihn aus den Augenwinkeln an.

»Natürlich nur im übertragenen Sinn«, fügte Tigwid rasch hinzu und vergrub die Hände in den Taschen. Vampa schien ihn bei jeder Kleinigkeit beim Wort zu nehmen. Manchmal war das gar nicht so gut.

»Meinst du wirklich, das hier bringt was?«, wechselte er das Thema. Vampa runzelte die Stirn und zuckte die Schultern, so wie Tigwid es tat, wenn er an etwas nicht recht glaubte und es nicht zugeben wollte.

»Die Dichter waren doch in *Eck Jargo*, und du hast gesagt, dass Ferol sogar ein Zimmer in *Laternenreich* hatte. Also sind sie angemeldet gewesen. Sie muss sie kennen. Ich wüsste nicht, wer uns sonst helfen könnte.« Vampa warf Tigwid einen kurzen Blick zu, dann vergrub auch er die Hände in den Manteltaschen.

»Woher willst du wissen, dass Dotti nicht festgenommen wurde?«, gab Tigwid zu bedenken. Zu seinem Erstaunen öffnete Vampa den Mund, aber kein Laut kam hervor. Offenbar wollte er ein Lachen imitieren.

»*Sie* kann nicht festgenommen werden!«

Seit der siebzehnfache Messerstecher vor zwölf Jahren gefasst worden war, hatte im Polizeipräsidium nicht eine solche Hochstimmung geherrscht. Die Telefone liefen heiß, die Büros und Zentralen waren erfüllt von Geklingel, es kamen Telegramme aus den höchsten Regierungskreisen, und vor dem Präsidium hatte sich seit gestern eine Kolonie Journalisten und Fotografen angesiedelt, die sich auf jeden stürzte, der eine Dienstmarke trug. Noch hatte die Polizei nicht alle Fakten über die Stürmung von *Eck Jargo* bekannt gegeben – lediglich ein paar klangvolle Namen waren gefallen. Luca Malozza, der Auftragsmörder, die millionenschweren Bankräuber vom vergangenen Januar, der mehrfache Heiratsbetrüger Ernest Mollbaum und viele weitere illustre Gestalten aus der Welt des Verbrechens waren gefasst worden. Noch dazu hatte man Beamte aus den höchsten Regierungskreisen bei Tänzerinnen und illegalen Boxkämpfen erwischt. Die spektakulärsten Gerichtsprozesse des Jahrhunderts standen jetzt bevor.

Es fiel Apolonia schwer, durch das dichte Gedränge der Journalisten zu kommen, und als sie es endlich ins Polizeipräsidium geschafft hatte, stolperte ihr sogleich ein gehetzter Beamter in die Arme, der einen Stapel Akten trug. Die Papiere flatterten durch die Luft und verstreuten sich über die gesamte Eingangshalle.

»Haben Sie keine Augen im Kopf?«, fauchte Apolonia gereizt. Der Beamte funkelte sie durch sein Monokel an, dann bückte er sich und klaubte grummelnd die Akten wieder auf. Apolonia stieg über ihn hinweg und lief die breite Treppe hinauf, die zur Kriminalpolizei führte. Überall kamen ihr geschäftige Polizisten und Sekretäre entgegen, finster dreinblickende Männer wurden in und aus Verhörzimmern geschleppt, irgendwo erklang das Schluchzen einer Tänzerin, und in den weitläufigen Büros tummelten sich Beamte, Kommissare und ein paar hochrangige Journalisten zwischen schrillenden Telefonen und Sektgläsern.

Endlich erreichte Apolonia den gesuchten Schalter und klopfte gegen die Glasscheibe. Eine Beamtin, die sich lautstark mit einem Kollegen unterhalten hatte, wandte sich ihr zu und setzte schlagartig eine gelangweilte Miene auf.

»Name und Anliegen«, verlangte sie.

»Mein Name ist Apolonia Spiegelgold«, sagte Apolonia und betonte dabei ihren berühmten Nachnamen, »und ich wünsche, unverzüglich Inspektor Bassar zu sehen. Es handelt sich um einen Notfall.«

Die Beamtin blinzelte gelangweilt. »Der Inspektor ist außer Haus. Er wird zu gegebener Zeit die Presse informieren, allerdings hat die Durchsuchung von *Eck Jargo* im Augenblick Vorrang. Er gibt momentan auch keine Interviews. JA, Luca Malozza wurde festgenommen, JA, er befindet sich in Untersuchungshaft, JA, es wurden Raubgüter sichergestellt, ihr Wert ist zu diesem Zeitpunkt nicht bekannt, NEIN, es wurden keine Schmiergeldbunker in privaten Mieträumen gewisser Staatsbeamter gefunden …«

»Ich bin keine Journalistin, die sich hier hereingeschmuggelt hat«, unterbrach sie Apolonia. »Ich habe ein wichtiges Anliegen, das den Inspektor interessieren wird, und gewiss möchten *Sie* nicht dafür verantwortlich gemacht werden, wenn ihn gewichtige Informationen nicht erreichen.«

Die Beamtin betrachtete sie nach dieser Drohung ungerührt. »Der Inspektor ist wie gesagt außer Haus.«

»Wo kann ich ihn finden?«

Die Beamtin lehnte sich zurück. »Ich bin für Stockwerke Nummer drei und vier zuständig und kümmere mich ausschließlich um die dort quartierten Beamten. Guten Tag.« Damit drehte sie sich um und setzte die Unterhaltung mit ihrem Kollegen fort.

Fassungslos starrte Apolonia die Frau an. Dann klopfte sie energisch gegen das Glasfenster. Beim zwanzigsten Klopfen drehte sich die Beamtin endlich um.

»Ich muss Sie darauf hinweisen, dass jegliche Beschädigung von Staatseigentum zur Anzeige gebracht wird.«

»Wo kann ich auf den Inspektor warten?«

Die Beamtin maß Apolonia mit einem Blick, der *Von mir aus in der Hölle* zu sagen schien.

Schnell stellte Apolonia ihre Frage anders: »Sind Sie autorisiert, mir Auskunft zu geben, wo das Büro des Inspektors liegt?«

Die Beamtin schien nachzudenken. »Prinzipiell schon. Sie können in den fünften Stock gehen, Flur sieben, Zimmer zwölf. Aber der Inspektor ist außer Haus …«

Apolonia war bereits losgegangen. Sie drängte sich durch den überfüllten Flur und eine Treppe hoch. Hier war es viel leerer. In der Ferne der Flure hallte das Klingeln eines Telefons, Schuhsohlen quietschten über den Boden. Sonst herrschte angenehme Stille, nur durchbrochen vom gedämpften Brummen aus den tieferen Stockwerken. Apolonia fand das besagte Anmeldezimmer im siebten Flur, klopfte kurz an und trat ein.

Vor ihr erschien, an einem penibel aufgeräumten Schreibtisch sitzend, der Beamte, der ihr in der Eingangshalle in die Arme gelaufen war. Mit einem überraschten, feindseligen Blick schob er sich das Monokel zurecht.

Das Läuten der Klingel schrillte einen Moment lang durch das ganze Haus. Dotti stand reglos im Türrahmen ihres Schlafzimmers, den Flur und die Haustür im Blick. Die Polizei konnte es nicht sein. Die hätten schon längst ein zweites Mal geklingelt, geklopft oder gerufen.

Aber es blieb still nach dem ersten Läuten, so still, dass man in den geschmackvoll eingerichteten Zimmern die Heizung flirren hörte.

Schließlich überwand sich Dotti und schlich die dunkle Treppe hinunter, durch den Flur und zur Haustür. Das Taschentuch an die Lippen gedrückt, warf sie einen Blick durch den Türspion. Vor Schreck wich sie zurück.

Vampa.

Woher wusste er, wo sie wohnte? Was wollte er bloß von ihr? Wieder klingelte es.

Mit zittrigen Händen entriegelte Dotti das Schloss, schob die Ketten zurück und öffnete die Tür einen Spaltbreit.

»Vampa?«, flüsterte sie. Neben ihm stand noch jemand, ein Junge, den sie vage aus *Eck Jargo* kannte.

»Hallo, Dotti«, sagte Vampa. »Können wir rein?«

Dotti wischte sich mit dem Taschentuch über die feuchten Augen, dann machte sie zögernd auf und trat beiseite. Vampa ging wie selbstverständlich in den Flur, Tigwid folgte ihm mit einem Nicken, halb dankbar, halb entschuldigend. Dotti trat hinaus und spähte einmal links und rechts die Straße hinauf, aber niemand schien den zwei Jungen gefolgt zu sein. Die Alleen mit ihren stuckverzierten Häusern lagen so friedlich im Morgenlicht, als könne kein Unheil sie erschüttern.

Dotti schloss die Tür wieder und schob alle Riegel vor. Dann führte sie die Jungen in ihr Wohnzimmer, einen lichten kleinen Salon mit Erkerfenstern und Samtsofas. Vampa in einer so feinen, ruhigen Umgebung zu sehen, wirkte irgendwie falsch.

»Wollt ihr zwei … wollt ihr was trinken?«

Vampa öffnete den Mund, blickte aber dann unentschlossen zu Tigwid.

»Oh, keine Umstände«, sagte Tigwid.

»Tee?«, fragte Dotti.

»Danke.« Tigwid setzte sich auf eine Geste von Dotti hin auf ein Sofa.

Dotti lief in die angrenzende Küche, um Tee zu machen, und Tigwid hatte Zeit, seine Umgebung genauer in Augenschein zu nehmen, was einerseits eine berufliche Angewohnheit war, andererseits pure Neugier. Gegenüber der Sofarunde war ein hübsch verzierter Kamin, über dem eine goldene Uhr tickte. Siebzehntes Jahrhundert, schätzte er. Unbezahlbar. Dann wanderte sein Blick zu einer Pralinenschale direkt vor ihm. Verlockend starrten die Pralinen zurück, aus weißen Zuckerguss- und Schokoladenaugen. Ihm lief das Wasser im Mund zusammen, aber er riss sich vom Anblick los. An der Wand hing das große Porträt einer Edelfrau, bestimmt ein paar Jahrhunderte alt. Ein Dutzend Käufernamen tanzten Tigwid durch den Kopf, die für so ein Ölgemälde ein Vermögen zahlen würden. Etwas abseits standen eine Glasvitrine mit Cognac- und Schnapsflaschen und ein Grammofon.

»Woher kann sie sich das alles leisten?«, murmelte Tigwid.

»Sie ist die Besitzerin von *Eck Jargo*. Gewesen«, sagte Vampa.

Tigwid fuhr zu ihm herum. »*Was?*«

Vampa betrachtete die Überraschtheit in Tigwids Gesicht wie ein kostbares Bild, das gleich wieder zerfällt.

»Ich dachte, *Eck Jargo* gehört irgendeinem ... Kerl.« Verwundert starrte Tigwid den bestimmt sündhaft teuren Wandteppich gegenüber an. Dann wurde ihm bewusst, dass *hier* also sein monatliches Mietgeld hingeflossen war. Praktisch hatte er für all diese Reichtümer mitgezahlt ... In diesem Moment kam Dotti wieder. Sie hatte sich die dunklen Tränenspuren weggewischt und stellte ein Tablett mit drei Teetassen, Löffeln, Zucker, Milch und einer dampfenden Teekanne auf dem Tisch ab.

»So. Bedient euch«, murmelte sie und schenkte jedem von ihnen einen heißen Tee ein. Tigwid nippte vorsichtig daran. Vampa machte es ihm nach, dann stellte er die Tasse wieder ab und Dotti schauderte unter dem Blick des Jungen.

»Wir brauchen deine Hilfe«, sagte Vampa tonlos. »Wir suchen jemanden.«

»Wen?« Dotti strich sich über die ungekämmten Locken. »Es sind so viele verschwunden, fast alle meine Bekannten sitzen im Gefängnis oder sind tot. Ich weiß nicht, wo irgendwer ist.« Sie schloss die Augen und wartete, bis die Tränen zurückgedrängt waren. »Wen sucht ihr?«

»Ein Mädchen«, sagte Vampa. »Ihr Name ist Apolonia. Sie wurde von Leuten verschleppt, die sich die Dichter nennen.«

»Einer von ihnen heißt Ferol«, fügte Tigwid hinzu. »Professor Rufus Ferol. Er hat ein Zimmer in *Laternenreich* gemietet.«

»*Laternenreich* ... da sind so manche komische Vögel rumgegeistert, aber bestimmt niemand, an den ich mich erinnert hätte.«

»Und von den Dichtern hast du nichts gehört? Denk nach. Bitte«, sagte Vampa.

Dotti biss sich auf die Lippen. »Tut mir leid. Ich weiß wirklich nichts von Dichtern. Es waren so viele Leute in *Eck Jargo* ... so viele ...« Schluchzend zog sie ein frisches Taschentuch aus dem Ausschnitt ihres Kleides und drückte ein paar Tränen in den zerknitterten Stoff. Tigwid beschloss, etwas zu unternehmen. Er stand auf, holte eine Cognacflasche aus der Glasvitrine, schüttete Dottis Tee in die Kanne zurück und schenkte ihr dafür einen Schluck Cognac ein. Dann trank er seinen Tee aus und goss auch sich aus der Kristallflasche ein. Schluchzend griff Dotti nach den Pralinen und schob sich drei auf einmal in den Mund. »Alles, alles vorbei ... so viele ... *hick* ... tot! Fast, fast wäre ich ... *hick*, im Knast gelandet!«

Tigwid wusste gar nicht, was er tun sollte. Vor ihnen saß eine Frau, deren Existenz gestern zerstört worden war, und er und Vampa quetschten sie nach Informationen aus, um das Mädchen zu retten, das an allem Schuld trug. Beschämt nahm Tigwid einen großen Schluck Cognac. Er brannte ihm im Hals wie Feuer und trieb ihm Tränen in die Augen.

Vampa schenkte sich ebenfalls Cognac ein und trank alles in einem Schluck leer. Seine Augen waren rot und glasig, als er die Tasse wieder abstellte. »Dotti. Du musst uns helfen.«

Wimmernd steckte sie sich neue Pralinen in den Mund. »Ich weiß nichts ... Es tut mir leid, Vampa.«

Vampas Blick schwenkte zu Tigwid herüber. Als er dessen sorgenvolle Miene bemerkte, ballte er die Fäuste und sagte, an Dotti gewandt: »Apolonia wird ihre Vergangenheit verlieren, wenn wir ihr nicht helfen. Erinnere dich!«

Dotti spähte über ihr Taschentuch hinweg auf Vampa. In diesem Augenblick mischte sich ihre Furcht mit zaghafter, wachsender Wut. Mehr als sieben Jahre lang hatte sie alles getan, was dieser Junge von ihr verlangt hatte. Sie hatte so lange vor ihm Angst gehabt, hatte sich von der Angst regieren lassen. Verdammt, sie war sogar eine Zeit lang mit Knoblauchketten rumgelaufen! Und jetzt, wo *Eck Jargo* untergegangen war, wo alles vorbei war, hatte sie keine Lust mehr. Ein Trotz erwachte in ihr, den sie sich nie zu fühlen getraut hatte.

»Ich weiß wirklich nichts von Dichtern«, flüsterte sie. »Ich habe schon genug Probleme.«

Vampa schien durch diese eindeutige Antwort nicht aus dem Konzept gebracht. Reglos stierte er sie an, wartend.

Tigwid wurde unruhig. Dotti konnte ihnen nicht weiterhelfen, das hatte er doch gewusst. Sie vergeudeten hier nur ihre Zeit.

»Gut. Vielen Dank trotz allem.« Tigwid erhob sich und wischte sich verstohlen über die Lippen, auf denen noch der Cognac brannte. Sein Magen sagte ihm ganz deutlich, was er von Alkohol in der Früh hielt, und grummelte vernehmlich.

Auch Vampa stand auf. Zitternd tupfte sich Dotti ein paar Tränen aus den Augenfalten.

»Passt auf euch auf«, murmelte sie und schob die Tassen zusammen.

»Du weißt es. Du weißt, wer und wo die Dichter sind.«

»Nein, Vampa. Wirklich ...«

Einige Momente lang glühte sein Blick auf ihr, dann wandte er sich ab, und Tigwid folgte ihm.

Im Türrahmen blieb Tigwid stehen und drehte sich um. Dotti sah ihn mit bebendem Kinn an. »Ich weiß wirklich nichts.«

Er lief zu ihr zurück und legte zögernd eine Hand auf ihre Schulter. »Seien Sie nicht traurig, Fräulein Dotti. *Eck Jargo* war das herrlichste Wirtshaus, das die Welt je gesehen hat, und egal was geschehen ist – man wird sich immer daran erinnern, solange es Polizisten und Banditen gibt! Sie haben eine Welt erschaffen, die mein Zuhause war und aus der all die schönen Erinnerungen stammen, die ich noch habe. Danke dafür.«

Dotti lächelte schwach. »Ich … Tut mir leid, dass ich euch nicht helfen konnte. Trotzdem viel Glück.«

Tigwid nickte, klopfte ihr auf die Schulter und wandte sich um. »Ach, und – einen Morbus kennen Sie auch nicht, oder?«

»Morbus!« Dotti runzelte die Stirn. »Jonathan Morbus, natürlich.«

Jede Zelle seines Körpers begann zu kribbeln. »Sie kennen ihn?«

»Ja, er mietet eine Lagerhalle, drüben im Ostviertel, beim alten Bahnhof. Erst hat die Halle einer Druckerei gehört, dann habe ich sie gekauft, um sie an verschiedene Geschäftsmänner mit Großwaren zu verpachten. Und seit ein paar Jahren mietet Morbus die Halle. Ich erinnere mich so gut an ihn, weil er nie Waren in die Halle brachte – er ist weder ein Hehler noch ein Schmuggler oder sonst was. Ich glaube, er ist ein Romanautor. Seltsam fand ich ihn schon. Aber ich dachte, er ist eben ein Schreiber. Die sind ja alle ein bisschen exzentrisch.«

»Glauben Sie, dass er da ist?«

»Das weiß ich wirklich nicht. Aber … meine Informanten haben mir berichtet, dass er nur selten hingeht.«

»Gut. Danke. Vielen Dank!« Tigwid lief aus dem Zimmer, stieß im Flur auf Vampa und zog ihn auf die Tür zu.

»Was hat sie –«

»Wir müssen zum alten Bahnhof, in eine Lagerhalle!« Eilig schob Tigwid die Schlossriegel und Ketten auf, öffnete die Tür und sprang in zwei Sätzen die Treppe hinab, die zur Straße hinunterführte. Vampa zog die Tür hinter sich zu und lief ihm nach.

Zusammen

Dotti saß eine Weile auf dem Sofa, ohne sich zu bewegen, und drückte sich das Taschentuch unter die Nasenspitze. Ein eigenartiger Gedanke hatte von ihr Besitz ergriffen. Eine Idee.

Vielleicht war es falsch. Vielleicht würde es ihn nicht aufhalten, vielleicht würde er wiederkommen und sich an ihr rächen.

Aber zur Hölle mit den Ängsten – sie hätte das, was sie jetzt tun würde, schon vor Jahren tun sollen. Und sie hatte nichts mehr zu verlieren.

Sie stand auf und ging in den Flur. An der Wand hing das modernste Gerät, das man in ihrem mit antiken Schätzen vollgestopften Haus finden konnte: ein Telefon. Sie nahm den Hörer ab. Das Knistern der Leitung flüsterte ihr ins Ohr. Mit zitternden Fingern wählte sie die Nummer der Polizei …

»Also, fassen wir noch einmal zusammen«, sagte der Polizeibeamte gewichtig und legte die Fingerspitzen aneinander. »Sie behaupten, dass es Menschen mit übernatürlichen Kräften gibt, sogenannte Motten. Diese Motten stehlen Erinnerungen und schreiben sie in Bücher, die so wahr und schön sind, dass man seinen Verstand verliert, wenn man sie liest.

Und Ihnen wollen die Motten ebenfalls Erinnerungen entwenden, speziell die Erinnerung an Ihre verstorbene Mutter.«

»So ist es«, bestätigte Apolonia. »Und in diesem Augenblick befinden sie sich in einer Lagerhalle beim alten Bahnhof und werden nur von Krähen und Hunden bewacht.«

Die Augenbrauen des Beamten waren irgendwo in die Höhe seines spärlichen Haaransatzes gewandert. »Ah. Krähen und Hunde.« Er fuhr sich mit der Zunge über die Lippen und zeigte Apolonia ein kurzes, unfreundliches Grinsen. »Fräulein Spiegelgold, Sie hätten nicht zur Polizei gehen sollen, wie mir scheint, sondern zu einem Arzt. Hier verschwenden Sie nicht nur Ihre, sondern auch meine kostbare Zeit. Die Polizei hat schon genug Verbrechen zu bekämpfen, die keinem Hirngespinst entspring–«

Apolonia schlug mit der Faust auf den Tisch. »Wissen Sie nicht, wer ich bin! Ich wurde entführt, die Polizei ist verpflichtet, mir zu helfen!«

Der Beamte legte die Hände auf die Armlehnen und betrachtete sie mit verächtlicher Genugtuung. »Solange Sie Ihre Geschichte nicht mit Beweisen untermauern können, sehe ich mich nur meinem Verstand verpflichtet.«

»Beweise?«, schrie Apolonia. »Sehen Sie mich an! Glauben Sie, ich komme gerade vom Gottesdienst?« Sie schob den Ärmel zurück und zeigte ihm den blutigen Schnitt an der Innenseite ihres Oberarms. »Denken Sie, das habe ich selbst gemacht?«

Der Beamte lehnte sich vor, um ein paar säuberlich gespitzte Bleistifte nebeneinander zu ordnen. »Ich denke so einiges, Fräulein Spiegelgold, was aber nichts an den Fakten ändern wird. Die Polizei schreitet ein, wenn es handfeste Beweise für einen Gesetzesbruch gibt.«

»Ich habe eine Zeugenaussage gemacht, die genau das bestätigt!« Apolonia konnte es nicht fassen. Die Gerechtigkeit war drauf und dran, an einer kleinlichen Büromaus zu scheitern!

»Ohne Ihnen nahetreten zu wollen: Ich erachte Ihre Aussage nicht als glaubwürdig. Zauberer und verhexte Bücher, in denen Erinnerungen gefangen sind oder Menschen oder was sonst... Ich bitte Sie.« Der Beamte erhob sich, ging durchs Zimmer und öffnete die Tür. »Ich wünsche Ihnen einen guten Tag.«

Apolonia konnte sich einen Augenblick lang nicht rühren. Dann erhob sie sich und drehte sich mit funkelndem Blick zu dem Beamten um. »Für Ihre anmaßende Impertinenz werden Sie vor Gericht stehen, das verspreche ich!« Damit riss sie ihm die Türklinke aus der Hand und knallte die Tür so laut zu, dass es schallte.

Eine Weile stand sie nur da, fassungslos über das, was geschehen – oder *nicht* geschehen war. Sie fühlte sich so allein... Aber nein – so leicht gab sie nicht auf! Sie brauchte einen Beweis? Dann würde sie einen Beweis beschaffen. Sie würde es ihnen allen zeigen, den Dichtern, der Polizei, der ganzen Welt, wenn es sein musste, und am Ende würde sie triumphieren!

»Die werden noch staunen«, knurrte Apolonia, als sie losging. Festen Schrittes verließ sie den Korridor, lief die Treppen hinunter, durch den Empfangssaal und an den dichten Trauben der Fotografen vorbei. Gerade wurde ein berühmter Verbrecher in Handschellen abgeführt. Apolonia bahnte sich mit Ellbogen einen Weg durch die Menge und setzte ein grimmiges Gesicht in den Hintergrund der Fotos.

Ein Lastzug rauschte in der Nähe vorüber und ein paar erschrockene Tauben flatterten aus den kaputten Fenstern. Ansonsten ließ sich kein Tier blicken. Die Lagerhalle lag still und verlassen da.

Apolonia öffnete vorsichtig die Hintertür. Die rostige Feuertreppe war im spärlichen Licht, das hoch oben durch die Fenster fiel, kaum auszumachen. Sie hob ein altes Holzbrett mit verbogenen Nägeln vom Boden auf und schlich, so bewaffnet, die Stufen empor.

In der Halle war niemand mehr. Die Glasscherben der Dachfenster übersäten den Boden und ein paar Kisten waren umgestoßen. Irgendwo trappelte eine Ratte durch die Unordnung und sandte Apolonia einen knappen Gruß.

Sie ließ das Brett sinken.

Die Dichter waren weg. Sie wusste nicht, ob sie das erleichterte oder besorgte.

Langsam durchschritt sie die Halle. Sie blickte in Kisten voller Papierrollen und unter verstaubte Planen, unter denen gewaltige schwarze Maschinen schlummerten. Nirgendwo ein Hinweis auf die Dichter.

Der Stuhl war noch da, auf dem Apolonia gesessen hatte, und auch die zernagten Fesseln. Apolonia hob sie auf und erwog eine Weile, ob sie als Beweis zählen würden …

Schließlich schnaubte sie und warf die Fesseln wieder auf den Boden. Was sie brauchte, war ein echter Beweis, keine faden Puzzlestücke. Seufzend ließ Apolonia die Schultern hängen. Sie fühlte sich erschöpft, war hungrig und müde. Trotzdem zweifelte sie keine Sekunde daran, dass es richtig war, noch einmal zurückgekommen zu sein. Vielleicht war es gefährlich – aber richtig. Schließlich ging es um ihre persönliche Rache an Morbus und den Dichtern. Und um Gerechtigkeit. Die Gerechtigkeit, die sie ihrer Mutter und ihrem Vater schuldete.

Sie entdeckte eine schmale Metalltreppe, die in ein Büro führte, von dem aus man die ganze Halle überblicken konnte. Wahrscheinlich hatte von hier aus der Fabrikbesitzer das Treiben seiner Arbeiter überwacht. Sie erklomm die Stufen und bekam die Bürotür nach einem kurzen, verbissenen Kampf mit dem Schloss auf. Durch ein eingeschlagenes Fenster wehten Schneekörner und überzogen den breiten Schreibtisch und die Bodendielen mit einem glitzernden Teppich. Fröstelnd trat Apolonia näher. Ein eisiger Windhauch wirbelte ihr gegen den Mantel. Sie lehnte ihr Holzbrett an die Wand und strich den Schnee vom Schreibtisch. Feuchte alte Bücher kamen zum Vorschein. Und eine Pistole. Mit klammen Fingern nahm sie die Schusswaffe in die Hand. In geschwungener Schrift waren die Initialen *J. M.* in den Griff eingraviert: Jonathan Morbus. Wenigstens konnte sie jetzt beweisen, dass er existierte. Apolonia schloss beide Hände um die Pistole. Ihr Zeigefinger legte sich auf den Abzug. Ob sie geladen war?

Plötzlich knarrte die Tür.

»Apol–!«

Sie fuhr herum und drückte vor Schreck den Abzug – was die Frage, ob die Pistole geladen war, beantwortete. Eine Kugel fegte quer durch das Büro und riss ein Loch in die gegenüberliegende Holzwand, genau unter Tigwids ausgestrecktem Arm.

Langsam drehte er den Kopf zurück und starrte das Loch in der Wand an. Ein Rauchwölkchen drang hervor.

»O Gott.« Apolonia ließ die Pistole fallen. »Tigwid!« Sie lief auf ihn zu und blieb kurz vor ihm stehen. Erst jetzt entdeckte sie einen Jungen an der Tür, der sie aus dunklen Augen ansah. Erschrocken trat Apolonia zurück, bis sie gegen den Schreibtisch stieß. Der Fremde hatte etwas an sich, das ihr eine Gänsehaut bereitete … seine Augen wirkten wie eingesetzte Glasscherben. »Was machst du hier?«, fragte sie Tigwid misstrauisch. Der Verdacht, er wollte sich an ihr rächen, brodelte unheilvoll in ihr hoch. Unbemerkt tastete sie nach ihrem Nagelbrett … Zugegeben war das keine großartige Verteidigung gegen zwei Gegner, die größer als sie und wahrscheinlich auch kampferprobter waren, aber besser als nichts.

Tigwid starrte sie an, als sei ihm gerade furchtbar übel geworden. »Ich wollte dich retten«, sagte er mit piepsiger Stimme.

»Oh ... Wieso?«

Tigwid räusperte sich schwer. »Tja. Sieht so aus, als ging's dir ganz gut.«

»Wie hast du mich gefunden?« Apolonia merkte, wie sich der fremde Junge hinter Tigwid schlich, ohne sie aus den Augen zu lassen.

»Wir sind – sozusagen – eigentlich zufällig vorbeigekommen.«

Der widerwillig sorgenvolle, enttäuschte Ausdruck in Tigwids Gesicht strafte seine abweisende Haltung Lügen. Apolonia fühlte sich um gut dreihundert Pfund schwerer, als sie ihm in die karamellbraunen Augen sah und begriff, dass er trotz ihres Verrats nach ihr gesucht hatte. Schuldgefühle nagten an ihr. Wie grässlich!

»Tigwid, es tut mir ... leid. Das mit *Eck Jargo*.« Ihre Stimme war plötzlich heiser, die Worte kosteten sie Mühe. »Nun. Gott sei Dank konntest du fliehen.«

Er steckte die Hände in die Hosentaschen und warf einen Blick aus dem Fenster. »Tut mir auch leid, dass ich dich mit den Dichtern allein gelassen habe.«

»Wirklich?«, fragte Apolonia langsam.

»Nein. Eigentlich ist alles deine Schuld.« Er lächelte zögernd. »Wo du mich so dran erinnerst, weißt du, könnte ich dir glatt eine runterhauen.«

Apolonia lächelte. Da – WUMM – traf sie eine Ohrfeige, und ihr Kopf flog so heftig zur Seite, dass ihr die Luft wegblieb.

»VAMPA!« Tigwid fuhr verzweifelt herum, ohrfeigte

Vampa und packte Apolonia an den Armen. »Alles in Ordnung?«

Sie ließ sich blinzend wieder von ihm aufrichten und berührte ihre brennende Wange. Die Haut fühlte sich an wie gespanntes Papier.

Tigwid drehte sich zu Vampa um. »Sag mal, hast du sie noch alle?! Wofür war das denn?«

»Du wolltest ihr doch eine runterhauen«, sagte Vampa leise.

Tigwid starrte ihn fassungslos an. »Sie ist ein Mädchen! *Du* bist ein verdammter Boxer! Du kannst sie doch nicht – ich hab das doch nicht ernst gemeint!«

»Wieso hast du es dann gesagt?«

»Was geht dich das an? Warum hab ich eigentlich das komische Gefühl, dass du mich die ganze Zeit nachmachst?« Einen Moment lang wartete Tigwid auf eine Antwort, aber als keine kam, wandte er sich wieder Apolonia zu. »Geht es?«

Apolonia wehrte seine Hilfe ab und strich sich die Haare zurück. »Stell dich nicht an, Tigwid, es ist nur eine Ohrfeige. Ja. Und was die Tatsache betrifft, dass ich ein Mädchen bin, so ist meine Backe doch nicht verletzlicher als die von einem Jungen, oder?«

Tigwid biss sich lächelnd auf die Unterlippe. »Falls du dich trotzdem bei ihm revanchieren willst, lass deiner Wut freien Lauf. Ehrlich, du brauchst nicht zimperlich mit ihm sein, hau rein! Er ist nämlich unsterblich.«

Die drei hatten sich auf dem Ledersofa niedergelassen, das in einer Ecke des Büros stand und vom Schnee fast unberührt geblieben war. Apolonia erzählte, was sie über die Dichter erfahren hatte, wie ihr ihre Befreiung geglückt war und wie halsstarrig die Polizei sich verhalten hatte. Dann berichtete Tigwid, wie Vampa ihm bei seiner Flucht geholfen und von seinem Blutbuch erzählt hatte. Apolonia hörte ihm aufmerksam und ohne Mitleid zu, was Tigwid sehr tröstend fand. Genau ihre Sachlichkeit brauchte er jetzt, um nicht bekümmert zu werden. Oder verrückt vor Zorn.

Nur Vampa machte während der ganzen Zeit den Mund nicht auf, sondern starrte nur Apolonia und manchmal Tigwid an. Apolonia hatte ihm die Ohrfeige verziehen, oder besser gesagt, sie erachtete den Zwischenfall angesichts ihrer eigentlichen Sorgen nicht als wichtig genug, um wütend zu sein.

»Du kannst also nicht sterben«, stellte sie bloß fest, und Vampa nickte langsam. »Die Dichter vermögen also nicht nur Erinnerungen in ihre Bücher zu schließen, sondern ganze Menschen. Ein ganzes Leben ...«

Als sie zu Ende erzählt hatten, stand Apolonia auf, strich sich ihren Mantel glatt und verschränkte die Arme hinter dem Rücken. »Also, meine Herren: Folgt mir. Wir holen jetzt das Blutbuch von Tigwid und gehen zur Polizei. Einen besseren Beweis als das Buch könnten wir gar nicht finden. Und wenn wir Glück haben«, setzte sie leise hinzu, »verliert ein ganz besonderer Polizeibeamter sein bisschen Verstand, wenn er es liest.«

»Nein«, sagte Tigwid entschieden.

Apolonia senkte die Arme. »Was soll das heißen? Wieso nicht?«

»In dem Buch steht meine Vergangenheit! Und die war nicht immer ganz ordnungsgemäß, wenn du verstehst. Ich kann nicht zur Polizei, unmöglich.«

»Tigwid, hier geht es nicht um ein paar gestohlene Äpfel. Wir können die Dichter zu Fall bringen.« Sie presste die Lippen aufeinander. »Also schön. Wenn dir wegen des Buchs Ärger beschert wird, dann verspreche ich, dass ich dir den besten Anwalt bezahle, den ich finde, und Geld spielt keine Rolle.«

Tigwid fuhr sich durch die Haare. »Es sind mehr als nur

gestohlene Äpfel, Apolonia. Wenn die Polizei durch mich etwas von Mone Flamm erfährt, bin ich innerhalb der nächsten zwanzig Stunden von Kugeln durchsiebt. Mein Boss ist da nicht zimperlich.«

Apolonia musterte ihn ungeduldig. Warum musste das einzige Buch, das sie hatten, ausgerechnet Tigwids Missetaten beinhalten! Aber schließlich war sie kaum in der Position, um ihm böse zu sein. Im Stillen fragte sie sich, ob sie *ihm* vergeben hätte, wäre sie an seiner Stelle gewesen und er hätte *Eck Jargo* verraten… wenn sie darüber nachdachte, konnte sie sein Verhalten kaum nachvollziehen. Doch im Augenblick gab es Wichtigeres: ihr Elend zum Beispiel.

Geschlagen ließ sie sich wieder auf das Sofa fallen. »Na fein, hast du also einen besseren Vorschlag?«

»Also…«

Sie zog die Knie an den Körper und schlang die Arme um ihre Beine, als sie plötzlich etwas unter sich fühlte. Sie drehte sich um und zog ein dünnes Buch zwischen den Sofakissen hervor. Es war ein kleines Notizbuch. Unlesbares Gekrakel füllte die Seiten, nur ein kleines Gedicht war fein säuberlich aufgeschrieben.

»Was steht da?«, fragte Tigwid interessiert, dem der Themenwechsel gerade recht kam. Apolonia las vor:

»Auf Erden wandeln alle blind,
geeint durchs Wort – welch loser Bund!
Verschweigt es doch, wer Menschen sind…
Hätte ich nur ein Licht im Mund!«

Sie las es noch einmal durch. »Das klingt nach den Dichtern«, murmelte sie. »Und eigentlich… ist es gar nicht so verfehlt. Wenn man darüber hinwegsieht, was die Dichter im Namen dieser Idee alles tun, könnte man glatt zustimmen.«

Tigwid blickte nachdenklich aus dem Fenster. Eine Weile schwieg er. »Glaubst du daran?«

»Woran?«

»Na, an das, was da steht. Glaubst du, dass wir blind sind? Dass unsere Worte nie ausreichen, um den anderen wirklich zu kennen?«

Apolonia sah ihn verwundert an. »Du hast das Gedicht ja verstanden.«

»Nur weil ich nicht lesen kann, bin ich nicht dumm.«

»Ich wollte dich nicht beleidigen«, sagte Apolonia. »Eigentlich bin ich überrascht, dass du … na ja. Ich glaube, man kann das Licht manchmal finden. Vielleicht versteht man manche Menschen und ihre Gefühle sogar ganz ohne Worte.«

»Das glaube ich auch«, murmelte Tigwid und sah sie an. Vernehmliche Stille trat ein.

»Ach, herrje, diese Kälte, ich werde ja ganz rot!« Sie klatschte in die Hände und rieb sich die Finger. »Meine Nase ist bestimmt ganz rot, was? Und meine Wangen glühen, ich merke schon, diese Kälte …«

»Soll ich das Fenster … ach, ist ja keine Scheibe drin.« Tigwid, der bereits aufgesprungen war, wiegte sich angesichts des glaslosen Fensters unentschlossen von den Zehen auf die Fersen. »Tja, ähm … Vielleicht ist Vampa ein ausreichender Beweis für die Polizei.«

»Ein Junge mit Gedächtnisschwund beweist gar nichts. Und mit seiner Unsterblichkeit kommen wir höchstens in einen Zirkus.«

»Hm.« Tigwid kratzte sich den Hinterkopf. Vampa sah ihn an und zerzauste sich unauffällig die Haare.

Eine Weile herrschte beklommenes Schweigen. Apolonia ließ das Notizbuch sinken und vergrub das Gesicht in den Händen.

»Ich habe Hunger«, flüsterte sie erstickt. In Wirklichkeit

war es viel mehr als das. Seit dem Tod ihrer Mutter war sie hilflos. Und das Gefühl der Ohnmacht war durch das Verrücktwerden ihres Vaters bloß stärker geworden. Niemand glaubte ihr. Sie war ganz auf sich selbst angewiesen. Und jetzt war ihr kalt, sie war müde und hatte seit mehr als einem Tag nichts mehr gegessen.

»Hier! Apolonia, ich habe Brot.«

Sie hob den Kopf und sah zu, wie Tigwid sich ein halbes Brot aus der Hose fischte.

»Hast du dir das aus dem Hintern gezogen?«

Ein schalkhaftes Blitzen trat in seine Augen. »Tja, woher weißt du so was bloß immer?«

Mit einem ungewollten Grinsen nahm Apolonia das Brot entgegen und biss ab. Wenn Trost sich in etwas Essbares verwandeln könnte, es hätte für Apolonia wie dieses Brot geschmeckt. Sie zog die Brauen hoch, während sie kaute, und versuchte, nicht allzu gierig auf den nächsten Bissen zu wirken.

Tigwid begann, auf und ab zu gehen. »Also, wir alle drei wollen die Dichter finden und ihnen das Handwerk legen. Die Polizei hilft uns erst, wenn wir einen Beweis haben. Ein perfekter Beweis wäre Vampas Buch.«

»Ich habe jahrelang versucht, es zu finden«, sagte Vampa.

Apolonia schluckte den letzten Bissen hinunter und legte das Brot vorerst neben sich ab. »Wo hast du Tigwids Buch gefunden?«

»Du meinst *Der Junge Gabriel*?«, fragte Vampa.

»So, Gabriel heißt du?« Bevor Tigwid antworten konnte, stand auch sie auf und setzte nachdenklich einen Finger an die Lippen. »Also, Vampa? Wo hast du sein Blutbuch her?«

»Aus der Bibliothek von Professor Ferol.«

Apolonia und Tigwid starrten sich an.

»Du weißt, wo der Professor wohnt?«, fragte Tigwid mit

zitternder Stimme. »Wieso hast du das denn nicht gleich gesagt? Verdammt, du – du verrückter Kerl! Den Professor knüpf ich mir vor, diesen schwammigen Bücherwurm, diesen ... Vampa, als Boxer weißt du doch, wohin man schlagen muss, damit es schön wehtut? Wir prügeln einfach alles aus ihm raus, was wir wissen wollen, und dann schleppen wir ihn zur Polizei, damit er beichtet!« Tigwids Augen leuchteten. »Glaub mir, ich weiß, wie man Leute zum Sprechen bringt. Die Dichter sind uns ausgeliefert!«

Apolonia lächelte. Wie war das doch gerade mit der Hilflosigkeit gewesen ...? Wie sie sich auch eben noch gefühlt haben mochte, es schien wie weggeblasen. Vampas Unsterblichkeit und dazu sein Blutbuch waren der beste Beweis für die Schreckenstaten der Dichter – sie würden Morbus und seine Lehrlinge vernichten!

Tigwid ergriff ihre Hände. Seine Finger drückten ihre warm und fest. »Apolonia, glaub mir, wir beide –«

Die Bürotür stieß auf. Ein Polizist in blauer Uniform betrat das Zimmer, zwei weitere folgten ihm.

»Wer von euch ist der Boxer aus *Eck Jargo*?«

Der Zug

Apolonia war wie erstarrt. Auch Tigwid stand mit offenem Mund da. Nur Vampa zeigte keine Überraschung – natürlich.

»Ich bin der Boxer.«

An den misstrauischen Blicken der Polizisten konnte Apolonia ablesen, dass Vampa auch sie irritierte. Der eine ließ die Hand unwillkürlich zu seinem Schlagstock hinabgleiten, ein anderer gaffte mit leicht geöffnetem Mund.

»Sie – Sie sind festgenommen«, stotterte der Letzte und zog Handschellen aus seinem Gürtel.

Vampa kam langsam auf sie zu. »Was ist mit meinen Freunden?«

»Ihren was …?« Der Polizist riss seinen Blick von Vampa los und blinzelte Tigwid und Apolonia an. Sofort ließ Apolonia ihn los. »Die werden wir vorerst mitnehmen.« Der Polizist öffnete die Handschellen und griff zögernd nach Vampas Arm, fast als erwarte er, dass er sich in Luft auflösen würde wie ein Geist. Als nichts dergleichen geschah, packte er ihn fester und zog ihn zu sich heran.

In diesem Augenblick riss Vampa ihn nach vorne und stieß ihm mit dem Kopf gegen die Nase. Der Polizist schrie auf und stürzte zu Boden, während Vampa sich vor dem Schlagstock des zweiten duckte. Blitzschnell zog er dem Mann seinen Schlagstock aus der Hand und hob ihn wie ein Schwert zur Abwehr des Dritten. Er drehte sich zur Seite, seine Waffe traf einen der Polizisten am Hinterkopf und den Letzten im Nacken. Alle drei Männer lagen jaulend auf dem Boden.

»Lauft«, sagte Vampa, ließ den Schlagstock fallen und sprang über die Polizisten hinweg aus dem Büro.

Apolonia und Tigwid gehorchten aufs Wort. Eine Hand griff noch nach Tigwids Fuß, konnte ihn aber nicht mehr zurückhalten.

Sie stürzten die wackelige Treppe hinunter und rannten durch die Halle. Hinter ihnen verwandelten sich die wüsten Rufe in Gepolter, als die Polizisten ihre Verfolgung aufnahmen. Ein Schuss ging los – irgendwo seitlich von ihnen sprang eine Kugel durch die Luft. Sie sprinteten nach links, unter einer mächtigen Druckmaschine hindurch. Als sie wieder herauskamen, waren ihre Haare und Schultern vor Staub ergraut – aber die Feuertreppe, die ins Freie führte, war nur noch wenige Meter entfernt.

Apolonia schnaufte. In zwei Jahren hatte sie sich sportlich nicht so betätigt wie in den letzten zwei Tagen – langsam reichte es ihr mit den ständigen Fluchten und Hetzjagden! Ihre Füße schlitterten über den Boden, dann hatten sie die Treppe erreicht. Mehrere Stufen auf einmal nehmend, stürzte sie hinter Vampa her und fühlte Tigwids Keuchen im Nacken. Dann waren sie bei der Tür angekommen und Vampa stieß sie auf.

Ein Polizeiwagen parkte auf der Straße und der verdatterte Blaurock am Steuer ließ bei ihrem Anblick sein belegtes Brötchen fallen. Die drei bogen in eine enge Seitengasse ab, in der sich leere Kisten stapelten und der Schnee über rauchenden Kanalschächten schmolz. Rufe hallten in der Ferne wider. Schritte auf dem Kopfsteinpflaster. Sie bogen wieder ab und wieder, bis sich die Gassen öffneten und alte Bahngleise vor ihnen auftauchten. Zwischen abgestellten Zugwaggons und verrosteten Tonnen blieben sie stehen und rangen keuchend nach Atem.

»Also – hat der Kerl Spaß daran, Leute zu schlagen?!«, fauchte Apolonia, sobald sie wieder Luft bekam, und wies wütend auf Vampa.

»Er ist Boxer«, erklärte Tigwid.

Apolonia wandte sich an den unheimlichen Jungen, der sie wortlos beobachtete. »Wieso war *das* eben nötig? Womöglich ist dir das noch nicht in den Sinn gekommen, aber mit Polizisten kann man auch SPRECHEN! Nicht nur kloppen, verstehst du das? Ich hätte uns da schon rausreden können, aber du wirst ja lieber kriminell!«

Tigwid lächelte. »Reden nützt bei Vampa nichts mehr.«

Apolonia maß erst Tigwid, dann Vampa mit einem verächtlichen Blick.

»Vampa war Boxer in *Eck Jargo*«, fuhr Tigwid fort. »Da pufft man sich nicht mit Wattebäuschen. Gut möglich, dass die Polizei Vampa Totschlag oder so was anhängen will.«

»Versuch nicht, mich zu beeindrucken«, erwiderte Apolonia trocken.

»Das ist die Wahrheit, ob du's beeindruckend findest oder nicht.«

»Die Wahrheit ist, dass der Kerl eine verdammte Bedrohung auf zwei Beinen ist!«

»Mach dich nicht über ihn lustig, er hat auch dir gerade den Kragen gerettet. Uns blieb keine andere Wahl als wegzurennen.«

»Natürlich. Für dich ist Flüchten ja *die* Problembewältigung Nummer eins.«

»Wa– also, wenn du schon von Problemen sprechen willst, verglichen mit dir, bin ich ein verdammter Heiliger und –«

Plötzlich meldete sich Vampa zu Wort: »Woher wussten die Polizisten, dass ich in der Lagerhalle war?«

Überrascht blickten Apolonia und Tigwid ihn an.

»Vielleicht waren es die Dichter«, überlegte Tigwid nach einem Moment.

»Unmöglich.« Apolonia massierte ihre Ohren, die vom Rennen in der kalten Luft wehtaten. »Die Polizei hat schließlich nach Vampa gesucht. Woher sollten die Dichter wissen, dass er dort sein würde?«

»Vielleicht haben sie es rausgefunden«, meinte Vampa leise. »Mit Mottengaben.«

Apolonia schüttelte energisch den Kopf, obwohl die Vorstellung sie schaudern ließ. »Unsinn. Bevor wir nach einer übersinnlichen Erklärung suchen, sollten wir uns lieber irdischen Tatsachen zuwenden: Wer hätte wissen können, wo ihr ...«

Apolonia sah Tigwid an und erstarrte. Hinter einem alten Waggon waren die drei Polizisten aufgetaucht. Lautlos hoben sie ihre Schlagstöcke.

Apolonia riss den Mund auf. Innerhalb eines Wimpernschlags begriff Tigwid und fuhr herum – aber es war zu spät. Der erste Schlag traf ihn gegen die Schläfe. Er fiel beinahe auf die Knie, wehrte den nächsten Schlag jedoch mit der Hand ab, versuchte, sich aufzurappeln, und stolperte los.

Apolonia fühlte sich wie aus ihrem Körper gerissen. Ihre Beine begannen zu rennen, aber sie kontrollierte es nicht. Vor ihr rannte Vampa, sprang über Bahngleise und huschte zwischen Kisten und verrosteten Tonnen hindurch. Irgendwo erklang ein ohrenbetäubendes Brausen. Apolonia stieß einen Schrei aus, als direkt vor ihr ein Zug vorbeirauschte und sie um Haaresbreite überrollte. Vampa war schon auf der anderen Seite. Waggons sausten wie ein schwarzes, röchelndes und dampfendes Monstrum an ihr vorüber, dann war der

Zug davongefahren und vor Apolonias Augen tanzten flimmernde Funken. Der Schock drückte ihr das Herz gegen den Hals; nur allmählich bekam sie wieder Luft. Hinter ihr erklangen Schritte, dann dumpfe Schläge, ein Aufschrei.

Tigwid! Sie fuhr herum und entdeckte ihn auf dem Boden, die uniformierten Männer über sich.

Sie wollte ihm helfen oder irgendetwas tun, aber sie konnte sich nicht bewegen. Wie gelähmt sah sie zu, wie Tigwid zusammenbrach. Einer der Polizisten rannte jetzt auf sie zu.

»Apolonia!« Vampa war zu ihr zurückgelaufen und zerrte sie am Ärmel. »Komm!«

»Lass mich – Tigwid!«

»Der ist bewusstlos!«

Apolonia fand endlich ihre Fassung wieder, versuchte, sich aus Vampas Umklammerung zu befreien, schwenkte mit ihm im Kreis und schaffte es, sich eine leere Holzkiste von einem Stapel zu greifen. Sie holte damit aus und zielte ohne rechte Überzeugung auf den heraneilenden Polizisten. Noch während sie die Kiste hob, wollte Vampa sie ihr wegreißen. Da sie nicht losließ, konnte Vampa sie ein paar Schritte außer Reichweite des Blaurocks ziehen. Gemeinsam taumelten sie über die Gleise.

»Gib – zurück!«

Vampa hielt die Kiste in der einen Hand, mit der anderen umklammerte er Apolonias Handgelenk. Aus Nebel, Dampf und Schnee rauschte ein zweiter Zug heran.

Der Polizist zog seine Pistole und sprang über das Bahngleis. »Stehen bleiben!«

Vampa warf die Kiste mit letzter Kraft nach dem Blaurock. Sie traf ihn vor die Brust, er stolperte zurück und fiel über die Gleise. Apolonia schnappte nach Luft.

Das Pfeifen des Zuges machte sie taub.

Schwarze Räder sausten über den Polizisten hinweg. Alle

Stimmen verblassten im entsetzlichen Kreischen des Zuges.

Der Boden kreiste unter Apolonia. Sie spürte, wie eine dunkle Welle über ihr zusammenbrach. Die Arme, die sie auffingen, nahm sie schon nicht mehr wahr.

Bassars Plan

Eiligen Schrittes ging Betty Mebb durch die Korridore des Polizeipräsidiums. Die elektrischen Lichter an der Decke tauchten ihr Gesicht in einen grünlichen Glanz und malten ihr unruhige Schatten unter die Füße. In der Ferne quietschten Schritte, ansonsten herrschte hier unten eine angenehme, satte Stille. Verhörzimmer zogen links und rechts an ihr vorbei. Durch manche Türfenster konnte sie Kollegen bei der Arbeit sehen.

Sie bog in einen Korridor ab, öffnete eine grün gestrichene Tür und trat ein.

»Ah, Betty!« Soligo, der sich mit hochgekrempelten Hemdsärmeln auf den Tisch gestützt hatte, richtete sich auf und nahm einen Zigarettenstummel aus dem Mundwinkel. »Die Rettung naht!«

Mebb setzte sich dem Verhafteten gegenüber auf den Stuhl, streifte ihre Handschuhe ab und legte sie bedächtig übereinander. »Guten Tag, Junge. Möchtest du ein Glas Wasser?«

Ohne Tigwid anzusehen oder eine Antwort abzuwarten, zog sie eine Schublade unter dem Tisch auf und holte ein zweites Glas hervor, das sie neben Soligos halb geleertes stellte. Sie schenkte ihm ein und schob das Glas vor ihn.

Tigwid beobachtete sie ungerührt.

Mebb zog ihre Taschenuhr hervor. »Schon kurz nach neun.«

Soligo beugte sich tief über Tigwid und blies ihm Rauch ins Gesicht. Noch unerträglicher fand Tigwid allerdings den Anblick der blonden Brusthaare, die dem Kommissar aus dem geöffneten Hemdkragen quollen und dabei erschreckend nahe an sein Gesicht kamen – wie die Fühler eines Unterwassertiers.

»Du sitzt hier seit mehr als fünf Stunden. Und es werden noch doppelt und dreifach so viele, wenn du uns weiterhin an der Nase herumführst!« Soligo schlug mit der Faust auf den Tisch. »Wo sind deine Freunde? Sie haben einen Polizisten umgebracht, verstehst du das?«

Tigwid warf dem Kommissar trotz seiner Erschöpfung einen funkelnden Blick zu. »Ich habe die Wahrheit gesagt. Es war ein Unfall. Außerdem schweben sie in großer Gefahr. Und es werden noch mehr Menschen sterben, wenn –«

Soligo riss ihn am Kragen hoch. »Noch ein Wort über Motten und du fliegst für die nächsten zehn Jahre in den Knast, kapiert?«

»Kommissar Soligo.« Mebb faltete die Hände. »Erwürgen Sie nicht den Gefangenen.«

Knurrend ließ Soligo von ihm ab und zerdrückte seine Zigarette im Aschenbecher.

Mebb öffnete die Protokollmappe, die vor ihr auf dem Tisch lag, und überflog das Geschriebene. »Du hast uns deinen Namen nicht verraten.«

»Ich heiße Tigwid«, sagte Tigwid, und ein kleines Lächeln gelang ihm, obwohl Soligos Würgegriff ihn noch ein wenig schwindelig machte.

»Dass du deinen Namen nicht nennen willst, spricht nur gegen dich. Wer bist du? Arbeitest du für jemanden? Was hast du mit einem Boxer namens Vampa aus *Eck Jargo* zu tun?«

Tigwid stöhnte leise. Wie oft sollte er das noch erzählen?

»Er und ich sind beide Opfer der Dichter. Vampa kann nicht sterben und nicht altern, weil die Dichter ihm seine Vergangenheit geraubt und in ein Blutbuch geschrieben haben. Und mir haben sie die glücklichsten Erinnerungen gestohlen. Das ist alles, was ich mit ihm gemeinsam habe.«

Als Soligo erneut die Hände nach Tigwid ausstreckte, hielt Mebb ihn mit einer Geste zurück. »Es war auch ein Mädchen dabei.«

»Sie wurde von den Dichtern entführt. Sie war heute Morgen sogar hier bei euch! Aber es hat ihr ja keiner geholfen.«

»Vielleicht hat sie genauso viel Mist erzählt wie du«, sagte Soligo und bohrte Tigwid mit jedem Wort seinen Zeigefinger in die Brust.

»Wenn wir Ihnen Mist erzählen wollten, würden wir die Geschichte doch wenigstens so simpel machen, dass jemand wie Sie sie auch kapiert, oder?«

»Was soll denn das heißen?«, fragte Soligo drohend, wobei Tigwid nicht den leisesten Zweifel hatte, dass der Kommissar es wirklich nicht begriff. »Willst du meine Autorität anzweifeln? Soll ich dir mal sagen, was ich mit Pissern wie dir mache?«

Mebb verschnürte die Protokollmappe und sah Tigwid an. Unter dem kalten Blick der Kommissarin musste er schlucken. Aufgeblasene Kerle wie Kommissar Soligo kannte er zur Genüge – wenn sie keine lästigen Polizisten wurden, schlugen sie die Laufbahn lästiger Ganoven ein, aber hinter der großen Klappe verbarg sich in beiden Fällen nichts als heiße Luft. Vor stillen Leuten wie der Kommissarin aber hatte Tigwid gelernt, sich in Acht zu nehmen.

»Ich werde ehrlich zu dir sein, Junge. Du steckst in großen Schwierigkeiten. Deine Freunde werden des Mordes bezichtigt. Und du verrätst uns nicht, wo sie sind. Du verrätst uns nicht einmal deinen Namen.« Sie lehnte sich vor. »Früher oder später wird dich jemand identifizieren. Gewiss hast du dich in *Eck Jargo* herumgetrieben. Viele deiner Freunde von dort sind schon längst bei uns und die sind redseliger als du. Sag uns deinen Namen. So schlimm kann er nicht sein, du bist noch jung und hattest noch nicht so viel Zeit, um ihn allzu sehr zu belasten. Und wenn du für jemanden gearbeitet hast, an dem wir womöglich Interesse haben … können ein einziger Name, eine kleine Information dich vor einem Prozess bewahren. Verstehst du, was ich meine? Es ist nur zu deinem Besten.«

Tigwid begann, leise zu lachen. »O nein! Ihr spielt die Böser-Bulle-guter-Bulle-Nummer? Nachdem mich die Schmalzlocke einschüchtert, gewinnen Sie mit Ihrer Fürsorglichkeit mein Vertrauen! Ich bitte Sie. Das durchschaut doch jeder.«

»Falsch geraten«, knurrte Soligo. »Meine Kollegin ist alles andere als fürsorglich, das wirst du noch merken.«

Tigwid erwiderte nichts, als die Kommissarin ihn ausdruckslos ansah. Im Grunde bezweifelte er auch, dass Kommissar Soligo seine Widerwärtigkeit während der vergangenen Stunden nur gespielt hatte. So viel Einfallsreichtum und Ausdauer besaß kein Schauspieler.

Schließlich zog Mebb die Handschuhe wieder an und erhob sich. »Ich fürchte, ich habe nicht genug Zeit für Kinderspiele. Wenn du so weit bist, mit uns zu kooperieren, komme ich wieder.« Sie drehte sich um und verließ das kleine Verhörzimmer.

Soligo ordnete seine Hemdsärmel und folgte ihr wortlos. Mit einem Klicken fiel die Zimmertür hinter ihnen zu.

Tigwid blieb alleine auf seinem Stuhl zurück. Ein bleiernes Elendsgefühl kam mit der Stille über ihn. Festgenommen … Er war seit drei Jahren nicht mehr festgenommen worden!

Wenigstens hatte er weder seinen Namen noch Apolonias verraten und der Gedanke spendete ihm Trost. Wenn die Polizei erst einmal erfuhr, dass er für Mone Flamm arbeitete, ließ man ihn gewiss nicht gehen, ehe er auspackte. Und das konnte er natürlich nicht.

Tigwid schloss die Augen. Er brauchte einen Plan, um hier rauszukommen.

Die Polizei würde ihm nicht helfen, Morbus und die Dichter zu überführen, das stand fest – er hatte es eigentlich auch nicht erwartet. Wenn er es nicht besser wüsste, würde er die Wahrheit selbst nicht glauben können.

Er musste unbedingt Apolonia und Vampa finden und Professor Ferol das Blutbuch stehlen. Das war ihre einzige Rettung.

Aber er wusste nicht einmal, wo Apolonia und Vampa waren und ob es ihnen gut ging. Vielleicht steckten sie in der Klemme ... Vielleicht umzingelten sie in diesem Augenblick die Dichter und raubten Apolonia ihre Erinnerungen. Und sollte er sie je wieder treffen, würde sie längst vergessen haben, dass sie sich gekannt hatten ... Tigwid drückte sich die Handballen gegen die Augen.

Es war dunkel geworden. Samtig blaue und violette Wolkenschleier zogen über den winterlichen Himmel. Bald glommen Lichter in den Straßen und Häusern auf, wie schläfrige Augen, die eins nach dem anderen unter der Schneedecke hervorlugen.

Bassar wandte sich vom Fenster ab, als es an seiner Bürotür klopfte. »Kommen Sie herein.«

Soligo trat ein, gefolgt von Kommissarin Mebb. Seine Weste war aufgeknöpft und flatterte ihm um die Brust, als er mit großen Schritten auf Bassars Schreibtisch zuging und auf dem einzigen Besucherstuhl Platz nahm.

»Inspektor Bassar«, grüßte Soligo und salutierte völlig übertrieben.

»Kommissare«, grüßte Bassar zurück und nickte Mebb zu, die die Bürotür schloss und sich mit gefalteten Händen neben Soligo stellte.

»Nehmen Sie Platz«, beeilte sich Bassar zu sagen und bot ihr seinen Stuhl an.

»Danke, ich stehe gerne.«

Bassar räusperte sich und setzte sich auf die Tischkante. »Also. Was habt ihr über den Jungen rausgefunden?«

»Dass er 'ne kleine Ratte ist«, sagte Soligo. »Hält sich für besonders hart. Aber das werd ich ihm schon noch austreiben.«

Mebb erklärte: »Er beharrt darauf, dass der Tod von Kollege Frall ein Unfall war. Niemand habe ihn mit Absicht vor den fahrenden Zug gestoßen.«

Bassar runzelte die Stirn. »Und glauben Sie ihm?«

Soligo sagte »Nein«, als Mebb »Ja« sagte. Die Kommissare sahen sich an, dann drehte Soligo den Kopf und trommelte ungeduldig mit den Fingern auf den Tisch.

Bassar holte eine Zigarette aus einem Etui in seiner Westentasche und zündete sie an.

»Der Tod unseres Kollegen ist eine Tragödie. Allerdings gilt es im Augenblick vor allem, neue Verbrechen zu verhindern. Mein Gefühl sagt mir, dass der Junge und seine Freunde nicht vorsätzlich einen Polizisten getötet haben. Wozu sollten sie auch?«

Soligo schlug auf den Tisch. »Es gibt genug Scheißer, die einen verdammten Hass auf die Polizei haben, deshalb haben wir schon so manchen guten Mann verloren!«

»Ja. Ich weiß«, sagte Bassar. Dann fischte er einige Unterlagen von seinem Schreibtisch und überflog sie. »Das Unglück von Kollege Frall ist nicht der Grund, weshalb ich Sie beide nach Feierabend hergebeten habe. – Nicht dass irgendjemand hier zurzeit pünktlich Feierabend hätte.«

Mebb lächelte kühl. Das Verbrechen schlief nie – von einigen Polizisten konnte man fast dasselbe behaupten. »Worum geht es?«

Bassar überreichte Mebb die Unterlagen, wobei ein wenig Asche auf das oberste Papier rieselte. »Erinnern Sie sich an die verschwundenen Kinder?«

»Sie meinen die Entführungs- und Amnesiegeschichten?«, fragte Soligo.

Bassar nickte. »Siebenundzwanzig Kinder galten vor einer Woche als vermisst. Raten Sie mal, was wir in *Eck Jargo* gefunden haben.«

Mebb durchblätterte die Unterlagen und ihre Augen wurden groß. »Leichen?«

»Wo?« Soligo zog ihr das oberste Papier aus der Hand.

Mebb sah Bassar an. »Tote Kinder?«

»Sieben Leichen wurden aus *Eck Jargo* geborgen. Sie waren in den Erdwänden vergraben. Zwei konnten bereits identifiziert werden, ein zwölfjähriger Junge und eine Sechsjährige. Beide gelten seit einigen Monaten als vermisst.«

»Die Todesursache?«, fragte Mebb.

»Das ist der springende Punkt.« Bassar musste lächeln; ein seltsames, verwirrtes Lächeln, das ganz und gar ungewollt war. »Es konnten keine äußerlichen Verletzungen festgestellt werden. Sie sind nicht erstickt, haben keine Stich- oder Schusswunden, ihnen wurde scheinbar kein Haar gekrümmt.«

»Also Gift«, sagte Soligo achselzuckend.

Aber Bassar schüttelte den Kopf. »Die Laboruntersuchungen bestätigen, dass sie nicht vergiftet wurden. Es ist fast, als hätten ihre Herzen einfach zu schlagen aufgehört. Gut, einmal mag das vorkommen. Aber gleich bei sieben Kindern?«

Die drei tauschten ungewisse Blicke. Dann nahm Bassar die Zigarette aus dem Mund, die sich mittlerweile in einem kleinen grauen Bogen krümmte, und streifte die Asche über einem Aschenbecher ab. »Aber das ist noch nicht alles. Es gab einen Boxer in *Eck Jargo* – ebenden, mit dem der Junge zusammen war. Angaben zufolge war er noch jung, vielleicht vierzehn oder fünfzehn. Es hieß, er könne weder altern noch sterben.«

»Klingt nach einem typischen Banditenmärchen«, bemerkte Mebb. »Der Traum von Unverwundbarkeit.«

»Ja, schon«, sagte Bassar. »Aber es geht noch weiter. In *Laternenreich*, dieser Opiumhöhle, haben wir drei Kinder gefunden, von Kopf bis Fuß mit Drogen vollgepumpt. Das Merkwürdige ist, dass alle drei weder wissen, wer sie sind, noch, seit wann sie sich in der Höhle befinden. Aber wir wissen es. Die drei wurden identifiziert – es sind Waisenkinder aus dem St.-Augustiner-Waisenhaus. Sie werden seit einigen Wochen vermisst.«

Mebb verengte die Augen. »Auch der Junge hat etwas von Erinnerungsraub erzählt.«

Bassar klopfte auf eine Mappe auf seinem Tisch. »Ich weiß.«

»Reichlich unglaubwürdig«, bemerkte Soligo. »Der Kerl hat was von Motten erzählt. Ich sage euch, der will uns an der Nase rumführen.«

»Das denke ich auch«, sagte Mebb nach kurzem Zögern. »Ich weiß nicht, wieso die vermissten Kinder an Gedächtnisschwund leiden. Aber gewiss steckt keine Zauberei dahinter. Ich würde nach einem Nervenarzt oder Chemiker fahnden, der weiß, wie man ein Gift herstellt, das keine Spuren hinterlässt.«

»Also ein intellektueller Psychopath.« Bassar strich sich über die Wangen. Er hatte seit einigen Tagen keine Zeit mehr für eine ordentliche Rasur gefunden und kratzte nervös an seinen Bartstoppeln. »Ich finde die Geschichte unseres jugendlichen Freundes auch nicht sehr überzeugend. Aber heute Morgen war eine alte Bekannte von uns hier. Apolonia Spiegelgold.«

»Die kleine Nervensäge?«, bemerkte Soligo.

»Ich war nicht da, aber sie hat meinem Sekretär eine ziemlich wirre Geschichte erzählt. Verblüffenderweise ist sie der des Jungen nicht unähnlich.«

Mebb starrte ihn an. »Dann – war die kleine Spiegelgold womöglich das Mädchen, das Frall vor den Zug gestoßen hat? Den Aussagen der anderen beiden Polizisten zufolge ist sie etwa im selben Alter und hat dunkle Haare. Die Beschreibung trifft auf sie zu.«

»Daran habe ich noch gar nicht gedacht«, gab Bassar zu. »Aber Fralls Tod ist eine andere Geschichte. Fest steht, dass die kleine Spiegelgold dasselbe gesagt hat wie der Junge.«

»Aber wieso? Wieso erzählen sie dieses Märchen von Motten?«

»Ist doch glasklar.« Soligo lehnte sich zurück. »Die Kinder wurden von ihrem Auftraggeber, nämlich dem Täter, der hinter den Amnesien und Entführungen steckt, angeheuert, um die Polizei in die Irre zu führen. Vielleicht werden sie erpresst.«

Eine Weile dachte Bassar darüber nach. Aber wieso sollte jemand Kinder eine so absurde Geschichte erzählen lassen? Wäre es denn nicht einfacher, eine konkrete Person anzuschwärzen, anstatt einen Haufen Zauberer zu erfinden?

»Es gibt nur eine Erklärung«, sagte Soligo. »Der Täter ist wirklich geisteskrank. Er macht sich über uns lustig.«

Bassar drückte seine Zigarette aus und ordnete einige Akten auf seinem Tisch, die er heute Nacht noch durcharbeiten wollte. »Wir müssen ein paar Leute zur kleinen Spiegelgold schicken und sie verhören. Nein, ich glaube, ich werde persönlich hingehen. Morgen früh.«

»Was ist mit dem Jungen?«, fragte Mebb.

»Wir lassen ihn laufen.«

»Was?«, empörte sich Soligo. »Der Junge und seine Freunde haben drei Polizisten verprügelt, sind geflohen und haben vielleicht einen Mord begangen! *Laufen lassen*?!«

»Unter geheimer Beobachtung«, sagte Bassar. »Der Junge wird bestimmt zu seinem Auftraggeber zurückkehren und ihm alles erzählen. Und dann haben wir mit etwas Glück den Täter, der hinter der Sache steckt.«

Mebb sah aus dem Fenster. Es war bereits finster draußen und die Glasscheibe zeigte nur noch ihre Spiegelbilder. »Der Junge wird Verdacht schöpfen, wenn wir ihn einfach laufen lassen. Er ist sowieso schon sehr misstrauisch. Was an den Methoden gewisser Leute liegen könnte.« Sie warf Soligo einen kurzen Blick zu, aber der Kommissar bemerkte es nicht.

»Damit der Junge nichts riecht, inszenieren wir ein kleines Schauspiel. Dabei kann uns eine Bekannte aus *Eck Jargo* behilflich sein.« Bassar zog ein Blatt aus seinen Unterlagen und übergab es Mebb.

Ein dünnes Lächeln flog über das Gesicht der Kommissarin, als sie las. »Oh. Die hat wirklich genug bei uns zu bereinigen. Auch wenn sie schlau genug war, sich nie direkt erwischen zu lassen.«

»Wer?«, wollte Soligo wissen.

»Nun.« Bassar reichte das Blatt an den Kommissar weiter. »Am besten unternehmen Sie, Soligo, eine kleine Spritztour mit dem Jungen.«

Tigwid wurde durch lange Korridore und verlassene Treppen hinabgeführt. Bald blieben die grün gestrichenen Flure und die elektrischen Lichter hinter ihnen zurück. Petroleumlampen erhellten die steinernen Mauern.

»Machen wir einen Museumsausflug?«, bemerkte Tigwid,

als sie unter einem runden Torbogen hindurchliefen, der statt an moderne Sicherheit eher an einen Weinkeller erinnerte.

Zur Antwort versetzte Kommissar Soligo ihm einen Stoß zwischen die Schulterblätter. »Klappe halten!«

Tigwid war klug genug, dem Befehl nachzukommen. Vermutlich waren alle Gefängnisse nach der Stürmung von *Eck Jargo* so voll, dass man ihn in dieses uralte Verlies verfrachtete. Vor ihnen tauchte eine halb geöffnete Eisentür auf, durch die kalter Wind und Schneeflocken wehten. Soligo schob die Tür weiter auf und ein rostiges Quietschen hallte durch den Gang. Tigwid blickte ungläubig in einen verschneiten Gefängnishof. Hohe Backsteingebäude erhoben sich ringsum, nur rechts trennte ein doppelter Stacheldrahtzaun den Hof von einer schmalen Straße. Im Licht der Laternen parkte ein Polizeiwagen, zu dem Soligo Tigwid bugsierte. Ein Blaurock stieg aus und öffnete die Hintertür, dann fasste Soligo Tigwid am Nacken und schubste ihn in den Wagen.

»Wo bringt ihr mich hin?«, rief Tigwid, als er sich wieder aufgerappelt hatte.

Mit einem verächtlichen Grinsen schlug Soligo die Tür zu und schloss ab. Tigwid lauschte seinen Schritten draußen im Schnee, drehte sich um und beobachtete durch eine Gitterabsperrung, wie Soligo und der Blaurock sich nach vorne setzten. Der Motor sprang an und sie fuhren zum Tor im Zaun. Soligo und der Blaurock zeigten dem Pförtner ihre Dienstausweise. Tigwid beugte sich dicht ans Gitter, um zu hören, was sie sagten.

»Wegen Überfüllung ... in die Ersatzzellen bringen.«

Der Pförtner nickte Soligo verstehend zu. Das Tor wurde geöffnet und sie verließen den Hof. Der Motor brummte lauter, bis er in ein gleichmäßiges Grummeln verfiel. Draußen wirbelten die Schneeflocken an den Fenstern vorbei und verwischten die Finsternis zu flimmernden Strähnen. Tigwid lehnte den Kopf gegen das Gitter. Er hatte sich immer erträumt, mal in einem Automobil zu fahren. Allerdings nicht zu seiner nächsten Gefängniszelle.

Er schlang die Arme um die Beine und wärmte sich die Knie mit seinem Atem. Sein Kopf schmerzte noch von den Schlägen der Polizisten. Er hatte Beulen, die sich anfühlten, als wären ihm ein paar Köpfe mehr gewachsen. Und er war müde – so schrecklich müde nach den langen Verhörstunden! Aber trotz des angenehmen Schaukelns und Rumpelns wagte er nicht einzunicken. Zum tausendsten Mal schweiften seine Gedanken zu Apolonia und Vampa. Wahrscheinlich waren sie jetzt unterwegs, irgendwo da draußen, in den Gassen und Straßen, an denen Tigwid so schnell vorbeifuhr, dass er sie nicht einmal erkannt hätte, wenn sie direkt dort gestanden wären. Oder vielleicht waren sie schon längst bei Ferol eingebrochen und hatten das Blutbuch gefunden. Aber wenn die Dichter sie entdeckten! Apolonia hatte zwar ohne Frage die Begabung, ihr Gegenüber mit Worten außer Gefecht zu setzen, doch was ihre Einbruchs- und Fluchtfähigkeiten betraf, zermürbten ihn die Sorgen. Wenn er doch nur …

Ein schrilles Bremsgeräusch erklang, der Wagen schlenkerte nach links und rechts und Tigwid stieß hart mit dem Gesicht gegen das Gitter. Laute Stimmen erklangen. Benommen öffnete Tigwid die Augen. Die Fahrertür wurde aufgerissen und ein maskierter Mann zerrte den Blaurock aus dem Auto. Tigwid blinzelte. Träumte er? Jetzt wurde auch Soligo von einem unbekannten Maskierten vom Sitz gezogen. Draußen tanzte der Schnee im Scheinwerferlicht … da liefen Gestalten umher … mehrere Wagen versperrten die Straße.

Tigwid schrak auf, als die Tür hinter ihm aufgerissen wurde. Ein Schatten fiel über ihn. Dann erkannte er schemenhaft ein Gesicht, umrahmt vom weißen Licht der Scheinwerfer.

»Komm schnell!«

»Dotti?« Tigwid keuchte. Das war doch unmöglich! »Was machen Sie hier?«

»Dich rausholen. Jetzt komm!«

Entgeistert kletterte Tigwid aus dem Wagen und starrte Dotti an. Sie atmete schwer und starrte zurück und für mehrere Augenblicke waren beide sprachlos.

»Was ist hier los?«, brachte er endlich hervor. Dottis Lippen öffneten sich, schlossen sich wieder und begannen zu beben.

»Ich war es«, hauchte sie kaum hörbar. »Die Polizisten in der Lagerhalle ...« Sie verbarg den Mund hinter zitternden Händen, dann zog sie Tigwid an sich. Er spürte ihren Schnapsatem am Ohr. »Es ist alles geplant, die Fahrt und dieser Überfall und ich – die Maskierten, das sind Blauröcke. Sie verfolgen dich.«

»... Was?«

Dotti ließ ihn los, trat mehrere Schritte zurück und warf einen Blick zu den verkleideten Polizisten.

»Sag Vampa, es tut mir leid«, hauchte sie. Dann drehte sie sich um und schritt gefasst zu den maskierten Männern.

Tigwid schluckte schwer. Durch den Wagen konnte er die Männer sehen, die den Fahrer und Soligo mit Pistolen in Schach hielten. Sie hatten ihm den Rücken gekehrt und sahen gar nicht in seine Richtung.

Geh, befahl Tigwid sich selbst, doch seine Füße waren wie festgefroren. Jetzt beweg dich!

Endlich riss er sich vom Anblick der verkleideten Polizisten los. Er bog in die nächste Gasse ein. Seine wackeligen Schritte wurden schneller, als das Licht der Scheinwerfer hinter ihm blieb, er tauchte in die Dunkelheit ein und fing an zu laufen. Seine Schritte auf dem Kopfsteinpflaster klangen seltsam hohl und unecht.

Es ist alles geplant. Sie verfolgen dich.

Jetzt ergab alles einen Sinn. Nur zwei Polizisten, die ihn mitten in der Nacht in eine andere Zelle fuhren. Und davor hatte Soligo ihm noch die Handschellen abgenommen! Natürlich, die Polizei verfolgte ihn, um herauszufinden, was er ihnen angeblich verschwieg. Er schnaubte verächtlich und spürte, wie Trotz in ihm aufkeimte, gegen die Polizei und die Erwachsenen und überhaupt die ganze Menschheit, die ihm nie vertraute. Glücklicherweise unterschätzten sie ihn auch … Nun hütete er sich davor, *sie* zu unterschätzen. Um die Polizei abzuhängen, würde er all seine Künste einsetzen.

Bassar trat seine Zigarette aus, als er den Jungen um die Straßenecke kommen sah. Er zog sich die Melone tiefer ins Gesicht und glitt aus den Schatten der Hausmauer, um die Verfolgung aufzunehmen.

Hochzeitskuchen

Irgendwo rauschte es. Apolonia träumte, dass sie unter Wasser war. Alles an ihr war kalt und feucht, sie fror und konnte sich nicht bewegen. Haare klebten ihr im Gesicht. Hände streiften sie. Oder waren es nur die eisigen Wasserströmungen? Egal was es war, es drückte sie nieder, drückte ihr auf den Mund und erstickte sie.

Mit einem Luftschnappen kam Apolonia zu sich und riss die Augen so schnell auf, dass ihr ein Stich durch die Schläfen ging. Erst allmählich gewöhnte sie sich an das dämmrige Dunkel und die verschwommenen Farben formten sich zu Gegenständen. Bevor sie sich fragen konnte, wo um Himmels willen sie gelandet war, entdeckte sie Vampa. Er saß direkt vor ihr und starrte sie an, als hätte er sie schon länger beobachtet.

»Wo bin ich?« Ihre Stimme klang heiser. Sie befanden sich in einem engen, niedrigen – nun, einen Raum hätte sie dieses Loch nicht unbedingt genannt. Überall um sie türmten sich Bücher auf, verdeckten die schimmeligen Wände und dienten Vampa als Hocker. Sogar unter der zerfledderten Matratze, auf der sie lag, spürte sie etwas verdächtig Hartes, Eckiges.

»Keine Angst«, sagte Vampa. In demselben Ton hätte er auch *Ich werde dich aufschlitzen* sagen können.

Apolonia war nicht allzu beruhigt. »Was ist passiert?«

»Die Polizei hat Tigwid gefasst. Du hattest einen Schwächeanfall. Ich habe dich in Sicherheit gebracht.«

Apolonia runzelte die Stirn. »Wo sind wir?«

»Wo ich schlafe«, erwiderte Vampa.

Apolonia rieb sich den brummenden Schädel. »Dagegen ist Tigwids Zuhause ja reiner Luxus. Gewesen.« Sie warf Vampa einen nervösen Seitenblick zu. Er guckte sie ja immer noch an! Selbst wenn sie es nicht zugegeben hätte, war ihr in seiner Gegenwart ein wenig flau … Genau genommen fürchtete sie sich gewaltig. Ihm war alles zuzutrauen. Und wenn er tatsächlich unsterblich war …

»Und Tigwid ist bei der Polizei?«

Vampa nickte.

»Wir müssen sofort hin und die Dinge aufklären, damit er freigelassen wird!«

Als Apolonia die braunen Decken zurückschlagen wollte, hielt Vampa sie am Handgelenk fest. Sie erschauderte, versuchte aber, sich nichts anmerken zu lassen.

»Wir können nicht zur Polizei. Sie suchen mich und der Polizist wurde vom Zug plattgemacht.«

Bilder kamen Apolonia in den Sinn … furchtbare Bilder, und gallige Übelkeit befiel sie. Sie hatte gesehen, wie jemand überfahren worden war. Und sie trug Mitschuld – nein, daran durfte sie nicht denken! Nicht jetzt.

»Was sollen wir denn machen?«

»Es ist Nacht und sehr kalt draußen.« Vampa zögerte kurz. Dann hob er die Decken hoch und legte sie Apolonia um die Schultern. Sie waren so schwer, dass sie den Rücken krümmte.

Vampa schaute schon wieder so. Wie schwarze Monde waren seine Augen auf sie gerichtet, fern und tot und doch mit unheimlicher Schärfe. »Schlaf jetzt, Apolonia.« Seine Stimme schwang seltsam um, als er ihren Namen sagte. Als habe er ihn allein deshalb ausgesprochen, um seinen Klang mit der Zunge zu formen.

Apolonia riss sich von seinem Blick los und entdeckte ein Buch, das er auf dem Schoß liegen hatte. Es war ein dunkelroter, schwerer Foliant aus Leder.

»Was ist das?«, fragte sie.

Sofort legte Vampa eine Hand darauf, als könne das Buch aufschnappen – oder Apolonia es ihm wegreißen. »Es ist *Der Junge Gabriel*.«

Es dauerte einen Moment, ehe Apolonia verstand. »Tig… Gabriels Buch, das echte?«

Vampa nickte.

»Gib es mir.« Apolonia streckte sich nach dem Buch aus, aber Vampa zog es weg. »Du kannst es nicht lesen.«

Apolonia zog die Augenbrauen zusammen. »Wieso?«

»Du hast deine Identität und Vergangenheit. Wenn du *Der Junge Gabriel* liest, hast du plötzlich zwei und wirst verrückt.«

Apolonia erinnerte sich an die drei Polizisten in *Eck Jargo*, die einen einzigen Satz in einem Blutbuch gelesen hatten. Ja, sie wusste von der Macht der Bücher. Aber hatte Morbus nicht gesagt, dass Motten fähig wären, zwei Identitäten zu tragen? Und schließlich war sie sogar resistent gewesen, als Morbus in ihre Erinnerungen eingedrungen war.

»Ich werde nicht schizophren«, sagte sie entschieden und wollte abermals nach dem Buch greifen. »Ich bin eine Motte. Gib her.«

»Nein«, antwortete Vampa leise. Er schloss beide Hände um das Buch. »Es ist… Wer die Erinnerungen eines anderen liest, liebt ihn wie sich selbst. Das hast du selbst erzählt.«

Augenblicklich ließ Apolonia den Arm sinken. »Ach. Ja stimmt… Ich sollte *Der Junge Gabriel* besser nicht lesen.« Sie schwieg kurz, dann sah sie Vampa fragend an. »Soll das heißen – *du* liebst Tigwid?« Sie hätte schwören können, dass er errötete. Aber gewiss war es nur das Licht der Petroleumlampe, das auf seinem totenblassen Gesicht flackerte.

»Nein. Ich kann nicht lieben.«

Apolonia zog die Knie an den Körper und verfiel in nachdenkliches Schweigen. Als sie seinen kalten, reglosen Blick abermals bemerkte, wurde sie unruhig.

»Was ist denn?«, fragte sie ein wenig gereizt. »Habe ich Popel an der Nase oder was?«

»Nein. Ich… Hast du Hunger?« Er stand überhastet auf und zog rechtzeitig den Kopf ein, um ihn sich nicht an der Decke anzustoßen. »Du hast lange nichts mehr gegessen. Du brauchst Essen, sonst bekommst du wieder einen Schwächeanfall.«

»Wo willst du hin?«

»Ich besorge dir etwas zu essen. In Ordnung?« Irgendetwas in seinem Gesicht verzerrte sich; es schien, als versuche er zu lächeln. Er öffnete die Lippen und zeigte die Zähne. Im schummrigen Licht sah er wie ein Totenkopf aus. Apolonia lächelte nicht zurück.

»Ich bin gleich wieder da. Gleich. In Ordnung?« Nach einem Augenblick legte er das Blutbuch behutsam auf einen Bücherstapel. Dann verschwand er hinter der Zimmerwand.

Apolonia hörte, wie seine Schritte verhallten, und überlegte, was sie nun tun sollte. Wann war sie das letzte Mal zu Hause gewesen? Es schien Jahre zurückzuliegen. Als sie den zerbrochenen Spiegel bemerkte, der über der Matratze lehnte, betrachtete sie sich: Sie sah ja aus wie eine Bettlerin! Entsetzt strich sie sich über die strähnigen Haare und die schmutzigen, bleichen Wangen. Sie fühlte sich also nicht nur, als wäre sie Jahre nicht zu Hause gewesen, sie sah auch so aus.

Mit einem Seufzen wandte sie sich vom Spiegel ab. Und ihr Blick fiel auf Tigwids Blutbuch.

»Das ist also Gabriel«, murmelte sie. Nach kurzem Zögern kroch sie unter den Decken hervor. Ihre Finger zuckten zurück, als sie das Buch berührte – doch schließlich war es ein Buch, kein Lebewesen. Was sollte schon passieren? Apolonia nahm es in die Hände und musterte den roten Ledereinband. Er war schlicht und ohne Aufschrift. Ein paar dunkelbraune Flecken von getrocknetem Blut waren zu erkennen.

Hier hielt sie also Tigwids schönste Erinnerungen in den Händen. Es war bizarr. Für einen Augenblick überlegte sie, wie es wäre, wenn *ihre* Erinnerungen in einem Blutbuch stünden. Wäre sie dann noch sie selbst? Was machte überhaupt ›ihr Selbst‹ aus? Vampa hatte seine Identität mit seinen Erinnerungen verloren, seine Menschlichkeit aber war ihm mit seinen Gefühlen geraubt worden. In gewisser Weise war er tatsächlich eine Leiche, ein leerer Körper, dessen Seele in einem endlosen Schlaf aus Buchstaben gefangen war. Oder? Oder hatte nur der Geist, nicht aber die Seele etwas mit Erinnerungen zu tun? Aber was war schon eine Seele, wenn nicht die Gabe zu fühlen und zu empfinden …

Apolonia strich mit den Fingern über das kühle Leder und stellte sich vor, dass das tatsächlich Tigwid war. Aber nein. Dieses Buch hatte nichts mit dem Tigwid zu tun, den sie kannte. Der Junge im Buch war ein Zwilling aus einer parallelen Traumwelt, nur real in der Vergangenheit, in Blut und Tinte.

Sollte sie nicht mal hineingucken? Sie war schließlich eine Motte, ein kurzer Blick konnte doch nicht schaden.

Und trotzdem traute sie sich nicht, das Buch zu öffnen, bis ihr klar wurde, dass sie sich nicht traute – da atmete sie tief ein und fasste Mut. Resolut klappte sie den Buchdeckel auf.

Die erste Seite war gelblich und leer. Die zweite auch. Gleich musste sie sich auf die Macht der Wahren Worte gefasst machen. Ihre Finger zitterten, als sie umblätterte. Auf der dritten Seite stand geschrieben:

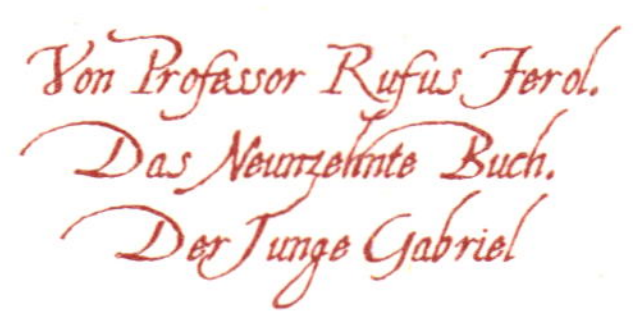

Sie starrte die Worte eine Weile an. Aber sie spürte nichts Außergewöhnliches, außer dem kalten Wassertropfen, der von der Decke in ihren Nacken gefallen war. Sie wischte sich das Wasser wütend weg und blätterte um.

Eine Zeichnung aus dunkelroter Bluttinte füllte die Seite aus. Apolonias Herz blieb stehen.

Die Zeichnung war Tigwid.

Er sah sie an, direkt aus der Tinte heraus, er war es, ganz unverkennbar, so unglaublich echt, dass Apolonia der Atem stockte und sie sich nicht regen konnte, als sehe er sie an, wohl wissend, dass sie seine geheimste Wahrheit in den Händen hielt und soeben dabei war, sie zu ergründen. Sie konnte sich nicht von der Zeichnung losreißen. Auf die Schrift war sie gefasst gewesen, ja – aber das … die schiere, unglaubliche Echtheit, die *Schönheit* der Zeichnung war überwältigend.

Erst als Apolonia Geräusche hörte, klappte sie das Buch hastig zu, legte es auf den Stapel zurück und rollte sich in die Decken. Ihr Herz raste. Noch immer sah sie die Zeichnung vor ihren geschlossenen Augen, als hätte sie sich in ihre Netzhaut gebrannt.

Schritte näherten sich. Dann trat jemand zwischen sie und die Petroleumlampe und warf einen Schatten über sie. Apolonia tat, als wäre sie eingeschlafen – wenn sie sich jetzt Vampa zuwandte, würde er ihr bestimmt von den Augen ablesen können, was sie gesehen hatte.

Sie hörte, wie Stoff raschelte, als Vampa in die Hocke ging. Sein Atem ging schnell, er musste gerannt sein. Plötzlich berührte er eine Strähne ihrer Haare. Ganz vorsichtig nahm er sie in die Hände und strich mit den Fingern darüber.

Erschrocken drehte sie sich um. Er starrte sie an – und für den Bruchteil einer Sekunde schien es, als sei da eine Regung in seinen Augen. Ein Schimmer von Entsetzen. Er ließ ihre Haare los und wich so hastig zurück, als hätte er sich verbrannt.

»Ich habe Essen geholt«, sagte er schnell und hob einen riesigen Hochzeitskuchen an, den er auf einem Bücherstapel abgelegt hatte. Seine Finger gruben Dellen in die Sahnewände, als er Apolonia den Kuchen hinhielt.

Apolonia richtete sich auf. »Wo hast du denn den her?«

»Aus einer Konditorei.«

»Welche Konditorei hat jetzt noch offen? Ich dachte, es wäre Nacht.«

»Die Konditorei war nicht offen.«

»Verstehe.« Apolonia sah ihn misstrauisch an, wie er ihr so den Kuchen anbot, als würde er erwarten, dass sie ihr Gesicht hineintauchte. Schließlich bohrte sie ihren Zeigefinger in die Sahne und kostete. »Hm.« Es schmeckte köstlich. »Wieso eine Hochzeitstorte?«

»Die Brote waren alle noch nicht gebacken. Und … ich dachte …«

»Du dachtest, für jemanden wie mich wäre etwas Exquisiteres angebracht.«

Vampa nickte.

Apolonia bohrte noch einmal den Finger in den Kuchen und schleckte ab. »Hast du Besteck?«

Vampa sah sie an, als hätte sie in einer fremden Sprache gesprochen.

»Also nicht.« Sie zögerte. »Wenn ich das hier mit den Fingern essen soll, dann musst du dich umdrehen. Man guckt sich nicht beim Essen zu, wenn man gezwungenermaßen wie ein Schwein isst. Verstanden?«

Wieder nickte Vampa, dann stellte er behutsam den Kuchen vor ihr ab, drehte sich um und stützte die Arme auf die Knie. Apolonia vergewisserte sich, dass er nicht zu ihr zurückschielte, dann griff sie vorsichtig mit der Hand in den Kuchen und stopfte sich alles auf einmal in den Mund. Köstlich!

Eine Weile futterte sie leise in sich hinein und Vampa starrte die Wand an. »Apolonia?«

Sie verschob einen Riesenbissen in die linke Backe. »Hm?«

»Es … tut mir leid wegen der Ohrfeige.«

Sie schluckte hinunter. »Nun. Was geschehen ist, ist geschehen.«

Vampa zögerte kurz. »Aber ich wünschte, es wäre nicht geschehen.«

»Vergiss es einfach.« Wenn er es jetzt so bereute, warum hatte er es dann überhaupt getan?

Er wollte sich zu ihr umdrehen, da fiel ihm auf, dass sie noch aß, und er wandte sich gehorsam wieder der Wand zu.

Als ihr größter Hunger gestillt war, erwachte Apolonias Mitgefühl. Sie nahm eine Handvoll Kuchen und fragte: »Willst du denn nichts essen?«

»Ich … doch …«

»Streck die Hand aus.« Apolonia ließ den Kuchen in seine Hand fallen und ihre Finger berührten sich.

»Danke«, murmelte er.

Apolonia setzte sich zurück und betrachtete ihn, während sie aßen. Vampa war nicht gerade zart gebaut, trotzdem verhieß seine Statur kaum die Kraft, die er besaß. Sein Rücken war schmal, und der weiße Nacken, der unter dem dunklen Haar sichtbar war, wirkte fast mädchenhaft. Dabei fiel Apolonia auf, dass sich etwas verändert hatte … Sie runzelte die Stirn. Waren seine Haare nicht vorhin noch zehn Zentimeter kürzer gewesen?

Ein behüteter Bericht

Tigwid ging mit gleichmäßigen Schritten durch die Straßen. Er wusste jetzt mit Sicherheit, dass Dotti die Wahrheit gesagt hatte: Er wurde verfolgt. Seine scheinbare Befreiung war ein abgekartetes Spiel gewesen. Einmal hatte er so getan, als müsse er sich den Schuh binden, und zurückgeblickt; am anderen Ende der Straße war ein Mann mit Mantel und Melone geradewegs im nächsten Hauseingang verschwunden. Typisch Polizeispion.

Aber Tigwid war schließlich ein Meister im Beschatten – und jemanden abzuhängen, war für ihn ein Kinderspiel.

So ging er weiter, die Hände in den Taschen vergraben und den Kopf gesenkt wie jemand, der von einem zufällig vorbeikommenden Blaurock nicht erkannt werden möchte. Es schneite nicht mehr, doch die Kälte war nur noch bitterer geworden. Schuppige Pelze aus Raureif überzogen die Straßenlampen und Eiszapfen wuchsen von den Regenrinnen der Häuser wie lange Fingernägel. Das Kopfsteinpflaster war glatt und rutschig vor Eis. Tigwids Atem tanzte in weißen Wölkchen vor ihm her.

Er suchte sich einen Weg in die weniger schönen Wohnviertel, aber er mied die Gegenden der Wirtshäuser und Schänken und wählte verlassene Straßen.

Schließlich fand er ein mehrstöckiges Wohnhaus, das seinen Vorstellungen entsprach. Er hatte hier einmal ein Paket für Mone Flamm abgeholt, und er wusste, wie der Hinterhof aussah und wie man über die Mauer dahinter kam.

Er sah sich nach allen Seiten um, als wolle er sichergehen, dass er unbeobachtet war. An der Straßenecke kam ein Mann mit Mantel und Melone vorbei, ohne in die Straße einzubiegen oder Tigwid anzusehen. Sein Verfolger hatte ihn also entdeckt.

»Dann mal los«, murmelte Tigwid, lief die Stufen zur Haustür hinauf und drückte die Klinke hinunter. Die Haustüren waren hier selten mit einem Schloss versehen, in dieser Gegend gab es nämlich kaum Stehlenswertes. Als Dieb wusste Tigwid das.

Er schlüpfte in ein stockdunkles Treppenhaus und schloss leise die Tür hinter sich. Aber er erinnerte sich, wo der Hinterausgang war – er hatte ein gutes Gedächtnis, wenn es um Häuser und Fluchtmöglichkeiten ging. Eilig tastete er sich an der Wand entlang, bis er ein niedriges Fenster erreichte. Es gab zwar eine Tür, die ein Stockwerk tiefer in den Hinterhof führte, aber die war für gewöhnlich verrammelt, damit die Ratten nicht ins Haus kamen, die draußen im Müll hausten. Tigwid kniete nieder, schob das Fenster auf und zwängte sich hindurch. Glücklicherweise berührten seine Füße bald festen Untergrund: Die Mauer, die den Hof von der nächsten Straße und den anderen Wohnhäusern trennte, war direkt unter ihm. Irgendwo drang das Klappern von Kochtöpfen aus einem Fenster, begleitet von streitenden Stimmen. Tigwid entschuldigte sich in Gedanken bei den Hausbewohnern, denn heute Nacht würde die Polizei ihnen noch einen Besuch abstatten. Und zwar, wenn *er* längst über alle Berge war.

Geduckt huschte er über die Mauer, erreichte einen Kastanienbaum, der sich aus dem Hof zur Straße hinausbeugte, griff nach den Ästen und schwang sich hinunter. Er kam leichtfüßig auf dem Bürgersteig auf. Nur ein paar Eissterne rieselten von den Zweigen des Kastanienbaumes und glitzerten im schwachen Mondschimmer. Tigwid erhob sich aus seiner geduckten Landeposition und zog sich das Jackett zurecht.

Angesichts seines trickreichen Manövers kam er nicht umhin, sich mit einem stolzen Grinsen zu beglückwünschen. Dann vollführte er ein kurzes Freudentänzchen, das aus einer Pirouette und einem übermütigen Sprung bestand und damit endete, dass er sich den Kragen seines Jacketts aufrichtete. So setzte er sich endlich in Bewegung und ging beschwingt die Straße hinunter. Allerdings kam er nur drei Schritte weit. Dann rutschte er auf dem Eis aus und knallte auf den Hosenboden.

»Aaahhh…« Mit schmerzverzerrtem Gesicht rollte er sich auf die Knie und versuchte aufzustehen. »Verdammte…« Als hätte er nicht schon genug Beulen und blaue Flecken! Gott sei Dank war diese Peinlichkeit in der Dunkelheit unbeobachtet geblieben.

Humpelnd und sich die schmerzende Stelle reibend, machte Tigwid sich davon.

Bassar konnte nicht anders als zu lächeln. Ganz verlernt hatte er das Beschatten wohl doch nicht! In seinen Block notierte er bereits die Adresse des Hauses, in dem der Junge verschwunden war. Der nächste Polizeiwagen war drei Straßen entfernt, dazu folgten ihm ein paar Kollegen mit Spürhunden; Bassar musste nur noch warten. Dann würde sich herausstellen, wohin das Vögelchen geflogen war.

Aber er hatte jetzt nicht die Geduld zu warten. Zum Teufel mit den Vorschriften – er war Inspektor, kein Postbeamter.

Er trat in ein stockfinsteres Treppenhaus und zückte seine

Taschenlampe. Der schmale Lichtstreifen wanderte die grauen Stufen hinauf und hinunter, die in die anderen Stockwerke führten. Bassar legte eine Hand aufs Geländer und wollte die Treppe hinauf, um die Namen an den Wohnungstüren zu prüfen. Vielleicht stieß er gleich auf einen Bekannten. Plötzlich erklangen ein gedämpfter Wutschrei und ein markerschütterndes Klirren draußen im Hof. Bassar sprang zurück und leuchtete in die Richtung, aus der der Lärm gekommen war. Der Schein der Taschenlampe tänzelte über ein schmales Fenster im Flur. Es war einen Spalt geöffnet.

Bassar ging hin. Aus irgendeiner Wohnung über ihm drangen streitende Stimmen. Gerade war er vor dem Fenster angekommen und spähte hinaus, da fiel etwas vom Himmel, kurz gefolgt von einem neuerlichen, ohrenbetäubenden Klirren: Ein Blumentopf samt Inhalt zerschellte im Hinterhof.

Bassar schob das Fenster auf. Unter ihm war eine schmale, etwa zwei Meter hohe Mauer, die von Frost überzogen war. Und da im Frost – da waren Fußspuren.

»Nein… nein!« Ohne die Taschenlampe auszuknipsen, stopfte er sie in seine Manteltasche zurück und rannte aus dem Haus.

Die Hochstimmung, den Polizeispion abgehängt zu haben, hielt nicht lange an. Sobald Tigwid den Weg zu seinem wahren Ziel eingeschlagen hatte, erwachte ein Gefühl in ihm, als würde er sich mit dem Teufel zum Würfeln treffen.

Während er durch die dunklen Straßen lief, begann er, sich gut zuzureden. War er nicht schon unzählige Male in die schwierigsten Gebäude eingebrochen? Er war noch nie erwischt worden und in brenzligen Situationen hatten das Glück und ein gewisses Talent ihn nie verlassen. Aber ob seine Mottengabe diesmal reichen würde, wenn etwas schiefging?

Tigwid atmete tief durch und versuchte, sich zu entspannen. Er lockerte die Fäuste und legte den Kopf nach links und rechts. Es gab keinen Grund zur Sorge. Bloß weil er in das Büro des gefährlichsten Mannes der Stadt einbrechen wollte …

Aber es ließ sich nicht umgehen. Tigwid wusste weder, wo Apolonia und Vampa steckten, noch hatte er eine Ahnung, wo Professor Ferol wohnte. Und vielleicht gab es noch einen anderen Weg, um die Dichter ans Messer zu liefern. Wenn er tatsächlich nur ausreichend Beweise brauchte – dann war die Wahrscheinlichkeit nicht gering, dass er ebendiese in Mone Flamms Akten fand.

Denn Mone Flamm oder Flammen-Mo, wie manche ihn nannten, hatte seine Finger überall im Spiel, wo es um Geld und Geheimnisse ging. Die Akten seiner Klienten waren wie ein Reiseführer durch die Unterwelt. Womöglich ließ sich in Mone Flamms Büro auch etwas über Morbus und die Dichter finden.

Plötzlich schnürte es Tigwid die Kehle zu. Er blieb stehen. Wie sollte er einen Beweis finden, wenn er nicht lesen konnte?

Wütend setzte er sich wieder in Bewegung. Es war ja nicht seine Schuld, dass er es nie hatte lernen können. Aber dass er einmal so hilflos sein würde wegen ein paar Tintezeichen, das hätte er nie gedacht.

Und wenn schon. Ein paar Buchstaben kannte er schließlich. Er würde einfach alles mitnehmen, was unter Ferol oder Morbus abgeheftet war.

Die Straßen führten ihn in eine schmucke Gegend voller Geschäfte und mehrstöckiger Bürogebäude. In der Nähe strömte ein Arm des Flusses durch die Stadt, gesäumt von Ahornbäumen, die sich mit frostigen Ästen über die schwarzen Fluten beugten. Eine steinerne Brücke führte über den

Kanal und verband die gegenüberliegende Einkaufsallee mit den Geschäften, die auf dieser Uferseite die Häuser füllten. Wie friedlich und still und menschenleer war hier die Nacht! Tigwid hatte es immer geliebt, zu später Stunde durch diesen Stadtteil zu laufen – was er überdies mit seinem gelegentlichen Nebenberuf gut hatte vereinbaren können. Im Sommer war nachts mehr los, stets hörte man von irgendwo Stimmen oder grölende Betrunkene, Musik wehte aus den Fenstern und verliebte Paare trafen sich im Schutz der Dunkelheit. In der Kälte dieser Jahreszeit hielt es allerdings niemand lange draußen aus. So war Tigwid der Einzige, der noch auf den Beinen war. Er spähte an den Ahornbäumen vorbei auf die silbrigen Wellen des Flusses und fröstelte. Wie kalt das Wasser jetzt wohl sein mochte?

Gleich hinter der Brücke erhob sich ein schlichtes weißes Gebäude mit mehreren Messingschildern neben der Tür. Zwischen einem Arzt, einem Bankier, einer Privatdetektei, einer Spedition und einer Anwaltskanzlei wirkte das zierlich beschriftete Schild ziemlich unscheinbar, auf dem der Name *Manuel van Flamm* unter den schnörkeligen Schriftzug *Kunst- und Antiquitätenhandel* eingraviert war. Dabei standen alle genannten Unternehmen in Wahrheit unter Flamms Kommando. Der Arzt fischte Kugeln aus Schusswunden und flickte Messerstiche, die man den öffentlichen Krankenhäusern lieber nicht erklären wollte. Der Bankier beschäftigte einige hauseigene Experten, die im professionellen Geldeintreiben und Erpressen geschult waren. Die Anwaltskanzlei kümmerte sich um den Papierkram, der in allen sechs Geschäftszweigen anfiel, und wusch sämtliche Westen rein, weshalb Banditen sie öfter »die flamm'nde Waschküche« nannten. Die Privatdetektei war tatsächlich eine Detektei – wenn man Flamms skrupellose Spionage ehrliche Detektivarbeit nennen konnte. In der Spedition war Tigwid tätig und lieferte vor allem das aus, was durch Mone Flamms Kunsthandel floss, aber er überbrachte auch die Berichte der Detektei. Und auf die hatte er es nun abgesehen.

Er kletterte auf die schmale Überdachung über der Haustür und stieg auf eine breite Stuckverzierung, um das Fensterbrett über ihm zu erreichen. Die Fenster waren hier alt und nicht besonders robust. Tigwid zog sein Messer aus einer versteckten Tasche in seiner Hose und schob die Klinge in die Fensteröffnung. Die weiße Farbe auf dem Holz bröselte, und der Rahmen knackte, als Tigwid das Fenster aufzubrechen versuchte. Aber vergebens. Es war von innen verriegelt und ließ sich nicht öffnen. Tigwid steckte das Messer wieder in seine Tasche und spähte durch die Glasscheibe. Für ihn war ein verschlossenes Fenster kein wirkliches Hindernis.

Drinnen war ein Schiebegriff. Vorsichtig legte er die Handflächen auf das kalte Glas, um dem Schiebegriff näher zu sein. Sein Atem ließ das Fenster beschlagen.

Und da, der Griff begann zu zittern. Unter leichtem Rucken und Zucken glitt er zurück und Tigwid konnte das Fenster problemlos hochziehen.

Ohne seine Mottengabe wären ihm nicht halb so viele Einbrüche geglückt, und seiner Gabe verdankte er auch den guten Ruf, den er als Mone Flamms gewissenhaftester Bote genoss. Trotzdem war es ihm ein Rätsel, wie seine Gabe funktionierte.

Er stemmte sich am Fensterbrett hoch und sprang lautlos in den dunklen Raum. Es war ein Büro mit einem Schreibtisch, einem Ledersessel und einigen Regalen voller Ordner und falscher Bücher, in denen statt Seiten Geld und anderes versteckt war. Er hatte sein Ziel erreicht – das Büro der Detektei. Links erspähte er eine Tür, die in einen anliegenden Raum führte. Da es hier kein Fenster gab und nicht einmal der blasse Mondschein hereindrang, beschloss Tigwid, eine kleine grüne Schreibtischlampe anzuknipsen. Der Raum erhellte sich.

An allen vier Wänden zogen sich graue Aktenschränke hoch. Tigwid ging an ihnen vorüber. Jahreszahlen klebten an den verschiedenen Schränken. Tigwid zog die oberste Schublade auf. Zahllose Papiere und Akten waren durch Trennblätter sortiert, auf denen in alphabetischer Reihenfolge Namen notiert waren. Eine Weile überflog Tigwid sie. Dann schob er die Schublade wieder zu und griff nach einer weiter unten gelegenen. G. Noch weiter unten. Da – M.

Er strich über die dicht gedrängten Papiere. Mafhel Paul, Marek K., Mengel Julius … Tigwid las nur die ersten beiden Buchstaben, bis er Mo entziffert hatte. Wenn es eine Akte über Morbus gab, dann hier. M-o-r…ciz. Er fuhr sich mit der Zunge über die Lippen. Die letzten Buchstaben des Namens konnte er nicht entziffern. Er las den nächsten Namen, aber auch der schien nicht Morbus zu lauten. Und dann … ja, das konnte er sein: M-o-r-b-u-s Jonathan. Mit zitternden Fingern zog Tigwid die Akte hervor und hielt sie sich genau vor die Augen, um sich noch einmal Buchstabe für Buchstabe zu widmen. Ein M, ganz deutlich, das kannte er. M-o-r-b-u-s. Tigwid schob den Aktenschrank zu und ging mit dem Bericht zur Schreibtischlampe.

Plötzlich hörte er etwas. Augenblicklich griff er nach der Lampenschnur und ließ das Licht erlöschen. Einige schreckliche Momente lang stand er reglos in der Dunkelheit und lauschte.

Da – ein leises Stöhnen aus dem anderen Zimmer. Er zog sein Messer und schlich zur Tür.

Ein unterdrücktes Schnaufen, dann Füße, die auf dem Boden aufkamen, und das Fenster, das leise gegen die Wand stieß – Tigwid rauschte das Blut in den Ohren. Es musste der Polizist sein, der ihm gefolgt war … Sein Magen verwandelte sich zu einer heißen Faust, als er begriff, dass er die Polizei zu Mone Flamm geführt hatte.

Jemand schlich näher, mit der Lautlosigkeit einer Elefantenkuh. Tigwid drückte sich neben der Tür gegen die Wand …

Ein Mann betrat den Raum. Für einen Herzschlag stand er direkt neben Tigwid, dann machte er einen Schritt an ihm vorbei.

Tigwid holte aus und trat ihm mit voller Kraft gegen das Schienbein.

»Aauh!« Der Mann stürzte zu Boden. Tigwid packte einen Briefbeschwerer, der neben der Schreibtischlampe lag, und schlug ihn dem Mann gegen den Kopf. Der Kopf gab ein dumpfes *Plock* von sich, der Mann ein merkwürdiges Grunzen. Dann zerrte Tigwid ihn am Kragen zurück und legte das Messer an seinen Hals.

»Ganz still!«

Der Mann stöhnte kläglich. Tigwid sammelte seinen Mut und versuchte, so erwachsen und gefährlich wie möglich zu klingen. »Ich vermute, du bist ein kleiner Schnüffler von der Polizei. Kannst du lesen?«

Der Mann hielt inne. »Was?«

Tigwid drückte ihm die Klinge an die Haut. Manchmal war es am eindrucksvollsten, gar nichts zu sagen.

»Ähem. Ja. Kann ich«, krächzte der Mann.

»Schön.« Tigwid zerrte ihn auf die Beine, ohne das Messer wegzunehmen. Dann drängte er ihn zur Lampe und knipste sie an. Der Mann blinzelte.

»Hier. Lies das vor.« Tigwid schlug die Akte auf.

Bassars schnaufendes Atmen beruhigte sich. »Du hast keine Chance mehr«, sagte er gedämpft. »Meine Kollegen folgen mir mit Spürhunden. Sie sind spätestens in drei Minuten hier.«

Tigwid fühlte sich von den Kniekehlen bis in den Nacken wie elektrisiert. Aber er bezwang seine Panik. »Lies vor, los!«

Bassar nahm die Akte in Augenschein. Dann las er stockend vor, die Messerklinge noch immer am Hals. »MORBUS, JONATHAN. Siehe auch Verbindung zu: *Außerpolizeiliche Aufklärungsarbeit an den Umständen des Feuers in Buchhandel Spiegelgold am 3. August. Auftraggeber: Elias Spiegelgold. Aushändigung der Berichterstattung an den Auftraggeber: 10. November. Berichtkopie: siehe SPIEGELGOLD, ELIAS.*«

Bassar machte eine Pause und auch Tigwid hielt erschrocken inne. Den Bericht hatte *er* am zehnten November an Elias Spiegelgold überbracht! Was hatte der Bericht mit Morbus zu tun?

Bassar las weiter: »Detektei und Transportservice angefordert von Auftraggeber: Jonathan Morbus. Aushändigung des gewünschten Objekts samt Ermittlungsbescheid: 5. August.

Berichtkopie: *Das Objekt ist rechtmäßiger Besitz des genannten Auftraggebers. Es handelt sich um die Wiederbeschaffung eines entwendeten Objekts. Das Objekt befand sich zum Zeitpunkt der Auffindung im Besitz von A. Spiegelgold, Buchhändler in der Buchhandlung Spiegelgold, Königsdomer Platz 33. Das Objekt ist ein Buch. Kein Schaden am Objekt entstanden. Das Objekt wird dem rechtmäßigen Besitzer und Auftraggeber hiermit zurückgeliefert. Zeugen dieser Transaktion, die keine unmittelbaren Angestellten von M. F. Privatdetektei oder Heirachs Nationallieferungen sind, existieren nicht. DIESER BERICHT IST DEN REGIONALEN UND NATIONALEN BEHÖRDEN NICHT BEKANNT.*«

Bassar starrte das Papier an. Er hatte nicht einmal registriert, dass die Klinge an seinem Hals verschwunden war. Erst als Tigwid sich regte, schluckte auch Bassar und merkte, wie trocken sein Mund geworden war.

»Ist das alles, was da steht?«

Bassar murmelte »Ja« und überflog den Bericht noch einmal. *Das Objekt ist ein Buch.* Ein Buch … Es war dem Bericht zufolge genau einen Tag *nach* dem Brand aus der Buchhandlung Spiegelgold geholt worden. Aber wie – wie war das möglich? Die Polizei hatte das Gebäude sofort absperren lassen. Und noch viel merkwürdiger war: Dieser Jonathan Morbus hatte einen Detektiv und einen Lieferdienst engagiert, um ein *Buch* zurückholen zu lassen, und das gleich am ersten Tag nach dem Brand. Es gab nur eine logische Erklärung dafür. Morbus hatte nicht gewollt, dass die Polizei das Buch fand.

Bassar schrak auf, als Tigwid ihm den Bericht aus der Hand riss. Eilig stopfte er das Papier in seine Hosentasche. »So. Und jetzt suchst du alle Akten aus dem Aktenschrank da, die mit Elias Spiegelgold zu tun haben.«

Bassar fühlte die Messerspitze an seinen Rücken hinabgleiten und ging ohne Widerstand auf die Schränke zu. Hatte er sich zuvor noch überlegt, wie er dem Jungen sein Messer entwenden könnte, so dachte er in diesem Moment gar nicht mehr darüber nach, dass er bedroht wurde; der Bericht und die Schränke ringsum, die noch zahllose weitere solcher Entdeckungen versprachen, nahmen ihn vollkommen ein. Er zog ein paar Schubladen auf und suchte nach SPIEGELGOLD, ELIAS.

Irgendwo im Haus erklang ein lautes Krachen. Ein aufgeregtes Bellen irrte herauf. Die Haustür war aufgebrochen worden.

Tigwid rannte augenblicklich los. Als Bassar herumfuhr, war er bereits auf dem Fenstersims.

»Bleib stehen!« Bassar griff nach dem Revolver in seiner Tasche, doch seine Finger bekamen die Taschenlampe zu fassen, und ehe er den Irrtum erkannte, leuchtete er auf das verlassene Fensterbrett. Verwirrt und wütend starrte er die Taschenlampe an, dann pfefferte er sie in eine Zimmerecke und stürzte ans Fenster.

»Er ist unten!«, schrie er. »Sofort hinterher!«

Unten stürmte bereits ein Blaurock aus der aufgebrochenen Tür. Der Junge schien verschwunden – aber nein, er rannte auf die Brücke zu.

»Der Bericht«, stammelte Bassar. »Holt den Jungen zurück!«

Tigwid rannte, so schnell er konnte. Seine Schritte schienen ihm wie ein Trommelwirbel, der die ganze Stadt wecken würde. Im Hintergrund hörte er Rufe, dann Schritte und Hundekläffen. Jemand folgte ihm.

Ein röchelndes Lachen brach aus ihm hervor. Es war aus! Es war alles aus. Er hatte die Polizei geradewegs in Mone Flamms Büro geführt. Er war so gut wie tot.

»Stehen bleiben! STEHEN BLEIBEN!«

Tigwid rannte weiter. Lieber wollte er irgendwo in einer dunklen Gasse von Mone Flamm abgemurkst werden, als dass er erst drei Jahre im Gefängnis auf seinen angeheuerten Mörder warten musste.

Er war auf der Mitte der Brücke angekommen. Unter ihm rauschte der Fluss. Vor ihm eröffneten sich dunkle Seitenstraßen, die Schutz versprachen. Vielleicht konnte er durch eine offene Tür schlüpfen. Oder sich in einem Kanalloch verstecken. Ihm war alles recht.

Ein Schuss fiel. Noch einer. Tigwid glaubte, den Luftzug der Kugel zu spüren, die an ihm vorbeizischte – er zog den Kopf ein, taumelte und lief weiter.

Noch ein Knall. Und ein gedämpftes Geräusch, ein Geräusch, das nicht von außen kam. Sondern aus ihm selbst.

Schmerz durchstrahlte ihn wie ein aufspritzendes Feuer. Er verlor das Gleichgewicht und spürte keinen Boden unter den Füßen. Für ein paar endlose Sekunden war er schwerelos … Dann stürzte eine fremde Macht über ihm zusammen, schlug von allen Seiten auf ihn ein, als wollte sie ihn zerdrücken. Eisige, brüllende Kälte verscheuchte den glühenden Schmerz und sein Bewusstsein gleich dazu.

In der Kälte unter Wasser gibt es nichts. Nur Dunkelheit. Stille. Wenn alles betäubt ist, das Herz nur noch schwach schlägt wie ein Glutfunken in meilenweiter Schwärze, das Blut immer zäher durch die Adern rinnt, dann wird man körperlos. Tod und Leben umschleichen sich, geduckt, gespannt wie zwei Raubkatzen, die engere und immer engere Kreise um ihre begehrte Beute ziehen. Die Zeit lässt einen von beiden gewinnen.

Der alte Mann hatte sich am Fluss zur Rast gelegt. Seit Einbruch der Dunkelheit war er umhergezogen und hatte die bekannten Schlafplätze abgesucht, doch die überdachten Hauseingänge, zugigen Kellerlöcher und Treppenhäuser waren in dieser kalten Nacht bereits besetzt. Der Winter war viel zu früh und viel zu plötzlich über die Bewohner der Stadt gekommen. Glücklicherweise kannte der Alte ein paar Geheimplätze. Es war zwar nicht sehr bequem hier unten am Ufer, auch wenn die Steine an dieser Stelle rund und flach waren, und das Rauschen der Wellen klang lange nicht so romantisch und einschläfernd, wie man sich das gerne vorstellte; doch unter der Brücke war es wenigstens trocken.

Der alte Mann hatte seine Decke ausgebreitet und rückte sein Bündel sorgfältig hin und her, um es als Kissen zu benutzen. Als er zufrieden war, zog er sich die Wollmütze tief in die Stirn, vergrub das Kinn im Schaltuch und mummelte sich in die zerlumpte Decke ein. Sein von wohliger Müdigkeit getrübter Blick schweifte über den Fluss … und blieb an einem Schatten im Wasser hängen, der immer näher trieb. Die dunklen Wellen schwappten über etwas hinweg, das wie Schultern und ein Rücken aussah.

»Aber das ist ja …« Der alte Mann schob die Mütze zurück, rappelte sich aus seiner Decke auf und lief ans Ufer. Bis zu den Oberschenkeln musste er ins eiskalte Flusswasser steigen, um den reglosen Menschen zu fassen zu bekommen. Er zog ihn unter den Schultern hoch und hielt ihn ächzend vor sich, wie man ein junges Kätzchen hochhält. Wasser tropfte aus den Haaren und Kleidern des Jungen. Der alte Mann machte große Augen, als er ihn erkannte.

Er zog den Jungen ans Ufer und ließ sich neben ihm in den Schnee sinken. Behutsam öffnete er das Jackett des Jungen und erstarrte. Rote Rinnsale waren über die Brust gelaufen. Als der Alte seine Finger wieder hervorzog, waren sie blutig. Der Junge hatte eine Schusswunde in der Schulter.

Er legte ein Ohr an seine Brust und horchte. »Tot bist du noch nicht, Jorel. Halte durch.«

Der Alte stand auf und eilte zu seinem Schlafplatz zurück. Er schulterte sein Bündel, packte die Decke aber nicht ein, sondern kehrte mit ihr zu dem Jungen zurück und breitete sie neben ihm aus. Dann zog er ihm die nassen Kleider aus, die in der eisigen Luft zu dampfen begannen, und rollte ihn in die Decke, bis er darin steckte wie eine bleiche Motte in ihrem Kokon. Die nassen Kleider verstaute der Alte in seinem Bündel. Dass dabei ein Papier aus der Hose fiel, bemerkte er nicht. Dann hievte er den Jungen über die Schulter und stemmte sich hoch. Das zusätzliche Gewicht des Jungen schien ihn kein bisschen Kraft zu kosten.

»Jetzt gibt es wohl nur noch eine Möglichkeit«, murmelte der Alte, sah sich kurz um und brach auf. Mit wenigen Schritten hatte er das steile Steinufer hinter sich gebracht und lief im Eilschritt die Straße entlang. Die Sammlung der unzähligen Knöpfe verschiedenster Größe und Beschaffenheit begleitete seine Bewegungen mit einem zarten Klirren und Klappern. Leichtfüßig wie ein Wiesel bog der Alte in eine Seitengasse ab.

Als die Polizisten mit ihren Taschenlampen und Spürhunden den Fluss hinaufgehetzt kamen, war der alte Mann mit Tigwid bereits verschwunden. Der Bericht versank in den schwarzen, schweigenden Fluten.

Nachricht von Knebel

»Das ist unfassbar! Unverantwortlich! Wenn der Junge tot ist – wenn er tot ist… Seit wann schießen Polizisten auf Jugendliche, Herrgott noch mal!« Bassar fuhr sich mit den Händen über die Stirn, ohne sein unruhiges Auf-und-ab-Gehen zu unterbrechen. Dabei rempelte er gegen drei geschäftige Polizisten und stieß einen Stuhl zur Seite, der ihm in die Quere kam.

Betty Mebb blickte sorgenvoll von einem Aktenstapel auf. »Vor allem hat er noch den Bericht bei sich, von dem Sie gesprochen haben. – Ah, danke.« Die Kommissarin nahm einen weiteren Aktenstoß entgegen, den eine Kollegin ihr reichte.

»Ja«, murmelte Bassar, »ja, er hat den Bericht, das auch noch. So darf es nicht weitergehen. Die Polizei sollte den Bürgern ein Helfer sein, keine – keine Horde Schießwütiger, verdammt!« Er schlug sich mit der Faust in die Handfläche, dann lief er unruhig ans Fenster und spähte hinaus. Von den Männern, die auf die Suche nach dem Jungen gegangen waren, fehlte jede Spur. Bassar trommelte nervös mit den Fingern auf das Fensterbrett, steckte sich eine Zigarette in den Mund und balancierte sie zwischen den Lippen, ohne sie anzuzünden. Das Schicksal des Jungen machte ihm zu schaffen – es ergriff ihn sogar noch mehr als die Kinderleichen, auf die er in *Eck Jargo* gestoßen war. Ihr Fall war eine Tragödie gewesen, die die Polizei vielleicht hätte verhindern können, bei dem Jungen jedoch trug die Polizei direkte Schuld. Was Bassar am meisten Gewissensbisse bereitete, war die Tatsache, dass weder er noch seine Kollegen ihm Glauben geschenkt hatten, als der Junge von Motten und magischen Blutbüchern erzählt hatte. Und nun waren sie drauf und dran, Beweise für dieses irrsinnige Märchen zu finden.

Wahrscheinlich hatte der Junge genau das vorgehabt und war deshalb hier eingebrochen. Umso quälender war, dass er ausgerechnet den Kugeln der Polizei zum Opfer gefallen war.

Falls er das war, dachte Bassar hoffnungsvoll. Vielleicht hatten die Schüsse ihn nur verletzt. Aber selbst wenn die Kugeln daneben gegangen waren – der eisige Fluss würde jedem ein rasches Ende bescheren.

»Inspektor Bassar«, meldete sich Betty Mebb hinter ihm. Beamte streiften ihn und Papier raschelte. Akte für Akte wurden die Schränke durchforstet. Dieses Büro war genau die Art von Entdeckung, die Bassar sich nach der Auflösung von *Eck Jargo* erhofft hatte. Allerdings konnte er sich jetzt nicht darüber freuen.

»Sehen Sie mal, was ich gefunden habe, Inspektor.« Mebb kam neben ihn und schob ihm einen Papierbogen zu. Bassar überflog die ersten Zeilen.

»Ganz recht«, sagte Mebb eifrig. »Das ist der Bericht, der in dem Bericht erwähnt wurde, den der Junge hat: Hier steht, Elias Spiegelgold hat die Detektei angeheuert, um Nachforschungen anzustellen, warum sein Bruder, der Buchhändler Alois Spiegelgold, seinen Verstand verloren hat. Interessanterweise hat Alois Spiegelgold dem Bericht zufolge *zuerst* den Verstand verloren und dann das Feuer gelegt. Das heißt, es gab einen anderen, früheren Auslöser für den Verlust seiner

Geisteskraft. Das bestätigt im Übrigen ja nur, was wir die ganze Zeit über angenommen haben.«

»Werden Beweise dafür genannt?«, fragte Bassar und blätterte den Bericht durch.

»Keine konkreten. Aber es wird erwähnt, dass Alois Spiegelgold sich wenige Tage zuvor strafbar gemacht haben soll, indem er ein wertvolles Artefakt gestohlen hat. Nämlich ein Buch. Das lässt darauf schließen, dass er zu diesem Zeitpunkt bereits verrückt war.«

»Und jenes Buch gehörte Morbus.«

Mebb nickte. »Das haben Sie aus dem Bericht, den der Junge mitgenommen hat.«

Bassar nahm die ungerauchte Zigarette aus dem Mund und strich sich fieberhaft mit der Hand über die Wangen. Ein Buch, das gestohlen und in aller Heimlichkeit zurückgeholt wurde, und ein plötzlicher Fall von Wahnsinn… Auf irgendeine verzwickte Weise hatte das alles mit der Geschichte über die Erinnerungsbücher zu tun, die der Junge und Apolonia Spiegelgold erzählt hatten. Hatten die beiden nicht gesagt, man verlöre seinen Verstand, wenn man ein solches Buch las, weil man es liebte wie einen echten Menschen… das Ganze war doch vollkommen abwegig.

»Wir müssen unbedingt etwas erledigen«, überlegte er leise.

»Und das wäre?« Mebb räusperte sich, und ihre Stimme nahm wieder die ausdruckslose Gelassenheit an, die ihr zu eigen war. »Egal was es ist, Inspektor. Sie sollen wissen, dass ich zu allem bereit bin.«

Bassar sah der Kommissarin in die von zarten Fältchen umgebenen Augen. Eine Weile erwiderte sie seinen Blick vielsagend, dann schienen ihre Worte sie zu beunruhigen und sie sah zur Seite. Bassar wandte sich rasch wieder dem Bericht zu und rollte ihn in den Händen zusammen. »Gut, danke, Kommissar Mebb. Mir ist Ihre außerordentliche Einsatzbereitschaft natürlich bekannt. Seit Sie bei uns arbeiten, und das ist eine lange Zeit, waren Sie ja immer sehr gewissenhaft.« Bassar hatte das unbestimmte Gefühl, etwas Falsches gesagt zu haben, und spähte zu Mebb herüber, die ihn zu seinem Entsetzen prüfend ansah. Nervös steckte er sich wieder die Zigarette in den Mund und vergrub die Hände in den Manteltaschen. Dann nahm er die rechte Hand doch wieder heraus, um nach dem Bericht zu greifen. »Wir müssen die kleine Spiegelgold endlich befragen.«

»Ich komme mit«, sagte Mebb und strich sich ihren perfekt sitzenden Mantel glatt.

»Perfekt. Ich meine, das finde ich schön. – Sie verstehen schon.« Eilig beschloss Bassar, seine Zigarette anzuzünden, bevor ihm noch mehr wirres Geplapper über die Lippen kam, und mit einem erleichterten Ausatmen versteckte er seine glühenden Wangen hinter einem Schleier aus Qualm.

Apolonia schlief. Seit ihrem Schwächeanfall war sie noch nicht wieder ganz zu Kräften gekommen – schließlich hatte sie nichts gegessen, außer der Hochzeitstorte natürlich. Von der waren nur noch ein paar Kuchenbodenbröckchen und Sahnekleckse übrig.

Nachdenklich sammelte Vampa die restlichen Krümel mit dem Zeigefinger auf und steckte sie sich zwischen die Lippen. *Der Junge Gabriel* lag noch immer auf seinem Schoß und Vampas Hand hatte sich um den Einband geschlossen.

Von allen Blutbüchern, die er im Verlauf der Jahre gefunden und gelesen hatte, war ihm *Der Junge Gabriel* am kostbarsten. Vielleicht weil darin pures, reines Glück gefangen stand. Vielleicht weil er Gabriel im echten Leben kennengelernt hatte. Weil er sich besonders gut mit ihm identifizieren konnte …

Vampa senkte den Kopf, sodass er auf gleicher Höhe mit Apolonias Gesicht war. Sie schlief reglos und tief wie die verwunschenen Prinzessinnen aus den Märchen, die Vampa früher gelesen und die ihn vollkommen kaltgelassen hatten. Ihre dunklen Wimpern schimmerten rötlich im Licht der Petroleumlampe. Ein Kuchenkrümel klebte ihr an der Oberlippe.

Eigentlich hatte sie ihm den Rücken gekehrt, als sie eingeschlafen war. Nach einer Dreiviertelstunde aber, als Vampa ganz sicher gewesen war, dass sie schlief, hatte er vorsichtig ihren Kopf angehoben und sie zu sich umgedreht. Jetzt beobachtete er ihr Gesicht mit angehaltenem Atem. Sie grunzte leise im Schlaf.

Vampa verharrte eine Weile fasziniert mit schief gelegtem Kopf. Es war so seltsam … was *in* ihm war, war seltsam. Seit der Begegnung mit Tigwid war da diese merkwürdige, heiße Übelkeit, und in Apolonias Nähe drückte die Übelkeit ihm gegen die Innenwände seines Kopfes, dass ihm fast schwindelig wurde. Es konnte doch keine Krankheit sein, schließlich war die Übelkeit nicht verschwunden, als sein Haar zu bekannter Stunde nachgewachsen war.

Vampa hörte auf, darüber nachzudenken, denn Apolonias Anblick nahm ihn ganz ein. Was er sonst immer so belanglos an menschlichen Gesichtern gefunden hatte, wirkte bei ihr hypnotisierend: die weichen, glatten Härchen der Brauen, die doppelte Falte ihrer Lider, die bläulichen Schatten an ihrer Nasenwurzel, die zarte Vertiefung zwischen Nase und Oberlippe, die aussah, als hätte ein fallender Tropfen sie in die Haut gedrückt … das alles hatte eine äußerst ungewöhnliche Wirkung auf ihn, die er aber genoss; er genoss sie, bis sein Nacken starr wurde und zu schmerzen begann. Mit einem Blinzeln erhob er sich, strich gedankenverloren über den Buchdeckel und über seine Haare. Als er sein Taschenmesser zog, um die langen Locken abzuschneiden, zögerte er, in den Spiegel zu blicken. Das Gesicht, das ihn dort erwartete, war ihm zuwider. Schließlich klappte er *Der Junge Gabriel* auf und fuhr mit dem Finger die Konturen der feinen roten Zeichnung nach. Die runde Nase, die sanften Lippen, die wachen Augen unter den dunklen Brauen … Schon wieder diese Übelkeit! Und doch war sie ein wenig anders als die schwere Benommenheit, die ihn bei Apolonia überfiel. Ohne den Blick vom Bild zu wenden, nahm Vampa seine Haare in die Hand und schnitt sie kurz. Dann sammelte er die abgeschnittenen Locken auf und hielt sie in das Flämmchen der Petroleumlampe. Das Feuer zischte und der vertraute beißende Geruch breitete sich im Raum aus. Vampa atmete ihn tief ein wie in so vielen Nächten zuvor. Ihm stiegen davon Tränen in die Augen.

Apolonia erwachte von einem schweren Elendsgefühl. Ihr war kalt und sie sehnte sich nach einem gründlichen Bad. Mit einem unbeholfenen Schlürfgeräusch hob sie den Kopf und entdeckte peinlich berührt einen feuchten Fleck auf der Decke. Die hygienischen Befürchtungen machten ihr allerdings noch mehr zu schaffen als das Schamgefühl – wer weiß, welche Bakterien sie sich aus der Decke eingefangen hatte. Sie rieb sich über die müden Augen und begegnete Vampas Blick. Er saß im Schneidersitz hinter der Petroleumlampe und schien das Licht gemustert zu haben, ehe seine Augen zu seinem liebsten Beobachtungsobjekt zurückgewandert waren: Apolonia.

»Du hast nicht lange geschlafen«, stellte er fest.

Sie musste sich konzentrieren, um seiner klanglosen Stimme eine Bedeutung abzuringen, räusperte sich und setzte sich auf. »Ich habe grässliche Kopfschmerzen. Wie spät?«

»Wahrscheinlich geht bald die Sonne auf. In einer halben Stunde.«

Apolonia drückte sich mit dem Handballen gegen die pochende Stirn. Ihr sauberes Bett, frisch gebügelte Kleider, Trude mit heißer Honigmilch … wenn sie sich nur fest genug auf diese Vorstellungen konzentrierte, vergaß sie ihre eigentliche Umgebung. Wie tief war sie in wenigen Tagen gesunken! Statt Trude und gemütlicher Lesestunden bei Gebäck und Tee hatte es *Eck Jargo* gegeben, Morbus und die Dichter, Drohungen, Gefahr, Verfolgungen durch die Polizei …

Und jetzt war nicht mal Tigwid mehr da. Sie lachte unwillkürlich auf – als wäre Tigwid irgendeine Stütze gewesen! Er war doch so einfluss- und mittellos, wie eine Waise aus der Unterschicht nur sein konnte. Umso erbärmlicher, dass sie sich nach seinem Beistand sehnte … Bei diesem Gedanken riss Apolonia sich endgültig zusammen.

Hatte sie zwischen all dem Schreck und der Aufregung denn vergessen, wer sie war? Sie war kein namenloses Opfer der Dichter, kein unwichtiger Niemand, der die Polizei auf sich rumtrampeln ließ! Am Ende würde sie siegen, Rache üben und Gerechtigkeit walten lassen – war das nicht ihr Ziel gewesen? Apolonia ballte die Fäuste, als hielte sie ihren wiedergefundenen Trotz in den Händen. Sie war lange genug in Selbstmitleid zerflossen. Bloß weil die Polizei begriffsstutzige Spießer anstellte, hatte sie an sich selbst gezweifelt. Nein, damit war jetzt Schluss.

Mit verkniffenem Gesicht schloss sie die Knöpfe an ihrem Mantel und zu ihrer eigenen Freude und Ermutigung gelang ihr das bis auf wenige Ausnahmen perfekt.

»Vampa«, sagte sie dann in dem Befehlston, der – ja – schon wieder ganz nach ihr klang, »weißt du, wie man Schnürsenkel bindet? Ich bekomme ehrlich gesagt nur solche merkwürdigen Schnecken hin. Wärst du so hilfreich?« Sie streckte ihm beide Füße hin und bemerkte erst jetzt seine auffällige Frisur. Er hatte sich die Haare frisch geschnitten, sodass sie ihm knapp in den Nacken reichten, und einen Seitenscheitel versucht, der wider die natürliche Lage seiner Haare mit Wasser befestigt war. Die Frisur ähnelte Tigwids, nur dass Vampas Haare so platt waren, als hätte ein mächtiger Wasserstrahl sie ihm auf den Kopf gepresst. Sein Gesicht war ungewohnt deutlich zu sehen, jetzt wo ihm die lockigen Strähnen nicht mehr über die Augen hingen. Seine Stirn war fast noch bleicher als seine Wangen und eine dünne blaue Ader schimmerte durch die wächserne Haut. Wortlos schnürte er Apolonia die Schuhe.

»Danke«, sagte sie und versuchte, sich von den lichtlosen Augen nicht ängstigen zu lassen, die hinter Vampas Wimpern saßen wie eingesetzte Scheiben. Egal wie oft sie sie schon gesehen hatte, sie musste immer wieder gegen ihr Erschrecken ankämpfen.

»Also, ich fasse unsere Lage zusammen. Wir können nicht zur Polizei, da man mir nicht glaubt. Außerdem suchen sie dich, weil du in *Eck Jargo* geboxt hast. Tigwid ist schon gefasst, ihm kann nur noch durch geschicktes juristisches Eingreifen geholfen werden. Wir könnten bei Professor Ferol einbrechen, um dein Blutbuch zu suchen, damit bist du einverstanden, richtig?«

Vampa nickte.

»Das werden wir aber nicht tun.« Apolonia atmete tief durch. »Ich habe meine Bedenken, ohne Tigwid den Einbruch zu wagen. Schließlich ist er doch der Experte, was das betrifft. Ehrlich gesagt habe ich schon zu viel aufs Spiel gesetzt und zu wenig Rücksicht auf meine eigene Sicherheit genommen. Ich habe mich von, nun, gewissen Rachegelüsten hinreißen lassen und war unvorsichtig, als ich zur Lagerhalle zurückgekehrt bin. Dabei sind das Entscheidende bei jedem Feldzug die Organisation und der kühle Kopf.« Apolonia holte abermals Luft und verschränkte die Arme. »Wir nehmen jetzt das Buch von Tig… ich meine *Der Junge Gabriel* mit, legen es meinem

Onkel vor und schildern ihm alles. Als der beste Staatsanwalt der Stadt wird er unser Anliegen mit Kraft und Tat vertreten. Ich bin bereit, Hilfe anzunehmen, um unser Ziel zu erreichen. Einbrüche und dergleichen sind heikel und ich will mich nicht noch einmal mit der Polizei anlegen. Mein Onkel wird den Teil übernehmen.« Apolonia stand auf. Die Entscheidung hatte sie Überwindung gekostet, schließlich opferte sie ihren Stolz, indem sie auf die Hilfe ihres Onkels zurückgriff. Aber lieber erreichte sie ihr Ziel auf weniger ruhmreichen Wegen, als ruhmreich gar nichts zu erreichen.

»Du kannst mitkommen, wenn du möchtest, und mir als lebender Beweis dienen. Außerdem danke ich dir für deine Hilfe. Schließlich wäre ich ohne dich nie an Tigwids Blutbuch gekommen. Apropos Blutbuch. Ich müsste es mitnehmen.« Sie streckte die Hand danach aus und Vampa drückte es automatisch fester an die Brust.

»Nein. Tigwid hat gesagt … Er wollte es doch nicht.«

Apolonia versuchte, ein entspanntes Lächeln aufzusetzen. »Vampa. Vertrau mir einfach, dass ich meine Entscheidung wohl überlegt habe. Tigwid wird nichts zustoßen, falls du um ihn besorgt bist. Sollten seine früheren Fehltritte überhaupt jemanden interessieren angesichts der Geschichte, die wir mit den Dichtern liefern, dann bürge ich für die beste Strafverteidigung, die man nur kriegen kann.«

Nun erhob sich auch Vampa. Er stand ihr genau gegenüber, und für einen kurzen Moment durchwogte sie Unsicherheit, ob sie ihre Worte gut genug gewählt hatte.

»Ich sehe vielleicht aus, als wäre ich so alt wie du. Aber ich habe neun Jahre Zeit gehabt, um über Blutbücher nachzudenken. Und … ich denke nicht, dass wir jemandem davon erzählen sollten. Dein Onkel wird uns nicht glauben. Er wird das Buch selbst lesen wollen. Dann ist er verrückt.« Er zuckte mit den Schultern.

Apolonia verengte die Augen. »Ich weiß, wie ich Tigwid, mich *und* dich rächen kann, verstanden? Stell dich deinem eigenen Vorteil nicht in den Weg, nur weil du dich offensichtlich verpflichtet fühlst, Tigwids Meinung zu vertreten. Denk mal nach.«

Hinter seinem reglosen Gesicht schien es zu arbeiten. Er öffnete unschlüssig den Mund. »Ich vertrete nicht Tigwid. Ich bin …«

»Hast du einen besseren Vorschlag? Wir haben genau zwei Möglichkeiten. Entweder wir agieren weiterhin wie Kriminelle und brechen bei Ferol ein. Dann hätten wir mit viel Glück dein Blutbuch – und würden damit genau dasselbe anfangen wie mit Tigwids Blutbuch in Möglichkeit zwei: Wir nehmen jetzt das Buch«, sie klopfte patzig gegen den Buchdeckel und versetzte Vampa damit einen leichten Schubs, »gehen zu mir nach Hause, und ich spreche mit meinem Onkel. Er wird in der Dichteraffäre den Prozess seines Lebens erkennen und die Dichter sind *passé*.«

Vampa schien nicht überzeugt, aber das musste natürlich nichts heißen. Apolonia wartete, bis er eine Antwort von sich gab. Als keine kam, setzte sie noch hinzu: »Überleg mal, was Tigwid machen würde. Wenn er unser Gespräch mitangehört hätte, würde er bestimmt sagen, dass er das Risiko einzugehen bereit ist, um die Dichter ans Messer zu liefern. Er würde erkennen, dass es unsere einzige Chance ist.« Damit drängte Apolonia sich an Vampa vorbei. »Komm. Wir wollen keine Zeit verschwenden. Je schneller wir diese missliche Sache aufklären, umso rascher können wir auch Tigwid aus dem Gefängnis holen.«

Sie tastete sich bereits durch die Finsternis des engen Kanalschachts und kletterte eine Leiter hinauf, während Vampa hinter ihr die Petroleumlampe löschte. Die Zeichnung von Tigwid kam ihr in den Sinn. Er sah sie mit einem vorwurfsvollen Blick an, empört und irgendwie verletzt. Reiß dich zusammen, dachte sie. Sie musste ihn noch dieses eine Mal … es war ja nicht *verraten*! Ihre gemeinsame Rache ging vor. *Apolonias* Rache.

Während sie durch die verschneiten Straßen marschierten, schwiegen sie. Ihnen waren die Gesprächsthemen ausgegangen. Für Apolonia war Vampa nicht viel mehr als ein inhaltloser Körper und Vampas Verhalten widersprach dem in keiner Weise. Nur wenn er sie aus den Augenwinkeln beobachtete und Apolonia seinen Blick auf sich spürte, war sie sich nicht ganz sicher, was in ihm vorging.

Ob er ihr misstraute? Sie hatte ja zugegeben, eine Motte zu sein, und die Dichter waren schließlich auch Motten. Womöglich war das der Grund, weshalb er *Der Junge Gabriel* im Arm hielt und nicht aus der Hand gab, als sei es sein eigenes Herz.

Es war ein kühler Morgen, der Himmel hüllte sich in kränklich gelbe Schleier und über dem Fluss waberten dichte Nebel. Apolonia vergrub fröstelnd die Hände in den Manteltaschen. Eine ältere Dame kreuzte ihren Weg, warf erst Apolonia, dann Vampa und seiner bloßen Brust einen Blick zu und stieß ein missbilligendes Schnauben aus. Apolonia stolzierte erhobenen Hauptes an ihr vorbei, doch als sie um die nächste Straßenecke gebogen waren, sagte sie: »Du hättest dir wenigstens ein Hemd anziehen können. Das Haus meines Onkels befindet sich in einer Gegend, wo man für gewöhnlich nicht nackt durch den Schnee hüpft.«

Vampa schloss betreten den Mantel. »Soll ich mir ein Hemd besorgen?«

»Wie? Wenn du auf die Art meinst, auf die du vermutlich auch den Mantel da aufgegabelt hast, dann nein. Kriminalität ist bei dir offenbar an der Tagesordnung, aber ich bin noch ein ehrlicher Bürger.« Apolonia hatte verschnupfter geklungen als beabsichtigt, aber schließlich hatte sie allen Grund, gereizt zu sein. Sie war auf dem Weg zu Elias Spiegelgold, dem vernunftmäßigsten Menschen der Welt, um ihm eine Geschichte von Gabenträgern, Blutbüchern und Erinnerungsraub zu erzählen. Und in ihrem Schlepptau war ein halb nackter, unsterblicher Junge.

Was Trude sich wohl denken würde? Bestimmt erschrak sie, war erleichtert und völlig aus dem Häuschen. Apolonia lächelte beinahe. Sie hatte ihr Kindermädchen vermisst.

Bald tauchte der Park vor ihnen auf. Von hier aus war das Haus der Spiegelgolds nur noch fünf Gehminuten entfernt. Von Raureif und Eis verkrustete Bäume reckten sich über den Eisenzaun des Parks und überdachten den Bürgersteig mit gläsernen Zweigen. Weil der Winter dieses Jahr so plötzlich gekommen war, hatten die Buchen und Ahornbäume einen Großteil ihrer Blätter noch nicht verloren. Frost und Schneesterne hatten das Laubwerk mit einer glitzernden Schicht überzogen. Es sah so schön aus, dass Apolonia ihre Befürchtungen und Sorgen eine Weile vergaß und auf nichts anderes als die zauberhafte Umgebung achten konnte. Wenn ein leichter Wind aufkam, klirrten die Eiszapfen an den Bäumen und die gefrorenen Blätter wie hundert feine Glocken. Das Eis knirschte unter ihren Schritten, als liefen sie auf Spiegeln.

Auf einer Parkbank unter einem großen Holunderbusch lag ein Bettler und schlief. Vampa ging auf ihn zu und zerrte eine Zeitung unter dem Schlafenden hervor. Der Mann kullerte von der Bank, ein Haufen brauner Flaschen fiel mit und rollte klirrend über den Boden. Einen Moment sah es so aus, als würde er sich grunzend und schnaufend erheben, doch dann sank er zurück und schlief weiter.

»Was machst du da?« Apolonia war bereits neben Vampa getreten, um mit ihm auf die Titelseite der Zeitung zu spähen.

Es war die heutige Ausgabe des *Stadtspiegels*, noch warm vom Druck – oder vom Hinterteil des Bettlers. Die Konterfeis mehrerer Männer nahmen die Seite ein, die sich alle ähnelten, ob das nun an ihrem einheitlichen Haarschnitt lag oder dem schlechten Druck. Darüber stand die Schlagzeile: DER PREIS FÜR *ECK JARGO* – WIE VIELE TOTE NOCH?

Unter den Fotografien stand in kleiner Kursivschrift: *Mit der blutigen Eroberung von* Eck Jargo *vor zwei Tagen hat das Massensterben längst kein Ende genommen. Zu einem schockierenden Mord kam es gestern Vormittag, als ein Polizeibeamter vor einen Zug gestoßen wurde (S.3).*

Apolonia schauderte. Ohne es zu merken, hatte sie Vampa die Zeitung aus der Hand genommen und schlug Seite drei auf. Das Foto eines hageren Mannes mit einem langen Hals und einer Haarsträhne in der Stirn war neben dem Artikel abgebildet, dessen Überschrift NEUER MORD AN POLIZISTEN lautete.

Apolonias Augen irrten über die Zeilen:

Nach der spektakulären Razzia in *Eck Jargo* am vergangenen Dienstag geriet nicht nur die Verbrecherwelt ins Zittern, auch die Polizei hat Verluste zu beklagen. Gestern Vormittag um elf Uhr vierzig musste die Polizei den siebzehnten Todesfall bekannt geben: Jakob Frall wurde bei der Verfolgung einer verbrecherischen Bande vor einen Zug gestoßen und starb noch am Tatort. Die Polizei fahndet jetzt nach einem Boxer, der bei *Eck Jargos* illegalen Kämpfen unter dem Namen »Vampa« auftrat und den Mord begangen haben soll, zusammen mit seiner Komplizin. Beide Täter sind zwischen fünfzehn und dreiundzwanzig Jahre alt und dunkelhaarig. Der Boxer trug zur Tatzeit einen schwarzen Mantel. Die Polizei bittet um sachdienliche Hinweise.

Apolonia stieß einen Schreckenslaut aus, als sie ihren Namen in der Überschrift des Artikels darunter entdeckte. Vampa zog die Seite höher, um mitlesen zu können.

MINDERJÄHRIGE SPIEGELGOLD VERSCHOLLEN

Vor drei Tagen ist die fünfzehnjährige Annemarie Spiegelgold, Tochter des Buchhändlers Alois Spiegelgold und Nichte des Staatsanwalts Elias Spiegelgold, spurlos verschwunden. Ob es sich um einen weiteren Fall in der Kette mysteriöser Kindesentführungen handelt, die Eltern seit Jahren um ihre Töchter und Söhne bangen lässt, ist noch unklar. Eine polizeiliche Suchaktion wurde bis jetzt nicht eingeleitet. Grund dafür ist eine Zeugenaussage, der zufolge das vermisste Mädchen in *Eck Jargo* gesichtet wurde, offenbar in Gesellschaft von Bekannten. Ob der jüngste Sprössling der einflussreichen Spiegelgold-Familie wie viele andere der prominenten Stammgäste von *Eck Jargo* (Erich Sanderlohn, Vorsitzender von BZG-Strom, und Stadtrat Joachim van Rilk) untergetaucht ist, bleibt abzuwarten. Staatsanwalt Elias Spiegelgold hat sich noch nicht zum Verschwinden seiner Nichte und ihrer Verbindung zu *Eck Jargo* geäußert. Annemarie Spiegelgold lebt seit dem Brand in der Spiegelgold-Buchhandlung im Hause ihres Onkels.

»Annemarie«, wiederholte Vampa langsam. »Die meinen dich.«

Apolonia spürte erst jetzt, wie sehr sie zitterte. »Natürlich, du Genie! Die denken, dass ich – ich muss sofort – sofort nach Hause und …«

Mit steifen Schritten ging sie los. Sie hatte das Gefühl, auf Stelzen zu laufen, und merkte kaum, wie sie über die leeren Flaschen auf dem Boden stolperte. Vampa folgte ihr und musste mächtig ausholen, denn Apolonia lief fast. Nur noch um die Straßenecke, vorbei am Park, dann war sie da …

Sie bogen um die Ecke und waren kaum zwei Meter weit gekommen, da hielt Vampa sie am Arm fest. »Da ist die Polizei.«

»Was?«

Am Ende der Allee stand ihr Haus. Ein schwarzer Polizeiwagen parkte davor. Apolonia stockte der Atem. »Die Polizei!«

Die Haustür öffnete sich, und zwei Beamte traten heraus, eine Frau mit metallgrauem Haar und Inspektor Bassar. Er setzte seine Melone auf, als er sich noch einmal zu dem Dienstmädchen umdrehte, das ihnen geöffnet hatte. »Wenn sie wiederkommt, melden Sie sich bitte unverzüglich.«

Das Dienstmädchen nickte.

»Komm!« Vampa zog Apolonia hinter eine gefrorene Hecke, bevor die Polizisten die Haustreppe herunterkamen. Apolonia und Vampa beobachteten, wie die beiden in den Dienstwagen stiegen und losfuhren, bis sich das Brummen des Automobils in der Ferne verlor.

»O Gott.« Apolonia versuchte, sich klar zu werden, was passierte. Die Polizei war bei ihrem Onkel gewesen, um sie zu suchen. Sie galt als vermisst – nein, als *untergetaucht*. Mit Entsetzen starrte sie auf die zerknitterte Zeitung in ihren Händen. Der Inspektor brauchte den Artikel über ihrer Vermisstenanzeige nicht zu sehen, um eins und eins zusammenzuzählen und in ihr die Komplizin von Vampa zu erkennen. Deshalb war er hier gewesen. Sie war identifiziert worden. Die Blauröcke, die Tigwid festgenommen hatten, hatten ihr Gesicht gesehen – wahrscheinlich auch noch ihren Vornamen gehört –, und nun wurde sie des Mordes bezichtigt. Dabei kam ihr ein schrecklicher Gedanke: Was, wenn Tigwid den Polizisten gesagt hatte, wer sie war? Bestimmt hatten sie ihn ausgiebig verhört, und welchen Grund hatte er schon, Apolonia nicht zu verraten, wo doch sie ihn …

Sie spürte, wie das unwiderstehliche Verlangen zu weinen in ihr aufstieg. Ja, weinen wollte sie, ganz egal ob es vernünftig war oder nicht! Sie wollte so lange Rotz und Wasser heulen, bis sie ganz leer war und kein Entsetzen und keine Panik mehr empfand.

Als sie das Gesicht in der zerknüllten Zeitung vergrub, berührte Vampa behutsam ihre Schulter.

»Mach dir keine Sorgen. Dein Onkel ist doch Anwalt, wenn er Tigwid verteidigt, kann er dich doch auch verteidigen.«

»Das ist etwas ganz anderes!« Apolonia erschrak fast vor sich selbst, so schrill hatte sie geklungen. »Tigwid und *ich*! Es ist alles zu spät ... Selbst wenn ich meine Unschuld irgendwie beweisen kann, diesen Ruf werde ich nie wieder los. Apolonia Spiegelgold, die Mörderin. Ich wette, die ganze Gesellschaft zerreißt sich schon das Maul! Die Mutter tot, der Vater irre, die Tochter kriminell – das passt ja alles vorzüglich! Mein Onkel wirft mich raus, der wird leugnen, dass er je etwas mit mir zu tun hatte. Jetzt wo ich seinen weiteren Aufstieg gefährden könnte.« Apolonia stieß mit der Fußspitze gegen den Kies und zog geräuschvoll die Nase hoch. Als Vampa hinter sie trat, wandte sie das Gesicht ab.

»Ich ...«

»Du musst nichts sagen, Vampa. Du verstehst das sowieso nicht. Du hast keine Sorgen, oder? Keine Angst, keine Zweifel, kein Garnichts? Du kannst dich glücklich schätzen, weißt du das?«

»Kann ich nicht«, sagte Vampa und runzelte die Stirn. »Ich fühl gar nichts. Auch kein Glück.«

Apolonia atmete tief durch. Gesucht von der Polizei ... Jetzt blieb ihr nichts anderes übrig, als das Leben einer Geächteten zu führen. Selbst wenn sie sich irgendwie aus dem ganzen Schlamassel befreien konnte, ihre Glaubwürdigkeit, ihre Stellung in der Gesellschaft waren für immer dahin.

Ihr Kinn begann zu beben. Während sie des Mordes verdächtigt wurde, stahlen Morbus und seine Dichter weiterhin unbehelligt Erinnerungen! Sie hatte nichts bewirkt, nur dass die Welt noch ungerechter geworden war. Je mehr man dagegen ankämpfte, umso schlimmer wurde es.

Am liebsten wäre sie weggerannt. Irgendwohin, weg von allem … Was scherten sie die Verbrechen der Dichter? Was ihr angetan worden war, konnte man sowieso nicht ungeschehen machen. Sie sollte die Vergangenheit ruhen lassen. Ihre Mutter war ermordet worden. Punkt. Es war zu spät, es wiedergutzumachen. Sie sollte fortgehen, vielleicht Trude mitnehmen … irgendwo ein neues Leben anfangen.

Ihr wurde schmerzhaft klar, dass das ein naiver Traum war. Sie hatte keine Eltern, kein Zuhause. Keinen einzigen Freund. Ganz zu schweigen von der katastrophalen finanziellen Lage, in die ihr Vater sie gestürzt hatte. Sie war so hilflos, wie eine von Gesetz und Verbrechern gesuchte Halbwaise nur sein konnte.

Während Apolonia mit den Tränen kämpfte, scharrte sie weiter mit dem Fuß im Kies und drosch mit der Schuhspitze auf die Steinchen ein, als sei das ganze Elend ihre Schuld.

Dicht hinter sich hörte sie Vampa atmen, er machte einen Anlauf zu sprechen und verstummte wieder. Was wollte er denn jetzt noch von ihr? Apolonia merkte, wie seine bloße Anwesenheit sie reizte, dabei war er ja der letzte Mensch, dem sie noch mehr oder weniger vertrauen konnte. Ohne ihn war sie vollkommen verlassen. Aber mit ihm fühlte sie sich auch nicht sonderlich gestärkt.

»Apolonia?« Er sprach ganz leise, als koste es ihn Mühe.

Sie schloss kurz die Augen. Vampa konnte nichts dafür, dass alles schiefging. »Ja?«

Weil er nichts mehr sagte, wandte Apolonia sich ihm zu, um den Grund für sein Rumdrucksen zu finden. Er sah sie ernst und nachdenklich an, sofern man das an seinem Gesicht ablesen konnte.

»Was ist denn?« Sie wartete, dass er etwas sagte. Aber es schien eine Angewohnheit von ihm zu sein, den Mund nicht aufzukriegen.

»Was willst du? Was?«, schnappte Apolonia. »Guck mich nicht so belämmert an!« Ihr kurzer Wutausbruch schlug augenblicklich in Verzweiflung um. »Lass mich doch in Ruhe. Mein Leben ist zu Ende und du gaffst mich an wie eine Giraffe im Zoo!« Mit einem zittrigen Atemzug drückte sie sich Daumen und Zeigefinger gegen die Nasenwurzel.

»Tut mir leid, Poli«, hauchte Vampa. Ein Zucken ging um seine Mundwinkel, fast wie ein Lächeln sah es aus, und mit großen, offenen Augen blickte er sie an.

Apolonia schielte zu ihm auf und konnte es nicht fassen. Der Kerl hatte nicht nur keine Gefühle, er wusste auch nicht, wie man mit den Gefühlen anderer Menschen umging.

»Provozier mich nicht mit deinen Stielaugen, und wenn du mich noch einmal Poli nennst …« Sie verstummte verdutzt. Während sie sprach, hatte Vampa nervös die Lippen gespitzt und zu einer Seite verzogen. Genau wie Tigwid.

»Was war das?«

»Was?«

»Das, *das, das* mit deinem Mund! Das ist doch Tigwids komischer Tick. Du kopierst ihn. Du kopierst Tigwid.« Ihr Blick wanderte verwirrt zu dem Blutbuch, das Vampa noch immer im Arm hielt. »Gib mir das Buch«, befahl Apolonia leise.

Vampa wich zurück.

Sie streckte die Hand aus. »Gib her!«

Plötzlich knackte ein Ast hinter ihr. Das Bild einer geknebelten Frau blitzte in ihren Gedanken auf. Sie drehte sich um und sah, wie ein Marder aus den Büschen sprang. Überrascht sandte sie Knebel ihr Bild zur Begrüßung, dann stopfte sie sich die zerknüllte Zeitung in die Manteltasche und kniete nieder. Der Marder strich unter ihren Händen hindurch, und Apolonia erkannte, dass Knebel einen kleinen, eingerollten Brief an einer Schnur um den Hals trug.

Wer hat das da hingehängt?

Knebels Schnurrbarthaare zitterten, als er Vampa sah. Doch der Junge kam nicht näher, weshalb auch Knebel es bei einem Fauchen beließ.

Ein Geruch.

Apolonia schüttelte den Kopf. »Ich kann doch nicht riechen wie du, es bringt mir also gar nichts, wenn du mir den Geruch der Person schickst.«

Trotzdem schnupperte sie vorsichtshalber in ihre Gedanken hinein. Er roch nach Essig, nach Salz und irgendetwas Fettigem. Darüber lag ein Hauch von Verbranntem und süßlichem Alkohol.

»Mhm.« Apolonia verengte die Augen. Es handelte sich also um einen Raucher, der Parfüm trug, darunter ein bisschen schwitzte. Behutsam nahm sie Knebel die Schnur mit dem Schriftröllchen ab. Selbstverständlich wusste sie bereits, von wem der Brief war – es gab nur einen, der einen Sinn darin erkennen konnte, einem wilden Marder einen Brief umzuhängen. Morbus, natürlich.

Einen Augenblick wog sie die Schriftrolle unschlüssig in der Hand. Glaubte Morbus tatsächlich, dass sie nach allem, was sie über ihn und seine Gabe wusste, einfach so einen von ihm geschriebenen Brief öffnete? Sie biss sich auf die Unterlippe. Ich sollte den Brief wegwerfen, verbrennen, dachte sie. Bestimmt wartete auf dem Papier irgendein Manipuliersatz. Aber schließlich war sie eine Motte und sie war resistent. Eigentlich könnte sie es doch wagen … aus purer Neugier.

Sie holte tief Luft und machte sich gefasst. Mit klammen Fingern glättete sie das Papier. Ein Auge zugekniffen, spähte sie auf die erste Zeile. Zu ihrer Überraschung gehörte die Schrift nicht Morbus und die Tinte war weder mit Blut gemischt noch übte sie irgendeinen Sog auf sie aus. In säuberlichen schwarzen Lettern stand geschrieben:

Meine liebe Nichte!

Die Nachricht der jüngsten Ereignisse hat mich erreicht und zutiefst erschüttert. Heute Abend war die Polizei da, morgen früh wollen sie wiederkommen. Ich lasse diese Nachricht bei dem Marder zurück, den ich für Deinen Freund halte, und reise noch heute Nacht ab. Dein Onkel wird sich um die Misere kümmern. Dich aber bitte ich, unverzüglich die Stadt zu verlassen. Am Haupttor des Parks steht eine Kutsche bereit, um Dich außer Gefahr zu bringen. Im Hause eines Freundes wartet auf Dich in großer Sorge

Deine liebe Tante Nevera

P. S.: Deine Amme ist bei mir.

Apolonia las den Brief ein zweites Mal durch und wurde noch verwirrter. Nevera? Ihre *Tante*? Woher kannte sie Knebel? Woher wusste sie von ihm? Apolonia erhob sich langsam, den Brief in der Hand, und schüttelte ungläubig den Kopf. Es gab nur einen Weg, Antworten zu bekommen.

»Was ist das?«, fragte Vampa, doch es klang nicht, als ob er wirklich interessiert wäre. Jedenfalls verzichtete Apolonia darauf, seine Frage zu beantworten.

»Das Haupttor …«, murmelte sie. »Vampa, weißt du, wo hier das Haupttor des Parks ist? Bringst du mich hin, bitte?«

Er nickte knapp, warf Knebel einen Blick zu, dann dem

Brief in Apolonias Hand und wieder ihr. Das Blutbuch fest im Arm, setzte er sich in Bewegung.

Knebel lief eine Weile neben Apolonia her, dann sandte er ihr einen Abschiedsgruß und verschwand im Dickicht, um auf Mäusejagd zu gehen. Apolonia registrierte sein Verschwinden kaum. Sie las noch einmal den Brief durch. Aber es blieb ihr ein Rätsel, wie ausgerechnet ihre Tante ihn hatte schreiben und an Knebel übergeben können. Wie hatte Nevera es bloß geschafft, dem wilden Marder einen Brief um den Hals zu hängen und ihm zu erklären, dass dieser für Apolonia bestimmt war? Es gab nur eine einzige Erklärung. Aber das war ... Apolonia schüttelte unwillkürlich den Kopf. Unmöglich!

Und wenn es doch stimmte ...

»Da vorne ist das Haupttor.« Vampa wies voraus. Am Ende des Kieswegs schimmerte ein von vereistem Efeu umwucherter Torbogen. Apolonia atmete tief ein, als sie am Straßenrand eine Kutsche sah.

»Apolonia.« Vampa berührte ihren Arm und blieb stehen.

Sie drehte sich zu ihm um.

»Wo gehst du jetzt hin?«, fragte er.

Apolonia hielt das zusammengerollte Papier hoch. »Dieser Brief ist von meiner Tante. Sie wird uns helfen. Mir, Tigwid und vielleicht auch dir, damit du dein Blutbuch findest. Wenn du möchtest, kannst du mitkommen.«

Er nickte und Apolonia rang sich zu einem zögerlichen Lächeln durch. »Ich würde jetzt sagen: Hab keine Angst. Aber die hast du ja bestimmt nicht.« Fast glaubte sie, ein Lächeln über seine Lippen huschen zu sehen, aber sie, wandte sich gleich wieder ab und schritt auf die Kutsche zu. Hinter sich hörte sie bald Vampas Schritte. Sonderbarerweise war sie froh darüber. Denn obwohl sie gesagt hatte, der Brief sei von Nevera – und sie hoffte es inständig –, befürchtete sie etwas ganz anderes … Womöglich hatten die Dichter ihre Tante entführt, sie gar manipuliert. Das Ganze roch nach einer Falle. Aber was blieb ihr übrig, als darauf einzugehen? Wenn Nevera den Brief wirklich eigenhändig geschrieben hatte, war sie ihre letzte Hoffnung. Wenn nicht, war ohnehin alles verloren.

Mit einer angedeuteten Verneigung gab der Kutscher zu verstehen, dass er auf sie gewartet hatte. »Guten Morgen, Fräulein Apolonia.« Sein Blick schwenkte zu Vampa und er erschrak kaum merklich vor seinem toten Gesicht. Dann fand er seine Stimme wieder und fuhr fort: »Mein Herr schickt Ihnen seine wärmsten Grüße. Auch Ihre Tante, Frau Spiegelgold, wünscht Ihnen einen guten Morgen. Wenn Sie erlauben.« Er öffnete die Kutschentür und reichte Apolonia eine Hand. Sie ließ sich in die Kutsche helfen und nahm auf der schwarzen Sitzbank Platz. Vampa schob sich an dem Kutscher vorbei und setzte sich neben sie.

»Wenn Sie gestatten.« Der Kutscher wollte gerade die Tür schließen, als Apolonia sich noch einmal zu ihm vorlehnte.

»Wer ist Ihr Herr?«

»Er ist der Graf von Caer Therin. Sagt Ihnen der Name etwas? Wahrscheinlich nicht.« Der Kutscher lief rot an. »Verzeihung«, stammelte er. »Ich wollte nicht sagen, dass Sie nicht wissen …«

»Caer Therin, das habe ich noch nie gehört.«

»Nun«, erklärte der Kutscher, »mein Herr lebt sehr zurückgezogen auf seinem Landsitz. Caer Therin ist nur ein Dorf ohne viel Bedeutung. Was man von meinem Herrn natürlich nicht sagen kann«, beeilte sich der Kutscher zu sagen. Apolonia lehnte sich zurück und schlug die Beine übereinander. »Fahren Sie los. Wie weit ist es bis Caer Therin?«

Der junge Mann war bereits auf den Kutschbock gestiegen und nahm Peitsche und Zügel in die Hand. »Oh, eine Weile dauert es schon, fast eine Stunde. Ich werde die Pferde schneller laufen lassen, wenn Sie wünschen.«

»Tun Sie das.« Apolonia faltete den Brief in den Händen und blickte aus dem Fenster, als sie losfuhren. Die Stadt zog an ihnen vorüber. Ein Zeitungsjunge lief neben die Kutsche und bot ihr die neueste Ausgabe des *Stadtspiegels* an, doch Apolonia winkte ab. Kleine Märkte und Schaubuden sandten Lärm und Düfte in die Kutsche, als sie die betriebsamen Straßen der Innenstadt durchquerten. Sie sah die Gesichter von Passanten vorbeifließen, von Straßenkindern und eifrigen Händlern, von Schuhputzern, mausgrauen Angestellten und aufmerksamen Wachmännern. Apolonia schloss die Vorhänge ein Stück und lehnte sich zurück. Das Rattern und Ruckeln der Kutsche machte sie mit einem Mal schläfrig und trotz aller ungeklärter Rätsel breitete sich ein Gefühl träger Geborgenheit in ihr aus. Vampa saß dicht neben ihr und schien die Sitzpolster zu betrachten. Ja, aus irgendeinem Grund war Apolonia froh, dass er sie begleitete – egal ob sie eine Falle oder ihre Rettung erwartete, wenigstens ging sie nicht allein. Und dass zumindest einer von ihnen mit Gewissheit überleben würde, war doch irgendwie tröstlich.

Caer Therin

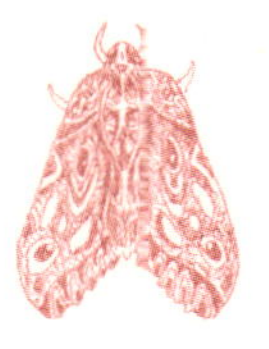

Sie verließen die Stadt und der Lärm der Menschen verklang jenseits der Fenstervorhänge. Bald waren nur noch das Rattern der Kutsche zu hören, das Schnauben der Rösser und gelegentlich ein Rabenkrächzen. Apolonia warf wieder einen Blick nach draußen und erspähte eine verschneite Welt aus Feldern, Dörfchen und Wäldern. Die Aussicht wurde von kahlen Pappeln durchschnitten, die in immer gleichen Abständen die Straße säumten. In der Ferne hörte sie das Läuten von Kirchenglocken.

Immer noch drehte sie den Brief in den Fingern, rollte ihn zu einer unförmigen Papierwurst und glättete ihn wieder. Gedanken, Ängste und Hoffnungen tanzten ihr durch den Kopf, doch sie war zu erschöpft, um daran festzuhalten. Vampa saß mit leerem, dunklem Blick neben ihr, seine Hände lagen auf dem Blutbuch. Ob er nachdachte? Es schien ihr sinnlos, ihn zu fragen. Für eine Weile schloss sie die Augen. Ihr Kopf schaukelte angenehm mit dem Rumpeln der Kutsche hin und her. Sie musste an ihre Tante denken, das katzenhafte Lächeln und die schnurrende Honigstimme … dachte an die Polizei und eine vage Unruhe befiel sie wieder … Sie dachte auch an Tigwid und sah sein Gesicht vor sich; das gezeichnete im Blutbuch und das wirkliche. Ob er tatsächlich in irgendeiner

Zelle saß, zwischen dicken Steinwänden? Kurz kam ihr der Gedanke, er habe sich bereits befreit, mit irgendeinem Trick, den man nur als ausgebuffter Ganove kannte … Aber natürlich war das unmöglich, nicht mal Tigwid konnte aus dem Gefängnis ausbrechen. Selbst mit seinen Mottengaben und den übrigen verbrecherischen Talenten nicht. Und doch – irgendwie fiel es ihr schwer, sich vorzustellen, dass er einer Situation hilflos ausgeliefert war. Warum bloß? Ja, warum eigentlich … Ganz unbemerkt überkam sie der Schlaf.

Apolonia öffnete überrascht die Augen, als die Kutsche mit einem Ruck anhielt. Sie richtete sich so schnell auf, dass es in ihren Ohren sirrte, und sah sich nach allen Seiten um.

»Wo sind wir?«, fragte sie und schob den Fenstervorhang zur Seite. Der Kutscher lief an den Pferden vorbei und öffnete ein hohes Eisentor. Die Kutsche stand auf einem breiten Kiesweg, der sich in die Höhe schlängelte. Auf ihrer Seite fiel der Weg in einem sanften Hang ab, auf dem sich eine Kolonie von knotigen Obstbäumen aus der Erde stemmte. Unterhalb des Gartens hockten aneinandergedrängte Bauernhöfe und rauchten aus verschneiten Kaminen. Das also war Caer Therin. Es war mehr ein zusammengewürfeltes Häufchen von Häusern als ein Dorf.

Noch weiter weg überzog ein dichter Wald die Landschaft; und dahinter, wie ein unförmiges, schmuddeliges Geschwür im weißen Gesicht der Welt, konnte Apolonia die Stadt ausmachen. Sie fühlte sich ein wenig bedrückt, als sie daran dachte, dass ihr ganzes Leben in diesem gräulich braunen Fleck menschlicher Betriebsamkeit stattgefunden hatte, der flach zwischen Erde und Himmel klebte. Es kam ihr klein und unbedeutend vor.

Die Peitsche knallte. Der Kutscher war wieder aufgestiegen. Pferdehufe knirschten auf Kies und Eis und die Kutsche setzte sich erneut in Bewegung. Sie fuhren durch das Eisentor und gespenstische Eichen verschluckten die Aussicht auf die Obstgärten und Dörfer und die ferne Stadt. Apolonia strich sich über Augen und Stirn, um die Müdigkeit zu vertreiben, und ordnete, so gut es ging, ihre Haare. Sie fühlte ein paar grässliche Knoten, an denen sie sich später, wenn sie sich endlich wieder kämmen und waschen konnte, gewiss ein paar hundert Haare ausreißen würde. Nervös spähte sie aus dem Fenster. Sie fuhren in eiligem Tempo den Kiesweg hoch, die Schatten eines Wäldchens hetzten durch die Kutsche. Nach einer Weile machte der Weg eine Biegung und die Bäume wichen zurück. Vor ihnen eröffnete sich ein langer Garten. Gut hundert Meter weiter bildeten verschneite, zu schlanken Kegeln gestutzte Heckenbüsche einen Halbkreis um eine Terrasse mit einer weitläufigen Treppe und einem Springbrunnen. Die Terrasse führte zu dem imposantesten Haus, das Apolonia je erblickt hatte.

Nun, es war nicht direkt ein Haus – eher ein Schloss. Das Hauptgebäude wurde von Türmen flankiert, die aus dem Boden und aus anderen Türmen hervorsprossen wie schwarze Pilze. Die zarten Schneehauben konnten den spitzen Dächern kaum ihre Bedrohlichkeit und schon gar nicht ihre erdrückende Mächtigkeit nehmen. Das Anwesen wirkte düster, obwohl die Fassade von unzähligen Fenstern durchzogen war, deren dunkles Glas die Wälder ringsum reflektierte. Es war ein Anblick von so unzweifelhaftem Reichtum, dass Apolonia unweigerlich den Atem anhielt – was ganz sicher der vom Besitzer gewünschte Effekt war.

»Da sag noch mal einer, der Adel sei verarmt«, murmelte sie vor sich hin, während sie sich dem herrschaftlichen Schloss in einer Wegkurve näherten. Wie konnte es bloß sein, dass sie nie von dem Grafen von Caer Therin gehört hatte? Allerdings wollte Apolonia sich von der Pracht des Anwesens nicht zu sehr beeindrucken lassen. Gut möglich, dass das Schloss alles war, was der Graf besaß. Wieso sonst würde man in dieser Abgeschiedenheit leben, fernab der Stadt und ihren Möglichkeiten?

Die Kutsche hielt auf einem runden Platz, der sich an die Hinterseite des Hauptgebäudes schmiegte und einen Springbrunnen in seiner Mitte präsentierte. Die verschwenderisch breite Haustür wurde sogleich geöffnet, als Apolonia und Vampa ausstiegen, und ein Diener mit hochgeschlossenem Frack eilte ihnen entgegen.

»Fräulein Apolonia Spiegelgold?« Der Diener verneigte sich, als Apolonia nickte. »Sie werden bereits erwartet. Wenn Sie erlauben?« Er wies zum Haus und verneigte sich abermals, als er Apolonia und Vampa den Vortritt ließ. Apolonia steckte den mittlerweile ziemlich mitgenommen aussehenden Brief in ihre Manteltasche und trat durch die Haustür.

Zwei geschwungene Wendeltreppen aus Eichenholz, flankiert von geschnitzten Engeln so groß wie Apolonia, führten aus der Eingangshalle ins Innere des Hauses. Der Boden war mit weißen und schwarzen Marmorplatten gefliest. Hoch über der Haustür fiel Licht durch die Fenster und malte helle Streifen auf die rötlich schimmernden Holztüren, die rechts und links der Treppen die getäfelten Wände durchzogen.

»Ihre Tante wartet im ersten Stock, mein Fräulein.« Der Diener wies eine der Treppen empor und wartete geduldig, bis Apolonia sich vom Anblick der eindrucksvollen Eingangshalle gelöst hatte.

»Komm, Vampa«, sagte sie überflüssigerweise, denn er wich nicht von ihrer Seite und folgte sogar ihrem Blick überallhin. Der Diener trippelte hinterher.

»Wenn Sie gestatten, der Korridor ganz links.« Sie erreichten den balkonartigen Vorsprung über den Treppen und gingen bis zum Korridor ganz links. Das Gemälde eines Mädchens, das beim Lesen eines Buches weinte, bedeckte den Großteil der Wand.

Der Korridor blickte durch eine Vielzahl von Fenstern auf den Wald des Anwesens hinaus. Die karamellbraune Wandtapete fing das Tageslicht auf und glänzte matt wie aus zahllosen Augen. Bei genauerem Hinsehen machte das verwirrende Muster Apolonia beinahe schwindelig.

Der Gang mündete in ein schmuckes Vorzimmer. Der Diener vollführte abermals eine umständliche Verneigung.

»Verzeihen Sie meine Unhöflichkeit. Ich vergaß zu fragen, ob ich Ihren Mantel waschen lassen soll, Fräulein Spiegelgold. Und natürlich auch den Ihren, junger Herr«, fügte er mit einem zögerlichen Blick auf Vampa hinzu. Apolonia wippte ungeduldig mit dem Fuß auf und ab. Sie hatte keine Zeit, sich mit Höflichkeiten aufzuhalten. Mit einer einzigen Schulterbewegung schüttelte sie ihren Mantel ab, pellte sich aus den Ärmeln und übergab ihn dem Diener.

»Hier, danke. – Nein, du nicht.« Energisch zog sie Vampa den Mantel vor der nackten Brust wieder zu. Dann wandte sie sich an den Diener. »Wo ist meine Tante?«

»Dieses Zimmer, mein Fräulein.« Der Diener hatte sich ihren Mantel bereits über den Arm gelegt und klopfte an die Tür. Gedämpft erklang die Erlaubnis einzutreten.

Es war ein helles Zimmer mit einer pfefferminzgrünen Tapete und einem minzgrünen Teppich. Das Mobiliar war, wie im ganzen Haus, in dunklem Holz gehalten, die Fenster hatten keine Vorhänge, dafür waren sie in lackierte Rahmen gefasst. Vor einem der Fenster stand Nevera Spiegelgold und drehte sich zu ihnen um.

Sie trug ein hauchdünnes blutrotes Chiffonkleid, das entweder Unterwäsche oder sehr gewagt war. Ihr dunkelblondes Haar war im Nacken zu einem eleganten Knoten gesteckt und auf ihrem katzenhaften Gesicht lag eine Mischung aus Sorge und Erleichterung. Wenn sie tatsächlich von den Dichtern entführt worden und das Ganze eine Falle war, hatte man Nevera zumindest genug Zeit gelassen, sich herauszuputzen. Sie breitete die Arme aus und schwebte durch das Zimmer auf Apolonia zu, während ihr Zigarettenrauch aus dem Mund waberte. Apolonia hörte, wie der Diener diskret die Tür schloss.

»Meine Liebe!« Mit einer Hand, zwischen deren Zeige- und Mittelfinger der Zigarettenhalter klemmte, strich Nevera ihr über die Wange und umarmte sie zart. Dann wanderte ihr Blick zu Vampa. Ihre perfekt geschminkten Augen glänzten verstört.

»Ich … ich bin, bin froh, dass du so heil hier …« Nevera verstummte, als sie sich nicht von Vampas Gesicht losreißen konnte. Sie schluckte hörbar.

»Guten Tag, Nevera«, sagte Apolonia. »Darf ich vorstellen, das ist Vampa. Hoffentlich stört es Sie nicht, dass ich ihn mitgebracht habe.«

Nevera rang um ein Lächeln. »Durchaus nicht.« Sie zog an ihrer Zigarettenspitze und verbarg ihr Gesicht einen Moment lang hinter einer Rauchwolke.

»So kommt – setzt euch! Ich habe leider nur Frühstück für dich anrichten lassen, Apolonia, ich werde gleich nach einem Teller und einer Tasse für unseren Gast schicken.« Sie tänzelte zu einem ovalen Tisch, den mit grünem Samt bezogene Sofas umstellten. Brötchen, Toast und Croissants standen mit Marmelade, Honig und verschiedenen Käsesorten bereit, dazu gab es Rührei und Tee, Milch und duftenden Kaffee.

Nevera ließ sich auf einem der Sofas nieder und klingelte mit einem Glöckchen. »O bitte, nehmt Platz, setzt euch!« Sie wies mit ihrer Zigarette auf die umstehenden Sofas und Apolonia und Vampa setzten sich nebeneinander. Kaum hatte Nevera das Glöckchen wieder auf den Tisch gestellt, öffnete sich eine Nebentür, und ein Diener erschien. »Frau Spiegelgold?«

»Bring noch Teller und Tasse für eine dritte Person.«

»Wie Sie wünschen.« Er verschwand geräuschlos.

Nevera kämpfte offensichtlich gegen den Drang an, Vampa offen anzustarren. Verkrampft lächelte sie Apolonia an und befühlte den freizügigen Ausschnitt ihres Kleides. »So, und nun, nun erzähle mir, meine Liebe – erzähle mir alles und wie dir diese schrecklichen Dinge zustoßen konnten.« Bevor Apolonia den Mund auch nur öffnen konnte, seufzte Nevera weiter: »Ich habe mich so gesorgt, meine Liebe! Wenn du wüsstest, was für ein Schock es war, die Polizei zu empfangen, nachdem du verschwunden warst! Wieso bist du eigentlich verschwunden? Aber nein – mach dir keine Sorgen, ich bin dir nicht böse. Gewiss hattest du deine Gründe und du kannst sie mir anvertrauen. Ich höre dir zu. Es hat mich nur alles sehr mitgenommen, dein leeres Zimmer, dein verzweifeltes Kindermädchen, die Angst um dich …« Nevera schloss ergriffen die Augen.

»Es war auch für mich ein Schock«, erwiderte Apolonia, während sie daran dachte, was sie alles erlebt hatte. Doch in Neveras unbeschwerter Gegenwart, zwischen Samtkissen und frischen Brötchen, begannen all die Strapazen zu verblassen … War sie wirklich vor zwei Tagen noch durch die düstersten Winkel von *Eck Jargo* geflüchtet? Jetzt wo sie ein wenig Zeit hatte, darüber nachzudenken, konnte sie kaum fassen, in welcher Gefahr sie geschwebt hatte. Das hieß – in der größten schwebte sie noch.

»Wenn es Ihnen nichts ausmacht, Tante, darf ich Ihnen zuerst einige Fragen stellen?«

Nevera drückte ihre Zigarette in einem Aschenbecher aus, zog eine neue aus einem Silberetui und steckte sie in ihren schwarzen Halter. »Aber gewiss, meine Liebe. Wir haben viel zu besprechen und dafür alle Zeit der Welt.«

Apolonia wollte nach dem Brief greifen, als ihr einfiel, dass sie ihren Mantel ja abgegeben hatte. Ärgerlich über sich selbst, zog sie die Hand zurück. »Erst einmal der Brief. Wie haben Sie das geschafft?« Ihre eigentliche Frage war, ob die Dichter sie dazu gezwungen hatten – doch Neveras Gelassenheit ließ die Furcht vor einer Falle mehr und mehr schwinden.

Nevera zündete ihre Zigarette an. Der Rauch umschmiegte ihr hohlwangiges Gesicht. In diesem Moment öffnete sich die Tür und der Diener von eben erschien mit Geschirr für Vampa. Er deckte den Tisch und faltete die Serviette mit so viel Sorgfalt zu einem stehenden Dreieck, dass Apolonia ihm am liebsten auf die Finger geschlagen hätte. Dann deutete er endlich eine Verneigung an und fragte: »Haben Sie noch einen Wunsch, Madame?«

Nevera wies auf Apolonia. »Was möchtest du trinken, Apolonia?«

Apolonia wollte bloß, dass der Diener verschwand und sie ihr eigentliches Gespräch weiterführen konnten. »Schwarzer Tee, drei Teelöffel Milch, den Honig gebe ich selbst dazu. Danke.« Sie bedeutete dem Diener, dass er genug in ihre Tasse geschenkt hatte.

»Der junge Herr?«, fragte der Diener.

Vampa nickte bloß.

»Wünschen Sie dasselbe?«

Vampa räusperte sich leise. »Ja. Tee.«

Apolonia betrachtete ihre schmutzigen Fingernägel, während der Diener auch ihm Tee einschenkte. Dann schaute sie zu Nevera. Ihre Tante beobachtete Vampa mit einem unergründlichen Ausdruck. Kurz überfiel Apolonia Scham, als sie an Vampas unmöglichen Aufzug dachte, doch ein Gefühl verriet ihr, dass das nicht der Grund für Neveras starren Blick war.

»Du kannst gehen«, sagte Nevera und winkte den Bediensteten fort. Als die Tür ins Schloss fiel, wiederholte Apolonia ihre Frage: »Wie konnten Sie dem Marder den Brief geben?« Es so klar auszusprechen, bereitete ihr fast eine Gänsehaut. Natürlich gab es nur eine Antwort – und die kannte sie genauso gut wie ihre Tante.

»Apolonia … süße Apolonia. Wir sind eine Familie, nicht wahr? Ich bin die kleine Schwester deiner Mutter … verstehst du?«

Apolonia nickte erwartungsvoll. Ein Kloß stieg ihr in den Hals.

»Natürlich war ich der schönen Magdalena schon immer unterlegen, was all unsere Begabungen betraf. Und doch – du siehst, ich habe es geschafft, dir meinen Brief zukommen zu lassen.«

»Das heißt … Sie können das auch … wie ich? Mit den Tieren?«

Ein merkwürdiges Leuchten glitt durch Neveras stahlblaue Augen. »Oh, ich maße mir nicht an, meine Fähigkeiten mit den deinen zu vergleichen. Du hast Magdalenas Talent geerbt. Auf mich hat es nur abgefärbt, so wie ein unbedeutendes Geschöpf im Licht des Mondes selbst überirdisch scheinen mag.«

Apolonia schwieg, da die Wahrheit sie sprachlos machte. Nevera … ausgerechnet ihre Tante war die ganze Zeit eine Motte gewesen und sie hatte es nicht bemerkt. Endlich bekam sie heraus: »Sie wussten, dass ich es konnte? Seit wann?«

Nevera zupfte einen imaginären Tabakkrümel von ihrer Unterlippe. »Ich ahnte es die ganze Zeit. Ein Talent, wie Magdalena es hatte, geht über eine Generation schließlich nicht verloren. Genau weiß ich es natürlich erst seit diesem Augenblick. So wie du von mir.«

»Wieso haben Sie es für sich behalten?«, fragte Apolonia verwirrt.

»Hast du denn die deinen nicht ebenfalls für dich behalten?

Das ist unser Los, Apolonia. Das weißt du.« Ihre Stimme war längst nicht mehr so honigsüß und hauchend wie sonst. »Hat dir schon einmal jemand gesagt, wieso man Menschen wie uns Motten nennt?«

Apolonia zuckte kaum merklich zusammen, als Nevera das Wort aussprach. Es klang unwirklich, *Motten* aus Neveras Mund zu hören. Nie hatte jemand außer ihr in einem ernsthaften Gespräch Motten erwähnt. »Ich weiß es nicht.«

»Natürlich nicht, wer sollte auch mit dir darüber sprechen? Du hast ja selbst bis jetzt nicht geglaubt, dass du eine Motte bist.« Sie wich Apolonias misstrauischem Blick aus und tat einen weiteren Zug. Anmutig legte sie einen Arm über die Sofalehne und schlug die Beine übereinander. Ihre Augen fixierten irgendeinen fernen Punkt hinter Apolonia. »Wir, Apolonia, du und ich und unseresgleichen – wir flattern durch den Lärm der schreienden Menschen, passen uns an, sind unentdeckt und unscheinbar, so wie Motten ... Natürlich gibt es noch einen anderen Grund, wieso sich unser Name bei dem einfachen Volk eingebürgert hat. Schmetterlinge, im Griechischen *Psyche* genannt, symbolisieren seit jeher die Seele und die Verbindung zwischen dem Menschen und allem Göttlichen. Für die Leute sind wir genau das Gegenteil, Motten, die schwarzen Zwillinge des Schmetterlings, die Wesen der Nacht; unsere Gaben verkörpern die Verbindung zwischen Mensch und Teufel. Natürlich ist das völliger Schwachsinn ... Willst du etwas essen, meine Liebe?« Sie schob ihr den Korb mit den Brötchen und Croissants zu.

Apolonia nahm sich ein Mohnbrötchen und strich mechanisch Himbeermarmelade darauf, dann machte sie einen viel zu großen Bissen und schluckte überhastet hinunter. Vampa nahm sich nichts – die Tatsache, dass er sie nicht nachahmte, überraschte Apolonia schon fast. Sie warf ihm einen Seitenblick zu und erkannte, dass er gebannt Nevera anstarrte.

»Apolonia?«, fragte Nevera sanft. »Möchtest du mir jetzt vielleicht erzählen, was in den vergangenen Tagen geschehen ist? Ich weiß nur das, was die Polizei mir gesagt hat und was ich in den Zeitungen lesen konnte. Demnach gehe ich davon aus, dass Vampa … der Boxer aus *Eck Jargo* ist?« Sie runzelte zögernd die Stirn.

Apolonia legte das Brötchen auf ihren Teller und schluckte. »Wie Sie gesagt haben, wir sind eine Familie. Und ich kann auf Ihre Hilfe zählen, nicht wahr, Tante? Wo wir beide doch dasselbe wissen und können?«

Nevera nickte. »Du musst mir nichts verheimlichen, meine Liebe.«

Apolonia holte tief Luft. »Tante, ich werde verfolgt. Man will mich umbringen oder noch Schlimmeres, fürchte ich.«

Nevera beobachtete sie reglos. Der Rauch ihrer Zigarette stieg in wabernden Fäden an ihrem Gesicht empor.

Apolonia fuhr unbeirrt fort und versuchte, so sachlich und verständlich wie möglich zu erklären. »Die Leute, die mich verfolgen, nennen sich Dichter, und es sind … sie sind Motten. Sie sind Verbrecher. Sie sperren Menschen mithilfe ihrer Gaben in Bücher, um die schönsten, wahrsten Geschichten der Welt zu erschaffen. Sie machen vor nichts und niemandem halt, Tante. Vampa ist eines ihrer Opfer.« Apolonia war leiser geworden, doch ihr Blick erwiderte Neveras fest. »Er hat keine Vergangenheit und kann nicht sterben. Die Dichter haben ihm alles genommen, seine Erinnerungen und seine Gefühle. Sie haben es auch bei mir versucht. Ihr Meister, Jonathan Morbus, wollte mir die Erinnerungen an Magdalena nehmen. Ich weiß nicht, wieso, aber sie wollten, dass ich eine von ihnen werde, und hätten mich dabei fast umgebracht. Ich brauche Ihre Hilfe, Nevera – nicht nur um dieses entsetzliche Missverständnis mit dem toten Polizisten aufzuklären. Sie müssen mir helfen, die Dichter anzuzeigen. Weil Sie wissen, dass es Motten gibt, und es bezeugen können. Ich schwebe in Lebensgefahr, solange Morbus auf freiem Fuß ist. Außerdem … Ich bin mir sicher, dass sie Magdalena ermordet haben. Die Dichter sind ihre Mörder.« Apolonia hatte die Fäuste im Schoß geballt. Nevera schwieg.

»Glauben Sie mir?« Apolonias Stimme zitterte. »Helfen Sie mir, Nevera? Es … es geht um mein Leben.« Sie schluckte, ihr Hals war schrecklich trocken. »Und es geht um meine Mutter. *Ihre* Schwester.«

Nevera zog an ihrer Zigarette und tippte die Asche in den Aschenbecher. »Wieso wollten diese Dichter, dass du dich ihnen anschließt?«

Apolonias Herz pochte schnell und schwer, sie spürte jeden Schlag dumpf in der Brust. »Ich …« Sie räusperte sich mühsam. »Sie sagten, meine Gaben seien unentbehrlich für sie.«

Nevera deutete auf Apolonias Tasse. »Nimm einen Schluck, meine Liebe, für deine Kehle.«

Apolonias Finger schlossen sich zitternd um den Griff, und sie führte die Tasse an den Mund, ohne sich fähig zu fühlen, einen Schluck zu nehmen.

»Du musst keine Angst haben«, sagte Nevera, mit einer Stimme, die nichts mehr von dem süßen Ton von früher hatte. »Ich werde gut auf dich aufpassen, und niemand wird dir Schaden zufügen, solange du in meiner Obhut bist. Schließlich bist du meine Nichte. Und ich bin die Schwester deiner Mutter … und schließlich sind deine Gaben unentbehrlich für uns.«

Apolonia würgte, als ihr der heiße Tee die Kehle hinabrann. Sie stellte die Tasse leise klirrend ab und griff nach der Serviette. Ohne Nevera ansehen zu können, presste sie sich den Stoff auf die bebenden Lippen.

Nevera blies den Qualm zur Seite und beobachtete seinen

trägen Tanz in der Luft. »Du hattest recht, Apolonia, von Anfang an. Es gibt einen verbrecherischen Mottenbund. Ihr einziges Ziel ist es, dich zu finden. Und zu töten. So wie deine Mutter.«

Apolonia schwindelte. Ihr Magen zog sich zusammen, sie rang nach Atem. Ihr Blick fiel auf die Serviette, um die sich ihre verkrampften Finger geschlossen hatten. Zwei blutrote Buchstaben waren eingestickt. Die Initialen des Hausherrn.

J. M.

Das Zweite Buch

Der Himmel hüllte sich in rosafarbene und goldgelbe Wolkenschleiern, die in sanften Wirbeln bis zum Horizont liefen. Vor ihm erstreckte sich ein endloses Feld von Wildblumen: Blutroter Klatschmohn und schulterhohe Veilchen, riesenhafte Orchideen und Wasserlilien wisperten in der warmen Brise. Tigwid hielt vor Staunen den Atem an. Er streckte die Hände aus und berührte die Blüten mit den Fingerspitzen. Eine Sonne, die von überall und nirgends strahlte, küsste sein Gesicht und tauchte ihn in herrlich süße Wärme.

Tigwid…

Erst als er ihre Stimme hörte, wurde ihm bewusst, wer er war – Tigwid, natürlich! War er je ein Bandit namens Jorel gewesen oder der Waisenjunge Gabriel, so schien es ein ganzes Leben hinter ihm zu liegen. Er war Tigwid, nur noch Tigwid. Er war, was auch immer sie ihn nannte.

»Apolonia?«, flüsterte er in die tiefen bunten Wiesen. Das Gras rauschte lauter. Er war sich nicht sicher, ob er darin eine Stimme hörte, *ihre* Stimme, die seinen Namen hauchte, als atmete sie den Klang. Er drehte sich. Die Gräser schienen höher geworden zu sein, er sah kaum mehr den Horizont. Ein aufbrausender Wind heulte durch die Felder und bog die Mohnblumen.

»Apolonia? Bist du da?« Er blinzelte. Das Licht war plötzlich verschwommen, die rauschenden Blumen zerliefen ineinander. Gleißende Streifen aus Farbe und Dunkelheit spülten an ihm vorbei.

Tigwid!

Die Stimme war ein dumpfes Fauchen, das den Boden vibrieren ließ. Wie auf ein unsichtbares Zeichen hin brüllte der Wind aus jeder Richtung, die Gräser blähten sich auf und grelle Farbtentakel sprossen in die Höhe. Aus der Erde kroch tiefes, sattes Tintenschwarz empor und verfinsterte das farbenfrohe Feld. Irgendetwas tanzte durch die Luft... Es sah aus wie Ascheflocken... Tigwid spürte, dass er sank. Er riss erschrocken den Mund auf, konnte aber nicht schreien. Die Finsternis fasste nach seinen Schultern und er spürte einen gleißenden Schmerz irgendwo am Oberkörper. Dann war alles dunkel.

Er lag oder stand oder schwebte, genau konnte er es nicht sagen. Ein rasselndes Geräusch näherte sich ihm. Es schwoll an, wurde lauter, kam von überall – es war das Geräusch schlagender Flügel und zischender, schnarrender, quietschender Insekten. Die Dunkelheit rings um Tigwid war gar keine Dunkelheit. Es waren Tausende und Abertausende flatternder Motten. Und nun spürte Tigwid, dass er selbst eine von ihnen war.

Seine schuppigen schwarzen Flügel schlugen schnell und heftig und bereiteten ihm brennende Schmerzen in der Schulter. Irgendwo hier war Apolonia. Doch wie konnte er sie finden? Es gab ja kein Licht!

»Apolonia!« Er schrie und hörte sich selbst kaum. »Das Licht! Finde Licht! Du bist blind in dieser Schwärze!«

Das Gezischel und Geflatter war ohrenbetäubend. Fremde Flügel streiften und schlugen ihn und das Grauen überkam ihn in einer Welle von Übelkeit.

»Aufhören! Bitte...« Er wimmerte kläglich und gab das panische Flattern auf. Er stürzte und taumelte durch das Gedränge, fiel immer tiefer, wurde geschubst und niedergedrückt. Zuletzt landete er hart auf der schwarzen Erde. Sein zerbrechlicher Körper zitterte. Die Geräusche der Motten verschwammen... Nichts blieb mehr, Tigwid lag in stille Nacht gehüllt da wie in einem dichten Kokon. So schlief er Jahrhunderte... Wenn er erwachte, was würde er werden? Ein dunkler Nachtfalter? Ein Schmetterling?

Aus weiter Ferne und doch ganz nah erreichten ihn fremde, vertraute Stimmen.

»Hörst du, er spricht im Fieber.«

»Habt ihr Erasmus Bescheid gesagt, dass er hier ist?«

»Er ist schon auf dem Weg.«

»Glaubst du, wir können das Mädchen finden, bevor es zu spät ist?«

»Wenn der Junge wieder zu sich kommt, hoffentlich. Ganz ruhig, Mart.«

»Was meinst du, wird er überleben?«

»Ich glaube, ja.«

Apolonia starrte die Initialen auf der Serviette an. Morbus. Jonathan Morbus war der Graf von Caer Therin. Und Nevera...

Ihre Tante inhalierte tief den Zigarettenqualm, ohne sie aus den Augen zu lassen. »Schätzchen, du bist aschfahl. Stimmt etwas nicht?«

»Morbus.« Ihre Stimme versagte, man hatte das Wort kaum gehört. »Morbus und die Dichter, Nevera...«

»Beunruhigt dich das, meine Liebe? Dass ich die Dichter befehle?« Nevera flüsterte das letzte Wort.

Apolonia ließ die Serviette fallen, schoss auf die Füße und stand wie versteinert da. Sie wäre weggerannt, hätte sie gewusst, wohin. Doch es gab keinen Ort, an den sie hätte flüchten können. Es gab keinen Menschen, der ihr helfen würde.

»Wieso? Warum ausgerechnet Sie? Nachdem ...« Ihr wurde speiübel. »Sie haben meine Mutter auf dem Gewissen, Ihre eigene Schwester!«

Nevera stieß ein leises Geräusch aus, halb Schnauben, halb Seufzen. »Sei nicht albern, Apolonia. Ich bin ihre Schwester, wie du schon gesagt hast, und ich bin deine Tante. Glaubst du ernsthaft, ich wäre eines Mordes fähig? Wenn ich nicht um deinen momentanen Zustand wüsste, könnte ich glatt gekränkt sein.«

Apolonia kniff die Augen zusammen. »Aber Sie gehören zu den Dichtern, Sie haben es selbst gesagt! Und die Dichter ...«

»... wollen dich retten!«, sagte Nevera scharf und drückte ihre Zigarette aus. »Setz dich, Apolonia. Du weißt nicht, was du redest. Ich kann es dir natürlich nicht verdenken, schließlich hat dir niemand die Wahrheit gesagt. Aber nachdem du Jonathan bereits näher kennengelernt hast, solltest du ihm gegenüber nicht so voreingenommen sein.« Nevera drückte sich Zeigefinger und Daumen gegen die Nasenwurzel. »Das heißt – ich weiß ja nicht, wie er sich in seiner Verzweiflung verhalten hat. Womöglich hat dich die Wahrheit so sehr erschreckt, dass du irgendwie ... *ihn* dafür verantwortlich gemacht hast! Jedenfalls hast du ihn ganz und gar falsch verstanden.«

Apolonia begriff überhaupt nichts mehr. Welche Wahrheit? Was sollte das bedeuten, »in *seiner* Verzweiflung«?

»Ich denke«, sagte sie schwer atmend, »es gibt nichts falsch zu verstehen, wenn man entführt, bedroht und fast umgebracht wird! Dieser – dieser Mann, von dem Sie sprechen, als wäre er ein Freund, wollte mich mit seinen Mottengaben manipulieren und die Erinnerungen an meine Mutter stehlen!« Sie konnte es nicht fassen. Nevera stritt einfach ab, dass die

Dichter Verbrecher waren! »Und abgesehen von dem, was die Dichter *mir* antun wollten – was ist mit Vampa und all ihren anderen Opfern?« Dabei zog sie Vampa neben sich, teils um Neveras Augenmerk auf ihn zu lenken, teils um sich an seinem Arm festhalten zu können, denn sie fühlte sich, als würden ihr gleich die Knie nachgeben.

Neveras Blick war eisig auf Vampa geheftet. Es schien, als lodere ein verborgener Hass in ihr auf, der allein ihm galt.

»Du musst noch so viel von uns erfahren«, sagte Nevera leise. »Wir Dichter sind Motten, ja, aber wir sind nicht die Einzigen – ist dir das noch nicht in den Sinn gekommen? Es gibt uns Dichter … und es gibt die Verbrecher, nach denen du suchst. Nach denen *wir* suchen. Du musst wissen, wir Dichter haben uns einer noblen Sache verschrieben. Wir wollen das volle Potenzial unserer Gaben ausschöpfen und damit der Menschheit dienen. Denn wir erkennen das Licht unter all den blinden Menschen, wir sind es, die die wahre Schönheit und die schöne Wahrheit sehen können. Wir sehen das Licht in jedem Menschen, Apolonia. Die Schönheit, die keiner Worte bedarf und in keine Sprache gefasst werden kann. Und wir wollen der Menschheit die Sicht auf ihre eigene Schönheit schenken, auf dass die Liebe sich nicht mehr auf das eigene Herz beschränken muss. Verstehst du das? Wir ermöglichen die einzig wahre Kommunikation, mit der man echte Gefühle und Empfindungen teilen kann. Nur so kann die Menschheit ihre Selbstsucht überwinden. Und lernen zu lieben.«

»Und diese Schönheit, von der Sie sprechen, die schenken Sie den Menschen auf ihre eigenen Kosten, ja? Oder wie wollen Sie sonst rechtfertigen, was Vampa zugestoßen ist? Kein Blutbuch der Welt kann den Wert eines Menschen aufwiegen!«

Nevera neigte interessiert den Kopf. »Jonathan wird sich gewiss freuen, mit dir darüber zu debattieren. Schriftsteller, musst du wissen, lieben es, sich in Fragen über den Wert eines Menschenlebens, die Verwurzelung von Eigennutz in unserer Natur und solcherlei philosophischem Geschwätz zu ergehen.«

Als Apolonia keine Miene verzog, nahm Nevera den Arm vom Sofarücken und faltete die Hände. »Ich weiß, was du meinst. Natürlich wäre es eine große Sünde, unschuldige Menschen aus reinem Forschungsgeist oder Liebe zur Kunst in Blutbücher zu sperren.«

»Wollen Sie etwa abstreiten, dass Sie es tun? Morbus hat es längst zugegeben!«

Nevera lächelte zögerlich, ihre Zähne schimmerten hell zwischen den roten Lippen. »Und mehr hat Jonathan wohl nicht gesagt über den Sinn der Blutbücher? – Natürlich. Das Wichtigste heben Schriftsteller sich immer für den Schluss auf, nicht wahr?«

»Ach, es wird noch besser?«, erwiderte Apolonia mit einem Zynismus, der ausschließlich das Ergebnis ihrer Verzweiflung war – sozusagen ein letztes geistiges Trostgeschenk vor dem Ende.

»Schluss damit«, sagte Nevera. »Verspotte uns meinetwegen, wenn du alles weißt – aber davor erwarte ich, dass du mich anhörst. Das habe ich als Retterin deines Lebens wohl verdient.« Ohne auf Letzteres einzugehen, fuhr Nevera fort: »Ich weiß, dass du es dir zum Ziel gesetzt hast, die Mörder deiner Mutter zu finden und sie bezahlen zu lassen. Nun, ich kann dich enttäuschen und ermutigen: enttäuschen, weil wir Dichter dir bereits zuvorgekommen sind, und ermutigen, weil es noch viel für die Gerechtigkeit zu tun gibt. Und ich will dir auch sagen, weshalb wir die Blutbücher überhaupt schreiben – wir tun es nicht aus Spaß und Böswilligkeit, wie du wahrscheinlich denkst, wir tun es nicht, weil wir verrückt sind oder schlichtweg, weil wir es können. Nein. Die Blutbücher sind die einzige Möglichkeit, unsere Feinde unschädlich zu machen.« Nevera wartete einen Moment lang Apolonias Reaktion ab, dann löste sie die gefalteten Hände und griff nach ihrer Tasse. Nachdenklich rührte sie mit einem Löffel im Tee, obwohl er bestimmt nicht mehr heiß war. »Ich gehe davon aus, dass Morbus dir demonstriert hat, wie die Blutbücher funktionieren und was man mit ihnen bewirken kann.«

»Wenn Sie den Raub von Erinnerungen und die Beeinflussung des menschlichen Willens meinen, dann allerdings«, gab Apolonia zurück, doch es klang längst nicht mehr so angriffslustig, wie sie es sich vorgenommen hatte. Nevera hatte sie ins Zweifeln gebracht.

»Nun.« Nevera hob den Blick nicht von ihrem Tee. »Wie ich mir gedacht hatte. Jonathan hat einen äußerst wichtigen Teil ausgelassen, was den Sinn der Blutbücher betrifft. Für ihn als Künstler mögen die Bücher einen gewissen Reiz besitzen, das muss ich wohl einräumen. Für mich aber sind sie Nutzobjekte. Notwendige Nutzobjekte. Begreifst du denn noch immer nicht, Liebes? Wir fangen nur die Erinnerungen von Motten, die eine Gefahr für die Menschheit darstellen! Es ist der einzige Weg, um ihnen Einhalt zu gebieten: Sie müssen vergessen, wer sie waren und was sie konnten, sonst zerstören sie die Ordnung der Welt mittels ihrer Kräfte! Denn Gaben wie die unsrigen gehen mit finsteren Brüdern einher – Gier und Macht und Größenwahn, Apolonia. Glaubst du allen Ernstes, die Menschheit hätte sich so friedlich entwickeln können, wäre es in der Vergangenheit allzu vielen Motten gelungen, ihre düsteren Absichten in die Tat umzusetzen? Kriege, Apolonia, Kriege von unermesslichem Ausmaß wären schon längst ausgebrochen, hätte es nicht immer Motten gegeben, die ihren dunklen Genossen Einhalt gebieten! Die Welt, die du tagtäglich von deinem Fenster aus siehst, mag dir geregelt und harmlos erscheinen. Doch darunter wütet seit Jahrhunderten eine Schlacht zwischen Gut und Böse. Der Frieden der Welt liegt seit jeher in den Händen weniger, auch wenn ihre Namen nie berühmt, ihre Taten nie bekannt werden. Wenige Motten sind es, die ihre außergewöhnlichen Gaben dazu einsetzen, das Böse in Schach zu halten – denn Gaben, wie wir sie haben, sind nicht dazu geschaffen, von Menschen eingesetzt zu werden. Zu groß ist die Macht. Zu groß die Verlockung … und nur wenige, sehr wenige können ihr widerstehen, um jene, die es nicht können, aufzuhalten. Wir Dichter sind diese wenigen.

Unsere Feinde, die einzigen wahren Feinde der zivilisierten Welt, Apolonia, haben einst deine Mutter getötet. Sie waren es, die das Geschäft deines Vaters in Brand gesetzt und ihm den Verstand geraubt haben. Sie sind es, vor denen ich dich beschützen wollte, indem ich dich hierherbringen ließ! Sie … nennen sich der Treue Bund der Kräfte. Kurz TBK. Ihre Gabe erlaubt ihnen, ihren Gegnern alle physische Kraft abzuziehen und für ihre Zwecke zu missbrauchen.«

»TBK?«, wiederholte Apolonia mit brüchiger Stimme. »Das ist doch die Terroristengruppe, die vor acht Jahren die Regierung stürzen wollte. Das waren Motten?«

»So ist es. Damals vor acht Jahren hätten wir alle beinahe unsere Freiheit verloren; wäre der Plan des TBK in Erfüllung gegangen, würden wir heute unter der Diktatur eines grausamen Tyrannen leben, eines Tyrannen mit Mottengaben. Kannst du dir vorstellen, wie katastrophal es wäre, wenn jemand in einer solchen Machtposition übersinnliche Kräfte hätte und keine Moral?« Neveras Wangen glühten, und ein Funkeln lag in ihren Augen, das erst allmählich wieder erlosch. Behutsam stellte sie ihre Teetasse ab. »Zum Glück ist es nie dazu gekommen und die einstige Macht des TBK ist am Schwinden. Sie halten sich versteckt und sind stets verschwunden, sobald wir ihren neuesten Unterschlupf ausfindig machen. Denn wenn es zu einer direkten Konfrontation mit uns Dichtern kommt, das wissen sie, sind sie uns unterlegen – das Böse unterliegt dem Guten zum Glück immer auf wundersame Weise. Der Grund dafür sind unsere Blutbücher. Für den Kampf gegen den TBK sind die Blutbücher von unermesslichem Wert. Denn die Sprache ist ein Gefängnis für die Wahrheit. Ein Gefängnis, in das wir Erinnerungen sperren können, weil sich in ihnen die Mottengaben verbergen.« Ihr Blick irrte kurz, beinahe wie versehentlich, zu Vampa, doch es genügte, damit Apolonia die Bedeutung von Neveras Erklärung begriff.

Eiseskälte rieselte ihr den Rücken hinab. Langsam wandte sie den Kopf und sah in Vampas ausdrucksloses Gesicht. Seine Augen waren auf ihre geheftet, lesend und vertieft. Hatte er verstanden, was Nevera gesagt hatte? War er ebenso schockiert wie Apolonia? Oder … oder wenn es wirklich stimmte, wusste er schon längst, wer er einmal gewesen war?

Apolonias Hand berührte seinen Arm nur noch leicht. Ihre Fingerspitzen schwebten über dem Stoff seines Mantels.

»Ja«, sagte Nevera sanft, und ihr Gesicht glühte vor Hass. »Auch er, wie alle Opfer der Blutbücher, war einst ein Terrorist des TBK!«

Apolonia löste sich erst aus ihrer Erstarrung, als ein leises Geräusch von der Zimmertür her verriet, dass jemand eingetreten war. Ein Lächeln schlich über Neveras Gesicht. Apolonia drehte sich um. Auf der Schwelle stand Morbus, die Hände auf dem Rücken verschränkt, den Kopf leicht geneigt wie jemand, der tief in Gedanken ist.

Er trug einen schlichten, modischen Anzug mit einer Seidenweste, einem dunkelroten Schlips und silbernen Manschettenknöpfen. Sein Haar war nicht mehr, wie bei ihrer letzten

Begegnung, ungeordnet und strähnig, sondern mit Duftpomade frisiert. Aus blassen Augen lächelte er Apolonia an.

»Guten Tag.« So ungezwungen, als seien sie schon immer Freunde gewesen, durchschritt Morbus das Zimmer und ließ sich am Tischende zwischen Apolonia und Nevera auf einen grünen Samtsessel sinken. Dann schlug er die Beine übereinander und warf einen freundlichen Blick in die Runde. Bei Vampa runzelte er leicht die Stirn. »Mir wurde bereits gesagt, dass du einen Gast mitgebracht hast. Das freut mich. Es ist besser, den Jungen gleich hier zu haben, als ihn erst suchen zu müssen.«

Apolonia starrte Morbus an und wusste nicht, was sie fühlen und denken sollte. Der elegante Herr, der dort neben ihr saß, schien so höflich und arglos, als könne er keiner Fliege etwas zuleide tun.

Sie rang leise nach Luft. War die Welt denn verrückt geworden?! Morbus war immer noch der Mann, der sie verschleppt und gequält hatte! In ihrem Kopf kreisten die Bilder aus jener Nacht in der Lagerhalle … War sie denn gequält worden? Was hatte Morbus eigentlich getan? Er hatte versucht, sie mit dem Blutsatz zu manipulieren … und ihr die Erinnerung an ihre Mutter zu stehlen. Ja, genau – genau deshalb wusste sie, dass er nicht der war, der er jetzt zu sein vorgab!

Kaum merklich trat sie einen Schritt von ihm zurück, obwohl er so friedlich in seinem Sessel saß, als wolle er über das Wetter plaudern. Gleichzeitig wich Apolonia auch von Vampas Seite.

»Schätzchen, willst du dich nicht setzen?«, fragte Nevera in die Stille und bedachte sie mit einem Blick, als sei *sie* die Verrückte.

»Er ist ein Krimineller!« Sie richtete den Zeigefinger auf Morbus, auch wenn sie das Gefühl hatte, dadurch eher ihre Hilflosigkeit als seine Schuld zu offenbaren. »Er hat versucht, mir die Erinnerungen an meine Mutter zu stehlen, an meine Mutter, Ihre Schwester! Wie können Sie so neben ihm sitzen? Er hat … er hat …«

»Er hat genau das getan, was jeder von uns tun würde, um dem Bösen Einhalt zu gebieten«, sagte Nevera. »Nichts ist so wichtig, wie dem Treuen Bund das Handwerk zu legen, und jeder Sieg über ihn, egal wie klein, ist seinen Preis wert. Wenn die Erinnerung an deine Mutter dich davon abgehalten hätte, dich uns anzuschließen, so hätte Jonathan recht daran getan, dir die Erinnerungen zu nehmen. Wir Dichter können uns im Kampf gegen die Bundmotten nicht leisten, Rücksicht auf uns selbst zu nehmen – schließlich stehen nicht nur persönliche Schicksale auf dem Spiel, sondern die Zukunft der gesamten Menschheit.«

Apolonias Blick glitt zu Morbus, der bei Neveras Worten sein Lächeln verloren hatte und dabei ernst, fast traurig geworden zu sein schien. Apolonia vermochte nicht zu sagen, was sich hinter seinen Augen abspielte. Sie wirkten nicht mehr halb so wahnsinnig wie damals in der Lagerhalle … Wie konnten sich Augen bloß so verändern?

»Nein. Dieser Mann ist ein Krimineller. Ich weiß es.« Dabei wusste sie das überhaupt nicht mehr und ihr Zweifel war kaum zu überhören.

»Apolonia … Wenn ich ein so großer Bösewicht wäre, wie du mir vorwirfst, meinst du dann nicht, dass ich vorgestern Nacht ganz andere Dinge getan hätte? Stattdessen habe ich doch versucht, dir zu erklären, was die Dichter tun – meinst du, das erzähle ich jedem? Ich wollte dich überzeugen, eine von uns zu werden. Daran musst du dich doch erinnern?«

Nevera nickte. »Wir sind bereit, alles zu tun, alles, damit du eine von uns wirst. Auch ich hoffe, dass dies mit deinem vollen Einverständnis geschehen wird. Genau wie Jonathan.« Sie tauschten einen Blick. Nevera hatte eine neue Zigarette aus ihrem Etui gezogen, und Morbus lehnte sich zu ihr vor, um ihr Feuer zu geben. Etwas Zärtliches lag in der Geste.

Apolonia stand noch immer steif wie ein Brett da und betrachtete die beiden ungläubig. »Wieso wollt ihr unbedingt mich?«

»Das alles hat mit einer Prophezeiung zu tun, die dem TBK schon lange bekannt ist und von der wir durch einen glücklichen Zufall – oder sollte ich sagen, besondere Aufmerksamkeit – ebenfalls erfahren haben. Die Prophezeiung besagt, dass ein Mädchen mit herausragenden Mottengaben kommen wird, um den Treuen Bund und seine schrecklichen Pläne zu vernichten. Jenes Mädchen würde sich, so heißt es, an der Seite eines unbedeutenden Kleinganoven offenbaren, eines gewissen … Jorel war sein Name, glaube ich«, sagte Morbus.

Nevera schnaubte leise. »Dem TBK muss es gerade recht gekommen sein, dass es dieser Jorel war. Schließlich ist er einer von ihnen gewesen, bis wir ihn unschädlich gemacht haben.« Nevera zog beiläufig an ihrer Zigarette.

Tigwid – Tigwid ein Terrorist? Apolonia spürte, wie ein lähmendes Kribbeln durch ihre Arme und Beine ging. Deshalb hatte er seine Erinnerungen verloren …

»Jedenfalls«, fuhr Morbus fort, als habe er Apolonias Erblassen nicht bemerkt, »hat sich der TBK eine kleine List ausgedacht. Da der Junge sich nicht mehr erinnern konnte, je zu ihnen gehört zu haben, und außerdem all seine Gaben verloren hat, mussten sie ihn – und somit dich – anders anlocken. Zufällig wussten sie von der penetranten Neugier dieses Bengels und haben sich ein Buch der Antworten ausgedacht, so lächerlich es auch klingen mag, und der kleine Dieb ist tatsächlich darauf hereingefallen. Er hätte dich geradewegs zum TBK geführt, hätten wir uns nicht schon früher in *Eck Jargo* postiert. Wir haben in diesem Erdloch tage- und nächtelang darauf gewartet, dich zu finden. Denn wärst du Collonta in die Hände gefallen ...« Morbus machte eine vielsagende Pause.

»Wer ist Collonta?«, fragte Apolonia.

»Nun«, sagte Morbus gedehnt, »Erasmus Collonta ist der Anführer des TBK. Er ist nicht nur der Machtgierigste und Skrupelloseste von allen, sondern auch der Gefährlichste. Mit seiner Gabe kann er ganze Scharen von Geistern erwecken und nach seinem Willen lenken, heißt es. Hätte der Straßenjunge dich tatsächlich zu ihm geführt, wärst du schon längst tot.«

Apolonia erschauderte unwillkürlich. Sollte Morbus wirklich ihr Retter sein? Sie betrachtete sein Gesicht, die geheimnisvollen Augen, die Falten auf seiner Stirn. Furcht und eine ungewollte Bewunderung dafür, dass er all seinen Mitmenschen überlegen zu sein schien, durchwogten Apolonia, obwohl sie es zu unterdrücken versuchte. Sein Blick erwiderte den ihren. Sie wollte wegsehen, denn er schien ihre Gefühle sehr deutlich zu erahnen – doch das wäre ebenfalls ein Zeichen von Schwäche gewesen, und so kam sie sich für einige schrecklich lange Momente gefangen vor. Sie schluckte schwer.

»Ihr sagt mir also, dass ich gar keine Wahl habe – dass ich eine Dichterin werden muss, ob freiwillig oder nicht?«

Morbus schlug die Augen nieder und entließ sie so aus dem Bann seines Blicks. »Du ... bist noch sehr jung. Darum tut es mir auch besonders leid, dass ausgerechnet du in unseren Kampf mit hineingezogen wirst. Glaube mir, ich wünschte, ich hätte dir nie von uns Dichtern erzählen müssen! Aber du bist eben in gewisser Weise ... auserwählt. Leider, fürchte ich. Und doch« – er blickte kurz auf – »doch ist dies eine Chance, die die meisten Menschen, die wie du gelitten haben, niemals bekommen. Du kannst deine Eltern rächen. Deine Mutter, Magdalena. Und deinen Vater. Auch an seinem Elend sind die

Bundmotten schuld, denn sie haben den Brand in eurer Buchhandlung gelegt. Ich glaube, das ist dein Schicksal, Apolonia: Du bist die Tochter einer großen Dichterin gewesen, und nun musst du das weiterführen, wofür deine Mutter einst ihr Leben ließ, denn ein Teil von ihr lebt in dir. Du hast, auch wenn es dich erschrecken mag, wirklich keine Wahl – aber wer hat die schon? Wir sind alle mit einer Bestimmung geboren, mit Gaben und Kräften, über die wir nicht entscheiden können.«

Apolonia spürte, wie ihr Kinn zitterte. »Magdalena wollte mit ihren Gaben an die Öffentlichkeit gehen, darum wurde sie umgebracht. Ich habe nie mitbekommen, dass sie in einen Kampf verstrickt war. Dabei war der Putschversuch des TBK ja im gleichen Jahr. Ich hätte wissen müssen ...«

Morbus warf Nevera einen Blick zu, doch sie beachtete weder ihn noch Apolonia und verfolgte abwesend den wabernden Rauch ihrer Zigarette. »Du warst damals ein kleines Kind«, sagte sie leise. »Zudem hatte Magdalena ihr Schweigegelübde zu wahren. Wahrscheinlich wusste selbst dein Vater nichts von ihrer Mission – wir halten sie geheim. Magdalena ist nicht ermordet worden, weil sie mit uns Motten an die Öffentlichkeit gehen wollte. Sie wollte die Machenschaften des TBK aufdecken. Fast wäre es ihr gelungen. Aber der Treue Bund hat es vereitelt, indem sie erst Magdalena töteten, dann unsere Beweise zerstörten und abermals untertauchten. Bis jetzt ist es uns nicht gelungen, ihre Verbrechen ans Tageslicht zu bringen. Und ich sage ganz bewusst *bis jetzt* ... denn nun bist du bei uns. Und wirst das Werk von Magdalena zu Ende bringen.«

Apolonia wusste nicht, was sie darauf erwidern sollte. Morbus und Nevera schienen auch keine Antwort zu erwarten. Schweigen breitete sich aus. Schließlich wollte Morbus das Wort ergreifen, doch kaum hatte er den Mund geöffnet, klopfte es an der Tür. Alle drehten sich um.

Der Diener von vorhin steckte den Kopf durch die Tür.

»Mein Herr, verzeihen Sie die Störung. Herr Noor und Herr van Ulir sind soeben eingetroffen.«

»Dann sind wir also komplett«, murmelte Morbus. »Schicke meine Gäste bitte herein, Philipp.«

Der Diener schloss die Tür.

Mit einem unsicheren Lächeln wandte Morbus sich an Apolonia. »Ich hoffe, du verzeihst, dass wir dich mit der Wahrheit so überfallen. Aber wir alle haben so bedauert, was bei unserer letzten Begegnung geschehen ist, dass die übrigen Dichter sich bei dir persönlich entschuldigen und vorstellen wollten. Ich fürchte, wir waren damals in der Lagerhalle einfach zu impulsiv – und auch ängstlich, du könntest uns missverstehen, was ja leider geschehen ist. Verzeih mir bitte.«

Sechs Männer betraten den Raum, die unterschiedlicher nicht hätten sein können und doch alle so unscheinbar wirkten, dass man sie in einer Menschenmenge nicht wiedererkannt hätte. In einer Reihe stellten sie sich vor Morbus auf und warteten, bis er sich erhoben hatte.

»Meine Herren«, sagte er feierlich, »begrüßen Sie unser jüngstes Mitglied: Apolonia Spiegelgold. – Wenn ich dir die Dichter vorstellen darf«, fuhr Morbus fort und zeigte mit der Hand auf den blonden Mann, den Apolonia als den Dichter wiedererkannte, der Morbus in der Lagerhalle Papier und Tinte gebracht hatte. »Wilhelm Kastor, seit zwei Jahren bei uns.«

»Es ist mir eine Ehre«, sagte der Dichter und deutete eine Verneigung an.

Morbus stellte den Nächsten vor: »Alfonso Jacobar, der äußerst nützliche Verbindungen zur Unterwelt hat und bereits zahllose Bundmotten unschädlich machen konnte.« Der Mann kam Apolonia wie ein Ganove vor, mit seinem bleichen Gesicht und dem dünnen Schnauzer. Er nickte ihr anerkennend zu.

»Michaelis Manthan«, fuhr Morbus fort, wobei er auf jenen jungen Mann mit dem unruhigen, schmalen Gesicht wies, der in der Lagerhalle ohnmächtig geworden war. »Unser guter Manthan ist erst seit neun Monaten bei uns und muss seine Fähigkeiten noch unter Beweis stellen.« Obwohl Morbus freundlich klang, ging ein Zucken um die Mundwinkel des jungen Dichters, und er schluckte nervös. Hinter ihm standen noch drei Dichter. Einer von ihnen war Professor Rufus Ferol. Sein Gesicht schien wie versteinert, er beobachtete Apolonia aus kleinen, wässrigen Schweinsaugen. Seine Stirn glänzte.

»Professor Ferol kennst du ja schon«, bemerkte Morbus.

Ferol vollführte eine krampfhafte Verbeugung und schloss die Hände zu roten Fäusten. »Ich fühle mich geehrt, Fräulein Apolonia.«

»Constantin van Ulir«, stellte Morbus den nächsten Dichter vor. Er war ein kompakter, älterer Herr mit schütterem weißem Haar und einer Narbe, die sich vom Hals bis zur rechten Wange zog. Mit einem ehrgeizigen Leuchten in den Augen nickte er Apolonia zu.

»Und schließlich Augustus Noor, mein alter Freund. In Kürze wird sein zweiter Roman erscheinen, der erste hat bereits im vergangenen Frühling für Furore gesorgt – was wir natürlich erwartet haben. Diese Veröffentlichungen dienen uns übrigens nur zur Tarnung. Aber ich muss gestehen, dass uns die Honorare bei der Bekämpfung des Bösen nicht ganz ungelegen kommen.«

Der alte Herr Noor sah nicht unbedingt wie ein Dichter und Künstler und schon gar nicht wie eine begabte Motte aus. Er trug einen dunkelbraunen Anzug, der über seinem mächtigen Bauch spannte, und hatte kurzes, pomadisiertes Haar, das eher zu einem Bankdirektor gepasst hätte. Seine fleischigen Wangen und sein Doppelkinn hingen ihm über den Hals wie zerlaufenes Kerzenwachs. Weder er noch sonst ein

Dichter verkörperte und verschleierte die wahre Natur ihres Bundes so perfekt wie Morbus; keiner wirkte annähernd so elegant und erschreckend, vertrauenswürdig und undurchschaubar wie ihr Meister, und Apolonia bezweifelte, dass es überhaupt einen Menschen gab, der Morbus ähnelte.

Jetzt da die Dichter vorgestellt waren, klatschte Morbus einmal in die Hände und wandte sich an Apolonia und Vampa. »So, da unsere Runde komplett ist, müssen wir uns von dem Jungen verabschieden. Meine verehrten Herren, darf ich Ihnen die Aufgabe überlassen, sich seiner anzunehmen? Manthan, dies ist eine gute Gelegenheit für Sie, um Ihre Fähigkeiten zu erproben.«

»Was meinen Sie?«, fragte Apolonia alarmiert.

»Nun«, erklärte Morbus mit vor Bedauern gerunzelter Stirn, »der Junge hat unser Gespräch mitangehört und außerdem erfahren, dass er einst ein Mitglied des TBK war. Zudem weiß er, dass Caer Therin unser bescheidenes Versteck ist. Das alles sind Dinge, an die er sich später, wenn er zu Collonta läuft, erinnern wird … besser, er erinnert sich nicht.«

Der stämmige van Ulir und Kastor fassten Vampa an den Armen. Er wehrte sich nicht.

»Ist das wahr?«, flüsterte sie ihm zu.

»Verschwende deine Zeit nicht mit ihm«, mahnte Nevera. »Er war ein boshafter, tückischer Verbrecher, auch wenn er sich nicht daran erinnern kann – und er wird zu seinem einstigen Meister zurückkehren, falls wir den Namen Collonta nicht ein zweites Mal aus seinem Gedächtnis schreiben!«

Vampa schien das nicht zu hören. Fast abwesend starrte er Apolonia an, sein Blick saugte ihr Gesicht in sich auf, als wolle er es sich besonders gut einprägen.

»Sag was«, befahl Apolonia, aber ihre Stimme zitterte. Was dachte sie sich denn – dass Vampa ihr versichern könnte, es stimme nicht? Dass er widersprechen und rufen würde, es sei nicht wahr – er sei nie ein Terrorist gewesen, die Dichter logen, Apolonia solle ihrer Freundschaft mehr vertrauen als Morbus' Worten? Nein, Vampa sagte nichts. Er wusste ja selbst nichts über seine Vergangenheit. Und über Freundschaft und Glauben und Vertrauen erst recht nicht.

»Ich schlage vor, dass die Sache in unseren Laborräumen erledigt wird«, warf Morbus ein, der mit verschränkten Armen am Fenster stand und allen anderen den Rücken gekehrt hatte, als könne er die Szene nicht mitansehen.

»Komm, Junge«, sagte Ferol und winkte Vampa. Kastor und van Ulir zogen ihn zur Tür. Als die Dichter ihn umdrehten, wandte er den Kopf zu ihr zurück. Tränen glänzten in seinen leeren Augen. Apolonia fühlte, wie es ihr die Kehle zuschnürte, doch sie regte sich nicht und sagte nichts.

»Apolonia«, murmelte Vampa – allein um ihren Namen noch einmal auszusprechen, so schien es. Dann schloss sich leise die Tür und Vampa war mit den Dichtern verschwunden.

Eine Hand legte sich auf Apolonias Schulter. Sie zuckte zusammen. »Es ist besser so«, sagte Nevera und atmete erleichtert aus.

Irgendwo vernahm er leise flüsternde Stimmen. Stoff raschelte und Füße scharrten über den Boden.

»Ist der Verband sauber?«

»Loo hat ihn frisch besorgt.«

»Die Kugel hier rein …«

Ein zartes Klirren von Metall.

»Saß ganz schön tief, was?«

»Gerade noch mit dem Skalpell erreichbar.«

Tigwid kam zu sich. Allmählich kehrte sein Bewusstsein zurück, doch er erinnerte sich an nichts. Was war geschehen? Wieso hatte er das Gefühl, mit der Schulter in einem Schraubstock zu stecken? Er versuchte, die schweren Augenlider zu öffnen. Immer wieder überkam ihn die Panik, das Gleichgewicht zu verlieren und nach links oder rechts in irgendeine Tiefe zu stürzen – dann erst wurde ihm bewusst, dass er mit dem Rücken auf festem Boden lag.

Zwei verschwommene Gesichter erschienen über ihm. Das eine war breiter als das andere … Das Gesicht eines Mannes, durchschoss Tigwid ein Gedanke, obwohl er nur Schemen erkannte. Vielleicht war es auch eine ziemlich männliche Frau mit buschigen Augenbrauen. Daneben beugte sich das andere Gesicht über ihn, umrahmt von kurzem weißgrauem Haar.

Eine Hand berührte seine Stirn. Kühle Finger strichen ihm die Schläfe entlang. *»Jorel …«* Die Stimme war erschreckend nah und eindringlich.

»Er ist noch im Fieberwahn.« Eindeutig eine männliche, alte Stimme.

Das schmalere Gesicht beugte sich näher zu ihm herab. »Hörst du mich?« Es war ein Flüstern, doch es erreichte ihn so intensiv, dass Tigwid das Gefühl hatte, sein Kopf müsse zerspringen. »Keine Sorge. Du wirst nicht sterben.«

»Sterben?«, lallte er erschrocken. »Wieso?« Er spannte die Nackenmuskeln und hob den Kopf. Wie zur Antwort ging ihm ein betäubender Schmerz durch das rechte Schulterblatt. Er stöhnte und sank zurück. Völlig unpassenderweise begleitete den Schmerz ein plätscherndes Lachen.

»Sei beruhigt«, sagte dieselbe Stimme wie zuvor. »Du bist in Sicherheit. Du bist beim Treuen Bund der Kräfte, Mottenbruder.«

Das Buch der Antworten

Sobald die Tür sich geschlossen hatte, griffen die Dichter ihn links und rechts fester an den Armen, als sei er ein wildes Tier, das gerade aus seinem Käfig geführt wurde. Dabei wehrte sich Vampa jetzt genauso wenig wie vorher. Er taumelte, von den Dichtern umringt, den Flur entlang und eine schmale Treppe hinab. Die Dichter drängten sich eng hinter und vor ihm und hatten es immer eiliger; immer schneller, immer ungeduldiger drückten sie Vampa vorwärts.

Die Treppe endete in einem hellen Pavillon und kaltes Tageslicht fiel über sie. Vampas Augen irrten zu den Fenstern, und er blickte in den weißen Winterhimmel, bis die Dichter ihn in einen schattigen Flur geführt hatten und das Licht verschwand.

Vampa rang zitternd nach Luft. Ein Dichter trat ihm versehentlich vor die Füße und Vampa stolperte. Mehrere Hände packten ihn an seinem Mantel, seinen Armen und seinem Nacken. Er wurde wieder auf die Füße gezerrt und umso hastiger angetrieben. Er hörte die Drohungen kaum, fühlte nicht die eisernen Griffe und die Finger, die sich in seine Haut gruben. Das alles passierte irgendwo hinter einem dunstigen Schleier.

Apolonia … ihr Gesicht hatte so verwirrt ausgesehen, so

zweifelnd und vorwurfsvoll. Tränen hatten in ihren Augen geglänzt. Ihre Augen! Heiße Übelkeit spülte durch ihn hindurch. Es war, als hätte er von ihr gelesen, in einem Blutbuch. So sehr *berührte* ihr Gesicht ihn.

Wieder ging es hinab, diesmal eine breite Spiraltreppe mit einer Glaskuppel weit über sich.

Apolonia … War sie tatsächlich auf der Seite der Dichter? Kämpften die Männer, die ihn in die Tiefen des Schlosses führten, auf der Seite des Guten? Und er auf der Seite des Bösen …

Er war ein Terrorist gewesen. Er war kein Opfer der Motten. Er war der *Täter*, bestraft durch die Hände derer, die Apolonia gerettet hatten. Vampa versuchte, sich klar zu werden, was das bedeutete. Er hatte schreckliche Gaben besessen und sie missbraucht.

»Ich war böse«, flüsterte Vampa, und ein furchtbares Lächeln grub sich in sein Gesicht, denn über die schrecklichsten Erkenntnisse kann man nicht weinen, nur lachen.

»Halt deinen Mund!«, fauchte einer der Dichter.

»Er ist irr, aber das werden wir ihm noch rausschreiben.«

»Nein, die Sprache schreiben wir ihm raus, damit er nicht mehr redet – den Irrsinn kann er behalten!«

Er hatte seine Vergangenheit verlieren müssen, denn nur mit ihr hatte er seine Schrecklichkeit, seine Schuld verlieren können. Er hatte seine Gefühle aufgeben müssen, denn er hatte nur den Hass gehabt …

Und jetzt? Jetzt sollte ihm gleich wieder genommen werden, was er erfahren hatte. Dann wäre alles fort – das Wissen um seine wahre Identität, die Erinnerung an Blutbücher, an die Dichter, an Motten, an ihn selbst und die vergangenen neun Jahre. Und fort wäre Tigwid. Fort wäre Apolonia.

Vampa dachte nicht an seine Vergangenheit, die er nach neun Jahren endlich gefunden hatte. Er dachte nicht an die lieblichen Blutbücher, die er gelesen hatte. Er dachte nicht daran, wie er erneut aufwachen würde, irgendwo im Schnee, ein erfrorener Vierzehnjähriger, der in seinem leeren Gedächtnis nach einem Gedanken tastet und nicht einmal Angst vor sich selbst finden kann. Er würde alles noch einmal erleben, den ganzen, endlosen Albtraum von vorne träumen, ohne es zu wissen. Aber das war es nicht, woran Vampa dachte. Er dachte an Apolonias Gesicht.

Ihr Gesicht mit den Augen, die nur auf ihn gerichtet waren und das Nichts in ihm durchbrachen. Er würde es verlieren, sobald die Dichter ihr Werk vollbrachten. Es würde sein, als hätte er sie nie gekannt.

Vielleicht war er ein schlechter Mensch gewesen, vielleicht hatte er das wache Totsein verdient, das sich in alle Ewigkeiten fortsetzen würde – aber es war ihm egal! Vampa kannte keine Gefühle, keine Reue, keine Feigheit, er wusste nur eins: Er wollte ihr Gesicht behalten. Für immer. Und wenn er noch in hundert, in tausend Jahren im Kanalschacht am Fluss liegen würde, ihr Gesicht sollte bei ihm sein bis zum Ende der Zeit.

Längst war die lange Spiraltreppe hinter ihnen zurückgeblieben. Sie liefen einen breiten, fensterlosen Korridor entlang. Doppeltüren aus lackiertem Holz unterbrachen ihren Weg immer wieder. Buchstaben und Symbole waren in das Holz geschnitzt. *J. M.*, die Initialen des Grafen von Caer Therin, zierten in geschwungenen, großen Lettern die Türen, und darunter ein kleineres, geschnörkeltes *N.* für Nevera. Jede Tür, die vor Vampa geöffnet wurde, fiel laut wieder hinter ihm zu, so wie die Vergangenheit. Es gab kein Zurück. Die Buchstaben auf den Türen besiegelten sein Schicksal.

J. M.… N.…

Ein dumpfer Knall, die Tür war zu. Wieder, *J. M.* dann *N.*, er trat hindurch, die Tür schloss sich hinter ihm.

Es würde ihm alles genommen werden, jetzt gleich.

Apolonias Gesicht!

Vampa stieß ein lang gezogenes Schluchzen aus, bäumte sich auf und riss sich so plötzlich los, dass die Dichter ihn nicht halten konnten. Heillose Panik brach aus.

»Er will ausreißen!«

»Schlagt ihn! Schlagt ihn nieder!«

»Er muss bei Bewusstsein bleiben! Haltet ihn fest!«

Vampa trat und boxte um sich, eine Brille wurde unter seiner Faust zertrümmert und ein Dichter jaulte schmerzerfüllt auf. Dann hoben seine Füße vom Boden ab: Die Dichter hatten seine Knöchel, Füße, Schultern, seine Taille und Schultern umschlungen und trugen ihn in ihrer Mitte.

»Nein! *Neein!*« Vampa schrie, sein Herz flatterte ihm wie ein verschluckter Vogel in der Brust. Was war dieses Etwas in ihm? Wieso schlug er um sich? Wieso war ihm Apolonias Gesicht so kostbar … Er dachte nicht darüber nach, obwohl die Fragen ihm in Sekundenbruchteilen durch den Kopf schossen. Er wusste bloß, dass ihr Bild ihm gehörte. Er würde es niemals zurückgeben.

Er wand sich in den Armen der Dichter, krallte sich an ihren Kehlen fest und versuchte, sich ihren Griffen zu entziehen.

Noch eine Tür fiel hinter ihm ins Schloss. Es ging fünf Stufen hinab, dann erreichten sie einen engen Gang, der von niedrigeren Querbalken gestützt wurde. Vampa nutzte den Augenblick, in dem die Dichter ihn die nächsten drei Stufen hinabtrugen, um seine Arme freizureißen. Die Dichter stolperten die Stufen hinunter. Vampa streckte sich nach den Deckenbalken aus und zog sich daran hinauf. Unter ihm schwoll Geschrei an. Er krallte sich mit Händen und Beinen an dem Balken fest; dann kletterte er daran hoch, kam auf die Füße und sprang auf den nächsten Querbalken. Als er sein Gleichgewicht wiedergefunden hatte, sprang er schneller von Balken zu Balken.

Die Dichter folgten ihm lärmend. Dann hatte er die Tür erreicht, die den Gang vom angrenzenden Korridor trennte. Vampa schwang sich von dem Balken, stieß mit der Schulter die Tür auf und taumelte in den Korridor. Seine Füße schlitterten über den polierten Steinboden.

Er fühlte sich, als würde er gar nichts mehr wiegen. Er glitt vorwärts wie eine Feder im Wind, gelangte zur nächsten Tür, stieß sie auf, rannte weiter, schlug wieder eine Tür auf, rannte, rannte. Entfernten sich die Stimmen der Dichter? Oder war das Pochen in seinen Ohren so laut, dass es den Lärm übertönte?

Schon erreichte er die Spiraltreppe. Das Licht der Glaskuppel glitt über ihn wie ein Schleier längst verloren geglaubter Hoffnung. Mehrere Stufen auf einmal nehmend, rannte er hinauf, Kurve um Kurve, dem Licht entgegen. Unter ihm schrien die Dichter. Ihre polternden Schritte ließen das Treppengeländer beben.

Vampa schlitterte in den Pavillon und geradewegs ins dichte Grün der Pflanzen, die sich gegen die Fenster drückten. Er stolperte gegen einen Korbsessel und riss einen Glastisch um, doch noch bevor sich die Scherben über den Boden verteilten, war er weitergerannt. Ein Gang führte aus dem Pavillon, und Vampa stürzte in das erstbeste Zimmer, das er fand. Ein erschrockener Diener, der gerade den Fensterrahmen gewischt hatte, starrte ihn an. Vampa stieß ihn zur Seite, riss das Fenster auf und sprang hinaus.

Er landete auf einem steilen Dachvorsprung, zwanzig Meter über dem Erdboden. Geduckt huschte er den Vorsprung entlang, bis er eine Turmspitze erreichte, die gut zwei Meter entfernt in den Himmel zeigte. Vampa sprang.

Seine Knie schlugen hart gegen die dunklen Ziegel, er krallte sich mit den Händen fest und rutschte das Turmdach bis zur Regenrinne hinab. Rote Striemen zogen sich durch seine Handflächen.

An dem Fenster, aus dem er geflohen war, hatten sich die Dichter versammelt. Ihre Rufe verstummten, als er das Turmdach umrundete, ihren Blicken entschwand und sich nach der Krone eines Ahornbaumes ausstreckte. Die kahlen Äste waren gerade in seiner Reichweite, doch sie waren hier oben dünn und würden sein Gewicht nicht lange halten. Vampa packte mehrere Zweige auf einmal und stieß sich mit den Füßen vom Dach ab. Der ganze Baum schien sich in die Tiefe zu neigen, als er durch die Luft segelte. Erstaunte Ausrufe erklangen, denn nun konnten die Dichter ihn wieder sehen. Der Baum knarrte. Die Zweige brachen einer nach dem anderen. Vampa flog geradewegs in das dichte Geäst hinein. Ihm war, als bohrten sich Messer von allen Seiten in seinen Körper. Die Zweige zerrissen seinen Mantel, zerkratzten ihm die Brust, peitschten sein Gesicht. Er griff nach allem, was er zu fassen bekam, um nicht zu stürzen. So hing er an die Äste geklammert wie eine zerknitterte Zeitung, die der Wind hinaufgeweht hatte. Der Baum schwankte noch immer hin und her und Wolken von Pulverschnee umhüllten ihn. Plötzlich fiel ein Schuss. Holzsplitter flogen von dem Ast, an dem er sich festhielt, und der Schnee spritzte in alle Richtungen.

»Hört auf! Ihr Schwachköpfe! Er kann nicht sterben!«, schrie eine Stimme, doch sie ging im Rufen und im Lärm der Schüsse unter.

Vampa kletterte den Baum hinunter, bis er den Ast einer nahe stehenden Eberesche greifen konnte. Sanft neigten sie sich unter seinem Gewicht dem Boden zu, sodass er abspringen konnte und strauchelnd auf der weichen Erde landete. Unter seinem Fuß knackte ein Zweig, sonst herrschte tiefe Stille. Die Rufe der Dichter waren bereits so fern, dass man sie nicht mehr verstehen konnte. Vampa richtete sich schwerfällig auf. Sein keuchender Atem gefror zu Wölkchen und hüllte sein Gesicht mehrere Augenblicke lang in Dunst.

Als er zu rennen begann, erst taumelnd, dann immer sicherer, bis seine Lungen brannten, begleitete ihn nur das Knistern der Tannennadeln, die seine Schritte dämpften.

Die Dämmerung senkte sich über Wald und Felder. Im Dorf gingen Lichter an, Hunde bellten, als ihre Herren nach Hause kamen, und der Duft von Abendessen sickerte durch die Ritzen der dunstbeschlagenen Fenster. Vom mattblauen Himmel fielen vereinzelte Schneeflocken, die im Licht der Laternen glitzerten wie herabrieselnde Sterne. Wenn es noch eine Weile weiterschneite, würden Vampas Fußspuren bald verschwunden sein.

Er war so nah an das Dorf herangekommen, wie es ging, ohne den Wald zu verlassen. Als es dunkler geworden war, hatte er das letzte Stück durch die Obstgärten zurückgelegt und war in die offene Scheune des nächsten Hofes geschlichen. Lautlos kletterte er auf den Heuboden und tastete sich durch die Finsternis, bis er eine Ecke erreichte und sich im Stroh niederließ.

Es war bitterkalt. Er zog die Knie dicht an den Körper und versuchte, sich selbst zu umarmen. Dann schloss er die Augen, lehnte den Kopf gegen die Wand und lauschte. Aber er hörte nur die Schweine, die unter ihm in ihren Ställen grunzten.

Es war zu erwarten, dass die Dichter ins Dorf kamen und die Höfe nach ihm durchsuchen ließen. Vielleicht gelang es Vampa, ihnen noch einmal zu entwischen. Fest stand, dass er vorerst hierbleiben musste, um sich zu sammeln und zu überlegen, was er weiter tun sollte.

Zurück in die Stadt konnte er nicht, jedenfalls nicht gleich;

es gab nur eine Straße, umgeben von Feldern, und höchstwahrscheinlich suchten die Dichter ihn dort zuerst. Er würde mindestens bis zum Morgengrauen warten müssen, dann erwischte er womöglich einen Postwagen und konnte sich mitnehmen lassen. Wenn er dann wieder zurück war, könnte er versuchen, diesen Collonta und den TBK zu finden. Er könnte ihnen erzählen, was er erfahren hatte – vielleicht würden ihn manche Terroristen sogar wiedererkennen, an die er sich selbst nicht mehr erinnerte – und dann wäre er wieder der, der er vor neun Jahren gewesen war. Er hätte sein Leben zurück. Nur seine Gefühle, die wären noch in irgendeinem Buch.

Vampa wandte den Kopf hin und her und wischte sich die Nase. Nein, er wollte nicht zum TBK, was würde ihm das denn nutzen? Der Gedanke daran, zu ihnen zu gehören, ließ ihn völlig kalt. Genauso gut könnte er das Leben eines Schornsteinfegers oder eines Schweinehirten annehmen, so wenig schien es mit ihm zu tun zu haben.

Er öffnete die Augen, aber es blieb so finster, als hielte er sie noch geschlossen. Erst allmählich erkannte er den schwachen bläulichen Schimmer, der ihm gegenüber ein Loch im Holz umzeichnete. Er stellte sich Apolonia bestimmt zum hundertsten Mal vor, seit er geflohen war. Er dachte an die Lichter, die er in ihren Augen gezählt hatte, ein Glitzern am Rand der Wimpern, verschwunden mit dem nächsten Blinzeln ... er hatte das bewirkt. Er war Grund für diese winzigen, funkelnden Lichter gewesen, die schneller erloschen waren, als ein Herzschlag dauerte. Ganz vage spürte er etwas in sich, das seiner Ungewissheit, was er weiter tun sollte, ein Ende setzte. Er würde nicht zum TBK zurückkehren, ob dort sein früheres Leben zu finden war oder nicht. Er wollte nicht dem Bösen angehören. Denn vielleicht war der Raub seiner Persönlichkeit ja wirklich richtig gewesen, zum Wohle der Welt ... dagegen wollte Vampa sich nicht stellen. Apolonia gehörte doch zu den Guten. Und wenn er schon nicht zu ihr gehören konnte, wollte er zumindest nicht gegen sie sein …

Vampa wurde schlecht und heiß und kalt in rascher Abfolge. Mit heftig klopfendem Herzen wurde ihm bewusst, dass er nicht nur eine Entscheidung getroffen hatte – er fühlte. Er hatte aus einem *Gefühl* heraus beschlossen, nicht zu seiner Vergangenheit zurückzukehren.

Gelähmt von dieser Erkenntnis, saß er im Dunkeln.

Das weiche Licht einer Petroleumlampe schälte sich aus der Nacht. Stöhnend wandte Tigwid den Kopf. Seine Schulter schmerzte unerträglich, und mit jedem Atemzug war ihm, als zöge jemand Draht durch seine Haut. Blinzelnd öffnete er die Augen, sodass das Licht nicht mehr nur ein Flimmern um seine Wimpern war. Über ihm erschien eine Zimmerdecke, von der die Farbe abblätterte wie schuppige Haut. Tigwid sah an sich hinab und entdeckte eine graue Wolldecke, die ihm bis zur Brust hochgezogen war.

Was war passiert?

Nur schleppend, bruchstückhaft kehrte die Vergangenheit zu ihm zurück.

Die Brücke. Er war gerannt. Und dann der brennende Schmerz. Der Boden war unter seinen Füßen fortgesunken und dann … Ja, was war dann geschehen? Wo war er hier gelandet?

Das Gefängniskrankenhaus konnte es nicht sein, dazu war es viel zu ruhig. Und irgendwo in Mone Flamms Gewalt konnte er ebenso wenig sein, dazu war er viel zu lebendig.

Tigwid sammelte seine Kräfte, um sich aufzurichten. Mit zittrigen Fingern streifte er die graue Decke ab und spürte erschrocken, dass er nichts darunter anhatte. Er lüftete die Decke ein zweites Mal – wenigstens eine Hose trug er noch, doch es war eine viel zu große, schmuddelige Stoffhose, die ihm nicht gehörte. Um seine Schulter und seine Brust war ein fester Verband gewickelt.

»Hallo«, sagte eine ruhige Stimme.

Tigwid drehte den Kopf. Jenseits des Lichtscheins bewegte sich jemand, dann tauchte ein eckiges Gesicht in die Helligkeit. Schatten saßen unter den Brauen und über dem kräftigen Kinn, doch die dunklen Augen trugen ein Leuchten von zarter Leidenschaft in sich. Tigwid hatte den Jungen, der sich an seine Matratze gehockt hatte, im ersten Moment für einen erwachsenen Mann gehalten, doch allmählich erkannte er, dass er höchstens zwei Jahre älter als er selbst sein konnte.

Tigwid stützte sich mühselig auf einen Ellbogen, dann auf die Hand, um aufrecht sitzen zu können. Ein stechender Schmerz durchzog seine Schulter. Er biss die Zähne zusammen.

»Ist es sehr schlimm?«, erkundigte sich der junge Mann. »Wir haben alles versucht, aber um ehrlich zu sein … nun, ich weiß leider nicht, wie es um Marts medizinisches Können steht.«

»Wo bin ich?«, fragte Tigwid.

Ein kurzes Lächeln huschte über das Gesicht des Fremden und ließ ihn Jahre jünger wirken. »Du bist in Sicherheit. Ich hoffe, das beantwortet deine Frage im Wesentlichen.«

»Und wer bist du?« Tigwid scherte sich nicht darum, höflich zu klingen, auch wenn der Junge oder sein Freund ihn offenbar verarztet hatten.

»Ich bin Fredo«, sagte der Fremde und streckte ihm eine kräftige Hand hin. Obwohl es Tigwid einige Mühe kostete, sein Gewicht nach vorne zu verlagern und ihm die Hand zu schütteln, tat er es und stellte sich vor: »Tigwid.«

Fredo runzelte die Stirn. »Tigwid? Ich dachte, du heißt Jorel.«

Tigwid musterte ihn misstrauisch. »Wer hat das gesagt?«

»Bist du denn nicht Jorel? Wenn nicht, haben wir den Falschen aus dem Wasser gezogen.« Fredos finsterer Ton überzeugte Tigwid, ihm ein wenig zu vertrauen.

»Jorel wird höchstwahrscheinlich von einem Dutzend mordlustiger Halsabschneider gesucht, die Mone Flamm angeheuert hat. Deshalb bin ich momentan lieber Tigwid.«

»Aha«, sagte Fredo. »Hier musst du niemanden fürchten, wer auch immer dich jagt. Keiner kommt hierher, ohne dass wir es wollen oder zumindest wissen.«

Tigwid gefiel, dass Fredo ihn nicht fragte, wieso er gesucht wurde.

»Hast du Hunger?«, erkundigte er sich stattdessen. »Loo hat schon heute früh Linseneintopf für dich gemacht, denn wir hatten gehofft, du würdest früher aufwachen. Aber sie wärmt ihn bestimmt sofort für dich auf.«

»Ist ja unwahrscheinlich nett, aber … wer ist denn Loo überhaupt?«

Fredo öffnete den Mund, um zu antworten, als ein Mädchen hinter ihm ins Licht trat. Sie trug graue Männerhosen, ein weißes Hemd und eine offene Jacke. Glänzendes schwarzes Haar, das zu einem hohen Zopf gebunden war, fiel ihr über die Schulter. »Loo ist die liebenswürdigste Person auf Erden – das wollte Fredo bestimmt gerade sagen. Und wahrscheinlich hat er recht. Niemand sonst würde für unseren Haufen so fürsorglich kochen.« Das Mädchen lehnte sich mit einem Lächeln über Fredo hinweg und reichte Tigwid die Hand. »Ich heiße Zhang. Willkommen bei uns, Jorel.«

Er schüttelte ihre Hand und starrte sie unverhohlen an. Zhang sah nicht aus wie die anderen Mädchen, die Tigwid kannte. Sie sah aus wie die Serviererinnen aus *Himmelszelt*.

»Wundert dich, dass ich eure Sprache so gut kann? Meine Eltern sind zwar nicht von hier, aber ich bin hier geboren.« Als Tigwid schwieg, fuhr Zhang fort: »Ich spreche kaum Chinesisch, ich bin in einem Wanderzirkus aufgewachsen.« Sie stützte die Hände in die schmalen Hüften und wandte sich an Fredo. »Du hättest mal die Leute in den abgeschiedenen Dörfchen sehen sollen, an denen wir mit dem Zirkus vorbeigekommen sind. Die haben asiatische Leute noch nie gesehen und dachten, ich wäre so was wie eine Elfe oder ein Kobold.« Sie stieß ein helles Lachen aus und warf ihren langen Zopf zurück. »Ich kann auch anders aussehen, wenn dich das überfordert«, erklärte sie und wies in einer unbestimmten Geste auf ihre Augen.

»Nein, überhaupt nicht«, beeilte sich Tigwid zu sagen – doch dann verstummte er mitten im Satz. Das ovale Gesicht des Mädchens war breit und flach geworden. Die pechschwarzen Haare hatten sich zu grauen Krausellocken eingekringelt. Die mandelförmigen Augen waren tief unter die Brauen gesunken und hatten ihre Form vollkommen verändert. Zhang war verschwunden und an ihrer Stelle stand eine alte Frau an Tigwids Matratze. Tigwid konnte nicht verhindern, dass ihm der Mund aufklappte.

»Tja. Ich sag ja, die Leute dachten, ich wäre ein Kobold.« Die Alte begann zu kichern, und als habe dieses Lachen ihre Maske gesprengt, stand wieder Zhang vor ihm und zog zufrieden ihren Zopf fest.

»Ich glaube, *das* hat Tigwid wirklich überfordert«, bemerkte Fredo.

»Ach was.« Zhang lief um Fredo herum und kniete sich vor Tigwid nieder. »Du bist doch auch einer von uns. Illusionen sind meine Gabe. Deshalb hat man mich auch in einen Zirkus gesteckt. Und – was kannst du?«

Tigwid war jetzt erst recht sprachlos. Zhang war eine Motte, und Fredos gelassenem Gesichtsausdruck nach zu urteilen, war er ebenfalls eine – oder zumindest musste er den Umgang mit Motten gewöhnt sein.

»Ich ... ich wusste nicht, dass es ...«

»Dass es mehr wie dich gibt?«, meinte Zhang. »Verstehe schon, das dachte ich auch – das dachten wir alle, bevor Erasmus uns gefunden hat.«

Natürlich hatte Tigwid gewusst, dass es noch andere Motten gab – schließlich hatte er Apolonia getroffen und wusste von den Dichtern. Aber zu wem gehörten Zhang und Fredo? Irgendwie konnte sich Tigwid nicht vorstellen, dass sie Dichter waren, ob das nun an ihren ärmlichen Kleidern lag oder der Tatsache, dass sie ihm das Leben gerettet hatten.

Zhang beobachtete ihn eine Weile mit leuchtenden Augen. Schließlich verschränkte sie die Arme auf den Knien. »Ich habe gehört, dass du auf der Suche nach einem Buch bist. Einem Buch der Antworten.«

»Das Buch – ich dachte, das gibt es nicht!«

Zhang warf Fredo ein Grinsen zu. »Nun... vielleicht doch.«

Tigwid richtete sich, so gut es ging, weiter auf. Das Buch der Antworten, um Himmels willen – wenn es doch so etwas gab! Eindringlich sah er das Mädchen an. »Hast du das Buch der Antworten?«

»Ich?« Zhang lächelte. »Nein. Ich versuche lediglich, daraus zu lesen... aber wer kann schon von sich behaupten, dass er es ganz versteht?« Das Mädchen erhob sich. In der Dunkelheit erklangen langsame, schwere Schritte. Eine Männerstimme begann zu sprechen, trocken und rau wie altes Papier.

»Guten Tag, Junge. Mein Name ist Erasmus Collonta. Das Buch, nach dem du suchst, existiert wirklich, und es tut mir leid, dass wir dich so lange im Dunkeln lassen mussten.« Ein Mann trat ins Licht, um dessen Runzelgesicht ein Kranz wilder weißer Haare flammte. Er trug eine zerschlissene grün karierte Weste und einen schlecht gebundenen Schlips. Einen

Moment lang betrachtete er Tigwid aus scharfen Augen. Die Brauen warfen Schatten über sein Gesicht wie gespreizte Mottenflügel.

»Das Buch ist hier.« Er hob den Zeigefinger und deutete auf seine Stirn. »Aber vor allem sind die Antworten hier drinnen.« Und mit einem Lächeln wies der alte Mann auf sein Herz.

Die Schülerin

Loo war, wie Tigwid bald erfuhr, ein Mädchen in Fredos Alter, das tatsächlich so liebenswürdig schien, wie Zhang gesagt hatte: Mit ihrem runden Gesicht, der sommersprossigen Nase und den fast immer sichtbaren Grübchen in den Wangen kam sie in die wachsende Runde um Tigwids Matratze geweht und ergriff seine Hand, um sie zu schütteln.

»Hallo, wie geht es dir, ich bin Loo! So nennen mich alle, mein eigentlicher Name ist Loreley, aber wer will schon so heißen, es klingt so piekfein, nicht wahr? Was macht deine Schusswunde? Schön, dass du aufgewacht bist, ich konnte kaum erwarten, dich kennenzulernen! Willst du Wasser? Ich habe den Linseneintopf schon auf den Herd gestellt, in zwei Minuten bring ich dir welchen, du wirst ihn sicher mögen – außer Linsen habe ich noch Speck reingeschnippelt!«, sprudelte sie los, und Tigwid nickte und lächelte. Fredo kratzte sich die Backe.

»Sieht so aus, als ginge Fredo dein Mitgefühl ein bisschen zu weit«, bemerkte Zhang mit einem Augenzwinkern. Loo ließ Tigwids Hände sanft los und rutschte mit einem Lächeln neben Fredo.

Inzwischen waren noch weitere Freunde – oder was auch immer diese Gruppe eigentlich war – zu Tigwid gekommen und stellten sich vor: Mit Loo war ein schmaler blonder Junge namens Emil erschienen, der einen schüchternen Eindruck machte und Tigwid mit einem Winken begrüßte. Ein Mann mittleren Alters kam dazu, der Rupert Fuchspfennig hieß. Sein blasses Gesicht war voller tiefer Furchen und von farblos wirkendem Haar umrahmt, das bereits aus der Stirn floh. Dann tauchte jemand im Lichtschein auf, den Tigwid wiedererkannte. »Bonni!«

Das Mädchen trat mit einem Lächeln neben Erasmus Collonta. »Hallo, Jorel. Schön, dich wiederzusehen.«

Seit Tigwid sie das letzte Mal in *Eck Jargo* getroffen hatte, um ihre Prophezeiung zu hören – und wie lange schien das her! –, hatte sie sich kein bisschen verändert. Ihr kurzes weißgraues Haar war so glatt und verblüffend wie eh und je. Auch das zerschlissene dunkle Kleid mit den hoch aufschließenden Knöpfen von damals trug sie noch.

»Ich wusste nicht, dass du eine von …« Tigwid runzelte die Stirn. »Na ja, ich weiß ja nicht, wer ihr alle seid. Ich wusste nicht, dass es außer den Dichtern noch eine Mottenbruderschaft gibt.« Er sagte es leise und blickte erwartungsvoll in die Runde, um die Reaktionen zu sehen. Doch nur Collonta faltete die Hände auf dem Rücken und lächelte.

»Na, die Dichter hast du ja wenigstens schon getroffen und das ist immerhin die Hälfte der Wahrheit. Wir sind die *anderen*. Wir sind die Motten, die den rechten Weg nicht verlassen haben. Wir sind auch bekannt als der Treue Bund der Kräfte. Obwohl dieser Name unsere Gaben banalisiert. Aber so ist es wohl mit allen Namen und allen Worten, nicht wahr? Sie vereinfachen immer das Wesentliche.«

Tigwid betrachtete den alten Mann. Das sanfte Lächeln schien zu seinem Gesicht zu gehören wie das Muster im Stamm einer Eiche, das die Witterung über Jahre hinweg hineingearbeitet hat.

»Wieso sollte ich euch glauben, dass ihr keine Dichter seid oder genauso schlimm?«, erwiderte Tigwid ruhig. »Ihr seid doch Motten. Morbus hat gesagt, dass das Buch der Antworten eigentlich eine Falle von euch war.«

»Nein, nein, nein.« Collonta machte eine sorgenvolle Miene. »Die Dichter und wir vertreten ganz andere Einstellungen. Die Dichter glauben, nur die Sprache verbinde die Menschen und deshalb seien sie blind und könnten nur sich selbst lieben. Aber wir vom Treuen Bund wissen, dass man die Gefühle anderer Menschen nicht in Bücher sperren muss, um sie wirklich zu empfinden. Ich kann es dir zeigen … wenn du möchtest.«

Tigwid zögerte. »Wie?«

Collonta lächelte und wieder spreizten sich hundert zarte Fältchen um seine Augen wie Insektenflügel. »Nun, ganz einfach. Setze dich gerade auf, bitte. Und da du von allen hier mit Bonni am vertrautesten bist, wie ich vermute, bitte ich dich, Bonni, uns bei diesem kleinen Experiment zu assistieren.« Collonta wies auf einen Stuhl, der in einer Zimmerecke stand. Bonni holte ihn, sodass sie gegenüber vor Tigwids Matratze Platz nehmen konnte.

»Zuallererst«, wies Collonta ihn an, »sieh Bonni tief in die Augen. Keine Scheu. Konzentriere dich auf nichts, lass einfach zu, dass sie dich ansieht und eure Blicke euch verbinden.«

Stille trat ein, während Tigwid und Bonni sich ansahen. Nach einer knappen halben Minute spürte Tigwid an einem leichten Spannen um seinen Mund, dass er ihr Lächeln erwiderte. Das war nicht weiter ungewöhnlich.

»Gut«, sagte Collonta leise, »und nun schließt die Augen.«

Bonni schloss die Augen und Tigwid tat es ihr gleich. Er merkte, dass er nur noch flach atmete und seine Haut sich kribbelig anfühlte, in Erwartung, dass etwas geschah. Dann spürte er eine Hand, die die Spitzen seiner Haare berührte. Es konnte nur Collonta sein. Die Hand strich langsam an einer Haarsträhne hinab … und hinab … bis zu den Spitzen, die plötzlich bis zu seinen Schultern reichten. Tigwid riss erschrocken die Augen auf und sah zur Seite, doch da stand überhaupt kein Collonta, und niemand berührte eine Haarsträhne, die bis auf seine Schulter fiel – seine Haare waren nicht länger als zuvor! Verblüfft schwenkte sein Blick zu Bonni, die soeben die Augen aufschlug. Collonta stand neben ihr und hielt ihr Haar in der Hand. Er lächelte vergnügt wie ein Schuljunge, dem es gelungen war, die Aufgabe an der Tafel richtig zu lösen. Tigwid schlug sich tapsig auf die kurzen Haare im Nacken.

»Was – habe ich – ihre Haare – aber wie?«

Collonta klatschte leise in die Hände. »Siehst du? Du hast soeben gefühlt, was Bonni gefühlt hat. Und nicht nur hast du meine Berührung gespürt, sondern auch ihr Haar. Man könnte sagen, für einen kurzen Augenblick«, schloss Collonta fröhlich, »hast du wie sie empfunden – du warst also für ein paar Sekunden Bonni.«

Bonni erhob sich mit einem entschuldigenden Lächeln und strich sich das Kleid glatt. »Siehst du jetzt, Jorel? Es gibt Verbindungen zwischen allen Lebewesen, die weder irgendwelcher Worte noch Mottengaben bedürfen.«

»Also war das keine Mottenkraft?«, fragte Tigwid, der immer erstaunter wurde.

»Nicht alle Zauberei hat etwas mit unseren Gaben zu tun, nicht alle Zauberei!«, sagte Collonta. »Denn wenn man es sich gründlich überlegt, bestehen doch neunzig Prozent des Lebens aus Wundern, der Rest ist nichts, ist Langeweile, ist Warterei. Was soeben geschehen ist, kann jeder Mensch empfinden, ob Motte oder nicht – ich nehme sogar an, dass auch

Tiere dieses Experiment nachspielen könnten, wenn sie wollten. Und wahrscheinlich wären die meisten Tiere darin sogar besser als die Menschen, denn je mehr man über dieses kleine Wunder nachdenkt, umso schwieriger wird es, daran teilzuhaben.«

Tigwid schwindelte. Er hatte also gerade ein Wunder am eigenen Leib erlebt und sich für wenige Augenblicke in ein Mädchen verwandelt, wozu überdies jeder gewöhnliche Mensch fähig war. Unauffällig strich er sich über Brust und Schulter, um zu prüfen, ob er sich irgendwie verändert hatte.

»Das war aber alles nur in meinem Kopf, oder?«, fragte er vorsichtshalber. »Ich habe mich nicht äußerlich verwandelt …«

»Sehr klug«, lobte Collonta. »Wie gesagt, die geistige Nähe, die zwischen dir und Bonni bestand, hatte nichts mit Mottenkräften zu tun, und es fand keine Illusion statt. Was du gefühlt hast, war ganz und gar echt – weder dein Verstand noch dein Körper wurde getäuscht.«

Nun trat Collonta neben Zhang und legte ihr die Hände auf die Schultern. Das chinesische Mädchen hatte sich gereckt und schien ein paar Zentimeter größer als vorher, ob das nun an der stolzen Haltung lag oder der Mottengabe.

»Unsere Zhang ist eine wahre Meisterin in der Erschaffung von Illusionen!«, schwärmte Collonta mit einem schalkhaften Blitzen in den Augen. Kaum hatte er zu Ende gesprochen, stand keine Zhang mehr neben ihm, sondern ein zweiter Collonta. Es war ein perfekter Doppelgänger – sogar das leicht zerknitterte Taschentuch in seiner Westentasche glich dem Original.

»Oh!«, lachte der echte Collonta, während sich der zweite Collonta zu Tigwid drehte und mit derselben Stimme fortfuhr: »Das hier ist genau das Gegenteil von dem Haarexperiment. Du wirst nämlich gerade hinters Licht geführt, weil ich dir per Mottenkraft einrede, dass du Erasmus doppelt siehst. Aber in Wirklichkeit stehe natürlich bloß ich vor dir, nur siehst und hörst du mich nicht so, wie ich bin.« Der Collonta-Doppelgänger wedelte mit den Händen und vollführte einen Hüftschwung, der für das Alter seiner Hüften höchst verdächtig wirkte, und mit einem Dreh schmolz die Erscheinung fort, und Zhang senkte die Hände.

Tigwid musste anerkennend nicken. »Verblüffend. Bloß deine Wortwahl verrät dich. Und die Körperhaltung … Hast du eigentlich schon mal daran gedacht, dich als Papst auszugeben und dir die hübschen Schätze im Vatikan genauer anzugucken?«

»Ständig«, gab Zhang lässig zurück. Aber an dem Funkeln in ihren Augen meinte Tigwid zu erkennen, dass diese Antwort nicht völlig scherzhaft gemeint war.

Collonta klopfte ihr noch einmal auf die Schulter und bedachte Tigwid mit einem nachdenklichen Lächeln. »Ich freue mich, dass du zu uns gefunden hast. Wir haben uns viel zu erzählen.«

Apolonia wurde von Nevera in ein Zimmer geführt, wo sie sich ausruhen, waschen und mit dem Gedanken anfreunden konnte, dass ihr Leben sich von Grund auf ändern würde. Sie durchquerten lange Gänge und eine kleine Halle mit einem Wintergarten, bis Nevera vor einer Flügeltür haltmachte und Apolonia über den Arm strich.

»Bedeutet das auch, dass ich nie wieder diese sinnlosen Erdkunde- und Geografiestunden bei Herrn Klöppel habe?«, fragte Apolonia plötzlich, der der Gedanke an ihren vergreisten Hauslehrer wahllos zugeflattert war, wie alles, seit sie Morbus und die Dichter verlassen hatte.

»Ich denke, dass deine Ausbildung nach wie vor eine wichtige Rolle spielen sollte«, erwiderte Nevera sanft. »Allerdings wird es andere Schwerpunkte geben. Es ist gut, wenn du weiterhin bei Herrn Klöppel bleibst, alles soll nach außen hin so bleiben, wie es war. Aber wir werden die Unterrichtszeit reduzieren müssen. Dein neuer Lehrer wird Jonathan sein.«

Apolonia nickte abwesend. Erst als sie schon eine Hand auf die Türklinke gelegt und Nevera sich zum Gehen gewandt hatte, fiel ihr noch eine Frage ein: »Was wird er mir beibringen? Blutbücher zu schreiben? Oder den TBK aufzuspüren?«

Wieder lächelte Nevera, offenbar erfreut über Apolonias Interesse. »Er wird dir alles beibringen, was wichtig ist. Mehr dazu beim Abendessen.«

Nevera wies auf die Tür und Apolonia trat ein.

Das Zimmer war von mehreren Lampen erhellt, die gedämpftes Licht verströmten. Durch die hohen Fenster konnte man den Wald und die Parkanlage überblicken, die zusehends mit der Dunkelheit verschmolzen. Rechts standen ein großes Himmelbett und ein schwerer Schreibtisch, links gab es einen großen, von Eisendrachen bewachten Kamin und eine Tür zu einem anliegenden Zimmer, vermutlich einem Bad, denn Apolonia hörte das Rauschen von Wasser. Sie blieb eine Weile auf der Stelle stehen und blickte durch das Zimmer, ohne etwas wahrzunehmen. Fenster, Wald, Bett, Teppiche, Schreibtisch … all das waren bedeutungslose Informationen, die ihre Augen dem Hirn ganz umsonst lieferten, denn sie befand sich in einer merkwürdigen Trägheit, die ihr ganzes Denken lähmte.

Morbus war ihr neuer Lehrer.

Es war so absurd! Der Mann, den sie vor wenigen Stunden für den Mörder ihrer Mutter und ihren größten Widersacher gehalten hatte, würde jetzt Herrn Klöppel ablösen. Aber im Vergleich zu all den anderen Dingen, die sie erfahren hatte, war das nicht mal am schockierendsten.

Aus dem anliegenden Bad erklangen Schritte, dann ein heller Schrei. »Apolonia!«

Trude kam mit offenen Armen auf sie zugeflogen. Einen Augenblick später lag sie ihrem Kindermädchen in den Armen und rang nach Luft.

»*Ahhh!* Ich habe mir solche Sorgen – wo waren – ich habe, und Ihre Frau Tante, und dann – Sie sind ja ganz blass, oh – was ist *passiert*?!«

Mit zittrigen Fingern wischte sich Trude ihre Tränen aus den Augenwinkeln, dann zog sie Apolonia in das anliegende Zimmer. Apolonia staunte über das große Bad, das im Vergleich zum Rest des Schlosses hochmodern ausgestattet war: In ein sechseckiges Becken schoss ein starker, dampfender Strahl Wasser. Für Handtücher und Waschutensilien war gesorgt, an einem Bügel hing sogar ein schwarzer Morgenmantel im orientalischen Stil.

»Kommen Sie, ich kümmere mich schon drum«, murmelte Trude schniefend und half Apolonia aus ihren Kleidern. Das Becken war kurz vorm Überlaufen, und Trude stellte den Wasserhahn ab, als Apolonia sich ins heiße Bad sinken ließ. Ihr entfuhr ein erschöpftes Seufzen.

»Wollen Sie etwas essen?«, fragte Trude. »Vorher wurde etwas hergebracht, ich glaube, kalter Truthahn und ...«

Apolonia winkte ab und lächelte. »Ich sitze doch im Bad, Trude ... Abgesehen davon habe ich gefrühstückt, hatte zweimal Mittagessen und Tee und Kuchen.«

Dabei hatte Apolonia jedes Mal kaum mehr als ein paar Bissen genommen, wenn Morbus und Nevera sie mit süßen und salzigen Stärkungen überhäuft hatten. Trotzdem spürte sie keinen Hunger – nur unsägliche Erschöpfung. Sie hatte den ganzen Tag im selben Zimmer verbracht, und obwohl sie sich höchstens bewegt hatte, um ihre Gabel in eine Nudel zu piksen, hatte sie selten anstrengendere Stunden erlebt. Offenbar hatte ihr Kopf, indem er die Wahrheit verarbeitet hatte, Höchstleistungen erbringen müssen.

Trude setzte sich an den Rand des Beckens und strich Apolonia behutsam mit einem Schwamm über die Schulter. Dabei entdeckte sie den Schnitt, den Morbus ihr zugefügt hatte, als er ihr in der Lagerhalle das Blut abgenommen hatte. Trude schien sich beherrschen zu müssen, um nicht wieder in Tränen auszubrechen.

»Was ist nur geschehen mit Ihnen«, flüsterte sie. »Dass der liebe Gott Ihnen ja nicht noch mehr Unglück hat zustoßen lassen als ohnehin, sonst …«

Und ohne nachzudenken, beugte Apolonia sich vor und schloss die Arme um den dicken, weichen Bauch ihrer Kinderfrau. Den nassen Kopf auf ihre Schürze gelegt, presste sie die Augen zu und vergoss kostbare Tränen, die ihr mehr Erleichterung verschafften als alle Logik und jedes Grübeln der Welt.

Pünktlich um halb acht klopfte ein Diener an ihre Zimmertür und führte Apolonia zum gemeinsamen Abendessen mit Morbus und Nevera. Inzwischen waren ihre Haare getrocknet, sie trug ein sauberes, schlichtes Kleid, das Nevera aus der Stadt für sie mitgebracht hatte, und war warm und schläfrig vom Baden und vom langen Sitzen vor dem Kamin.

Es ging die breite Treppe hinab und quer durch die Eingangshalle, durch einen Flur, noch eine Treppe hinab und durch einen zweiten Flur. Während Apolonia sich im Haus umsah, konnte sie nicht entscheiden, ob seine beunruhigende Wirkung davon kam, dass es hier so verlassen war oder so lebhaft. Die Wände schienen sich mit ihrer gemusterten Tapete zu bewegen und die grellen Farben – Honiggelb und Giftgrün und Blutrot – zogen die Augen ständig in verschiedene Richtungen. Doch über all dieser geordneten Wildnis lag eine zentimeterdicke Stille. Apolonia fühlte sich, als würde sie durch ein Ölgemälde wandern.

Der Diener öffnete eine Doppeltür, und Apolonia betrat ein Esszimmer mit einem großen Kamin und einem polierten Holztisch, umringt von roten Sesseln. Im Feuerschein saßen Nevera und Morbus. Apolonia musste sich immer noch an den Anblick von den beiden zusammen gewöhnen.

Morbus bot ihr den Stuhl zu seiner Rechten an, gegenüber von Nevera. Kaum einen Moment später kam der Diener mit mehreren Tellern zurück und tischte das Abendessen auf. Apolonia beobachtete abwesend, wie drei Gläser mit Wein gefüllt wurden. Schweigend begannen sie zu essen, und obwohl sie den Blick auf ihren Rosenkohl geheftet hielt, bemerkte sie, wie Nevera und Morbus sich immer wieder ansahen, unausgesprochene Gedanken tauschend.

Schließlich tupfte Morbus sich die Mundwinkel mit seiner Serviette ab. »Ich hoffe, wir haben dich heute nicht zu sehr … gefordert«, begann er behutsam. »Niemand weiß besser als wir, dass die Wahrheit nicht leicht zu verkraften ist.«

Apolonia senkte ihre Gabel und bemühte sich um ein gelassenes Lächeln. »Ich mache mir noch einige Sorgen, was die Sache betrifft, die in der Zeitung stand. Und auch die mit dem überfahrenen Polizisten.«

Nevera nickte. »Dein Onkel wird sich darum kümmern, dass man dich nie mit dem toten Polizisten in Verbindung bringen wird.«

»Wie?«, fragte Apolonia nach einer Pause.

»Es gibt Mittel, Zeugen zum Schweigen zu bringen. – Ich spreche von finanziellen Aufmerksamkeiten. Keine Angst.« Ein kleines Lächeln huschte über Neveras Gesicht, als sie einen Schluck Wein nahm, und ihr Blick flog zu Morbus. Apolonia fragte sich, in welcher Beziehung Morbus zu ihrem Onkel stand – und, überdies, zu Nevera … Das Ganze war sehr nebulös, und Nevera und Morbus hatten augenscheinlich kein Interesse, daran etwas zu ändern.

»Was dein dreitägiges Verschwinden angeht«, fuhr Morbus fort, »denke ich, wir sollten bei dem Plan bleiben, den wir heute Nachmittag besprochen haben: Du wirst sagen, dass du entführt wurdest. Damit entgehst du auch irgendwelchen albernen Verdächtigungen bezüglich *Eck Jargo*, die für die Karriere deines Onkels schädlich sein könnten.«

»Wir haben bereits mit einem Journalisten vom *Stadtspiegel* ausgemacht, dass es ein Interview mit dir geben wird. Sein Name ist Erich Brahms und er ist ein guter Freund von Wilhelm.«

Apolonia versuchte, sich vorzustellen, dass Wilhelm Kastor, der kühle blonde Dichter, »gute Freunde« hatte.

»Vorher habt ihr gesagt, dass die Arbeit der Dichter sich nun, da ich dabei bin, sehr verändern wird. Ihr wollt einen offenen Kampf gegen den TBK führen, so wie meine Mutter es gewollt hat. In dem Interview werde ich bekannt geben, dass der TBK mich entführt und bedroht hat – ich werde die ganze Wahrheit über Magdalena erzählen.«

»Du …« Morbus räusperte sich und legte die Stirn in Falten. »Du sprichst mir aus der Seele, Apolonia. Genau das wollte ich dir gerade vorschlagen. Allerdings müssen wir an die Gefahr denken, in die du dich begibst.«

Apolonia lehnte sich in ihren Sessel zurück. »Ich fürchte mich nicht vor dem TBK.«

Nevera lachte leise auf. »Nein, wir meinen nicht die Bedrohung durch den Treuen Bund – die besteht so oder so. Wir sprechen von der Gefahr, die von den Menschen ausgeht, wenn du ihnen die Wahrheit erzählst. Sie werden dir nicht glauben, Apolonia.«

Sie zückte ihr Zigarettenetui und steckte sich eine Zigarette in ihren Halter. »Deine Mutter hatte vor, die Wahrheit zu sagen, die ganze Wahrheit über unsere Gaben und die des TBK. Das war nobel und ehrlich, aber wenig hilfreich. Hätte sie lange genug gelebt, um wirklich an die Öffentlichkeit zu gehen, hätte man sie ausgelacht oder bestenfalls ignoriert. Wenn wir eine Wahrheit vertreten, an die sonst niemand glauben kann, stehen wir sehr alleine da – aber wir brauchen jede Unterstützung, die wir bekommen können. Alles, was wir ab jetzt den Menschen sagen, darf nur dem Zweck dienen, sie auf unsere Seite zu ziehen – gegen den TBK. Und wenn wir erfinden und verschweigen und, Gott vergib mir, lügen müssen, dann soll es so sein. Unser ehrenvolles Ziel verzeiht alle Mittel.«

Morbus stützte die Arme auf den Tisch und setzte, um einem Einwand von Apolonia vorzubeugen, hinzu: »Du musst dir vorstellen, dass die Leute in gewisser Weise blind sind. Stell dir vor, alle Menschen wären … Schweine auf einem Bauernhof, die vom Bauern gemästet werden, damit er sie bald schlachten kann. Wenn du mit den besten Absichten zu den Schweinen treten und sagen würdest: ›Tötet den Mann, der euch mit Nahrung versorgt!‹, würden sie dich auslachen und vertreiben. Stattdessen kannst du aber auch sagen: ›Tötet den Mann, der eine Axt besitzt, denn er kann sie gegen euch erheben!‹, und die Schweine tun, was du ihnen vorgeschlagen hast. Im Grunde läuft beides auf dasselbe hinaus, aber das weißt bloß du – die Schweine sind dümmer. Obwohl es nur zu ihrem Vorteil ist, den Mann umzubringen, der sie mästet, können sie nicht so weit vorausblicken. Sie sind kurzsichtig. Darum ist es so wichtig, wie du dich artikulierst. Worte regieren die Welt. Wenn du die Kunst der Worte beherrschst, liegt die Menschheit dir zu Füßen.«

Nevera lächelte geheimnisvoll. »Die Worte eines Dichters …«

»Für einen Dichter steckt aber ganz schön viel Politiker in Ihnen«, bemerkte Apolonia.

»Nein …« Morbus zog eine verächtliche Grimasse. »Ich bin nicht an Wählerstimmen interessiert. Was für mich zählt, ist das zarte, fleischlose Etwas – viele nennen es Seele –, das unter hundert hässlichen Schalen im Menschen verborgen liegt und das man nur als Künstler berühren kann.«

»Die Worte eines Dichters, fürwahr.« Apolonia lächelte. »Dann sagt mir, wie ich mich in dem Interview ausdrücken soll.«

Wie riesig war der Himmel hier draußen, auf dem Land, wo keine Hausreihen ihn eingrenzten. Er öffnete sich über Apolonia wie ein unfassbares, blindes Auge, milchig trüb, mit einem Blick, der überall und nirgends hinging. Einen Moment verweilte sie zwischen Haustür und Hof und starrte hinauf in die blaudunstige Morgendämmerung. Dann streifte sie die Handschuhe über und folgte Nevera in die Kutsche, die sie in die Stadt zurückbringen sollte. Ein Peitschenknall, klirrendes Pferdegeschirr, Hufschlag und knirschender Kies unter den Wagenrädern – schon verließen sie das Anwesen von Caer Therin und die dunklen Bäume huschten vorüber wie schlafende Traumgestalten.

Es war bereits alles bis ins kleinste Detail besprochen worden, sodass Schweigen zwischen Apolonia und ihrer Tante herrschte. Während Nevera die Abwesenheit ihres Mannes tatkräftig ausnutzte und sich ihre erste Zigarette am Morgen anzündete, lehnte Apolonia ihre Schläfe gegen die gepolsterte Wand und sah aus dem Fenster.

Im Norden war der Himmel perlfarben, ganz rein und glatt, mit einem lila Hauch darüber, als wäre er über seine offensichtliche Schönheit in Verlegenheit geraten. Im Osten erschien das erste Licht der kränklichen Novembersonne.

Die Farben des Horizonts sickerten durch die kahlen Steckenbäume, und der Horizont selbst schien schmutzig gelb, ein wenig entzündet, ein wenig schwach, aber mit der deutlichen Euphorie des Lebens, das den Kampf der Geburt überstanden hat.

Mit schläfriger Ruhe wartete Apolonia die lange Fahrt ab. Sie würde den Journalisten treffen, die bereits bekannten Fragen mit den wohl zurechtgelegten Antworten erwidern, nach Hause – das hieß, zu ihrem Onkel – fahren, »nach dem Rechten sehen«, wie Nevera gesagt hatte, und ihre Sachen holen.

Es war besser, wenn sie in nächster Zeit in Caer Therin wohnte. Erstens konnte sie sich dabei ungestört ihren Studien mit Morbus widmen, zweitens war sie dort vor dem TBK sicher, der vom geheimen Hauptsitz der Dichter nichts wusste. Der Umzug machte Apolonia nichts aus. Wenigstens versuchte sie, sich das einzureden. Schließlich war das Haus ihres Onkels nie ihr Zuhause gewesen. Sie hatte immer gewusst, dass es eine vorübergehende Bleibe war. Viel abzuholen gab es auch nicht: Ein paar Kleider, Bücher, ihre Geige … der bereits erwartete Sehnsuchtsschmerz stach ihr in die Brust, als sie an die Tiere dachte. Sie würde ihre Freunde eine lange Zeit nicht mehr sehen und ihnen vor allem nicht mehr helfen können, wenn sie in Not waren. Allein der Gedanke an Rache und Gerechtigkeit konnte dieses Opfer erträglich machen.

Die Zeit verstrich. Als es Tag geworden war, erreichten sie die Stadt und fuhren durch die belebten Straßen, die Apolonia viel lauter und irgendwie farbloser vorkamen als sonst, so als würde sie alles durch eine Linse der Trostlosigkeit sehen. Bald kamen sie zu einem Kirchplatz, der von zahlreichen Konditoreien und Cafés umgeben war. In einem davon war Apolonia mit dem Journalisten verabredet. Die Kutsche hielt vor einem reich dekorierten Schaufenster, auf dem mit weißer Farbe *Der Pfefferminzprinz* geschrieben stand. Apolonia atmete tief durch, dann gab Nevera ihr zwei Küsse auf die Wangen und umwölkte sie ein letztes Mal mit ihrem Parfüm und Zigarettenqualm. Apolonia war froh um den vertraut gewordenen Geruch.

»In eineinhalb Stunden holt dich die Kutsche ab und wir essen zu Hause zu Mittag«, sagte ihre Tante noch, dann öffnete der Kutscher die Tür, und Apolonia stieg aus. Sie betrachtete ihr Spiegelbild im Schaufenster: ein blasses Gesicht, das ihr nichtssagend vorkam. Ein stiller, ferner Blick… Hinter ihr ratterte die Kutsche durch den dünnen Schnee davon. Apolonia öffnete die Tür zum *Pfefferminzprinz*. Glöckchen klimperten und ein Serviermädchen begrüßte sie und nahm ihr Mantel, Schal und Handschuhe ab.

»Ich bin verabredet mit Herrn Brahms«, sagte Apolonia, und das Serviermädchen führte sie an plaudernden Pärchen und einer Kuchentheke vorbei zu einem Tisch in der hintersten Ecke, wo der Journalist wartete. Als er Apolonia sah, klappte er sein Notizbuch zu und erhob sich, um ihr die Hand zu schütteln. Er hatte ein fröhliches Gesicht mit einem fliehenden Kinn und einer Brille, die auf einer spitzen Nase und unglaublich weit abstehenden Ohren ruhte.

»Erfreut! Erfreut, Sie kennenzulernen, Fräulein Spiegelgold. Wilhelm Kastor hat mir schon von Ihnen erzählt. Bitte, nehmen Sie Platz. Darf ich Sie Apolonia nennen?«

»Natürlich.«

Sofort kritzelte Herr Brahms etwas in sein Buch – wie es schien, Notizen zu Apolonias Erscheinungsbild –, aber er schrieb so unleserlich, dass sie kein Wort entziffern konnte.

»Nun, bestellen Sie sich doch etwas. Ich empfehle Ihnen den Bananenkuchen, sehr köstlich. Oder die Pfefferminzschokolade, für die der *Pfefferminzprinz* so berühmt ist.«

Apolonia machte ihre Bestellung, damit das Serviermädchen verschwand. Sobald sie alleine waren, legte der Journalist seinen Stift zur Seite und funkelte Apolonia an. »Ich weiß bereits über alles Bescheid. Den Artikel bekommen Sie vor der Veröffentlichung natürlich zur Ansicht. Ich muss sagen«, fuhr Brahms fort und streichelte mit einem halb verkniffenen Lächeln den Henkel seiner Kaffeetasse, »ich finde es überaus aufregend, Schöpfer einer Terroristengruppe zu sein.«

»Wir erfinden den TBK nicht«, erwiderte Apolonia nüchtern. »Wir zeichnen lediglich das Phantombild einer Verbrecherbande, die das Gesicht verdient hat, das wir ihr verpassen werden.«

»Gewiss, gewiss.« Brahms lächelte verstohlen. »Sie sind noch sehr jung. Sie werden merken, dass das Schreiben immer etwas mit Erfindung zu tun hat.«

»Das ist mir durchaus bewusst, wie *Sie* merken werden … Teil eins: meine Entführung.«

Allmählich ging es Tigwid immer besser und seine Schusswunde verheilte dank der sorgsamen Pflege des TBK. Loo bekochte ihn mit Linseneintopf, Hühnerbrühe, Auflauf und Pudding wie die liebevolle Schwester, die er nie gehabt hatte. Auch Bonni und die anderen Mitglieder des Treuen Bunds kümmerten sich wie eine Familie um ihn, und Tigwid wurde klar, dass er nie so viel Freundlichkeit erfahren hatte wie hier, in dieser heruntergekommenen Wohnung voller leckender Leitungen, Berge aus zerlaufenem Kerzenwachs und Löcher in der Wand. Anfangs war er misstrauisch, schließlich hatte das Leben ihn gelehrt, dass man nichts umsonst bekam – außer man war ein guter Dieb. Was erwartete der TBK also in Gegenzug von ihm? Aber vielleicht … vielleicht gab es ja wirklich so etwas wie aufrichtige Nächstenliebe, die nicht auf Berechnung beruhte. Tigwid gefiel die Vorstellung.

Während er wieder zu Kräften kam, hingen seine Gedanken fast pausenlos an Apolonia und Vampa. Er wusste noch immer nicht, was aus ihnen geworden war, und je öfter er sich die Situationen ausmalte, in denen sie gerade stecken mochten, umso schlimmer kamen sie ihm vor. Er hätte Bonni oder ein anderes TBK-Mitglied bitten können, sich nach den beiden umzuhören, aber er wollte niemanden in die Sache hineinziehen. Der TBK hatte ihm geholfen – *er* war es, der Apolonia helfen musste. Gut möglich, dass sie auch festgenommen worden war … wenigstens wäre sie im Gefängnis vor den Dichtern sicher …

»Woran denkst du?«, fragte Bonni, als sie sich neben ihn setzte und ihm ein Glas Wasser reichte. Dankbar nahm er das Glas entgegen.

»Du bist doch diejenige, die alles sieht und weiß. Kannst du das nicht mit deiner Mottengabe, die Gedanken anderer ausspionieren?«

Bonni lächelte ein wenig. »Ich bin *Visionistin*, aber das heißt noch lange nicht, dass ich allwissend bin. Meistens sehe ich Dinge, nach denen ich gar nicht Ausschau gehalten habe.« Eine Weile saßen sie schweigend nebeneinander und Tigwid nippte an seinem Wasser. »Du denkst an das Mädchen, stimmt's? Die, die ich dir damals prophezeit habe.«

»Siehst du, doch ausspioniert.«

»Es ist nicht schwer zu erkennen, dass du an ein Mädchen denkst.«

Tigwid verbarg das Gesicht hinter dem Glas und nahm zwei große Schlucke. »Ähm, wie bist du eigentlich zum TBK gekommen? Wo hat Collonta dich aufgegabelt?«

»Ich bin von mir aus zu Collonta gekommen. Das war vor fünf Jahren, ich war vierzehn und habe gesehen, dass ich hierhergehöre.«

»Ach, dann kommst du auch aus dem Waisenhaus?«

»Nein«, sagte Bonni, »ich habe eine Mutter und einen kleinen Bruder. Ich besuche sie noch manchmal.«

Tigwid konnte sich Bonni kaum als Tochter – oder als Schwester – von irgendwem vorstellen. Sie war doch viel zu … unnahbar. »Wissen sie denn über dein Leben Bescheid? Ich meine, der TBK und alles?«

Bonni zuckte die Schultern. »Sie wissen, wie ich bin … mehr wollen sie auch gar nicht hören. Es ist alles in Ordnung, wie es ist, denke ich. Ich habe den Platz gefunden, an den ich gehöre, und niemand ist gekränkt.«

Nachdenklich drehte er das Glas in den Händen. Als Kind hatte er sich immer eingeredet, Eltern brächten nur Ärger. Aber dass es mit einer Familie und einem festen Leben, in das man geboren wurde, manchmal tatsächlich schwieriger sein konnte als ohne, verstand er erst seit Kurzem. Was, wenn er einen verrückten Vater hätte wie Apolonia? Oder eine Mutter und einen Bruder, die er wegen seiner Mottengabe verlassen müsste wie Bonni?

Ein lautes Scheppern drang aus einem anderen Zimmer und Bonni erhob sich. Dann waren Schritte im Gang zu vernehmen und einen Augenblick später stürmte ein alter, gebrechlicher Mann auf sie zu.

»Jorel!«

Tigwid konnte es kaum fassen. *»Mart?«* Es war zweifelsohne Mart, der Obdachlose – der Knopfsammler.

»Wie geht's dir?«, jauchzte der Alte und ließ sein Bündel von der Schulter fallen. »Alles wieder in Butter, he? Hab mir Sorgen gemacht, aber so einer wie du lässt sich nicht so schnell unterkriegen, nich wahr? Ja, wir sind vom gleichen Schlag, hart wie Backstein und zäh wie Stiefelleder!«

Tigwid lächelte. »Was machst du denn hier? Gehörst du etwa auch zum TBK?«

»Natürlich! Bin ein Geisterherr und treuer Anhänger von Collonta. Ich hätt's dir viel eher gesagt, wenn ich gewusst hätte … aber du hast mir ja auch nie gesagt, dass du eine Motte bist!« Das Lachen des Alten war so ansteckend, dass Tigwid mitmachen musste. Ausgerechnet Mart war hier! Und Tigwid hatte ihn immer für ein bisschen verrückt gehalten.

»Ich dachte immer …« Tigwid räusperte sich. »Die Knöpfe und all das! Natürlich ist das eine geheime Sache des TBK gewesen, nicht? Jetzt kannst du mir endlich sagen, warum du immer so versessen darauf warst.«

Marts zahnloses Grinsen war unverändert. »Wie meinsten das? – Oh, sieh mal, ich hab hier neue Exemplare!« Er drehte sich um und wühlte in seinem Bündel, das, wie Tigwid erkannte, vor Knöpfen fast überquoll. Mit einem verdatterten Blick wandte Tigwid sich an Bonni, die lächelnd die Schultern zuckte. Mart war also doch – einfach Mart.

»Wie ist … übrigens … die Wunde verheilt?«, erkundigte sich der Alte, noch immer wühlend. »Ich war mir nicht sicher, ob ich richtig vernäht hab.«

Tigwid wurde aschfahl. »*Du* hast die Operation durchgeführt?«

»Na klar! – Ah, hier ist das Prachtstück!« Und mit seinen schmutzigen Fingern hielt Mart einen strahlenden Silberknopf ans Tageslicht.

Mit der Zeit lernte Tigwid die Mitglieder des Treuen Bunds besser kennen. Die meisten von ihnen stellten sich als *Geisterherren* vor – eine besondere Art von Motte, die Tigwid aber niemand genau beschreiben wollte, denn offenbar war Collonta derjenige, an den man sich mit Fragen wandte. Selbst die gesprächige Zhang, die oft zu ihm kam, ihm lesen und schreiben beibringen wollte, mit ihm Karten spielte und sogar ein paar Tricks zeigte, die er noch nicht kannte, wollte Tigwid nicht erklären, was einen Geisterherr oder eine Geisterherrin ausmachte.

»Weißt du – nein, ich kann's dir nicht erklären. Frag Collonta. Ich könnte dir schon sagen, was es ungefähr ist, aber ich würde es wahrscheinlich so kompliziert ausdrücken oder lauter wichtige Sachen auslassen, dass du mich bloß falsch verstehst. Collonta sagt dir alles, wenn er wiederkommt. Er ist *so* klug, weißt du. Er ist ein Genie.« Zhangs Augen begannen zu leuchten, während sie die Karten mischte. »Als ich ihn das erste Mal getroffen habe, war ich ein Bankdirektor. Erasmus ist auf der Straße stehen geblieben, hat mich angeguckt und gesagt: ›Was für ein außergewöhnliches Talent! Eine fabelhafte Illusion, wie ich sie noch nie gesehen habe. Darf ich Sie nach Ihrem Namen fragen?‹ Stell dir vor, er hat mich erkannt, er hat meine Illusion erkannt! Dabei hatte mein Bankdirektor einen maßgeschneiderten Anzug plus eine frisch polierte Glatze mit Speckfalten im Nacken, echte Detailarbeit. Später hat Erasmus mir gesagt, er hätte die Magie um mich herum leuchten gesehen. Stell dir vor, jetzt versucht er, mir beizubringen, wie ich auch Tiere schaffe. Und danach leblose Gegenstände! – Oh, hallo Emil!«

Im Zimmer war der blonde Junge aufgetaucht, den Tigwid bei seinem ersten Erwachen gesehen hatte. Er schenkte ihnen ein Lächeln, lief rot an und machte mit einem Haufen Bretter und Nägel kehrt, um nebenan ein eingebrochenes Fenster zu schließen.

»Was ist seine Gabe?«, raunte Tigwid, sobald Emil aus dem Zimmer war.

»Ich habe keine Ahnung… das weiß nur Erasmus genau. Manche hier glauben, Emil kann Gedanken lesen.«

Tigwid überlegte rasch, ob er etwas Unfreundliches oder Anstößiges gedacht hatte, als der Junge im Raum gewesen war. Es war nachvollziehbar, wenn sich andere in Emils Gegenwart unbehaglich fühlten – war er vielleicht deshalb so scheu?

»Erasmus sammelt gerne Leute mit außergewöhnlichen

Talenten um sich«, fuhr Zhang etwas leiser fort. »Die meisten vom TBK sind natürlich Geisterherren und -herrinnen. Ihre Kräfte sind für unseren Kampf am wichtigsten. Aber deswegen verachtet Erasmus nicht die anderen Talente, im Gegenteil. Wie er sich um Emil kümmert, ist der beste Beweis. Und jeder weiß, wie hoch er Bonni und ihre Visionen schätzt. Oder Rupert Fuchspfennig –«

»– du meinst den Mann mit den braunen Haaren und den …?«

Zhang zog angestrengt die Brauen zusammen und verwandelte ihr Gesicht in das eines vierzigjährigen Mannes mit dünnem Haar, tiefen Furchen und mausartigen Augen. »Ja, der hier, Fuchspfennig, unser Gelehrter. Er ist zwar ein Geisterherr, aber auch ein Traumwandler, das heißt, er kann seinen Körper verlassen und als Geist wandeln … ich versuch nicht, dir das zu erklären, das macht Collonta. Jedenfalls ist Fuchspfennig immer bei Collonta. Sie besprechen Philosophie und Parapsychologie und so was. Ich glaube, die beiden sind schon seit *Jaaahren* befreundet. Nun, und ich bin eine Illusionistin und Collontas beste Schülerin. Die Mitglieder, die keine Geisterherren sind – Emil, Bonni, Fuchspfennig und ich –, wir stehen Collonta eigentlich am nächsten.«

»Was ist mit Loo?«, fragte Tigwid und nahm die Karten in die Hand, die Zhang ihm austeilte.

»Natürlich mag Collonta Loo auch gerne, wer mag sie nicht? Aber sie ist eben eine Geisterherrin.«

Während sie eine Spezialversion von Poker spielten, die Tigwid sich ausgedacht hatte, erzählte Zhang ihm von den anderen Mitgliedern des TBK. Laus zum Beispiel hatte Tigwid erst einmal flüchtig gesehen, als sie vorbeigekommen war, um ihm gute Besserung zu wünschen. Laus war eine hagere ältere Frau mit kurzem weißem Haar und einem Faible für Schals, die sie in großen Mengen um ihre Schultern, ihre

Hüfte und ihren mageren Hals geschlungen trug. Laut Zhang gab es drei Sachen, die sie interessierten: ihre Schals, ihre Mottengabe und ihre Katzen.

»Das ist auch der Grund, warum Laus nicht hier wohnt«, erklärte sie. »Sie hat im Norden der Stadt eine Einzimmerwohnung mit zwölf Katzen und ihrem Strickzeug. Wenn ich sie nicht kennen würde, würde ich denken, dass sie verrückt ist. Na ja, ein bisschen verrückt ist sie wahrscheinlich. Aber Erasmus hält unheimlich viel von ihr. Sie strickt auch wirklich ganz beeindruckende Schals.«

Was Zhang über manche andere Mitglieder berichtete, war weniger amüsant. So wie die Geschichte von dem dunklen Mann, den Tigwid ein paarmal hatte vorbeilaufen sehen und den die anderen Kairo nannten. Er war in einem fremden Land mit fremden Bräuchen zur Welt gekommen, doch Motten wurden auch dort nicht akzeptiert, im Gegenteil – als Kairos Eltern die Gabe ihres Sohnes entdeckten, fürchteten sie, die übrigen Kinder könnten sich bei ihm anstecken wie mit einer gefährlichen Krankheit, und schickten ihn zu einem Onkel in die Lehre. Der Onkel war ein frommer Mann, der sein Leben dem Verkauf religiöser Artefakte, ausgiebigen Gebeten und langem Fasten verschrieben hatte und seinen Geiz gerne Genügsamkeit und seine Lieblosigkeit Disziplin nannte. Kairo ertrug viele Jahre die harte Arbeit, die harten Worte und die harten Schläge, mit denen sein Onkel ihn in etwas Besseres zu biegen gedachte. Doch ein Mensch ist kein Eisenklumpen. Er besteht zu neunzig Prozent aus Wasser und das lässt sich in keine Form schlagen. Mit siebzehn war Kairo noch immer so verschlossen, finster und begabt wie einst – die Erziehung seines Onkels hatte diese natürlichen Züge nur noch stärker hervortreten lassen. Er war ein Geisterherr. Ob er wollte oder nicht, er besaß Kräfte, die zerstörerisch und gefährlich und – verführerisch – waren … Nachts begann er, sich darin zu üben, das Dunkle in ihm zu beherrschen, und errichtete Stück für Stück das mächtige Gebilde, dessen Bauplan er seit seiner Geburt in sich trug. Er machte rasche Fortschritte, bis sein Onkel ihn eines Tages im Morgengrauen beobachtete. Überzeugt, dass Kairo mit dem Teufel persönlich im Bunde sei, prügelte er auf ihn ein und sperrte ihn anschließend in den Keller, wo er für seine Sünden büßen sollte. Sobald Kairo sich von den Schlägen erholt hatte, brach er das Schloss auf – ein Leichtes für einen Geisterherrn –, um das Haus seines Onkels und seine Kindheit und alles hinter sich zu lassen, was ihm nur Qual und Trauer bereitet hatte. Als sein Onkel ihn aufhalten wollte, kam es zum Gerangel. Kairo streckte instinktiv die Hand aus. Ehe er es verhindern konnte, sammelten sich die Kräfte … er spürte das Zucken in seinen Fingerkuppen, spürte, wie *sie* durch seine Glieder schossen wie ein kalter Stromschlag und seinen Onkel trafen.

Der Mann schrie auf und fiel zurück. Seine Arme und Beine drehten sich wild in der Luft. Die Gelenke krachten – *knack knack! – knack knack!* – und die Schreie steigerten sich zu einem unmenschlichen Laut des Schmerzes.

Kairo saß ganz reglos auf dem Boden, keuchend, und starrte seinen Onkel an, der sich nicht mehr bewegte. Ein Zittern lief noch durch seine Finger, dann hatten ihn sein Leben und die *Geister* verlassen.

Kairo floh noch in derselben Stunde, doch er kam nicht weit. In den verwinkelten Gassen der Stadt, in der er aufgewachsen war, schnappte ihn die Polizei, und er wurde ohne viel Federlesen als Mörder eingesperrt. In jenem Land wurde das Gefängnis mehr gefürchtet als der Strick, denn dort zu landen, tief unter der Erde mit tonnenschweren Gittern und Gestein über dem Kopf, war wie ein lebendiges Begräbnis.

Zwei Jahre – oder waren es drei? – starb Kairo einen langsamen Tod in den Schatten der Einsamkeit. Wie alle Gefangenen litt er an Kälte, Hunger, mangelnder Luft und Bewegung; vor allem aber litt er an dem Wahnsinn, der sich mit all diesem Elend an seine Opfer heranschleicht, ein hinterlistiger Gefährte in einem langen Trauerzug. Kairo sah ein, dass seine Eltern und sogar sein Onkel recht gehabt hatten: Seine Begabung war böses Zauberwerk, und er hatte sie mit seinem Ehrgeiz und seiner Neugier genährt, bis er ihr schließlich die Kontrolle überlassen und sie ihre schwarzen Schwingen nicht nur über ihn – sondern auch seinen Onkel ausgebreitet hatte. Er wusste, dass er dafür bezahlen musste.

Aber was nützt der Gedanke an Gerechtigkeit gegen Wahnsinn … Nach drei qualvollen Jahren hielt Kairo das Verlies nicht mehr aus. Wenn er jetzt nicht floh und rannte, egal wohin, sei es auch direkt in die Hölle hinab, dann würde er verrückt werden, und kein Licht führt aus dem grellen Funkenspiel des Wahnsinns zurück. Dann wollte er eben nicht büßen – dann wollte er sich eben dem Bösen in ihm ergeben, wenn er dadurch die Sonne, den Mond und Bäume wiedersehen könnte!

Zum tausendsten Mal hatte Kairo den Entschluss zur Flucht gefasst, doch seine Gedanken zerrieselten schon nach Sekunden wie Sandgebilde, sodass er immer wieder vergaß, was er gerade eben noch überlegt hatte. Er musste den Moment nutzen. Die Chance ergreifen. Jetzt!

Für einen Geisterherrn gibt es keine Tür und kein Schloss, das ihn aufhalten kann. Was Kairo drei Jahre von der Flucht abgehalten hatte, war allein das Wissen, dass er sein Leiden verdiente. Aber nun, was zählten da schon Wissen und Denken – das alles zerschmolz unter der Erinnerung an glühende goldene Sonnenaufgänge. Kairo tat, was er seit dem Mord nicht mehr getan hatte, und brach die Kerkertür auf, indem er die Fingerspitzen auf das Eisen legte. In gleichmäßigen, ruhigen Schritten durchquerte er den Flur und stieg die Spiraltreppen empor, auf direktem Weg in seine Freiheit. Zwei Wärter kamen ihm entgegengerannt und Kairo ließ seine dunkle Seite auf sie los. Er sah nicht hin und sah nicht weg, als die Männer starben, auch wenn ihr Tod ihn in noch tiefere Verzweiflung stürzte. Aber seine Gabe war ein tollwütiger Hund: Er konnte ihn lediglich von der Leine lassen, doch ihm keine Befehle erteilen.

So setzte er seinen Weg aus dem Gefängnis fort und seine Freiheit kostete fünf Männer das Leben. Als er auf die vom Sternenlicht geglättete Straße trat, den Rücken streckte, die Nacht einatmete, trugen seine Füße ihn weiter auf ein Ziel zu, von dem er nur wusste, dass es in der Ferne lag – so fern, dass es vermutlich ein Traum war und nie zu erreichen.

Kairo ging. Er ging und räumte alles aus seinem Weg, was ihn am Voranschreiten hinderte. Tage und Nächte ging er einfach, beobachtete die Lichter des Himmels und das Winken der silbrigen Blätter und die Vögel, die ihr Reich dazwischen hatten. Die Welt war wunderschön. Dann kam er zu einem Hafen und sah das Meer. Wenn er im Land blieb, würde die Polizei ihn weiterverfolgen, und er würde mehr Männer töten müssen. Kurzerhand schlich er sich auf den nächsten Dampfer, der die Küste verließ, und sah zu, wie seine Heimat im grauen Qualm verblasste. Tränen liefen ihm über das Gesicht. Fast war ihm, als könne er sich selbst verblassen sehen.

Das Schiff trug ihn an eine neue Küste, zu einem fremden Land. Was in seiner Heimat sandig, gelb, heiß und trocken war, war hier nebelblau, matschig, kalt und feucht.

Kairo setzte seinen Weg fort, nicht auf der Flucht vor der Polizei, sondern vor seinem eigenen Schatten. Er betrat und verließ große Städte, schlief auf einsamen Straßen und in verwitterten Heiden, durchwanderte ein kleines Gebirge und kam in eine Stadt. Die Reise durch die Natur hatte ihn geschwächt, in einer Stadt aber gibt es immer Abfall, in dem man Essen finden kann, oder leichte Opfer. Nach einigen Tagen raubte Kairo einen Mann aus. Gerade hatte er sich mit dem Geld davongemacht und lief zählend durch die dunklen Gässchen, da trat Erasmus Collonta in sein verlorenes, junges Leben.

Der ältere Herr stand am anderen Ende des Gässchens, eine Hand auf den Gehstock gelegt, die andere auf dem Rücken, und musterte Kairo durch die ausgeblichenen Schatten der Häuser. »Guten Tag. Ich … sehe dich. – Nein!«

Gerade rechtzeitig hob Collonta die Hand und wehrte Kairos Angriff ab. Kairo starrte ihn an. Das hatte er noch nie erlebt. Offenbar konnte der Alte das, wovon Kairo längst nicht mehr zu träumen wagte: Er konnte das tollwütige Biest zähmen.

Collonta sprach besänftigend auf ihn ein. Sie verständigten sich allmählich und Collonta brachte ihm die ersten Worte in seiner Sprache bei. So erfuhr Kairo, dass er nicht die einzige Motte auf der Welt war, dass man die Gaben beherrschen konnte und der TBK sich im weitesten Sinne um genau das kümmerte: die Kontrolle übersinnlicher Kräfte …

Tigwid dachte über die Mitglieder des TBK und vor allem die Geschichte von Kairo nach, als Zhang gegangen war, um draußen frische Luft zu schnappen. Obwohl sechs der zehn Anhänger Collontas in der Wohnung lebten, gingen sie ein und aus, als wären sie in den Schatten der Stadt ebenso zu Hause wie in ihren Zimmern.

»Wir sind eben Motten«, hatte Zhang mit einem Grinsen gesagt. »Wir müssen nachts ausflattern und uns unter die Leute mischen. Wer sich abkapselt, findet irgendwann gar keine Verbindung mehr zu den gewöhnlichen Menschen.«

Und Collonta? War er auch in der Stadt unterwegs, um eine

Weile zu vergessen, dass er eine Motte und ein gesuchter Terrorist war?

»Blödsinn«, erwiderte Zhang, während sie sich die dichten, langen Haare zu einem Zopf flocht. »Erasmus widmet sich seinen Studien. Er hat *soo* viel zu tun, der hat keine Zeit zum Rumspazieren.«

Nach einem Augenblick schlüpfte Tigwid aus dem Bett. Er hatte nicht mehr die Ruhe, dazuliegen und den Stimmen seiner letzten Erinnerungen zu lauschen. Mit tapsigen Schritten durchquerte er das Zimmer. Draußen war es Abend geworden; durch das wellige Fensterglas konnte er den Himmel hinter den Hausdächern sehen, wässrig blau und leuchtend wie ein abgetragenes Tuch mit einem Bühnenlicht dahinter. Seufzend blieb er am Fenster stehen. Ihm war, als dringe die Kühle des Abends durch das Glas. Er konnte es kaum erwarten, endlich wieder rauszukommen. *Motten müssen nachts ausflattern und sich unter die Leute mischen* … Nachdenklich befühlte er den Verband an seiner Schulter. Irgendwo da draußen, in dem Irrgarten der Backsteinhäuser, Kirchen, Stadtvillen und Fabriken, steckten Apolonia und Vampa. Und er hier drinnen, so unauffindbar, dass er genauso gut am Nordpol sein könnte.

»Du kannst schon aufstehen«, stellte eine Stimme dicht hinter ihm fest. Tigwid fuhr herum. Collonta stand direkt vor seiner Nase. Er hatte nicht gehört, wie die Zimmertür aufgegangen war, dabei konnten die quietschenden Angeln Tote wecken.

»Wie sind Sie reingekommen?«, fragte Tigwid verblüfft.

Collonta antwortete ihm mit seinem eigentümlichen Lächeln. »Wenn du dich wieder kräftig genug fühlst, dann zieh dich an, und ich zeige es dir.«

Tigwid klaubte sein Hemd und einen großen dunklen Wollpullover zusammen, den Fredo ihm besorgt hatte, und streifte beides vorsichtig über. Während er mit einer Hand versuchte, sich Socken anzuziehen, und in seine Schuhe schlüpfte, beobachtete Collonta, wie das Licht im Himmel immer schwächer wurde und seine Spiegelung im Fenster deutlicher. Dann stand Tigwid auf.

Collonta drehte sich um. »Fertig? Haare gekämmt, Ohren geputzt und Unterwäsche gebügelt?«

»Nee.«

»Dann lass uns gehen.«

Collonta führte ihn durch die Wohnung. Sie zwängten sich durch den engen Flur, an der großen, fast leer stehenden Küche vorbei und durch zwei lange Zimmer mit einer eingerissenen Wand. Hier und da führten Türen in die Zimmer von Bonni, Loo, Fredo, Kairo, Zhang und Emil, und im Vorbeigehen zählte Tigwid noch so manch weitere Tür, einige verschlossen, andere verrammelt oder zertrümmert. Ein kleiner Raum war voller Rohre, Bretter und Schutt. Dann trat Collonta in ein Badezimmer, dem die Tür und das Waschbecken fehlten, das aber noch mit einem großen, sehr verstaubten Wandspiegel und einer schiefen Badewanne auf drei Löwenpranken aufwarten konnte. Collonta knipste den Lichtschalter an und in der Badewanne schnurrte ein Büschel Glühbirnen auf. Durch die Reflexion der Wanne wurde der ganze Raum in ein unheimliches Licht getaucht.

»Komm, schau hierher«, ermunterte Collonta Tigwid, der sein kränkliches Spiegelbild betrachtet hatte, und wies auf die kahle Wand gegenüber. Ohne sich umzudrehen, musterte Tigwid die Wand im Spiegel. Die hellgrünen Kacheln waren alle abgefallen und gaben den Blick auf eine Ziegelsteinmauer frei. Collonta schien seine Aufmerksamkeit diesen Ziegelsteinen zu widmen. Schließlich drehte Tigwid sich um und – blinzelte überrascht. Plötzlich war eine leuchtend grüne, kreisrunde Tür auf der Mauer erschienen. Wie hatte er die im Spiegel übersehen können?

»Das«, erklärte Collonta feierlich, »ist der Grüne Ring.«

»Das ist aufgemalt.«

Collonta warf Tigwid einen Seitenblick zu. »Gemalte Bilder sind Illusionen, visuelle Tricks. Unseren Augen wird eine Szene, ein Raum oder ein Gegenstand vorgetäuscht, der nicht existiert. Hier wird dir nichts vorgetäuscht, Tigwid.« Mit einem Nicken wies er zum Spiegel. Tigwid sah hinein. Verwirrt drehte er sich wieder zur Wand. Kein Zweifel, da war die Tür. Aber sie hatte keine Spiegelung.

»Hier … wird dir nur etwas verschwiegen!«

»Wie funktioniert das? Ist das alles mit Mottengaben gemacht?«

Collonta schüttelte den Kopf und streckte gleichzeitig die Hand nach dem Türknauf aus. »Wir schaffen das Unbegreifliche nicht mit unseren Gaben. Unsere Gaben gewähren uns lediglich Zutritt zum Unbegreiflichen.« Und plötzlich stand die gemalte Tür offen und in der Wand klaffte ein pechschwarzer Eingang.

Nach dir«, sagte Collonta vergnügt und wies in die Schwärze, die sich vor ihnen auftat. Verblüfft streckte Tigwid eine Hand aus und tauchte sie in den unbekannten Raum. Eine leichte Kühle kroch ihm über die Haut. Dann trat er durch die Öffnung. Er fühlte weder einen Boden unter den Füßen noch schwebte er. Als er sich zu Collonta umdrehte, sah er gerade noch, wie das Bad hinter ihnen in die Ferne gerissen wurde und in einem kleinen Farbstrudel verschwand. Er schluckte hörbar. Obwohl es keine Lichtquelle mehr gab, konnte er Collonta gut erkennen, so als würde er von innen leuchten, und auch seine eigenen Hände schienen plötzlich merkwürdig hell. Gänsehaut überzog seinen Körper.

»Nun. Die naheliegende Frage ist, wo wir uns befinden.« Collonta wies mit seinem Stock in die Schwärze. Dem Widerhall seiner Stimme nach zu urteilen, hielten sie sich in keinem besonders großen oder kleinen Raum auf. »Leider kann ich es selbst nicht sagen. Ich vermute allerdings, dass das hier ein Ort jenseits von Zeit und Raum ist. Dein Verstand sagt dir womöglich, dass das, was deine Sinne erfahren, unmöglich ist – dass du die absolute Abwesenheit von Materie nicht erleben kannst, weil du selbst Materie bist. Aber die Tatsache, dass wir beide hier sind und uns unterhalten, beweist, dass dieser Ort existiert, weil wir existieren. Oder aber es ist wirklich unmöglich, was bedeuten würde, dass auch wir beide nicht existieren.« Collonta seufzte friedlich. »Die ewige Frage der Menschheit: Sind wir alle nur Träumer und die Welt nichts als der Traum jedes Einzelnen?«

»Ich versteh das nicht«, sagte Tigwid mit rauer Stimme. »Wie – aber *wo* sind wir?«

»Unsere Mottengaben sind ein hauchdünner Faden, dem wir vorsichtig folgen können, und dann gelangen wir hierher: an den Anfang und das Ende von allem. Natürlich kann auch ich nur auf das beschränkte Denkvermögen zurückgreifen, das das menschliche Hirn uns zur Verfügung stellt, doch wenn ich den logischen Schritten des Verstandes folge, dann müsste der Geburtsort der Welt, ja selbst das Herz des Universums, ein Ort sein wie dieser. Vielleicht ist es sogar ein und derselbe. Hier, wo die Existenz selbst relativ ist, ist alles möglich. Du hast gefragt, wo wir sind. Nun, das liegt in deiner Hand.«

»Soll das heißen ... das hier ist eine *Transportmaschine*?«

»Maschine würde ich es nicht nennen, denn eine Maschine ist von Menschen gebaut, um die Natur zu imitieren oder auszunutzen. Ich bezweifle, dass der menschliche Kopf erfinden kann, was der Ursprung des Lebens selbst ist. Ein Kind gebärt nicht seine Mutter.« Collonta lächelte. »Denk dir einen Ort aus.«

»Einen Ort?«

»Irgendeinen. Na los!«

»Gut ... ich habe mir einen überlegt.«

Collonta legte gespannt beide Hände auf den Gehstock. »Stell ihn dir so detailliert wie möglich vor.«

Tigwid versuchte es, so gut er konnte. Plötzlich lief ein Vibrieren durch seinen Körper, als würde die Schwerkraft einen Husten bekommen. Das Herz schien ihm buchstäblich in die Hose zu rutschen und für einen kurzen Augenblick schwebten seine Hände leicht wie Federn vor ihm. Dann erschien flimmernd und flackernd die runde grüne Tür neben ihm, so wie auf der Wand im Badezimmer.

»Ah!«, machte Collonta wie jemand, der einen Groschen auf der Straße findet. »Das ging ja ganz flott. Nun – wie immer nach dir, Tigwid.« Er klopfte mit dem Gehstock gegen den Grünen Ring und die Tür flog auf. Tigwid trat aus der Dunkelheit in ein schwach beleuchtetes Zimmer mit kahlen Wänden und einem massiven Schreibtisch, über dem ein Kruzifix hing. An dem Schreibtisch saß eine ältere Nonne mit einer spitzen Nase und Pausbacken, die etwas schrieb. Erst als Collonta seinen Gehstock auf den Boden setzte, blickte sie auf. Ihrem Gesichtsausdruck nach zu urteilen, bekam sie vor Schreck einen halben Herzinfarkt.

»Nanu, wo sind wir denn hier gelandet?«, erkundigte Collonta sich freundlich und sah sich im Zimmer um. Tigwid konnte nur die Nonne anstarren – die Erzieherin des Waisenhauses, mit der ihn so manche Erinnerung verband. Und so manche Tracht Prügel.

»Guten Abend … Fettwanst«, sagte Tigwid. In vielen Träumen hatte er sich ausgemalt, wie süß jede Beleidigung Schwester Mathildes schmecken würde. Aber das *Fettwanst* war noch viel köstlicher, als er gedacht hatte.

Schwester Mathilde starrte ihn an wie eine paralysierte Wachtel.

»Wohin hast du uns geführt, Tigwid?« Noch immer blickte Collonta interessiert umher.

»Das Zimmer einer alten Bekannten. Erinnern Sie sich an mich, Schwester? Sie hatten recht, als Sie sagten, der Teufel würde mich eines Tages holen. Hier bin ich mit ihm – um Sie abzuholen, Sie buckelige Kröte!«

Collonta stimmte ein väterliches Lachen an, als die Schwester einen Schreckensschrei ausstieß. »Tigwid … nun ist aber gut. Keine persönlichen Rachefeldzüge mit dem Grünen Ring.« An die Nonne gewandt, fuhr er fort: »Meine Teuerste, adieu.« Dann klopfte er mit seinem Gehstock in die Luft, wo augenblicklich der Grüne Ring erschien.

»Das nächste Mal, Schwester! Nächstes Mal kommen Sie mit!« Tigwid schaffte es sogar noch, eine unflätige Geste zu machen, ehe Collonta ihn in die Dunkelheit gezogen hatte und das Zimmer der Nonne verschwand wie Wasser in einem Abfluss. Tigwid war von der Begegnung so erquickt, dass er kaum mehr einen Gedanken daran verschwendete, wieso er keinen Boden unter den Füßen spürte. »Das war unglaublich! Mit dem Grünen Ring kann man wirklich *überall* hin? Und ich hab immer ein blödes Brecheisen benutzt!« Er musste lachen. »Entschuldigung, dass Sie das eben mitansehen mussten. Aber glauben Sie mir, der alten Vettel tut es nur gut, einen Vorgeschmack von dem zu bekommen, was sie nach dem Tod erwartet.«

Collonta schmunzelte. »Nun ... ich denke, hin und wieder darf man sich auch ein Späßchen mit den gewöhnlichen Leuten erlauben.«

»Kann man auch an Orte, die man noch nie gesehen hat?«, fragte Tigwid begierig weiter, ohne recht hingehört zu haben.

»Nein, das ist schwierig ... Aber lass uns an einem anderen Ort darüber sprechen, wo es gemütlicher ist.« Wieder erschien die Tür, und Tigwid und Collonta betraten diesmal einen runden Raum, der von meterhohen Bücherregalen umschlossen wurde – die Regale reichten so weit empor, dass sie dem Licht der Petroleumlampen entschwanden und sich in ferner Dunkelheit verloren. Eine bewegliche Leiter war durch Schienen an den Regalen befestigt und führte ebenfalls in die Finsternis hoch oben, die aussah wie der Nachthimmel vom Grund eines Brunnens aus.

Ein halbkreisförmiger Eichentisch stand in der Mitte des Raumes, über und über beladen mit Schriftrollen, Kästchen, Schatullen und Gerätschaften wie einem silbernen Kompass, einem kleinen, von selbst rotierenden Globus, einer goldenen Sanduhr, einer tickenden Kugel, einem bronzenen Auge, das im Drei-Sekunden-Takt auf- und zuklappte, und einer schwarzen, fest verschlossenen Muschel. Tigwid war so von den geheimnisvollen Gegenständen fasziniert, dass ihm erst nach einer Weile auffiel, dass das Zimmer überhaupt keine Tür hatte – auch der Grüne Ring war längst verschwunden. Immer mehr kam er sich vor wie auf dem Grund eines Brunnens. Zugegeben, eines sehr schmucken Brunnens, denn der Boden war mit feinen Teppichen ausgelegt und Collonta bot Tigwid einen gemütlichen Sessel an.

Als der alte Geisterherr sich auf einem Sessel auf der anderen Seite des Tisches niedergelassen hatte, faltete er die Hände vor dem rundlichen Bauch und seufzte zufrieden. »Dies ist mein Arbeitszimmer. Ich hoffe, du verstehst, dass ich dir nicht den direkten Weg hierher zeigen kann; niemand kennt ihn außer mir. Solltest du oder ein anderes TBK-Mitglied nämlich den Dichtern in die Hände fallen – ich bete, dass es nie dazu kommen wird –, würden sie den Weg zu diesem geheimen Zimmer aus euch herausschreiben. Kein Wissen, und wenn man es noch so gut vor ihnen zu verschließen versucht, ist vor den Dichtern sicher. Selbst wenn es einer begabten Motte gelingt, ihre Erinnerungen nicht ans Papier zu verlieren, so kann sie doch nicht verhindern, dass die Dichter in ihrem Wissensschatz herumwühlen und alles in Erfahrung bringen, was sie wissen wollen.«

Eine Weile beobachtete Tigwid schweigend das träge blinzelnde Bronzeauge. Irgendwo fernab dieser kleinen Wunderhöhle, in der realen Welt, wühlten die Dichter vielleicht gerade in *Apolonias* Wissensschatz.

»Bitte, erklären Sie mir alles. Wer sind die Dichter und wieso stehlen sie den Menschen ihre Erinnerungen? Und was macht der TBK? Was sind unsere Gaben, können wir dasselbe wie die Dichter? Was sind denn nun endlich Geisterherren?«

»Du stellst diese Fragen zu Recht, Tigwid, und es tut mir leid, dass ich sie nicht eher beantworten konnte. Doch es war viel los in den vergangenen Tagen – hauptsächlich wegen der Dichter. Und wegen eines Mädchens, das du kennst. Ihr Name ist Apolonia Spiegelgold.«

Tigwid spürte einen Kloß im Hals. Weil ihn plötzlich hundert Fragen auf einmal bestürmten, kam ihm keine einzige über die Lippen.

»Fangen wir an: Wer sind die Dichter, und wieso tun sie, was sie tun? Nun. Die Dichter sind eine Gruppe von Motten mit besonderen Fähigkeiten. Im Grunde sind ihre Gaben denen der Geisterherren nicht unähnlich – sie sind sogar fast identisch. Aber das wissen die Dichter natürlich nicht und sie würden es auch nicht glauben wollen. In ihren Augen ist ihre Gabe einzigartig. Dabei ist das Können, das sie entwickelt haben, nichts weiter als eine Verkehrung der Ursprungskraft. Ich werde versuchen, dir zu erklären, was genau diese Kraft ist, doch vorher ein paar Worte zu den Motiven der Dichter. Wieso stehlen sie Erinnerungen? Die Antwort ist einfach und doch für keinen normalen Menschen nachvollziehbar. Den Dichtern fehlt es schlicht und ergreifend an Moral. An Mitgefühl. Sie vernichten Menschen, weil sie es können. Die Faszination ihrer Bücher, die sie ihrer eigenen Genialität zuschreiben, beruht in Wirklichkeit auf der Faszination von Gefühlen und Erinnerungen, die sie irgendwelchen armen Seelen gestohlen haben. Das ist der eine Beweggrund für die Dichter: ihre Selbstliebe, ihre Selbstverherrlichung, getarnt als Liebe zur Kunst. Sie fühlen sich wie Götter, weil sie das Schöne der Menschen aus dem Dunkel ihrer Köpfe herausholen und ins

Licht bringen können, wie sie sagen. Diese Narren! Dabei ist die Schönheit der Gefühle gar nicht in jedem Einzelnen gefangen. Wer liebt, der teilt sein Innerstes mit der ganzen Welt.«

Collonta blickte verdrießlich vor sich hin, während er die Lehnen seines Sessels umschloss. Dann wurden die Runzeln auf seiner Stirn tiefer und seine Augen hart. »Aber es gibt noch einen Grund, weshalb die Dichter sich darauf spezialisiert haben, das Innere anderer Menschen auszuschlürfen. Sie haben gelernt, dass sie die Erinnerungen, die Identität – die Begabungen – eines Menschen nicht nur stehlen können, sondern dabei auch sich selbst aneignen … Wenn ein Dichter eine andere Motte ausraubt, nimmt er sich auch ihre Gabe. Und das ist der springende Punkt. Die Dichter wollen Macht – mehr noch als den Ruhm wollen sie die Herrschaft über die Welt. Darum gibt es auch uns, den Treuen Bund der Kräfte. Wir versuchen, die Menschen vor den Dichtern zu schützen, indem wir uns selbst vor den Dichtern schützen. Denn wenn Nevera oder Morbus oder einer ihrer Lehrlinge unsere Gaben in die Hände bekommt, dann werden sie noch mächtiger. Und immer mächtiger. Bis sie ihre Kräfte nicht mehr verborgen halten müssen und die ganze Welt damit beherrschen können. Es ist schwer, es sich vorzustellen, und ich will am liebsten gar nicht daran denken – doch wir alle sind längst nicht so sicher, wie wir glauben. In unserer direkten Nähe gibt es Menschen, die uns unsere Freiheit von einem Augenblick zum nächsten rauben könnten.« Stille breitete sich nach diesen Worten aus, nur das Ticken der geheimnisvollen Kugel war noch zu hören und das feine Rieseln der Sanduhr.

»Was genau sind nun die Gaben der Dichter und der Geisterherren? Wie funktionieren sie?«

»Siehst du, wir alle werden mit einem Körper geboren. Manche werden schnelle Läufer, andere konzentrieren sich auf ihre geistigen Fähigkeiten und wieder andere zeigen großes Geschick mit den Händen und Augen und werden Künstler. Trotzdem haben alle Fähigkeiten einen Ursprung – den menschlichen Körper, Verstand und Psyche mit eingeschlossen. Im Prinzip bestimmt der Mensch selbst, wer er ist. Und er macht das, was seiner Natur entspricht, denn so soll es sein und nicht anders.

Die Gaben der Motten stellen eine kleine Ausnahme dar. Viele Gaben sind auch mir noch unergründlich, und ich bin mir nicht sicher, ob wir sie je begreifen können – zum Beispiel Bonnis Visionen. Wie kann sie Dinge sehen, die noch nicht eingetreten sind? Es stellt mich vor Rätsel und … vielleicht ist das auch gut so. Es lässt mich an einen Gott glauben, weißt du. Andere Gaben sind mir schon etwas verständlicher. Zum Beispiel die Gabe der Dichter und die der Geisterherren – ich habe mir ein paar plausible Erklärungen zusammengereimt, auch wenn das natürlich nur Vermutungen sind.«

»Ich würde sie trotzdem gerne hören«, sagte Tigwid.

»Nun. Ich gehe davon aus, dass alle Dinge, die wir irgendwie begreifen oder nachvollziehen können, auf den Regeln der Physik beruhen. Wenn die Mottengaben im Grunde einfach nur Kräfte sind, Energie, die verschiedene Formen annehmen kann, dann muss man sie mit der Physik erklären können. Ich fragte mich also, wie die meisten – wenn nicht alle – Kräfte des Universums entstehen. Die Antwort ist: Magnetismus.«

Tigwid runzelte skeptisch die Stirn.

»Alle Dinge, die größten wie die kleinsten, werden gelenkt durch Anziehungskraft. Der Mond und die Erde – die Erde und die Sonne – alles eine Frage der Anziehung! Genauso in den winzigsten Atomen, wo Elektronen um Neutronen herumschwirren, ohne je dem Bann ihrer Anziehung zu entkommen. Jede Kraft, jede Energie, die wir besitzen oder nutzen oder beobachten können, rührt in ihrem Kern von einer solchen Anziehungskraft her. Ohne sie gäbe es nichts, kein Leben, keine Planeten, kein Universum. Wieso sollten die Mottengaben also eine Ausnahme sein? Nein, ich vermute, dass sie den gleichen Regeln folgen.«

Tigwid starrte den Globus an, der sich unermüdlich um sich selbst drehte. Stockend streckte er die Hand aus und konzentrierte sich… der Globus hielt allmählich inne. Schließlich drehte er sich in die entgegengesetzte Richtung, langsam und schleppend. Collonta beobachtete das Ganze aufmerksam.

»Und wenn alles eine Frage der Anziehung ist… wie kommt es dann, dass ich frei darüber verfügen kann, ohne den Globus zu berühren?«, fragte Tigwid leise. Er ließ die Hand erschöpft sinken, und der Globus wackelte ein wenig, ehe er seine gewohnte Runde wieder aufnahm.

Collonta lächelte. »Hier kommt die Elektrizität ins Spiel.«

Tigwid runzelte wieder die Stirn. Die Geschichte mit dem Magnetismus hatte er Collonta gerade noch glauben können – aber jetzt auch noch *Strom*?

Collonta schien ihm die Zweifel anzusehen und legte die Fingerkuppen aneinander. »Nun, wir können es auch anders nennen. Sagen wir, die Energie, die uns ständig und überall umgibt, die in der Luft schwebt, manchmal in Form von Hitze, in Form von Lärm oder in magnetischen und elektrischen Impulsen. Wenn ich spreche, so stoße ich Energie aus, die in meiner Umwelt weiterexistiert, selbst wenn meine Worte verklungen sind. Und während du dort sitzt und mir zuhörst, gibst du Wärme ab, die nicht nur deinen Körper heizt, sondern auch eine Aura kaum zu spürender, menschlicher Hitze um dich ausbreitet. Diese Energien fliegen frei um uns herum. Und was wir Motten machen – wir können diese Energieströme, die in die Umgebung eingegangen sind, lenken.«

»Wie?«

Collonta tippte die Finger gegeneinander. »In der Tat eine schwierige Frage. Dies ist meine Erklärung: Unser Gehirn funktioniert durch winzige Stromstöße, die durch das Organ schießen und Informationen transportieren. Wie jede Energie muss auch diese elektrische Energie einen Teil von sich an die Umgebung abgeben – das heißt, uns umgibt ein unsichtbarer Nebel elektrischer Impulse. Wir Motten können offenbar Impulse nach draußen transportieren, in denen noch Informationen aus unserem Gehirn gespeichert sind. Die Impulse treffen auf die Energien in der Luft, vermitteln die Information weiter – wie Dominosteine schlagen Milliarden unsichtbare Elektronen gegeneinander und bewirken zum Beispiel das, was du gerade mit meinem Globus gemacht hast.«

Tigwid musste diese abenteuerliche Theorie erst mal auf sich wirken lassen. Er kaute auf seiner Unterlippe und starrte Collonta an. »Ich dachte immer, dass es irgendwas mit Magie zu tun hätte …«

»Was ist denn Magie? Ist Magie keine Magie mehr, sobald man sie begreifen kann?« Er lächelte wieder. »Ich betrachte unsere Gaben mit den Augen eines Wissenschaftlers, und gleichzeitig bergen sie für mich einen wundervollen, atemberaubenden Zauber, sie sind ein Geschenk Gottes. Wenn ich dir erklären würde, wieso ein Gemälde schön ist, würde es dadurch seine Schönheit doch nicht verlieren. So ist es auch mit den Wundern der Natur.«

Tigwid schwieg.

»Du hattest gefragt, wie die Gaben der Dichter und Geisterherren funktionieren«, erinnerte Collonta. »Nun, ich denke, beide beruhen auf denselben Regeln. Die Geisterherren beschwören in Wirklichkeit natürlich keine Geister. Wir können die Energien der Luft entziehen und sie zu neuen Kräften ballen, die uns wie mächtige Geister erscheinen. Und wir haben herausgefunden, dass wir nicht nur so etwas wie die Wärme eines Feuers für uns benutzen können… Wir können auch Energien bündeln, die noch in ihren Körpern stecken. Wenn du so willst, können Geisterherren anderen Wesen Lebenskraft abzapfen.«

»Sie könnten mir also meine Energie wegnehmen. Und was würde dann mit mir passieren?«

»Ohne Energie funktioniert kein Körper. Es wäre tödlich.«

»Das ist… furchtbar. Solche Kräfte zu haben… ehrlich gesagt bin ich froh, dass ich nicht so begabt bin. Ich hätte Angst vor mir selbst.«

Collonta nickte ernüchternd. »Es ist eine sehr große Verantwortung. Leider will der Zufall es so, dass es immer wieder Motten mit mehr Talent als Moral gibt.«

»Sie meinen die Dichter.«

Wieder nickte er. »Ihre Gabe funktioniert wie gesagt ähnlich wie die der Geisterherren. Sie ziehen elektrische Energien aus den Köpfen anderer Menschen – ihre Erinnerungen. Sie haben sich darauf spezialisiert, nur diese eine Energiequelle anzuzapfen. Wir Geisterherren versuchen dagegen, uns auf die Energien in der Luft zu konzentrieren. Höchstens im Falle der Notwehr rauben wir einem anderen Lebewesen seine Kraft. So könntest auch du, Tigwid, einen Gegenstand festhalten, damit er nicht auf dem Boden zerbricht, oder du könntest eine Kugel nehmen, um sie jemandem ins Herz zu jagen. Es liegt immer daran, wie man seine Gabe einsetzt.«

Die Sanduhr war abgelaufen und drehte sich von selbst um. Tigwid beobachtete nachdenklich, wie der Sand wieder zurückrieselte.

»Was tut der TBK gegen die Dichter? Es reicht doch nicht, dass wir uns vor ihnen verstecken, damit sie sich nicht auch noch unsere Gaben aneignen können. Wir müssen sie irgendwie in dem aufhalten, was sie jetzt schon tun!«

Collonta sah ihn aus blitzenden Augen an. »Du hast recht…

und genau aus dem Grund bist du hier, Tigwid. Wie ich schon sagte: Es geht um ein Mädchen, das du kennst.«

»Was hat Apolonia damit zu tun?«, fragte Tigwid, und seine Stimme schwankte leicht.

Der alte Geisterherr faltete die Hände vor dem Bauch. »Vor nicht langer Zeit hat Bonni eine Prophezeiung gemacht. Sie sagte, es werde ein Mädchen kommen, eine außergewöhnlich talentierte junge Motte, die Ratten tanzen lässt, ihre Schnürsenkel nicht binden kann und ein Herz hat, scharf wie ihr Verstand. Sie wird sich auf eine Seite stellen, entweder auf die der Dichter oder auf unsere – und ihre Gegner vernichten. Und Bonni hat dich gesehen. Sie sagte, ein Kleinganove – ich meine, ein Überlebenskünstler namens Jorel – werde dieses Mädchen finden und es entweder zu den Dichtern oder zum Treuen Bund führen.«

Tigwid sah ihn reglos an. »Das ist also der Grund, wieso ihr mir geholfen habt.«

Überraschung, dann Mitgefühl breitete sich auf Collontas Gesicht aus. »Nein, nein, Tigwid … wir hätten dich auch so bei uns aufgenommen! Wir nehmen jede Motte bei uns auf und jedes Opfer der Dichter, das wir aufspüren können!«

Tigwid nickte und winkte ab. »Schon gut, ich versteh das. Übrigens brauchen Sie sich wegen Apolonia keine Sorgen machen. Wenn es ihr wirklich bestimmt ist, eine Mottengruppe zu vernichten, dann werden das garantiert die Dichter sein. Sie ist längst dabei, ihnen das Handwerk zu legen.«

»Alleine?«

»Ich wollte ihr ja helfen. Aber dann …« Er wies schnaubend auf seine bandagierte Schulter.

»Du musst sie finden und herbringen, Tigwid«, sagte Collonta eindringlich. »Das ist der einzige Weg. Alleine die Dichter vernichten, das ist unmöglich! Die Prophezeiung besagt, dass sie sich einer Gruppe anschließen muss.«

»Ja, ich wollte sie suchen! Ich kann sofort losge–«

Collonta erhob sich abrupt und starrte auf eine Stelle hinter Tigwid. Tigwid drehte sich um. Die Luft schien an einem Fleck zu flimmern. Dann erschien der Grüne Ring und die Tür sprang auf. Einen Augenblick später war ein Mann erschienen, der eine braune Jacke und zu lange Hosen trug. Tigwid erkannte Rupert Fuchspfennig wieder, Collontas engen Freund und Mitstreiter.

»Kommt schnell – Bonni sieht etwas«, sagte er und war mit einem Bein schon wieder im Grünen Ring.

»Magdalenas Tochter?«, fragte Collonta knapp. Fuchspfennig nickte. Collonta eilte um den Schreibtisch herum auf den Grünen Ring zu. »Tigwid, beeil dich – wir setzen unser Gespräch ein anderes Mal fort. Husch, husch.«

Sie traten in die Dunkelheit und einen Moment später führte die runde Tür sie zurück in das Badezimmer mit den Glühbirnen in der Wanne. »Kommt«, rief Collonta und lief ihnen voran durch die Wohnung. Tigwid warf noch einen letzten Blick auf die gemalte Tür und vergewisserte sich, dass sie im Spiegel nicht zu sehen war – dann folgte er Collonta und Fuchspfennig. Im Flur stießen sie auf Loo.

»Wir waren gerade beim Kartoffelschälen fürs Abendessen und haben geredet, und plötzlich ist Bonni aufgestanden und drei Schritte gegangen und zusammengebrochen. Und dann haben wir gesehen, dass es wieder so weit ist, dass sie eine Vision hat ... Sie ist hier, in ihrem Zimmer.« Loo öffnete die Tür. Auf einem schmalen Bett saßen Fredo und Zhang. In ihren Armen hing Bonni.

Das silberne Haar fiel ihr wirr ins Gesicht, während sie sich drehte und wand wie eine Schlafende in einem Albtraum. Ihre Augen flatterten.

»Um Gottes willen«, murmelte Tigwid. »Bonni! Bonni, hörst du mich?«

Jemand hielt ihn am Arm zurück, als er auf Bonni zugehen wollte. Er blickte auf und sah, dass Kairo neben ihm stand. Er hatte ihn noch nie von Nahem gesehen. Unter dem dichten schwarzen Haar und dem wuchernden Bart konnte man ein Gesicht erahnen, das noch jung war.

»Lass sie«, sagte Kairo leise. »Gleich vorbei.«

Tigwid gehorchte und beobachtete sorgenvoll, wie Fredo und Zhang Bonni festzuhalten versuchten. Dann sank Bonni zusammen und regte sich nicht mehr. Vorsichtig legten Fredo und Zhang sie auf das Bett und strichen ihr die Haare aus dem Gesicht. Eine halbe Minute herrschte Stille. Dann zuckten Bonnis Finger und sie öffnete stöhnend die Augen.

Collonta trat neben sie. »Bonni?«

Ihr Blick irrte über die Zimmerdecke. Dann stiegen ihr Tränen in die Augen. »Es ist zu spät. Es ist geschehen.«

»Was ist geschehen?«, fragte Zhang verzweifelt.

»Magdalenas Tochter … sie hat gewählt.« Zhang umklammerte Collontas Arm. Nicht nur sie, auch er schien zu zittern.

»Sie hat sich den Dichtern angeschlossen«, sagte Bonni, und Zhang schüttelte den Kopf, als wolle sie es nicht glauben.

Tigwid trat einen Schritt vor. »Redest du von Apolonia? Das ist unmöglich. Apolonia – niemals.«

Zhang drehte sich zu Bonni um. »Bist du dir ganz sicher? Ich meine … hast du das auch wirklich gesehen?«

Gebannt warteten alle auf eine Antwort. Doch Bonni starrte nur an die Decke und zwang sich schließlich zu einem knappen Nicken. Collonta sank zu Boden. Sein Gehstock schlug klappernd gegen das Bett. Mit dumpfen Augen starrte er ins Leere.

»Nein«, stammelte Tigwid. »Wartet einfach hier … keine Angst. Ich werde sie finden!«

Enttarnt

Apolonia traf Morbus am späten Nachmittag in der Bibliothek des Anwesens zu ihrer ersten Unterrichtsstunde. Es war ein weitläufiger Raum, fast eine Halle, mit einer bemalten Decke voller Szenen aus der griechischen Mythologie. Die dunklen Regale waren schlicht und ordentlich, die Bücher nach Bänden sortiert.

Als Apolonia eintrat, wandte er sich mit einem Lächeln um und winkte gleichzeitig seinem Diener, woraufhin dieser die schweren dunkelblauen Vorhänge zuzog. Das gräuliche Tageslicht schwand, und Morbus knipste eine Lampe auf einem der Schreibtische an, die einen Kreis um die leer stehende Mitte der Bibliothek schlossen. Dann wartete er, bis der Diener sich verneigt hatte und verschwunden war. Leise schlossen sich die hohen Türflügel. Morbus trat in die Mitte des Raumes, wo kunstvolle Mosaike wie ein riesiges Mandala den Boden bedeckten und ein Marmorauge in ihrem Zentrum präsentierten. Auf dieses Auge presste Morbus eine Hand. Durch den Druck sprang die runde Fläche ein Stück aus dem Boden. Morbus drehte die dicke Marmorscheibe nach rechts. Augenblicklich lief ein Grollen durch den Boden. Plötzlich setzten sich die Fliesen rings um das Mandala in Bewegung. Die schweren Steinplatten erhoben sich und zogen Glasvitrinen ins Licht, in denen jeweils ein rotes Lederbuch ruhte.

Morbus richtete sich auf und schob die Hände in die Hosentaschen. »Komm ruhig näher. Sieh sie dir an!«

Apolonia trat an den Tischen vorbei und näherte sich den Vitrinen. Die Bücher sahen alle aus wie *Der Junge Gabriel*. »Das alles sind …?«

Morbus nickte. »Einunddreißig Blutbücher, alle aus meiner Feder. Sie sind innerhalb der letzten neun Jahre entstanden. – Sieh mal hier, das war mein Allererstes.« Er trat an eine Vitrine und seufzte gedankenverloren. »*Der Junge Adam.* Er war zwölf Jahre alt.«

»Und hat schon zum TBK gehört?«, fragte Apolonia ungläubig.

»O ja, sie fangen früh an. Darum dürfen wir uns von der Jugend unserer Feinde auch nicht zu Milde verleiten lassen.« Er wandte sich wieder dem Buch zu und lächelte leise. »Damals war die ganze Sache noch ein Experiment, ich hatte keine Erfahrung mit dem Herausschreiben von Erinnerungen. Ich entzog dem Jungen ganz wahllos alles, was ich greifen konnte, und am Ende wusste er die banalsten Dinge nicht mehr, zum Beispiel, wie er hieß und was ein Mensch ist.«

»Sie hätten ihm nur die Erinnerung an den TBK nehmen sollen«, sagte Apolonia vorwurfsvoll.

»Wie gesagt, ich war unerfahren. Aber manchmal ist es auch nicht genug, einem Terroristen allein das Wissen um seine Tätigkeit zu nehmen – viele von ihnen haben ein durch und durch böses Wesen, und alles muss getilgt werden, bevor man sie guten Gewissens wieder auf die Straße lassen kann.« Morbus zog einen dünnen Schlüssel aus seiner Westentasche und schloss die Vitrine auf. Dann nahm er das Blutbuch behutsam heraus und strich über den Einband. »Es ist vielleicht nicht das am stilvollsten geschriebene Werk meiner Sammlung. Doch ich denke, das gewisse Durcheinander an Informationen ist genau das Richtige für dich, um damit anzufangen.«

Apolonia stockte, als Morbus ihr das Buch hinhielt. Schließlich zwang sie sich dazu, die Hände auszustrecken und es entgegenzunehmen. Es war schwer und kam ihr plötzlich viel größer vor als in Morbus' Arm.

»Keine Angst«, sagte er leichthin und ging ihr zu den Schreibtischen voran. Er zog zwei Stühle ins Licht und setzte sich. »Ich passe auf, dass nichts außer Kontrolle gerät.«

Mit einem flauen Angstgefühl ließ Apolonia sich neben ihm nieder. Ihre Finger machten mehrere Versuche, den Deckel zu öffnen, doch immer wieder verließ sie der Mut.

»Ich weiß nicht, ob ich das kann«, brachte sie schließlich hervor. Soweit sie sich erinnern konnte, war es das erste Mal, dass sie sich der gestellten Aufgabe eines Lehrers nicht gewachsen fühlte. Daran musste sie sich erst mal gewöhnen. »Damals in der Lagerhalle bin ich fast ohnmächtig geworden und … Sie wollen bestimmt nicht, dass ich mich in Ihrer Bibliothek übergebe.«

Gegen jede Erwartung begann Morbus bei dieser abschreckenden Drohung zu lachen. »Ich glaube nicht, dass es dir diesmal ergehen wird wie beim ersten Mal. Jetzt bist du vorbereitet. Und du bist dir deiner Mottengaben bewusst. Nun atme tief durch. Denk immer daran, dass all das, was du gleich lesen wirst, nur deinen Kopf erreicht – obwohl es wahr ist, darf es dich nicht besiegen, verstehst du? Versuche, an dir selbst festzuhalten. Und egal was passiert, vergiss niemals, wo du dich befindest – hier neben mir in der Bibliothek –, deinen eigenen Namen und dass du eine angehende Dichterin bist. Hältst du dich an diese drei Wahrheiten, kannst du dich gegen den Ansturm stellen, der dich in dem Buch erwartet.«

Apolonia atmete tief durch. Dann straffte sie den Rücken

und klappte den Deckel auf. Aus den Augenwinkeln sah sie, wie Morbus sich gespannt zurücklehnte. Mit klammen Fingern strich sie die Seite um. In jugendlich geschwungener Schrift stand geschrieben:

Von Jonathan Morbus.
Das Erste Buch.
Der Junge Adam

Apolonia blätterte um. Und da – da schmolz die Welt fort unter der neuen Welt, die aus den Worten auf sie niederstürzte. Wie ein Wasserfall aus leuchtenden Farben spülte der Junge Adam sie fort aus der Gegenwart, fort von sich selbst … Aber Apolonia zwang sich, in diesem Orkan der Gefühle an ihrer Vernunft festzuhalten. Tränen stiegen ihr in die Augen. Könnte sie sich der unglaublichen, unbegreiflichen Schönheit doch ganz und gar ergeben! Könnte sie sich doch einfach vergessen für dieses fremde, vertraute Leben, das auf seine intensivsten Emotionen komprimiert war, wie tausend Sirenenstimmen auf ein einziges Seufzen … Dann fing sie sich. Sie atmete tief. Es ist nur eine Geschichte, sagte sie sich. Nur eine Geschichte … das ganze, ganze Leben war nichts als eine Geschichte. Konzentriert, zwischen schwelgender Liebe und glühendem Schmerz, las sie das Blutbuch weiter.

Apolonia verlor jegliches Zeitgefühl. Erst als Morbus sie kräftig an den Schultern schüttelte, konnte sie sich von den Worten losreißen und erwachte mit einem trockenen Mund und kalten Fingern wie aus einem stundenlangen Tagtraum. Es war zwei Uhr nachts.

»Das reicht für heute«, sagte Morbus, der die ganze Zeit neben ihr gesessen und aufgepasst hatte. Apolonia brachte nur ein Nicken zustande. Als sie sich eine Viertelstunde später in ihr Bett sinken ließ, lag sie noch lange wach und starrte in die Dunkelheit, erfüllt von hundert wirr durcheinanderflatternden Gedanken. Erst nach einer Weile meldete sich eine Stimme zu Wort, die ihr verriet, dass diese Gedanken gar nicht *ihre* waren, sondern die des Jungen Adam, die noch durch ihr Bewusstsein schwammen wie Fische, die in fremdes Gewässer geworfen worden waren. Dann fiel sie in einen unruhigen Schlaf, nicht wissend, ob sie träumte oder wach war, und kam erst im grauen Licht des Tages wieder zu sich.

Etwas zerknittert erschien sie zu ihrer nächsten Unterrichtsstunde. Doch in Apolonias Augen lag ein Funkeln, als die Glasvitrinen aus dem Boden stiegen und Morbus ihr *Der Junge Adam* überreichte.

»Jonathan?« Sie wandte sich ihm zu, als sie am Tisch saßen. »Ich habe bis jetzt noch nichts von den Gaben des Jungen Adam gelesen. Wann tauchen die auf?«

Er lächelte kühl. »Seine Gaben sind hier.« Er hob die dünnen Finger und klimperte damit in der Luft. »Auch wenn ich sehr freigiebig bin, alles teile ich nicht mit meinen Lesern.«

Apolonia zog eine verdrießliche Miene. »Wenn Sie die Gaben hineingeschrieben hätten, könnten wir sie uns doch alle aneignen! Dann hätten alle Dichter Nutzen davon gehabt.«

»Mach dir darüber keine Sorgen. Jeder von uns schreibt seine eigenen Blutbücher und behält seine Gabenfunde für sich. So ist es außerdem sicherer – sollte ein Blutbuch wieder in die Hände eines TBK-Terroristen fallen, könnte dieser womöglich seine alte Gabe zurückgewinnen. Noch sicherer als ein Buch ist ein Gehirn. Leider passt in Bücher einfach mehr rein.« Er wies auf *Der Junge Adam*. »Nun, wenn du so weit bist, lass uns beginnen.«

Es war ein dunkler Nachmittag und es hatte aufgehört zu schneien. Still und versunken kamen die Häuser Tigwid vor, als er die Wohnung des Treuen Bunds verließ – schlummernde Riesen aus Beton und Stein, die sich tief in ihre Schneemäntel gemummelt hatten.

Zhang, Fredo und Loo hatten sich angeboten, ihn zu begleiten, doch er wollte sich lieber alleine auf die Suche nach Apolonia machen. Er hatte sich fest vorgenommen, niemanden in Gefahr zu bringen. Außerdem wollte er zuerst mit Apolonia allein sein, denn sie hatten sich viel zu erzählen.

Er vergrub die Hände in den Taschen seines Jacketts. Wie gut, dass er den Wollpullover von Fredo bekommen hatte, denn es war bitterkalt. In den Straßen roch es nach Tee und Gebäck und Tannennadeln. Die Zeit vor Weihnachten stimmte Tigwid immer ganz wehmütig. Es waren immer diese Tage, in denen er am deutlichsten spürte, wie alleine und heimatlos er doch war. Er begegnete nur wenigen Passanten, und die hatten es eilig, nach Hause zu ihren Lieben zu kommen. Irgendwo in einem Hinterhof erscholl der fröhliche Lärm einer Schneeballschlacht. Ein kleiner Junge rief nach seiner Schwester.

Es tat gut, wieder an der frischen Luft zu sein. Obwohl Tigwid sich noch ein wenig schwach fühlte und mit jeder Bewegung, die er mit seiner Schulter machte, ganz vorsichtig sein musste, war er froh, das Bett und die graue Wohnung verlassen zu haben. In den Jahren nach dem Waisenhaus hatte er sich angewöhnt, praktisch ständig draußen zu sein – in dem gemieteten Zimmerchen in *Eck Jargo* hatte er es höchstens zum Schlafen ausgehalten. Die Stadt war sein Zuhause. Die Straßen, die Marktplätze, die Brücken und die Gassenlabyrinthe, sie alle begrüßten ihn mit einem vertrauten, wenn auch schläfrigen Gesicht. Als er den Fluss erreichte, ergriff ihn ein Schauder. Die Wellen trugen weiße Schaumkronen. Am steinigen Ufer leckte das Wasser gierig den Schnee auf.

Der Kanal wurde bald breiter und kahle Ahornbäume und Birken säumten den Fußweg. Rechts blickten stuckverzierte Hausfassaden auf Tigwid herab und es roch stärker nach Zimt, Kaminfeuern und Punsch. Auf der anderen Straßenseite stieg ein Vater mit seiner kleinen Tochter aus einem Automobil. Der Chauffeur trug einen großen Stapel bunt verpackter Pakete hinter ihnen ins Haus.

Als die Turmspitze einer Kathedrale bei der Biegung des Flusses sichtbar wurde, kletterte Tigwid zum Ufer hinab und lief ein Stück über die flachen Steine. Große Abflussrohre erschienen vor ihm. Er zwängte sich an ihnen vorbei und sprang unter einem Vorhang herabtröpfelnden Wassers hindurch. Vor ihm war alles dunkel und das Rauschen der Rohre vibrierte im Boden. Tigwid zog eine Streichholzschachtel aus seinem Jackett, doch die Hölzchen waren von seinem Sturz in den Fluss aufgeweicht und brachen Stück um Stück, als er sie anzuzünden versuchte. Schließlich gab er es auf und stieg in die Dunkelheit hinab.

»Apolonia?«, rief er, als er die Leiter erreichte. »Vampa?« Seine Stimme hallte unheimlich im niedrigen Raum. Er tastete sich um die Wand herum und stolperte über Vampas Bücher. Unbeholfen befühlte er die feuchte Matratze und rief wieder nach den beiden, doch nur das Quieken von Ratten antwortete ihm. Er tastete sich zurück und war insgeheim froh, den Kanalschacht schnell wieder verlassen zu können.

Draußen kam ihm das Tageslicht grell und flimmernd vor. Erst als er einen Blick in den bewölkten Himmel warf, merkte er, dass es bereits dämmerte. Nach kurzem Zögern brach er zum Haus der Spiegelgolds auf. Gut möglich, dass Apolonia heimgekehrt war. In den vergangenen Tagen hatte er sich mit dieser Möglichkeit besonders angefreundet – bestimmt würde Apolonia es vorziehen, ihren Rachezug gegen die Dichter in Wärme und Sicherheit zu planen. Doch als er beim Haus ihres

Onkels ankam, leuchtete kein Licht in ihrem Zimmer. Er wartete eine halbe Stunde auf der Straße, ihr Fenster im Auge. Als die Gaslaterne neben ihm zu knisterndem Leben erwachte, schlich er zum Dienstboteneingang, schob das Schloss per Mottenkraft auf und lief unbemerkt durch die Flure und eine Treppe hinauf. Nach nur einer Verwechslung fand er Apolonias Zimmer, doch es war verlassen. Wenn sie seit jenem Morgen, als sie zu *Eck Jargo* aufgebrochen waren, nicht mehr hier gewesen war, dann musste alles noch so sein, wie er es zuletzt gesehen hatte. Angestrengt versuchte Tigwid, sich zu erinnern. War das Bett gemacht gewesen? Nein. Aber die Decken konnte auch ein Dienstmädchen geordnet haben. Auf dem Schreibtisch stapelten sich Bücher und Papiere. Tigwid ging auch in den Ankleideraum, obwohl er letztes Mal nicht darin gewesen war. Der Geruch von Lavendel und frisch gewaschener Wäsche erinnerte ihn mit plötzlicher Heftigkeit an Apolonia. Er knipste die Lampe an und ließ den Blick über die dunklen Gewänder wandern. Automatisch streckte er die Hand nach einem Kleid aus, das sich von den restlichen abhob wie ein Farbklecks: Es war jenes schweinchenrosa Kleid, das Apolonia bei der Feier getragen hatte, als sie sich das erste Mal begegnet waren. Tigwid befühlte die Ärmelspitzen und schnupperte verstohlen daran. Ein Lächeln glitt über sein Gesicht. Entweder war Apolonia gezwungen worden, das Ding zu tragen, oder sie hatte an vorübergehender Farbenblindheit gelitten. Seufzend ließ Tigwid den Stoff los und machte das Licht aus. In dem Moment öffnete sich die Zimmertür. Ein Dienstmädchen kam herein und schichtete neues Feuerholz vor dem Kamin auf. Während das Mädchen ein leises Lied summte, schlich Tigwid aus dem Zimmer, lief Flure und Treppen hinab und verlangsamte seine Schritte erst, als er um die nächste Straßenecke gebogen war.

Inzwischen hatte die Nacht Einzug gehalten und warf ihren blauen Schleier über ihn. Mit der Dunkelheit holten ihn immer seine diebischen Verfolgungsängste ein, doch die finsteren Gassen verhießen auch Geborgenheit. Sein Atem leuchtete, als er durch den gleißenden Schein einer Straßenlaterne tauchte. Die leisen, raschen Schritte auf dem Kopfsteinpflaster klangen wie Liebkosungen in der satten Stille. Er musste lange laufen, und die halbe Stunde wurde zu einer halben Ewigkeit, der Weg vom Haus der Spiegelgolds bis ins ärmere Schänkenviertel eine Wanderung durch die schattigen Tiefen der Zeit. Lichter, die aus Häusern blinzelten, verwandelten sich in die verglühenden Sterne einer Galaxie. Als Tigwid die Straßen seines Viertels erreichte, fühlte er sich, als wären Jahre vergangen – seit dem Haus der Spiegelgolds – seit gestern – seit seinem letzten Besuch in den Schänken vor mindestens drei Wochen. Er hatte seitdem Apolonia kennengelernt, den Untergang von *Eck Jargo* miterlebt, von seinem gestohlenen Glück erfahren, Bekanntschaft mit diversen Polizisten und Zellen gemacht, Mone Flamms Büro verraten, eine Kugel abbekommen und Collonta und den TBK getroffen. Ganz zu schweigen davon, dass ihm das wahrscheinlich größte Wunder der Welt, der Grüne Ring, vorgestellt worden war. Ungläubig schüttelte Tigwid den Kopf, während er an den beleuchteten Tavernen und schemenhaften Gestalten vorbeiging. Vielleicht kam ihm sein Leben wie zehn Leben vor, weil er durch den Erinnerungsraub vergessen hatte, dass die Ereignisse sich tatsächlich immer so überstürzten. Kein Wunder, dass manche Leute da verrückt wurden!

Tigwid bog links in ein schmales Gässchen, das von einer einzigen Laterne erhellt wurde, die über dem Eingang einer schmuddeligen Taverne namens *Zum Königsfuß* hing. Früher war er öfter hier gewesen und hatte die Abende mit Pokerrunden und Banditenklatsch verbracht, wenn er keine Lust auf *Eck Jargo* gehabt hatte oder wegen des einen oder anderen

Besuchers sicherheitshalber auf Distanz blieb. Als er die schwere Tür aufschob und in die dämmrige Taverne trat, empfing ihn ein altbekanntes Aroma von Bier, Schweiß und Schießpulver. Über der Theke hatte der Besitzer – ein fetter, kleiner Mann mit einem gewitzten Gesicht – Tannen- und Mistelzweige aufgehängt, was dem typischen Geruch eine erfrischende Note verlieh.

In den Schatten der Tür blieb Tigwid einen Moment stehen, um die Gäste zu beäugen. Ein betrunkener, vor sich hin murmelnder Mann an der Theke, eine Gruppe von Jungen in seinem Alter, die rauchten und sich mit erfundenen Verbrechen brüsteten, ein heimliches Liebespaar, das sich rasche Worte zuflüsterte, vier Pokerspieler und eine schnurrbärtige Frau, die, von den Umstehenden angefeuert, gegen jeden Freiwilligen im Armdrücken antrat. Tigwid kannte ein paar der Jungs, die beisammensaßen, und nickte ihnen zu, als er zur Theke ging. Sie boten ihm einen Stuhl an, doch Tigwid hatte keine Zeit für eine Märchenstunde – er wusste, dass die Jungen Amateure waren, die mehr Spucke als Ahnung hatten und ihm bei seiner Suche nicht weiterhelfen konnten. Die Augen nach den richtigen Leuten offen haltend, durchquerte er den Raum. Plötzlich entdeckte er eine Frau mit blonden Korkenzieherlocken an der Theke. Das war Dotti! Gerade leerte sie ein Schnapsglas und stellte es zu einem Grüppchen weiterer Gläser zu ihrer Linken. Tigwid beschloss, sie zu grüßen. Er öffnete den Mund, doch das »Hallo« blieb ihm im Hals stecken: Eine Hand packte ihn an der verletzten Schulter und drehte ihn herum. Mit schmerzverzerrtem Gesicht blickte er auf – und erstarrte.

Vor ihm stand Mone Flamm. Schütteres rotes Haar, breiter Schädel, dicke Brille und die kalten blauen Augen – alles war so, wie Tigwid ihn zuletzt in seinen Albträumen gesehen hatte.

»Jorel«, sagte Flamm mit seiner dünnen, schrecklichen Stimme und legte den Kopf schief. »Jorel.«

Tigwid versuchte, sich nicht anmerken zu lassen, wie sehr der Griff an seiner Schulter wehtat. Er biss die Zähne aufeinander. Sein alter Boss lehnte sich so weit zu ihm vor, dass ihre Nasen sich fast berührten. »Gut, dass es dich noch gibt.« Erst jetzt roch er den Alkohol in seinem Atem. Der Blick hinter den Brillengläsern flackerte – er war betrunken.

»Hallo, Boss«, brachte Tigwid endlich hervor. Er schielte nach allen Seiten. Da, hinter der bärtigen Armdrückerin und ihrem Publikum, saßen Flamms Schläger an einem Tisch und beobachteten ihren Herrn wie treue Hunde. Doch dass Flamm sie noch nicht hatte holen lassen, stimmte Tigwid hoffnungsvoll – auch die Tatsache, dass er noch keine Kugeln im Körper hatte, konnte nur Gutes verheißen. Sicherheitshalber spähte er zu Flamms linker Hand hinab, ob er womöglich ein Messer oder eine Pistole hielt. Doch Flamm erledigte seine Schmutzarbeit nie selbst und schon gar nicht in der Öffentlichkeit.

»Du hast davon gehört?«, raunte er Tigwid ins Ohr. Tigwid zwang sich zu einem Nicken. Flamm legte ihm beide Hände auf die Wangen. »Ein Verräter hat bei unseren Freunden in der blauen Uniform gesungen ...« Heiße Schauder jagten Tigwid wie Stromschläge durch den Körper. »Eine Verschwörung! Erst *Eck Jargo* und jetzt ich – eine verdammte Horde von Verrätern!« Er kniff Tigwid fest in die Wangen und zerrte an ihm, doch in Flamms Augen stiegen wütende Tränen. »Macht nichts«, schniefte er schließlich. »Wir bauen alles wieder auf. Ich habe Arbeit für dich, Jorel. Keiner der Jungs ist so geschickt wie du, das weißt du. Hör dich ein bisschen um, sammle alle Informationen, die du kriegen kannst. Und wenn du dich ins Polizeipräsidium schleichen musst, verdammt, finde heraus, wer die Verräter sind! Keine Angst, wir haben immer noch Freunde im Präsidium. Du stehst noch immer unter meinem Schutz, hast du verstanden? Mir konnte die Polizei auch nichts anhängen, obwohl sie – obwohl sie unsere Unterlagen in Kartons und Kisten aus dem Büro getragen haben! Ich – ich brauche was zu trinken. Setz dich zu uns an den Tisch, Jorel.«

»Äh, ich wollte eigentlich gerade – eine Bekannte von mir, das ist Dotti!« Er befreite sich aus Flamms Umarmung und trat zu Dotti, die sich beim Klang ihres Namens mit einem leisen Rülpser umdrehte.

»Tigwid?«, hauchte sie. »Oh, du hast die Schweinehunde abgehängt! Ich wusste, dass du dich nicht schnappen lässt!« Sie wollte nach seinem Arm greifen und verfehlte ihn. Tigwid nahm ihre Hand und legte sie rasch in Mone Flamms. »Das hier ist Mone Flamm, mein Boss. Darf ich vorstellen: Dotti.« Sie sahen sich eine Weile verwundert an, zwei Spiegelbilder der Trunkenheit.

Tigwid fischte einen Geldschein aus seinem Schuh, den er aus dem Haus der Spiegelgolds hatte mitgehen lassen – sozusagen eine kleine Anzahlung für seine Bemühungen um Apolonia –, und winkte den Wirt heran. »Boss, Sie wollten was trinken? Dotti, darf ich Ihnen auch etwas anbieten?«

Dotti klopfte auf den Tresen, was so viel wie Ja bedeutete. »Milch mit einem Schuss Schnaps. Oder zwei.«

Tigwid bestellte drei Feuermilchbecher und zahlte. Als er den beiden ein Glas in die Hand gedrückt hatte, erklärte er Mone Flamm: »Dotti hatte sozusagen einen hohen Posten in *Eck Jargo* inne. Sie hat alles verloren, Freunde wie Feinde, nur der Kopf ist ihr geblieben.«

»Genau wie mir!« Flamm prostete ihr zu. »Hände und Füße werde ich ihnen abhacken, diesen Ratten, die uns verraten haben!«

Tigwid schluckte schwer. »Ja... Dotti kennt die wichtigsten Leute aus *Eck Jargo*. Bestimmt kann sie uns ein paar Hinweise geben, wer sich verdächtig verhalten hat.« Mit einem Hilfe suchenden Blick drehte er sich zu Dotti um. »Du weißt doch noch, wer Vampa ist? Hast du ihn kürzlich gesehen? Vielleicht mit einem Mädchen?«

Dotti leerte ihr Glas in vier großen Schlucken. »Hab ihn zuletzt mit dir gesehen«, erwiderte sie fahrig, und Tigwid erkannte, dass sie zu tief in ihrem eigenen Elend versunken war, um ihm ernsthaft zu helfen.

»Wer?«, nuschelte Flamm.

»Vampa, Boxer in *Eck Jargo* früher«, erklärte Dotti.

»Hatte auch 'n paar Boxer unter Vertrag! Der Champion is eingelocht worden, wurde wegen Totschlag gesucht ...«

»Ach, davon kann ich ein Lied singen.«

»Meine Wertpapiere sind konfisziert ... meine Freunde bei der Polizei ... ich konnte grade meinen eignen Hintern retten, meinen Partnern wird allen was angehängt, und ich soll ohne Wäscherei drei Dutzend Westen weißwaschen, während die Blauröcke mir noch am Hosenbein hängen wie räudige Hunde!«

»Ganz genau!«, prostete Dotti ihm zu. »Mich ham die Blauröcke versucht zu erpressen, Spitzelarbeit und so, aber denen hab ich einen Strich durch die Rechnung gemacht, jawohl! – Nich wahr, Tigwid, ich hab dich gewarnt damals!«

»Ähm, *Jorel*, ich heiß *Jorel*«, verbesserte Tigwid sie nervös und nickte. Zum Glück war Flamm zu betrunken, um hingehört zu haben. Er machte einen letzten Versuch und fasste Dotti am Arm. »Haben Sie seit unserem letzten Treffen wirklich gar nichts mehr von Vampa gehört? Denken Sie nach, bitte, es ist wichtig!«

»Genau!«, stimmte Flamm ihm zu und leckte sich Milch- und Schnapsreste von der Oberlippe. »Jorel will nämlich ein paar Dinge für mich ermitteln.«

»Über Vampa?«, fragte Dotti.

»Wer ist Vampa?« Flamms Wange zuckte gefährlich.

»Vampa könnte mehr wissen, hat viele Kontakte«, log Tigwid schnell.

»Hab ihn wirklich nicht mehr gesehen«, meinte Dotti, und eine Spur Misstrauen trat in ihre Augen, als könne Vampa im nächsten Augenblick hinter Tigwid hervorspringen und ihr wer weiß was antun.

»Sie müssen meine Leute kennenlernen«, fuhr Flamm, an Dotti gewandt, fort. »Ich denke, wir sind Geschäftsleute in derselben Branche, sitzen sozusagen im gleichen Boot. Zusammen ist man stärker …«

Dottis Blick leuchtete trotz des geleerten Feuermilchbechers auf. »Nach dem Geschäft ist vor dem Geschäft war früher mein Motto. Ich bin keine Frau, die so leicht aufgibt, wissen Sie.«

Flamm und Dotti schielten sich lange in die glasigen Augen. Dann lehnte sich Flamm zu ihr vor. »Wenn Sie einverstanden sind, Madame, können wir uns … *eingehender* unterhalten, wo wir vor unerwünschten Zuhörern sicher sind. Dort hinten habe ich einen bewachten Tisch.«

Dotti nickte bezaubert und reichte Flamm die Hand. »Jetzt wo sowieso alles vorbei ist … ich pfeif auf die blöde Sicherheit! Wissen Sie was: *Eck Jargo* stand unter meiner Führung.«

»Nein …!«

Noch ehe Dotti und Flamm ein weiteres geschäftliches Geheimnis ausgetauscht hatten und noch lange bevor sie ihre ersten gemeinsamen Pläne schmiedeten, hatte Tigwid den *Königsfuß* verlassen und lief raschen Schrittes die Gasse hinunter. Immer wieder drehte er sich um, doch Flamm schickte seine Totschläger nicht hinter ihm her. Sein Herz flatterte ihm in der Brust wie Papier im Wind. Wenn Flamm wüsste, wer die Polizei in sein Büro geführt hatte … und überdies auch noch an *Eck Jargos* Untergang Schuld trug! Er schloss die Augen.

Nach ein paar Atemzügen an der kalten Luft verließ Tigwid die Angst. Nun dachte er an Apolonia und Vampa. Sie waren also nicht bei den Spiegelgolds gewesen, sie waren nicht in Vampas Versteck, sie waren nicht im Untergrund. Blieb nur noch die Polizei oder die Dichter… Verdammt, er musste unbedingt herausfinden, wo dieser Professor Ferol wohnte. Nur war zweifelhaft, ob die Banditen, die er befragen konnte, etwas über Kunstprofessoren wussten.

Er bog in eine Straße, in der sich eine Schänke an die andere reihte. Gedämpfter Lärm und Gläserklirren waren die Melodie der Nacht. Vor einer der Schänken lehnte ein junger Mann mit einer Pfeife im Mund und einer Zeitung in der Hand. Tigwid erkannte den Bekannten aus *Eck Jargo* wieder, den alle wegen seiner angeblich vornehmen Herkunft und seiner intellektuellen Allüren den Grafen nannten. Tigwid setzte ein Lächeln auf. Wenn überhaupt ein Ganove über die Kunstprofessoren der Stadt Bescheid wusste, dann der Graf.

»He, wie geht's?«

Der junge Mann blickte von seiner Zeitung auf und grinste. »Jorel! Noch auf freiem Fuß, gut, gut. Mich haben sie auch nicht erwischt – als *Eck Jargo* passiert ist, war ich Gast bei Freunden, die eine Villa besitzen.« Das sagte er mit seiner typischen Überheblichkeit.

»Was machst du so?«, erkundigte Tigwid sich, um seine Frage nach Professor Ferol in ein lockeres Gespräch einflechten zu können.

»Ich spiel heute Abend Kindermädchen.«

Tigwid nickte. Kindermädchen spielen bedeutete, dass ein Ganove vor einer Schänke auf Betrunkene wartete, um sie auszurauben. Das kostete wenig Mühe, bloß die Zeit brauchte man, und im Winter hatten nur die wenigsten Banditen Lust, lange in der Kälte herumzustehen.

»Schon Beute gemacht?«, fragte Tigwid.

»Nee, noch zu früh … ich lese gerade diesen Artikel, hochinteressant.« Der Graf wies gerne darauf hin, dass er lesen konnte und Zeitungen nicht nur als Unterlage zum Schlafen benutzte. Nun pfiff er leise und blies ein paar Rauchringe. »Es gibt eine Terroristengruppe, hast du das gewusst? Die stecken hinter den Kindermorden, stell dir das vor. Das ist eine Riesensache, aber die Bande ist so geheim, dass nicht mal die größten Verbrecher sie kennen. Sogar ich habe jetzt zum ersten Mal vom TBK gehört. Die wollten vor acht Jahren die Regierung stürzen. TBK steht übrigens für Treuer Bund der Kräfte.«

Tigwid wurde blass. Mehrere Sekunden wollte seine Zunge sich nicht bewegen. Dann brachte er hervor: »Wer hat behauptet, dass es die gibt?«

»So 'ne Kleine, die von ihnen entführt wurde und sich befreien konnte.«

Tigwid zog die Zeitung mit klammen Fingern an sich. Die Schlagzeile lautete: ENTTARNT. Als Tigwid das Wort entziffert hatte, benetzte bereits kalter Schweiß seinen Nacken. Dann packte er den Banditen am Arm und drückte ihm zitternd die Zeitung an die Brust. »Lies – mir das – bitte vor«, schnaufte er. »Alles. Den ganzen Artikel. Jetzt.«

Das Mädchen Loreley

Apolonia schlug die Zeitung auf und las sich die Schlagzeilen durch, während ein Dienstmädchen ihren morgendlichen Tee einschenkte. Der Duft von Brötchen und Rührei hing in der Luft. Die bleiche Wintersonne hauchte Licht durch die Fenster und umschmiegte alles mit kühlem Frieden. Apolonia nippte an ihrem Tee. Der umfangreichste Artikel, den eine Fotografie von zwei finster dreinblickenden Männern begleitete, trug die Überschrift: GEFASST! STAATSANWALT FORDERT HÖCHSTSTRAFE. Apolonia überflog den Text, obwohl nichts darin stand, was sie nicht schon wusste:

Heute, zehn Tage nach dem gleichermaßen spektakulären wie schockierenden Wahrheitsbekenntnis des Entführungsopfers Apolonia Spiegelgold, stehen die ersten TBK-Terroristen seit dem Putschversuch vor Gericht: Rumford K. und Marel T. Beiden werden die Mitgliedschaft in einer terroristischen Vereinigung, Brandstiftung, die Entführung und grausame Ermordung von mindestens zwölf Kindern vorgeworfen. Die Leichen konnten bei der Stürmung von *Eck Jargo* vor knapp drei Wochen geborgen werden – es handelt sich um Jungen und Mädchen zwischen sechs und fünfzehn Jahren, deren Verschwinden der Polizei nur in sieben Fällen bekannt war.

Die Motive des TBK sind noch unklar. Polizeiaussagen zufolge bekannten Rumford K. sowie Marel T. sich der Straftaten schuldig, ohne ihre Beweggründe zu erläutern. »Bei derart unberechenbaren Tätern«, äußerte sich Staatsanwalt Elias Spiegelgold gestern Morgen, »müssen wir dem einzigen überlebenden Opfer des TBK, Apolonia Spiegelgold, volles Vertrauen schenken.« Die Nichte des Staatsanwaltes hatte in den vergangenen Tagen mehrmals ihre Erlebnisse mit dem Treuen Bund geschildert. Unter anderem erklärte sie das Handeln des TBK damit, dass »Terroristen wie die des Treuen Bunds keine Ideologie vertreten; ihr einziges Ziel ist die totale Herrschaft, und solange diese außerhalb ihrer Reichweite liegt, werden sie so viel Schaden wie möglich anrichten, aus Rache an der funktionierenden Gesellschaft ...«

Apolonias Blick driftete zu anderen Artikeln ab. Auf der nächsten Seite stand ein ausführlicher Bericht über die einstigen Verschwörer und ihren Prozess: Elias Spiegelgold hatte die Todesstrafe für die drei verhafteten TBK-Anhänger gefordert und durchgesetzt. Bis zum heutigen Tag waren die Terroristen die letzten Verurteilten, die den Tod durch den Strang gefunden hatten. Viele, die Elias Spiegelgolds Härte vor acht Jahren befürwortet hatten, forderten auch heute die Exekution der beiden Terroristen; andere sahen in dem laufenden Verfahren Spiegelgolds rücksichtslosen Versuch, an den verjährten Höhepunkt seiner Karriere anzuknüpfen. Was Apolonia betraf, so kümmerten die Beweggründe ihres Onkels sie wenig. Sie wusste, dass er ein ehrgeiziger, durch und durch konservativer Mann war. Solange die Anhänger des Treuen Bunds ihre gerechten Strafen erhielten, war ihr gleich, was die Leute darüber dachten – die Wahrheit kannte ja sowieso niemand ganz.

Apolonia legte die Zeitung beiseite und machte sich an ihr

Frühstück. Sie aß mit großem Appetit und langsam; ein Bissen von ihrem Brötchen, ein Stück Rührei, ein Schluck Tee. Sie dachte an die gefassten Terroristen und den Brand in der Buchhandlung, den diese Männer gelegt hatten. Sie dachte an Morbus und die Dichter und wie sie eines Nachts heimgekehrt waren, erschöpft und mitgenommen vom Kampf gegen den TBK, um einen anonymen Brief an die Polizei zu schreiben, der verriet, wo die beiden besiegten Männer sich aufhielten. Sie dachte an ihren Vater … dachte an jenen späten Frühlingsmorgen, als sie ihn in der Buchhandlung gefunden hatte, rußverschmiert und verrückt … wie sie seinen Namen sagte, wieder und wieder, und an ihm zerrte, und er sich nicht bewegte; er ignorierte sie einfach, sie und die ganze Welt. Apolonia spießte das letzte Stück Rührei auf ihre Gabel. Schade, dass ihr Vater nicht mehr mitbekam, wie sie sich rächte. Wenn er nur verstehen könnte, dass jetzt alles wieder gut wurde, vielleicht würde er dann zurück zu seinem alten Selbst finden … aber nein. Apolonia ließ diese kindischen Hoffnungen nicht zu. Wenn Menschen sich einmal veränderten, konnten sie sich nicht zurückverwandeln. Im Leben gab es keine Schritte zurück, nur nach vorne. Immer und immer weiter nach vorne.

Die Gabel fiel auf den Teller und Apolonia ließ sich in ihren Sessel sinken. Mehrere Minuten saß sie reglos und dachte an alles Mögliche und gar nichts. Die verschneite Landschaft draußen blendete wie frisches weißes Papier. Das Gefühl von Schwere, das in den letzten Tagen immer intensiver geworden war, kroch ihr über die Schultern und schien sie hinunterziehen zu wollen … Nervös schlug Apolonia die Beine übereinander und räkelte sich im Sessel. Je mehr sie von Morbus' Blutbüchern gelesen hatte – inzwischen waren es schon fünf –, desto öfter war sie mit Unbehagen aus der dort eingeschlossenen Welt in ihr eigenes Leben zurückgekehrt. Nach jedem Lesen kam ihr die Wirklichkeit deprimierender und langweiliger vor, und was noch schlimmer war: Sie sehnte sich jedes Mal danach, so schnell wie möglich weiterzulesen, um ihre bedrückenden Gedanken zu vergessen. Denn obwohl der gelungene Auftakt zu ihrem Rachefeldzug gegen den TBK sie hätte erfreuen sollen, fühlte sie sich im Gegenteil … ja, wie eigentlich? Wie sollte sie die Stille in sich beschreiben?

Kurz entschlossen stand sie auf und lief durch das Haus, bis sie auf einen Bediensteten stieß. Sie fragte ihn, ob es hier ein Telefon gäbe, und der Mann führte sie in ein lichtes Zimmer neben der Eingangshalle. Als Apolonia alleine war, wählte sie die Nummer der Polizei und ließ sich mit Inspektor Bassar verbinden. Bis jetzt hatte sie sich nicht getraut anzurufen – schließlich lag der Tod des Polizisten noch nicht lange zurück –, doch nun konnte sie sich nicht mehr zurückhalten. Der Inspektor meldete sich mit leiser, beinahe misstrauischer Stimme.

»Ja, Inspektor Bassar? Hier spricht Apolonia Spiegelgold. Ich wollte fragen … es geht um den TBK und meine Zeugenaussagen. Ich würde gerne einen Insassen sehen, wenn es möglich ist. Sein Name lautet …« Sie hielt inne. Dann räusperte sie sich. »Er ist bekannt als Jorel. Oder Tigwid.«

Stille am anderen Ende der Leitung. Sekunden verstrichen. Apolonia hielt den Atem an.

»Ich glaube, ich erinnere mich an den Jungen, Fräulein Spiegelgold. Er ist geflohen, als er in eine andere Zelle verlegt werden sollte.«

Apolonias Mund war so trocken, dass sie nicht antworten konnte.

»Sind Sie noch dran?«

»… ja. Ja, ich bin da.«

»Sagen Sie, wie kommen Sie auf den Jungen?«

Der Hörer fühlte sich rutschig in ihrer Hand an. »Ich … er hatte Kontakt zum TBK.«

»Fräulein Spiegelgold«, hob der Inspektor an und kam Apolonia lauter vor, »vielleicht wollen Sie trotzdem vorbeikommen und mit mir darüber sprechen. Wir haben noch einige Fragen bezüglich des TBK.«

»Ich habe schon alle Fragen letzte Woche beantwortet!«

»Sie wollen uns doch helfen, nicht wahr?«

»Ich rufe wieder an«, sagte Apolonia mit belegter Stimme und hängte auf. Sie starrte den Apparat wie ein lebendig gewordenes Ungeheuer an.

Er war geflohen. Jetzt wusste sie es mit Sicherheit: Er hatte dazugehört. Der TBK hatte ihm zur Flucht verholfen. Es war wahrscheinlich alles von ihm geplant gewesen – die ganze Zeit über hatte er versucht, sie zum Treuen Bund zu bringen! Und sie hatte auch noch Schuldgefühle gehabt und sich um ihn … Ihre Fäuste zitterten.

Sie lief aus dem Zimmer. Erst allmählich wurde ihr die Tragweite ihres Irrtums bewusst. Wahrscheinlich hatte Tigwid der Polizei irgendetwas über sie erzählt, wieso sonst wollte der Inspektor sie noch einmal sprechen? Sie musste sich konzentrieren. Was hatte Tigwid der Polizei gesagt? Was würde er sagen, um den TBK zu schützen? Sie musste es wissen, bevor der Inspektor sie befragte!

Ihr wurde ganz schwindelig. Sie lehnte sich gegen das Treppengeländer und musste tief durchatmen. Eine tückische Stimme flüsterte ihr zu, dass Tigwid der einzige Freund gewesen war, den sie je gehabt hatte. Aber nein, nein – er war nie ein Freund gewesen, er war ein Lügner, der schlimmste von allen!

Schritte erklangen unter ihr und Apolonia drehte sich um. Morbus trat in die Eingangshalle. »Apolonia, komm! Du musst etwas sehen.«

Sie ließ das Geländer los. »Was denn?«

Morbus war schon halb in einem Korridor verschwunden.

Er lehnte sich zu ihr zurück und lächelte dünn. »Wir haben einen mitgebracht für … dein erstes Buch.«

Bassar verließ das Polizeipräsidium für einen Spaziergang im Park. Bis auf ein paar Hundebesitzer war alles menschenleer. Der Kies knirschte unter Bassars Füßen, als er Spuren in den Schnee setzte. Wie gut tat der Frieden der Natur! Seit der Auflösung von *Eck Jargo* ging es im Polizeipräsidium noch schlimmer zu als früher, sodass Bassar manchmal sogar das Gefühl hatte, *Eck Jargo* sei gar nicht aufgelöst worden, sondern lediglich umgezogen. Außerdem belagerte die Presse das Präsidium immer wieder. Nach den vielen Vorwürfen, die die Polizei sich nach den Toten von *Eck Jargo* hatte anhören müssen, war nun ein regelrechter Regen von Presselob auf sie niedergegangen: Kaum hatte die kleine Spiegelgold von ihrer Entführung und dem längst zerschlagen geglaubten TBK berichtet, waren auch schon die ersten beiden Terroristen geschnappt worden. So schnell hatte die Polizei selten Erfolge erzielt.

Während der Beifall nun auch von den Regierungsoberhäuptern kam, fühlte Bassar sich zunehmend bedrückter. Er, der in allen Zeitungen gepriesen wurde, fühlte sich keineswegs, als würde er in der Verbrecherwelt aufräumen. Zwar waren die Akten, die vor einem Monat aus dem geheimnisvollen Büro sichergestellt worden waren, voller wertvoller Informationen, doch insgesamt hatten sie, anstatt Rätsel zu lösen, nur noch größere aufgeworfen. Bis heute wusste die Polizei nicht einmal, wer für das Büro verantwortlich gewesen war – der Name des Inhabers hatte sich als erfunden herausgestellt. Nein, Bassar leistete keine gute Arbeit. Er folgte lediglich der Spur, die jemand ihm fein säuberlich hinterließ, wie ein Hund, der sich Stück für Stück an einer Wurstkette vorwärtsfrisst.

Aber wer legte die Spur? Und wohin würde sie führen …?

Es gab eine Verschwörung – damit hatte die kleine Spiegelgold recht. Nur ihre Geschichte von Terroristen, die aus reiner Bosheit Kinder entführten, mordeten und Brände legten, konnte Bassar nicht überzeugen. Schließlich hatte er die Akte aus der falschen Detektei, die besagte, dass Alois Spiegelgold den Brand selbst gelegt hatte. Außerdem erinnerte er sich gut an die Märchen, die Apolonia ihm erzählt hatte, bevor sie an die Öffentlichkeit gegangen war. Was war mit den Motten? Hatte sie der Polizei damals einen dummen Streich spielen wollen? Wenn ja, durfte man ihre Behauptungen über den TBK auch nicht ernst nehmen.

Aber ein Gefühl sagte Bassar, dass das Mädchen damals nicht gelogen hatte. Natürlich gab es keine Menschen mit magischen Kräften, das stand außer Frage. Aber irgendetwas musste das Mädchen dazu gebracht haben, es zu glauben … und dann war da ja noch der Junge: Tigwid. Nach dem überraschenden Anruf der kleinen Spiegelgold heute Morgen hatte Bassar die Protokolle noch einmal durchgelesen, in denen die Aussage des Jungen festgehalten worden war. Was er erzählt hatte – von Dichtern, Blutbüchern und gestohlenen Erinnerungen –, hatte doch verblüffende Ähnlichkeit mit dem, was die kleine Spiegelgold am gleichen Tag Bassars Sekretär berichtet hatte.

Er atmete tief die frische Luft ein. Er musste das Mädchen unbedingt noch einmal verhören und sie, wenn kein anderer Kommissar anwesend war, auf Motten ansprechen. Er war gespannt, wie sie auf ihre einstigen Anschuldigungen reagieren würde. Dann würde er sie fragen, ob der TBK vielleicht der verbrecherische Bund von Zauberern sei, vor dem sie so oft gewarnt hatte.

Vielleicht lieber doch nicht, dachte er. Das würde zu gehässig klingen. Aber er konnte einfach kein Mitleid für das Mädchen aufbringen. Er glaubte nicht, dass sie entführt worden war, und er glaubte noch weniger, dass es wirklich eine Terroristenvereinigung gab, die so machtvoll war, wie sie behauptete. Sie verschwieg etwas … und er würde herausfinden, was. Er würde sich auf alles gefasst machen, und wenn es Terroristen mit Drachenflügeln und Schweineschnauzen waren – er würde dahinterkommen.

Als er den Park verlassen hatte, lief er eine Weile durch die Straßen, lauschte dem friedvollen Lärm der Märkte und beobachtete die geschäftigen Menschen, deren kleine Welten sich hier überschnitten. Dann setzte er sich in ein Café, das er schon oft im Vorbeigehen gesehen hatte, das zu betreten er aber nie gewagt hatte. Es hieß *Der Pfefferminzprinz* und war ein beliebter Treffpunkt für verliebte Paare, junge Familien und tratschende Tantchen. Seltsam – Bassar hatte die verruchtesten Schänken von innen gesehen, hatte Räuberhöhlen durchsucht, in denen Mord und Totschlag an der Tagesordnung waren, aber er hatte sich bis jetzt nicht getraut, in einen schnuckeligen Gebäckladen zu gehen.

Er setzte sich an einen Tisch, von dem aus er den Platz draußen im Auge behalten konnte und selbst möglichst unbemerkt blieb. Dann wartete er mit der Bestellung und nahm eine Zigarette aus seinem Etui, ohne sie anzuzünden. Er hatte vor, der Qualmerei endgültig zu entsagen. Na ja, Schritt für Schritt.

Um drei nach zwölf klopfte jemand gegen die Fensterscheibe. Es war Betty Mebb. Ein eigentümliches Lächeln lag auf ihrem Gesicht. Wenig später war sie eingetreten und nahm an Bassars Tisch Platz.

»Ich möchte mich noch einmal entschuldigen, dass ich Sie hierherbestellt habe«, begann Bassar, doch Mebb legte fröhlich eine schwarze Aktentasche auf den Tisch und bestellte bei dem Serviermädchen Milchkaffee und eine Nussschnecke.

Bassar bestellte Kamillentee und einen Vanillekrapfen, obwohl er nie Tee trank und Vanille nicht ausstehen konnte.

»Ich dachte nur, was ich mit Ihnen besprechen möchte, sollten wir nicht im Polizeipräsidium besprechen. Wir«, er beugte sich näher zu ihr vor und sprach leiser, »wir ermitteln hier zwar nicht auf eigene Faust … aber ein bisschen schon.«

»Keine Sorge«, sagte Mebb. »Ich leiste Ihnen in jedem Fall Unterstützung. Und wenn Sie vorhaben, den Zusammenhang zwischen nächtlichen Überfällen und der Leuchtkraft von Glühwürmchen zu ergründen, bin ich dabei.«

Bassar war so dankbar und erleichtert, dass er keine Worte fand. Mebb erwartete auch keine Antwort. Sie öffnete die Tasche, zog eine Akte hervor und schob sie Bassar zu. »Ich habe mir erlaubt, unserem Fall einen Namen zu geben: Nocturna.«

Bassar warf ihr einen fragenden Blick zu.

Mebb grinste. »Nocturna wie Nacht. Nocturna wie Nachtfalter, jene Schmetterlinge, die vornehmlich im Schutz der Dunkelheit aktiv sind. Ganz passend, finde ich. Es ist besser, wenn wir diesen hübschen Decknamen für die Motten benutzen. Niemand soll denken, dass wir an Zauberer oder Magie glauben, nicht wahr?«

Er öffnete die Akte und fand eine Abschrift von Tigwids Aussage, eine Zusammenfassung der Zeugenaussage Apolonias und zusätzlich mehrere Zeitungsausschnitte, die sie betrafen; außerdem eine Kopie des Reports über den Brand, den sie in der dubiosen Detektei gefunden hatten. Und eine Mappe, auf der *Morbus* stand.

»Vor dem Brand in der Buchhandlung hatte Alois Spiegelgold ein Buch aus Morbus' Sammlung entwendet, hieß es ja in dem Bericht«, erklärte Mebb. »Außerdem sprachen die kleine Spiegelgold sowie der Junge von Dichtern, und Morbus ist ein Schriftsteller – ich habe schon ein wenig in der Stadtbibliothek recherchiert. Er hat vier Bücher veröffentlicht. Die Titel habe ich notiert.«

Bassar überflog die vier Titel. »*Der Junge Marinus, Das Mädchen Johanna, Der Junge Severin, Das Mädchen Anne* … dieser Morbus scheint nicht mit viel Einfallsreichtum gesegnet.«

»Dennoch war jedes Buch ein großer Erfolg, er ist längst zu Ruhm und Reichtum gelangt.«

»Wissen Sie, was auffällig ist?«, bemerkte Bassar. »Offenbar geht es in jedem der Bücher um Mädchen und Jungen – um Kinder. Vielleicht steckt der Schreiber ja hinter den Entführungen, die Beschreibung ›intellektueller Psychopath‹ könnte jedenfalls auf ihn passen.«

»Und er hat definitiv etwas mit dem Brand in der Buchhandlung zu tun«, fügte Mebb hinzu.

»Vielleicht gehört er ja zum TBK …« Bassar unterbrach sich, als das Serviermädchen ihnen Gebäck und Getränke brachte. Als sie wieder alleine waren, biss Mebb herzhaft in ihre Nussschnecke und lächelte, wie Bassar sie selten bei der Arbeit hatte lächeln sehen. »Eine gute Wahl von Ihnen, *Der Pfefferminzprinz*. Es geht doch nichts über eine hausgemachte Nussschnecke.«

»Nun, zwischen Prinzen und Schnecken schien mir der richtige Ort, um über Zauberer und Motten zu sprechen.« Er klopfte auf die Akte und lächelte ebenfalls. »Ich meine natürlich, über die Nocturna.«

Morbus führte Apolonia in Bereiche des Hauses, die sie noch nie betreten hatte. Nachdem sie eine steile Spiraltreppe hinabgestiegen waren, ging es durch einen nicht enden wollenden Korridor, der immer wieder durch dunkle Doppeltüren unterbrochen wurde. Geheimnisvolle Gravuren waren in das

Holz geschnitzt. Apolonia erkannte die Initialen des Hausherrn und darunter ein kleines, geschwungenes *N.*, als hätte jemand später noch eine freche Kritzelei hinzugefügt.

»Wo haben Sie den… Gefangenen hingebracht?«, fragte Apolonia. Morbus öffnete schwungvoll die Türen und antwortete, ohne sich zu ihr umzudrehen.

»Für unsere Eingriffe habe ich einen speziellen Ort einrichten lassen. Einen ungestörten.«

»Wie haben Sie die Motte gefunden?«, fragte Apolonia, diesmal leiser, obwohl sie im ganzen Flur alleine waren.

»Das ist unsere Arbeit, Apolonia. Wir suchen sie. Was glaubst du, was ich sonst in der Stadt zu schaffen habe?«

Schweigend gingen sie weiter. Der Korridor verwandelte sich in einen katakombenähnlichen Gang mit einer gewölbten Decke, die von Holzbalken gestützt wurde. Vor der nächsten Tür verlangsamte Morbus seine Schritte. Dann öffnete er und sie betraten einen niedrigen Raum mit weiß getünchten Wänden. Es gab kein elektrisches Licht. Nur ein großer Kerzenständer, über und über mit Talgkerzen beklebt, leuchtete auf einem Tisch in der Mitte. Rings darum im Halbschatten standen die Dichter – Manthan, Kastor und Jacobar nickten Apolonia und Morbus zu, Professor Ferol deutete eine Verbeugung an und auch van Ulir und Noor waren anwesend. Aber sie waren nicht allein. Am Tisch saß eine gefesselte und geknebelte Frau.

Morbus schloss die Tür hinter Apolonia. Natürlich hatte sie gewusst, dass sie hier einen Gefangenen sehen würde. Natürlich hatte sie gewusst, dass es nicht unbedingt ein bärtiger, finster dreinblickender Riese sein würde. Und doch erkannte sie in diesem Moment, dass sie nicht auf die tränenerfüllten Augen eines Mädchens gefasst gewesen war, das nur ein paar Jahre älter war als sie selbst.

»Lass dich nicht von dem aus der Ruhe bringen, was du

siehst«, murmelte Morbus, als die junge Frau ächzende Geräusche von sich gab und sich so heftig bewegte, wie ihre Position es zuließ.

»Was will sie mir sagen?«, brachte Apolonia endlich hervor. Ihre Stimme klang fremd im niedrigen Raum.

»Oh, wahrscheinlich, dass du die Seite wechseln sollst und der TBK ganz und gar unschuldig ist und sie obendrein«, bemerkte Morbus leichthin und setzte eine sorgenvolle Miene auf. »Wir haben absichtlich ein junges und unerfahrenes Mitglied des TBK für dich ausgesucht. Wundere dich also nicht, wenn du noch nicht so viel Grausamkeit in ihr findest. Dafür wird es dir nicht schwerfallen, in ihre Erinnerungen einzudringen und dir ihre Gabe anzueignen.« Sanft schob er Apolonia auf den Tisch zu und drückte sie auf den Stuhl gegenüber dem Mädchen. Vor ihr befanden sich ein aufgeschlagenes Lederbuch mit leeren Seiten, ein Fässchen mit dunkelroter Flüssigkeit und eine Feder.

»Aber – wie?«

Morbus ging neben ihr in die Hocke. »So wie du in die Geister der Tiere eindringst. Nur dass du jetzt nicht versuchen wirst, einen Gedanken von *dir* zu vermitteln, sondern einen von ihr zu bekommen. Habe Vertrauen. Dir kann nichts passieren. Und wenn du fertig bist …« Er blätterte durch das leere Buch und lächelte. »Dann bist du wirklich eine Dichterin. Das erste weibliche Mitglied, wenn man es genau nimmt, da Nevera nie selbst ein Buch geschrieben hat.«

Apolonia nahm die Feder in die Hand. Morbus zog sich zu den anderen Dichtern ins Dunkel zurück. Sekunden verstrichen, bis Apolonia sich endlich dazu zwingen konnte, der Terroristin in die Augen zu blicken. Sie versuchte, trotz ihres Knebels zu sprechen, und verzog das Gesicht vor Verzweiflung. Apolonia tauchte die Feder ins Fässchen. Ein Tropfen Bluttinte fiel auf den Tisch, denn ihre Hand zitterte. Dann schrieb sie unsäglich langsam, in ihrer schönsten Schrift, auf die zweite Seite des Buches:

Von Apolonia Magdalena Spiegelgold.
Das Erste Buch.

Sie hielt inne. Sie brauchte jetzt den Namen der Terroristin. Nach einem kurzen inneren Kampf sah sie ihr abermals in die Augen, und diesmal tauchte sie direkt *hinein*, als wäre ihr Gegenüber ein Tier; fast gewalttätig riss sie die unsichtbare Mauer der Distanz zwischen ihnen nieder und verdrängte jegliche Einwände ihres Anstands. Wäre sie in eines Fremden Schlafzimmer eingedrungen oder hätte plötzlich unter den nackten Arm von jemandem gegriffen, hätte der schamlose Kontakt nicht intensiver sein können. Die Terroristin starrte sie an, endlich verstummt, und Apolonia starrte zurück; auf einen Außenstehenden mussten sie wie hypnotisiert wirken, doch nichts lag der Realität ferner. Als Apolonia in den fremden Geist eintrat, brach eine Flutwelle des Entsetzens, der Angst und Verzweiflung über ihr zusammen. Wenn sie bei Tieren solche Emotionen erfühlt hatte, war sie rasch zurückgewichen, doch nun stieß sie noch weiter vor. Bilder durchzuckten sie. Sie sah dunkle Gestalten, die in einer Ecke über sie herfielen, sie fesselten und verschleppten; sie sah verwischte Gesichter und im Hintergrund Straßen und einen Markt; es roch nach Leder und nach Schnee; mehrere Stimmen überlagerten sich und barsch gerufene Worte erklangen in scheinbar wahlloser Abfolge. Apolonia wühlte in diesem Meer aus Informationen, sie erstickte und ertrank fast daran. Wenn sie nur wüsste, wie sie … Und über alldem lagerten die gegenwärtigen Panik und Verzweiflung des fremden Geistes wie ein schriller Schrei!

Dein Name!, befahl sie. *Dein Name!*

Hundert verschiedene Stimmen riefen ihr die Antwort zu, mal fragend, mal lachend, wütend oder traurig. Da waren Kinder, die sie anblickten und riefen: *Loo!* Und ein alter Schuhputzer, der sagte: *Loreley, komm her, Tochter!* Und ein junger Mann, der in der Erinnerung strahlte und seufzte: *Loreley… ach, Loo! Meine Loo…* Apolonia spürte, wie die Feder zu schreiben begann, als führe sie ihre Hand und nicht umgekehrt. Dann sog sie die hundert Stimmen und Erinnerungen aus dem fremden Geist ein; die Kinder, den alten Vater, den Liebsten, alle, alle, alle, bis sie sich zu einem einzigen, schmerzerfüllten, lang gezogenen *Loreley!* vereinten.

Und das wilde Meer beruhigte sich. Gebirge aus aufschäumenden Erinnerungen fielen in sich zusammen und machten einer weiten blauen Wüste Platz. Auf dem Papier stand:

Die Tür wurde aufgestoßen und ein blutüberströmter Fredo stürzte in die Wohnung. »Loo! Wo ist sie – wo ist Loo?«

Tigwid, Bonni, Zhang, Emil und Mart kamen ihm entgegen. Bei Fredos Anblick schnappte Tigwid nach Luft: Quer über seinen Nasenrücken ging ein Riss und Blut tropfte ihm auf die schmutzigen Kleider. »Wo is sie«, keuchte er und packte einen nach dem anderen an den Schultern.

»Sie war doch mit dir unterwegs!«, erwiderte Zhang. »Ich dachte, ihr wollt die Spiegelgold suchen!«

»Sie ist nicht hier?«, schrie Fredo, und nun benetzten auch Tränen sein Gesicht. »Aber – hier ist der Treffpunkt, falls man sich verliert, hier ist es abgemacht, hier –«

»Beruhige dich! Erzähl uns, was passiert ist.« Bonni schloss die Tür und zog Fredo in die Küche, wo sie versuchte, ihm das Blut abzuwischen und ein Taschentuch ins Nasenloch zu stecken. Mit einem Schmerzenslaut wandte Fredo sich ab. Dann unterdrückte er sein Schluchzen und begann zu erzählen:

»Wir waren auf dem Ledermarkt am Domplatz, als wir zwei Dichter gesehen haben, der kleine, dunkle Jacobar und sein ewiger Begleiter, dieser milchgesichtige Manthan. Wir beschlossen, ihnen zu folgen und sie zu überfallen, um Apolonias Aufenthaltsort aus ihnen herauszupressen. Die beiden sind immer schneller gelaufen und plötzlich waren sie in der Menge verschwunden. Und dann – auf einmal waren sie alle um uns herum, die Feiglinge. Einer hat mir seinen Gehstock auf die Nase geschlagen, ich bin runter auf die Knie. Als ich hochgeguckt habe, haben sie Loo weggezerrt und – und ich hinterher und dann, Loo hat sich befreit und ist in eine Gasse geflohen, ich in die andere Richtung, um sie abzulenken. Später bin ich zurückgerannt und hab nach ihnen gesucht, aber von den Dichtern keine Spur. Und Loo ... ich dachte, sie wäre hierhergekommen.«

Eine Stille folgte Fredos Worten, die alle zu ersticken schien. Schließlich schluckte Mart und legte behutsam eine Hand auf Fredos Schulter. »Ich sage, wir warten eine Stunde auf Loo. Wenn sie nicht kommt ... müssen wir das Schlimmste annehmen.«

Bonni schien noch blasser als sonst. »Ich packe die notwendigen Sachen zusammen. Zhang, Emil – ihr helft mir und vernichtet alles, was nicht mitgenommen werden kann.«

»Wieso, was habt ihr vor?«, fragte Tigwid.

»Wenn Loo ...« Bonni warf Fredo einen aufgewühlten Blick zu. »Wenn sie nicht kommt, ist sie bei den Dichtern. Sie werden alle Informationen aus ihr herausschreiben, die sie brauchen, um uns zu finden.« Sie wandte sich an Mart und sagte: »Nimm den Grünen Ring und gib Erasmus und den anderen Bescheid. Tigwid – pack auch du deine Sachen zusammen.«

»Ich habe nichts außer dem, was ich trage.«

»Dann bleib bei Fredo«, murmelte Bonni und lief mit Emil und Zhang aus der Küche.

Schweigend stand Tigwid da und beobachtete Fredo. Schließlich räusperte er sich, um seine Stimme zu finden, und sagte: »Ich glaube, deine Nase ist gebrochen. Darf ich?« Er nahm Bonnis Taschentuch vom Tisch und stoppte damit den Blutfluss. »Leg den Kopf zurück.«

Fredo nahm ihm das Taschentuch ab und wischte sich selbst über Mund und Kinn. Dann starrte er dumpf vor sich hin. Und plötzlich brach er erneut in Tränen aus und weinte still.

»Vielleicht kommt sie noch!«, rief Tigwid. »Ach, ich – ich wette, sie kommt gleich hier zur Tür herein, und alles ist in Ordnung!«

»Ich hab ihr nicht helfen können«, schluchzte Fredo ins Taschentuch. »Jetzt ist sie verloren. O Gott, Loo!«

Tigwid hatte sich selten so hilflos gefühlt. Er setzte sich auf den Tisch und tröstete Fredo mit stummer Anteilnahme. Endlich kamen Bonni, Emil und Zhang zurück und spähten aus dem Küchenfenster. Niemand war in Sicht.

Sie warteten eine geschlagene halbe Stunde. Mittlerweile hatte Fredo sich wieder halbwegs unter Kontrolle. Mal saß er teilnahmslos da, dann stand er auf und ging unruhig zwischen Tisch und Fenster hin und her. »Los, wir hauen ab«, murmelte er schließlich und packte Bonnis und Zhangs Bündel.

»Wir können noch ein bisschen warten«, warf Emil ein. Doch Fredo war bereits auf dem Weg ins Badezimmer. »Jede Minute zählt jetzt. Ich muss sofort zu Erasmus und Loo suchen.«

Vor dem Grünen Ring angekommen, wischte Fredo über das Bild hinweg, und die gemalte Tür sprang auf. Nacheinander stiegen sie ins raumlose Dunkel.

»Ich übernehme«, sagte Fredo und schloss die Augen. Einen Moment später flimmerte der Grüne Ring vor ihnen auf und sie traten in Collontas Arbeitszimmer. Rings um den Tisch mit den seltsamen Gerätschaften standen Collonta, Mart, Kairo, Fuchspfennig und Laus, die in viele bunte Schals gehüllte Geisterherrin.

»O Fredo!« Collonta kam hastig um den Tisch herum und betrachtete sein zerschundenes Gesicht. »Mart hat gerade alles erzählt.«

»Wir haben die Wohnung geräumt«, sagte Bonni und wies auf die drei Bündel, die die wenigen Kostbarkeiten des Treuen Bunds enthielten.

»Loo ist nicht gekommen«, fügte Fredo hinzu, und Tigwid bemerkte, wie seine Fäuste sich ballten. »Wir müssen sie finden, und zwar jetzt sofort. Vielleicht kommen wir nicht zu spät ...«

»Du solltest nirgendwo hingehen, sondern dich ausruhen«, riet Collonta.

»Auf keinen Fall.« Er schüttelte entschieden den Kopf. Collonta musterte ihn eine Weile, dann klopfte er ihm auf die Schulter und nickte. »Nun gut. Dann ist das unser Plan: Fredo, Rupert, Laus und ich machen uns auf die Suche nach Loo. Zhang, komm du auch mit, deine Gabe könnte von Nutzen sein. Mart, du führst die anderen in unser Versteck im Untergrund. Und nun pass gut auf, Tigwid, denn du hast das noch nie gemacht.« Collonta trat an die Bücherregale und zog an einem verborgenen Griff. Das Regal schwang auf und offenbarte einen niedrigen Geheimgang. »Dies ist der einzige reale Weg hinein und hinaus. Benutze ihn, doch du darfst dich kein einziges Mal umdrehen. Vergiss das nicht, Tigwid! Wenn du dich umdrehst, wirst du dich an die Tür erinnern, und die Dichter können dir diese Erinnerung stehlen!«

Tigwid nickte. »Versprochen.«

»Gut. Dann wollen wir keine Zeit mehr verlieren. Wir treffen uns in ein paar Stunden wieder.«

Mart wies die anderen an, ihm durch das Regal zu folgen, während Collonta den Grünen Ring herbeirief.

Keine Worte konnten beschreiben, was Apolonia beim Verfassen ihres ersten Buches empfand. Inzwischen war sie Herr des wilden Meeres geworden und konnte die Erinnerungen aufrufen, nach denen ihr beliebte, als stünde sie in einer Bibliothek voller sortierter Karteikästen. Es waren Tausende Karteikästen. Überquellend vor Bildern, Geräuschen, Gerüchen und vor allem Gefühlen.

Und was für Gefühle Apolonia erlebte! Innerhalb von Minuten empfand sie die ganze Freude, die ganze Angst, Traurigkeit, Überraschung und das Glück eines Lebens. Hätte ihre Hand nicht unermüdlich geschrieben und all das Erlebte aufs Papier entlassen, wäre sie wirklich am Schwall der Erinnerungen verrückt geworden. Nur als sie die Gabe des Mädchens fand, ein leuchtendes, kleines Etwas, das die Terroristin dicht bei ihrem Namen aufbewahrte, hielt Apolonia im Schreiben inne und verwahrte die Gabe in ihrem eigenen Gedächtnis. Nun wusste sie, wie die Kräfte einer Geisterherrin funktionierten.

Es kostete sie große Selbstbeherrschung, das Mädchen nicht zu lieben wie sich selbst. Immer wieder musste sie sich daran erinnern, dass sie Apolonia hieß; und als sie tiefer in die Persönlichkeit der Terroristin drang und ihre Zuneigung wuchs, sagte sie sich nach jedem fünften Satz: »Ich hasse Loreley und ich liebe nur mich, Apolonia.« So schaffte sie es, ihr Gewissen zu überwinden, das von dem wortlosen Verständnis zwischen ihr und Loo genarrt wurde und ihr befehlen wollte, die junge Frau zu verschonen. Aber natürlich wusste Apolonia, dass sie jeden lieben würde, wenn sie seine Gefühle und Gedanken kannte – davon durfte sie sich nicht zu falschem Mitleid verleiten lassen.

Irgendwann fuhr ein stechender Schmerz durch ihr Handgelenk. Erschrocken fuhr sie auf und wandte den Blick von den Augen der Terroristin: Ihre Hand war völlig erschöpft vom langen Schreiben. Mit zittrigen Fingern durchblätterte sie die beschrifteten Seiten. Es waren mehr als dreißig.

Morbus stand hinter ihr und berührte sie am Arm. »Wie fühlst du dich?«

»Ich zittere. Wie lange habe ich geschrieben?«

Morbus zog seine Taschenuhr hervor. »Fast drei Stunden. Du bist ausgesprochen schnell, Apolonia. Ich bin beeindruckt. Aber lass dir ab jetzt ruhig Zeit. Wir werden das Mädchen noch Wochen hierbehalten können.«

»Nein, ich schreibe nicht weiter«, sagte Apolonia und schloss das Buch. Dann erhob sie sich und betrachtete die Terroristin, die nahe der Ohnmacht schien und die Augen verdreht hatte. Ein Ausdruck von ängstlicher Besorgnis huschte über Morbus' Züge.

»Ich habe gesehen, wo sie lebt. Sie teilt sich eine Wohnung mit weiteren TBK-Mitgliedern und ich kenne jetzt den Weg. Wenn wir sofort losfahren und die Polizei alarmieren, können wir sie alle festnehmen lassen.«

Ein Lächeln breitete sich auf Morbus' Gesicht aus. »Du übertriffst meine Erwartungen immer wieder.«

»Also fahren wir sofort los?«, fragte van Ulir. »Kastor und ich sind mit Automobilen hier – wenn wir die nehmen, sind wir in einer halben Stunde in der Stadt.«

»Hervorragend«, sagte Morbus. »Apolonia, kennst du den Namen der Straße, in der die Wohnung liegt?«

Sie blätterte durch das Buch. »Hier. Die Gasse hat keinen Namen, doch es ist die erste Gasse links, wenn man die Luisenstraße hochfährt. Die Wohnung liegt in einem verlassenen Haus am Ende der Straße, im dritten Stock.«

»Ich rufe bei der Polizei an und gebe die Informationen durch«, bot sich Manthan an und eilte aus dem Raum.

»Was passiert mit der Gefangenen?«, fragte Apolonia, als Noor und Jacobar sich daranmachten, die junge Frau vom

Stuhl loszubinden. Sie hatte endgültig das Bewusstsein verloren.

»Wir setzen sie irgendwo aus. Bist du sicher, dass du ihre Gabe ganz herausgeschrieben hast?«, hakte Morbus nach. Apolonia nickte. »Sehr gut. Nun, dann bringe ich das Buch in die Bibliothek. Später werde ich es mir einmal ansehen.«

Er nahm das Buch und Apolonia am Arm; dann verließen sie den Raum eiligen Schrittes, gefolgt von den Dichtern, die die Terroristin trugen.

Die Fahrt von Caer Therin in die Stadt dauerte nur eine knappe halbe Stunde, doch Apolonia plagten vor Nervosität Magenschmerzen. Die Polizei musste die Wohnung in diesem Augenblick stürmen, und wenn Tigwid unter den Terroristen war, würde er wahrscheinlich so manches über sie preisgeben. Sie musste so schnell wie möglich dort sein und ihn irgendwie zum Schweigen bringen …

Endlich angekommen, parkten van Ulir und Kastor ihre Wagen zwei Straßen entfernt und sie liefen das letzte Stück zur Wohnung. Die Polizei war bereits da, und als Apolonia und die Dichter sich als die Informanten zu erkennen gaben, ließen sie sie in die Wohnung. Allerdings fehlte vom TBK jede Spur.

»Niemand hier«, sagte der verantwortliche Kommissar. »Eine leer stehende Wohnung wie alle anderen in diesem Haus. Wir konnten zwar feststellen, dass im Ofen Feuer gemacht wurde und jemand in den Betten geschlafen hat, aber das können auch Bettler oder Straßenkinder gewesen sein. Deshalb würde ich Sie gerne fragen, wie Sie zu der Annahme kommen, dass das hier ein Versteck des TBK ist.«

Obwohl der Kommissar Morbus angesprochen hatte, antwortete ihm Apolonia: »Wir haben vor zwei Stunden einen Anruf vom Treuen Bund erhalten. Sie sagten uns, wenn ich nicht zu einem sofortigen Treffen mit ihnen in diese Wohnung käme, würden sie eines ihrer Entführungsopfer, eine junge Frau namens Loreley, so lange quälen, bis sie in einen Zustand geistiger Verwirrung geriete. Wenn Sie erlauben, würde ich mich gerne hier umsehen.«

Der Kommissar starrte sie verblüfft an, gab ihr aber wortlos den Weg frei. Apolonia durchquerte einen schmalen Korridor und mehrere Räume. Löcher klafften hier und da im Fußboden, in den Wänden und in der Decke; lose Bretter und Ziegelsteine lagen in den Ecken und Zeitungen klemmten zum Isolieren in den Ritzen der Fenster. Neben einem Bett lag schmutziges Verbandszeug. In der Küche standen mehrere Polizisten beieinander und durchsuchten die Schränke. Apolonia ging weiter, bis sie ein Badezimmer entdeckte. Eine Badewanne, der ein Fuß fehlte, und ein großer Spiegel waren die einzigen Gegenstände im Raum. Apolonia trat vor den Spiegel und knipste einen Lichtschalter an – in der Wanne surrte ein Büschel Glühbirnen auf. Wie geisterhaft sie im Licht aussah! Unwillkürlich legte sie die Hand auf die kühle Spiegelung. War das wirklich sie? Die eisigen Augen, der verhärtete Mund kamen ihr nur vage bekannt vor, als hätte sie das Mädchen im Spiegel einmal flüchtig auf der Straße gesehen.

Im gleichen Spiegel hatten sich noch vor wenigen Stunden ihre Feinde gesehen. Apolonia glaubte ihre Gesichter hinter ihrem zu erkennen, höhnisch und boshaft wie die der beiden gefassten Terroristen aus der Zeitung. Sie ballte die Fäuste. Der TBK hatte gewusst, dass die Polizei herkommen würde. Und sie hatten lediglich ihren Dreck zurückgelassen, um Apolonia zum Gespött der Blauröcke zu machen!

Sie drehte sich um und versetzte der Mauer gegenüber einen Tritt. Dann erst bemerkte sie die grüne Tür, die auf die nackten Ziegel gemalt war. Verwirrt blickte sie in den Spiegel zurück – von der Tür war nichts zu sehen. Wie konnte das sein? Sie rieb sich die Augen, doch es war keine Täuschung. Das hieß – natürlich war es eine Täuschung, ein boshafter kleiner Trick des Treuen Bunds. Ein Schauder jagte ihr den Rücken hinab, als sie die Absicht dieser List erkannte … Der Bund wollte der Polizei einen Hinweis geben – sie wollten das Geheimnis der Motten mit der Zaubertür verraten.

Aus der Küche drangen die Stimmen der Blauröcke zu ihr. Besteck klirrte, als sie die Schubladen ausleerten. Panisch versuchte Apolonia, den Wasserhahn der Wanne aufzudrehen, doch es kamen nur ein paar braune Tropfen heraus. Also zog sie ihren Mantel aus und begann, damit das falsche Bild abzuwischen. Die Tür war mit bunter Kreide gemalt, doch kein Stäubchen löste sich von den Ziegeln. Schließlich gab Apolonia auf, packte eines der Rohre, die herumlagen, und zertrümmerte den Spiegel. Der Lärm lockte die Polizisten an. Als sie Apolonia zwischen leuchtenden Scherben stehen sahen, ein Rohr in der einen und ihren zusammengeknüllten Mantel in der anderen Hand, schien die gemalte Tür niemanden besonders zu interessieren.

»Ich habe dahinter einen Durchgang vermutet«, erklärte Apolonia und ließ das Rohr fallen. Inzwischen war sie eine Expertin darin, Polizisten anzulügen.

Tigwid wurde bald klar, dass sie sich nur an einem Ort befinden konnten: dem berüchtigten Untergrund, den er zum ersten Mal mit Vampa bei ihrer Flucht aus *Eck Jargo* betreten hatte. Mart führte sie durch endlos lange Tunnel, durch die sie geduckt laufen mussten und die von schummrigen Lampen oder Fackeln oder manchmal gar nicht beleuchtet waren. Dann stiegen sie zwei Feuertreppen hinauf, liefen durch einen feuchten Kanal und erreichten steinerne Arkaden, die bestimmt zehn Meter hoch waren und an versunkene Paläste erinnerten. Tigwid stellte sich vor, wie die Wächter dieser machtvollen Welt ihr Geheimnis schützten. Es musste mehr Menschen das Leben kosten als die Geheimhaltung von *Eck Jargo* – schließlich schien dieser Ort nicht so, als könnte sich ein wohlhabender, abenteuerlustiger Familienvater mit gewissen Kontakten hier einen kurzweiligen Besuch erkaufen wie einst in Dottis Reich. Der Untergrund war keine vorgegaukelte Halunkenwelt, kein Gruselkabinett mit Faustkämpfen und Tänzerinnen – wer hierherkam, suchte keine Unterhaltung, sondern ein wirkliches Versteck, ein Grab für Lebende.

Hin und wieder machte Tigwid Gestalten im Halbdunkel aus, doch sie zogen sich zurück, sobald sie sie bemerkten. Hier legte niemand Wert auf Gesellschaft. Schließlich erreichten sie ein niedriges Zimmerchen mit Erdwänden, das nur durch ein Kanalloch und eine Leiter zu erreichen war. Bonni und Emil zündeten mehrere Öllampen an, sodass der Raum sich erhellte. Es gab mehrere Schlaflager, eine offene Feuerstelle mit einem Topf darüber und sogar einen Wasserhahn. Notfalls konnten sie sich hier für unbestimmte Zeit verborgen halten, doch Tigwid hoffte inständig, dass es nicht so weit kam.

Auf eine Wand war der Grüne Ring gemalt, so wie im Badezimmer der Wohnung. Nachdem Tigwid Bonni, Emil und Mart beim Auspacken ihrer Habseligkeiten geholfen hatte, stellte er sich davor und musterte die runde Tür. »Wie öffnet man sie eigentlich?«

»Du musst dir vorstellen, was dahinter ist«, antwortete Emil scheu.

»Du weißt doch, wie es mit Wundern ist«, sagte Bonni und lächelte das erste Mal, seit Fredo blutend in die Wohnung gestürmt war. »Man muss an sie glauben, damit sie wahr werden. Aber benutze den Grünen Ring nicht jetzt. Wir erwarten die anderen.«

Mart hatte mehrere Konservendosen mitgebracht und sie machten sich Linseneintopf. Als sie fertig gegessen hatten, redeten sie über den Vorfall, sprachen ihre Befürchtungen aus und machten sich gegenseitig Hoffnung. So verstrich die Zeit. Tigwid befühlte nachdenklich seine Schusswunde – das war inzwischen eine Angewohnheit geworden – und freute sich, wie gut sie schon verheilt war. Dann legten sie sich zum Schlafen, damit die Zeit schneller verflog. Als er den anderen den Rücken gekehrt hatte, holte er den Zeitungsartikel mit Apolonias Bekenntnis hervor, den er seitdem gefaltet in der Innentasche seines Jacketts trug. Mit Zhangs Hilfe hatte er ihn Wort für Wort entziffert, nachdem der Graf ihn ihm vorgelesen hatte; nun konnte er ihn fast auswendig. Er betrachtete Apolonias Gesicht und versuchte, sich vorzustellen, dass sie sich tatsächlich den grausamen Dichtern angeschlossen hatte. Sie musste irgendwie manipuliert worden sein. Schließlich wusste sie doch, dass nicht der Treue Bund, sondern die Dichter Kinder entführten, um ihnen die Erinnerungen zu stehlen! Aus freien Stücken würde sie niemals das Gegenteil sagen … Tigwid atmete tief aus. Er wollte gar nicht daran denken, mithilfe welcher Methoden man Apolonia in ein Instrument von Morbus' Machenschaften verwandelt hatte.

Er erwachte durch Geräusche und steckte sich den Zeitungsausschnitt eilig ins Jackett. Auch Emil, Bonni und Mart richteten sich auf: Collonta und die anderen traten soeben durch den Grünen Ring. In ihrer Mitte trugen sie die bewusstlose Loo. Tigwid, Mart, Emil und Bonni machten Platz, damit sie Loo auf die Decken legen konnten. Obwohl sie nichts wahrzunehmen schien, flatterten ihre Lider, und das Weiß der Augäpfel war sichtbar. Bonni hatte bereits ein feuchtes Tuch geholt und gab es Fredo, der damit Loos Gesicht abtupfte.

Viel mehr konnten sie nicht tun und der Schmerz über die Hilflosigkeit stand Fredo deutlich in die Augen geschrieben.

»Sie ist so, seit wir sie gefunden haben«, sagte Collonta und schüttelte betrübt den Kopf. Als Tigwid ihm einen fragenden Blick zuwarf, fuhr Collonta fort: »Sie haben sie in einem Hauseingang liegen lassen, nahe unserer Wohnung. Offenbar sind sie zu uns aufgebrochen und haben sich ihrer auf dem Weg entledigt.«

»Wird sie überleben?«, fragte Tigwid so leise, dass Fredo ihn nicht hörte.

Collonta stützte sich schwer auf seinen Gehstock und betrachtete das Mädchen. »Sie wird nicht mehr dieselbe sein. Danach sind sie nie mehr dieselben.«

Emil öffnete noch mehr Konservendosen, und sie aßen gemeinsam zu Abend, während Loo in eine Art Fieberschlaf sank. Hin und wieder murmelte sie unverständliche Worte, führte ruckartige Bewegungen aus oder verzog das Gesicht zu Grimassen – mal in Verzweiflung und Schmerz, dann lachte sie lautlos oder rief wirres Zeug.

Laus war vor einer halben Stunde gegangen, um, wie sie behauptet hatte, ihre Katzen zu füttern. In Wahrheit, so vermutete Tigwid, konnte die etwas exzentrische Geisterherrin die Umgebung nicht ausstehen und machte sich deshalb so schnell wie möglich davon. Er konnte es ihr nicht verdenken. Die schummrige Dunkelheit und das Wissen, fünfzig Meter unter den Straßen in gruftähnlichen Katakomben zu sitzen, wo einen niemand außer den gefährlichsten Banditen finden konnte, waren nicht unbedingt Balsam für die Seele. Abermals streifte Tigwid die Hoffnung, dass dies nur ein vorübergehender Unterschlupf für sie sein würde. Er vermisste jetzt schon den Himmel. Vielleicht hätte er Mart und Kairo begleiten sollen, die mit Laus aufgebrochen waren, um die Lage in ihrer Wohnung zu erkunden.

»Sie haben ihr nicht alles genommen«, bemerkte Zhang und wies auf die Schlafende. »Sieht so aus, als wäre Loos Gehirn dabei, die durcheinandergebrachten Erinnerungen zu ordnen. Das heißt, sie hat wenigstens noch welche.«

Fredo schien nicht besonders aufgemuntert. Schon seit einigen Minuten rührte er geistesabwesend in seinem Linseneintopf, ohne einen Bissen zu nehmen.

»Aber ihre Gabe hat sie bestimmt nicht mehr«, murmelte Rupert Fuchspfennig düster und schob sich die Brille zurecht. »Die Dichter lassen ihre Opfer doch nur am Leben, um uns zu verspotten. Sie werfen uns die ausgehöhlte Frucht zu, nachdem sie das kostbare Innere herausgeholt haben.«

Collonta nickte ihm zu. »Sie war eine so begabte Geisterherrin.«

Plötzlich senkte Fredo seine Schüssel. Ohne jemanden anzusehen, knurrte er: »Tut nicht so, als wäre sie tot. Loo lebt. Und sie ist alles andere als eine *ausgehöhlte Frucht*!«

Fuchspfennig schluckte hörbar.

»Rupert hat es nicht so gemeint«, beschwichtigte Collonta ihn. »Wir sind alle so erschüttert wie du, Fredo. Du bist nicht der Einzige, der sie liebt! Ruperts Bemerkung war rein politisch gemeint.«

»Politisch!« Fredo spuckte das Wort aus. Einen Moment sah es so aus, als wolle er noch mehr sagen, und die Luft schien aus dem Raum zu weichen; doch dann stieß er bloß ein Grollen aus, erhob sich und setzte sich neben Loos Lager. Eine Weile herrschte Schweigen. Nur das Klappern der Löffel und Schüsseln war zu hören.

»Wenn Apolonia die Seite wechseln und zu uns kommen würde… was würden wir denn dann eigentlich tun?« Noch während Tigwid die Frage aussprach, merkte er, dass dies nicht der rechte Zeitpunkt gewesen war. Momentan schien niemand, nicht einmal Zhang, dazu aufgelegt, irgendwelche unwahrscheinlichen Möglichkeiten weiterzuspinnen.

»Wir würden die Verbrechen der Dichter verhindern«, sagte Collonta schlicht und nahm einen Löffel Linseneintopf.

»Ja, ja, aber ich meine danach – wenn es keine Dichter mehr gäbe, was dann? Gäbe es dann noch den TBK?«

»Natürlich!« Fuchspfennig sah Tigwid an wie ein begriffsstutziges Kind.

»Und wofür?«

Fuchspfennig wollte zu einer langen Antwort ausholen, doch Collonta unterbrach ihn. »Verstehst du, Tigwid, wir wollen uns zu unseren Gaben bekennen und sie mit Verantwortung tragen. Mehr noch, wir wollen sie einsetzen, um der Menschheit zu dienen. Dafür müssen wir erst mal die Dichter beseitigen.«

»Danach«, fuhr Fuchspfennig fort und tippte mit dem Löffel in die Luft, »werden wir uns da nützlich machen, wo unsere Gaben am wirkungsvollsten eingesetzt werden können: in der Regierung.«

»Denk mal darüber nach, welche Sicherheit wir dem Volk bieten könnten«, sagte Collonta, als er Tigwids perplexen Blick bemerkte. »Die Fähigkeiten der Geisterherren, der Grüne Ring, Visionen wie die von Bonni, das sind Kräfte, die dem Staat zur Verfügung stehen sollten.«

»Die Leute würden es mit der Angst zu tun bekommen, glaube ich«, gab Tigwid zu bedenken. »Wenn plötzlich die ganze Regierung auf Zauberei basiert … ich meine natürlich, auf einer unerforschten Wissenschaft.«

»Stimmt genau«, pflichtete Bonni ihm leise bei. »Die Zyniker würden denken, unsere Gaben seien bloßer Hokuspokus, die Religiösen würden denken, wir wären mit dem Teufel im

Bunde … und die Realisten hätten Angst, dass wir unsere Gaben missbrauchen.«

»Papperlapapp«, sagte Zhang, und eine kleine Zornesfalte erschien zwischen ihren Brauen. »Die Dichter missbrauchen ihre Gaben, aber gute Motten sind gute Menschen. Erasmus würde sich nie von der Macht verleiten lassen, sonst hätte er das längst schon getan, nicht wahr?« Sie wandte sich Collonta zu. »Dabei sitzt er hier mit uns in einem Dreckloch, mit nichts als den Klamotten, die er am Leib trägt, und einer ollen Blechschüssel in der Hand, während Morbus wie ein König lebt.«

»Eben«, sagte Collonta verdrießlich. »Ein guter Mensch kann seine Selbstsucht überwinden und ans Wohl aller denken. Vor allem wenn ihm die Mittel zur Verfügung stehen, wirklich etwas zu bewirken. Und falls die Leute schreiend weglaufen, wenn wir ihnen unsere Dienste anbieten, nun, dann muss man sie vielleicht ein wenig zu ihrem Glück zwingen, indem –«

Loo unterbrach ihr Gespräch mit einem heiseren Ruf. Sie hatte sich kerzengerade aufgesetzt und ihre Augen rollten.

»Und wenn du fertig bist … dann bist du wirklich eine Dichterin. Das erste weibliche Mitglied, wenn man es genau nimmt, da Nevera nie selbst ein Buch geschrieben hat.«

»… Loo?« Ängstlich berührte Fredo ihre Schultern. »Hörst du mich?«

»Nein, lass sie«, zischte Collonta, richtete sich auf und kam näher. »Das war eine Erinnerung an die Dichter! Sie hat den letzten Satz wiederholt, den sie vor dem Eingriff aufgeschnappt hat!«

Gebannt starrten alle Loo an. Dann sagte sie noch einmal: »… wirklich eine Dichterin. Das erste weibliche Mitglied, wenn man es genau nimmt, da Nevera nie selbst ein Buch geschrieben hat. Apolonia! Ich heiße Apolonia! Ich bin nicht Loreley!«

Ihr Kopf nickte zur Seite und sie fiel bewusstlos in Fredos Arme. Entsetzt starrte er sie an, dann wandte er sich mit glänzenden Augen zu Collonta um. »Was war das? Das war nicht Loo!«

Collonta fuhr sich zitternd über die Stirn. »Nun ist sie also wirklich eine von ihnen geworden. Der Dichter, der Loo ihre Gabe geraubt hat ... das war Apolonia.«

War es möglich? Konnten die Dichter jemanden so stark beeinflussen, dass er einen anderen Menschen bewusst zerstörte? Tigwid konnte, er *konnte* nicht glauben, dass Apolonia etwas so Schreckliches getan hatte. Trotzdem: Er brauchte Gewissheit.

Nachts wälzte er sich hin und her. Das kleine Feuer im Raum warf unruhige Schatten, und Collonta, Fredo und Fuchspfennig, die bei Loo saßen und miteinander flüsterten, hielten ihn wach. Schließlich stand er auf und setzte sich zu ihnen.

»Ich habe einen Entschluss gefasst«, sagte er langsam und merkte, dass es wirklich so war. »Ich muss Apolonia sehen. Ich muss wissen, was passiert ist.«

Fuchspfennig riss die Augen auf. »Zu spät! Sie ist eine Dichterin, hat sich Loos Gabe angeeignet, und du bist nicht mal ein Geisterherr. Sie wird dich überwältigen, mit links.«

»Sie kennt mich! Wir waren ... wir sind Bekannte. Sie wird mir nichts tun. Aber zuerst muss ich sie finden.« Er drehte sich Collonta zu. »Wollen Sie mir helfen?«

Der alte Geisterherr schwieg eine Weile. Der Flammenschein ließ die Falten um seine Augen tiefer wirken und leuchtete kalt und ruhelos in seinen Augen. »Sie hat sich verändert, Tigwid. Dein Mut ist bewundernswert, doch ich fürchte, mit Worten wirst du nichts mehr bewirken können. Jedenfalls nicht mit den Worten, über die du verfügst.«

Ohne darauf einzugehen, sagte Tigwid: »Ich brauche den Grünen Ring. Bitte lassen Sie mich ihn benutzen. Und ich werde Apolonia finden, wie Sie Loo gefunden haben.«

Collonta schüttelte den Kopf. »Man kann nur an Orte, die man kennt, und da sich die Dichter höchstwahrscheinlich in einem Versteck befinden, das du noch nie betreten hast, ist die Sache aussichtslos. Was Loo betrifft, so konnten wir sie nur finden, weil sie innerhalb der letzten Stunden an Fredo, mich oder einen anderen von uns, der im Grünen Ring war, gedacht hat. Es bedarf des geistigen Einverständnisses der Person, die du aufsuchen möchtest: Nur wenn ihre Gedanken bei dir waren, wirst du zu ihr finden können.«

Tigwid biss sich auf die Unterlippe. »Einen Versuch ist es wert.«

»Dann komme ich mit«, sagte Fredo plötzlich. Seine Augen waren so hasserfüllt, dass Tigwid unwillkürlich zurückwich. »Wenn die Möglichkeit besteht, die Person zu stellen, die Loo das angetan hat, dann …« Er konnte nicht weitersprechen und ballte die Fäuste.

»Ja …«, murmelte Tigwid. »Ich, ähm, sollte es aber vielleicht erst allein versuchen. Meint ihr nicht – vielleicht öffnet der Grüne Ring sich nicht, wenn jemand dabei ist, den sie nicht kennt.«

Collonta erkannte sehr wohl, dass das nur eine Ausrede war, um Apolonia vor Fredos Zorn zu schützen, doch er zuckte lediglich die Schultern. »Wenn es dein Wunsch ist, Tigwid, werde ich es dir zeigen.« Er stützte sich auf seinen Stock und wies auf die gemalte Tür an der Wand.

Trotz ihrer Müdigkeit konnte Apolonia jetzt nicht schlafen – das war unmöglich. Der Tag war viel zu aufwühlend gewesen. Und immer wenn sie versuchte, den Strom ihrer Gedanken zu stoppen, die sich weiter und weiter fortsetzten wie fallende Dominosteine, kam ihr eine Erinnerung aus Loreleys Gedächtnis zugeflogen. Es waren nur ganz einfache kleine Szenen, die sie vergessen hatte ins Buch zu schreiben: wie Loreley am Vortag durch die Straßen geschlendert und einer Gauklertruppe begegnet war, wie das teure Glas aussah, das sie als Kind einmal hatte fallen lassen, und ein streunender Hund, der sie eines Morgens angekläfft hatte. Die Bilder und Geräusche der Erinnerungen durchzuckten sie, als wären es ihre eigenen, und brachten Apolonia immer wieder durcheinander. Stöhnend fragte sie sich, wie lange dieser verwirrende Zustand anhalten würde.

Wenigstens eine gute Sache hatte der heutige Tag gebracht: die Gabe der Terroristin.

Verblüfft schüttelte Apolonia den Kopf, während sie sich im Schrankspiegel musterte. Ihr offenes Haar geriet durch die Kopfbewegung in Schwung und tanzte durcheinander. Dabei blieb es senkrecht in der Luft schweben. Apolonia hatte Macht über die Schwerkraft.

Sie beschloss, ihre Haare wieder fallen zu lassen, und sie fielen. Nun stieg sie auf die Zehenspitzen und nahm sich vor, selbst abzuheben. Aber sie fühlte sich nur ein bisschen leichter – was auch daran liegen konnte, dass sie ihr Abendessen noch nicht angerührt hatte. Offenbar war ihre neue Mottengabe nicht mächtig genug, um ihren ganzen Körper schweben zu lassen. Sie erinnerte sich an ihre Mutter und die geheimen Spiele im Salon … damals war die Kraft von mehreren Motten vonnöten gewesen, damit Magdalenas Körper vom Boden hochstieg. Schließlich wog ein Mensch erheblich mehr als ein paar Haare.

Dennoch war die neue Gabe unglaublich. Apolonia konnte leichte Gegenstände bewegen. Und das war bloß das, was sie schon ausprobiert hatte.

»Wie funktioniert das nur«, murmelte sie und beobachtete

fasziniert, wie sich ihr Brieföffner auf dem Schreibtisch senkrecht aufstellte. Zum ersten Mal konnte sie nachvollziehen, warum Tigwid den Mottengaben auf den Grund hatte gehen wollen. Bei dem Gedanken an ihn verblasste Apolonias Freude und sie ließ den Brieföffner sinken.

Immer wieder hatte Tigwid sich in ihren Kopf geschlichen. Dass er zum TBK gehört hatte – und es höchstwahrscheinlich noch tat –, brannte wie Säure. Während sie Gewissensbisse plagten, weil sie ein läppisches Verbrecherloch an die Polizei verraten hatte, war *er* der wahre Verräter gewesen; er hatte die ganze Zeit geplant, sie zu ihren Mördern zu führen.

Laute Stimmen des Protests folgten auf diesen Gedanken, doch Apolonia wollte nicht auf sie hören. Man durfte niemandem vertrauen, nicht einmal seinen eigenen Gefühlen. Nur der Verstand war zuverlässig. Der Verstand war das Einzige, das nicht manipuliert werden konnte … jedenfalls nicht *ihr* Verstand.

Als Apolonia sich wieder ihrem Spiegelbild zuwandte, entdeckte sie ein grünliches Flimmern hinter sich im Spiegel. Sie fuhr herum – tatsächlich, in der Luft hing ein grünes Flackern, das zu einem runden Etwas heranwuchs. Erschrocken trat sie zwei Schritte zurück und stieß gegen den Schrank. Hatte *sie* die Erscheinung heraufbeschworen? Wenn sie ihre neue Gabe nicht kontrollieren konnte …

Und plötzlich erkannte sie die grüne Tür aus der Wohnung des TBK wieder. Automatisch riss sie die Hand hoch und der Brieföffner schoss vom Schreibtisch auf die Erscheinung zu. Kurz davor kam ihre notdürftige Waffe schwebend zum Stillstand, um zu erwarten, wer sie überfallen wollte. Einen Herzschlag lang flimmerte die Tür in der Luft wie eine Fata Morgana. Dann wurde der Türknauf gedreht. Langsam öffnete sich die Tür … und ins Zimmer trat ein Junge in zerschlissenen Kleidern.

Tigwid.

Das matte Licht des Kamins umzeichnete sein Profil. Er sah älter aus, irgendwie erschöpft und weniger beschwingt als früher. Kurz irrte sein Blick zu dem Brieföffner, dann starrte er wieder Apolonia an. Sekunden der Stille verstrichen, in denen sie einander nur ansehen konnten.

»Wieso hast du es getan?«, fragte er schließlich leise.

Apolonia zwang sich, in ihm das zu sehen, was er wirklich war: ein gefährlicher Terrorist. Ihr Feind. Er wollte sie mit seinem plötzlichen Auftauchen verwirren, doch auf ihn fiel sie nicht mehr herein – dass er mit der magischen Tür des TBK erschienen war, bestätigte ihren düsteren Verdacht endgültig!

»Du ...«, brachte sie schwer atmend hervor. »Verschwinde!«

Sein Gesicht versteinerte sich. »Dann ist es also wahr. Weißt du, dass du Freund und Feind verwechselst?«

»Das habe ich einmal getan. Jetzt weiß ich, wer mein angeblich so guter Freund wirklich war ... nämlich eine Motte, der die Gabe herausgeschrieben werden musste!«

»Ich bin immer noch eine Motte«, erwiderte Tigwid.

»Ja, offenbar hat Ferol bei dir einen ganzen Haufen Boshaftigkeit übersehen.« Apolonia beobachtete, wie er vor Zorn die Lippen zusammenpresste und dann scharf die Luft ausstieß. Der Brieföffner zitterte leicht, doch Tigwid schenkte ihm keine Beachtung.

»Und was war mit Loo? Sie war vollkommen unschuldig! Sie hatte nichts Böses, das du ihr hättest stehlen können. Gott, Apolonia. Wie konntest du das nur tun?«

Der Raum zwischen ihnen schien zu einer meilenweiten Kluft zu wachsen.

»Verschwinde«, wiederholte Apolonia kaum hörbar. Tigwid regte sich nicht. Dann kam er näher.

Augenblicklich zischte der Brieföffner auf ihn zu. Tigwid

rang nach Atem, als die kalte Spitze seine Kehle berührte. Mit der Hand wollte er den Brieföffner wegfegen, doch der blieb wie festgefroren auf der Stelle; nur Apolonia schwankte und stieß mit der Schulter gegen die Schranktür.

»Ein Schritt und ich werde dich umbringen«, flüsterte sie schwer.

Sein Blick brannte sich in sie hinein. »Tu's doch.« Er setzte einen Fuß nach vorne. Ein Zucken ging durch sein Gesicht, als sich der Brieföffner in die Haut bohrte. Plötzlich ballte er die Fäuste und stieß einen verzweifelten Laut aus. »Was ist mit dir los?! Erkennst du mich nicht wieder, bist du blind?! Wir hatten ein gemeinsames Ziel!« Obwohl der Brieföffner sich nicht bewegte, kam er noch ein Stück näher. Er blinzelte und verzog die Augenbrauen. »Du hast mein Vertrauen einmal enttäuscht. Bitte sag mir, dass du es nicht noch mal getan hast. Ich … ich glaube nicht, dass du aus freien Stücken grausame Dinge tust, und wenn du mir nur die kleinste Hoffnung lässt – dann werde ich meinen Glauben an dich nicht verlieren! Dann werde ich alles tun, um dir zu helfen. Ich helfe dir … verstehst du?«

»Ich brauche deine Hilfe nicht!«, schrie Apolonia, und ihre Stimme zitterte. Der Brieföffner rutschte ab und riss ein Loch in Tigwids Pullover. Keuchend wich er zurück. »Du und ich, wir sind Feinde! Wenn ich dich das nächste Mal sehe, dann werde ich dich umbringen.«

Tigwid fuhr sich über Hals und Brust und nickte zerstreut, ohne sie mehr ansehen zu können. »Mach dir keine Sorgen. Mich siehst du nie wieder.« Dann wischte er durch die Luft, der Grüne Ring erschien und Tigwid verschwand mit einem einzigen Schritt.

Apolonia lehnte am Schrank. Sie war mutterseelenallein.

Hätte er sich noch einmal umgedreht, hätte er gesehen, dass nicht nur er, sondern auch sie gegen die Tränen ankämpfte.

Tage dazwischen

Der Kampf der Gesetzeshüter und -brecher sorgte in den folgenden Wochen für Schlagzeilen, die die Auflage des *Stadtspiegels* in die Höhe trieben. Atemlos verfolgte die ganze Stadt, wie die Polizei die Jagd auf den Treuen Bund eröffnete. Fast täglich wurden geheime Stützpunkte gefunden und Verdächtige festgenommen; die höchsten Politiker lobten den Erfolg in der Verbrechensbekämpfung, während der Treue Bund den Eifer seiner Gegner mit demselben Enthusiasmus erwiderte. Brände wurden gelegt, sogar in zwei Kirchen und im Justizgebäude; die Verbrecher wurden zwar meistens noch am Tatort gefasst, doch sie schwiegen wie Tote. Die eiserne Entschlossenheit der Terroristen sorgte für großes Entsetzen. Die Bevölkerung lebte in ständiger Angst, einem Brandanschlag zum Opfer zu fallen oder ihre Söhne und Töchter durch eine Entführung zu verlieren; Haustüren wurden doppelt verschlossen, Kinder verschwanden von der Straße und sogar aus den Schulen, und täglich gingen neue Hinweise bei der Polizei ein, weil jemand irgendeinen verdächtigen Fremden gesehen hatte.

Niemand ahnte, dass die Brände des TBK durchaus harmlos waren im Vergleich zu den Verbrechen, die sie vor ihrem Zusammentreffen mit den Dichtern hätten begehen können. Im

Prinzip war das Vorgehen der Dichter ebenso einfach wie effektiv: Morbus und seine Lehrlinge trieben die Motten des Treuen Bunds auf und brachten sie nach Caer Therin, wo ihnen ihre Gaben genommen wurden. Dann setzten sie die entmachteten Feinde wieder in der Stadt aus, wo sie von der Polizei gefunden und für verwirrte Opfer des TBK gehalten wurden. Manchmal aber schrieben die Dichter alles aus den feindlichen Motten heraus und pflanzten einen einzigen Gedanken in ihren leer gefegten Verstand: nämlich einen Brand zu legen. Dadurch hatte die Polizei Grund genug, die Motten festzunehmen und ihre Bemühungen zu verstärken. Und im Vergleich zu der Zerstörung, die der TBK in Wahrheit hätte anrichten können, waren Brandstiftungen eine sehr milde Alternative.

Trotzdem fragte Apolonia sich manchmal, wieso der TBK seine Macht nicht einsetzte, um einen Vorstoß zu wagen. Schließlich musste es sehr viele Mitglieder geben – die Dichter trieben in zwei Wochen sieben Bundmotten auf – und doch hielten sie sich verborgen. Als Apolonia ihre Tante am Tag vor Weihnachten darauf ansprach, stellte Nevera behutsam die Teetasse ab und lächelte.

»Ja, du hast recht. Wir haben fast die Hälfte aller Bundmotten unschädlich machen können und im Moment halten sie sich mit ihren Angriffen zurück. Aber nicht alle Gefahr, die vom Treuen Bund ausgeht, ist so sichtbar wie ein Feuer. Sie schleusen ihre Leute in die Regierung ein, manipulieren Staatsoberhäupter und die wichtigsten Köpfe der Polizei; wir Dichter haben noch immer alle Hände voll zu tun, ihre Intrigen aufzudecken und im Stillen zu vereiteln. Die größten Kriege finden nicht auf dem Schlachtfeld statt, sondern in den Hinterzimmern der Staatsgebäude.«

Apolonia nippte an ihrem Tee und beobachtete das Schneegestöber vor den Fenstern. Das silbrige Klirren von Schmuckkugeln hing in der Luft, während zwei Diener den Weihnachtsbaum im Salon behängten. Der Kamin gab ein kaum wahrnehmbares Wummern von sich. Der Frieden bedrückte Apolonia merkwürdigerweise und ihr war ganz wehmütig zumute.

»Oh«, sagte Nevera mit einem Blick auf die Uhr auf dem Kaminsims. »Der Schneider für unsere Festkleider kommt in einer halben Stunde. Silvester wird aufregend!«

Apolonia sank tiefer in ihren Sessel.

Mit jedem Tag wurde die Laune der Bundmotten schlechter. Sie versuchten, die Zeit mit Kartenspielen und dem Üben ihrer Gaben totzuschlagen, doch nach zwei vertriebenen Stunden kamen ihnen die nächsten vier umso länger vor. Als Heiligabend bevorstand, erreichte die Stimmung ein Tief; wegen des Schneetreibens draußen mussten die meisten im Untergrund bleiben und suchten nach einem geeigneten Vorwand, um den Grünen Ring zu benutzen. Tigwid war schon zweimal mit Zhang durch die Tür getreten, einmal um auf dem Markt Karotten zu kaufen, das andere Mal, um die Zeitung zu besorgen. Dabei hatte Bonni sie begleitet und war fast eine Stunde an den Schaufenstern der Geschäfte vorbeigeschlendert und hatte sich sogar Fahrradhupen und Angelhaken angesehen, um ihre Rückkehr hinauszuzögern. Collonta hatte sie zwar gebeten, das Versteck nur zu verlassen, wenn sie keine andere Wahl hatten, und danach so rasch wie möglich wieder zurückzukommen, aber die ewige Dunkelheit schlug ihnen noch mehr aufs Gemüt als die Gefahr, wenn sie draußen waren. Noch dazu fehlte ihnen Loos sanfte Art, mit der sie früher die kleinen Kabbeleien unter ihnen geschlichtet hatte. Das Einzige, was Loo jetzt noch von sich gab, waren genau zwei Sätze:

»Und wenn du fertig bist … dann bist du wirklich eine Dichterin. Das erste weibliche Mitglied, wenn man es genau nimmt, da Nevera nie selbst ein Buch geschrieben hat.«

Am Weihnachtsabend, nachdem sie zur Feier des Tages eine zusätzliche Erbsendose aufgemacht und das Feuer bis auf ein paar Kerzen gelöscht hatten, sah Loo Fredo das erste Mal seit ihrem Erwachen richtig in die Augen und seufzte plötzlich so glücklich wie ein Kind. »Ach … das hast du für mich geflochten? O Fredo, ich dich auch!«

Er starrte sie an, als hätte sie ihm einen Stern vom Himmel gepflückt. Mit zitternden Fingern berührte er ihr Handgelenk, an dem sie einen geflochtenen Reif trug. Dann schloss er sie in die Arme, und die beiden hielten sich umschlungen, der eine lächelnd, der andere weinend.

Tigwid beobachtete sie über den Rand seines Pokerblattes hinweg. Sie bewegten sich keinen Zentimeter voneinander, als würde die Zeit nicht mehr für sie existieren, und blieben wie versteinert in ihrer Umarmung. Schließlich seufzte Tigwid und warf seine Karten hin. »Ich bin draußen.« Das war mit Abstand das deprimierendste Weihnachtsfest seit Langem. Zudem hatte er die Hälfte seines Geldes an Zhang verloren, die trotz ihres Münzhaufens nicht viel fröhlicher aussah. Kein Wunder. Der Untergrund bot nicht gerade viele Möglichkeiten, um sich mit Geld eine schöne Zeit zu machen.

»Ich hab auch keine Lust mehr«, sagte sie und warf ihre Karten hin – Tigwid schielte auf ihre zwei Paare. »Wollen wir mal gucken, ob Erasmus und Rupert da sind? Vielleicht trinken wir alle eine heiße Schokolade im Arbeitszimmer, da ist es viel gemütlicher als hier.«

Bonni und Emil nickten. Mart schnarchte bereits in seiner Schlafecke; Fredo schien in Loos Armen in einer anderen Welt zu sein und Loo sowieso; Kairo zeichnete Kohlebilder, doch als die anderen aufstanden und den Grünen Ring öffneten, erhob er sich ebenfalls, um mitzugehen.

Als sie alle im Dunkeln standen, rief Zhang das Arbeitszimmer herbei, und die runde Tür erschien. Das hieß, dass Collonta da war, denn sonst konnte niemand sein Zimmer betreten.

Als die Freunde aus dem Grünen Ring kamen, setzte Collonta eine fröhliche Miene auf. Wie immer war er nicht alleine, sondern in Begleitung von Rupert Fuchspfennig, der für Weihnachten seine abgetragenen Kleider gegen einen grauen Wollanzug getauscht hatte und mehr denn je wie ein Buchhalter aussah. Außerdem waren Laus und eine weitere Frau anwesend, die Tigwid nicht kannte.

»Frohe Weihnachten!«, rief Collonta und schüttelte jedem Neuankömmling die Hand. »Ich wollte gerade gehen und euch holen. Wo sind Mart und Fredo?«

»Fredo ist bei Loo, Mart schläft«, sagte Bonni.

»Ah, ja. Ich glaube, wir sollten Fredo ein wenig mit Loo alleine lassen. Der arme Junge tut mir fast noch mehr leid als Loreley.« Collonta schüttelte betrübt den Kopf. Dann zog er die Augenbrauen hoch und atmete tief durch. »Nun, Julesa war so lieb und hat uns allen Weihnachtspunsch mitgebracht. Darf ich euch einschenken?«

Collonta lief zu einem Bücherregal, zog einen Satz Gedichtbände heraus und holte mehrere Gläser aus einem Geheimfach dahinter.

Die Frau – Julesa – trat nervös einen Schritt vor und zurück. »Äh, ich bin spät dran. Ihr seid nicht böse, wenn ich schon gehe …«

Collonta kam zum Tisch zurück und goss in jedes Glas Punsch ein. »Jetzt schon?«

»Es ist doch Weihnachten. Und meine Familie …«

»Stimmt, ich vergaß.« Als ginge Collonta ein Licht auf, deutete er auf Tigwid und überreichte ihm ein Glas. »Natürlich, die liebe Familie. Aber davor muss ich dir unser neuestes Mitglied vorstellen: Tigwid. Tigwid, das ist Julesa Abdahl –

keine Sorge, Tigwid kann deinen Nachnamen ruhig erfahren, er gehört zu uns.«

Die Frau strich sich über die dunklen Haare und schien sichtlich beunruhigt. »Nett, dich kennenzulernen. Also dann, bis bald.«

Sie nickte allen noch einmal zu, dann murmelte sie, an Collonta gewandt: »War mir ein Vergnügen.«

Nun geschah etwas sehr Merkwürdiges. Collonta gab Julesa einen Handkuss und sagte ernst: »Danke dir, Julesa.« Die Frau lächelte unsicher. Dann verblasste ihre Gestalt wie ein Geist – und einen Augenblick später war sie verschwunden.

Tigwid spähte nach links und rechts, um sicherzugehen, dass die anderen dasselbe gesehen hatten wie er.

»Julesa ist eine Wandlerin«, erklärte Rupert Fuchspfennig, der Tigwids Verwirrung bemerkte. »Was überdies hervorragend zu ihrer Vorliebe für schnelle Abgänge passt.«

»Nun, Julesa kommt aus einer angesehenen Familie und kann es sich nicht leisten, in eine kompromittierende Lage zu geraten. Wir müssen akzeptieren, dass sie ein Leben neben ihrer Mottenexistenz führt«, sagte Collonta und reichte Fuchspfennig einen Punsch.

Bonni war inzwischen an den Schreibtisch getreten und betrachtete mit gerunzelter Stirn etwas. »*Das* ist natürlich ein guter Grund, es zu akzeptieren.« Und sie hob zwei Hände voll Dynamitstangen empor.

»Vorsicht!« Fuchspfennig nahm ihr die Stangen wieder aus den Händen und legte sie in eine Holzkiste zurück. Collonta verschloss die Kiste und warf einen Blick in die Runde.

»Seit Magdalenas Tod traut Julesa sich nicht mehr oft, als Geist zu wandern. Ich war vorher bei ihr zu Hause, um das hier abzuholen, und ich sage euch: Da war nichts mehr, nichts, das irgendwie verraten könnte, dass Julesa eine Motte ist. All ihre Bücher sind weg. Es bedeutet sehr viel, dass Julesa uns trotzdem unterstützt und uns das hier hat zukommen lassen«, schloss Collonta ernst. Dann erklärte er Tigwid: »Julesa ist mit dem Besitzer mehrerer Bergwerke verheiratet. Dadurch kann sie uns den Sprengstoff zuschmuggeln.«

»Wozu braucht ihr es?«, fragte Tigwid, der schon bezweifelt hatte, dass das Leuchten in Collontas Augen nur von Punsch und weihnachtlicher Freude herrührte.

»Nun, hauptsächlich zu unserer eigenen Sicherheit natürlich. Selbstschutz ist die beste Waffe gegen die Dichter, denn solange sie uns nicht kriegen, kriegen sie auch nicht unsere Gaben.«

»Außerdem…« Fuchspfennig senkte vertraulich die Stimme. »Wir wissen nicht, wie weit die Dichter gehen wollen. Sie haben die Presse auf ihre Seite gezogen. Sie haben sich die Polizei gefügig gemacht – wir gehen davon aus, dass sie dafür ihre Wahren Worte eingesetzt und den einen oder anderen wichtigen Mann manipuliert haben. Wir müssen davon ausgehen, dass…« Er stockte.

»Wir müssen davon ausgehen, dass die Dichter die Macht an sich reißen wollen«, schloss Collonta kurz und sachlich. »Wir wissen nicht, wie lange es dauern wird, bis sie alle nötigen Vorkehrungen getroffen haben, aber rasches Handeln ist jetzt nötig, um das Schlimmste – ja, nicht nur das Schlimmste für uns zu verhindern, sondern für die ganze Menschheit.«

Eine Weile schwiegen alle, um das Gesagte zu verdauen. Tigwid beobachtete die anderen: Kairo beäugte Fuchspfennig mit einem ängstlichen Funkeln, was angesichts ihrer gegensätzlichen Statur irgendwie verkehrt schien. Zhang sah Collonta besorgt und erwartungsvoll an. Es war unschwer zu erkennen, dass sie ihm treu ergeben war, egal was er vorschlug. Bonni starrte gedankenverloren auf die Kiste unter Collontas Hand – was sie dachte, war auch offensichtlich.

Laus, die ältere Motte, spielte unruhig mit ihren Schals, schien aber gespannt auf Collontas weiteren Vortrag zu warten. Emil hätte Tigwid fast übersehen – er stand im Schatten der anderen und beobachtete sie, genau wie Tigwid.

»Und damit wollt ihr die Dichter jetzt bekämpfen?«, fragte Tigwid in die Stille und wies auf die Dynamitkiste. »Dann würden wir genau das werden, als was die Dichter uns darstellen: gewalttätige Terroristen.«

Zhang zuckte langsam die Schultern. »Wenn die ganze Stadt das ohnehin schon glaubt…«

»Um eins klarzustellen«, sagte Collonta in einem Ton, der alle aufhorchen ließ. »Wir werden keinem Zivilisten etwas antun, um diesen Kampf zu gewinnen; das überlassen wir den Dichtern und ihren Bränden. Aber wenn die Waffen unserer Feinde Manipulation, Geld und die Unterstützung der Öffentlichkeit sind, können wir ihnen nicht mit bloßer Gutmütigkeit entgegentreten. Sobald die Dichter ihre Motten in die Regierung geschleust haben, ist die Regierung unser Feind. Dann müssen wir zum Risiko bereit sein.« Er klopfte auf die Kiste, langsam, zweimal.

»Und dann?«, fragte Tigwid, als wieder alle schwiegen. »Mal angenommen, wir sprengen wirklich das Parlamentsgebäude mitsamt allen Dichtern in die Luft – tauchen wir einfach unter und verschwinden von der Bildfläche?«

»Wir können nicht einfach alles in Schutt und Asche legen und den anderen unser Chaos hinterlassen«, murmelte Fuchspfennig. Sein Blick flog nervös von Gesicht zu Gesicht. »Es wäre endlich an der Zeit, den Menschen zu geben, was ihnen zusteht, und…«

Collonta legte Fuchspfennig eine Hand auf die Schulter, um ihm zu bedeuten, dass er weitererklären wollte. Nach einem Moment begann er zu sprechen.

»Vor acht Jahren haben wir vom Treuen Bund versucht,

mit der Wahrheit ans Tageslicht zu treten und die Regierung zu übernehmen. Einige Motten jedoch ... wollten weiterhin geheim bleiben. Ihnen gefiel es durchaus, im Verborgenen die Fäden zu ziehen und ihre Gaben allein für ihren eigenen Vorteil zu nutzen. Wir vom Treuen Bund haben erkannt, dass dem nur Einhalt geboten werden kann, wenn unsere Gaben bekannt gemacht werden – und nur noch für das Wohl der Gemeinschaft eingesetzt werden dürfen. Nämlich in der Politik. Wir wussten aber auch, dass es Jahrzehnte dauern würde, um die Menschen von uns zu überzeugen. Darum setzten wir alles auf eine Karte und planten, die schwache Regierung zu ersetzen. Es war alles perfekt geplant. Die friedlichste Machtübernahme in der Geschichte sollte stattfinden, denn wir wollten niemanden umbringen. Doch kurz vor unserer Aktion wurde Magdalena, eines unserer begabtesten Mitglieder, umgebracht. Damit hatten die Motten, die gegen uns waren, den Plan vereitelt. Alles ging schief. Menschen starben. Zuletzt gelang uns zwar die Flucht durch den Grünen Ring, doch drei von uns wurden festgenommen und hingerichtet. Die Verräter waren Nevera, Morbus und seine Anhänger, die sich fortan Dichter nannten. Und nun, nach acht Jahren, sind sie so weit gekommen, dass *ihre* Machtübernahme kurz bevorsteht. Sie haben Apolonia auf ihrer Seite. Das macht sie zuversichtlich; nun da sie sich sicher sind, dass die Prophezeiung zu ihren Gunsten eintritt, hält sie nichts mehr zurück. Die Einzigen, die sie noch aufhalten könnten, sind wir, Freunde.«

Die Zeit zwischen Weihnachten und Neujahr schlich unerträglich langsam dahin. Apolonia verließ das Haus kein einziges Mal und saß so lange vor dem Kamin, lag in ihrem Bett, trank Tee und las Bücher, bis sie sich vor Trägheit in Brei zu verwandeln glaubte. Seit jener nächtlichen Unterhaltung mit

Tigwid hing eine düstere Wolke über ihr und machte sie schweigsam und grüblerisch. Den Grünen Ring hatte sie Morbus und Nevera gegenüber zwar erwähnt, doch dass Tigwid in ihr Zimmer gekommen war, behielt sie aus gutem Grund für sich. Sie hatte die Möglichkeit gehabt, ein Mitglied des Treuen Bunds unschädlich zu machen. Sie hätte ihn sogar zwingen können, ihr die Funktionsweise dieser merkwürdigen Zaubertür zu erklären und zu verraten, wo sich der TBK versteckte. Wieso hatte sie ihn so leicht davonkommen lassen? Wann immer sie sich diese Frage stellte, wurde sie noch mürrischer und versuchte, an etwas anderes zu denken.

Dass Nevera und Morbus ein Neujahrsfest in Caer Therin planten, kam ihr gerade recht – so konnte sie sich mit Kleiderproben, Einladungskärtchen und der Überwachung der Vorbereitungen ablenken. Nevera hatte gesagt, dass die wichtigsten Leute aus Politik und Gesellschaft anwesend sein würden, und das Fest war die Gelegenheit, ihren Kampf gegen den TBK durch gute Kontakte zu verstärken. Apolonia betrachtete Silvester als öffentlichen Auftritt: Je erwachsener und seriöser sie sich gab, desto glaubwürdiger und einflussreicher würde sie werden.

Manchmal, wenn sie ihre Pläne und Strategien lange mit Nevera oder Morbus besprochen hatte, vergaß sie, wofür sie das alles tat. Dann musste sie sich erst wieder ins Gedächtnis rufen, dass es darum ging, die Menschen vor der Vorherrschaft böser Motten zu bewahren. Und, ganz ursprünglich, dass sie ihre Mutter und ihren Vater hatte rächen wollen.

Ihr Vater … sie hatte ihn seit drei Wochen nicht mehr gesehen. Es war das erste Mal, dass sie Weihnachten ohne ihn verbracht hatte. Aber das wirklich Schlimme war, dass ihr das erst am Nachmittag darauf bewusst wurde; sie hatte kein einziges Mal an Heiligabend an ihn gedacht. Apolonia war so bestürzt über sich selbst wie an dem Tag, an dem sie sich nicht mehr an das Gesicht ihrer Mutter hatte erinnern können.

Wo, wenn nicht bei den Menschen, die sie lieben sollte, waren ihre Gedanken bloß ...

Neujahr

Die Kutschen und Automobile zogen durch die Dunkelheit wie ein Schweif aus tanzenden Sternen. Schon von Weitem konnte man das Funkeln und Blinken der Lichter sehen, die sich Caer Therin auf der Landstraße näherten. Apolonia, die die lange Karawane vom Balkon des Anwesens aus beobachtete, seufzte tief. Aus der Ferne sah alles immer viel schöner aus.

»Apolonia? Apolonia!« Nevera, die zufällig am Balkon vorbeigelaufen kam, winkte sie herein. »Du erkältest dich ja! Komm sofort her.«

Apolonia gehorchte. Als Nevera die Tür geschlossen hatte, begutachtete sie Apolonia von oben bis unten. Sie trug ein silber- und cremefarbenes Kleid mit aufwendigen Perlenstickereien, und ihre Haare waren zu einem Kranz aufgesteckt. Nevera nickte zufrieden. »Du könntest ein wenig rosiger sein, aber was soll's. Nun komm, Morbus und die anderen warten unten, um mit uns anzustoßen.«

In dem Saal, in dem das Fest stattfinden sollte, erwarteten sie Morbus, die Dichter und Elias Spiegelgold. Die Männer rauchten Zigarren und nahmen einem wartenden Diener die Sektgläser ab, als Nevera und Apolonia zu ihnen traten. Sie stießen an und tranken. Während die Erwachsenen plauderten, drehte Apolonia ihr Sektglas in der Hand und sah nachdenklich zum beleuchteten Park hinaus, der jenseits der Fensterfronten lag. Das Streichquartett begann zu spielen, und es dauerte nicht lange, bis die ersten Gäste kamen. Freunde der Dichter aus Presse und Kunst trafen auf Bekannte der Spiegelgolds, deren Namen nicht nur in politischen Versammlungen und Gerichtshöfen für Aufhorchen sorgten. Obwohl das Neujahrsfest nicht so groß war wie die Feier zu Neveras achtem Hochzeitstag, war der Saal schon bald mit Frack tragenden Herren und bunt gekleideten Damen überfüllt. Apolonia blieb eine Weile im Kreis der Dichter stehen; dann wurde einer nach dem anderen fortgeschwemmt, von einer Menschentraube zur nächsten, von einem Wangenkuss und leichten Wort zum anderen. Am Ende kam jeder beim Büfett an, wo wieder ein bekanntes Gesicht erspäht und mit mehr Sekt angestoßen wurde. Auf der Tanzfläche amüsierten sich die jüngsten und ältesten Gäste.

Als Apolonia auf die große Wanduhr blickte, war es bereits elf Uhr. Etwas abseits stand Elias Spiegelgold mit seinen Kollegen, am anderen Ende der Halle hielt Nevera Hof, umzingelt von einigen Damen und Dichtern. Apolonia entdeckte auch zwei Journalisten und den Redakteur des *Stadtspiegels*, die auf dem Weg zum Büfett auf sie zukamen. Mit dem Redakteur hatte sie bereits ein paar Worte gewechselt und war nun in keiner Stimmung, noch ein Gespräch anzufangen. Unbemerkt bewegte sie sich durch die Menge fort.

All die lachenden Menschen kamen ihr plötzlich so leer vor. Unter ihrer Schminke und ihren teuren Kleidern und dem Zigarrenqualm waren sie nackt, gesichts- und geistlos. Bekämpften sie für diese Leute den Treuen Bund? War wirklich alles nur dafür… Bewusst brach Apolonia diese Gedanken ab. Manchmal hatte sie Angst, dass diese verfluchten Zweifel angelesene Gedanken von dem Mädchen Loreley waren.

Wo war eigentlich Morbus? Sie hatte ihn zuletzt mit Nevera tanzen gesehen; danach hatte Elias Spiegelgold ihn abgelöst und war bis jetzt an der Seite seiner Frau geblieben.

Apolonia strich durch den Saal und hielt nach Morbus Ausschau, doch er war nirgends zu entdecken. Sie stellte ihr Glas auf dem Tablett eines Dieners ab und verließ das Fest.

Der fröhliche Lärm klang im Korridor gedämpft. In den Schatten eines Türbogens verbargen sich zwei kichernde Gestalten. Apolonia ging etwas schneller. Dann erspähte sie die Tür zum Esszimmer, die einen Spalt geöffnet war. Mattes Licht fiel in den Korridor hinaus. Langsam schob Apolonia die Tür auf. Ein hohes Feuer flackerte im Kamin, ansonsten war kein Licht im Raum. Neben der Tür zum angrenzenden Salon spielte ein Grammofon einen trägen, schräbbeligen Walzer. Im Sessel vor dem Kamin saß jemand. Apolonia ging um den Tisch herum, um die Person zu sehen, und blieb neben dem Grammofon stehen. Morbus ließ sich nicht anmerken, ob er sie wahrgenommen hatte. In der linken Hand hielt er ein Glas, das bis zum Rand mit Whiskey gefüllt war. Abwesend starrte er in die Flammen.

»Jonathan?«, fragte Apolonia schließlich. »Alles in Ordnung?«

Er reagierte erst nicht; dann prostete er ihr zu und trank. Apolonia beobachtete, wie der Whiskey in seinem Mund verschwand. Er hustete.

»Auf der Flucht vor dem Fest?«, bemerkte Apolonia mit einem kleinen Lächeln.

»Flucht ist gut«, murmelte er und blickte wieder ins Feuer. »Flucht wäre gut … aber letzten Endes können wir nichts an der Jämmerlichkeit unserer eigenen Natur ändern.« Er grinste breit, als hätte er einen ironischen Witz gemacht. Trotzdem schien er gar nicht wirklich mit ihr zu reden. Dann verzerrte sich sein Grinsen zu einem Ausdruck von Abscheu.

»Wir mögen sie verbergen, hinter klugen Worten, hinter unserer Intelligenz und unserem Glanz und all den oberflächlichen Hüllen der Schönheit. Wir können für Augenblicke vergessen, wie erbärmlich wir und unser ganzes Dahinleben sind. Wir können die Wahrheit schönreden. Sagen, dass die Liebe der Sinn aller Gefühle ist. Aber Liebe ist ein wildes Kraut, das auf dem Misthaufen Gehirnimpuls und Trieb wächst. Liebe!« Er stieß ein Grunzen aus und schwenkte sein Glas Richtung Feuer. Whiskeyspritzer landeten im Kamin und die Flammen fauchten auf. »Jede Hasenmutter empfindet Liebe für ihr Gezücht, daran ist nichts Magisches und schon gar nichts von höherem spirituellen Wert.« Er sank in seinen Sessel zurück, plötzlich sehr erschöpft, fast hilflos. »Wir können verdrängen, wie wenig Kontrolle wir über unser instinktgetriebenes Wesen haben, ja. Sehr gerne. Immer neue, faszinierende, sinnlose Entdeckungen und Beweise unserer Genialität sollen darüber hinwegtäuschen, dass in Wirklichkeit weder Logik noch Verstand bestimmen können, was uns bewegt. Letzten Endes ist die Wahrheit unumstößlich: Wir sind nicht besser und nicht schlechter als ein Hund oder eine Kakerlake. Hast du schon mal einen Hund geschlagen? So, auf den Kopf? Oder eine Kakerlake zertreten, die mit ihren kleinen, kleinen Beinchen vor dir flüchten wollte, mit vergeblicher, panischer, ekelhafter Hektik?«

Apolonia wusste nicht, ob er eine Antwort erwartete, denn er starrte noch immer in die Flammen. Dann legte er eine Hand ans Ohr, als lausche er in den Kamin. Ein Schauder jagte ihr den Rücken hinab. Was tat er da?

»Ach ja, das hast du? Dann kannst du dasselbe auch mit einem Menschen machen. Da ist kein Unterschied. Nur hier und da eine kleine anatomische Differenz.« Er grinste und horchte wieder nach dem Feuer. »Und die Schönheit? Ah, die Schönheit! Nur der Mensch kennt die Vorstellung von Schönheit, das macht ihn also zu etwas Besonderem. So, so.« Er kicherte und trank noch einen Schluck.

»Jonathan …«, begann Apolonia. Er benahm sich nicht wie ein Betrunkener.

Sein Lächeln fiel ihm von den Lippen. »Aber alle Schönheit auf der Welt ist nur darauf ausgerichtet, unsere widerlichen Instinkte zu erwecken. Etwas anderes würde nie als Schönheit funktionieren! Und die Kunst …«

Apolonia stand wie festgefroren da. Aus seiner Westentasche zog Morbus eine Pistole und strich geistesabwesend mit dem Lauf über die Armlehne.

»… die Kunst wird am meisten verehrt. Dabei missbraucht sie die höchste Genialität des Menschen dafür, den niedrigsten Trieb zu stimulieren … Aber deshalb habe ich damals dem Jungen alles genommen. Der Junge war ein guter Versuch.« Noch immer strich er mit dem Revolver über die Armlehne, als streichle er ein Kätzchen.

»Welcher Junge?«, fragte sie stockend.

Morbus wandte ihr das Gesicht zu. Zum ersten Mal schien er sie wirklich anzusehen. Der Pistolenlauf richtete sich auf seine Brust. »Bei ihm ging es mir nicht darum, wahre Gefühle und Erinnerungen zu gewinnen. Ich wollte die ewigen Regeln der Schönheit brechen. Er, der Junge, war mir wichtiger als das Blutbuch, das ich aus ihm schuf. Ich habe all den stinkenden, räudigen Dreck der Natur aus ihm herausgewaschen. Ich wollte einen Menschen schaffen, der keine Gefühle hat. Einen Menschen, der vollkommen leer ist und rein wie ein unbeschriftetes Blatt Papier. Er – er ist ein höheres Wesen, dieser kleine Rotzbengel. Er ist uns allen überlegen, denn er ist an nichts gebunden und kennt kein Diktat der Natur, das sein Hirn in Ketten legt. Ich habe den ersten unschuldigen Menschen der Welt geschaffen.«

Apolonia starrte ihn an. Er rieb sich mit der Pistole die

Schläfe. »Und dabei hat sich herausgestellt, dass er ohne den Dreck nicht sterben kann und kein echter Mensch mehr ist! Das heißt, das Einzige, was uns zu Menschen macht, ist ebendieser widerliche Dreck. Keine Intelligenz. Keine sagenhafte Verbindung zu Gott und der Herrlichkeit. Jeder idiotische Geisteskranke und jeder boshafte Mörder ist mehr ein Mensch als der unschuldige, reine Junge Marinus. Ernüchternde Feststellung, nicht wahr?«

Bebend erwiderte Apolonia: »Ich dachte, wir... schreiben die Blutbücher nur wegen des Treuen Bunds. Um ihn auszuschalten.«

Ein Lächeln flog über sein Gesicht, flüchtig wie ein Lichtstrahl, und der Lauf der Waffe glitt wieder zu seinem Herzen hinab. »Es geht um die Unschuld. Ach, immer geht es um die Unschuld! Der einzige Traum, der hinter allen, allen Menschenträumen steckt! Hast du das nicht begriffen? All das menschliche Ungeziefer... wir reinigen sie von der Jämmerlichkeit ihrer Menschenexistenz, machen sie unschuldig. Und die Exkremente, die dabei hervorgehen – ja, die empfinden wir als so lieblich und schön, dass wir sie lieben wie uns selbst.«

»Aber es geht doch um die Mottengaben«, beharrte Apolonia. »Es geht in erster Linie um die Mottengaben. Nicht wahr?«

Morbus kippte sich den Rest des Whiskeys in den Mund und warf das Glas nach dem Grammofon. Scherben klirrten, die Schallplatte brach und der Walzer verstummte. Apolonia zuckte vor Schreck zusammen, doch Morbus lehnte sich so entspannt zurück, als höre er erst jetzt süße Musik.

»Ah, Frédéric Chopin. Wunderschöner Dreck. Bitte lass mich alleine«, sagte er sanft. »Ich ertrage die Emotionalität in deiner Stimme nicht.« Seine Arme glitten schlaff von den Lehnen, seine Faust öffnete sich und die Pistole fiel zu Boden. Einen Moment stand Apolonia da, ohne sich regen zu können. Dann trat sie rasch näher, hob die Pistole auf und ging aus dem Zimmer. Erst als sie die Tür hinter sich geschlossen und den Korridor zur Hälfte hinter sich gebracht hatte, begann sie zu laufen.

Inzwischen hatten sich die Gäste auf der Terrasse versammelt, um das Feuerwerk zu sehen. Ein Diener reichte Apolonia ihren Mantel, als sie nach draußen wollte, und sie ließ die Pistole unauffällig in die Tasche gleiten. Sie musste unbedingt mit Nevera sprechen. Ob sie wusste, dass Morbus dabei war, den Verstand zu verlieren?

Verstört drängte sich Apolonia durch die Menge und umschiffte Diener mit Häppchen und Champagner. Erinnerungen an ihren Vater durchzuckten sie. Am Abend vor dem Brand hatte sie mit ihm gegessen und normal gesprochen, am nächsten Morgen, läppische zehn Stunden später, war er verrückt gewesen. Sie hatte ihn in den Minuten verloren, in denen sie friedlich in ihrem Bett geschlafen hatte. Was, wenn Morbus wie er … Was, wenn der TBK dahintersteckte? Vielleicht hatten sie nicht nur den Brand gelegt, sondern auch noch mit Mottengaben nachgeholfen, um den Geist ihres Vaters für immer zu zerrütten. Und wenn sie dasselbe mit Morbus gemacht hatten?

Apolonia fühlte sich trotz der winterlichen Kälte fiebrig. Wo war Nevera? Rings um sie begannen die Leute, die letzten Sekunden vor dem neuen Jahr zu zählen.

Zehn!

Neun!

Acht!

»Nevera!«, rief Apolonia, als sie ihre Tante und ihren Onkel von Bekannten umringt entdeckte. Sie drängte sich zu ihnen vor.

Vier!

Drei!

Zwei!

Eins!

Die Raketen zischten los und plötzlich war der Himmel in gleißendes Licht getaucht. Donner erscholl und die Menschen jubelten. Im Gewitter der Feuerwerke erspähte Nevera Apolonia endlich, zog sie zu sich heran und gab ihr zwei Wangenküsse. »Alles Gute im neuen Jahr!«

»Danke, dir auch …«

»Alles Gute«, sagte Elias Spiegelgold und küsste Apolonia links und rechts.

»Wo ist Jonathan?«, fragte Nevera und sah sich nach allen Seiten um.

»Ich muss mit Ihnen sprechen …«, begann Apolonia, doch schon hatte Nevera sich umgedreht und tauschte Glückwünsche mit ihren Freunden aus. Unruhig wandte Apolonia sich zum Feuerwerk. Funken rieselten aus der Dunkelheit und beleuchteten das Anwesen wie silberne Tränen, die in ein Meer aus Tinte fallen. Flüchtig umzeichnete die zitternde Helligkeit die Bäume und ließ sie wieder verschwinden. Und da – da glaubte Apolonia eine Gestalt zu sehen. Sie stand am Rand des Wäldchens und blickte zum Fest herüber. Im nächsten Moment war sie wieder fort.

Apolonia machte die Augen schmal. Konnte es sein? Mit stockenden Schritten ging sie an den Rand der Terrasse. Eine Weile beobachtete sie den Waldrand, doch es ließ sich nichts Ungewöhnliches feststellen. Dann gab sie sich einen Ruck und fasste Mut. Die fröhliche Menge blieb hinter ihr zurück, als sie die steinernen Treppen zum Garten hinabstieg. Der Wald zuckte im bunten Lichterglanz. Es war ganz offensichtlich. Und wenn schon nicht Apolonias Verstand ihr sagte, dass die Motten des Treuen Bunds hier waren und etwas mit Morbus angestellt hatten, so sagte es ihr ihre Intuition.

Während sie durch die dünne Schneedecke auf die Bäume zuging, zog sie unauffällig die Pistole aus der Manteltasche. Nur für den Fall, dass ihre Mottengaben nicht ausreichten.

Im Wald war es stockfinster. Für Sekunden sah Apolonia die Tannen und Fichten in gleißendes Feuerwerksgrün getaucht, dann wieder war alles schwarz. Vorsichtig ging sie weiter. Schneekrusten knirschten unter ihren feinen Schuhen. Wieder donnerte es, ein Regen aus Lichtern schwebte vom Himmel. Apolonia sah auf. Die Kronen der Bäume wiegten sich im leichten Nachtwind, als wollten sie sich zu ihr herabbeugen und sie verschlingen. Ein Zweig brach. Apolonia drehte sich um. Im rasch verblassenden Feuerwerk sah sie Vampa zwischen den Fichten hervortreten.

Das Haar hing ihm wirrer denn je ins Gesicht. Seine Kleider waren zerrissen. Weiß wie der Schnee waren sein Gesicht und seine Fäuste, schwarz wie der Wald seine Augen. Apolonia wollte instinktiv einen Schritt zurückgehen, doch sie zwang sich, fest stehen zu bleiben. Wie in einem Traum nahm sie wahr, dass sie die Pistole auf ihn richtete.

Vampa regte sich nicht. Er schien die Waffe gar nicht zu bemerken und starrte nur Apolonia an.

»Wo sind die anderen?«, fragte sie und warf einen Blick nach links und rechts. Nichts, sie konnte nichts erkennen. »Wie viele sind hier? Antworte!«

Er holte zitternd Luft und machte einen Schritt auf sie zu. »Ich… das Licht auf deinen Haaren… du bist schön.« Er streckte die Hand aus und schien ihr Gesicht in der Luft mit den Fingern zu umfahren. »Ich weiß es. Ich, ich kann es sehen. Ich kann's *fühlen,* Apolonia! Du – du bist schön.« Er kam noch einen Schritt auf sie zu, tapsig wie ein Schlafwandler, dann noch einen.

Apolonias Hände bebten, als sie die Pistole entsicherte. »Bleib stehen«, befahl sie schrill.

Vampa legte leicht den Kopf schief, als verstünde er nicht, was die Waffe sollte. »Ich kann nicht sterben.«

»Aber du hast Schmerzen! Du wirst dir wünschen, du könntest sterben, wenn du noch näher kommst. Ich werde dir die Augen herausschießen und –«

»O Gott, Apolonia«, flüsterte er und keuchte, als hätte er tatsächlich Schmerzen. »Wenn du mich so ansiehst ... verstehst du nicht, dass ich es jetzt fühlen kann?«

»Bleib weg!«, schrie sie.

»Hab keine Angst vor mir! Ich könnte dir niemals wehtun. Ich fühle ... ich liebe ...«

»Aber du bist tot!«

Er blieb stehen. Die letzte Rakete sauste in der Ferne in den Himmel und zersprang mit glitzernden Tentakeln. Ihr Licht ließ die Tränen in Vampas Augen glänzen. »Nicht nur ich bin tot. Viele ... viele Menschen sind tot, aber sie wissen es nicht. Ich bin kein Mensch, und doch weiß ich jetzt, was Liebe bedeutet. Und du? Du hast Angst davor. Du verschließt dein Herz aus Angst, jemand könnte es berühren.« Er schloss die Hände zu Fäusten und keuchte. Seine Stimme war nicht mehr leer. Nicht tot. Sie war voller Verzweiflung. Und das erste Mal seit neun Jahren – vielleicht das erste Mal überhaupt – war seine Stimme wunderschön. »Mein Leben ist in einem Buch gefangen, aber es gibt Menschen, die sperren das Leben freiwillig aus ihrem Herzen – ich bin nicht der Einzige! Es gibt viele lebende Tote, du siehst sie jeden Tag, überall. Ich sehe sie.« Stockend kam er näher. »Ich sehe dich ...«

Apolonia hatte nicht gemerkt, dass sie wie festgefroren dastand, bis er auf sie zukam. Dann tat sie etwas, das sie erst begriff, als sie es getan hatte: Sie hob die Pistole und hielt sich den Lauf an die Schläfe. Vampas Augen weiteten sich vor Schreck.

»Du meinst, ich bin wie du«, sagte sie schwankend. »Dann finde doch heraus, ob ich ein lebender Toter bin.«

Er regte sich nicht.

»Du bist festgenommen«, sagte Apolonia. »Und du wirst mich zum Treuen Bund führen.«

Manche Gäste stießen erschrockene Schreie aus, als Apolonia mit Vampa vor dem Pistolenlauf auftauchte. Eine Dame ließ ihr Champagnerglas fallen, und ein Mann hielt den Lärm für einen Schuss, woraufhin auf der linken Seite der Terrasse Tumult ausbrach. Einer der geladenen Journalisten hatte seinen Block und Stift gezückt und schrieb, ohne den Blick von Apolonia und ihrem Gefangenen zu wenden.

»Keine Panik«, rief Apolonia. Ihre Stimme klang sehr viel gefasster, als sie sich fühlte. Die Menge machte ihr Platz, als sie Vampa ins Haus führte. Nevera und Elias Spiegelgold kamen auf sie zu.

»Der Junge!«, zischte Nevera und sah sich blinzelnd in alle Richtungen um.

»Er wird uns zum Versteck des Treuen Bunds führen«, sagte Apolonia. »Ruft die Polizei, sie sollen einen Trupp bereitstellen und uns in der Stadt erwarten. Wir brauchen ein Automobil und einen Fahrer!«

»Wir nehmen den Wagen von Jacobar«, sagte Nevera. »Wo ist Morbus?«

Sie hatten die Eingangshalle erreicht. Hier waren sie außer Sicht- und Hörweite der Gäste. Mit unverhohlener Abscheu betrachtete Nevera Vampa.

»Treib ein Seil auf, damit wir ihn fesseln können«, befahl sie Elias. »Ich gehe und suche Jonathan.«

»Nein«, sagte Apolonia. »Er ist… es geht ihm nicht gut. Ich glaube, Vampa ist eingebrochen und hat ihm etwas angetan, ich weiß nicht, was. Er hat merkwürdige Dinge gesagt. Er sollte hierbleiben.«

Ein kaltes Leuchten lag in Neveras Augen. Dann nahm sie

Apolonia die Pistole aus der Hand und schlug Vampa mit aller Macht auf den Kopf. Er sackte in die Knie.

»Wa– nicht!«, rief Apolonia erschrocken. »Er muss uns doch den Weg zeigen!«

»Er ist nicht bewusstlos.« Nevera ließ die Pistole wieder in Apolonias Hand fallen. »Wenn er wieder ganz bei sich ist, verpass ihm noch einen Schlag. Bis wir in der Stadt ankommen, brauchen wir ihn nicht bei Bewusstsein.« Sie schnippte mit den Fingern und bedeutete einem Diener, er solle sich um Vampa kümmern. »Trag ihn in Jacobars Wagen. Apolonia, bewache ihn. Jonathan und ich kommen nach.«

Damit lief sie in den Gang zurück. Nach kurzem Zögern folgte Elias ihr.

Apolonia umklammerte mit heißen Fingern die Waffe, während der Diener Vampa hochzog und ihm hinaushalf. Als er auf der Rückbank des Automobils lag, sperrte Apolonia die Türen ab und befahl dem Diener, Wache zu halten. Dann lief sie zurück ins Haus. Morbus durfte in seinem jetzigen Zustand nicht mitkommen. Vielleicht würde der entscheidende Kampf, der nun bevorstand, nur bewirken, dass er so verwirrt blieb … Sie rannte in den Flur. In einem nahen Zimmer hörte sie jemanden streiten.

»Ich lasse das nicht länger zu!«, rief eine männliche Stimme – die Stimme von Elias Spiegelgold. »Sieh mich an! Hör auf damit – ich lasse nicht mehr zu, dass du …«

Apolonia blieb vor der offenen Tür stehen. Nevera, die gerade in ihrer Tasche gewühlt hatte, wandte sich zu Elias um und hielt ihm ein Papier vors Gesicht. Augenblicklich verstummte er. Ausdruckslos sah er das Papier an, als wäre er mit offenen Augen eingeschlafen.

»Sei schön brav«, flüsterte Nevera. »Nichts, was ich tue, soll angezweifelt werden.«

»Nichts, was du tust … soll angezweifelt werden«, wiederholte Elias mit einer merkwürdigen Erschöpftheit. Er sah aus, als wäre ihm übel.

»Fein. Dann setz dich hin und warte auf meine Rückkehr, Liebling.«

Apolonias Herz gefror zu einem Eisklumpen. Neveras Flüstern rief eine merkwürdige, bizarre Erinnerung in ihr wach; sie empfand ein Gefühl von Angst und Spannung, das sie ganz deutlich kannte, aber nicht zuordnen konnte. Wo hatte sie Nevera nur so flüstern gehört?

»Apolonia.«

Sie fuhr herum – Morbus stand vor ihr.

»Ich habe schon erfahren, was passiert ist.« Er nahm sie am Arm und führte sie den Korridor zurück und die Treppe hinab. Forschend sah sie ihn an. Sein Gesicht gab nichts von seinen Gedanken preis.

»Wie fühlen Sie sich?«

Er lächelte flüchtig und erwiderte ihren Blick, ohne stehen zu bleiben. »Ein wenig ärgerlich, dass der TBK mein Fest gestört hat; ein wenig aufgeregt, weil wir sie nun aufstöbern werden. Und ich bin beeindruckt, dass du den Jungen in deine Gewalt bringen konntest. All meine Dichter zusammen haben es damals nicht geschafft.«

Nichts von seiner eigenartigen Stimmung von vorhin war mehr erkennbar. Er hatte lediglich eine Alkoholfahne und seine Augen wirkten noch träger als sonst.

»Er ist der unschuldige Junge, nicht wahr?«, flüsterte Apolonia, als sie die Haustür erreichten. »Vampa ist der Junge, von dem Sie eben gesprochen haben.«

Morbus blieb stehen und sah sie lange an. »Das ist jetzt nicht wichtig. Heute Nacht finden wir den TBK, danach reden wir über die Dichter.«

Sie traten hinaus und setzten sich links und rechts neben Vampa, der den Kopf hängen ließ und halb ohnmächtig war.

Morbus nahm Apolonia die Pistole ab – sie zögerte erst, sie ihm zu geben –, dann richtete er den Lauf locker auf Vampa, räusperte sich und wartete auf Nevera.

Sie erschien kaum eine Minute später, in eine weiße Pelzstola gehüllt, und nahm auf dem Beifahrersitz Platz. Jacobar eilte hinter ihr her und setzte sich ans Steuer. Sie fuhren los. Als Apolonia einen Blick in den Rückspiegel warf, sah sie, dass die Dichter ihnen in zwei weiteren Wagen folgten. Sie zog zitternd die Luft ein.

Die Dunkelheit flitzte an den Fenstern vorbei, der schneebedeckte Weg verwandelte sich im Licht der Scheinwerfer in eine ferne Strömung, die irgendwo tief unter ihnen fortriss.

»Wir werden Collonta kriegen, ich fühle es«, sagte Nevera, die mit starren Augen nach vorne blickte. »Apolonia wird die Prophezeiung erfüllen. Und dann steht uns nichts mehr im Weg.«

Morbus saß gelassen da, die Waffe auf Vampa gerichtet, als wäre sie so harm- und belanglos wie ein Stift, und betrachtete Neveras Nacken. In der Dunkelheit mochte Apolonia sich irren, doch sie glaubte zu sehen, wie er eigentümlich lächelte.

Nacht der Motten

Als sie die Stadt erreichten, herrschte reges Leben auf den Straßen. Fröhliche Menschen riefen sich Glückwünsche fürs neue Jahr zu, tranken miteinander und küssten sich und überall hallte das Heulen von Feuerwerk wider. Vampa war so weit zu sich gekommen, dass er Jacobar einsilbige Anweisungen geben konnte, wohin er fahren sollte. Dabei sah er immer wieder Apolonia aus den Augenwinkeln an, auf der Suche nach Mitleid oder zumindest irgendeiner anderen Gefühlsregung. Apolonia war so weit vor ihm zurückgewichen, wie es auf der Rückbank ging, und versuchte, ihn zu ignorieren. Wieso benahm er sich so eigenartig? Wenn Morbus ihm wirklich alles genommen hatte, sollte er eigentlich nicht sagen können, dass er sie liebte. Er sollte gar keine Gefühle haben, und schon gar nicht für sie! Apolonia presste die Augen zu. Sie wusste gar nicht mehr, was sie denken und tun sollte. So oft hatte sie widersprüchliche Dinge gehört und Verrücktheit erlebt, dass sie selbst schon ganz durcheinander war. Ihre Überzeugung von der Gerechtigkeit ihres Kampfes gegen den TBK hatte sie längst verloren, irgendwo im Chaos der Stimmen, die sie auf verschiedene Seiten riefen. Trotzdem würde sie den TBK vernichten. Sie war zu weit gegangen, um nun stehen zu bleiben. Es gab kein Zurück. An dem Tag, an dem sie eine Dichterin geworden war, war sie in besserer Verfassung für eine Entscheidung gewesen als jetzt. Sie würde ihrem Beschluss von damals mehr trauen als den Zweifeln der Gegenwart.

Sie erreichten das Polizeipräsidium. Eine Einheit von gut hundert Mann wartete bei den Automobilen. Jacobar hielt an und stieg aus. Eiligen Schrittes kam er auf den Inspektor zu, der ihn misstrauisch beäugte. Jacobar zog ein Stück Papier aus seiner Westentasche.

»Keine Sorge«, sagte Morbus, als Apolonia zu einer Frage anhob. »Wir haben eine Kleinigkeit vorbereitet, damit die Polizei uns gehorcht und nicht zu viele Fragen stellt.«

Durch das Fenster beobachtete Apolonia, wie Inspektor Bassar das Papier las, das Jacobar ihm vorhielt. Die beiden Männer standen sich reglos gegenüber; dann drehte Bassar sich zu seinen Kommissaren um und bedeutete ihnen mit einem Wink, in die Wagen zu steigen. Jacobar lief zurück und stopfte das Papier eilig wieder in seine Tasche.

»Was stand drauf?«, fragte Apolonia leise, als sie losfuhren. Die Polizeiwagen folgten ihnen wie dreißig stumme Schatten durch die Straßen.

»Jonathan Morbus gehört unser Gehorsam«, murmelte Nevera. Im Rückspiegel sah Apolonia, dass ihre Tante in sich hineinlächelte. Morbus schien gar nicht hinzuhören und drückte stattdessen Vampa den Revolver ans Ohr. »Also, wo ist der TBK?«

»Im Untergrund«, erwiderte Vampa tonlos.

»Und der Eingang?«

Vampa blickte unruhig zwischen Morbus und Apolonia hin und her. »Was wirst du mit Tigwid machen?«

»Wo ist der Eingang?«, wiederholte Morbus. Apolonia starrte aus dem Fenster. Da hob Vampa matt den Arm und deutete nach vorne. »Gleich hier um die Ecke ist ein Eingang.«

Als sie das leere Haus am Ende der Straße betraten und unter dem Kanaldeckel eine Leiter fanden, nahm Bassar seine Melone ab.

»Der Untergrund … es gibt ihn wirklich.«

»Schicken Sie Ihre Männer los«, befahl Morbus. Bassar starrte ihn erst an, dann nickte er zerstreut und schickte seine Kommissare und deren Männer hinab. Mebb trat dicht neben Bassar.

»Was ist mit Ihnen los?«, flüsterte sie. »Ich dachte, Morbus ist …«

»Wir tun, was er sagt«, erwiderte Bassar, und seine Finger verkrampften sich um seinen Hut. Dann setzte er sich die Melone wieder auf und fasste Mebb am Arm. »Kommen Sie. Ich gehe vor.«

Apolonia, die Dichter und Nevera blieben mit Vampa zurück und warteten, bis die Polizisten hinabgestiegen waren. Die Echos, die zu ihnen heraufdrangen, ließen erahnen, wie groß der Raum unten sein musste. Als alle Männer unten waren, stiegen auch sie hinab.

Die Lampen der Polizisten erhellten einen Kanal, der sich zu beiden Seiten in Finsternis verlor. Die Dichter drängten sich mit Vampa bis nach vorne zu Inspektor Bassar. Dann übernahm Vampa die Führung. Als sie eine Viertelstunde unterwegs waren, sagte Morbus zum Inspektor: »Ich denke, wir brauchen mehr Männer. Noch wissen wir nicht, was uns erwartet. Je mehr wir sind, desto besser.«

Bassar zögerte einen Moment, dann drehte er sich zu Mebb um. »Sie haben gehört. Fahren Sie, so schnell Sie können, zum Präsidium zurück und organisieren Sie noch zwei Trupps. Dann kommen Sie wieder her.«

Mebb blähte die Nasenflügel. »Wenn Sie meinen, Herr Inspektor …«

Sie setzten ihren Weg fort. Vampa ging ihnen voran. Nur

die verzweifelten Blicke, die er Apolonia über die Schulter zuwarf, verrieten, dass er sich seines Gefolges noch bewusst war.

Es ging endlos scheinende Steintreppen hinab. Die Polizisten staunten nicht schlecht über die Gewölbe und Hallen – direkt unter ihren Füßen hatte all die Zeit über eine Welt existiert, von der sie nicht die leiseste Ahnung gehabt hatten. Ein wahres Labyrinth aus Gängen erstreckte sich vor ihnen, manche niedrig und schmal wie lang gezogene Särge, andere meterhoch wie die Flure eines versunkenen Palasts. Vampa führte sie zielsicher weiter. Bei der Kreuzung mehrerer Wege begegneten sie das erste Mal Menschen.

Eine Bande von Räubern war gerade dabei, die Beute aufzuteilen. Der Anblick der riesigen Polizeieinheit traf sie wie ein Schlag; nur einer versuchte zu fliehen und wurde angeschossen, die anderen ergaben sich freiwillig.

Bald wurden die Begegnungen zwischen Verbrechern und Polizisten häufiger und sie fielen blutiger aus. Die Nachricht, dass der Untergrund entdeckt worden war, verbreitete sich durch die Kanalschächte und Katakomben wie Wasser, das sich unbemerkt seinen Weg bahnt. Als Mebb und die neuen Truppen sie einholten, waren alle erleichtert, dass sie rechtzeitig Unterstützung bekommen hatten. Inzwischen hatten sie mehrere Gefangene gemacht. Als ein paar Polizisten flüchtenden Banditen nachrennen wollten, rief Bassar sie energisch zurück. »Wir sind wegen des TBK hier. Die Zerstörung des TBK ist unser Hauptanliegen. Bleibt alle zusammen!«

Morbus nickte Apolonia heimlich zu. Sie starrte den Inspektor an, doch nichts an ihm verriet, dass er manipuliert worden war. Sie schluckte und konnte Morbus' vertrauenswürdiges Lächeln nicht erwidern.

Bald erreichten sie eine Weggabelung: Vier Stollen lagen vor ihnen, erhellt von Lampen, die immer wieder an- und ausflackerten. Vampa blieb stehen, die Schultern gesenkt, und drehte sich zu Apolonia um.

»Hier lebt Tigwid mit seinen Freunden.«

Morbus trat vor. »Inspektor, ich schlage vor, dass Sie Ihre Männer aufteilen und in jeden dieser Gänge schicken. Die Terroristen sollen nicht getötet werden. Ich schlage vor, dass wir sie auch nicht zur Wache bringen, sondern nach Caer Therin, zu meinem Anwesen. Dort sind die Sicherheitsvorkehrungen genau dem TBK angepasst.«

Ein widerwilliges Zucken glitt über Bassars Gesicht. Dann befahl er seinen Kommissaren, was Morbus vorgeschlagen hatte. Apolonia, Nevera und die Dichter blieben bei Vampa stehen, als die Polizisten in die vier Stollen liefen.

»Heute Nacht ... heute Nacht werden wir ihnen alle Gaben nehmen und den Treuen Bund für immer vernichten.« Nevera trat neben Apolonia und griff ihr mit zitternden Fingern in die Schulter. »Mach dich darauf gefasst, die ganze Nacht hindurch Blutbücher zu schreiben. Und morgen, wenn der Tag anbricht, sind wir die mächtigsten Menschen der Welt.«

Vampa beäugte Nevera aus den Augenwinkeln; dann ergriff er plötzlich Apolonia an den Händen und rief: »Apolonia, die –«

Morbus holte aus und schlug ihm dreimal mit der Pistole gegen den Kopf, bis er zusammensackte und reglos liegen blieb. Apolonia schnappte nach Luft.

»Sie bleiben doch immer gefährlich«, sagte Nevera verächtlich und legte einen Arm um Apolonia.

Endlich konnte sie ihren Blick von Vampa losreißen. Schweigend starrte sie in die Stollen. Lichter und laute Stimmen drangen aus der Ferne zu ihnen. Dann fiel der erste Schuss. Sie zuckte vor Schreck zusammen.

»Ich muss es sehen«, sagte sie und deutete überflüssigerweise in die Gänge. »Ich will den Kampf sehen und mit meinen Gaben eingreifen, wenn nötig.«

»Lieber nicht, Apolonia…«, mahnte Morbus. Nevera sah sie wortlos an.

»Ich bin gleich zurück.« Apolonia drehte sich um und ging in einen der Gänge. Die Lampe knisterte und flimmerte. Für Sekundenbruchteile war alles stockfinster. Als sich Apolonia noch einmal umdrehte, war sie bereits außer Sichtweite der Dichter. Irgendwo ganz nah fielen Schüsse. Schweiß trat ihr auf die Stirn. Sie fühlte sich, als würde sie auf Watte laufen. Was suchte sie überhaupt? Die Antwort lag irgendwo tief in ihr vergraben und vielleicht wollte sie sie gar nicht hören.

Der Gang mündete in eine kleine Steinhalle. Nur das ferne Licht der Gänge, die von hier abzweigten, und die Lampen der Polizisten brachten Helligkeit ins Dunkel. Ein Gefecht war im Gange. Gestalten wurden von den Blauröcken zu Boden gedrückt und in Handschellen gelegt. Hier und dort geschahen eigenartige Dinge mit Polizisten: Manche ließen ihre Pistolen schmerzerfüllt fallen, stolperten drei Meter zurück oder rutschten wie von unsichtbaren Mächten gepackt über den Boden. Apolonia lehnte sich an die modrige Wand und bewegte sich unauffällig auf einen der Gänge zu, ohne den Kampf aus den Augen zu lassen. Eine Kugel bohrte sich direkt neben ihr ins Gestein und sie huschte das letzte Stück in den Gang. Das Echo ihrer raschen Schritte jagte sie voran. Finstere Öffnungen zogen links und rechts vorbei. Überall glaubte sie Gestalten zu sehen, doch es waren nur ihre eigenen Schatten, die bleich und durchsichtig an den Wänden vorbeihetzten. Der Gang wurde immer schmaler. Dann machte er eine Biegung und endete in einer Sackgasse. Im Näherkommen erkannte Apolonia, dass eine Tür in die Wand eingelassen war. Vorsichtig zog sie sie auf.

Vor ihr war eine Holzwand. Nein… nein, es war die Rückseite eines Möbelstücks, eines Regals. Apolonia fuhr mit den Fingern in eine Kerbe an der Seite und schob die Holzwand zur Seite.

Licht strömte ihr entgegen. Sie betrat ein rundes Zimmer, das von Bücherregalen bedeckt war. Sie blickte empor. Über ihr verloren sich die Regale in Finsternis, keine Decke war zu sehen. Ein Schreibtisch füllte die Mitte des Raumes aus, auf dem lauter seltsame, tickende und schwingende Apparaturen standen. Apolonia kam näher. Das hier war eindeutig das Zimmer einer Motte. Die Runenkarten – das Pendel – die Sanduhr, die sich von selbst umdrehte – das alles kannte Apolonia von ihrer Mutter. Ferne Erinnerungen berührten sie. Es roch sogar nach etwas, das sie aus ihrer Kindheit kannte – ein feiner Duft nach Wüstenerde, nach Rauch und schwersüßen Blüten mischte sich mit dem staubigen Aroma alter Bücher. Ohne dass sie es verhindern konnte, sog sie tief die Luft ein und schloss die Augen. Als sie ausatmete, klang es wie ein zittriges Seufzen.

»Hallo, Apolonia.«

Sie fuhr herum, jeden Muskel gespannt.

Im Raum standen ein alter Mann mit wirrem weißem Haar, der sich auf einen Gehstock stützte, und ein apathisch wirkendes Mädchen. Das Herz schlug Apolonia bis zum Hals, als sie Loreley wiedererkannte. Sie streckte die Hände aus und griff den Mann an.

Er hielt seine Handfläche gegen den Energiestoß. Sein Gesicht zuckte; dann machten seine Finger eine rasche Bewegung und der Angriff verpuffte. Bücher flogen aus den Regalen und stürzten auf den Mann herab. Doch kurz über seinem Kopf machten sie eine abrupte Bewegung, als würden sie an einem unsichtbaren Dach abprallen, und fielen rings um ihn zu Boden.

»Hör auf damit, Apolonia. Ich bitte dich.«

Apolonia wich hinter den Schreibtisch. »Ich weiß, wer Sie sind! Sie sind Erasmus Collonta, der Anführer des Treuen Bunds!«

Collonta sah sie schweigend an. Apolonia starrte zurück, bis sie spürte, wie ihr Zorn und ihre Erregung allmählich schwanden. Hatte Collonta das bewirkt? Vielleicht manipulierte er sie mit seinem Blick! Aber das würde sie nicht zulassen; wie um sich selbst daran zu erinnern, sagte sie: »Sie haben meine Mutter ermordet, wegen Ihnen ist mein Vater verrückt geworden. Sie haben mir alles weggenommen …«

Collonta schüttelte den Kopf. »Das ist nicht wahr. Magdalena war eine gute Freundin von mir. Ich war bei der Hochzeit deiner Eltern. Ich war bei deinen ersten Geburtstagen dabei, Apolonia. Ich habe dir damals ein magisches Holzkästchen geschenkt, das zwei Böden hatte – darin lag eine kleine Porzellanpuppe. Als ich dir den Trick vorführte und die Porzellanpuppe im zweiten Boden verschwand, hast du angefangen zu weinen und mich geschlagen.« Collonta lachte auf und seufzte. »Magdalena hat dich so geliebt. Allein um ihretwillen würde ich dir nie Schaden zufügen.«

Ihre Hände hatten sich um die Tischkante geklammert. Sie erinnerte sich an das Holzkästchen – wie oft hatte sie früher damit gespielt und gestaunt, wenn das Püppchen darin verschwunden war … Sie hatte nicht begriffen, dass ein Trick dahintersteckte, und es immer als gutes oder schlechtes Omen betrachtet, wenn sie das Kästchen geöffnet und nachgesehen hatte, ob die süße Porzellanfigur da war oder nicht.

»Ich weiß, dass du viele Lügen gehört hast und dir die Wahrheit nun wie eine davon erscheint«, fuhr Collonta ruhig fort. »Und um ehrlich zu sein, kann ich nicht beweisen, dass ich die Wahrheit sage. Es wäre zu viel verlangt, wenn ich dich um dein Vertrauen bäte, das sehe ich ein. Aber ich möchte dich bitten, mich anzuhören. Dann kannst du entscheiden, ob du glaubst, dass Magdalena eine Dichterin war oder ob sie zum Treuen Bund gehörte.

Vor vielen Jahren war deine Mutter ein leidenschaftliches Mitglied in einer politischen Verbindung. Sie interessierte sich nicht nur für die Wissenschaft der Mottengaben – sie nahm auch aktiv an der Diskussion teil, wie man diese Gaben einsetzen könnte, um die ganze Menschheit davon profitieren zu lassen. Wir beschlossen damals, dass es das Beste wäre, wenn wir unsere Gaben der Regierung zur Verfügung stellten. Andere waren dagegen und wollten, dass wir unser Können für uns behalten, dass wir eine geheime Elite bleiben, die im Dunkeln agiert. Magdalena war die Mutigste von uns allen. Da ihr privilegierter Stand in der Gesellschaft es ihr leichter machen würde als uns anderen, die Aufmerksamkeit der Leute auf sich zu ziehen, wollte sie sich zuerst als Motte offenbaren. Doch bevor es dazu kam, wurde sie ermordet. Das alles weißt du bereits. Was du wahrscheinlich nicht weißt, ist, dass ein Teil unserer Gemeinschaft sich gegen uns verbündet hatte, um die Menschen zu manipulieren. Sie waren kurz davor, die Herrschaft an sich zu reißen. Damals hieß es handeln – sie oder wir würden triumphieren. Wir sahen die einzige Möglichkeit, die Freiheit der Menschen zu bewahren, darin, die Regierung zu übernehmen, bevor die anderen Motten es tun konnten. Das geschah vor acht Jahren. Die anderen Motten, die sich später Dichter nannten, sorgten dafür, dass unser Vorhaben missglückte, und wir wurden als Terroristen bekannt. Seitdem leben wir zurückgezogen und sind gezwungen zuzusehen, wie die Dichter sich Schritt für Schritt ihrem Ziel nähern, die Macht an sich zu reißen. Doch dann machte Bonni eine Prophezeiung, die besagte, dass eine junge Motte erscheinen und den Kampf zwischen Dichtern und Treuem Bund entscheiden würde. Diese Motte bist du, wie du weißt. Ich hätte eher darauf kommen müssen, dass Magdalenas

Tochter nicht nur ihre Gabe, sondern auch ihren Kampf weiterführen würde. In dir fließt das Blut deiner Mutter, aber auch das Blut von Nevera; so bist du an beide gebunden. Es liegt natürlich an dir, wem du folgen möchtest. Aber vielleicht sollte ich dir noch etwas mehr über Nevera sagen. Dinge, die sich vor deiner Geburt ereignet haben und von denen du nichts wissen kannst, denn Nevera hält sie gewiss geheim.« Er atmete tief durch und legte die Stirn in Falten. Dann begann er zu erzählen.

»Nevera wurde drei Jahre nach Magdalena geboren, wie deine Mutter wuchs sie in friedlichen Verhältnissen auf. Ich glaube, deine Großmutter war Klavierlehrerin – Magdalena hat mir zu ihrer Zeit manch ein Lied vorgespielt. Nevera war ein ehrgeiziges Kind, und als man ihr sagte, dass die Damen der Gesellschaft alle musizieren, übte sie sehr fleißig. Ich vermute, dass sie eine bessere Klavierspielerin war als Magdalena, die ihre Kindheitstage mehr mit Träumen als mit praktischen Dingen verbrachte. Aber Nevera wollte in allem besser sein als ihre große Schwester – sie besaß schon damals eine merkwürdige Eifersucht auf die, die ihr am nächsten standen. Als deine Mutter Alois heiratete und in höhere Kreise aufstieg, war Nevera von Neid zerfressen. Sie war damals erst fünfzehn und wohnte weiterhin im bescheidenen Haus ihrer Eltern, während Magdalena – so malte sie es sich aus – prunkvolle Feste feierte und in Luxus schwelgte. Von Anfang an hegte sie den Verdacht, dass Magdalena Alois durch ihre Mottengaben an sich gebunden hatte, und sie warf Magdalena sogar vor, ihren Mann wegen seines Geldes geheiratet zu haben. Das hat mir Magdalena selbst erzählt – ich erinnere mich, wie sie mir ihr Herz ausschüttete, denn es bedrückte sie sehr, dass Nevera sich nicht für sie freuen konnte. Ich vermute, zu dieser Zeit begann Nevera, ihre Eifersucht auf Magdalenas Mottengaben zu richten, in denen sie den

Schlüssel zum Aufstieg sah. Die vertrauensselige Magdalena glaubte Neveras Herz zu gewinnen, indem sie sie überallhin mitnahm und in die Gesellschaft einführte. So kam Nevera auch zu uns Motten. Ich erinnere mich noch daran, wie sie zum ersten Mal einem unserer Treffen beiwohnte. Sie war ein unfreundliches Mädchen, verschlossen und hochmütig aus Angst, nicht akzeptiert zu werden. Sie besaß auch kaum nennenswerte Gaben, ich hielt sie eher für recht schwach – aber um Magdalena nicht zu verletzen, behandelten wir sie alle ausnehmend freundlich. Bei diesen Treffen lernte sie Jonathan Morbus kennen.

Ach, Morbus … Professor Ferol, damals noch ein guter Freund von mir, brachte ihn eines Tages mit. Morbus war einer seiner Kunststudenten. Ferol hatte mir schon vorher erzählt, dass der junge Mann zwar aus ärmlichen Verhältnissen stamme, aber sein bester Schüler sei, und als er erfuhr, dass er außerdem eine Motte war, stieg seine Achtung vor ihm noch. Als Ferol mir Morbus vorstellte, war er ein schwieriger junger Mann Anfang zwanzig, der noch nicht recht zu wissen schien, wie er mit seinen vielen Talenten umgehen sollte; er wirkte stets zwischen großem Misstrauen und übertriebener Selbstsicherheit hin- und hergerissen. Doch sobald wir ihm zeigten, dass er in uns eine Quelle des Wissens gefunden hatte, war sein Ehrgeiz geweckt. Er entwickelte seine Gaben prächtig unter unserer Anleitung, sodass Ferols Behauptung, er habe mit Morbus ein Genie entdeckt, schon im Begriff war, sich zu bestätigen. In der Tat verwandelte sich Ferols Anerkennung für Morbus in eine tiefe Bewunderung und die beiden tauschten bald die Rollen von Lehrer und Schüler. Ferol neigte schon immer dazu, sich an Menschen zu hängen, die er als größer erachtete als sich selbst, aber das ist eine andere Geschichte.

Jedenfalls trafen sich Morbus und Nevera das erste Mal bei unseren Treffen in Magdalenas Haus. Ich habe nicht mitbekommen, wie es passierte, doch bald waren die beiden enge Verbündete. Nevera hängte sich an ihn wie eine Klette, da sie wohl irgendwo aufgeschnappt hatte, dass er ein Genie war. Morbus schien es nicht weiter zu stören. Ihm gefiel es durchaus, von Bewunderern umgeben zu sein. Wir freuten uns anfangs, dass das Mädchen endlich jemanden gefunden hatte, den es verehren konnte, denn uns anderen hatte Nevera bis jetzt nie ein Fünkchen Respekt entgegengebracht. Doch ziemlich rasch stellte sich heraus, dass es mit ihr und Morbus genau andersherum war: Aus Gründen, die ich bis heute nur erahnen kann, vergötterte Morbus sie und war ihr ganz und gar hörig. Bevor er sie getroffen hatte, war er ein Student mit der vagen Liebe zur Kunst und einem Hang zur Selbstdarstellung gewesen; nun benannte Nevera die Ziele für ihn, die unausgesprochen in seinem Herzen schlummerten. Erstmals schien er auf den Gedanken zu kommen, dass man Mottengaben einsetzen konnte, um Kunst zu schaffen. Damit hatte er den Sinn seines Lebens gefunden. Und Nevera, diesem reizlosen, hochmütigen Mädchen, hatte er den Fund zu verdanken.

Allerdings war Morbus zu dieser Zeit alles andere als wohlhabend. Ich glaube, er war der Sohn eines Schuhmachers; sein Studium hatte anfangs eine etwas besser situierte Großtante finanziert, später kam Ferol für seinen gesamten Lebensunterhalt auf. Ich vermute, dass das der Grund war, weshalb Nevera seinen Heiratsantrag einige Jahre später ablehnte. Sie träumte noch immer davon, zur feinen Gesellschaft zu gehören. Aber Morbus wollte sie auch nicht ganz aufgeben, schließlich müssen seine Gaben ihr zumindest fast so wertvoll wie Geld und große Häuser vorgekommen sein.« Collonta schüttelte mit einem traurigen Lächeln den Kopf.

»So naiv war Nevera einmal! Später ist ihr aufgegangen, dass sich durch Gaben, wie Morbus sie besitzt, weitaus größere Möglichkeiten eröffnen als durch alles Geld der Welt.

Hätte sie das schon damals erkannt, hätte sie ihn vielleicht geheiratet. Wer weiß. Aber ob Trauring oder nicht, ihre Beziehung blieb über die Jahre unverändert stark.

Als Magdalena ermordet und unser Plan verraten wurde, hätte Morbus wahrscheinlich noch mehr getan, wenn es Neveras Wunsch gewesen wäre. Was sie zusammenhielt, muss mehr als eine emotionale Bindung gewesen sein – Morbus muss geglaubt haben, dass niemand seine Gaben so zum Einsatz bringen konnte wie Nevera. Sie holte das Beste aus ihm heraus, da es auch in ihrem Interesse lag, und so blieb er ihr gegenüber bis heute in jeder Hinsicht loyal. Offenbar nicht zu seinem Schaden, schließlich sind sein jetziger Reichtum und Stand zu großen Teilen Neveras Verdienst. Ich wette, dass es ihre Idee war, den vergreisten Grafen von Therin zu manipulieren, sodass er kurz vor seinem Tod Morbus adoptierte.

Doch davor musste sie sich noch um ihren eigenen Aufstieg kümmern. Ich habe später erfahren, dass sie deinen Onkel Elias bei Magdalenas Begräbnis kennenlernte; ich selbst konnte Magdalena natürlich nicht die letzte Ehre erweisen, ich wurde als gefährlicher Terrorist gesucht, während Nevera ihren künftigen Gatten betörte. In kürzester Zeit waren die beiden liiert. Ohne Zweifel war es Nevera, die dafür sorgte, dass Elias die Todesstrafe für die beiden gefassten TBK-Mitglieder durchsetzte – ob auch Morbus seine Finger im Spiel hatte und sie mit den passenden Blutsätzen ausstattete, weiß ich nicht. Ich weiß nicht, wie er auf ihre Verlobung mit Elias reagierte. So oder so – auf lange Sicht tat auch das der Innigkeit ihrer Beziehung keinen Abbruch. Nevera muss ihn überzeugt haben, dass ihre Liaison mit Elias ein Mittel zum Zweck war, und wie immer glaubte Morbus ihr. Im Verlauf der Jahre hat er wohl selbst gemerkt, wie vorteilhaft es ist, einen angesehenen Juristen unter Kontrolle zu haben. Vielleicht ist das der Grund, weshalb sie Elias nicht längst aus dem Weg geräumt haben, als Morbus wohlhabend genug war, um Neveras Ansprüchen gerecht zu werden. Jeder andere, der ihnen in die Quere gekommen ist oder ihnen nicht mehr dienlich war, wurde sofort beseitigt.« Collonta hielt inne und dachte eine Weile über seine eigenen Worte nach.

»Es ist doch erstaunlich … nur die Zeit trennt mich von dem Augenblick, da Morbus hier neben mir stand und meine Hand auf seiner Schulter ruhte – als er mir von der Kunst erzählte und dass er selbst ein großer Künstler werden wollte. Und Nevera … wer hätte gedacht, dass aus Magdalenas kleiner Schwester, aus diesem unscheinbaren, talentlosen Geschöpf, einmal die Erzfeindin des Treuen Bunds würde? Dass sie einmal die Macht über das ganze Land an sich reißen würde?« Er schien fast mit sich selbst zu reden und ein eigentümliches Lächeln lag auf seinem Runzelgesicht. Dann sah er Apolonia an.

»Ja … mir ist bewusst, dass Nevera kurz davor ist, die Herrschaft an sich zu reißen. Ich weiß, nichts kann sie mehr aufhalten, sobald der Treue Bund vernichtet ist. Und ich weiß, dass du dich auf die Seite der Dichter gestellt hast … Trotzdem stirbt die Hoffnung zuletzt.

Nevera hat von Anfang an ein Ziel verfolgt: ihre eigene Macht zu vergrößern. Als sie gesellschaftlich nicht weiter aufsteigen konnte, hat sie sich der Politik zugewandt. Statt kostbarer Kleider und verschwenderischer Feste begehrt sie nun Länder und Armeen. Bei Morbus bin ich mir nicht sicher, ob er noch immer um der Kunst willen Neveras Verbrechen ausführt oder ob sie ihn schließlich ganz von ihrem Begehren überzeugt hat. Trotzdem sind beide skrupellos und beide sind sich der Grausamkeit ihrer Taten bewusst – die Verwirklichung ihrer Pläne bedeutet ihnen mehr als jedes Menschenleben. Sie sind exzellente Schauspieler, und, ich gebe zu, die Kombination aus Intelligenz und Bosheit, aus ihrer innigen Liebe und absoluten Verachtung für jeden Außenstehenden umweht eine Aura der Faszination. Es ist keine Schande, ihre heimtückischen Begierden mit Romantik zu verwechseln, auf ihr falsches Spiel hereinzufallen; auch ohne Blutsätze manipulieren sie die schlausten Männer und Frauen und führen jeden hinters Licht. Sie haben *mich* hinters Licht geführt … bevor sie es mit dir getan haben.«

Apolonia schwieg. Dann blähte sie die Nasenflügel und ihr Kinn begann zu beben. »Ich glaube Ihnen nicht.« Und ihre Stimme wurde zu einem Flüstern: »Es ist viel zu spät.«

Collonta sah Loo an. »Rettung, Hilfe – dafür kann es zu spät sein. Aber für die Wahrheit – nein. Für die Wahrheit niemals.« Er drehte sich halb um und runzelte die Stirn. Fast trat ein fröhlicher Ausdruck auf sein Gesicht, als er den Kopf schüttelte. »Ach, Nevera! Nun ist der Zeitpunkt also gekommen, dass wir uns noch einmal sehen.« Er klopfte mit dem Gehstock auf den Boden und der Grüne Ring erschien in der Luft. »Komm, Loo.«

Loo starrte Apolonia durchdringend an. Dann sagte sie in dem leichten, ernsten Ton einer Verrückten:

»Und wenn du fertig bist … dann bist du wirklich eine Dichterin. Das erste weibliche Mitglied, wenn man es genau nimmt, da Nevera nie selbst ein Buch geschrieben hat.«

Collonta warf Apolonia einen langen Blick zu; dann fasste er Loo behutsam am Arm und verschwand mit ihr im Grünen Ring.

Fassungslos starrte Apolonia auf die Stelle, wo die runde Tür verschwunden war. Was Loo gesagt hatte – das hatte Morbus gesagt, bevor Apolonia das Blutbuch geschrieben hatte. Sie hielt sich zitternd am Tisch fest. Als sie die Wahrheit begriff, weigerte sich ein Teil von ihr immer noch, sie zu akzeptieren. Dann vergrub sie das Gesicht in der Hand und begann, lautlos zu weinen.

Tigwid lehnte keuchend am Rand des Ganges und beobachtete, wie die Geisterherren gegen die Polizei ankämpften. Kairo, Laus, Fredo, Mart und Fuchspfennig richteten ihre Energiestöße auf verschiedene Schützen, doch es kamen immer mehr Blauröcke. Der einzige Grund, weshalb sie nicht alle schon festgenommen oder erschossen waren, war der, dass die Polizei von den vielen Verbrechern und Dieben abgelenkt wurde, die ebenfalls in den Kampf um den Untergrund verwickelt waren. Niemand wusste, wer zum TBK gehörte und wer nicht, sodass die Polizisten einfach jeden als mutmaßlichen Terroristen betrachteten.

Neben Tigwid kauerten Zhang, Bonni und Emil, die wie er keine kampftauglichen Gaben besaßen. Die Angst stand ihnen deutlich ins Gesicht geschrieben. Tränen malten Spuren über Zhangs schmutzige Wangen.

Plötzlich stieß Kairo einen Schrei aus und taumelte zu Boden: Eine Kugel hatte ihn im Oberschenkel getroffen. Tigwid und Zhang zerrten ihn rasch in Sicherheit.

»Wir … müssen … weg hier!«, rief Fuchspfennig, schleuderte einen letzten Polizisten gegen die Wand und taumelte zu ihnen. Auch Mart, Laus und Fredo zogen sich einer nach dem anderen zurück. Zusammen flohen sie durch den Gang, bogen nach rechts ab, rannten gerade rechtzeitig in eine zweite Abzweigung, bevor die Kugeln eines Polizeitrupps sie durchsieben konnten.

»Wo ist Erasmus?«, rief Zhang gegen den Lärm des Gefechts an.

»Er wollte Loo in Sicherheit bringen – sie müssen in seinem Zimmer sein!«

»Wie kommen wir dahin?«, schrie Laus verzweifelt.

Fuchspfennig beschleunigte seine Schritte und rannte den anderen voran. »Ich kenne den Weg zur Geheimtür – mir nach!«

Tigwid, der mit Mart zusammen Kairo stützte, rang nach Atem. Das Blut, das Kairo aus der Schusswunde quoll, tropfte ihm auf den Schuh. Wenn sie nicht schnell Collonta und den Grünen Ring fanden, waren sie alle verloren. Es war nicht schwer zu erkennen, dass die Dichter hinter dem Polizeiüberfall steckten. Wer auch immer vom Treuen Bund festgenommen wurde, würde gewiss nicht in einer Zelle landen, sondern in einem Blutbuch.

Fuchspfennig führte sie geradewegs in eine Sackgasse. Kurz überkam Tigwid Panik – dann erkannte er im flackernden Licht der Lampe eine geheime Tür in der Wand. Sie war halb geöffnet.

Sie schleppten sich das letzte Stück darauf zu und Kairo biss die Zähne zusammen. Fuchspfennig schob das Regal zur Seite und sie stürzten fast gleichzeitig ins Zimmer.

Alles, was dann geschah, kam Tigwid vor wie in Zeitlupe. Eigentlich dauerte es nur Sekunden, bis er das erschrockene Luftschnappen hörte, den Kopf hob und Apolonia hinter dem Schreibtisch entdeckte; doch sein Gehirn verarbeitete diese Informationen mit lähmender Langsamkeit.

Die anderen konnten schneller handeln. Ehe Tigwid recht begriff, dass Apolonia in Collontas geheimem Arbeitszimmer stand, hatten Fredo, Fuchspfennig und Zhang ihre Kräfte auf sie losgelassen. Mit einem Aufschrei wurde sie gegen die Bücherregale geschleudert und fiel zu Boden. Schon waren Fredo und Zhang über ihr, zerrten sie hoch und verdrehten ihr die Arme. Blut rann ihr aus der Nase, ihr Haar hing ihr strähnig ins Gesicht und rauchte an den Spitzen.

»Wo sind Erasmus und Loo?!« Apolonia wäre hingefallen, hätte Fredo sie nicht gepackt.

»Was tun wir jetzt mit ihr?«, fragte Laus ängstlich.

»Erasmus und Loo sind nicht da, das heißt, wir müssen uns selbst um unsere Flucht kümmern«, erwiderte Fuchspfennig, der bereits die Kisten mit dem Dynamit unter dem Schreibtisch hervorgeholt hatte und Mart und Emil zwei davon reichte. »Die Dichterin können wir umbringen oder einsperren, mitnehmen können wir sie nicht.«

Fredo hielt Apolonia so grob vor sich, dass nicht schwer zu erkennen war, welche Option er bevorzugte.

»Ich sage, wir bringen sie in einen Bunker. Wenn wir hier rauskommen, können wir sie als Druckmittel gegen die Dichter verwenden«, schlug Zhang vor. »Und wenn wir nicht rauskommen, Pech für sie. Wir werden dafür sorgen, dass niemand außer uns sie je finden wird.«

»Dann ist das also klar.« Fuchspfennig nahm die letzte Kiste Dynamit und ging auf die Tür zu. »Beeilen wir uns.«

Tigwid stand reglos neben dem Regal, als die anderen den Raum verließen. Als Fredo Apolonia an ihm vorbeistieß, schien es, als husche ein Lächeln über ihr Gesicht.

»Jetzt … bin ich nicht mehr blind.«

Tigwid war der Einzige, der sie hörte. Dann hatte Fredo sie durch die Tür geschoben.

Die Bundmotten zerrten Apolonia durch die Irrgänge, bis Fuchspfennig stehen blieb und Mart und Fredo einen mächtigen Pflasterstein aus dem Boden hoben, unter dem sich ein geheimer Bunker befand. Eine Leiter führte in die Finsternis. Die Motten stießen Apolonia hinunter. Noch bevor sie die Sprossen ganz hinabgeklettert war, wurde der Stein wieder über die Öffnung geschoben, und sie blieb in undurchdringlicher Schwärze zurück.

Mit einem zitternden Atemzug ließ sie die Leiter los, taumelte und sank auf kalten, feuchten Boden. Dort blieb sie liegen und wagte nicht, sich zu rühren. Ihr heiseres Atmen klang erschreckend laut in der Finsternis. Nach einer Weile streckte sie die Hände aus, wischte sich das Blut von der Nase und betastete den Boden, doch sie konnte sich aus Angst nicht vom Fleck bewegen. Sie grub die Fingernägel in die Erde, presste das Gesicht in den Boden und schluchzte.

Ihr ganzer Rücken brannte vom Angriff der Motten. Die Finsternis ringsum ließ ihr Herz vor Panik rasen. Aber kein Schmerz, kein erdenklicher Schmerz war so entsetzlich wie der darüber, dass sie ihre Feinde nicht erkannt, sondern unterstützt – und bewundert hatte.

Immer wieder hörte sie Loo, die Morbus' Worte wiederholte ... *Und wenn du fertig bist ... dann bist du wirklich eine Dichterin. Das erste weibliche Mitglied, wenn man es genau nimmt, da Nevera nie selbst ein Buch geschrieben hat.*

Apolonia weinte, rieb die Stirn gegen die Erde, schüttelte den Kopf, schüttelte ihn immer wieder. Wie hatte sie so dumm sein können? Wie hatte sie es überhören können? Er hatte gesagt, dass sie die erste Dichterin sein würde ... Ihre Mutter war also nie eine Dichterin gewesen.

Magdalena hatte auf der Seite des Treuen Bunds gekämpft. Morbus hatte sie nie besucht, hatte nie an den Riten im Salon teilgenommen. Und die Fremde, mit der Magdalena in der Nacht ihres Todes gestritten hatte – das war eine Frau gewesen. Nevera.

»Mama«, schluchzte Apolonia in die Schwärze, in die Stille, in ihr Grab. »Mama, Papa! Gott, Vampa ... Tigwid ... es tut mir so leid. Es tut mir so leid!«

Sie hatte alles falsch gemacht. Wahrscheinlich verdiente sie es, hier zu sein, einsam und verlassen, um auf den Tod zu warten. Wenn ihre Mutter wüsste, was sie getan hatte, würde sie sich in ihrem Sarg wälzen und nicht weniger leiden als Apolonia jetzt.

So lag sie da, in dunkler Stille, unter Tonnen von Gestein, Erde und Verzweiflung. Mit der Gewissheit, an ihrem größten Elend selbst schuld zu sein.

Raum und Zeit

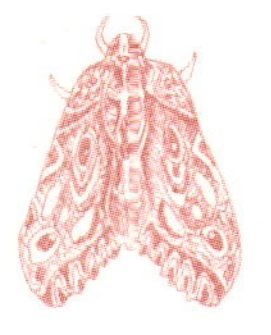

»Jetzt!«

Tigwid, Fredo und Mart holten gleichzeitig aus und warfen ihre Dynamitstangen. Dann stürzten sie sich in den Seitengang zu den anderen in Sicherheit. Die Gewölbe erbebten. Schreie erklangen und zerrissen in der Luft zu unmenschlichen Lauten.

Langsam richteten sie sich wieder auf. Staub rieselte auf sie herab. Überall hingen Rauschschwaden.

»Los!«, sagte Mart und lief ihnen geduckt durch den schummrigen Nebel voran. Verschwommen nahm Tigwid Gestalten wahr, die durch den Dunst taumelten oder auf dem Boden lagen. Er rannte schneller. Dann bogen sie in einen Gang ein und ließen die Halle hinter sich. Aus einem Korridor links kamen mehrere Blauröcke auf sie zu und schossen. Fuchspfennig entzündete eine Dynamitstange und warf sie den Polizisten zu. Die Männer flohen, ein Donnerschlag ließ die Wände zittern und der Treue Bund war weitergehastet.

Von hier aus kannte Tigwid wieder den Weg an die Oberfläche. Der Gang würde sie in eine längliche Halle führen, von dort aus liefen mehrere Kanalschächte zu einer Steintreppe und Feuerleitern, die schließlich bei einem Ausgang endeten.

Der Gang machte eine Biegung. Gleich konnten sie die Halle sehen … Das Licht an den Wänden knisterte, erlosch und ging wieder an. Irgendwo ganz nah wurden Schüsse abgefeuert.

Dann sahen sie eine Gruppe am Ende des Ganges stehen. Es waren keine Polizisten und keine Banditen. Es waren fein gekleidete Herren und eine Frau in einem weißen Pelz.

»Die Dichter! Halt!« Mart blieb stehen. Fuchspfennig sprang vor Schreck hinter Kairo, den er bis jetzt gestützt hatte.

Plötzlich stieß Fredo ein Brüllen aus, rannte vier Schritte auf die Dichter zu und warf eine Dynamitstange.

»Nein –!« Bonnis Warnung kam zu spät.

Mehrere Dichter hoben die Hände. Die Dynamitstange blieb in der Luft hängen, genau zwischen den Dichtern und dem Treuen Bund. Sie wäre längst zurückgeflogen, hätten Mart, Fuchspfennig, Kairo und Laus nicht ihre ganze Kraft dagegengehalten. Stockend, als würde jemand die Dynamitstange schieben, kam sie auf den Treuen Bund zu. Sekunden verstrichen. Dann war die Zündschnur abgebrannt.

»Runter!«, schrie Tigwid.

Sie ließen sich nach hinten fallen und schützten ihre Köpfe mit den Händen. Das Dynamit sprengte den Gang. Die Wände barsten zu allen Seiten. Steinbrocken lösten sich aus der Decke und zertrümmerten den Boden. Tigwid rang keuchend nach Luft. Seine Lungen füllten sich mit Staub.

Nach Minuten, so schien ihm, fand er endlich die Kraft, auf die Beine zu kommen. Das Licht war verschwunden … nein, irgendwo aus weiter Ferne drang ein Schimmer zu ihnen. Im braunen Dunst suchte Tigwid nach seinen Freunden und half Kairo und Bonni hoch. Allmählich sanken die rauchenden Schwaden und auch die anderen Mitglieder des Treuen Bunds richteten sich hustend und stöhnend auf. Gebannt starrten sie in die Richtung, wo die Dichter gewesen waren.

Gestalten schälten sich aus dem trüben Rauch. Kaum hatten sie die Dichter erkannt, geriet der Rauch in Wallung, und ein mächtiger Energiestoß raste auf sie zu. Gerade rechtzeitig stemmten die Geisterherren sich dagegen. Ein heißer Wind zerrte an ihren Kleidern. Tigwid kniff die Augen zu. Seine Haut begann überall zu kribbeln, als würden elektrische Funken auf ihm hüpfen. Fuchspfennig drehte die Hände und ein großer Mauerbrocken schoss auf die Dichter zu. Kurz vor ihnen explodierte er in hundert Splitter. Ein wütendes Brüllen war zu hören.

»COLLONTA!«, kreischte eine weibliche Stimme. »Hör auf mit den Spielchen! Kämpfe! Kämpf richtig!«

Wieder rasten heiße Luftwogen auf sie zu. Das elektrisierende Kribbeln wurde so unerträglich, dass Tigwid sich krümmte. Es fühlte sich an, als würde ihn jemand häuten.

»Was ist?«, brüllte Nevera. »Komm schon!«

»Hier bin ich!«

Alle fuhren herum. Plötzlich stand Collonta in ihrer Mitte.

»Erasmus –« Fuchspfennig keuchte.

»Wo ist Loo?«, fragte Fredo alarmiert.

Ohne zu reagieren, schritt Collonta an ihnen vorbei auf die Dichter zu. »Ihr wollt mich. Dann lasst meine Kameraden gehen. Tretet zur Seite … und ich werde mich ergeben.«

Nevera stieß ein kurzes, höhnisches Lachen aus. »Meinst du das ernst?« Sie warf den Dichtern ringsum amüsierte Blicke zu, doch als sie wieder Collonta ansah, funkelten ihre Augen vor Misstrauen. »Na schön. Du gegen deine kleinen Lehrlinge.«

»Schwört – schwört bei euren und unseren Gaben, dass ihr sie gehen lasst.«

Nevera nickte. »Abgemacht!«

Collonta seufzte. Dann schritt er durch den zerstörten Gang auf die Dichter zu.

»Erasmus!«, schrie Fuchspfennig. Fassungslos taumelte er einen Schritt vor. »Nein! Aber –«

»Was tut er da?«, stammelte Bonni.

Tigwid verstand es nicht. Sein Herz schlug schmerzhaft schnell, doch er fand seine Stimme nicht. Collonta hatte die Dichter fast erreicht. Nevera schwankte mit einem lauernden Lächeln hin und her und konnte ihre Erregung kaum verbergen. Die Dichter hatten die Hände in Bereitschaft verkrampft. Nevera und Morbus tauschten flüsternde Worte, ohne Collonta aus den Augen zu lassen. Zwei Schritte trennten sie voneinander.

Dann blieb Collonta zögernd stehen. »Nun lasst die anderen vorbei.«

Nevera trat zur Seite und hielt den Kopf so tief, dass es fast wie eine Verneigung aussah. »Bitte – du darfst sie rufen.«

Collonta drehte sich zum Treuen Bund um. Sein Gesicht sah plötzlich vollkommen verändert aus; unsägliche Traurigkeit überschattete seine Züge und ließ die tiefen Falten verblassen. »Beeilt euch, Freunde.«

In diesem Augenblick reichte Morbus Nevera seine Pistole. Hinter dem Treuen Bund stieß jemand einen schrillen Schrei aus. Ein Knall, wie ein Donnerschlag.

»NEEIN!« Collonta fiel auf die Knie. Im selben Moment stürzte ein zweiter Collonta an Tigwid vorbei. »NEEIN!«

Der getroffene Collonta war verschwunden. An seiner Stelle kniete Zhang auf dem Boden. Zitternd fassten ihre Finger nach dem Blut, das ihr aus der Brust strömte. Dann kippte sie um.

Tigwid konnte nicht schreien. Er konnte sich nicht regen. Mit weit aufgerissenen Augen starrte er Zhang an, die vor den Füßen der Dichter starb.

»Was ist das?«, kreischte Nevera.

Der Gehstock fiel Collonta aus der Hand. Am ganzen Körper bebend, stand er da und starrte die Tote an. Tränen sammelten sich in den Runzeln um seine Augen. Dann sagte er leise und gefasst zu den anderen: »Geht.« Er drehte sich um, sein Blick irrte von einem Gefährten zum nächsten und suchte ihre Augen. »Dieser Kampf ist zwischen mir und Nevera. Danke, dass ihr so weit mit mir gekommen seid.«

»Was hast du vor?«, rief Fredo. Er ballte die Fäuste. »Ich kämpfe mit.«

Collonta machte sich nicht die Mühe, den Kopf zu schütteln. »Ich kann die Dichter nur besiegen, wenn ich weiß, dass ihr nicht mehr hier seid.« Er sah sie eingehend an und schluckte die Tränen hinunter. »Ich werde Energie absorbieren. Alle Energie ... im gesamten Umkreis. Es wird tödlich sein, nicht nur für die Dichter.«

»Aber – das ist auch für dich –«

Collonta schnitt Fuchspfennig das Wort ab. »Du bist der neue Anführer des Bunds. Verwirkliche unsere Vision, Rupert. Und nun – rennt, so schnell ihr könnt. Ich weiß nicht, wie lange ich sie ablenken kann.«

Und noch bevor jemand ein weiteres Wort hätte sagen können, fuhr Collonta herum und streckte die Hand aus. Ein Beben lief durch den Gang. Die Wände schienen sich zu verbiegen und zu flackern wie träge Flammen. Die Schreie der Dichter verzerrten sich.

Fredo, der mit einer Hand Loo gepackt hatte, zerrte nun auch Tigwid vorwärts. Die anderen rannten los. Tigwid taumelte zwei Schritte mit, dann hielt er an. Sobald sie fort wären, würde Collonta alle Menschen im Umkreis mit in den Tod reißen. Alle Menschen ...

Fredo starrte Tigwid ins Gesicht. Die heraufbeschworenen Winde verwischten ihre Umrisse, als wollten sie alles Feste zum Schmelzen bringen.

»Ich kann nicht mit«, rief Tigwid gegen die tosenden Kräfte

an. Fredo begriff, was in ihm vorging – und doch konnte er es nicht verstehen. Sein Griff schloss sich fester um Tigwids Handgelenk.

»Sie ist eine Dichterin! Wenn du sie jetzt rettest, dann sind Zhangs – Zhangs und Collontas – Opfer ganz sinnlos, sie wird nicht mehr die Seite wechseln!«

Tigwid machte sich los. »Ich rette sie nicht, damit sie die Seite wechselt. Ich rette sie ... weil ich muss.« Und er spürte, wie ein Gewicht von seinem Herzen fiel, das viel zu lange schon darauf gelastet hatte. Dann wünschte er Fredo und Loo alles Gute, obwohl Fredo ihn nicht mehr hören konnte, drehte sich um und rannte los. Hinter ihm erklangen laute Stimmen. Vielleicht war es Fredo, der ein letztes Mal nach ihm rief. Vielleicht war es Collonta, der die anderen nicht mehr schützen konnte, der einen Schmerzensschrei ausstieß und sich für seinen letzten, übermenschlichen Kraftaufwand bereitmachte. Vielleicht waren es die gerufenen Mächte, die wie aus Menschenkehlen heulten. Tigwid dachte nicht mehr darüber nach, denn jetzt war nur noch eines wichtig.

Der Weg zum Bunker schien unter seinen Füßen fortzufliegen. Ein paar große Schritte, drei Biegungen, vier Flure, eine Treppe, Polizisten, Schüsse – die Luft stach ihm in den Lungen, er stolperte über Schutt und Asche –, dann war er angekommen. Er hob die schwere Steinplatte mit einem angestrengten Keuchen aus dem Boden und ließ sie neben dem Erdloch fallen. »Apolonia!«

Erschrocken hob sie den Kopf, als Licht in die Finsternis fiel. Sie stützte sich auf einen Arm und hielt sich die Hand vor die geblendeten Augen. Als jemand ihren Namen rief und die Leiter herunterkletterte, kroch sie langsam zurück.

»Apolonia?« Es war Tigwid. Im Dunkeln dauerte es einen

Moment, ehe er sie erkennen konnte. Eilig lief er zu ihr und zog sie auf die Füße. »Schnell, wir hauen ab!«

»Was?«, fragte sie zittrig.

Obwohl er völlig außer Atem war und die Panik in seinen Augen jede Eile rechtfertigte, trat Tigwid dicht vor sie, sammelte sich und sagte ruhig: »Wir müssen uns beeilen. In ein paar Minuten ist hier niemand mehr am Leben.« Als er sie auf die Leiter zu ziehen wollte, blieb sie stehen.

»Wieso bist du hier?«

Tigwid schluckte schwer. »Weil ... ich dich ... weil ich weiß, dass du ein guter Mensch bist.«

Vor Fassungslosigkeit, vor Bestürzung und Scham konnte sie nichts erwidern. Sie verbarg das Gesicht in den Händen und wischte sich die Tränen aus den Augen.

»Komm«, sagte er und nahm sanft ihre Hand. Dann kletterte er die Leiter empor und sie folgte ihm ins Licht.

Oben half er ihr aus dem Loch. »Ich kenne hier nur einen Ausgang, aber dort sind Collonta und die Dichter. Wir müssen einfach so weit weg von ihnen wie möglich und hoffen, dass Collontas Energieentzug uns nicht erreicht. Ich schlage vor, wir rennen einfach –«

Tigwid brach ab, als sie kaum das Ende des Ganges erreicht hatten. Ein dumpfes Vibrieren lief durch die Luft. Tigwids Knie wollten nachgeben; verblüfft stützte er sich gegen die Wand. Plötzlich fühlte er sich entsetzlich wackelig auf den Beinen.

»Was ist?«

Ihm gelang ein Kopfschütteln. Dann wies er geradeaus. »Komm, weiter. Schnell.«

Sie bogen um die Ecke, hasteten eine lange Treppe hinab, die in einen einsamen Kanalgang mündete. Am fernen Ende des Kanals leuchtete ein Licht; von hier aus war es kaum größer als der Kopf einer Stecknadel.

Wieder bebten die Mauern. Tigwid glaubte sich durch Wasser zu kämpfen, so schwer kam er voran. Apolonia schien gegen den Energieentzug resistenter zu sein. Als er seine Anstrengung nicht mehr vor ihr verbergen konnte, legte sie sich seinen Arm über die Schultern und stützte ihn. Schwerfällig schleppten sie sich weiter auf das Licht zu.

»Wieso ... kannst du ...?«

»Vielleicht verletzt das deinen Stolz«, sagte Apolonia mit einem verzweifelten Lächeln, »aber ich bin einfach viel stärker als du.«

Er grinste. Dann rutschte er auf dem nassen Boden aus, und Apolonia fing ihn auf, bevor er hinfiel. Schließlich stieß sie einen leisen Fluch aus, packte seine Arme und schwang sie sich über den Rücken.

»Was machst du da?«, protestierte Tigwid, als sie ihn hochhob. Apolonia antwortete nicht. Sie musste ihre Kräfte sparen, um ihn zu tragen.

Eine Ewigkeit schien zu vergehen. Das Wasser im Kanal stieg immer höher, bis Apolonias Kleidersaum an ihren Knöcheln klebte. Ratten quiekten. Manche flohen in dieselbe Richtung wie sie, andere blieben kraftlos liegen und schwammen bald tot im brackigen Wasser. Apolonia und Tigwid hatten den Weg vielleicht zur Hälfte hinter sich gebracht, als ein markerschütterndes Donnern erscholl. Sie zuckten zusammen, und Apolonia drehte sich um: Dort wo sie hergekommen waren, stürzte das Gemäuer ein. Ein Stein löste sich unweit von ihnen aus der Decke und fiel platschend ins Wasser. Zwischen den Wänden traten Adern hervor, als würden die Steine aus dem Fundament gezogen und bluten. Tigwid dachte schmerzerfüllt an Collonta. Er hatte gewusst, dass es für ihn kein Entkommen gab, sobald er den Zauber wirkte. Und Zhang ...

»Bald bricht hier alles ein«, murmelte er, um sich von seinen Gedanken abzulenken. »Wenn wir nicht rechtzeitig ...«

Auf dem letzten Stück bis zum Licht spürte Apolonia, wie ihre Kraft zerrann. Jeder Schritt wurde zu einer Herausforderung. Tigwid, den sie mit ihren Mottengaben leichter getragen hatte, wurde von Sekunde zu Sekunde schwerer. Keuchend zog sie sich an den Unebenheiten der Wände vorwärts. Und dann sah sie die Spiegelung der Lampe vor sich im Wasser – sie hatten das Licht erreicht!

Doch ihre Erleichterung zerfiel ebenso schnell, wie sie gekommen war. Denn hier war überhaupt keine Abzweigung, kein Weg, keine Öffnung – nur eine einsame Lampe in der Finsternis. Apolonia stieß wütend mit der Faust gegen die Steine, wobei Tigwid von ihrem Rücken glitt und im Wasser landete. Als sie ihm aufhelfen wollte, verhedderte sich ihr Schuh in ihrem Kleid. Der Stoff riss bis zum Knie und sie fiel unbeholfen über Tigwid. Eine Weile waren sie damit beschäftigt, sich voneinander zu befreien und aufzurichten. Dann gab Apolonia mit einem Ächzen auf und stützte die Stirn in die Hände. Sie fühlte sich so schwach... könnte sie doch hier sitzen bleiben, nur für einen Moment...

Die Wände grollten. Die Steine begannen zu wackeln und sich aus dem Mauerwerk zu lösen, als würde irgendwo ein gewaltiges Ungeheuer seine Lungen mit Luft füllen und alles mit einatmen. Tigwid und Apolonia klammerten sich aneinander. Es war eine Frage von Sekunden, bis der Kanal einstürzen würde.

Und da, plötzlich, flimmerte etwas in der Luft. Tigwid blinzelte. Tatsächlich – halb aus der Mauer ragend, materialisierte sich der Grüne Ring.

Verdutzt starrten sie die Tür an, die in den Steinen steckte. Dann flimmerte es links neben ihnen – und rechts – und über ihnen. Plötzlich war der Kanal von unzähligen Grünen Ringen erfüllt. Schwerfällig zog Tigwid sich auf die Beine.

»Das ist... Collonta!« Er schleppte sich auf die nächste

schwebende Tür zu, riss sie auf und trat mit Apolonia ins Dunkel. Sie drehten sich noch einmal zum Kanal um und sahen, wie die ersten Steine waagrecht aus den Mauern schossen und aneinander zerbarsten. Die anderen Grünen Ringe flirrten. Dann schlug die Tür zu und sie waren verschwunden.

»Tigwid? Tigwid!«

»Keine Angst. Du musst nicht flüstern.«

Sie klammerte sich an seinem Arm fest. »Wo sind wir hier? Wie… leuchtest du? Und ich auch! Wo kommt das Licht her?« Sie sah sich in alle Richtungen um, aber natürlich war es finster.

»Wir sind im Grünen Ring«, sagte Tigwid erschöpft, und ihm wurde klar, dass er im Grunde noch immer keine Ahnung hatte, was der Grüne Ring eigentlich war. »Also, hier gibt es keine Zeit und keinen Raum…«

»Aber das macht keinen Sinn! Sobald es Materie gibt, gibt es Zeit und Raum, und wir sind Materie.«

»Entweder ist deine Definition falsch oder wir existieren nicht.«

Verwirrt schloss Apolonia den Mund. »Und wie kommen wir hier wieder raus?«

Tigwid drehte sich einmal um sich selbst. Zwar fühlte er sich noch schwach, doch das war nichts im Vergleich zu der Lähmung, die ihn im Kanal ergriffen hatte. »Merkwürdig… eigentlich müsste jemand hier sein, sonst wäre der Grüne Ring doch nicht erschienen. – Erasmus?«, rief er in die Dunkelheit. »Hallo?«

Es blieb ganz still.

»Keine Sorge.« Tigwid drehte sich wieder zu ihr um. »Von hier aus können wir überallhin, wohin wir nur wollen. Du musst einfach fest daran denken und dir den Ort vorstellen.«

Apolonia senkte den Blick und dachte nach. Dann sagte sie

leise: »Morbus und Nevera werden alle Motten des Treuen Bunds nach Caer Therin bringen, um ihnen die Gaben herauszuschreiben. Wir sollten nach Caer Therin gehen. Und es verhindern.«

Eine Weile sahen sie sich wortlos an. Dann schluckte Apolonia und trat einen Schritt zurück. »Also? Ich muss einfach an die Bibliothek denken und dann sind wir da?«

Tigwid nickte. Sie schloss die Augen und dachte an Morbus' Bibliothek. Sie sah die hohen Regale und das runde Kachelmandala auf dem Boden. Sah die verborgenen Glasvitrinen… Sie erinnerte sich an die Stunden, die sie dort mit Morbus verbracht hatte, wie sie miteinander geredet und gelesen hatten…

Nichts. Keine Tür erschien. Alles blieb still und unverändert. Nach einer Zeit öffnete Apolonia die Augen wieder und sah sich unsicher um.

»Macht nichts«, sagte Tigwid. »Ich bringe uns einfach in dein Zimmer, ja?«

Er konzentrierte sich auf das Zimmer, in dem er schon einmal mittels des Grünen Rings erschienen war. Doch es geschah noch immer nichts.

Er versuchte es wieder, rief sich so viele Einzelheiten des Zimmers in Erinnerung, wie er konnte – aber die Tür wollte und wollte nicht auftauchen.

Schließlich probierte er es mit anderen Orten: der alten Wohnung des TBK; der Gasse hinter dem *Königsfuß*. Er rief sogar das Zimmer der Nonne im Waisenhaus herbei, wie bei seinem ersten Mal im Grünen Ring. Nichts kam.

»Was machen wir jetzt?«, fragte Apolonia angsterfüllt. »Was, wenn wir hier nicht mehr wegkommen?«

»Lass mich nachdenken. Keiner wusste wirklich was über den Grünen Ring. Nur Collonta konnte ihn lenken. Und Collonta… stirbt in diesem Augenblick.«

»Und was passiert, wenn er stirbt? Verschwindet der Grüne Ring dann auch? Mit uns darin?!«

»Nein«, erwiderte Tigwid heftig und verzog nervös den Mund. Apolonia beobachtete ihn ungläubig. Mit einem mutlosen Stöhnen ließ sie sich in die Hocke sinken und fuhr sich durchs Haar. »Schlimmer kann es wirklich nicht werden.«

Tigwid wusste nicht, was er darauf erwidern sollte. Schließlich ließ er sich ebenfalls nieder.

Apolonia musste daran denken, was in dieser Nacht alles passiert war... und in den ganzen vergangenen Wochen und Monaten. Ihre Situation hatte sich bis zu diesem Augenblick hin stetig verschlimmert. Das hier war das Ende einer langen Kette tragischer Ereignisse. Nachdem sie alles verloren hatte, ihre Familie, ihr Heim, ihr gutes Gewissen... würde sie schließlich im Dunkel des Universums verloren gehen. Ihr Leben war von Verlust bestimmt worden, in ihrem Tod sollte es wohl nicht anders sein.

Tigwid berührte verzagt ihre Schulter, als sie schluchzte, doch sie wehrte seine Hand ab.

»Schon in Ordnung«, murmelte sie und wischte sich die Nase an ihrem kostbaren Kleid ab. »Jetzt ist sowieso alles vorbei. Morbus und Nevera haben den Treuen Bund wahrscheinlich schon nach Caer Therin gebracht und eignen sich gerade ihre Gaben an. Wir könnten sowieso nichts mehr gegen sie ausrichten. Und wenn schon. Ich habe genug von ihnen allen.«

Tigwid sagte nichts. Dann machte er die Augen schmal. »Du hattest recht... unsere Gaben sind etwas Böses. Sie haben uns alle ins Verderben gestürzt. Selbst Collonta hatte Pläne von Regierungsübernahme und Macht... Dabei kann jedes Orakel, jeder Zufall eine gerechtere Welt schaffen als jemand, der als Einziger zu wissen meint, was das Beste für die Menschen ist.«

»Ich dachte, du warst auf der Seite des Treuen Bunds«, flüsterte Apolonia.

»Die meisten von ihnen waren meine Freunde. Und ich hoffe, dass ihnen nichts passiert. Aber ich hoffe auch, dass sie niemals die Staatsgeschäfte führen werden. Obwohl Collonta so weise war und so … so mächtig, hat er nicht gesehen, dass die Menschheit keinen Vormund braucht.«

»Nun …«, murmelte Apolonia und schniefte. »Wenigstens wusste er, wie man aus diesem verfluchten schwarzen Loch rauskommt!«

Sie grinsten sich in ihrem Elend an.

»Für uns ist jetzt wohl alles zu Ende«, flüsterte Apolonia dann. »Die Dichter werden die mächtigsten Menschen der Welt … sie werden alle manipulieren und die Herrschaft ergreifen.«

»Oder Collonta konnte sie besiegen. Dann wird Fuchspfennig nichts mehr im Weg stehen, um eine Regierung aus Motten aufzustellen.«

»Ist doch egal, wer am Ende den blöden Kuchen bekommt. Ich hätte nur gerne verhindert, dass es die Dichter sind, weil sie bereits so viele schreckliche Taten begangen haben. Der TBK würde sich wahrscheinlich erst mit der Zeit gezwungen sehen, Böses zu tun … Aber ob die Welt sich wirklich verändert, wenn sie die Geschicke des Landes lenken? Ob es den Menschen danach besser oder schlechter geht … ich bezweifele es.«

Während sie sprach, hatte Apolonia unbewusst eine Haarsträhne zum Schweben gebracht und eingedreht. Fasziniert beobachtete Tigwid sie dabei. Abrupt ließ sie die Strähne fallen und Tigwid sah sie nachdenklich an.

»Es ist doch unglaublich, dass wir unsere Gaben voneinander stehlen können.«

Apolonia blickte unbehaglich zur Seite, dabei hatte Tigwid

ihr keinen Vorwurf machen wollen. Er stützte den Kopf auf die Knie. »Ich habe oft daran gedacht, dass nichts von meinen Gaben in meinem Blutbuch stand. Wieso hätte Ferol sie mir lassen sollen? Und mehr noch – wäre ich als Motte nicht gegen Ferols Manipulation resistent gewesen wie du damals? Womöglich war ich vorher gar keine Motte. Womöglich ist bei dem Eingriff, als sein Bewusstsein meines durchwühlt hat, etwas von Ferol an *mich* verloren gegangen. Was, wenn er einen Teil seiner Mottengabe in mir vergessen hat?«

Apolonia sah ihn verwundert an. »Das wäre durchaus möglich … Soweit ich weiß, ist Ferol auch nicht sehr begabt. Morbus hat mir mal erzählt, dass er keine Blutbücher mehr schreiben kann. Ich dachte immer, er hätte seine Kräfte wegen seines Rauschgiftkonsums verloren.«

»Also, mir gefällt der Gedanke, dass ich Ferol die Macht weggenommen habe.« Er lächelte.

Eine Weile dachte Apolonia nach. Dann fasste sie Tigwid am Arm. »Glaubst du – es gibt hier einen Weg raus, wenn wir unsere Gaben einsetzen?«

»Wie denn?«

»Na, wenn wir – wenn wir unsere Umgebung nicht als *Nichts* betrachten, sondern als eine Art Körper.« Sie wurde immer aufgeregter. »Du hast gesagt, Collonta wird alle umbringen, indem er die gesamte Energie im Umkreis in sich aufnimmt. Und vielleicht könnten wir auf demselben Weg, wie Collonta Energie angezogen hat, hier einen festen Ort anziehen …« Sie stand auf und sah sich um. Dann schloss sie die Augen. Ihre Hände öffneten sich. Sie dachte nicht mehr an die Bibliothek in Caer Therin – sie beschwor sie herbei. Jedes Fenster, jedes Möbelstück und Buch zwang sie zum Erscheinen, wie sie einen Gegenstand gezwungen hätte, sich zu bewegen. Eine halbe Minute verstrich.

»Apolonia.«

Sie öffnete ein Auge.

»Ich glaube nicht, dass das was bringt.«

Wütend stemmte sie die Hände in die Seiten. »Wenigstens hab ich's versucht. Soll ich lieber Däumchen drehend auf den Tod warten?«

Tigwid blickte nachdenklich in die Schwärze. »Ich frage mich, ob man hier überhaupt sterben kann ... wer weiß, vielleicht vergehen in der Welt Jahrhunderte, ohne dass wir uns hier drinnen – oder hier draußen, besser gesagt – verändern. Wenn der Grüne Ring nicht erschienen wäre, wären wir beide außerdem längst tot.«

Apolonia wollte zu einer Antwort ansetzen, da sprang Tigwid plötzlich auf. Einen Moment lang sah es aus, als wollte er etwas sagen, doch dann schloss er bloß die Augen und schien sich zu konzentrieren. Seine Stirn legte sich in Falten. Mit verschränkten Armen beobachtete Apolonia, wie er leise vor sich hin murmelte und flehte.

»... Tigwid? Wenn Gott existiert, ist er bestimmt an einem gemütlicheren Örtchen als ...« Sie verstummte mitten im Satz. Es dauerte einen Augenblick, ehe sie erkannte, dass Tigwid schwebte.

Tatsächlich – er hing schwerelos in der Luft! Und er stieg immer höher ... Erschrocken riss er die Augen auf und bestaunte seinen fliegenden Körper. »Es – ja! Es funktioniert! Nimm meine Hände!«

Sie rannte auf ihn zu und sprang in die Höhe. Er zog sie hoch. Vor Überraschung schnappte sie nach Luft, als jegliches Gewicht von ihr abzufallen schien. Erst drehte sich ihr der Magen um, doch dann spürte sie ihren Körper fast gar nicht mehr. Tigwid zog sie näher, damit sie sich nicht in der Dunkelheit verloren.

»Nicht der Ort muss hergerufen werden, *wir* müssen uns an den Ort schicken!«, rief er aus. »Ich versteh es nicht ganz, aber offenbar sind wir hier gerade weniger echt als die Wirklichkeit draußen.«

Apolonia stieß ein verblüfftes Lachen aus. »Ich werde gar nicht erst versuchen, darüber nachzudenken. Das habe ich noch nie zu jemandem gesagt.« Sie schwebten immer höher und sahen sich an.

»Du bist … unfassbar«, murmelte Tigwid grinsend.

»Du ebenfalls.«

Er schüttelte den Kopf. »Ich bin total durchschaubar.«

»Und was jetzt?«, murmelte Apolonia. »Ich muss uns in die Bibliothek wünschen, ja?«

Er nickte langsam. Dann fasste er Mut und legte die Arme um sie. Sie spürte die Wärme seiner Hand an ihrer Taille, erschrak beinahe, aber sie wich nicht zurück. Seine Wange berührte ihre. »Die ganze Zeit … egal was du getan hast, ich dachte immer … dass ich dich kenne.« Sein Flüstern war kaum zu hören. »Egal was passiert ist, sollen sich doch alle die Köpfe einschlagen, soll doch die Stadt in ihrem eigenen Schlamm versinken! Ich hab mir nur gewünscht, einen Moment zu haben mit dir. Um …«

Sie hielt den Atem an. Lag es an der Schwerelosigkeit, dass ihr Herz so flatterte? »Um was?«

Die Finsternis schien um sie zu rotieren. Schatten traten immer deutlicher hervor, die sich rasch in flirrende Gegenstände verwandelten, während Tigwid über ihre Haare strich und ihre Lippen sich näherten.

Nocturna

Vampa kam zu sich, als er mit dem Kopf gegen Glas stieß. Mit einem brennenden Schmerz öffnete er die Augen und sah sich um.

Er saß in einem fahrenden Automobil. Neben ihm waren mehrere Gefangene, die wie er Handschellen trugen, bluteten, wimmerten oder bewusstlos waren. Der Polizist am Steuer fuhr eine Kurve und hielt vor einem imposanten Hauseingang. Vampa spähte hinaus und erkannte das Anwesen von Caer Therin wieder.

Die Autotür wurde geöffnet und der Polizist befahl ihnen auszusteigen. Vampa gehorchte und stellte sich mit gesenktem Kopf hinaus. Die Scheinwerfer weiterer Automobile näherten sich aus der Dunkelheit.

Blitzschnell legte Vampa die Arme um den Polizisten und würgte ihn mit den Handschellen. »Den Schlüssel«, forderte er.

Der erschrockene Blaurock wollte erst nach seiner Waffe greifen, doch Vampa stieß ihn nach vorne, sodass er in die Knie ging und die Pistole fallen ließ. Dann reichte er Vampa den Schlüssel zu seinen Handschellen und Vampa schloss auf. Sobald er frei war, stieß er die Autotür zweimal gegen den Kopf des Polizisten, und der Mann brach zusammen. Die anderen Gefangenen drängten aus dem Wagen, um sich ebenfalls zu befreien, aber Vampa schenkte ihnen keine Beachtung. Er warf einen letzten Blick zur herankommenden Polizeieinheit, dann ging er rückwärts und verschwand in den Schatten des Hauses.

An der Nordseite des Anwesens fand Vampa eine Terrassentür, die nicht verschlossen war. Champagnergläser standen zwischen bunten Luftschlangen, doch die Gaslaternen brannten nur schwach und es herrschte tiefe Stille. Vampa durchquerte schlummernde Flure. Ihm war nicht klar, was er tun wollte – nur dass er in Apolonias Nähe bleiben würde. Er würde sie überzeugen, dass er nicht der war, für den sie ihn hielt.

Er stieg eine Treppe empor, als er von draußen aufgeregte Stimmen vernahm. Offenbar hatte man den überwältigten Polizisten gefunden. Dann entdeckte Vampa eine Bibliothek.

Langsam schob er die Türflügel weiter auf und ging an dem Kreis der Schreibtische vorbei. Er knipste eine Lampe an. In der Mitte der Tische und Regale verzierte ein Kachelmandala den Boden, und Vampa war eine Weile von dem Muster abgelenkt, ehe er sich den vielen Büchern zuwandte. Wenn Morbus ein Dichter war – dann musste es hier doch auch Blutbücher geben … Gerade wollte Vampa durch die Regalreihen streifen, da nahm er etwas aus den Augenwinkeln wahr: Über dem Mandala flimmerte die Luft. Plötzlich zuckten grüne Lichter im Raum. Gestalten formten sich, verschwommen und schwerelos wie unter Wasser … Vampa spürte, wie sich seine Eingeweide verkrampften, als er Apolonia und Tigwid erkannte. Nur zwei Zentimeter – ein Sekundenbruchteil – trennten sie von einem Kuss.

Bevor er recht begriff, was er tat, war Vampa über die Tische gesprungen und packte Tigwid. Seine flimmernde Gestalt wurde deutlich und fest, als hätte Vampa ihn in die Realität gezerrt. Dann warf er ihn zu Boden und schlug ihm ins Gesicht.

Apolonia stieß einen Schrei aus. Tigwid hob schützend die Arme und fing so zwei weitere Schläge ab; dann hatte er sich vom ersten Schock erholt und stieß Vampa von sich herunter. »Was soll das?!«

Vampa stürzte sich wieder auf ihn. Brennende Kälte breitete sich in seinem Kopf aus. »Ich bin du! Deine Vergangenheit – deine Gefühle sind meine, sie gehören mir! Es ist *mein*!«

Vampa wusste, dass ihm ein Unrecht angetan wurde, und dieses Wissen war stärker als alles andere. *Er* kannte die Vergangenheit des Jungen Gabriel, *er* besaß Gabriels Glück. Ihm stand auch sein zukünftiges Glück zu, seine Gefühle für Apolonia und ihre Gefühle für ihn! Er hatte mehr Recht darauf, Gabriel zu sein als Tigwid. Immer wieder schlug er auf ihn ein, auf den Fremdling, der zwischen ihm und Gabriels Identität stand.

Apolonia packte ihn um den Hals und versuchte, ihn von Tigwid zu zerren. Vampa ruderte mit den Armen. Mit einem Würgen fiel er zur Seite, seine Hand drückte auf das runde Marmorauge in der Mitte des Mandalas. Das Auge gab nach und sprang aus dem Boden.

Vampa wehrte sich nicht mehr gegen Apolonia, die ihn weiter würgte. Mit klammen Fingern drehte er die Marmorscheibe. Und rings um das Mandala stiegen Glasvitrinen aus dem Boden.

Stockend kam Vampa auf die Füße. Blutbücher ruhten in den Glasvitrinen, wie schlafende Kinder, tief versunken in ihren Träumen. Es waren mehr als dreißig. Ohne Apolonia anzusehen, befreite er sich von ihren Armen und trat auf die Bücher zu. Kleine Beschriftungen klebten auf den Sockeln.

Das Fünfzehnte Buch. Der Junge Fridolin. Vampa tapste an ihnen vorbei. *Das Achte Buch. Das Mädchen Sophie.* Die Gedächtnisse – die Seelen von mehr als dreißig Menschen … *Das Zweiundzwanzigste Buch. Der Junge Albert.*

Das Dritte Buch. Der Junge Marinus.

Vampa war wie vom Donner gerührt. Dann streckte er die Hand aus und legte die Fingerkuppen ans Glas. Das dritte Buch. Sein Buch.

Sein Buch!

Er ballte die Faust und zertrümmerte das Glas. Das Klirren der Scherben klang wie Glockenläuten. Mit der blutverschmierten Hand griff er nach dem Buch. Mehrere Sekunden hielt er es vor sich und starrte den roten Ledereinband an. Dann öffnete er es. Der Duft von Staub und Vergangenheit hauchte ihm entgegen.

Von Jonathan Morbus.
Das Dritte Buch.
Der Junge Marinus

Vampa konnte nicht umblättern. Erschüttert starrte er seinen Namen an.

Ich heiße Marinus.

Dann fiel die Seite um und sein Blick berührte, umarmte, *trank* die rote Schrift.

Apolonia ging rückwärts, bis sie gegen Tigwid stieß. Vampa hielt das Buch in den Armen und las. Schatten glitten über sein Gesicht. Erst bemerkte Apolonia es nicht, dann wuchsen die Schatten und flirrten über die hohen Buchregale und die Decke – Echos tanzten in der Luft, obwohl keine Geräusche erklungen waren. Stimmen. Vampas Stimmen.

Kinder lachten und weinten und Erwachsene riefen und

flüsterten. Ein überwältigender Duft von geschnittenem Gras und gelben Rosen wogte über sie hinweg. Dann der weiche, sahnige Geruch von Hautcreme. Das Bild einer kleinen Kommode mit Elfenbeinfiguren flackerte im Zimmer und erlosch innerhalb von Sekundenbruchteilen.

Kaum hörbar flüsterte Vampa:

Du bist der Junge Marinus. Dein Haar ist dunkel und du fühlst die gekämmten Locken im Nacken. Deine Augen liegen tief, wenn du hochguckst, siehst du deine Wimpern, lang und dunkel und blond an den Rändern, wenn du nach unten guckst, siehst du deine Nase. Sie ist knochig und glatt, eckig an der Spitze. Deine Lippen sind dünn, du lächelst selten. Wenn du sprichst, neigst du den Kopf zurück. Du wurdest in dem Bewusstsein erzogen, besonders zu sein. Du bist reich. Für dich gelten andere Regeln als für den Rest der Welt.

Du willst, dass deine Katze mit dir spielt. Sie will sich keine Schnüre umbinden lassen und kratzt dich und du wirfst sie gegen die Kommode. Du sagst deiner Mutter, deiner lieben, sanften Mutter mit den blassen Händen und den liebevollen Augen, dass du eine neue Katze willst.

Du trittst dein Kindermädchen. Du weinst und stampfst mit den Füßen, weil deine Mutter außer Haus ist. Du bekommst Pfefferminzschokolade geschenkt, haufenweise, in grünweißes Papier eingewickelt, und wirfst sie in den Kamin, damit du sie nicht mit deinem weichen, stotternden Cousin teilen musst. Du beobachtest deinen Vater bei der Arbeit, sein dunkles Haar ist wie deins, aber die Augen hinter der dünnen Brille sind kühler, ohne das boshafte Funkeln eines verdorbenen Jungen. Du fürchtest diesen großen Mann mit der tiefen Stimme und den breiten Händen und willst wie er sein.

Vampa presste sich das Buch an die Brust. Blasse Lichter der Vergangenheit erleuchteten sein Gesicht.

»Ich … erinnere mich.« Das erste Mal seit neun Jahren lächelte er. Er fühlte die glühende, feurige Schönheit der Wahrheit in sich und sie strahlte aus ihm heraus. Tausend Bilder, Melodien und Gerüche durchwirbelten ihn, und er hatte nicht gewusst, wie unendlich die Größe eines Herzens war, solange das Dunkel geherrscht hatte. Jetzt sprangen Gefühle in ihm auf wie reife Knospen, erschütternd, entsetzlich und wunderschön, während das Gewicht eines ganzen Lebens auf ihn herabwälzte gleich einer sommerlichen Woge.

Seine Katze …

Seine Mutter! Seine Mutter und sein Vater!

Bewegt blickte er zu Apolonia und Tigwid auf. Ihm war, als sähe er sie zum ersten Mal. Und in gewisser Weise war es auch so.

»Ich bin ein Mensch«, hauchte er und lächelte. »Ich heiße Marinus … Marinus, das bin ich, ich lebe!«

»Nicht mehr lange.«

Apolonia und Tigwid fuhren herum.

Im Eingang – stand Morbus. Seine Pistole war auf Vampa gerichtet. Dann fiel der Schuss.

Er empfand keinen Schmerz. Als die Kugel durch das Buch schoss und sein Herz traf, durchfuhr ihn eine fast süße Verwunderung darüber, dass er so heftig fühlen konnte.

Er taumelte einen Schritt zurück und starrte auf das Loch im Buch. Dann knickten seine Knie ein. Der Augenblick, in dem er zu Boden sank, schien eine halbe Ewigkeit zu umfassen.

Das Nächste, was er wahrnahm, war Apolonia, die neben ihn stürzte. Ihr entsetztes Gesicht war ein schönes Bild, das ihn berührte; doch es berührte ihn nicht mehr wie vorher, als er noch der Junge Gabriel gewesen und sie geliebt hatte. Jetzt war es anders – war *er* anders.

»Vampa!« Sie beugte sich über ihn. »Nein, nein, nein ...« Panisch riss sie einen Streifen aus ihrem Kleid und presste ihn gegen das hervorströmende Blut. Vampa wollte sie beruhigen; er wollte ihr sagen, dass sie sich nicht sorgen musste. Doch dann verschwamm die Gegenwart, und er glitt in einen Zustand, der traumhafter und zugleich klarer war als das Bewusstsein.

Hier offenbarte ihm das Leben sein Gesicht: Nun da er es endlich gefunden hatte und verlieren würde, teilte es seine Geheimnisse mit ihm.

Er sah alle Gesichter vorbeiziehen, alle Gesichter, in die er je geblickt hatte. Er sah eine Banditenbande, die ihr Opfer im Kreis erstach, sah das Opfer sterben, das Gesicht zerfließen, bis es sich in das Gesicht des Mörders verwandelte, der in den Opiumhöhlen von *Eck Jargo* ewigen Schlaf fand; er sah ein Kalb auf der Schlachtbank, in dessen Augen das Leben erlosch, und sah den Metzger seinen letzten Schnaps trinken, bevor ihm das Herz im aufgedunsenen Körper stehen blieb. Gesichter, tausend Gesichter zeigten sich ihm in einem schnellen Rausch, rennende Kinder, die sich in silberne Fische verwandelten, er sah die Fische zu Hunden werden, die durch die Gassen huschten, sah die Hundegesichter zu den traurigen Gesichtern der Obdachlosen schmelzen, ihre Gesichter wurden verdrängt durch die Gesichter der Reichen, er sah Männer zu Frauen zerfließen, Frauen zu Kindern, Kinder zu Greisen, zu Toten, zu Neugeborenen. Sie alle verschwanden, alle zerfielen, wurden fortgespült, und doch war das Gesicht des Lebens immer da, und es blickte Vampa aus den ewigen Augen der Lebenden an und lächelte. In diesem Gesicht sah Vampa nun sein eigenes. Es strömte vorbei, zerfloss und verging. Und nur dafür – um einmal das Gesicht der Welt zu tragen, um einmal das Gesicht der Welt zu sein –, dafür hatte er gelebt. Und würde er sterben.

»Gut. Ist gut«, murmelte er und berührte Apolonias Hand. »Ist alles gut … Ich fürchte nicht …«

Das Gesicht der Welt strahlte deutlicher denn je. Dann wurde das Licht immer heller, bis sein Lächeln sich darin verlor. Vampa folgte ihm verzückt, verliebt, mit einem Herzen voller Wärme.

Apolonia saß auf dem Boden. Sie fühlte das Blut warm durch den Stoff sickern, doch Vampas Augen blickten bereits in eine Ferne, die für keinen Lebenden sichtbar war. Sein Gesicht wirkte so glücklich, als wäre es in einem seligen Moment festgefroren. Apolonia tropften Tränen das Kinn hinab. Ihre verschmierten Hände zitterten vor Entsetzen.

Tigwid hob behutsam Vampas Kopf an. Dann fuhr er über sein Gesicht und schloss seine Augen.

Hinter ihnen erklangen langsame Schritte. Apolonia sah über die Schulter hinweg Morbus an. »Mörder.« Sie biss die Zähne zusammen und versuchte, wieder Kontrolle über ihre Hände zu erlangen. »Du feiger Mörder!«

»Ich habe auf den rechten Augenblick gewartet. Das nennt man Intelligenz.«

Apolonia spürte, wie sie den Kopf schüttelte. Wie konnte, wie *konnte* ein Mensch so eiskalt sein? Ein Mensch, den sie bewundert hatte – den sie zu kennen geglaubt hatte!

»Du bist nicht zurückgekommen«, fuhr Morbus fort. »Wir haben uns Sorgen gemacht. Außer uns dreien, so scheint es, sind alle Dichter tot.«

Jetzt entdeckte Apolonia auch Nevera, die am Eingang erschien. Ihre Pelzstola war fort, ihr Kleid schmutzig und ihr Haar strähnig. Mit sichtlicher Anspannung beobachtete sie die Szene.

»Wie kannst du so …«, brachte Apolonia hervor. Ihre Stimme war nur ein Flüstern, Morbus schien sie nicht gehört zu haben. Sie schluckte schwer. »Wie kannst du so böse sein?«

Morbus blickte auf Vampa hinab, als hätte er ihn erst jetzt bemerkt. Sorgenvoll runzelte er die Stirn. »Das Leben selbst ist bedeutungslos, Apolonia. Erst das, was wir mit unserem Leben anfangen, bestimmt seinen Wert.«

Apolonia kniff die Augen zusammen. Sie wusste nicht einmal, was sie darauf erwidern sollte – auf ihn einzugehen wäre ganz und gar sinnlos. »Das ist alles, was du hast, wohlklingende Worte! Worte, wo ein Mensch sein sollte …«

Nevera kam auf sie zu. »Apolonia, du bist verwirrt. Jonathan hat dich vor dem Terroristen gerettet!«

»Sie lügt!«, rief Tigwid – Apolonia nickte kaum merklich und murmelte: »Ich weiß.«

Nevera blieb hinter Morbus stehen und beäugte erst Apolonia, dann Tigwid. »Ich weiß nicht, was in dich gefahren ist.«

»Die Wahrheit ist in mich gefahren, Nevera.« Apolonia erhob sich schwerfällig und wischte sich die Hände am Kleid ab. »Spart euch eure Worte. Sie haben ihre Wirkung verloren.«

Morbus und Nevera sahen sie ausdruckslos an. Dann berührte Nevera Morbus am Arm und beugte sich an sein Ohr. »*Ich* eigne sie mir an.«

Mit bedachten Schritten kam Nevera näher. »Weißt du, Apolonia … ich hatte dich für klüger gehalten, als du offenbar bist. Aber in diesem Augenblick sehe ich Magdalena allzu deutlich in dir.«

Apolonia verkrampfte sich. »Du warst neidisch auf sie. Weil sie alles hatte, was du nicht verdient hast.«

»O nein – auch wenn der Zufall es so wollte, dass Magdalena mit größeren Begabungen geboren wurde als ich, war ich doch diejenige, die mit den Gaben umzugehen wusste.« Sie stieß ein schnaubendes Lachen aus. »Die dumme Gans konnte mit ihren Fähigkeiten so viel anstellen wie eine Katze mit einem Buch! Für sie waren es kindische Spielereien, eine ›Wissenschaft‹ – ha, dass ich nicht lache!«

»Und für dich?«, entgegnete Apolonia bitter. »Für dich waren die Gaben der Weg, um dir Elias zu holen?«

Nevera lächelte kalt wie Stahl. »Nein, Kindchen. Du unterschätzt die Gaben einer Frau; die bringen Erfolg, wo alle Fähigkeiten einer Motte scheitern.«

Apolonia bemühte sich, Nevera weiterhin in die Augen zu blicken. Allein der Schock über Vampas Tod dämpfte ihre Gefühle, sodass sie nicht die Fassung verlor. »Wie habt ihr sie umgebracht?«

Nevera blickte lächelnd zu Morbus zurück und leckte sich die Unterlippe. »Keine Bange, Liebes … wir haben uns um einen romantischen Abgang bemüht, wie er Magdalena gefallen hätte. Wir verbrannten das Buch, in dem ihr Geist gefangen stand, und streuten die Asche in den Fluss. Freut es dich zu hören, dass sie die Erste war, die Jonathan je in ein Buch geschrieben hat? So ist die Gute doch als etwas Besonderes in die Geschichte eingegangen, wie sie es sich immer erträumt hat.«

»Monster!«, stieß Apolonia aus. Als sie die Hand ausstreckte und ihren ersten Angriff losließ, lachte Nevera auf. »Du bist wie immer zuvorkommend!«

Anstatt Nevera gegen die Regale zu schleudern, spülte Apolonias Energiestoß an ihr vorbei wie Wasser an einem Fels.

»Die Natur machte mich vielleicht nicht zur begabtesten Motte. Aber ich war eine fleißige Leserin. Ehrgeiz zählt immer mehr als Talent, nicht wahr? Und nun da unsere treuen Dichter von Collonta umgebracht wurden, war es ganz leicht, ihnen die Gaben im Augenblick des Todes abzuzapfen.«

Ohne Apolonia aus den Augen zu lassen, streckte Nevera

die Hand nach Tigwid aus, der auf sie zugerannt war, um sich auf sie zu werfen. Mit einem Würgen wurde er in die Luft gerissen und blieb einen Meter über dem Fußboden hängen.

»Lass ihn runter!«, schrie Apolonia. »Er erstickt!«

Sie wollte ihn zu Boden holen, aber Nevera ließ ihn nur noch höher steigen. Nach Luft schnappend, drehte er sich im Kreis wie ein Fisch am Angelhaken.

Nevera genoss Apolonias Grauen sichtlich und bemerkte mit einem Blick auf ihn: »Beeindruckend, nicht wahr? Als der alte Erasmus endlich ins Gras gebissen hat, bin auch ich kurz vorm Tod gewesen. Gott sei Dank haben die Dichter sich für Morbus und mich geopfert, ob sie wollten oder nicht. Im letzten Moment habe ich die Energien in mich aufgenommen, die die Dichter verloren haben. Trotzdem war es eine sehr strapaziöse Angelegenheit. Daher verstehst du sicher, dass ich nicht bei bester Laune bin!«

Ohne Vorwarnung griff sie an. Apolonia hob schützend die Arme, als ein heißer Luftzug auf sie zubrauste. Doch zu ihrer eigenen Überraschung verlor sie nicht die Kontrolle über ihren Körper.

Sondern ihren Geist.

Automatisch hob sie den Kopf und blickte Nevera aus weit aufgerissenen Augen an. Nevera kam lächelnd drei Schritte näher. »Heute Nacht werden wir uns die Gaben aller noch lebenden Motten aneignen. Und mit dir fange ich an. Ist das nicht ein Zufall? Wie deine Mutter wirst du in einem historischen Ereignis die Rolle der Ersten übernehmen.«

Kälte kroch Apolonia den Rücken herauf. Sie konnte ihren Blick nicht von Neveras Augen wenden. Dann drang Nevera in ihren Geist ein.

Finger, kälter als Eis, griffen in ihre Gedanken. *Nein!*, schrie sie. Mit einer ungeheuren Kraftanstrengung gelang es ihr, sich zu verschließen – die Finger verdampften wie Rauch.

Benommen stolperte Apolonia zurück. Alles drehte sich in ihrem Kopf. Sie hörte das Klappern von Neveras Schuhen, als sie gemächlich näher kam. »Nanu? Da ist wohl jemand ungehorsam. Los, gib mir deine Gabe, sie gefällt mir sehr gut!«

Schwer atmend stützte Apolonia sich auf die Arme. »Warst du schon immer verrückt oder … erst seit Morbus dich die Blutbücher hat lesen lassen?«

Nevera hielt verwundert inne. »Glaubst du, er würde *mir* schaden? Ich bin seine Herrin – sein Leben. Sein Licht.«

Apolonia warf Morbus einen Blick zu, der reglos dastand und sie mit einem angespannten Lächeln beobachtete. »Dann wurdest also du von Nevera manipuliert – war es so? Hat ein Mann mit so außergewöhnlichen Fähigkeiten wie du sich so leicht irreführen lassen?«

Morbus' Gesicht zuckte. »Du hast sie gehört … sie ist mein Licht und Leben. Sie hat die Blutbücher erfunden. Sie hat den Sinn meiner Gabe erkannt. Ohne sie wären wir nichts.«

»Wie kannst du ihr vertrauen?«, schrie Apolonia. »Glaubst du, ihre Bosheit wird sich nicht auch gegen dich richten?!«

»Halt deinen Mund!«, rief Nevera und machte eine herrische Geste. Daraufhin stürzte Tigwid endlich zu Boden. Reglos blieb er liegen. Apolonia zwang sich, nicht hinzusehen – nicht jetzt –, jetzt musste sie sich konzentrieren …!

»Du tust mir leid, Jonathan.« Ihre eigenen Worte kamen ihr schwer und blechern vor, unförmige Steine, die sie gegen die Wälle seiner Überzeugung warf. »Bei so vielen Blutbüchern habt ihr euren Verstand verloren, ihr beide! Und nicht nur das. Auch eure Menschlichkeit.«

Morbus sah sie aus lichtlosen Augen an. Obwohl seine Mundwinkel nach oben gezogen waren, sah es nicht aus, als würde er lächeln. »Interessant, dass du davon sprichst, Apolonia, von verlorenem Verstand. Ich erinnere mich, dein Vater Alois hat ihn wohl auch irgendwo verlegt?«

»Das wart auch ihr.« Apolonia presste die Lippen zusammen, damit ihr kein Schluchzen entwich.

»Nein ...« Morbus verschmälerte die Augen, als dächte er angestrengt nach. »Ich meine mich erinnern zu können, dass er schon davor ein wenig wirr im Kopf war. Wieso sonst wäre er hier eingebrochen, um ein Blutbuch zu stehlen, von dem er ausging, dass es die Seele seiner verstorbenen Frau enthielt? Es ist nicht meine Schuld, dass er ein Buch gelesen hat, von dem er besser die Finger gelassen hätte. Ich gab ihm einen guten Rat. Er sollte alle Bücher verbrennen, die er je gelesen hatte. Am besten, er würde die ganze Buchhandlung verbrennen.«

Tränen fielen Apolonia aus den Augen. »Ich dachte, du hättest eine große Vision, Jonathan. Ein nobles Ziel. Aber du bist nur ein Verbrecher.«

»Einerlei, was du denkst«, sagte Nevera. »In einer Minute, meine Liebe, denkst du gar nichts mehr!«

Der plötzliche Angriff riss Apolonia von den Füßen. Sie spürte, wie die Luft aus ihren Lungen wich – dann prallte sie hart mit dem Rücken auf den Boden. Sie versuchte, die Augen zu öffnen, doch jede Bewegung war schrecklich langsam, sie fühlte sich so kraftlos ... Als sie endlich aufblicken konnte, war Nevera über ihr. Sie ging neben ihr in die Hocke, packte sie links und rechts an den Ohren und zog sie dicht zu sich heran. Apolonia ächzte vor Schmerz.

»Hm.« Nevera betrachtete sie amüsiert. »Mal sehen, was sich hinter diesem trotzigen Käsegesicht verbirgt.« Dann weiteten sich ihre Augen und ihr Blick drang tief in Apolonia ein.

Heiße und kalte Strahlen durchfuhren ihren Kopf auf der Suche nach ihren Mottengaben. Sobald Apolonia sie gegen Nevera einsetzte, würde Nevera sie entdecken und stehlen. Apolonia hatte keine Chance gegen sie; die Gaben von sieben oder mehr Motten glühten in Nevera wie eine machtvolle

Sonne. Das Einzige, was Apolonia tun konnte, war, sie abzulenken … verzweifelt stellte sie den suchenden, tastenden Fingern alles in den Weg: wahllose Erinnerungen und Gedanken, Flutwellen von Bildern und Details, die keine Bedeutung hatten. *Das kleine Loch in Tigwids Jackett, wo ihn eine Kugel getroffen hat. Die kratzigen Ärmelsäume von einem Kleid. Der Apfel, den ich heute Morgen gegessen habe. Verdammt, alles Mögliche …*

Nevera durchbrach den Ansturm der Gedanken immer wieder. Lange konnte Apolonia sich nicht mehr konzentrieren … wenn ihr die Ideen ausgingen, war alles verloren!

Und dann kam ihr wirklich eine Idee. Hastig versuchte sie, sie vor Nevera zu verbergen, sie unter den Strom ihres sichtbaren Bewusstseins zu ziehen: Sie musste Nevera nicht ablenken – sie musste sie beeinflussen … aber wie …

Streng dich an! Benutze deine Fantasie!

Ja – ihre Fantasie benutzen! Panisch konstruierte Apolonia ein Bild. Eine *künstliche Erinnerung*. Sie selbst, die in der Luft schwebt. Sie kann fliegen. Sie fliegt durch die Bibliothek!

Apolonia spürte, wie Nevera vor der Konstruktion zurückschreckte – sie wusste nicht, was sie davon halten sollte, schließlich war es doch unmöglich, dass Apolonia fliegen konnte, so mächtig war sie nicht …

Die Hoffnung durchschoss Apolonia fast schmerzlich. Schnell, schnell musste sie sich etwas Neues ausdenken. Morbus – ja, das war gut! –, Morbus, der neben ihr in der Bibliothek sitzt und sagt: »Nevera ist eine vollkommen unbegabte Motte. Im Grunde ist sie gar keine Motte – sie hat sich alles angelesen. Sie gehört nicht wirklich zu uns Dichtern …«

Apolonias Fantasie überschlug sich. Sie dachte sich ein Szenario nach dem anderen aus und stellte es Nevera in den Weg. Mit jedem Mal wurde sie geschickter und heimtückischer.

Magdalena, die gar nicht tot ist – sie steht in der dunklen Eingangshalle und sieht dich an. Ihre Augen sind kalt und starr auf dich gerichtet. Sie lebt! Sie sieht alles! Und sie wird sich rächen!

Nevera suchte nicht mehr nach Apolonias Gabe. Wie gebannt hatte sie innegehalten, um die unglaublichen Szenen zu verfolgen, die sie für Apolonias wahre Erinnerungen hielt.

Apolonia entwarf eine ganze erlogene Welt. Verschwörer, die planten, Nevera umzubringen. Tote, die zum Leben erwachten. Bekannte, die sich plötzlich als heimliche, übermächtige Motten entpuppten ... und zuletzt Nevera selbst: Nevera, die in einem weißen Raum steht und einen weißen Kittel trägt. Ihre Augen starren ins Nichts. Ihr Mund öffnet sich. Mit leerer Stimme flüstert sie: »Ich ... bin keine Motte. Ich ... bin ... verrückt. Ich ... bin ... verrückt ... bin ... ich ... verrückt ... bin ... ich ... bin ... verrückt ... verrückt ... verrückt!«

Mit einem Kreischen ließ Nevera sie los und fiel zurück. Die Verbindung zwischen ihnen zerriss so abrupt, dass Apolonia nach Luft schnappte. Ein heißer Schmerz durchschoss ihre Augen – keuchend stützte sie sich auf und kroch vor Nevera zurück, die auf der Seite kauerte und mit feurigem Blick um sich starrte. Ihre Lippen zitterten. »Das ist ... nicht wahr ... das ist ... nicht wahr ...«

Wie von unsichtbaren Feinden umzingelt, machte Nevera sich klein und stierte aus tiefen, glühenden Augen zu Apolonia empor. »Ich bin ... ich *bin* eine Motte! Ich bin, ich bin eine Motte!«, kreischte sie, und Spucke flog auf den Boden.

Apolonia zitterte vor Triumph. Dann drang sie in Neveras Kopf ein, wie sie es bei dem Mädchen Loreley getan hatte. Doch diesmal wollte sie nichts stehlen. Nein. Sie pflanzte ihre Gedanken in Nevera ein:

Alle haben sich gegen mich, Nevera, verschworen. Alle

wollen mir meine Gaben stehlen, denn alle sind Motten. Nur ich – ich habe all meine Kräfte verloren. Und ich habe meinen Verstand verloren.

Nevera warf sich auf den Rücken und schrie.

»Was tust du?!«, brüllte Morbus. Taumelnd vor Entsetzen, kam er auf sie zu. »Nein! Lass sie!«

Morbus' Gesicht verzerrte sich, als Nevera heisere Laute ausstieß und ihre Arme und Beine zu zucken begannen. »Du kannst sie nicht besiegt haben! Nevera! Nevera, was hast du?«

Sie reagierte nicht auf ihn und glotzte aus blinzelnden Augen an die Decke. Da stieß Morbus einen wütenden Laut aus und riss die Hand empor, um Apolonia zu töten.

In diesem Augenblick traf ihn ein Stuhl auf den Kopf. Tigwid war hinter ihm aufgetaucht. Morbus stürzte vornüber. Der donnernde Energieschwall wälzte haarscharf über Apolonia hinweg und zerbarst an den hohen Wandregalen. Die Luft flimmerte. Sengende Hitze breitete sich aus. Dann fingen die Bücher und Gardinen Feuer.

Keuchend stand Tigwid über Morbus, der sich nicht mehr regte. Der Stuhl fiel ihm aus den Händen. Als sich die Regale nach außen bogen und ein Krachen durch die Decke ging, als würde das Haus entzweireißen, sank er kraftlos zu Boden.

Bassar stand an der Tür des niedrigen Raumes und überwachte die Gefangenen, die durch den langen Gang geführt wurden. Drinnen wurde jeder von ihnen in Handschellen gelegt und geknebelt, so wie Morbus es befohlen hatte. Manche Polizisten warfen sich zweifelnde Blicke zu, aber Bassar ließ sich dadurch nicht beirren – auch wenn er ein tiefes Unbehagen empfand, seit sie die Gefangenen hinaus aufs Land gebracht hatten.

Mebb stand schweigend und mit geballten Fäusten neben ihm. Merkwürdigerweise konnte Bassar ihre Nähe im Moment kaum ertragen. Nervös zog er eine Zigarette aus seinem Etui.

»Cornelius«, sagte Mebb plötzlich. Bassar erschrak gleich zweimal – nicht nur hatte sie ihn zum ersten Mal beim Vornamen genannt, in ihrer Stimme lag auch eine flehende Dringlichkeit, die gar nicht zu der disziplinierten Kommissarin passen wollte.

Sie stellte sich direkt vor ihn und atmete tief ein. »Ich habe nie Ihre Entscheidungen angezweifelt, das wissen Sie. Ich vertraue Ihren Fähigkeiten als Inspektor und hege große Bewunderung für Sie. Aber jetzt muss ich energisch sagen: Was Sie tun, ist falsch!«

Bassar sah sie verwundert an. Dann zündete er sich die Zigarette an. »Jonathan Morbus … gehört unser Gehorsam.«

Plötzlich riss Mebb ihm die Zigarette aus dem Mund und warf sie zu Boden. »*Morbus*? Haben Sie vergessen, wer das ist? Vertrauen Sie diesem aalglatten Schreiberling mehr als … mehr als mir, Inspektor?!« Sie packte ihn an den Armen und murmelte: »Erinnern Sie sich nicht an den Fall Nocturna? Morbus spielt ein Doppelspiel, und nun tun Sie alles, was er verlangt? Gott, ich begreife es nicht! Wir müssen die Gefangenen zur Wache bringen und diesen Ort umgehend verlassen, haben Sie gehört? Im Namen unserer Nocturna, ich flehe Sie an!«

Bassar sah ihr in die verzweifelten Augen. Ihr Blick drang in ihn ein, wie … ja, wie ein Streifen Licht in tiefes Dunkel. *Er* wusste noch immer, dass ihr ganzer Gehorsam Morbus gehören sollte. Aber er wusste auch, dass er Mebb vertrauen konnte – er konnte ihr vielleicht sogar mehr vertrauen als sich selbst … Nun stand seine Überzeugung gegen ihre. Wofür sollte er sich entscheiden?

»Ich … ich glaube nicht, dass Sie recht haben«, sagte Bassar langsam, und Mebbs Gesicht versteinerte sich. »… aber andererseits – wieso sollte ich meinem Glauben mehr vertrauen als Ihrem. Zum Teufel. Wenn Sie wirklich meinen, dann … gehen wir.«

Mebb stieß vor Erleichterung die Luft aus. »Ich …«

Plötzlich erklang ein fernes Donnern, wie eine Explosion.

»Was war das?«, rief ein Polizist.

»Das kam von oben!«, meinte ein anderer.

Bassar drückte sich die Melone auf den Kopf und lief los, dicht gefolgt von seinen Kommissaren.

Benommen richtete Apolonia sich auf. Die Regale brannten lichterloh. Große Teile der Decke waren eingestürzt, hatten die Bodenfliesen zerschlagen und überzogen alles mit Schutt und Steinen. Auch die Glasvitrinen mit den Blutbüchern lagen darunter begraben. Hinter brennenden Tischen und Stühlen entdeckte sie Tigwid. Direkt neben ihm lag Morbus; ein Regal war auf sein rechtes Bein gefallen und eine Lawine von Büchern bedeckte seinen restlichen Körper. Langsam erhob Tigwid sich. Er hustete, sein Blick schweifte über die Zerstörung – und er entdeckte Apolonia. Über Trümmer und brennende Bücher hinweg kamen sie aufeinander zu. Apolonia spürte, wie sie zu lächeln begann, und es fühlte sich so sonderbar, so unwirklich, so leicht an, als würde sie das erste Mal in ihrem Leben lächeln. Ein lautes Krachen erklang, und die beiden wandten sich um: Eine lange Regalreihe brach zusammen. Goldene und rote Funken stoben auf. Bücher flogen mit flatternden Seiten durch die Luft, und brennendes Papier tanzte bis zur Decke empor, wo es in Rauch und Asche wieder herabrieselte. Reglos beobachteten Apolonia und Tigwid das Schauspiel. Dann brachen auch die anderen Regale ein, eins nach dem anderen, und die ganze Bibliothek füllte sich mit den gestohlenen Schatten der Geschichten, die für immer in weißes Flammenlicht aufgingen.

Mit stockenden Schritten bahnte Bassar sich einen Weg durch die Trümmer. Wie hatte eine so große Explosion losgehen können? Zwar waren die Decke und alle Regale zerstört, doch das andere Ende der Bibliothek war fast unbeschadet geblieben und auch die letzten beiden Fenster hatten noch ihr Glas. Fast sah es aus, als wäre ein mächtiger Strahl der Zerstörung quer durch den Raum gegangen …

Inmitten der Zerstörung entdeckte er einen Jungen, der friedlich zwischen den brennenden Büchern lag, fast als würde er schlafen und im Traum lächeln.

Die Pistole, aus der die tödliche Kugel gefeuert worden war, lag neben Morbus' rechter Hand. Er stöhnte, als die Polizisten ihn unter den Trümmern hervorzogen. Sein Bein war von einem Regal eingequetscht worden und hatte mindestens drei Brüche.

»Sie sind wegen Mordes festgenommen«, erklärte Mebb feierlich, obwohl Morbus eher bewusstlos als wach war und nur ein leises »Nevera …« hervorbrachte.

Plötzlich erklang ein Wimmern. In einer Ecke kauerte Nevera – sie hatte die Finger in ihre wirren Haare gesteckt und starrte die Polizisten entsetzt an. »Motten! Alle Motten! Hab – meine Kraft verloren! Motten, oh …!«

»Frau Spiegelgold?«, fragte Bassar verdutzt.

Nevera sprang auf und schwenkte die Arme durch die Luft. »Fliegen! Sie kann fliegen! Ich will fliegen!«

Mit großen Augen beobachteten Bassar und Mebb, wie sie durch die Trümmer zu springen begann.

»Das kommt definitiv in die Akte der Nocturna«, murmelte Mebb.

Bassar warf einen Blick auf Morbus, der von mehreren Polizisten aus der Bibliothek getragen wurde. »Vielleicht ist der Fall Nocturna hiermit beendet … Wo ist eigentlich die kleine Spiegelgold? Hat jemand Apolonia Spiegelgold gesehen? Verdammt, jetzt muss sie endlich mit der Wahrheit rausrücken!«

Als die Polizei das Schloss von Caer Therin durchsuchte, waren Apolonia und Tigwid längst am Tor des Anwesens angekommen. Das erste Tageslicht des neuen Jahres berührte die winterlichen Felder, strahlend weiß und jung wie die erste Seite eines frisch gedruckten Buches. Apolonia konnte sich nicht sattsehen daran; die Herrlichkeit der Landschaft füllte sie ganz und gar aus, als wäre ihr Inneres genauso weit und riesig. Und so war es auch.

Trude schien weniger Sinn für die Natur zu haben. Seit Apolonia sie aus ihrem Zimmer geholt und ihr gesagt hatte, sie würden jetzt nach Hause gehen, war sie wie aufgelöst, sah sich immer wieder nach den Polizeiwagen um und bedachte Apolonia mit schreckerfüllten Blicken. Tigwid hatte sie anfangs für einen Landstreicher gehalten und auch jetzt noch legte sie vorsichtshalber einen Arm um Apolonia und bedachte ihn mit misstrauischen Seitenblicken.

Schweigend gingen sie die Straße entlang. Die Wagenspuren der letzten Nacht waren noch sichtbar, doch der Himmel versprach Schnee – bald würde alles unter einer neuen weißen Schicht verschwinden.

Die Blicke von Apolonia und Tigwid trafen sich wie zufällig, als sie die Umgebung betrachteten. Ein merkwürdiges Gefühl kribbelte Apolonia in der Brust, das aber nicht unangenehm war; sie wandte sich rasch ab und ließ zu, dass Trude sie ein Stück weiter von Tigwid wegzog.

Er vergrub die Hände in den Hosentaschen und atmete tief durch. Er war froh, am Leben zu sein. Merkwürdig, dass ihm das immer erst dann bewusst wurde, wenn er von blauen Flecken übersät war.

Bald holte sie ein Bauernkarren ein, der Waren in die Stadt brachte. Apolonia, Tigwid und Trude durften hinten aufsitzen und wurden das letzte Stück bis zur Stadt mitgenommen. Nachdenklich beobachtete Apolonia die Schlange schwarzer Polizeiwagen, die in der Ferne von Caer Therin herkamen.

»Was ist eigentlich aus deiner Prophezeiung geworden?«, fragte sie Tigwid leise, ohne ihn anzusehen. Trude hatte sie nicht gehört oder tat zumindest so.

Tigwid beobachtete wie Apolonia die schwarzen Automobile. Von hier aus wirkten sie wie eine Karawane von kleinen Käfern. »Ich weiß immer noch nicht, was der Sinn unserer Gaben ist, wenn du das meinst. Aber … ich glaube, das war gar nicht meine sehnlichste Frage. Ich wollte nicht wissen, wer die Motten sind, sondern wer ich bin.« Er sah sie an. »Wenn das, was einen Menschen ausmacht, Gedanken, Erinnerungen, Träume und Gefühle sind, dann hat mich das, was ich fühle, zu dem gemacht, der ich bin. Ich bin ein Junge … der dich liebt.«

Sie konnte sich nicht bewegen. Mühsam öffnete sie den Mund, um etwas zu sagen, aber sie wusste nicht, was.

Tigwid lachte leise. »Schon in Ordnung, du musst nichts sagen. Ich weiß ja, was für ein Eisblock du bist. Abgesehen davon ist nicht jeder so wortgewandt wie ich …«

Sie grinste ihn an. Dann nahm sie seine Hand, und ihre Finger umschlangen sich, ganz heimlich, damit Trude nichts bemerkte. So fuhren sie voran und blickten zurück, beide ihren eigenen Gedanken nachhängend, die im Grunde dieselben waren.

In den nächsten Tagen freuten die Zeitungen sich über fantastische Schlagzeilen. Die Entdeckung des Untergrunds sorgte gar für internationales Aufsehen. Bald schon erschienen die ersten Kurzgeschichten und Romane, die sich den Untergrund zum Schauplatz ihrer Erzählungen wählten, und ein Reiseführer bot Abenteuerlustigen sogar kurzweilig eine illegale Tour durch die Katakomben an.

Im allgemeinen Aufruhr ging die Nachricht von Jonathan Morbus' Festnahme beinahe unter. Nur eine kleine Pressemitteilung verkündete, dass der bekannte Schriftsteller einen Jungen erschossen und anschließend Feuer in seiner Bibliothek gelegt habe, offenbar in der Absicht, sich das Leben zu nehmen. Später wurde ihm auch der Mord an seinen ehemaligen Gefährten angelastet, deren Leichen man im Untergrund fand – obwohl die Todesursache nie ganz festgestellt werden konnte, ließen Morbus' abfällige Bemerkungen über ihr Ableben darauf schließen, dass er zumindest daran beteiligt gewesen war. Gerüchten zufolge hatte er sich keinen Anwalt genommen, sondern zu seiner Verteidigung lediglich gemurmelt, dass das Leben selbst wertlos sei – erst, was man mit dem Leben anfinge, bestimme seinen Wert. Er wurde zu lebenslanger Haft verurteilt.

Unter all den gefassten Verbrechern aus dem Untergrund bekannte sich kein einziger zum Treuen Bund. Und Staatsanwalt Elias Spiegelgold, der wahrscheinlich trotzdem Terroristen unter ihnen gefunden hätte, war mit anderen Dingen beschäftigt, denn seine Frau hatte vor Kurzem den Verstand verloren.

Für Außenstehende mochte es so wirken, als sei das Haus Spiegelgold das traurigste der ganzen Stadt. Ein frostiger Anwalt, seine verrückte Frau, sein verrückter Bruder und seine halb verwaiste Nichte – so stellte man sich nicht unbedingt die glückliche Familie vor, die abends um den Kamin saß und Rommé spielte. Auch die Bediensteten des Hauses bestätigten, dass es eine wahre Hölle sei, sich um die beiden angeknacksten Herrschaften Alois und Nevera zu kümmern.

Aber Trude wusste, dass die Spiegelgolds nicht in Elend versanken. Sie verstand es zwar nicht, doch sie war dem lieben Gott sehr dankbar, dass der Unfall ihrer Tante und der Verlust ihres Freundes Morbus Apolonia nicht vollends bekümmerten, im Gegenteil. Als Trude pünktlich mit ihrem Nachmittagstee das Zimmer betrat, saß Apolonia mit strahlenden Augen und leuchtenden Wangen an ihrem Schreibtisch.

Trude stellte Tee, Milch und Honig vor sie hin und lächelte glücklich über ihren gut gelaunten Schützling. »Na? Womit sind Sie denn beschäftigt?«

»Oh, ich lese gerade ein sehr inspirierendes Buch.«

Aus einem anderen Teil des Hauses drang klirrendes Gelächter. Apolonia und Trude verfielen in Schweigen, während Neveras Lachen durch alle Zimmer hallte. Dann endete es so abrupt, wie es gekommen war.

»Nun«, sagte Trude und drückte das Tablett an ihre Brust. »Ich werde mal nachsehen.«

Apolonia nickte und beobachtete, wie ihr Kindermädchen das Zimmer verließ. Kaum war die Tür hinter ihr ins Schloss gefallen, tauchte Tigwid unter dem Bett auf und stützte mit einem Seufzen den Kopf auf die Arme. »Wusstest du, dass unter deinem Bett eine Staubplantage liegt?«

Sie grinste. »Soll Trude vielleicht erfahren, dass ich neuerdings Banditen das Lesen beibringe?«

Er kam zu ihr geschlendert und ließ sich auf der Tischkante nieder. »Wo waren wir stehen geblieben? Bei meiner Erinnerung an ein Mädchen … das mir im Sommer eine Lilie ins Knopfloch gesteckt hat …«

Apolonia zog ihm sein Blutbuch wieder aus der Hand und blätterte um. »Nein, das können wir überspringen. Wir sind jetzt bei einem bösen, glatzköpfigen Mann, den du erfolgreich ausgeraubt hast.«

Mit einem Lächeln machte er sich ans Lesen. Er war schon viel besser geworden. Apolonia unterbrach ihn nur noch höchstens zweimal pro Satz und nur noch ganz selten schlug sie mit der Faust auf den Tisch. Bald würden sie *Der Junge Gabriel* zu Ende gelesen haben, und Tigwid würde das Glück seiner Kindheit wieder besitzen – vorausgesetzt er erinnerte sich auch an das ganze Buch. Von allen Blutbüchern existierte nur noch seines mit Sicherheit; Apolonia hatte es schon vor langer Zeit heimgebracht, auch wenn sie damals nicht hatte sagen können, warum sie es nicht in Morbus' oder Ferols Sammlung zurückgeben wollte. Jetzt kannte sie natürlich den Grund.

Nach einer halben Seite hielt Tigwid inne. Neveras Lachen hatte sich in ein hysterisches Kreischen verwandelt, draußen hörten sie das Fußgetrappel mehrerer Dienstmädchen.

Apolonia blickte nieder und Tigwid beobachtete sie eine Weile schweigend. Sie war blasser geworden, die Schatten unter ihren Augen schimmerten dunkler, seit sie wieder die Pflege ihres Vaters übernommen hatte. Und auch Neveras neuer Gemütszustand schien nicht ohne Einfluss zu sein.

»Willst du mit mir weggehen?«

Sie sah überrascht auf. »Wohin?«

»Weg – ich meine, richtig weg. In die Welt hinaus.« Er lächelte gewinnend. »Dann zeig ich dir vielleicht sogar, wo Dottis neues Wirtshaus ist.«

Sie riss die Augen auf. »Es gibt ein neues *Eck Jargo*? Wo?«

Er zuckte die Schultern. »Kann ich dir vertrauen? Alle vom Treuen Bund wohnen momentan dort. Alle wichtigen Leute haben sich bei Dotti versammelt – sie hat sich mit Mone Flamm zusammengetan. Wie es aussieht, werden sie ziemlich erfolgreich sein. Die Welt der Banditen braucht einen neuen Unterschlupf. Und neue Legenden.«

Eine Weile leuchtete die Neugier in ihren Augen, dann biss Apolonia sich auf die Unterlippe. »Und ich soll mit dir in ein verbotenes Wirtshaus ziehen, zu deinen TBK-Freunden, die mich alle lynchen wollen?«

»Das wollen sie nicht. Nicht mehr. Ich kann mit ihnen reden …«

Sie schüttelte den Kopf. »Ich muss hierbleiben. Schließlich muss sich jemand um meinen Vater kümmern und Onkel Elias traue ich nicht allzu viel zu. Er wurde so oft von Nevera beeinflusst, dass er durchaus mentale Schäden davongetragen haben könnte.«

Tigwid kratzte am Einband von *Der Junge Gabriel* herum. »Du willst wirklich hierbleiben, umgeben von Verrückten?«

»Egal wo wir sind, Verrückte umgeben uns immer«, erwiderte Apolonia ruhig. »Hier weiß ich wenigstens, woran ich bin. Abgesehen davon …« Sie nahm ihren Füllfederhalter zur Hand und zog ihr Notizbuch heran. Die Erinnerungen an ihre Mutter füllten die ersten Seiten; nun blätterte sie zur unbeschrifteten Mitte und strich das Papier glatt. »Es ist Zeit für die Wahrheit. Inspektor Bassar wird sich freuen, wenn ich aufschreibe, was wirklich vorgefallen ist. Schließlich schweigt

Morbus wie ein Grab. Vielleicht sollte ich ein Buch verfassen … ein Buch mit einer wahren Geschichte.«

Tigwid verkrampfte sich. »Du meinst doch nicht …«

Apolonia sah ihn mit hochgezogener Augenbraue an. »Mottengaben habe ich nicht nötig – zweifelst du etwa daran, dass meine Geschichte auch so fantastisch sein wird?« Sie setzte die Feder an und lächelte. »Keine Angst, Gabriel. Ich werde keine Menschen in mein Buch sperren. Nur meine eigenen Erinnerungen, damit sie niemals verblassen. Und so fängt es an …« Sie nahm eine gerade Haltung an und begann zu schreiben. Den Füllfederhalter führte sie so elegant wie einen Degen, doch schon bald verlor sie die Geduld und ihre schöne Schrift verwandelte sich in ein hastiges Gekrakel. Tigwid beugte sich vor und las den ersten Satz:

Am Abend traf sich Jorel mit dem Mädchen.

Ein Wort der Autorin

»Wieso werden Bücher eigentlich für Geld verkauft?«, fragte Apolonia einmal, als sie fünf war.

»Weil«, antwortete Alois Spiegelgold, »man in Büchern die Gedanken anderer Menschen finden kann. Und nichts ist mehr wert als schlaue Gedanken.«

Ich danke den Menschen, die ihre Gedanken mit mir teilen: meine Familie, Bo, Lizzy, Thomas Montasser, meine liebe Lektorin Susanne Evans.

Und ich danke den Lesern, mit denen ich nun meine Gedanken teile.

Jenny Mai-Nuyen
Das Drachentor

400 Seiten ISBN 978-3-570-30388-7

Als der junge Revyn nach Haradon kommt, um sich zum Drachenkrieger ausbilden zu lassen, entdeckt er in sich eine ganz besondere Gabe: Er hat das Herz eines Drachen – ihm allein folgen die mächtigen Wesen freiwillig. Doch ein unbekannter Zauber hat von den Drachen Besitz ergriffen: Immer mehr von ihnen verschwinden aus der Welt, lösen sich in Nebelwänden auf oder stürzen sich in den Tod. Revyn unternimmt einen verzweifelten Versuch, die magischen Tiere zu retten ...